Das Buch

Adam, der Sohn eines puritanischen Pfarrers, ist vierzehn, als er 1935 in der Nähe eines keltischen Steins im schottischen Hochland die exotische Brid kennenlernt. Daß Brid eine mit medialen Kräften begabte Druidenschülerin aus dem 6. Jahrhundert ist, kann er nicht ahnen. Aus den Spielgefährten wird Jahre später ein Liebespaar, und ohne es zu merken, entführt seine Freundin ihn manchmal in ihre Zeit und Welt.

Ebensowenig weiß er von der Gefahr, in die beide sich begeben, wenn sie immer wieder den mystischen »Stein der Zeit« passieren. Brid soll dieses Vergehen mit dem Tod büßen, weil sie von ihrem Volk als Verräterin angesehen wird.

Als Adam zum Medizinstudium nach Edinburgh geht, kann Brid dem ihr vorbestimmten Opfertod entrinnen, indem sie ihm dorthin folgt. Doch der junge Mann wendet sich von ihr ab. Er schließt neue Freundschaften, heiratet und zieht nach Südengland.

Als es Brid dann gelingt, ihn wieder aufzuspüren, kennt ihre Wut keine Grenzen, und sie nimmt Rache an den Menschen, die Adam besonders nahe stehen.

Wird es Adam gelingen, sich und seine Familie von Brids schrecklichem Fluch zu befreien?

Die Autorin

Die Britin Barbara Erskine hat mittelalterliche Geschichte studiert. Als Romanautorin hat sie es zu internationalem Ruhm gebracht.

Sie lebt mit ihrer Familie abwechselnd in Wales und an der Küste von Essex.

Viele ihrer Romane sind im Wilhelm Heyne Verlag erschienen.

BARBARA ERSKINE

AM RANDE DER DUNKELHEIT

Roman

Aus dem Englischen
von Ursula Wulfekamp

WILHELM HEYNE VERLAG
MÜNCHEN

HEYNE ALLGEMEINE REIHE
Band-Nr. 01/13236

Die Originalausgabe
ON THE EDGE OF DARKNESS
erschien 1998 bei Harper Collins Publishers, London

Umwelthinweis:
Dieses Buch wurde auf
chlor- und säurefreiem Papier gedruckt.

Taschenbucherstausgabe 2/2001
Copyright © 1998 by Barbara Erskine
Copyright © der deutschsprachigen Ausgabe 1999
by Wilhelm Heyne Verlag GmbH & Co. KG, München
Printed in Germany 2001
Umschlagillustration: Kevin Tweddell
Umschlaggestaltung: Nele Schütz Design, München
Satz: Leingärtner, Nabburg
Druck und Bindung: Ebner Ulm

ISBN 3-453-17776-2

http://www.heyne.de

Ein Symbol verbirgt ebensoviel, wie es offenbart.

THOMAS CARLYLE

Glendower: Ich rufe Geister aus der wüsten Tiefe.
Heißsporn: Ei ja, das kann ich auch, das kann ein jeder.
Doch kommen sie, wenn Ihr nach ihnen ruft?

SHAKESPEARE, *Heinrich IV., 1. Teil*

Prolog

Die Zeit, wurde dem Jungen schläfrig bewußt, wirbelt wie ein Strudel in gigantischen, trägen Spiralen am Himmel. Er lag auf dem Rücken, im kurzen, süß duftenden Gras von Wales, sah mit halbgeschlossenen Augen hinauf in die unendliche Bläue und ließ sich vom Lied der Lerche emportragen. Jenseits der Wolken lagen intensive Erfahrungswelten, die ihn über das Jetzt hinausführten an einen Ort, wo Vergangenheit und Zukunft eins waren.

Eines Tages würde er dorthin reisen, jenseits der Grenzen von Zeit und Raum, und würde die Geheimnisse studieren, die sein Vermächtnis waren; er wußte instinktiv, daß das in seiner Natur lag. Dann würde er das Böse mit dem Guten bekämpfen und Licht ins Dunkel bringen.

»Meryn!«

Die Stimme seiner Mutter, die ihn vom Häuschen unten im geschützten Tal am Fuß des Berges rief, brachte ihn auf die Beine. Er lächelte in sich hinein. Später, nach dem Abendessen, wenn die lange Sommerdämmerung sich über die Landschaft legte und nur gelegentlich das freundliche Blöken eines Schafs in der Ferne zu hören war oder der hallende Ruf einer Eule, die auf lautlosen Flügeln ins Tal hinabschwebte, würde er aus dem Häuschen schlüpfen und wieder hierher kommen, um seine Träume zu träumen und sich auf die große Schlacht vorzubereiten, die er eines Tages dort draußen, am Rande der Dunkelheit, ausfechten mußte…

TEIL I

Adam
1935-1944

Kapitel 1

Warum nimmst du nicht ein Messer und tötest mich, Thomas? Das wäre ehrlicher und schneller!«

Susan Craigs Stimme hatte sich zu einem verzweifelten Schreien gesteigert. »Guter Gott, du treibst mich dazu, das zu tun! Du und deine selbstgerechte Grausamkeit.« Sie hatte sich ans Fenster gestellt; Tränen strömten ihr über die Wangen.

Adam, sehr schmal und für seine vierzehn Jahre recht groß, stand im Garten vor dem Arbeitszimmerfenster seines Vaters, die Arme fest um sich geschlungen. Seine Lippen zuckten; er mußte an sich halten, um die Worte, mit denen er seine Mutter gerne verteidigt hätte, nicht laut herauszuschreien. Der Streit war immer heftiger geworden, schien schon Stunden zu dauern, und ebenso lange stand er hier draußen. Was hatte seine Mutter getan – was konnte sie überhaupt getan haben? –, um seinen Vater so zu verärgern? Das konnte er sich beim besten Willen nicht vorstellen.

»Jetzt nimmst du auch noch den Namen des Herrn lästerlich in den Mund! Ist deine Sündhaftigkeit denn wirklich grenzenlos, du dumme, törichte Frau?« Auch Thomas brüllte so, daß seine Worte fast nicht zu verstehen waren.

»Ich bin nicht sündhaft, Thomas. Ich bin ein Mensch, eine Frau! Soll das wirklich sündhaft sein? Warum hörst du mir nicht zu? Es ist dir egal! Du hast mir nie zugehört, verdammt!« Die Stimme seiner Mutter gellte, die seines Vaters war ein tiefer, dröhnender Wortschwall, der nur noch zu vernichten trachtete.

Vor Tränen konnte der Junge nichts mehr sehen. Er preßte die Hände auf die Ohren, um nichts mehr zu hören, aber es war zwecklos: Die Stimmen hallten durch die kahlen Räume des mächtigen alten Steinhauses und drangen durch Fenster und Türen ins Freie, bis es schien, als würden sie den Garten und das ganze Dorf Pittenross erfüllen, die Wälder und sogar den Himmel.

Plötzlich konnte er es nicht mehr ertragen. Stolpernd, ohne den Weg richtig zu erkennen, lief er zum Tor.

Das Pfarrhaus stand am Ende einer stillen Dorfstraße, fast verborgen hinter den hohen Mauern, die das Haus und den Garten praktisch umschlossen; nur das hintere Ende des Gemüsegartens grenzte direkt an den Fluß Tay, der dort breit über Kiesel und Steine hinplätscherte. Links vom Haus ragte die alte Kirche umringt von Bäumen, dem Rasen und den Kieswegen verwaist hinter dem hohen, kunstvoll geschmiedeten Gitter und dem imposanten Tor auf. Die Straße, die rechter Hand verlief und von grauen Steinhäusern gesäumt wurde, war um diese Zeit menschenleer.

Diese Straße rannte Adam entlang, nahm die Abkürzung durch die enge Fishers' Wynd, eine Gasse zwischen hohen, kahlen Mauern, umrundete ein Grundstück, das von der Ehefrau eines der Gemeindeältesten halbherzig bebaut wurde, überquerte auf glänzendschwarzen Felsen und Steinen den Fluß, überwand einen Drahtzaun und lief durch den dichten Wald am unteren Teil des Berghangs auf den Gipfel zu. Er lief, bis er nicht mehr konnte, denn er war überzeugt, wenn er stehenbliebe, würde er noch immer seine Eltern streiten hören.

In den letzten Wochen waren die Auseinandersetzungen ständig schlimmer geworden. Er hatte keine Geschwister, mit denen er seinen Kummer teilen, keine Verwandten, denen er sich anvertrauen konnte, und niemanden im Dorf, mit dem er reden hätte können. Seine Loyalität galt allein seinen Eltern, und irgendwie wußte er auch, daß diese Auseinandersetzungen etwas Privates waren und niemand anderer je davon erfahren durfte. Aber Adam war verzweifelt, und was zu Hause passierte, war für ihn unerträglich. Seine schöne, junge, glückliche Mutter – glücklich zumindest, solange sie und er allein waren –, die er über alles liebte, war blaß und gereizt geworden, ein bloßer Schatten ihrer selbst, während sein Vater, immer schon ein kräftiger, derber, rotwangiger Mann, noch massiger und rotwangiger geworden war. Manchmal betrachtete Adam die Hände seines Vaters: Es waren Pranken, eher die Hände eines Arbeiters als die eines Gottesdieners. Adam erschauderte. Er wußte, wie kräftig diese Hände eine Peitsche packen konnten. Sein Vater schlug ihn um seiner Seele willen wegen der kleinsten Übertretung. Das machte Adam nicht soviel aus, denn an die Prügel war er gewöhnt. Fast. Aber ihn packte Panik, blinde, abgrundtiefe Panik, bei dem Gedanken, sein Vater könnte auch seine Mutter schlagen.

Er wußte nie, warum sie sich stritten. Manchmal, wenn er nachts in seinem Zimmer lag, konnte er durch die Wand das eine oder andere Wort verstehen, sich aber nie einen Reim darauf machen. Seine Mutter liebte die Berge, den Fluß, das Dorf und ihr Leben als Pfarrersfrau, und sie hatte Dutzende von Freunden – Hunderte gar, in den Augen ihres Sohns –, warum sollte sie sich also weinend über ihre Einsamkeit beklagen? Warum sollte sie sagen, daß sie unglücklich war?

Ohne zu überlegen, welche Richtung er einschlug, war er seinem Lieblingsweg durch die Bäume entlang einem herabstürzenden Bach gefolgt. Während er zwischen den Birken, Ebereschen und Stechpalmen, den Lärchen und Kiefern den Berg hinaufstieg, bis der Wald sich lichtete und in Wiesen überging, konnte er in Felstümpeln und Kaskaden immer wieder weißschäumendes Wasser aufblitzen sehen.

Allmählich verlangsamte sich sein Schritt, denn er war völlig außer Atem, doch er ging immer weiter auf dem von Schafen ausgetretenen Pfad durch Gras und stachelige Heide, immer wieder Felsnasen umrundend, die vor Jahrmillionen von der Gewalt eines Vulkans oder eines Gletschers aufgeworfen worden waren. Sein Ziel war das aus Stein gemeißelte Kreuz, das – so hieß es – von den Pikten aufgestellt worden war, um weit oberhalb des Dorfes und des Flusses Wache zu stehen. Die Pikten waren das Volk, das in diesen Bergen gelebt hatte, ehe die Region von den Schotten besiedelt worden war. Hierher kam Adam immer, wenn er unglücklich war. Das Steinkreuz stand in der Nähe eines alten Kiefernwäldchens, Teil des uralten Kaledonischen Waldes, der vor vielen Jahrhunderten die Berge bedeckt hatte. Dies war Adams ureigenster, ganz privater Zufluchtsort.

Das Steinkreuz stand, ein wenig windschief, seit mehr als vierzehnhundert Jahren dort oben auf dem abgeflachten Grat, halbkreisförmig von alten Bäumen umgeben. Von dort aus konnte der Blick an klaren Tagen gut fünfundvierzig Kilometer nach Süden schweifen, nach Norden aber nur drei oder vier, denn dort verbargen hohe Berge den Himmel. Auf der der Sonne zugewandten Seite des Steins war ein großes Kreuz gemeißelt, umgeben von einem Rad, wie es bei den Kelten üblich war, und mit einem kunstvollen Flechtmuster verziert – das unendliche Muster des ewigen Lebens. Auf der Rückseite waren ausgefallene, eher heidnische Motive zu erkennen – eine Schlange, ein abgebrochener Stab, ein Spiegel und eine Mondsichel. Diese Symbole waren dem ganzen Dorf, vor allem aber seinem Vater ein Dorn im Auge. Thomas Craig hatte Adam erzählt, die Symbole seien von Teufelsanbetern auf die Steine gemeißelt worden, die ihre Spuren dort in der Einsamkeit des Berggipfels hinterlassen hatten mit ihrer verborgenen Botschaft an alle, die ihnen nachfolgten. Manchmal empfand Adam es als ein Wunder, daß der Stein nicht zerstört worden war – vielleicht lag er einfach zu weit vom Dorf entfernt, und es wäre zuviel Mühe gewesen, ihn in Stücke zu schlagen; oder vielleicht fürchteten die Leute sich insgeheim, ihn zu berühren. Er hatte keine Angst davor, aber er spürte die Energie des Steins – eine besondere, wilde, magische Kraft.

Als er den Stein erreichte, warf er sich auf den Boden und überließ sich seinen Tränen. Er wußte, außer dem Bussard, der in der Ferne seine Kreise zog, würde niemand ihn sehen.

Aber das Mädchen hatte ihn kommen sehen. Er war ihr schon oft aufgefallen, dieser Junge, der etwa in ihrem Alter sein mochte, wie er durch die Heide heraufstieg, und sie hatte sich versteckt, entweder hinter dem Stein oder zwischen den Bäumen oder auch in den Nebelschwaden, die häufig hier über dem Ort trieben.

In letzter Zeit hatte sie ihn dreimal weinen hören. Das bekümmerte sie. Sie wollte herausfinden, warum er unglücklich war, sie wollte ihn lachen und herumspringen sehen, wie damals, als er den braunweißen Sheltie-Welpen mitgebracht hatte. Sie war nie zu ihm gegangen. Eigentlich sollte sie gar nicht hier sein. Ihr Bruder würde zornig werden, wenn er wüßte, daß sie sich von ihm entfernt hatte. Aber sie fand es langweilig, ihm beim Meißeln des Steins zuzusehen.

Der Hund hatte sie gesehen und gebellt, und seine Nackenhaare hatten sich gesträubt. Das wunderte sie. Normalerweise konnten Hunde sie gut leiden. Aber sie wahrte immer Abstand. Sie wollte nicht, daß der Junge sie bemerkte.

Schließlich hatte er sich ausgeweint. Er setzte sich auf, zog die Nase hoch und fuhr sich mit dem Ärmel übers Gesicht. Dann sah er sich um. Hoch über sich hörte er den einsamen Schrei eines Adlers. Mit zusammengekniffenen Augen starrte er in den blauen Himmel empor, aber das grelle Licht, das zwischen den Wolken hervorschien, blendete ihn, und so schloß er die Augen. Als er sie wieder öffnete, sah er für den Bruchteil einer Sekunde ein Mädchen, das ihn zwischen den Bäumen hervor beobachtete. Erschrocken sprang er auf.

»Hallo! Hallo?« Der Wind trug seine Stimme davon. »Wo bist du?«

Er lief ein paar Schritte auf die Bäume zu, konnte aber keine Spur von ihr entdecken. »Jetzt komm schon! Ich hab dich doch gesehen! Zeig dich!« Er hoffte, sie hatte ihn nicht weinen sehen. Bei dem Gedanken wurde er rot. Wieder spähte er zwischen die weichen, roten, sich schälenden Baumstämme, aber sie war verschwunden.

Der Abend brach schon herein, als er widerwillig zum Pfarrhaus zurückging. Von dem Pfad zwischen den dichten Bäumen, die auf der steilen Böschung neben dem herabstürzenden Bach wuchsen, konnte er die Lampe im Arbeitszimmer seines Vaters brennen sehen. Normalerweise stieg um diese Zeit schon blauer Rauch aus dem Küchenkamin auf, aber davon war heute vor dem dunkler werdenden Himmel nichts zu sehen. Ängstlich fragte er sich, ob wohl Mrs. Barron, wie so oft, dageblieben war, um das Abendessen zu machen, oder ob seine Mutter, die Schürze über das Kleid gebunden, in der Küche stand und mit den riesigen Eisentöpfen hantierte.

Er ging auf Zehenspitzen an der Seite des Pfarrhauses entlang durch den Garten zur Hintertür. In der Küche war niemand, auf dem Herd stand kein einziger Topf. Der Herd war sogar kalt. Beklommenen Herzens schlich er in den Flur und lauschte; halb fürchtete er, der Streit könnte noch immer fortdauern, aber im Haus herrschte jetzt absolute Stille. Mit einem Seufzer der Erleichterung ging er weiter und blieb einen langen, kühnen Moment vor dem Arbeitszimmer seines Vaters stehen, bis er kehrtmachte und über die Stufen nach oben floh.

Vom Schlafzimmer seiner Eltern aus sah man über die Mauer zur Kirche. Der Raum wirkte sehr streng mit dem Eisenbett, auf dem eine hellbraune Decke lag, und den schweren Holzmöbeln, ohne irgendein Bild oder auch nur einen Blumenstrauß. Auf der Frisierkommode seiner Mutter standen weder Schminksachen noch Parfüm oder Puder; lediglich eine elfenbeinerne Haarbürste sowie eine dazu passende Kleiderbürste und ein Kamm lagen ordentlich aufgereiht da. Sonst nichts. Thomas Craig gestattete seiner Frau nicht, sich zu schminken.

Nervös sah sich Adam im Zimmer um, obwohl er ahnte, daß er nichts finden würde. Es war kalt dort, denn es ging nach Norden. Das war der Raum, in dem er geboren worden war. Er haßte ihn.

Normalerweise mochte er die Küche am liebsten. Wenn der Herd wohlige Wärme verströmte, wenn es nach Essen roch und seine Mutter und Jeannie Barron unbeschwert miteinander schwatzten, war die Küche der schönste, fröhlichste Ort überhaupt. Wenn sein Vater nicht da war. Aber wenn sein Vater zu Hause war und seine düstere, mißbilligende Aura das Haus erfüllte, wurde Adams Mutter schweigsam, und dem Jungen kam es vor, als fürchteten sich selbst die Vögel im Garten zu singen.

Er stand in der Tür und wollte sich gerade zum Gehen wenden, als er stirnrunzelnd innehielt. Wie ein kleines, wachsames, mißtrauisches Tier spürte er, daß etwas nicht stimmte. Er sah sich noch einmal im Raum um, achtsamer dieses Mal, aber die karge Ordnung gab keinen Hinweis darauf, daß irgend etwas passiert sein könnte.

Er selbst hatte zwei Zimmer. Das eine, sein offizielles Zimmer, war so nüchtern und ordentlich wie das seiner Eltern und lag neben dem ihren auf dem Treppenabsatz. Dazu hatte er aber noch ein weiteres Zimmer oben auf dem Speicher, das zwar seine Mutter und Mrs. Barron kannten, nicht jedoch sein Vater; Adam war sich ziemlich sicher, daß er nie dort hinaufging. Auf dem Fußboden lag ein bunter Flickenteppich, und mehrere alte Truhen enthielten seine Schätze und Fundstücke, sein privates Museum, dazu seine Bücher und Landkarten. Wenn er allein hier oben war, in den Stunden, in denen er eigentlich in seinem offiziellen Zimmer Schulaufgaben machen sollte, führte er ein Eigenleben. Hier schrieb er seine Notizen, hier kopierte er Diagramme und studierte die alten, muffig riechenden Lehrbücher, die er in Buchläden in Perth aufgetrieben hatte. All das diente dazu, ihn auf seinen späteren Beruf als Arzt vorzubereiten. Hier oben zeichnete er auch die Vögel, die er draußen in den Bergen beobachtete; einmal hatte er sogar versucht, einen Fuchs, den er in einer Falle gefunden hatte, zu sezieren, zu trocknen und auszustopfen. Diesem Versuch hatte Jeannie Barron bald ein Ende bereitet, aber sonst überließen die beiden Frauen ihn hier oben mehr oder minder sich selbst. An diesem Tag jedoch konnte der Dachboden ihm nicht den heimeligen Schutz bieten, den er sonst dort fand. Er war rastlos und unglücklich. Irgend etwas Schlimmes war passiert.

Nachdem er einige Minuten halbherzig ein Buch über Spinnen durchgeblättert hatte, warf er es auf den Tisch und ging auf den Treppenabsatz hinaus. Einen Moment lauschte er, dann lief er zuerst die schmale und steile, dann die breitere Treppe ins Erdgeschoß hinab und warf wieder einen Blick in die Küche. Sie war so freudlos und leer wie zuvor.

Erst nach langer Zeit fand er den Mut, an der Tür zum Arbeitszimmer seines Vaters zu klopfen.

Thomas Craig saß an seinem Schreibtisch, die Hände vor sich auf der Löschpapierunterlage gefaltet. Er war ein großer, langgliedriger Mann mit einer Mähne dunkler, von Silbersträhnen durchsetzter Haare und blaßblauen Augen. Seine Haut, die sonst sehr rot war, wirkte ungewohnt bleich.

»Vater?« Adams Stimme klang sehr leise.

Es kam keine Antwort.

»Vater, wo ist Mutter?«

Endlich sah sein Vater auf. Unter den beiden hohen Wangenknochen hatte sich jeweils ein leuchtendrotes Dreieck gebildet – die Stellen, wo sein Gesicht auf den verschränkten Händen gelegen hatte. Jetzt stützte er die Ellbogen matt auf den Schreibtisch und räusperte sich, als fiele es ihm schwer, zu sprechen. »Sie ist fort«, sagte er schließlich mit tonloser Stimme.

»Fort?« wiederholte Adam verständnislos.

»Fort.« Thomas ließ das Gesicht wieder auf die Hände sinken.

Sein Sohn trat unruhig von einem Fuß auf den anderen. Ein unerklärlicher Schmerz krallte sich in seine Magengrube. Er wagte nicht, seinem Vater noch einmal ins Gesicht zu sehen, also blickte er auf seine zerschlissenen Turnschuhe.

Thomas seufzte tief und sah auf. »Mrs. Barron glaubte, kündigen zu müssen«, meinte er. »Das heißt, wir sind alleine.«

Adam schluckte. Als er schließlich sprach, klang seine Stimme sehr kleinlaut. »Wo ist Mutter denn hin?«

»Ich weiß es nicht. Ich will es auch nicht wissen.« Abrupt erhob sich Thomas, schob den Stuhl zurück, trat ans Fenster und sah zum Garten hinaus. »Deine Mutter hat eine schwere Sünde begangen, Adam. In den Augen Gottes und in meinen gehört sie nicht mehr zu dieser Familie. Ich möchte nicht, daß ihr Name in diesem Haus jemals wieder erwähnt wird. Geh auf dein Zimmer und bete, daß sie dich mit ihrer Schändlichkeit nicht angesteckt hat. Ein Abend ohne etwas zu essen wird dir nicht schaden.« Er wandte sich nicht einmal zu seinem Sohn um.

Adam starrte ihn an, fast ohne zu verstehen, was er sagte. »Aber Vater, wo ist sie hin?« Seine Brust krampfte sich vor Panik und Schmerz zusammen. Er wollte seine Mutter, jetzt, ganz dringend.

»Geh auf dein Zimmer!« Thomas' Stimme klang bekümmert, wütend, verständnislos und verriet einen kurzen Moment lang seine wahren Gefühle.

Adam versuchte nicht, noch weitere Fragen zu stellen. Er wandte sich um, lief in den Flur hinaus, durch die Küche und in den Garten. Es war zwar schon fast dunkel, doch das kümmerte ihn nicht. Er rannte um das Haus auf die stille Straße und weiter zum Fluß. Im Dämmerlicht rutschte er auf den Steinen aus, so daß seine Füße in das eisige Wasser glitten, aber er blieb nicht stehen, sondern rannte in den Wald und so schnell er konnte den Berg hinauf.

Einmal machte er halt und warf einen Blick zurück. Das Pfarrhaus lag in Dunkelheit, bis auf die Lampe im Arbeitszimmer seines Vaters. Von seinem Standort aus konnte Adam die Kirche sehen und die schwarzen Bäume, die sie umgaben, dazu das ganze Dorf, wo ein Licht nach dem anderen angezündet wurde und duftender blauer Kaminrauch sich in der Abendluft kräuselte. Das Dorf war freundlich, geschäftig, warm. Er kannte jeden einzelnen, der dort lebte. Viele der Kinder gingen mit ihm in die Schule; allein in seiner Klasse saßen fünf Jungen, mit denen er aufgewachsen war.

Einige Minuten stand er so und sah ins Tal. Der Wind war kalt geworden und blies ihm in den Nacken, so daß es ihn fröstelte. Auf den dünnen Armen unter seinem Pullover bildete sich Gänsehaut. Ihm war übel. Wo war seine Mutter hin? Was war passiert? Warum hatte sie ihm nicht gesagt, wohin sie ging? Warum hatte sie ihn nicht mitgenommen? Warum hatte sie ihm nicht wenigstens einen Zettel geschrieben?

Es war besser, in Bewegung zu bleiben. Das Gehen zwischen den Bäumen in der fast völligen Dunkelheit, wo nur ab und zu rechts neben ihm das Wasser aufblitzte, nahm seine ganze Konzentration in Anspruch. Solange er ging, konnte er nicht denken. Und er wollte nicht denken.

Er drehte sich wieder um und stieg weiter. Mit den nassen Turnschuhen rutschte er auf dem Pfad aus, so daß er nach den tief herabhängenden Zweigen einer Lärche greifen mußte, um nicht der Länge nach hinzufallen.

Als er schließlich den Stein erreichte, war es völlig dunkel geworden. Keuchend krümmte er sich zusammen. Er wußte, sobald er aufhörte, sich zu bewegen, würde er im eisigen Wind frieren. Aber das war ihm egal. Sobald er sich nicht mehr bewegte, konnte er den Kummer, der ihn durchflutete, nicht mehr im Zaum halten. Seine Mutter. Seine geliebte, wunderbare, kluge, hübsche Mutter war fort; sie hatte gesündigt. Ein Schauder überlief ihn, als er an die Stimme seines Vaters dachte. Was hatte sie getan? Was konnte sie getan haben? Er schlang die Arme um sich und zog die Schultern hoch. Er hatte sich noch nie derart allein gefühlt, und noch nie hatte er so große Angst gehabt.

Sie hatte den Jungen noch nie nachts herkommen sehen. Hinter den Bergen im Osten verriet ein silbernes Leuchten, wo der Halbmond bald über den schwarzen Felsen aufgehen und die Landschaft in helles Licht tauchen würde. Dann würde sie ihn besser sehen können. Bis dahin wollte sie lautlos warten.

Hinter ihr packte ihr Bruder Gartnait, der fünf Jahre älter war als sie, sein Werkzeug zusammen und reckte die Arme über den Kopf, so daß die Gelenke knackten. Plötzlich fiel ein Mondstrahl auf den Boden zu seinen Füßen und ließ eine eiserne Meißel aufleuchten. Er bückte sich und hob sie auf.

Brid kroch ein Stück weiter nach vorne. Der Junge hatte ein schmales, hübsches Gesicht mit einer Kindernase, aber seine Schultern und Knie besaßen schon das fohlenhaft Ungelenke eines jungen Mannes. Sie betrachtete seine Kleider, die im fahlen Licht farblos wirkten, und schlich noch näher. Wenn er hier auf den Berg kam, saß er manchmal nur stundenlang da, die Arme um die Beine geschlungen, das Kinn auf die Knie gestützt, und starrte vor sich hin. Ein paarmal war er zu Gartnaits Stein gegangen und hatte mit den Fingern die Konturen der Meißelarbeiten nachgefahren. In den heißen Monaten hatte er sich zweimal auf dem warmen Boden ausgestreckt und geschlafen. Einmal war sie zu ihm hingegangen, so daß ihr schmaler Schatten auf sein Gesicht fiel. Da hatte er die Stirn gerunzelt, die Nase kraus gezogen und sich an die Stirn gefaßt, ohne freilich die Augen zu öffnen.

Sie spürte seinen Kummer. Dieses Leid zehrte an ihrer Energie, denn es umgab ihn wie ein Umhang aus schwarzen Wogen, deren Kälte in der Dunkelheit zu ihr hinüberschwappten.

Vielleicht war ihr Mitleid so groß, daß es spürbar wurde. Jedenfalls blickte er plötzlich erschreckt auf, als habe er etwas gehört, und sah direkt zu ihr. Sie bemerkte, wie seine Augen sich weiteten. Instinktiv fuhr er sich mit der Hand über die Wange und straffte die Schultern, um seinen Schmerz zu verbergen. Seine momentane Angst, eine Gestalt im Schatten zu sehen, ging in Erleichterung über, als er das Mädchen erkannte, das er schon einmal gesehen hatte. Tapfer bemühte er sich zu lächeln. »Hallo.«

Sie runzelte die Stirn. Sie kannte das Wort nicht, aber das Lächeln war freundlich. Sie trat einen Schritt vor.

Allmählich beruhigte sich sein Herzschlag ein wenig. Die Erschöpfung nach dem anstrengenden Aufstieg, dem zweiten an diesem Tag, und dann der Anblick des Mädchens, das urplötzlich in der Dunkelheit zwischen den Bäumen erschienen war, hatte ihn nach Luft ringen lassen. Jetzt starrte er sie eher verwundert als erschrocken an. Sie hatte etwas zu ihm gesagt, aber in einer Sprache, die er nicht verstand. Wahrscheinlich war es Gälisch – eine Sprache, die sein Vater als barbarisch verurteilte. Er zuckte mit den Schultern. »Ich versteh dich nicht.«

Selbst im trüben Licht konnte er das Strahlen ihrer Augen erkennen, den kecken Schwung ihrer Nase und ihres Kinns. Sie trug ein einfaches Kleid, das aussah, als sei es aus einer Art Leder gemacht.

Sie zuckte auch die Achseln und verzog kichernd das Gesicht.

Da lachte er ebenfalls. Kühn trat Brid näher und wischte ihm mit dem Finger imaginäre Tränen von der Wange. Ihre Mimik war eindeutig: Warum bist du so traurig? Sei doch fröhlich! Dann legte sie ihre Hände auf die seinen und zitterte übertrieben. Sie hatte recht. Ihm war sehr kalt.

Er wußte nicht, wie es kam, daß er ihr folgte. Zum Teil, weil ihm elend zumute war, weil er fror und Hunger hatte. Als sie ihn an der Hand zog und mit der anderen Hand tat, als würde sie essen, nickte er und ging bereitwillig mit ihr mit.

Er folgte ihr zum Stein, wo er im Vorbeigehen mit dem Finger leicht die vertrauten Muster nachfuhr. Nebelschwaden trieben über den Pfad, und er zögerte, aber als sie wieder an seiner Hand zog, schritt er weiter aus und blieb erst stehen, als er ihren Bruder bemerkte. Der großgewachsene junge Mann, der sein Werkzeug in einem über die Schulter geschlungenen Lederbeutel trug, wirkte ebenso überrascht wie er selbst. Er redete leise, aber eindringlich auf das Mädchen ein, doch sie gab ihm eine offenbar freche Antwort und stellte sich dann vor. Sie deutete auf sich und sagte laut »Brid«, das sie »Bried« aussprach. »Gartnait«, erklärte sie dann und schlug dem jungen Mann auf die Schulter.

Adam grinste. Er deutete auf seinen Bauch. »Adam«, sagte er.

»A-dam«, wiederholte sie leise. Dann lachte sie wieder.

Sie gingen etwa zwanzig Minuten auf einem im Heidekraut kaum sichtbaren Wildwechsel den Grat entlang, bis Adam unter ihnen den flackernden Schein eines Feuers sah. Während sie zu den Flammen hinabkletterten, roch er den Duft von bratendem Fleisch. Wild, dachte er, und das Wasser lief ihm im Mund zusammen. Er hatte seit Mittag nichts mehr gegessen. Er weigerte sich, an die kalte, leere Küche zu Hause zu denken, und konzentrierte sich statt dessen auf seine neuen Freunde.

Das Haus, auf das sie zugingen, war zu Adams Verwunderung wenig mehr als eine runde, mit Ried gedeckte Hütte, die in einer Senke des Hügels neben einem herabstürzenden Bach verborgen stand. Das Feuer wurde, wie er beim Näherkommen feststellte, von einer Frau bewacht, die dem Aussehen nach die Mutter von Brid und Gartnait sein mußte; die beiden waren unverkennbar Geschwister. Die schlanke Frau wirkte sehr groß, als sie sich vom Herumstochern zwischen den Holzscheiten unter ihren Kochtöpfen aufrichtete. Ihre Haare waren so dunkel wie die ihrer Tochter, ihre Augen ebenso klar und grau. Sie warf ihren behelfsmäßigen Feuerhaken zu Boden und begrüßte Adam etwas scheu. Dann deutete sie auf einen Fellteppich, der neben dem Feuer auf dem Boden lag, und bedeutete ihm, sich hinzusetzen. Brid erklärte, ihr Name sei Gemma. Gartnait war zum Fluß gegangen, um sich den Steinstaub von den Händen zu waschen, und nun verschwand

Brid ins Innere der Hütte. Wenige Sekunden später kehrte sie mit vier Tellern und einem Laib Brot zurück, den sie in vier Teile brach und auf die Teller legte.

Das Essen, das ihm serviert wurde, kam ihm vor wie das köstlichste, das er je in seinem Leben gegessen hatte. Das grobe Brot hatte viel Geschmack und war dick mit einer cremigen Butter bestrichen. Dazu aßen sie – mit den Fingern – Wild, das Gartnait mit einer rasiermesserscharfen Schneide in hauchdünne Scheiben schnitt, Bergforellen, die auf Zweigen über dem Feuer gebraten wurden, und krümeligen weißen Käse. Dann wurde ihm noch mehr Brot gereicht, um die kräftige Sauce aufzutunken. Zum Trinken gab es etwas, das Adam – der noch nie in seinem Leben Alkohol getrunken hatte – für eine Art Heidebier hielt. Gebannt vom Feuer, vom Essen und von seinen lächelnden, wenn auch schweigsamen Gefährten trank er kräftig und war wenige Minuten, nachdem er sich gegen einen Baumstamm gelehnt hatte, in tiefen Schlaf gefallen.

Er erwachte, als er Brids Hand auf dem Knie spürte. Einen Augenblick wußte er nicht, wo er war, dann merkte er, daß er noch im Freien lag. Überrascht stellte er fest, daß er in eine schwere Wolldecke gehüllt war. Als er sich aufsetzte, um sich daraus zu befreien, spürte er Tau auf dem Wollflaum, aber er selbst war trocken, und ihm war auch warm.

»A-dam.« Er liebte die Art, wie sie seinen Namen aussprach, sehr betont und singend, fast, als wäre er französisch. Sie deutete zum Himmel, und mit Schrecken sah er, daß über den Bergen schon der Morgen graute. Er war die ganze Nacht außer Haus gewesen. Wenn sein Vater das merkte, würde er ihn umbringen. Voller Angst sprang er auf.

Brids Mutter beugte sich über ein loderndes Feuer; darüber hing ein Topf, in dem etwas köchelte. Adam schnupperte, und Brid klatschte in die Hände. Dann nickte sie, nahm von ihrer Mutter eine Tonschüssel entgegen und löffelte eine Art dünnflüssigen Haferschleim hinein. Er nahm ihr die Schüssel ab und roch daran, dann kostete er den Brei und verbrannte sich daran die Zunge. Es war ein ziemlich geschmackloses Frühstück, kein Vergleich zu dem köstlichen Essen am Abend vorher, aber zumindest bekam er etwas in den Magen. Als Brid ihn schließlich auf demselben Weg, den sie gekommen waren, zurückbrachte, war er einigermaßen frohen Muts.

Der Stein war wieder in Nebel gehüllt, als sie dicht an ihm vorbeigingen. Vom Berggipfel aus konnte Adam ins heimatliche Tal hinabsehen, das noch in Dunkelheit dalag. Brid deutete lächelnd auf den Weg, und Adam trat ein paar Schritte zurück. »Auf Wiedersehen«, sagte er. »Und danke.«

»Auf Wiedersehen und danke.« Das Mädchen wiederholte die Worte leise. Dann wandte sie sich mit einem Winken ab und verschwand im Nebel.

Im kalten Licht des frühen Morgens sah das Pfarrhaus freudlos aus. Von den Kaminen stieg noch immer kein Rauch auf, und die Vordertür war zugesperrt. Ängstlich biß Adam sich auf die Lippe und schlich lautlos zur Küchentür in der Hoffnung, sie würde offen sein. Aber sie war verschlossen. Einen Augenblick blieb er unschlüssig stehen und sah zu den leeren Fenstern auf der Rückseite des Hauses hinauf. Das elende Gefühl stellte sich wieder ein. Er schluckte schwer und trat wieder auf die Straße.

Das Pfarrhaus schlief vielleicht noch, aber im Dorf bereitete man sich schon auf den neuen Tag vor. Als Adam in die Bridge Street einbog und zaghaft an Jeannie Barrons Tür klopfte, lag der süße Duft von Holzrauch in der Luft. Auf sein Klopfen hin erscholl wildes Kläffen.

Wenige Sekunden später wurde die Tür von Jeannies stämmigem Mann Ken geöffnet. Ein hübscher Sheltie umsprang ihn, offenbar erfreut, Adam zu sehen, der sich bückte und ihm die Arme um den Hals schlang. Der Hund hatte früher ihm gehört, aber aus irgendeinem Grund, den Adam nie verstehen würde, hatte sein Vater nicht gewollt, daß sein Sohn ein Haustier hatte, und so hatte Jeannie den Welpen geschenkt bekommen. Überrascht sah Ken Adam an und rief dann über die Schulter: »Jeannie, der Sohn des Pfarrers ist gekommen.«

Sie konnte sich recht gut vorstellen, welche Art Leben den Jungen im Pfarrhaus erwartete, und sie beneidete ihn nicht darum. Aber er hatte Mut; das hatte sie schon immer an ihm bewundert.

Dieses Mal, als er durch das Tor aufs Haus zuging, stand die Vordertür offen. Im Flur blieb er zögernd stehen. Die Tür zum Arbeitszimmer seines Vater war geschlossen. Er schaute zur Treppe und überlegte, ob er sie auf seinen weichen Gummisohlen wohl unbemerkt erreichen konnte. Er war schon fast bei der untersten Stufe angelangt, als hinter ihm die Tür aufging. Panik stieg in ihm auf, es würgte ihn in der Kehle. In dem Augenblick, in dem er sich zu seinem Vater umdrehte, glaubte er, sich übergeben zu müssen.

Thomas Craig trat einen Schritt zurück und bedeutete dem Jungen mit einer knappen Kopfbewegung, ins Arbeitszimmer zu gehen. Das Gesicht des Pastors war grau, die Wangen waren unrasiert. Sobald er die Tür hinter seinem Sohn geschlossen hatte, griff er nach dem breiten Lederriemen, der dort stets an einem Haken hing.

Adam wimmerte. Die Angst schoß ihm eiskalt über die Schultern und den Rücken hinab; seine Haut zog sich zusammen vor Entsetzen angesichts der Schläge, die jetzt kommen würden. »Vater ...«

»Wo warst du letzte Nacht?«

»Auf dem Berg, Vater. Es tut mir leid. Ich habe mich im Nebel verlaufen ...«

»Du hast mir nicht gehorcht. Ich hatte dir gesagt, du sollst auf dein Zimmer gehen. Ich mußte nach dir suchen. Ich habe das ganze Dorf nach dir abgesucht. Und das Flußufer. Ich wußte nicht, was mit dir passiert ist!«

»Es tut mir leid, Vater.« Er schämte sich, so große Angst zu empfinden, aber er war ihr hilflos ausgeliefert. »Ich war traurig.« Er sprach sehr leise.

»Traurig?« wiederholte sein Vater. Er zog den Lederriemen durch die Hand und schlang ihn sich um die Faust. »Und du glaubst, das entschuldigt deinen Ungehorsam?«

»Nein, Vater.« Adam faltete die Hände fest zusammen, um das Zittern zu beherrschen.

»Und dir ist bewußt, daß Gott dich bestraft sehen möchte?«

Nein, schrie er innerlich. Nein. Mummy sagt, Gott ist der Gott der Liebe. Er verzeiht. Er würde nicht wollen, daß ich geschlagen werde.

»Also?« Thomas' Stimme war nur noch ein leises Zischen.

»Ja, Vater«, flüsterte Adam.

Sein Vater blieb eine Weile schweigend stehen und starrte ihn an, dann zog er einen Holzstuhl von der Wand, stellte ihn vor seinen Schreibtisch und deutete darauf.

Adam bebte. »Bitte, Vater ...«

»Kein Wort mehr.«

»Vater ...«

»Gott wartet, Adam!« bellte der Pastor und übertönte das gewisperte Flehen seines Sohnes.

Adam gab auf. Mit zitternden Beinen, die ihn kaum tragen wollten, ging er zum Stuhl und beugte sich darüber; eine Faust stopfte er sich in den Mund.

Auf seine Art war Thomas Craig ein gerechter Mensch, aufrichtig in der strengen, harten Religion, die er predigte. Ein Teil seiner selbst wußte, daß der Kummer des Jungen über den Verlust seiner Mutter ebenso groß oder vielleicht noch größer war als sein Schmerz über den Verlust seiner Ehefrau. Doch als er den Lederriemen auf den Rücken des wehrlosen Kindes niedersausen ließ, zerriß etwas in ihm. Immer wieder holte er mit dem Riemen aus; dabei sah er nicht die schmalen Hüften, das schmuddelige Hemd und die kurze Hose eines Vierzehnjährigen, sondern die Gestalt seiner schönen, herausfordernden, widerspenstigen Ehefrau. Erst als der Junge ihm reglos vor die Füße glitt, hielt er entsetzt inne und starrte ungläubig auf seinen am Boden liegenden Sohn.

»Adam?« Er ließ den Riemen fallen, kniete neben dem Jungen nieder und schaute erschrocken auf die nässenden Striemen, die sich auf der Rückseite der Oberschenkel bildeten, auf die langen, blutigen Flecke, die seine Hose rot verfärbten.

»Adam?« Er streckte die Hand nach dem Kopf seines Sohnes aus, der in einem seltsamen Winkel dalag, dann zog er sie

28

plötzlich zurück; er hatte Angst, ihn zu berühren. »Was habe ich getan?«

Schwer schluckend wich er zurück und taumelte blind zu seinem Schreibtisch, wo er sich auf den Stuhl fallen ließ und nach seiner Bibel griff. Das Buch an die Brust gedrückt, blieb er lange Zeit reglos sitzen. Auf der Schreibunterlage vor ihm lagen die Fetzen des Briefes, den Susan Craig ihrem Sohn geschrieben hatte – ein Brief, den Adam nie sehen würde.

Draußen auf dem Gang tickte die hohe Standuhr langsam weiter. Sie schlug zur halben Stunde, dann zur vollen. Als die langen, volltönenden Schläge durch die Stille hallten, richtete Thomas sich endlich auf.

Er trug den bewußtlosen Jungen die Treppe hinauf und legte ihn vorsichtig auf sein Bett. Erst dann fand er die Kraft, sein eigenes Schlafzimmer zu betreten – zum ersten Mal, seitdem Susan gegangen war. Er blickte sich um. Abgesehen von ihren Bürsten und dem Kamm, die auf der Kommode am Fenster lagen, gab es im Zimmer nichts von ihr zu sehen. Aber das war immer so gewesen. Er hatte Zierrat und dergleichen stets verabscheut, Blumen im Haus hatte er verboten.

Nach kurzem Zögern ging er zu dem riesigen alten Mahagonischrank. Hinter der rechten Tür hingen seine wenigen schwarzen Anzüge, hinter der linken ihre Kleider. Es waren kaum mehr, als er besaß: zwei Kostüme, eines in Dunkelblau, eines in Schwarz, zwei schwarze Hüte auf dem Regal darüber, und drei Baumwollkleider, die immer wieder gewaschen und gebügelt worden waren, mit dem hohen Kragen, den langen Ärmeln und den nüchternen, gedeckten Farben, die er ihr für ihre Sommergarderobe zugestand. Sie besaß zwei Paar schwarze Schnürschuhe. Er öffnete die Tür in der Erwartung, daß die Kleider verschwunden sein würden, aber sie hingen noch alle an der Stange. Alle. Auf diesen Anblick war er nicht gefaßt gewesen, ebensowenig wie auf seine Reaktion. Eine Woge der Trauer, der Liebe und des Verlustes überwältigte ihn. Ohne dem Drang widerstehen zu können, nahm er eines der Kleider vom Holzbügel, preßte es an sich, vergrub sein Gesicht in dem Stoff und schluchzte.

Erst sehr viel später hörte er zu weinen auf.

Voll Abscheu sah er auf das Kleid in seinen Händen. Es roch nach ihr. Es roch nach Frau, nach Schweiß, nach Verlangen. Er erkannte das Verlangen nicht sofort als sein eigenes. Er warf das Kleid auf den Boden, zog die restlichen Kleidungsstücke aus dem Schrank und warf sie auf den Haufen. Dann fiel er über das Bett her, zerrte eines der schweren Leinenlaken herunter und wickelte es um die Kleider, die Schuhe und die beiden Hüte. Schließlich riß er die Schubladen auf, die ihre kleine Sammlung vielfach geflickter Unterwäsche enthielten, und schmiß sie ebenfalls auf den Haufen, bevor er alles nach draußen trug. Im Garten, hinter den ordentlich ausgerichteten Gemüsebeeten, rosteten ein Gewirr alter Drähte und ein Eisenrahmen vor sich hin, die Überreste von Susan Craigs geliebtem Klavier. Darauf warf er nun ihre Kleider, begoß alles mit Paraffin und setzte alles mit einem Zündholz in Flammen. Erst als der letzte dicke Strumpf zu Asche verbrannt war, kehrte er ins Haus zurück.

Er ging nicht nach oben, um nach Adam zu sehen. Statt dessen betrat er sein Arbeitszimmer und betrachtete den Stuhl, über den der Junge sich gebeugt hatte. Thomas Craig empfand abgrundtiefe Abscheu vor sich selbst. Der Zorn, das Elend, die Liebe, die er für Verlangen nach seiner Frau hielt, waren Sünde. Die schlimmsten Sünden überhaupt. Wie konnte er das Seelenheil seiner Gemeinde retten, die Gläubigen wegen ihrer Rückfälle ermahnen, wenn er sich selbst nicht unter Kontrolle hatte? Blind ging er zum Schreibtisch und griff nach dem Lederriemen, mit dem er den Jungen verprügelt hatte. Er betrachtete den Riemen, wie er in seiner Hand lag, und wußte, was er zu tun hatte.

Er schloß die Tür der alten Kirche hinter sich, trat über die Stufen in den grauen Steinbau und sah sich um. Die Stühle waren ordentlich aufgereiht, am östlichen Ende des schattigen Kirchenschiffs befand sich ein leerer Tisch. Seit über tausend Jahren stand an dieser Stelle eine Kirche, oder so hieß es zumindest, und manchmal, wenn er allein hier war, so wie jetzt, konnte er – so sehr er sich dagegen auch wehrte – die Heiligkeit dieses Ortes fühlen. Er war entsetzt, daß er selbst so abergläubisch sein konnte, aber es war ihm unmöglich, sich von diesem Eindruck zu befreien. Durch die Fenster drang genügend Licht, um ihm den Weg zu leuchten, als er das Schiff ein Stück entlangging und sich dann langsam setzte. In der Rechten hielt er den Lederriemen.

Lange Zeit blieb er wie erstarrt sitzen, die Hände krampfhaft gefaltet, die Augen im Gebet geschlossen. Aber er wußte, der Herr verlangte mehr als nur das. Er forderte eine Strafe für Thomas' Schwäche. Als draußen die letzten Lichtstrahlen erloschen und nur noch blasse Streifen durch die Fenster auf die uralten Steinwände und Böden fielen, stand er auf. Langsam trat er vor die Stuhlreihen und begann, zuerst sein Jackett, dann die Krawatte und das Hemd auszuziehen. Sorgsam faltete er die Kleidung zusammen. Er zitterte in der kalten Luft, die seine bleichen Schultern umspielte. Eine Minute zögerte er, dann fuhr er fort: Schuhe, Socken, Hose, alles ordentlich auf den Stapel gelegt. Eine Weile überlegte er, ob er die lange Wollunterhose ausziehen sollte, aber der nackte männliche Körper war, wie der der Frau, dem Herrn ein Greuel.

Dann griff er nach dem Lederriemen.

Der Schmerz, den der erste Schlag verursachte, raubte ihm den Atem. Er hielt inne, aber nur eine Sekunde. Immer und immer wieder hob er den Arm und spürte, wie sich der Riemen unbarmherzig um seine Rippen schlang. Nach einiger Zeit zählte er die Hiebe nicht mehr, sondern triumphierte im Schmerz, spürte, wie er ihn reinigte und alle Spuren seiner verderbten Sünden entfernte.

Allmählich wurden die Schläge schwächer. Er sank in die Knie, und der Riemen fiel ihm aus der Hand und landete auf den Steinboden. Er hörte ein Schluchzen, dann erst wurde ihm bewußt, daß es von ihm selbst stammte. Verzweifelt ließ er sich der Länge nach auf den Boden fallen und vergrub den Kopf in den Armen.

Als Adam aufwachte, lag er mit dem Gesicht nach unten auf seinem Bett. Er versuchte, sich zu bewegen, schrie aber vor Schmerz auf und krallte die Finger in das Laken.

»Mummy!«

Er hatte vergessen, was passiert war. Früher, wenn sein Vater ihn geschlagen hatte, war sie heimlich die Treppe hinaufgeschlichen, hatte seine Wunden mit Jod desinfiziert und ihm zum Trost ein Bonbon zugesteckt. Aber dieses Mal war sie nicht da, und die Schmerzen waren schlimmer als je zuvor. Noch einmal versuchte er, seine Position zu verändern, aber es tat zu weh; so blieb er reglos liegen und weinte nur leise in das Kissen.

Es war absolut still im Haus. Lange Zeit lag er so da, während das Blut gerann und allmählich trocknete und seine Kleidung an seinem Rücken festklebte. Nach einer Weile döste er ein. Einmal wachte er mit einem Ruck auf, weil unten eine Tür ins Schloß fiel. Ängstlich hielt er die Luft an und dachte, sein Vater würde kommen, aber als er das nicht tat, beruhigte er sich allmählich ein wenig, und wieder ließ der Schlaf ihn seine Schmerzen vergessen.

Doch schließlich wurde der Drang zu urinieren so groß, daß er aufstehen mußte. Steifbeinig taumelte er zur Toilette und biß sich auf die Lippen, um nicht aufzuschreien. Er sperrte die Tür hinter sich zu und öffnete den Reißverschluß seiner kurzen Hose. Seine Gliedmaßen waren so steif, daß er sich nicht umdrehen und sein Gesäß untersuchen konnte, aber allein der Anblick der blutunterlaufenen Stellen auf seinen Oberschenkeln und das Blut auf seinen Kleidern erschreckte ihn. Er wußte nicht, was er tun sollte.

Er schlich in sein Zimmer zurück und legte sich aufs Bett. Als er das nächste Mal aufwachte, war es beinahe dunkel. Mühsam kroch er zum Treppenabsatz und sah nach unten. Keine der Lampen brannte. Auf Zehenspitzen tastete er sich nach unten. Die Tür zum Arbeitszimmer seines Vaters stand offen, aber der Raum war leer. Einen Moment blieb er stehen und starrte hinein.

Er nahm einen alten Regenmantel von den Haken im gefliesten Vestibül und legte ihn sich um die Schultern; er hatte Angst, jemandem zu begegnen, Angst, jemand könnte sehen, was sein Vater ihm zugefügt hatte, Angst, sie würden dann wissen, daß er etwas Böses getan hatte.

Beinahe wagte er nicht, wieder an Jeannies Haustür zu klopfen, aber was hätte er sonst tun sollen? Als er durch den Vorgarten auf ihre Tür zuging, drehte sich ihm der ganze Kopf, und seine Füße fühlten sich an, als gehörten sie einer anderen Person. Er hob die Hand zum Türklopfer, griff aber in die Luft, und seine Finger schabten über das Holz.

Doch der Hund hörte ihn.

»Der Mann gehört weggesperrt!« Ken Barron goß gerade Wasser aus den Töpfen vom Herd in die kleine Messingwanne, die vor dem Kaminfeuer stand. »Anzeigen müßte man ihn!«

Jeannie schüttelte den Kopf; ihre Lippen waren fest aufeinander gepreßt. »Nein, Ken, laß gut sein. Ich werde selbst mit ihm reden.« Sie hatte mit den Tränen gekämpft, als sie gesehen hatte, in welchem Zustand der Junge sich befand.

Die einzige Möglichkeit, ihn aus seinen Kleidern zu befreien, war ein warmes Bad. Er konnte sich zwar nicht in die Wanne setzen, aber doch in den Kleidern hinknien, während sie ihm Krüge voll warmes Wasser über die mageren Schultern goß und vorsichtig zuerst das Hemd und dann die kurze Hose von dem verkrusteten Blut ablöste.

Nachdem alle Wunden gesäubert waren und sie eine lindernde Salbe aufgetragen hatte, zog sie dem Jungen ein frisches Hemd ihres Mannes über, auch wenn Adam vor Schmerz zusammenfuhr, als seine Haut mit dem groben Leinen in Berührung kam. Dann gab sie ihm heiße Brühe zu trinken und legte ihn in das Klappbett, das in der Ecke des Zimmers stand.

Was sie dem Pfarrer zu sagen hatte, konnte bis morgen warten. Dieses Mal würde er nicht ungeschoren davonkommen.

»Sei nicht dumm, Jeannie.« Nur sehr halbherzig versuchte Ken am nächsten Morgen, seine Frau von ihrem Besuch im Pfarrhaus abzuhalten. Er hatte großen Respekt vor Jeannies Wutausbrüchen.

Ihre blauen Augen blitzten. »Versuch nur, mich abzuhalten!« Sie hatte die Hände in die Hüften gestemmt und blickte ihm fest in die Augen. Rasch trat er beiseite und sah von der Tür aus zu, wie seine Frau mit Adam an der Hand die Straße entlangging.

Die Vordertür zum Pfarrhaus stand offen. Jeannie zog Adam mit sich in den Flur und sah sich um. Sie konnte das Unglück riechen, das in diesem Haus hing, das Fehlen von frischer Luft und Blumen. Schaudernd dachte sie an die hübsche junge Engländerin, die Thomas Craig während seiner Ausbildung zum Pfarrer irgendwie für sich gewonnen und vor fünfzehn Jahren in dieses Haus mitgebracht hatte. Susan mit ihrem glänzenden Haar und den hübschen Kleidern war so lebenslustig gewesen, und eine Zeitlang hatten die hohen Räume des zweihundert Jahre alten Hauses vom Klang ihres Gesangs, des Klaviers, das sie so wunderschön spielte, und ihres Lachens widergehallt. Aber langsam, Schritt um Schritt, hatte er sie zerstört. Er verbat ihr das Singen, runzelte die Stirn, wenn sie lachte. Als sie einmal mit dem Bus nach Perth gefahren war, hatte er das Klavier von jemandem in den Garten schaffen lassen und es dort verbrannt, denn es war ein Greuel in den Augen des Herrn – und war nicht alle Musik frivol und schändlich, wenn sie nicht in der Kirche gespielt wurde? An dem Abend hatte Susan in der Küche wie ein Kind geweint, und Jeannie, die damals selbst noch jung gewesen war, hatte ihr die Hand auf das blonde Haar gelegt – das später in einen festen Knoten gebunden wurde – und vergeblich versucht, sie zu trösten.

Zehn Monate, nachdem Thomas seine Frau ins Pfarrhaus geholt hatte, war Adam zur Welt gekommen. Er war das einzige Kind geblieben.

Susans ganzes Leben drehte sich um den kleinen Jungen, aber Thomas hatte eigene Vorstellungen, was die Erziehung seines Sohnes betraf: Kinder sollte man sehen, nicht hören; wer sein Kind nicht züchtigt, der liebt es nicht.

Jeannie seufzte. Adam war ein aufgewecktes Kind. Er war auf die Dorfschule gegangen und besuchte jetzt die Oberschule in Perth. Er schloß rasch Freundschaft, aber weil er Angst hatte, seine Kameraden nach Hause einzuladen, und sich wegen seines Zuhauses auch schämte, vertiefte er sich zunehmend in seine Bücher und widmete sich nur noch seinen Hobbys. Liebe und Glück hatte er zu Hause nur heimlich hinter verschlossener Küchentür erfahren, wo seine Mutter und die warmherzige Haushälterin in stillschweigender Übereinkunft versuchten, das Leben des Jungen außer Sichtweite des Vaters glücklich zu machen.

Über das Privatleben des Pfarrers mit seiner Frau konnte Jeannie nur Vermutungen anstellen. Beim Gedanken daran rümpfte sie die Nase. Ein Mann, der einen Hund erschießen ließ, weil er eine Hündin auf der Straße gedeckt hatte, und zwar am Sabbat vor der Kirche; ein Mann, der den Dorfmädchen befahl, selbst im Sommer langärmlige Kleider zu tragen, der konnte nicht natürlich auf sinnliche Bedürfnisse reagieren.

Thomas hatte sie durchs Fenster des kalten, leeren Eßzimmers durch den Garten kommen sehen. Er war makellos gekleidet; sein weißes Hemd war gestärkt. Nichts in seinen Zügen deutete auf die Schmerzen hin, die es ihm bereitete, in die Tür zu treten und die beiden zu empfangen. Seine Augen wanderten von Jeannies kampflustiger, beherrschter Miene zu seinem Sohn, dessen Gesicht weiß, erschöpft und angstvoll aussah. Er erlaubte sich nicht zu erschrecken.

»Adam, du darfst auf dein Zimmer gehen. Ich möchte alleine mit Mrs. Barron sprechen.«

Steif ging er ihr ins Arbeitszimmer voraus und eröffnete das Gespräch, bevor sie Gelegenheit hatte, auch nur ein Wort herauszubringen. »Ich möchte, daß Sie wieder Ihre alte Stelle annehmen. Jemand muß sich um den Jungen kümmern.«

Seine Worte nahmen ihr den Wind aus den Segeln; sie hatte sich auf eine heftige Auseinandersetzung gefaßt gemacht. Sie ballte die Hände zur Faust. »Gestern abend hätte ich beinahe den Arzt geholt«, sagte sie herausfordernd.

Sie sah, daß sein Kinn starrer wurde, aber sonst blieb sein Gesicht völlig ausdruckslos. »Es wird nicht wieder vorkommen, Mrs. Barron.«

Einen Augenblick herrschte Schweigen, dann hob sie ein wenig die Schultern. »Ich verstehe.« Es folgte eine weitere Pause. »Mrs. Craig kommt also nicht zurück?«

»Nein, Mrs. Craig kommt nicht zurück.« Seine Knöchel wurden weiß, als er sich auf dem Schreibtisch abstützte, um die Schmerzen des Stehens ein wenig zu lindern. Die Fetzen von Susan Craigs Brief waren verschwunden.

Jeannie nickte widerwillig. »Also gut, Herr Pfarrer. Ich nehme meine alte Stelle wieder an. Nur wegen des Jungen, daß wir uns recht verstehen. Aber es darf nicht wieder vorkommen. Nie wieder.«

Ihre Blicke begegneten sich, und er senkte den Kopf. »Danke«, sagte er demütig.

Einen langen Augenblick starrte sie ihn schweigend an, dann wandte sie sich zur Tür. »Dann werde ich mal Feuer im Herd machen.«

Kapitel 2

Von nun an verlief das Leben für Adam anders als früher. Sein Vater sprach selten mit ihm, und wenn, dann verhielt er sich sehr distanziert; sie begegneten sich wie höfliche Fremde. Frühstück und Mittagessen nahm der Junge in der Küche mit Mrs. Barron ein. Zu Abend gab es nur Kaltes. Manchmal saßen er und sein Vater sich schweigend im Eßzimmer gegenüber, aber sobald Thomas nicht da war, verstaute Adam das Essen in seinen Rucksack und floh auf den Berg.

Die Ferien gingen allmählich zu Ende. Er war froh darüber, daß die Schule bald wieder anfangen würde. Zwischen ihm und seinen Freunden war eine Veränderung eingetreten, die er aber nicht erklären konnte. Es gab eine bislang unbekannte Zurückhaltung zwischen ihnen – eine leichte Verlegenheit, fast eine Fremdheit. Er wußte nichts von den Gerüchten, die die Runde machten und die besagten, daß Mrs. Craig, die Frau des Pfarrers, nach Edinburgh gegangen sei, und zwar in Begleitung – und hier variierte das Gerücht – eines Vertreters, eines Universitätsprofessors (der im Sommer zwei Wochen im Bridge Hotel verbracht hatte) oder des Importeurs von französischen Weinen, der zwei Tage vor Mrs. Craigs Verschwinden abgereist war. Niemand sagte etwas, aber als Adam bemerkte, daß seine Freunde Euan und Wee Mikey mit ihrem Tuscheln und Kichern hinter dem Dorfladen aufhörten, wenn er auf sie zusteuerte, machte er mit hochrotem Kopf kehrt. Sie hatten ihn verraten. Vielleicht hätte sein bester Freund Robbie (einer der wenigen Jungen, die er zu Hause besuchen durfte) ihn verstanden, aber der war den ganzen Sommer nicht in Pittenross gewesen, und seit dem Tod seiner Mutter vor einem Jahr ging er aufs Internat. Anstatt in den kostbaren letzten Ferientagen mit seinen Freunden zu spielen, vertrieb sich Adam die Zeit allein und richtete seine Gedanken ganz auf die Schule.

Er war immer gern zur Schule gegangen, und das Lernen machte ihm Spaß. Noch hatte er seinem Vater nichts von seinem Wunsch, Arzt zu werden, erzählt, aber er konnte sich nicht vorstellen, was sein Vater dagegen einwenden sollte. Die Medizin war ein ehrbarer Beruf. Eines jedenfalls wußte Adam ganz genau: Er wollte nicht Geistlicher werden. Er haßte die Kirche. Er haßte den Sabbat. Er haßte die Bibel, und er haßte die schrecklichen Schuldgefühle, die ihn heimsuchten, weil er das alles so sehr haßte. Unter seinen Aufgaben als Sohn des Pfarrers gab es nur eine einzige, die ihm je gefallen hatte, das waren die Besuche bei den Armen und Kranken der Gemeinde, auf die er seine Mutter begleitete. Sie war wie geschaffen für diese Arbeit, und obwohl sie aus England stammte, mochten die Dorfbewohner sie gern. Sie war nie herablassend oder bevormundend, sondern fröhlich und praktisch, und es machte ihr nichts aus, die Ärmel hochzukrempeln. Die Leute empfanden Achtung für sie, und Adam wurde bald klar, daß einer kränklichen Frau oder einem Verletzten eine halbe Stunde in ihrer Gegenwart mehr half als stundenlange Predigten seines Vaters. Gelegentlich waren sie auf ihren Runden dem Arzt Dr. Grogan begegnet, und dann hatte Adam – wenn es ihm erlaubt wurde, oder wenn er sich einfach unbemerkt in eine Ecke zurückziehen konnte – ihm zugesehen. Schon mit zehn Jahren hatte er den Wunsch verspürt, Medizin zu studieren.

Eine Woche nachdem seine Welt sich so abrupt verändert hatte, machte sich Adam auf den Weg zum Berg, wo der Stein stand. In seinem Rucksack befand sich nicht nur sein Mittagessen, sondern auch das Abendbrot, denn Mrs. Barron war mit dem Bus zum wöchentlichen Besuch bei ihrer Schwester nach Perth gefahren.

Er hatte oft an Brid, ihren Bruder und ihre Mutter gedacht und an die Freundlichkeit, mit der sie ihm begegnet waren, aber er hatte niemandem davon erzählt. Seine Freimütigkeit, seine Begeisterungsfähigkeit, seine Lebenslust waren verschwunden. Die Prügel und der Verlust seiner Mutter hatten ihn verändert. Jeannie Barron entging das nicht, und ihr Herz blutete für den Jungen. Sie bemutterte ihn, so gut sie konnte, aber wann immer sie ihn in die Arme schließen wollte, wich er ein wenig zurück. Er akzeptierte ihre Zuwendung höflich, mehr nicht. Es war, als hätte er einen Teil seiner selbst hinter einer Schutzmauer verborgen. Der neue Adam war verschwiegen. Seiner Mutter hätte er von seinen neuen Freunden erzählen können, aber ohne sie sagte er niemandem etwas.

Es war ein böiger Tag, eine belebende herbstliche Frische lag in der Luft. Neben dem Essen und dem Feldstecher, der an einem Riemen um seinen Hals hing, hatte er seine Botanisiertrommel dabei – um Interessantes für sein Museum zu sammeln –, sein Vogelbuch, sein Notizbuch und einen Bleistift; außerdem hatte er vier Scheiben Schokoladenkuchen aus der Speisekammer stibitzt. Drei davon waren für Brid und ihre Familie. Er wußte, daß Mrs. Barron es bemerken würde, aber sie würde es seinem Vater nicht sagen. Sein Vater wußte nicht einmal, daß es den Kuchen überhaupt gab – zweifellos hätte er ihn mißbilligt.

Außer Atem erreichte er den Stein und nahm den Rucksack von der Schulter. Er hatte schon drei Vögel gesehen, die er in sein Notizbuch eintragen wollte: Moorschneehuhn natürlich, Feldlerche und Zeisig. Er holte das abgegriffene Heft hervor, befeuchtete die Bleimine, damit sie besser schrieb, und machte sich an seine Aufzeichnungen.

Er hatte sich vorgenommen, zu Mittag zu essen und Vögel zu beobachten und dann am Nachmittag zu Brids Hütte auf der anderen Seite des Bergs abzusteigen.

Der erste Teil des Tags ging ganz nach Plan. Er setzte sich auf ein Felsplateau, wo er sich an einen Stein lehnen konnte und den ganzen mit Heidekraut bewachsenen Abhang im Blick hatte. Stellenweise färbte sich das Land schon braun, und das leuchtende Violett der vergangenen Wochen verblich allmählich. Er hörte den Schrei eines Adlers, legte das Stück Schweinefleischpastete beiseite und nahm den Feldstecher zur Hand, um ihn auf die wolkenverhangenen Berggipfel in der Ferne zu richten.

Erst nachdem er alles aufgegessen, die Hälfte der Ingwerlimonade getrunken und das Pergamentpapier sorgfältig zusammengefaltet neben die Kuchenscheiben in seinem Rucksack verstaut hatte, stand er auf, um Brid zu besuchen.

Mittlerweile strahlte die Sonne von einem ungewöhnlich wolkenlosen Himmel. Adam schnupperte. Er hatte sein ganzes bisheriges Leben hier verbracht und wußte die Zeichen, die das Wetter vorhersagten, genau zu deuten. Der Wind hatte sich gelegt. Eine Stunde blieb ihm noch, vielleicht zwei, dann würde in den Senken der Berge der erste Dunst aufkommen und langsam über die Gipfel treiben, bis diese in Dunst gehüllt waren und schließlich ganz verschwanden.

Einen Moment lang sah er sich um, dann hob er den Feldstecher an die Augen und begann, die Landschaft jenseits der alten Kiefern systematisch nach dem Pfad abzusuchen, der zu dem Bach mit Brids Häuschen führte.

Endlich entdeckte er ihn und machte sich zuversichtlich auf den Weg, über den nach Norden liegenden Hang hinab, das Steinkreuz im Rücken. Als er die Bäume erreichte, hielt er inne. Der Schatten, den er für den Pfad gehalten hatte, war genau das – ein bloßer Schatten, der durch eine kleine Aufwerfung entstand. Stirnrunzelnd schalt er sich, nicht besser auf den Weg geachtet zu haben, über den Brid ihn neulich geführt hatte.

»Brid!« Er legte die Hände an den Mund und rief. In der Stille des Nachmittags klang seine Stimme fast unanständig laut. Ganz in seiner Nähe schwirrte ein Moorschneehuhn auf und kreischte seinen Alarmruf. Adam blieb still stehen. Die Konturen am Horizont verschwanden eine nach der anderen im aufkommenden Dunst.

»Brid!« rief er erneut. Seine Stimme hallte durch das ganze Tal. Er spürte Enttäuschung in sich aufkommen. Ihm war gar nicht bewußt gewesen, wie sehr er sich darauf gefreut hatte, das Mädchen und ihren Bruder wiederzusehen.

Er bahnte sich einen Weg durch den wild wuchernden Farn, ließ die Kiefern hinter sich und ging immer weiter bergab. Die Falte in dem Felsen kam ihm bekannt vor. Wenn ihn nicht alles täuschte, würde er dort den Bach finden, der zwischen steilen Böschungen dahinrauschte. Mittlerweile watete er förmlich durch das Dickicht; die harten Stämme der Heide und des Farns rissen ihm die Beine auf. Völlig außer Atem tauchte er schließlich aus dem Gestrüpp auf und gelangte auf die flachen Felsen, wo tatsächlich der Bach über einige Stufen zu dem Teich hinabstürzte – dem Teich, in dem Gartnait die Forellen gefangen hatte. Adam runzelte die Stirn. Er war überzeugt, die richtige Stelle gefunden zu haben, aber andererseits war das nicht möglich, denn er konnte keine Spur von dem einfachen Häuschen entdecken, in dem seine neuen Freunde lebten und wo er die schicksalsträchtige Nacht verbracht hatte. Er kletterte über die glitschigen Felsen hinab: genau hier. Er war sich absolut sicher, daß es hier gewesen war. Bestürzt sah er sich um. Das Gras, das in der Gischt der Wasserfälle wuchs, war lang und üppig. Von einer Feuerstelle war keine Spur zu sehen.

Es konnte nicht der richtige Ort sein. Aber wenn er dem Bach weiter bergab folgte, würde er die richtige Stelle finden. Er suchte, bis es zu dämmern begann, und wurde immer ärgerlicher über sich selbst, weil er immer nur wieder zur selben Stelle zurückkehrte.

Schließlich mußte er aufgeben. Er setzte sich hin und aß den ganzen Kuchen auf; jetzt blieb ihm nichts anderes übrig, als ins Pfarrhaus zurückzukehren. Müde, enttäuscht und bedrückt machte er sich auf den Heimweg.

Im Garten zögerte er. Im Arbeitszimmer seines Vaters brannte Licht, aber die Läden waren geschlossen, so daß er nicht hineinsehen konnte. Auf Zehenspitzen schlich er zur Küchentür und drückte vorsichtig die Klinke hinunter. Zu seiner Erleichterung war sie offen, und er stahl sich hinein.

Ohne im Gang stehenzubleiben, lief er die Treppen so rasch wie möglich hinauf, an seinem offiziellen Zimmer vorbei – wo er seit dem Weggang seiner Mutter nicht mehr geschlafen hatte – und die Treppe zum Speicher hinauf. Dort hatte er aus alten Kissen eine Art Matratze gemacht und sie mit Bettwäsche bezogen. Noch ganz bekleidet, die Schuhe an den Füßen, ließ er sich auf seine provisorische Bettstatt fallen, zog sich die Decke über den Kopf und weinte sich in den Schlaf.

Zwei Stunden später hörte er Schritte unten auf dem Treppenabsatz. Er war mit einem Ruck aufgewacht und blieb einen Augenblick still liegen; er wußte nicht mehr, was passiert war. Er war noch bekleidet. Dann fiel es ihm wieder ein.

Sein ganzer Körper spannte sich an. Da war es wieder, das Geräusch schwerer Schritte. Sein Vater. Leise kroch er aus dem Bett und ging lautlos zur Tür. Sein Herz klopfte zum Zerspringen. Die Schritte wurden lauter, und den Bruchteil einer Sekunde dachte er, sein Vater komme geradewegs auf den Speicher, aber dann verklangen sie wieder, und Adam wurde klar, daß sein Vater im Zimmer unter ihm auf und ab ging. Lange Zeit hörte er den Schritten zu, dann kroch er lautlos zum Bett zurück, schlüpfte unter die Decken und steckte den Kopf unter das Kissen.

Er schlief nicht lange. In der ersten Dämmerung weckte ihn das Lärmen einer Amsel. Er stieg aus dem Bett und schaute zum Fenster hinaus. Der Kirchhof jenseits der Hecke lag im fahlen Morgenlicht, am Himmel im Osten zeigte sich noch kein Sonnenstrahl. Adam ging zum gegenüberliegenden Fenster. Von dort konnte er zum Berg sehen und beinahe die Stelle erkennen, an der das Steinkreuz stand.

Sein Entschluß war rasch gefaßt. Er zog einen dicken Pullover über seine vom Schlafen zerknitterte Kleidung und stieg vom Speicher hinab. Vor dem Schlafzimmer seiner Eltern blieb er kurz stehen und hielt die Luft an. Hinter der Tür war ein heiseres, abgebrochenes Schluchzen zu vernehmen. Entsetzt hörte er einen Augenblick lang zu, dann lief er nach unten.

In der Küche nahm er sich den restlichen Kuchen und eine Dose mit Keksen sowie eine weitere Flasche Ingwerlimonade, die auf dem kalten Boden der Speisekammer stand. Das alles packte er in seinen Rucksack, dann kritzelte er auf den Notizblock, den Mrs. Barron immer für ihre Einkaufslisten benutzte: »Bin zum Vogelbeobachten. Alles in Ordnung.« Den Zettel lehnte er gegen die Teekanne, dann sperrte er die Tür auf und trat in den Garten hinaus.

Es war sehr kalt. In wenigen Sekunden waren seine Schuhe vom Tau durchnäßt, und seine Füße wurden zu Eisblöcken. Er stopfte die Hände in die Taschen und lief zur Straße; er hatte den Fluß schon überquert und den Fuß des Berges erreicht, als die Sonne über die fernen Gipfel stieg und den Tay in kaltglänzendes Licht tauchte.

Dieses Mal brauchte er nicht nach Brids Haus zu suchen. Das Mädchen fand ihn, wie er am Stein sitzend das letzte Stück Kuchen zum Frühstück aß.

»A-dam?« Die Stimme hinter ihm war sehr leise, aber er fuhr trotzdem zusammen.

»Brid!«

Hilflos sahen sie sich an. Sie hätten beide gerne mehr gesagt, aber sie wußten, daß es keinen Sinn hatte zu reden. Irgendwie mußten sie einen Weg finden, sich zu verständigen. Schließlich hatte Adam einen Geistesblitz; er wühlte in seinem Rucksack, verfluchte sich, daß er den ganzen Kuchen schon aufgegessen hatte, und holte die Kekse hervor. Er nahm die Dose und reichte sie ihr scheu. Neugierig roch sie an einem Keks, dann biß sie hinein.

»Keks.« Adam sprach das Wort deutlich aus.

Sie sah ihn mit leuchtenden Augen an, den Kopf leicht auf die Seite gelegt, und nickte begeistert. »Keks«, sprach sie ihm nach.

»Gut?« fragte er und machte einen entsprechenden Gesichtsausdruck.

Sie kicherte. »Gut?« sagte sie.

»Gartnait?« fragte er und hielt einen Keks für ihren Bruder hoch.

Sie deutete zum Kreuz. »Gartnait«, sagte sie. Es klang bestätigend. Dann sprang sie auf und zog Adam an der Hand.

Er folgte ihr. Dabei merkte er, daß mit der Sonne auch Dunst aufgekommen war; er zog sich durch die Bäume den Berg hinauf und hatte den Stein bereits eingehüllt. Adam fröstelte, denn der Nebelschleier traf ihn fast wie ein körperlicher Schlag, als er dem Mädchen folgte. Sie warf ihm über die Schulter einen Blick zu, und kurz erschien ein zweifelnder Ausdruck in ihren Augen, aber dann war er verschwunden, der Dunst löste sich in der Wärme der Sonne auf, und dort am Stein saß Gartnait. In der einen Hand hielt er einen Hammer, in der anderen eine Lochstanze. Es war unverkennbar, daß er den Stein bearbeiten wollte.

»Aber – das darfst du nicht!« Adam war schockiert.

Grinsend blickte Gartnait auf.

»Sag ihm, daß er das nicht tun darf. Das Kreuz ist heilig. Es ist Hunderte – ach, Tausende von Jahren alt. Er darf es nicht anrühren! Es ist Teil unserer Geschichte!« sagte Adam beschwörend, aber Brid achtete nicht auf ihn, sondern hielt ihrem Bruder den Keks hin.

»Keks«, sagte sie flüssig.

Adam betrachtete die Rückseite des Kreuzes. Sie trug nicht die verwitterten Symbole, die er sonst dort sah – die Kreise, der Z-artig gebrochene Speer, die Schlange, der Spiegel, die Mondsichel –, sondern wirkte völlig unberührt; nur in einer Ecke waren die frisch gemeißelten Spuren eines halbfertigen Symbols zu erkennen.

Er fuhr mit dem Finger die Umrisse des Symbols nach und hörte, wie Brid erschrocken einatmete. Dann schüttelte sie den Kopf und zog seine Hand fort. Nicht anfassen. Es war unmißverständlich, was sie ihm damit sagen wollte. Dann warf sie einen Blick über die Schulter, als habe sie Angst.

Einen Moment war Adam verwirrt. Das Kreuz – das richtige, alte Kreuz – mußte irgendwo dort drüben im Dunst stehen, und Gartnait machte eine Kopie davon. Er betrachtete die bisherige Arbeit des jungen Mannes und war beeindruckt von seinem Geschick.

Nachdem sie gemeinsam die Kekse gegessen hatten, nahm Gartnait wieder seine Meißel zur Hand. Eine Weile arbeitete er an der kunstvoll verzierten Form der Mondsichel, während Brid ihm zusah und kichernd von Adam die Namen der sie umgebenden Pflanzen und Bäume lernte. Plötzlich hielt Gartnait in seiner Arbeit inne und horchte. Brid verstummte sofort und sah sich ängstlich um.

»Was ist los?« Adam schaute zwischen den beiden hin und her.

Sie legte den Finger auf die Lippen, ohne das Gesicht ihres Bruders aus den Augen zu lassen.

Adam horchte angestrengt, aber er konnte nichts hören als die leichte Brise, die durch die trockenen Heidesträucher wehte.

Abrupt gab Gartnait seiner Schwester einen Befehl, woraufhin sie sofort aufsprang und Adam am Handgelenk packte. »Komm. Schnell.« Diese Worte hatte er ihr bereits beigebracht.

»Warum? Was ist los?« Er war verstört.

»Komm.« Schon zog sie ihn von ihrem Bruder fort zu den Bäumen.

»Brid!« rief Gartnait ihr nach und fügte rasch einige unverständliche Anweisungen hinzu. Sie nickte, ohne Adams Hand loszulassen. Der Nebel trieb wieder über den Berg herauf, und die beiden tauchten genau in dem Augenblick in die Schwaden ein, als Adam in der Ferne zwei Gestalten näher kommen sah. Ganz offensichtlich wollte Brid nicht, daß er ihnen begegnete. Nach wenigen Sekunden waren er und Brid völlig vom Nebel umgeben, und von den beiden Gestalten war nichts mehr zu sehen.

Brid ging voran, wobei sie sich offenbar an Wegzeichen orientierte, die ihm gar nicht auffielen. Sehr bald betraten sie die Stelle, wo er dem Mädchen zum ersten Mal begegnet war.

Nervös sah er sich um. Gartnait und die beiden Fremden mußten doch nur wenige Schritte hinter dem Stein sein? Er warf einen Blick zurück und sah das ins Licht der frühen Sonne getauchte Kreuz im Dunst aufragen. Von

45

Gartnait oder den unwillkommenen Besuchern war keine Spur zu sehen.

»Wer sind die beiden?« Adam begleitete seine Frage mit entsprechender Mimik.

Brid zuckte die Achseln. Offenbar war es zu schwierig, ihm das zu erklären, und außerdem wirkte sie nach wie vor furchtsam. Sie zog ihn an der Hand, legte wieder den Finger auf die Lippen und ging mit ihm weiter bergab.

Adam verspürte eine gewisse Ernüchterung: Es war offensichtlich, daß Brid Angst hatte – zwar setzte sie sich zunächst neben ihn, als er sie zu einem geschützten Felsen führte, von wo aus das sonnenbeschienene Tal zu sehen war, doch schon nach kurzer Zeit stand sie wieder auf.

»Leb wohl, A-dam.« Sie drückte ihm leicht die Hand.

»Kann ich morgen wiederkommen?« Es gelang ihm nicht, die Bangigkeit in seiner Stimme zu unterdrücken.

Lächelnd zuckte sie mit den Schultern. »Morgen?«

Mit welcher Mimik kann man »morgen« erklären? Resigniert zuckte auch er die Achseln.

Da schüttelte sie den Kopf, winkte ihm ein letztes Mal zu, drehte sich um und rannte leichtfüßig den Berg hinauf. Enttäuscht lehnte er sich an den Felsen.

Weder am nächsten noch am übernächsten Tag war sie da. Noch zwei weitere Male ging er den Berg hinauf und suchte zweimal den ganzen Tag nach der Hütte und nach Gartnaits Stein, konnte aber keine Spur davon entdecken. Beide Male kehrte er enttäuscht und befremdet nach Hause.

»Wo bist du den ganzen Tag gewesen?« Sein Vater saß ihm im kalten Eßzimmer gegenüber.

»Ich war wandern, Vater.« Vor Nervosität umklammerte er Messer und Gabel noch fester, dann legte er sie auf den Teller.

»Ich habe heute Mrs. Gillespie auf dem Postamt getroffen. Sie sagt, du wärst gar nicht zum Spielen zu den anderen Jungen gegangen.«

»Nein, Vater.«

Wie konnte er ihm von den feixenden Seitenblicken seiner Kameraden erzählen?

Mit höchster Konzentration betrachtete er das Muster auf seinem Teller, als wollte er sich die zarten Efeuranken am Tellerrand genauestens einprägen.

»Freust du dich darauf, wieder in die Schule zu gehen?« Der Pfarrer gab sich große Mühe. Seine Augen waren rot gerändert und blutunterlaufen, und seine Hände zitterten ein wenig. Schließlich schob er den noch halbvollen Teller beiseite. Adam starrte auf die Essensreste seines Vaters. Wenn er selbst nicht alles aufaß, bekam er eine Predigt über Verschwendung zu hören und mußte am Tisch sitzen bleiben, bis sein Teller leer war. Unmut stieg in ihm auf, und er wünschte, er hätte den Mut, etwas zu sagen, aber er schwieg. Die Atmosphäre im Raum war gespannt. Er haßte es, hier sitzen zu müssen; und endlich gestand er sich auch ein, daß er seinen Vater haßte.

In sich gekehrt schüttelte er den Kopf, als sein Vater ihm von dem Nachtisch anbot, der auf der Anrichte stand, und saß mit gesenktem Kopf da, während Thomas – unverkennbar erleichtert, daß das Abendessen vorüber war –, ein kurzes Dankgebet sprach. Dann stand er sofort auf. »Ich muß eine Predigt schreiben.« Es klang fast entschuldigend.

Adam sah auf. Als er dem Blick seines Vaters begegnete, spürte er unerwarteterweise Mitleid in sich aufsteigen. Aber dann schaute er rasch beiseite. Schließlich war ihrer beider Unglück die Schuld seines Vaters.

»A-dam!« Sie war zu ihm geschlichen, während er im Gras lag, den Arm schützend vor der grellen Sonne über die Augen gelegt.

Ohne sich aufzusetzen, nahm er den Arm fort und lächelte. »Wo bist du gewesen?«

»Guten Tag, A-dam.« Sie kniete sich neben ihn und ließ eine Handvoll Grassamen auf sein Gesicht rieseln. »A-dam, Keks?« Sie deutete auf den Rucksack, der neben ihm lag.

Er lachte. »Du bist ja ganz schön gefräßig.« Er öffnete den Sack und holte die Dose mit Keksen hervor, erfreut, daß sie sich das Wort gemerkt hatte. Er sah sich um. »Gartnait?«

Sie schüttelte den Kopf.

Als er um das Kreuz herumspähte, ob ihr Bruder dort wäre, drohte sie ihm mit erhobenem Zeigefinger. »Nein, A-dam. Nicht hingehen.«

»Warum nicht? Wo bist du gewesen? Warum konnte ich dich nicht finden?« Seine Unfähigkeit, sich richtig mit ihr zu unterhalten, ärgerte ihn zunehmend.

Sie setzte sich neben ihn und machte sich daran, den Deckel der Keksdose zu öffnen. Offenbar war sie an keinem weiteren Gespräch interessiert, denn sie stützte sich auf die Ellbogen, ließ den weichen Butterkeks im Mund zergehen und leckte sich genüßlich die Lippen. Die Sonne kam hinter einer Wolke hervor, so daß ein Strahl auf Brids Gesicht fiel und sie die Augen schloß. Er musterte sie. Sie hatte dunkle Haare und prägnante, regelmäßige Züge. Wenn ihre leuchtenden, grauen und leicht schrägstehenden Augen geschlossen waren, wirkte ihr Gesicht ruhig und doch charakterstark; aber wenn sie die Augen öffnete, wurde ihre Miene lebendig, lebhaft und wißbegierig. In ihren Augen tanzten silberne Fünkchen, und ihren festen, markanten Mund umspielte ein leises Lachen. Sie sah ihn unter ihren langen, dunklen Wimpern an; sie war sich bewußt, daß er sie betrachtete, und reagierte mit einer instinktiven Koketterie, die er zuvor noch nicht an ihr bemerkt hatte. Unvermittelt setzte sie sich auf.

»A-dam.« Mittlerweile sprach sie seinen Namen flüssiger aus, weicher, aber noch mit derselben Melodik, die ihn so entzückte.

Sofort wandte er den Blick ab und spürte, wie er rot anlief. »Es ist Zeit, daß wir die Sprache des anderen lernen«, sagte er mit Nachdruck. »Dann können wir uns miteinander unterhalten.«

Mit einer anmutigen Hüftbewegung setzte sie sich auf die Knie und deutete auf das Tal, aus dem er gekommen war. »A-dam, großer Keks?« sagte sie bittend.

Er brach in Lachen aus. »Also gut. Mehr Keks. Beim nächsten Mal.«

Eigentlich hatte er nicht vorgehabt, ihr zu folgen, aber er konnte einfach nicht anders. Den ganzen Nachmittag hatte er ihr Wörter beigebracht, erstaunt über ihr phänomenales Gedächtnis, mit dem sie sich alles, was er ihr erklärte, fehlerfrei merkte. Er brachte ihr die Namen verschiedener Bäume, Blumen und Vögel bei, die Wörter für ihre Kleidungsstücke, für Arme und Beine, Kopf, Augen und Haare und für alle Dinge, die er in seinem Rucksack hatte; er brachte ihr »gehen«, »sitzen« und »laufen« bei. Er erklärte ihr Himmel, Sonne und Wind und die Wörter für lachen und weinen, und dann hatten sie »geredet« und gelacht und die ganzen Kekse aufgegessen, bis sie schließlich nach dem Sonnenstand schaute. Sie runzelte die Stirn – offenbar hatte sie gar nicht gemerkt, wie spät es geworden war – und sprang auf. »Leb wohl, A-dam.«

Er war überrascht. »Aber es bleibt doch noch stundenlang hell. Mußt du schon gehen?«

Es nützte nichts. Achselzuckend wandte sie sich zum Gehen, winkte ihm zu und verschwand hinter dem Stein außer Sichtweite.

Er sprang auf. »Brid, warte! Wann sehe ich dich wieder? Wann soll ich wiederkommen?«

Als er keine Antwort erhielt, lief er ihr einige Schritte nach und blieb verwundert stehen. Von ihr war nichts zu sehen. Er kehrte wieder zu der Stelle zurück, wo er mit ihr gesessen hatte, drehte sich um und ging genau in die Richtung, die sie eingeschlagen hatte. Es war wieder diesig geworden. Mit der Hand auf dem Stein blieb er stehen, schaute prüfend den Berg hinab, und da sah er sie bergab durch den fahlen Sonnenschein laufen. Er folgte ihr, ohne nach ihr zu rufen, hielt aber bewußt Abstand und prägte sich genau den Weg ein.

Sie benutzte einen ausgetretenen Pfad, den er früher offenbar nicht bemerkt hatte. Stirnrunzelnd sah er zu dem Wald rechter Hand unter sich. Dort sollte das Kiefernwäldchen sein. Und es standen auch Kiefern da, aber zu viele – weitaus mehr, als er in Erinnerung hatte. Aber natürlich war es durchaus möglich, daß sie schon in ein anderes

49

Tal gekommen waren, ohne daß er es gemerkt hatte. In den Bergen nahm man Grate und Senken oft erst wahr, wenn man sie schon erreicht hatte. Brid verschwand rasch außer Sichtweite, und er stürmte ihr nach; dabei atmete er den kräftigen Geruch der Heide ein, der aufgeheizten Erde und der Steine. Über ihm schrie ein Bussard; der wilde, miauende Ruf wurde immer leiser, als der Vogel in die Höhe kreiste, bis er nur noch als dunkler Fleck in der Bläue sichtbar war.

Das erste Zeichen, das Adam vom Dorf bemerkte, war eine dünne Rauchfahne, die fast unsichtbar in den Himmel aufstieg. Er verlangsamte seinen Schritt und versuchte, ruhiger zu atmen, denn jetzt mußte er vorsichtig sein. Rund hundert Meter vor ihm hüpfte Brid unbekümmert den Weg entlang. Er duckte sich hinter einige niedrige Ginsterbüsche. Sie blieb stehen, offenbar, um ein paar Blumen zu pflücken, dann ging sie weiter, den Strauß artig in der Hand haltend. Er sah, wie sie sorgsam ihren Rock abstaubte und sich mit der Hand durch die Haare fuhr.

Nach kurzem Zögern verließ er sein Versteck und lief einige Schritte weiter, wo er sich der Länge nach hinter eine kleine Felsnase warf. Von dort spähte er ihr wieder nach. Auf dem staubigen Weg waren zwei Gestalten erschienen, und jetzt konnte er auch das Dorf besser ausmachen. Es bestand aus wenig mehr als einem halben Dutzend kleiner runder Häuser, die um ein größeres angeordnet waren. Er kniff die Augen zusammen, um die Näherkommenden deutlicher zu sehen, und erkannte den größeren der beiden als Gartnait. Als dieser Brid bemerkte, blieb er wartend stehen. So, wie er dastand und mit den Armen ausholte, und nach Brids Reaktion zu urteilen, mußte Gartnait wohl wütend sein.

Adam war drauf und dran gewesen, aufzuspringen und sich zu erkennen zu geben, aber jetzt besann er sich eines anderen, blieb hinter der Felsnase liegen, stützte das Kinn in die Hände und verfolgte, was vor sich ging. Von seinem Beobachtungsposten aus sah er, wie die drei Personen – die dritte war ihm unbekannt – langsam ins Dorf gingen. Dort angekommen, blieben sie stehen und redeten mehrere Minuten lang heftig miteinander, bevor sie schließlich durch die niedrige Tür einer Hütte traten und aus seiner Sicht verschwanden.

Er blieb lange in seinem Versteck liegen in der Hoffnung, eine der Gestalten würde wieder auftauchen, aber als nichts passierte, schlich er langsam näher zum Dorf, wobei er sich so gut wie möglich hinter hohen Grasbüscheln verbarg. Einmal hörte er einen Hund bellen und preßte sich auf den trockenen Boden, so daß der pfeffrig-süße Geruch der Erde ihm in die Nase stieg. Das Gebell wurde gleich darauf von einem knappen Befehl beendet, doch in welcher Sprache, konnte Adam nicht ausmachen.

Mit angehaltener Luft blieb er wartend liegen. Als kein weiteres Geräusch kam, hob er den Kopf und sah direkt vor sich ein Paar weicher Ledersandalen. Vor Schreck sprang er auf und wurde fest am Kragen gepackt, so daß er beinahe in der Luft baumelte. Ihm gegenüber stand ein großer, weißhaariger Mann mit wilden dunklen Augen, einem scharfgeschnittenen Gesicht und schmalen, vor Zorn fest zusammengepreßten Lippen. Der Mann stellte ihm barsch eine Frage, und Adam schlug wild um sich, halb ärgerlich und halb ängstlich.

»Lassen Sie mich los! Ich tue doch nichts Böses! Lassen Sie mich los! Ich bin ein Freund von Brid.« Er schlug mit den Fäusten aus, bis der Mann ihn auf den Boden stellte und Adams Handgelenk mit eisernem Griff umklammerte. Dann zog er Adam hinter sich her ins Dorf. Nun wehrte der Junge sich heftiger, denn seine anfängliche Angst steigerte sich zu Panik. Der Blick des Mannes war unerbittlich gewesen – ein Blick, den Adam allzugut kannte.

Während sie den festgetretenen Weg entlanggingen, der als Dorfstraße diente, sah Adam Menschen in die Türen der Hütten treten. Die Männer, alle mit dunkler Haut, ungepflegten, langen Haaren und in leuchtendbunte Kniehosen aus Wolle oder Leder gekleidet, beäugten ihn feindselig. Hinter ihnen, fast im Dunkel der Hütten verborgen, standen die Frauen, zumeist in Schals gehüllt. Plötzlich wußte Adam, wer diese Leute waren. Es mußte ein Lager von einem fah-

51

renden Volk sein, vielleicht sogar von richtigen Roma, die von weit her kamen. Natürlich kannte er das fahrende Volk. Zwei- oder dreimal im Jahr kamen sie ins Dorf und schlugen unten am Fluß ihr Lager auf; dann flickten sie den Hausfrauen Töpfe und Pfannen, schärften die Messer, und wenn der Gutsverwalter entschied, daß zu viele Lachse aus dem Fluß verschwunden waren, zogen sie mit ihren bunten Wägen und ihren kleinen Pferden über Nacht weiter. Adam hatte gehört, daß sie irgendwo in den Bergen Lager hatten, wo sie den Winter verbrachten, und dieses Dorf mußte eines davon sein. Diese Erkenntnis beruhigte ihn. Halb ängstlich hatte er sich immer wieder einmal gefragt, woher Brid wohl kommen mochte – ein leichtes Unbehagen war es, mehr nicht, er konnte es nicht beschreiben. So war er nun erleichtert festzustellen, daß sie eine Zigeunerin war. Das fahrende Volk war immer freundlich. Die Kinder im Dorf verstanden sich gut mit ihnen, und auch die Erwachsenen hatten nichts gegen sie. Bis auf den Gutsverwalter natürlich – und die Jagdaufseher.

Ängstlich blickte er sich nach Brid und Gartnait um, und zu seiner großen Erleichterung entdeckte er sie schließlich, sah sie hinten in der Menge stehen. »Brid!« rief er. »Sag ihm, er soll mich loslassen!« Er wand sich, versuchte dem Mann, der ihn hielt, in die Hand zu beißen, und erhielt dafür eine Ohrfeige. Sein Peiniger war seinem Blick gefolgt und sah jetzt ebenfalls zu Brid. Dann zeigte er mit dem Finger auf sie und rief einen Befehl. Die Männer und Frauen, die das Mädchen umstanden, wichen zurück. Brid wirkte starr vor Angst. Langsam trat sie durch die schweigende, gaffende Menge nach vorne und stellte sich vor den Mann hin.

»Brid, sag's ihm! Sag ihm, daß ich dein Freund bin«, bat Adam. Der Griff des Mannes um seinen Arm hatte sich nicht gelockert. Erst jetzt bemerkte Adam, daß sein Kopf halb rasiert war und daß er auf der Stirn unter dem weißen Haarkranz dunkle eintätowierte Muster hatte.

Brid schüttelte den Kopf, schlug die Hände vors Gesicht und fiel auf die Knie. Adam konnte sehen, daß ihr Tränen zwischen den Fingern herabliefen. »Brid?« Ihre panische Furcht entsetzte ihn so, daß er jede Gegenwehr einstellte.

Da trat Gartnait hinter sie, legte seiner Schwester die Hände auf die Schultern und sprach mit klarer, ruhiger Stimme zu dem Mann.

Adam sah von einem zum anderen. Beide Männer trugen Silberreifen an den Armen. Gartnait hatte eine Art engsitzende Kette um den Hals, und seine kurzärmelige Tunika unter dem Umhang gab kunstvoll eingefärbte Tätowierungen auf den Armen und ein wunderschön geschmiedetes Goldband oberhalb des Ellbogens frei. Dadurch wirkte er sehr exotisch und elegant. Gebannt wanderte Adams Blick zwischen den Männern hin und her. Sein Vater mißbilligte Schmuck, verurteilte ihn als verabscheuenswerten Tand – wie so vieles, das eindeutig hübsch, schön oder auch nur angenehm war. Seine Mutter hatte außer ihrem Ehering keinen Schmuck besessen. Adam kannte keine Männer, die Schmuck trugen, außer den Zigeunern im Dorf, die gelegentlich Ohrringe hatten, und Lord Pittenross, dem Gutsbesitzer, der am kleinen Finger der linken Hand einen Siegelring mit eingraviertem Wappen trug. Trotz seiner Angst war Adam beeindruckt.

Während der großgewachsene Mann Gartnait zuhörte, lockerte sich sein Griff ein wenig, und Adam nutzte die Gelegenheit, um sich zu befreien. Herausfordernd rieb er sich den Arm und straffte die Schultern; sein Mut kehrte zurück. Er grinste Brid kurz an, aber die hielt noch immer die Hände vors Gesicht geschlagen.

Dann redete der große Mann. Er deutete auf Adam und warf ihm einen vernichtenden Blick zu, der seinem offenen Hemd ebenso galt wie der kurzen Hose, den bloßen braunen Beinen und den staubigen Sandalen. Zum Schluß zog er ein Messer.

Adam schnappte nach Luft. Eine der Frauen, die im Kreis der Zuschauer standen, stöhnte auf. Gartnait redete ruhig weiter, als sei nichts passiert, doch seine Finger umklammerten die schmale Schulter seiner Schwester jetzt so fest, daß seine Knöchel weiß wurden.

Brid nahm die Hände von den Augen; ihr Gesicht war sehr blaß. »Lauf, A-dam!« schrie sie plötzlich. »LAUF!«

Adam rannte los.

Wie ein Aal entwand er sich der zupackenden Hand des Mannes, tauchte in die Menge und floh so schnell er konnte den Weg zurück, den er gekommen war. Sein plötzliches Entkommen überraschte alle, und auch der große Mann nahm erst eine Sekunde später die Verfolgung auf, ließ aber fast sofort davon ab. Sonst hatte sich niemand vom Fleck gerührt.

Adam wartete nicht ab, um zu sehen, was hinter ihm passierte. Er jagte den Pfad hinauf, sprang über Felsen und Heidebüsche, hüpfte von Stein zu Stein über den Bach und rutschte einen Kamin hinab, bis er endlich außer Sichtweite des Dorfes war. Dort blieb er nach Luft ringend liegen. Das Herz klopfte ihm bis zum Hals, und seine Beine zitterten vor Erschöpfung und Schreck.

Als er schließlich den Kopf hob, erwartete er beinahe, den großgewachsenen Mann wieder vor sich stehen zu sehen. Aber es war niemand da; der Kamin war völlig verlassen. In der Nähe hörte er ein Schwarzkehlchen rufen; der metallische Gesang erinnerte ihn umheilvoll an den Klang von Gartnaits Hammer. Über ihm fiel noch etwas Geröll, das er losgetreten hatte, den Abhang hinab. Sonst nichts. Er stand auf und schaute sich sorgfältig um, bevor er langsam wieder bergan stieg und einen Blick zurückwarf. Vom Dorf war nichts mehr zu sehen; es mußte jenseits des Berghangs liegen. Zwischen den Heidebüschen und Felsen konnte er keinen Hinweis entdecken, daß jemand ihm nachsetzte – aber auch sonst sah er nichts, das ihm vertraut vorkam.

Er wußte, daß er, um nach Hause zu kommen, einfach immer nach Südosten gehen mußte. Er sah zur Sonne, obwohl er die Richtung, die er einschlagen mußte, schon nach der Lage der fernen Berge bestimmt hatte.

Erst als die Sonne hinter dem Ben Dearg unterging, gestand er sich ein, daß er sich verlaufen hatte. Vor Angst krampfte sich sein Magen zusammen. Die Hügel vor ihm kamen ihm bekannt vor, aber er konnte nirgends das Stein-

54

kreuz sehen – er konnte nichts sehen, was ihm vertraut war. So lautlos wie möglich kletterte er zwischen den Blaubeeren und dem Geröll zum Rand des Kamins und spähte hinüber. Die Konturen der Berge in der Ferne sahen aus wie immer, ebenso wie die Umrisse des darunterliegenden Tals, aber er konnte das Steinkreuz nicht finden. Plötzlich sah er in der Ferne Rauchschwaden aufsteigen, die ihm die Richtung von Brids Dorf anzeigten. Mit Mühe gelang es ihm, sich zu beruhigen. Schließlich war er mit seinen Freunden auf diesen Bergrücken umhergerannt, seit sie alt genug waren, um allein hierherzukommen. Was würden denn seine Helden in einem solchen Fall tun? Männer wie Richard Hannay oder Sexton Blake, Alan Breck oder Scarlet Pimpernell. Sicher, er hatte keinen Kompaß bei sich, aber er konnte seine Uhr und den Sonnenstand benutzen. Mit neuer Entschlossenheit schritt er in die Richtung aus, die er die richtige wähnte, Brids Dorf direkt hinter sich. Er hoffte, daß sie seinetwegen nicht noch mehr Ärger bekommen würde, als sie sowieso schon hatte.

Als er endlich das Steinkreuz fand, stiegen zwischen den Bäumen bereits Nebelschwaden auf. Aber es war nur die Kopie, an der Gartnait gearbeitet hatte, nicht das eigentliche Kreuz. Er legte die Hand darauf und fuhr mit der Fingerspitze die scharfen Kanten der kunstvoll geschwungenen Symbole nach. Gartnait hatte die Arbeit abgebrochen, als er einen abgebrochenen Speer einmeißelte; Adam spürte die flachen Stanzlöcher, die die Umrisse vorgaben.

Im Osten breitete sich die tiefviolette Dämmerung übers Tal, täuschte über Entfernungen hinweg, hüllte die Berge in Dunkelheit.

Er trat ein paar Schritte von Gartnaits Stein weg und suchte nach dem Original, das schon seit vierzehnhundert Jahren dort stand. Es war nicht zu sehen. Die Luft kam Adam merkwürdig still vor.

Stirnrunzelnd trat er einige Schritte nach vorne; plötzlich war ihm schwindelig, und vor seinen Augen drehte sich alles. Er war zu schnell gelaufen. Taumelnd schüttelte er den Kopf, um das feine Summen in den Ohren loszuwerden. Dann war alles vorbei, er konnte wieder klar sehen. Der Dunst im Tal hatte sich gelichtet, so daß er in der Ferne die grauen Steindächer der Schmiede und des Postamtes erkennen konnte, die Lichter der Hauptstraße und den Vorsprung des Hügels oberhalb der Wasserfälle, der die Sicht auf das Pfarrhaus verdeckte. Hinter ihm fiel ein letzter Strahl der untergehenden Sonne auf das alte Kreuz.

Kapitel 3

A-dam?« Die Hand auf seiner Schulter war leicht wie Distelwolle. Erschrocken setzte er sich auf. »Brid?«

Es war Frühling. Die Osterferien hatten begonnen. Vor ihm lagen zehn Tage Freiheit. Im Herbst war Adam noch ein paar Mal zum Kreuz hinaufgestiegen, hatte aber keine Spur von Brid oder Gartnait entdeckt und auch nichts von dem schäbigen Häuschen und dem Dorf, obwohl er vorsichtig danach gesucht hatte. Enttäuscht hatte er in der Bücherei Landkarten und Bücher studiert, um das versteckte Dorf zu finden, aber ohne Erfolg. Als es in den Bergen schließlich zu schneien begann, gab er auf und widmete sich, zur großen Zufriedenheit seines Vaters, ausschließlich seinen Schulbüchern.

Er hatte auch aufgehört, auf ein Zeichen von seiner Mutter zu warten. Mittlerweile lief er nicht mehr dem Postboten entgegen, verbarg sich nicht mehr oben an der Treppe und spähte auch nicht mehr mit hoffnungsfroh pochendem Herzen durch das Geländer, wenn es an der Tür klopfte.

Manchmal weinte er nachts heimlich um sie, den Kopf unter einem Kissen vergraben, um das unterdrückte Schluchzen zu dämpfen. Sein Vater erwähnte sie nie, und Adam wagte nicht, nach ihr zu fragen. Er konnte nicht wissen, daß Briefe angekommen waren, vier insgesamt. Zwischen den Seiten, auf denen sie ihren Mann um Verzeihung und Verständnis anflehte, lagen Briefe an ihren Sohn, in denen die einsame, verängstigte, verzweifelte Frau ihn aus der Ferne, weiter im Süden, ihrer Liebe versicherte. Aber sie wanderten ungelesen in den Papierkorb, und ihre Verzweiflung, Adam nie mehr zu sehen, wurde immer größer. Einmal war sie mit dem Bus ins Dorf gekommen und hatte sich hinter einer Hecke verborgen in der Hoffnung, ihren Sohn wenigstens zu sehen, aber ihre Angst, von jemandem aus dem Dorf – oder schlimmer noch, von ihrem Mann – entdeckt zu werden, war zu groß gewesen.

In Tränen aufgelöst war sie in den nächsten Bus nach Perth gestiegen, wo sie den Zug nach Süden genommen hatte. Sie konnte nicht wissen, daß Adam an jenem Tag weit weg in den Bergen war, in Träumen versunken.

Jeannie Barron wußte von diesen Briefen und dem Besuch ebensowenig wie Adam. Es drehte ihr das Herz im Leibe um, wenn sie am Morgen das bleiche Gesicht und die verräterisch roten Augen sah. Als die Schule begann, fuhr er noch in der Dunkelheit mit dem Rad die acht Kilometer zur Bushaltestelle in Dunkeld, wo er sein Fahrrad hinter einer Hecke abstellte und den Bus nach Perth nahm. Wenn er mit der Schultasche voller Bücher am Ende des langen Tages nach Hause kam, war es schon wieder dunkel, und er konnte nach dem Abendessen nur noch auf sein Zimmer gehen. Als der Schnee kam, blieb er die ganze Woche über in Perth und wohnte bei Jeannie Barrons Cousine Ella; das machte er schon immer so, seit er auf die Oberschule ging.

»Brid!« Er lächelte freudig überrascht. »Ich dachte nicht, daß ich dich noch mal sehen würde!« Nachdem er Hals über Kopf aus ihrem Dorf geflohen war, hatte er schreckliche Angst um sie gehabt, und der großgewachsene, wütende Mann mit dem blitzenden Messer hatte ihn in seinen Alpträumen heimgesucht.

»A-dam, Keks?« Sie setzte sich neben ihn und durchsuchte hoffnungsvoll seinen Rucksack. Darin befanden sich aber nur sein Vogelbuch, der Feldstecher, der Notizblock und ein Apfel.

Er zuckte die Achseln. »Kein Keks. Tut mir leid.«

»Kein Keks. Tut mir leid«, wiederholte sie.

»Nimm den Apfel.« Er reichte ihn ihr.

Zweifelnd betrachtet sie das Stück Obst.

»Aber du weißt doch, was ein Apfel ist!« Ungläubig schüttelte er den Kopf, nahm ihn ihr wieder ab und biß kräftig hinein.

Sie nickte lachend, griff nach dem Apfel und folgte seinem Beispiel, so daß ihre kleinen weißen Zähne aufblitzten. Sie war inzwischen größer geworden, genau wie er.

»Apfel gut.« Sie nickte.

»Brid, warum war der Mann so wütend, als ich in dein Dorf kam? Wer war das?« Er versuchte, seine Fragen mit der entsprechenden Mimik zu begleiten.

Sie sah ihn an, und einen Augenblick glaubte er, sie habe ihn verstanden. Ein kleines Aufflackern in den Augen, ein kurzes Anspannen der Schultern verrieten sie, aber dann schüttelte sie nur lächelnd den Kopf. »Apfel gut«, wiederholte sie.

Frustriert zuckte er mit den Schultern. Dann kam ihm eine Idee. »Ich bringe dir mehr Englisch bei«, schlug er vor. »Dann können wir uns richtig miteinander unterhalten.«

Diesen Unterricht gab er ihr den ganzen Sommer lang. Den Rucksack voll mit Keksen, süßen Brötchen oder Schokoladekuchen – den Brid besonders mochte –, traf Adam sie, später während der Sommerferien, an den langen Abenden und den Wochenenden. Meistens blieben sie auf dem Südhang des Berges und gingen gar nicht in Brids Dorf. Er hatte sie mehrmals nach dem Mann gefragt, aber sie hatte stets nur achselzuckend das Thema gewechselt. Doch eines war klar: Wer immer es sein mochte, sie hatte große Angst vor ihm. Ein paar Mal gingen sie zu dem Häuschen, wo ihre Mutter lebte, allerdings nur im Sommer, damit Gartnait in der Nähe des Steins sein konnte. Offenbar war die Arbeit am Stein seine einzige Beschäftigung. Wie es schien, hatte er auch eine Werkstatt, wo er im Winter arbeitete und andere Männer ihm halfen, aber dieser Stein war unverkennbar etwas ganz Besonderes und durfte nur an Ort und Stelle bearbeitet werden. Manchmal sahen sie ihm stundenlang zu, und er machte neben der Arbeit auch beim Sprachunterricht mit.

Brid lernte außerordentlich schnell und war sehr redselig, und so dauerte es nicht lange, bis die beiden ein richtiges Gespräch miteinander führen konnten. Von seinen kläglichen Schulnoten in Latein und Französisch wußte Adam allerdings bereits, daß Sprachen nicht seine Stärke waren. Seine Zunge stolperte über die Worte, die seine Freundin ihm beibringen wollte, und er merkte sich auch nur wenige; aber es gefiel ihm sehr, wie sie sich ausschütten wollte vor Lachen, wenn er sie auszusprechen versuchte. Mit ihrer Redegewandtheit fiel es ihr leicht, seinen Fragen auszuweichen, und schließlich gab er es auf, sie nach ihrem Dorf und ihren Leuten zu fragen. Die Zigeuner waren wohl von Natur aus heimlichtuerisch, dachte er, und damit mußte er sich zufriedengeben.

Als Jeannie Barron feststellte, daß Schokoladenkuchen offenbar zu Adams Leib- und Magenspeise geworden war, backte sie ihn öfter; und dann saßen die beiden jungen Leute nebeneinander in der Sonne, die sie bräunte, machten Picknick und planschten, wenn es besonders heiß war, in den Bächen herum. Zu den Jungen, die einmal seine Freunde gewesen waren, hatte Adam gar keinen Kontakt mehr. Es war ihm auch gleichgültig geworden, ob sie ihm aus dem Weg gingen. Seinen Vater sah er ebenfalls nur selten, denn der blieb sehr oft bis spät fort. Wenn Adam gewußt hätte, daß Thomas immer häufiger eingeschlossen in der Kirche saß und sich in quälende Gebete versenkte, hätte er vielleicht einen Hauch Mitleid mit ihm empfunden und möglicherweise auch geahnt, wie aufgewühlt, einsam und verwirrt sein Vater war. Aber er gestattete sich nicht einmal, über seinen Vater nachzudenken. Es gab nur noch drei Erwachsene, denen er überhaupt vertraute: Donald Ferguson, einer seiner Lehrer in Naturwissenschaften, Jeannie Barron und Brids Mutter Gemma.

»A-dam, heute wir gehen Adler beobachten.« Brid liebte sein Vogelbuch. Entzückt beugte sie sich über die Abbildungen und nannte ihm die Namen vieler Vögel in ihrer eigenen Sprache – Namen, die er sich nie merken konnte. Zu seinem Erstaunen konnte sie nicht schreiben, also brachte er ihr auch das bei, ermutigte sie, wenn ihre Finger den Bleistift nicht halten wollten, lobte sie, als Brid sich zu ihrer beider Überraschung als gute Zeichnerin herausstellte.

Die Adler hatten einen Horst hoch oben am Ben Dearg. Um dorthin zu gelangen, mußten sie zuerst zwei Stunden über zunehmend steile Felsen und Heideflächen klettern und dann den ersten von mehreren stark abschüssigen Talkesseln hinabgleiten, die sich von Ost nach West über das Hochmoor zogen. Auf halbem Weg, fast am Fuß eines Felsplateaus, stürzte ein Schwall braunes Wasser über eine Klippe gut fünf Meter in einen kreisrunden Tümpel, bevor er weiter den Berg hinabrauschte. Als die beiden den Rand der Klippe erreichten, schreckten sie einige Rehe auf, die sie wie erstarrt beäugten, bevor sie davonliefen.

Adam lächelte Brid zu. Wie immer trug sie ein einfaches Kleid, heute in warmen Blau- und Grüntönen, das sie mit einem Lederriemen in der Taille zusammenhielt; dort bewahrte sie ein sehr brauchbares Messer auf. Ihre Füße steckten in Sandalen, die allerdings keine Schnallen hatten wie die seinen, sondern mit langen, schleifenartigen Riemen um die Knöchel gebunden waren. Ihre langen Haare wurden von einer Silberspange zurückgehalten. »Wir haben sie erschreckt.«

Brid nickte. Sie erreichte den Teich als erste und blieb wartend stehen. Adam kniete sich hin und beugte sich über das Wasser, um es sich in das erhitzte Gesicht zu spritzen. »Wir könnten schwimmen.« Er lächelte sie an. »Es ist tief, schau.«

Sie warf ihm einen zweifelnden Blick zu und schaute auf das dunkle Wasser. »Schwimmen hier ist verboten.«

»Warum? Im Bach planschst du doch auch. So tief ist es gar nicht. Ich zeig's dir.«

Bevor sie ihn daran hindern konnte, hatte er sich das Hemd über den Kopf gezogen und war aus seiner Hose geschlüpft. Nur mit der Unterhose bekleidet, sprang er in das braune Wasser.

Es war viel tiefer, als er erwartet hatte, und eisig kalt. Nach einigen Schwimmzügen unter Wasser erreichte er den senkrechten Felsen auf der anderen Seite, drehte unter Wasser um und tauchte prustend auf.

»A-dam!« Brid kniete auf einem Felsen am Rande des Teiches und streckte ihm die Hände entgegen. Sie sah sehr wütend aus. »Komm raus. Du darfst nicht schwimmen.«

»Warum denn nicht?« Er schüttelte sich die nassen Haare aus den Augen und schwamm quer durch den Tümpel zu ihr; mit vier Zügen war er bei ihr angelangt. »Was ist denn los?«

Sie zerrte ihn am Arm. »Komm raus! Komm raus! Schnell!« Sie stampfte mit dem Fuß auf.

»Was ist denn, Brid? Was ist passiert?« Er stieg aus dem Wasser und setzte sich neben sie. »Du hast doch nicht etwa Angst?«

»A-dam! Die Dame im Teich. Du hast nicht bezahlt!« Brid sprach zornig im Flüsterton.

»Die Dame?« Er starrte sie an. »Wovon redest du?«

»Die Dame. Sie lebt im Teich. Sie paßt auf.«

Adam sah sie einen Moment verständnislos an, dann wurde ihm klar, was sie meinte. »Du meinst, so was wie die Cailleach? Die alte Hexe? Das ist ein Ammenmärchen, Brid! Das glaubst du doch nicht im Ernst? Das ist Sünde. Das ist gegen die Bibel.« Er war entsetzt.

Sie schüttelte den Kopf, ohne ihn zu verstehen. Dann ging sie zu dem Rucksack, der im Schatten eines Felsens auf dem Boden lag, und holte nach einigem Wühlen den in Pergamentpapier gewickelten Kuchen hervor. Sie packte ihn aus und schnitt das Stück mit ihrem Messer sorgsam in drei Teile. »Für A-dam. Für Brid. Für die Dame.« Sie deutete auf jedes der drei Stücke, nahm das dritte und ging damit zum Rand des Teichs, wo sie vorsichtig auf die von der Gischt rutschigen Felsen so nah wie möglich zum Wasserfall kletterte. Sie zerkrümelte den Kuchen zwischen den Fingern und ließ die Brocken unter das herabstürzende Wasser fallen; dabei sang sie sehr leise einige Worte.

Als sie fertig war, blieb sie einen Augenblick stehen und starrte nervös auf das Wasser, als wollte sie sehen, ob ihre Gabe angenommen wurde.

»Brid!« Adam war schockiert.

Mit einer abrupten Handbewegung brachte sie ihn zum Schweigen, ohne die Augen von der Wasseroberfläche zu nehmen. Dann machte sie eine kleine Geste. Adam sah einen flitzenden kleinen Schatten, der sofort wieder verschwand.

»Das war doch nur eine Forelle!« rief er.

Sie schüttelte den Kopf, aber plötzlich änderte sich ihre Stimmung, und sie klatschte lachend in die Hände. »Forellenbote für die Dame!« rief sie und hüpfte zu Adam zurück. »Dame freut sich. Jetzt wir schwimmen.« Sie setzte sich hin und schnürte ihre Sandalen auf.

Unter dem Kleid war sie nackt. Einen Moment blieb sie auf dem Felsen stehen, ihr Körper war sehr blaß im Vergleich zu ihren gebräunten Armen und Beinen. Mit einem Platschen sprang sie ins Wasser und kreischte vor Vergnügen auf.

Adam atmete tief durch. Manchmal hatte er die kleinen Schwestern seiner Freunde unbekleidet gesehen, wenn sie vor dem Kaminfeuer gebadet wurden, doch er hatte immer den Blick abgewendet, insbesondere von dem schockierend nackten Schlitz zwischen den Beinen. Sein Wunsch, Arzt zu werden, stand zwar fest, aber er hatte noch nie ein älteres Mädchen oder eine Frau ohne Kleidung gesehen, und jetzt hatte dieses schlanke Mädchen, diese junge Frau, einen kurzen Augenblick lang unbekümmert auf dem Felsen gestanden, und er hatte ihre kleinen, festen Brüste gesehen, die krausen dunklen Haare zwischen ihren Beinen, die aufreizende Rundung ihrer Hüften und ihres Gesäßes, als sie ins Wasser sprang.

Er hatte sich noch nie Gedanken darüber gemacht, wie alt Brid sein mochte. Ungefähr sein Alter, hatte er angenommen; aber sie war seine Gefährtin, seine Freundin, etwas völlig anderes als die kichernden Mädchen, die er von Pittenross oder Dunkeld kannte. Doch jetzt reagierte sein Körper wie von selbst, ohne daß er etwas dagegen hätte tun können, und das machte ihn äußerst verlegen.

Peinlich berührt stand er da, während das Wasser, das an ihm hinunterlief, zu seinen Füßen eine Pfütze bildete. Brid trat ganz in seiner Nähe im Teich Wasser; ihre Haare waren offen. »Komm, A-dam«, rief sie. »Komm. Es ist schön.«

Er lächelte unsicher, die Augen auf ihre Brüste gerichtet, wo das Wasser von ihrem Kopf herabrann. Dunkle Haarsträhnen klebten auf der hellen Haut ihres Rückens.

»Komm.« Plötzlich wurde ihr bewußt, was ihr Anblick bei ihm bewirkte, und sie lächelte herausfordernd. Sie fuhr sich mit den Fingern über den Körper hinab und verharrte kurz auf den hervortretenden Brustwarzen, bevor ihre Hände weiter zu ihren Hüften glitten. »A-dam. Komm.« Sie sprach mit tieferer, befehlender Stimme. Er zögerte nur eine Sekunde.

Das kalte Wasser brachte ihn schlagartig zu sich. Prustend schwamm er um sie herum zum gegenüberliegenden Rand und tauchte direkt unter dem Wasserfall wieder auf. Der Lärm war ohrenbetäubend; der eisige Schwall machte ihn gefühllos und taub. Unter dem Wasserfall paddelnd, richtete er das Gesicht nach oben und fühlte das Wasser auf seine Haut prasseln. Es erstickte ihn, ertränkte ihn. Fast sofort senkte er den Kopf wieder, tauchte unter dem Wasserfall hervor und schnappte nach Luft.

Erschreckt schwamm Brid zu ihm. »A-dam? Alles in Ordnung?« Sie berührte ihn mit kalten Fingern.

Als er ihr auswich, spürte er die Festigkeit ihres nackten Oberschenkels, der sich unter Wasser an den seinen drückte. Mit einem Aufschrei platschte er davon, als hätte er sich verbrannt, und paddelte zum anderen Ufer. Er hievte sich auf den Felsen und legte sich einen Augenblick auf den Rücken, um wieder zu Atem zu kommen.

Sie war ihm gefolgt. »A-dam?« Sie beugte sich über ihn; Wasser tropfte von ihren Brüsten. »A-dam, was ist? Ist Wasser in dich gekommen?« Sacht, fast besorgt legte sie ihm eine Hand auf die Schulter, die andere auf den Bauch. »Armer A-dam. Du warst unter dem fallenden Wasser. Das darf nur die Dame. Sie ist zornig auf dich.«

Er öffnete die Augen. »Es gibt keine Dame, Brid«, fuhr er auf. »Es ist böse, wenn du das sagst. Das ist Sünde. Wenn du das glaubst, kommst du in die Hölle.«

»Hölle?« Sie kniete neben ihn und sah ihn verständnislos an; ihre langen, nassen Haare verbargen ihre Brüste.

»Die Hölle. Das Fegefeuer. Hades.« Adam klang richtig verzweifelt. »Brid, hast du von Gott gehört? Von Jesus?«

»Ach, Jesus.« Sie lächelte. »Columcille spricht von Jesus. Broichan mag das nicht. Aber Brude, der König, mag Jesus.«

»Der König?« Die vielen unbekannten Namen verwirrten Adam. So, wie er auf den heißen Felsen lag, schien die Sonne ihm in die Augen, und Brid ragte als schwarze Silhouette über ihm auf. »Du meinst König Georg?«

»König Brude«, gab sie fest zurück. »Die Dame bestraft dich, A-dam. Sie hat Wasser in dich kommen machen. Du mußt ihr Geschenk machen. Entschuldigung sagen.«

64

»Ich entschuldige mich nicht bei einer heidnischen Hexe!«
widersprach er hitzig. Er wollte sich aufsetzen, aber sie drückte
ihn mit erstaunlicher Kraft auf den Felsen zurück. »A-dam,
sag Entschuldigung, sonst sie macht dich sterben.«

Das Wort »sterben« hatte sie gelernt, als sie zusammen
einen Hirsch mit gebrochenem Hals am Fuß eines Abhangs
gefunden hatten. Zu Adams Überraschung hatte Brid geweint und dem Hirschen zärtlich das rotbraune Fell gestreichelt, während er mit dem Kopf auf ihrem Schoß verschied.
Aber jetzt war sie alles andere als zärtlich.

»Sie kann mich nicht sterben lassen.« Eine Gänsehaut zog
sich über seinen Körper.

Brid nickte. Auf ihrem Gesicht lag solcher Zorn, daß ihm
ein Angstschauder über den Rücken lief. »Sie kann. Ich diene
der Dame, ich kenne sie. Wenn sie mir sagt, ich töte dich. Sie
ist sehr zornig. Du warst an dem Ort, der ihr gehört. Du mußt
ihr geben deinen Kuchen.«

Adam starrte sie entgeistert an. »Das tue ich nicht!«

»Du gibst ihr deinen Kuchen, oder sie macht dich sterben.«

»Brid! Du bist verrückt!« Den Bruchteil einer Sekunde
lang fragte er sich, ob das nicht tatsächlich stimmte. Sie
flößte ihm Angst ein. In ihren Augen lag ein fremder, uner-
bittlicher Blick, den er nie zuvor an ihr gesehen hatte. Ein
Stück Kuchen würde einen Wassergeist nie und nimmer besänftigen, wenn es denn einen gäbe. Was natürlich nicht der
Fall war. Er versuchte wieder, sich aufzusetzen, und dieses
Mal hielt sie ihn nicht davon ab. Anmutig stand sie auf und
stellte sich vor ihn hin. »A-dam, bitte. Gib ihr Geschenk.«
Ihre Stimme klang tief und volltönend. »Irgend etwas. Deine
Uhr.« Sie hatte nie zuvor eine Armbanduhr gesehen und war
entzückt davon.

»Das tue ich nicht.« Er versuchte zu lächeln. »Eher noch
den Kuchen.«

»Gib ihr Kuchen.« Sie blieb unnachgiebig.

Seine Augen waren zu ihren Brüsten gewandert, und er
mußte sich zwingen, ihr wieder ins Gesicht zu schauen. »Also
gut, wenn es dich glücklich macht, werfe ich den Kuchen
weg.«

»Nicht wegwerfen, A-dam. Geben. Dame als Geschenk geben.«

»Brid ...«

»Geben, A-dam. Oder ich lasse sie dich töten.« Als er die Autorität in ihrer Stimme hörte, starrte er sie ehrfürchtig an. Von einem Moment zum nächsten hatte sich die herausfordernde Kindfrau in eine zornsprühende Amazone verwandelt, in eine Frau mit der Ausstrahlung seiner Lehrer. Kopfschüttelnd, schockiert und verlegen griff er in den Rucksack, um die beiden restlichen Kuchenstücke herauszuholen. Mit einem davon ging er zum Tümpel. Schweigend verfolgte Brid, wie er zu der Stelle kletterte, wo sie vorher gekauert hatte, feierlich den Kuchen in Stücke brach und diese durch die Finger ins Wasser fallen ließ.

»Also, zufrieden?« Er fühlte sich betrogen – er hatte sich auf den Kuchen gefreut. Außerdem empfand er Schuldgefühle und auch ein wenig Angst. Um Brids willen hatte er einer heidnischen Zigeunergottheit ein Opfer dargebracht und damit seine unsterbliche Seele gefährdet. Er ließ sich auf den Felsen am Rand des Tümpels nieder, schlang die Arme um die knochigen Schienbeine und ließ das Kinn auf die Knie sinken.

Sie sah zu ihm. »A-dam?« Aller Ärger war aus ihrer Stimme gewichen, sie sprach sanft, fast zögernd. »Adam? Warum du zornig?«

»Ich bin nicht ärgerlich.« Entschlossen wich er ihrem Blick aus.

»Die Dame jetzt glücklich. Sie essen ihren Kuchen.«

Er drehte sich zur Seite, so daß er ihr den Rücken zukehrte.

Er hörte ein kleines Seufzen, dann das Rascheln von Papier, und er sah sich um.

»A-dam Brids Kuchen essen.« Sie hielt ihm das Stück hin.

»Ich will es nicht.« Beleidigt wandte er sich ab.

»Bitte, A-dam.« Ihre Stimme klang derart kläglich, daß sie ihm plötzlich leid tat. »Na gut, dann esse ich eben ein bißchen.« Er sagte es so, als würde er ihr einen Gefallen tun. Er brach ein Stück von der Scheibe ab, die auf dem Papier zwischen ihren Händen lag.

»Wir teilen.« Lächelnd setzte sie sich auf den Felsen neben ihn, brach das restliche Stück entzwei und steckte sich ihre Hälfte genußvoll in den Mund. Das Sonnenlicht tanzte auf ihrer Haut und wärmte sie, so daß die Gänsehaut, die sie im kühlen Wind bekommen hatte, verschwand. Adam senkte den Blick und konzentrierte sich so gut wie möglich auf den Kuchen in seinem Mund, drückte den süßen Teig mit der Zunge gegen die Zähne und freute sich über den butterigen Geschmack.

»Gut?« Brid lächelte ihm zu. Die Enden ihrer Haarsträhnen waren schon getrocknet und umspielten ihre Schultern.

»Gut.« Er nickte, legte sich flach auf die Steine und hob einen Arm, um die Augen vor der Sonne zu beschatten. »Wenn wir die Adler sehen wollen, sollten wir uns anziehen und aufbrechen.« Dabei wollte er sich nicht von der Stelle bewegen, wollte für immer mit dem schönen nackten Mädchen hier bleiben.

Gedankenversunken blickte sie über den Teich hinweg. »Wir sehen Adler morgen«, antwortete sie schließlich. Es war sehr schwer gewesen, ihr die Bedeutung von »morgen« beizubringen. Und von »gestern«. »Wir bleiben hier und schwimmen.«

Schläfrig nickte er. »Gut.«

Sie betrachtete ihn mit einem leichten Lächeln. Die Sonne hatte ihn gebräunt; die Narben auf dem Rücken von den Schlägen seines Vaters waren verblaßt. Er war zart gebaut, schlank und gutaussehend, aber in den Schultern wurde er schon etwas breiter. Sanft legte sie ihm eine Hand auf die Brust. Er erstarrte. Dann beugte sie sich über ihn, so daß ihre kalten, feuchten Haare aufreizend seine Brustwarzen und dann seinen Bauch streiften.

»A-dam?« Ihre Stimme war leise. Sanft zog sie seinen Arm von den Augen, und mit einem Schreck sah er, daß ihr Gesicht nur wenige Zentimeter von seinem entfernt war.

Lächelnd fuhr sie ihm mit den Händen von den Schultern über die Brust zum Bauch hinab.

Er hielt sie am Handgelenk fest. »Nicht, Brid.«

»A-dam«, flüsterte sie und machte sich frei. »A-dam Augen zumachen.«

Einen Moment starrte er wie gelähmt in den Abgrund ihrer silbrigen Augen. Er mußte etwas tun. Er mußte aufstehen und nach Hause gehen. Kurz tauchte das wutentbrannte Gesicht seines Vaters vor ihm auf, und er geriet vor Angst fast in Panik. Aber er wollte auch hierbleiben. Mehr als alles andere wollte er genau hier, an dieser Stelle bleiben.

»A-dam Augen zumachen«, flüsterte sie wieder. Ihre grauen Augen wurden dunkler, blickten tief und geheimnisvoll, als sie ihren Finger auf seine Lippen legte. Da er sich nicht bewegen konnte, schloß er die Augen und hielt die Luft an.

Ihr Kuß war leicht wie eine Feder auf seinen Lippen. Er roch nach kühlem, klaren Bergwasser und nach Schokolade, und er jagte ihm einen wollüstigen Schauder durch den ganzen Körper.

»Schön, A-dam?« fragte sie leise. Ihre Hände lagen jetzt auf seiner Brust, umspielten seine Brustwarzen. All seine Sinne gerieten in Aufruhr. Er wußte nicht, ob er sich auf seinen Mund konzentrieren sollte, auf seine Brust oder auf andere Körperteile, als Brid sich noch tiefer über ihn beugte und ihre vom Schwimmen kühle, reine Haut auf seinen heißen Körper legte. Ihre Hände waren nach unten gewandert und zogen an seiner Unterhose. Er öffnete den Mund, um zu protestieren, aber sie verschloß ihn wieder mit ihren Lippen, und ihre Zunge flatterte aufreizend zwischen seinen Zähnen. Es gelang ihm nicht, sie von sich zu schieben. Und plötzlich überwältigten ihn Gefühle, die jenseits seiner Kontrolle lagen. Mit einem Aufstöhnen zog er ihr Gesicht zu sich herab, erwiderte ihre Küsse, schob sich unter ihr hervor, so daß er sich auf sie werfen und zwischen ihre geöffneten Beine gleiten konnte. »Brid!« keuchte er.

Seine Hände umfaßten ihre Brüste, und als er sie immer fester knetete, rang sie nach Luft. »Brid!«

Nach der Ekstase, die ihn mit sich fortriß, als er in sie eindrang, war er erschöpft und außer Atem. Eine Zeitlang blieb Brid still liegen und sah an ihm vorbei zum leuchtendblauen Himmel, dann schlängelte sie sich mit einer raschen Bewegung unter ihm hervor und stand anmutig auf. Nachdenklich sah sie auf ihn hinab, während er schläfrig zu ihr hinaufschaute, und einen Moment lang, in dem sie ihn mit ihrem Blick gefangenhielt, stieg Angst in ihm auf. Das Machtgefühl, das sie ausstrahlte, traf ihn wie ein Schlag.

»Das war gut, A-dam. Schön. Jetzt A-dam mein. Für immer!« Ihre Blicke schienen sie aneinander zu fesseln, und Adam glaubte, in Panik ausbrechen zu müssen. Sein Herz raste, seine Lunge war übervoll mit Luft, die er nicht ausatmen konnte. Dann war der Moment vorbei; Brid wandte lachend den Blick ab. »A-dam müde!«

Mit zwei hüpfenden Schritten war sie am Rand des Teichs angelangt und sprang hinein.

Adam schloß die Augen. Das Herz klopfte ihm zum Zerspringen, er fühlte sich völlig verausgabt.

Ein eiskalter Wasserschauer direkt ins Gesicht weckte ihn. »A-dam schlafen!« Ihr Lachen war frech. Sie stand vor Wasser tropfend über ihm, die Hände noch zur Schöpfkelle geformt. Hinter ihr ging die Sonne unter und umgab sie mit einem gleißend rotgoldenen Lichtschein; erst jetzt wurde ihm bewußt, wie lange sie schon hier waren. Langsam setzte er sich auf, und sie kniete sich neben ihn.

»A-dam glücklich?« Er konnte ihre Lebendigkeit und Aufregung spüren – und noch etwas anderes, etwas Wildes und unerklärlich Beängstigendes.

Er nickte, ohne ein Wort hervorzubringen.

Sie beugte sich über ihn, um nach dem Rucksack zu greifen, und schlagartig veränderte sich ihre Stimmung wieder. »Brid Hunger.« Sie durchwühlte seine Sachen, das Notizbuch, das Vogelbuch und den Feldstecher und schüttelte dann traurig den Kopf. »Kein Kuchen.«

Er lachte, und endlich war der Bann gebrochen. »Kein Kuchen. Das ist deine Schuld. Du hast ihn ins Wasser geworfen.«

Er sprang auf, lief zum Teich, stürzte sich hinein und spürte, wie das wunderbar kalte, saubere Wasser die panische Angst und die Selbstverachtung, die in seinem Hinterkopf lauerten, fortspülten. Er durchschwamm den Teich mit kräfti-

69

gen Zügen, und als er umkehrte, hatte Brid sich bereits angezogen. Sie wrang die Haare mit den Händen aus und befestigte sie mit der silbernen Spange oben am Kopf. Als er das
Ufer des Teiches erreichte, war aus der verführerischen, for-
dernden Frau ein hungriges Mädchen geworden. »Wir gehen
zu Mama. Sie uns geben Haferkekse.«

Adam nickte. »Wir sollten uns beeilen. Es wird dunkel.«
Jetzt, da sie sich angezogen hatte, wich seine Angst, und
Scham und Verlegenheit gewannen die Oberhand. Er wollte
nicht, daß sie ihn nackt sah. Er wollte, daß sie sich wegdrehte,
wenn er aus dem Wasser kam, aber sie starrte unbeirrbar zu
ihm.

»Schnell, A-dam.«

»Ich komme schon.« Gereizt stieg er aus dem Teich.

Aber sie sah gar nicht mehr zu ihm, sondern auf das Tal in
der Ferne, wo zwischen den Bäumen der Nebel aufstieg.
»Schnell, A-dam«, wiederholte sie. »Wir müssen gehen.«

Er hatte nicht geplant, die ganze Nacht bei ihr zu bleiben,
sondern hatte später am Abend aufbrechen wollen, aber es
war warm an Gemmas Feuerstelle, und er war müde. Mehrmals döste er ein, mit dem Rücken an die rauhe Hauswand
gelehnt, bis er schließlich einschlief. Brid und ihre Mutter
tauschten achselzuckend ein Lächeln, dann lachten sie und
deckten ihn zu. Anschließend legten sie sich in ihr Bett aus
Heidekraut, das sie mit Schaffellen belegt hatten, drehten den
Rücken zur Tür und schliefen tief und fest.

Er erwachte mit einem Ruck. Es war kalt in dem Häuschen,
das Feuer glomm nur schwach unter dem Torf, und das
Gemäuer in seinem Rücken war feucht. Steif und unbehaglich
saß er da und horchte in die absolute Stille hinein. Brid und
ihre Mutter schliefen noch, aber irgend etwas hatte ihn geweckt. Vorsichtig wickelte er sich aus der Wolldecke, in die
sie ihn gehüllt hatten, und stand auf. Er ging zur Türöffnung,
schob den Ledervorhang beiseite, der in der warmen Jahres-
zeit als Tür diente, und trat in den kalten, weißen Morgen-
dunst hinaus.

Auf Zehenspitzen ging er zum Bach und spritzte sich etwas Wasser ins Gesicht, da hörte er hinter sich das Geräusch von Metall auf Stein. Er drehte sich um, wischte sich eine Haarsträhne aus dem Gesicht und kniff spähend die Augen zusammen. Wenige Sekunden später tauchten graue Umrisse auf, und er sah, daß zwei Männer, Pferde an der Leine führend, sich dem Häuschen näherten. Von Angst erfüllt, blieb er reglos stehen. Einer der beiden war Gartnait, da war er sich sicher, und der andere – Adam reckte sich vor, blinzelte noch fester und hätte vor Schreck beinahe laut aufgeschrien, denn in der großen, schlanken Gestalt erkannte er den Mann, der ihn in Brids Dorf bedroht hatte. Verzweifelt sah er sich nach einem Versteck um, aber es gab nichts als den Nebel, in dem er sich verbergen konnte.

»Brid? Mutter? Seid ihr beiden wach?« Gartnaits Stimme hallte schockierend laut durch die Stille. Adam konnte Brids Sprache zwar nicht sprechen, hatte jedoch genügend Brocken gelernt, um einer Unterhaltung zu folgen. »Wir haben einen Gast.«

Er konnte das Häuschen nicht sehen, aber wenige Sekunden später hörte er Geräusche und dann die verwirrte Stimme von Brids Mutter, wie sie die Worte sprach, mit denen sie auch ihn begrüßte. »Geehrter Bruder, sei in unserem Haus und an unserem Feuer willkommen. Setz dich. Hier. Ich bringe dir zu essen.«

»Bruder« war das Wort, das sie Adam gegenüber nicht verwendete; er kannte es aber. Irritiert fragte er sich, ob sie das Wort als höfliche Anrede benutzte, oder ob es wirklich bedeutete, daß der Mann Brids Onkel war. Und wenn ja, warum hatte sie ihm das dann nicht gesagt?

»Broichan ist gekommen, um meine Arbeit am Stein zu sehen, Mutter.« Gartnaits Stimme war wie immer klar und gut zu verstehen. »Wo ist meine Schwester?«

»Sie kommt gleich. Sie holt Haferkekse und Bier für unseren Gast.«

Adam konnte sich die Bestürzung der beiden Frauen gut vorstellen – ihre Angst, was passieren würde, wenn er noch da wäre, und dann ihre Erleichterung, daß er schon fort war.

71

Er mußte unbedingt weg; der Dunst konnte sich jeden Augenblick in der Morgenbrise oder der Sonne auflösen, die bald über die Berge steigen würde. Adam sah eine schattenhafte Gestalt auftauchen und wieder verschwinden: Gartnait führte die Pferde zu dem Baum, den sie die Ausguck-Kiefer nannten, um die Tiere dort festzubinden.

Vorsichtig richtete Adam sich auf und trat vom Bach auf das feine Gras, das im Sprühregen des Wassers, das dort über die Felsen plätscherte, üppig wuchs. Wenn es ihm gelang, den Schutz der Bäume zu erreichen, konnte er den Talkessel hinaufsteigen und vor Tagesanbruch verschwunden sein.

Er machte einen weiteren Schritt – und erstarrte. Die kräftige, tiefe Stimme klang so nah, daß er glaubte, der Mann stehe direkt neben ihm.

»Der König empfängt die Christen in Craig Phádraig immer noch. Er hat angeordnet, daß wir überall im Königreich das Kreuz aufstellen, um den Jesus-Gott zu besänftigen. Er glaubt, Columcille besitzt eine Macht, die größer ist als meine!«

»Da täuscht er sich sehr, Onkel.« Gartnait war nur bruchstückhaft zu verstehen. Der Dunst lichtete sich kurz, und eine Sekunde lang konnte Adam die beiden Männer vor dem Häuschen stehen sehen. Als er Broichans breiten Rücken erkannte, wünschte er, er könnte sich unsichtbar machen.

»In der Tat täuscht er sich. Ich habe Gewitter heraufbeschworen, um Bäume zu seinen Füßen zu Fall zu bringen, die sein Boot versenken und sein Pferd töten werden.« Broichan atmete scharf durch die Zähne ein. »Er ruft seinen eigenen Gott an, der mit dem meinen in Wettstreit treten soll, und der König bittet mich, mich im Namen der Gastfreundschaft zu zügeln. So sei es. Für den Augenblick. Sobald er sich nicht mehr unter dem Dachbaum des Königs aufhält, werde ich ihn wie eine Fliege vernichten.« Er schlug sich mit der flachen Hand auf den Oberschenkel, und Adam fuhr zusammen. Wenn der Mann sich auch nur einen Zentimeter zur Seite drehte, würde er ihn sehen.

Eine Nebelschwade trieb zu den Männern hinüber, kaum mehr als ein Dunst im wachsenden Tageslicht, aber mehr Schutz brauchte Adam nicht. Mit zwei, drei großen Schritten eilte er auf die Bäume zu, fast ohne Luft zu holen. Ganz in seiner Nähe wuchs ein Ginsterbusch. Als er ihn erreichte, kauerte er sich erleichtert dahinter und hörte wieder den Stimmen zu, die zu ihm herüberwehten.

»Du mußt auf die Rückseite des heiligen Steins ein Kreuz meißeln, Gartnait. Zeig mir deine Entwürfe, und ich werde einen auswählen. Es wird keinen Schaden anrichten, aber der König und seine Gäste werden zufrieden sein. Später dienen wir dann wieder unseren eigenen Göttern und beweisen, daß sie stärker sind – wenn ich die Berge mit der Gewalt meines Zorns spalte! Und die kleine Brid wird mir dabei helfen.« Er fuhr Brid über die Wange.

Von seinem Versteck aus konnte Adam sie jetzt beobachten; als er bemerkte, wie die Hand des Mannes mit den langen, krallenartigen Fingern auf ihrer Wange verweilte, sträubten sich ihm die Haare. Brid hielt einen Silberteller, den Gartnait für seine Mutter gefertigt hatte, und bot dem Besucher davon an. Er nahm etwas und führte es zum Mund. Einen Augenblick starrte Adam schweigend auf die Szene vor sich, dann driftete wieder eine Nebelschwade herüber, und er konnte nichts mehr sehen. Ohne zu zögern, rannte er lautlos zu den Bäumen, tauchte zwischen ihnen unter und lief so schnell er konnte den Berg hinauf.

Die ersten Sonnenstrahlen beleuchteten das Steinkreuz, als Adam außer Atem dort ankam. Auf einmal fiel ihm ein, daß er seinen Rucksack mit den kostbaren Büchern und dem Feldstecher in der Hütte vergessen hatte. Er verfluchte sich, aber gleichzeitig wußte er auch, daß er die Sachen nicht holen konnte. Brid würde auf sie aufpassen. Langsam ging er um den Stein und fühlte, wie die Sonne ihm die Schultern wärmte. Er blieb stehen, um die kunstvollen Gravuren nachzuzeichnen. Es war sein Stein. Auf der einen Seite waren die seltsamen Symbole und Figuren der alten Pikten, auf der anderen das Flechtmuster des keltischen Kreuzes. Von Gartnaits neuem Stein ohne das Kreuz war keine Spur zu sehen.

73

Sobald Brid den Rucksack bemerkte, verbarg sie ihn unter einem Berg Decken und suchte die ganze Hütte nach Spuren von Adam ab. Ihr Onkel würde jedes Zeichen von ihm entdecken. Sein Sehvermögen übertraf das normaler Menschen. Sie betete mit aller Macht, Adam möge verschwunden sein – nicht nur in den Nebel, sondern ganz aus ihrem Land.

Sie wußte, daß ihr Onkel mißtrauisch war. Wie seine häufigen Besuche bewiesen, vertraute er Gartnait noch nicht. Gartnait war zu jung. Die Aufgabe des Steinmetzen und Torhüters war heilig, eine ebenso wichtige Berufung wie diejenige zum Priester oder Barden. Gartnait hatte das Amt von seinem Vater übernommen, als dieser vor zwei Jahren gestorben war. Es gehörte in die Familie und kam mit dem durch das Blut vererbten Wissen, wie man zum Reich der ewig Jungen gelangt, wenn man es nur wagt. Dieses Reich zu betreten, war allen außer den Eingeweihten verboten, aber manchmal schlüpften Leute durch das Tor, ohne es zu merken – wie Adam.

Schon als sie Adam das erste Mal gesehen hatte, war Brid klargeworden, daß er von jenseits des Steins stammte. Das verrieten seine merkwürdigen Kleider und seine Sprache. Sie hatte genau beobachtet, wie er dem Weg folgte, der angeblich allen außer den ganz Wenigen, die ihn kannten, den Tod brachte. Daß er ein richtiger Mann war und nicht bloß ein Geist oder ein Gespenst, davon hatte sie sich überzeugt. Aber er war zu jung, um ein Eingeweihter zu sein. Vom allerersten Augenblick an hatte er sie fasziniert. Und jetzt gehörte er ihr, dafür hatte sie gesorgt. Ein geheimnisvolles Lächeln spielte um ihre Lippen und verschwand sofort wieder. Worin auch immer seine Macht bestand, sie würde sie bekommen.

»Brid!« Der ungeduldige Ruf von draußen ließ sie zusammenfahren. Nach einem weiteren raschen Blick durch die Hütte trat sie in den Nebel hinaus, unter die prüfenden Augen ihres Onkels.

»Du siehst verängstigt aus, Kind.« Er zog sie näher zu sich. »Das ist nicht nötig.« Damit faßte er ihr unter das Kinn und hob ihren Kopf, um ihr Gesicht zu mustern. Als sie seinem Blick begegnete, schaute sie rasch beiseite, denn sie befürchtete, er könnte die neue weibliche Kraft sehen, die noch durch ihre Adern floß und die sie erhalten hatte, als sie mit einem Mann zusammen gewesen war. Sie spürte, wie seine Augen bis in ihre Seele vordrangen, aber nach einem Moment wandte er den Kopf ab und sprach zu seiner Schwester. »Sie tobt zuviel herum, Gemma.« Seine Stimme klang streng. »Sie muß mehr lernen. Sie wird sehr viel lernen müssen, wenn sie an den heiligen Orten dienen soll.« Langsam, fast verführerisch fuhr er mit der Hand über Brids Wange hinab.

Sie trat einen Schritt zurück, so daß sie außerhalb seiner Reichweite war, und straffte die Schultern. »Ich möchte dem Weg des Wortes folgen, Onkel.« Sie richtete ihren Blick ruhig auf ihn. Ihre Angst war verschwunden und kühler Entschlossenheit gewichen. »Ich habe von Drust, dem Barden in Abernethy, schon sehr viel gelernt. Er hat eingewilligt, mich alles zu lehren, was er weiß.«

Als sie sah, wie das Gesicht ihres Onkels zornrot anlief, bedauerte sie beinahe ihre voreiligen Worte. »Du willst dir das Recht herausnehmen, dein Leben selbst zu bestimmen!« herrschte er sie an.

Sie ließ sich nicht einschüchtern. »Das ist mein Recht, Onkel, wenn ich die Gabe des Gedächtnisses und der Wörter besitze.« Es war ihr Recht als die Tochter von zwei uralten Familien von Barden, die auf seiten ihrer Mutter überdies königlichen Geblüts waren, denn ihr Onkel Broichan war der Pflegevater des Königs und diente ihm als sein oberster Druide.

Es folgte ein langes Schweigen. Gemma stand mit dem Krug in der Hand in der Tür. Sie hatte gerade ihrem Bruder seinen Kelch Bier nachfüllen wollen, aber wie ihre beiden Kinder konnte auch sie nur dastehen und Broichan gebannt anstarren.

»Habt ihr sie dazu ermutigt?« Broichan sah von Gemma zu Gartnait.

Dieser antwortete als erster. »Wenn es ihre Berufung ist, Onkel, haben dann nicht die Götter sie darin bestärkt? Ohne deren Inspiration hätte sie doch nicht die Gabe, von Drust zu lernen.« In Gartnaits Stimme klangen Stolz und Würde mit.

Brid verbiß sich ein triumphierendes Lächeln. Am liebsten hätte sie ihren Bruder umarmt, aber sie bewegte sich nicht vom Fleck.

Abrupt drehte ihr Onkel sich um, ging zu einem der Baumstämme, die als Schemel um das Feuer standen, hüllte sich fester in seinen Umhang und nahm Platz. »Rezitiere«, befahl er.

Brid stockte der Atem, und sie warf einen Blick zu Gartnait. Er nickte ernst. Die Eigensinnigkeit seiner Schwester, die trotzigen Wutanfälle, die ihm angst machten, die wilde, ungezügelte Kraft – all das würde von seinem Onkel gezähmt und in ungefährliche Bahnen gelenkt werden.

Sie trat vor. Zuerst war sie zu nervös, um auch nur ein Wort hervorzubringen, aber dann legte sich ihre Ängstlichkeit wie durch ein Wunder. Sie richtete sich zu voller Größe auf, hob den Kopf und begann.

Ihr Lehrer hatte gründliche Arbeit geleistet. An den langen Winterabenden war ihm Brid unter seinen Zuhörern am Feuer aufgefallen; er hatte ihre Erziehung und ihren Verstand bemerkt und ihr die langen Balladen und Geschichten, aus denen ihr Vermächtnis bestand, immer wieder vorgesprochen, bis sie sie fehlerfrei rezitieren konnte. Wie Adam schon festgestellt hatte, war Brids Gedächtnis außerordentlich gut; schon jetzt kannte sie die Grundlagen, die in der Bardenschule gelehrt wurden.

Schließlich hob Broichan die Hand und nickte. »Deine Zunge muß in der Tat von der Dame berührt worden sein. Das ist gut. Du wirst weiter Studien treiben.« Er betrachtete sie einen Augenblick und sah deutlich die keimende Kraft in ihr, ihre wilde, ungezähmte Verbindung zur Dame. Kurz runzelte er die Stirn, und ein Schatten legte sich über sein Gesicht. Er entdeckte auch eine Härte, eine Hartnäckigkeit, eine geistige Sturheit und Willenskraft, mit der man sehr vorsichtig würde umgehen müssen, bis der rechte Augenblick gekommen war.

Er wandte sich wieder an seine Schwester. »Deine beiden Kinder haben große Gaben, Gemma. Das ist gut. Sobald dieser Mönch, dieser Columcille, wieder nach Westen gegangen ist, woher er gekommen ist, müssen wir diesen Jesus-Gott aus unserem Land vertreiben. Und deine Kinder werden uns dabei helfen.«

Auf diese Art konnte Brid benutzt werden.

Und gezähmt.

Und da sie ein Kind von Königen war, würde ihr Blut die Erde reinigen, die durch den vom Jesus-Gott geschickten Mann entweiht worden war.

Kapitel 4

Adam, wo bist du gewesen?«
Thomas Craig hatte die ganze Nacht den Berg abgesucht. Erschöpft blieb er stehen, stützte sich schwer auf seinen Stock und rang nach Luft.

»Vater!« Adam hatte sich an den von der Sonne erwärmten Felsen gesetzt und war von Müdigkeit übermannt worden; in dem Moment war ihm der Weg zurück ins Pfarrhaus allzuweit erschienen. »Es tut mir leid.« Plötzlich bekam er Angst und sprang auf. »Ich …« Er zögerte. »Ich habe mich im Nebel verirrt. Und da fand ich es besser, hier zu …«

»Du fandest es besser!« Thomas' Angst und Erschöpfung schlugen in Wut um. »Du bist ein dummer, gedankenloser und hoffärtiger Junge! Ist dir nicht in den Sinn gekommen, daß ich mir Sorgen um dich machen könnte? Ist dir nicht in den Sinn gekommen, daß ich eine schlaflose Nacht verbringen und die ganze Zeit nach dir suchen könnte?« Das Schuldgefühl, die qualvollen Strafen, die er sich endlos auferlegte, raubten ihm von Tag zu Tag mehr Kraft.

»Ich dachte nicht, daß du es merken würdest, Vater.« Adam trat einen Schritt zurück, aber seine Stimme war trotzig.

»Du – du dachtest, ich würde es nicht merken!«

»Ja, Vater. Seit Monaten merkst du nicht, ob ich da bin oder nicht.« Irgendwoher nahm Adam den Mut, das zu sagen. »Du hast mich überhaupt nicht bemerkt.«

Er hielt dem Blick seines Vaters stand. Über ihnen ertönte der miauende Schrei eines Bussards, der auf den warmen Aufwinden immer weiter in die Höhe trieb. Keiner von ihnen sah empor.

Das Schweigen dauerte eine Minute, dann noch einmal eine Minute. Adam wagte kaum zu atmen.

Auf einmal sackte sein Vater in sich zusammen. Er setzte sich auf einen Stein und ließ seinen Stock zu Boden fallen. Kopfschüttelnd und seufzend fuhr er sich mit den Händen über das Gesicht. »Es tut mir leid.« Er rieb sich die Augen. »Es tut mir leid. Du hast natürlich recht. Ich habe mich unverzeihlich verhalten.«

Ohne ein Wort zu sagen, setzte sich Adam zwei Meter entfernt von seinem Vater hin und musterte dessen Gesicht. Seine Angst und sein Trotz waren einem erstaunlich erwachsenen Mitgefühl für diesen gequälten Mann gewichen.

Endlich blickte Thomas auf. »Du solltest nach Hause kommen. Und etwas essen.«

Adam nickte und stand langsam auf. Sein ganzer Körper war steif, er war sehr müde, und plötzlich hatte er großen Hunger.

Die Schreie, die ihn weckten, stammten von ihm selbst. Er setzte sich im Bett auf und sah hinaus zu den Efeuranken, die das Fenster umwucherten; sie hämmerten gegen die Scheibe und wehten grün und weiß im böigen Südost-Wind.

Unter dem wachsamen Auge von Jeannie Barron hatte er ein üppiges Frühstück gegessen und war dann auf ihre Anweisung hin in sein Zimmer gegangen. Eigentlich hatte er sich nur eine Minute mit einem Buch über Schmetterlinge aufs Bett legen wollen, aber dann hatten ihn seine Erschöpfung, seine Verwirrung und Enttäuschung überwältigt, und er war auf der Stelle in tiefen Schlaf gesunken.

Der Traum war grauenvoll gewesen. Er schwamm unter Wasser. Zuerst machte es ihm Spaß; seine Gliedmaßen bewegten sich wie von selbst, und er sah sich mit großen Augen in dem dunklen Wasser um, beobachtete die sich wiegenden Pflanzen und die umherflitzenden braunen Forellen. Plötzlich tauchte sie vor ihm auf – die Alte. Sie hatte das häßlichste Gesicht, das er je gesehen hatte, grotesk, zahnlos, eingesunkene Augen inmitten von Karbunkeln, die Nase breit und fleischig, die Haare ein Gewirr von sich windenden Wasserschlangen. Er öffnete den Mund, um zu schreien, und schlug wild um sich, schluckte aber nur Wasser. Er ging unter, er ertrank, und sie kam ihm lachend immer nur noch näher. Plötzlich war sie keine häßliche alte Frau mehr; ihr Gesicht war

Brids Gesicht, ihr Haar war Brids Haar, und er starrte auf ihren nackten Körper und griff nach ihren Brüsten, obwohl er am Ertrinken war.

Er drückte sich das Kissen an die Brust, immer noch nach Luft ringend, und stellte zu seiner maßlosen Verlegenheit fest, daß er eine gewaltige Erektion hatte. Er schwang die Beine über die Bettkante, lief zum Fenster und schob die schwere Scheibe hinauf, um den Kopf nach draußen zu strecken und frische Luft einzuatmen. Erst als sein Herzschlag sich beruhigt und er sich wieder gefaßt hatte, kehrte er ins Zimmer zurück. Er fragte sich, ob sein Vater ihn gehört hatte. Wie sollte er wissen, daß Thomas unten im Arbeitszimmer die Ohren vor den gequälten Schreien seines Sohnes verschlossen hatte, während ihm langsam heiße Tränen über die Wangen liefen.

Der nächste Tag war ein Sonntag. Adam wollte nicht in die Kirche gehen und blieb zögernd auf dem Pfad zurück, während die Gemeinde an ihm vorbei in das alte Steingebäude strömte; er fragte sich, ob er wohl den Mut haben würde, zwischen den Bäumen zu verschwinden und durch den Kirchhof zum breiten, träge dahinströmenden Fluß zu laufen. Aber dann war Jeannie mit Ken an ihrer Seite gekommen, und irgendwie hatten sie Adam mit sich in die Kirche gezogen und zur Bankreihe des Pfarrhauses genommen. Reglos saß Adam auf seinem Platz, den Blick auf die schneeweißen Beffchen seines Vaters geheftet, als Thomas über ihm in der Kanzel stand. Der Junge zitterte am ganzen Körper. Selbst wenn sein Vater nicht sah, was in ihm vorging, Gott tat es sicherlich. Vor Angst und Schuldgefühlen war seine Haut klamm, er preßte die Hände zwischen die Knie, und seine Kopfhaut zuckte vor Panik, wenn er an Brid dachte, an seine Träume und was er getan hatte. Ganz allmählich begann er sich zu fragen, ob das, was seine Mutter getan hatte, ebenso schlimm war, und ob sie wie er in die Hölle kommen würde.

Als sie sich zum Singen erhoben, war sein Mund völlig ausgetrocknet, und er brachte nur ein Krächzen hervor. Am Ende des Gottesdienstes war sein Gesicht so bleich, daß er sich mit Kopfschmerzen entschuldigte, und selbst die aufmerksame Jeannie zweifelte nicht daran, daß er die Wahrheit sagte.

In Gedanken war er jede Minute des Tages bei Brid; abwechselnd suchten ihn Schuldgefühle, Angst und unerträgliches Verlangen heim, die nachts im Bett zu lustvollen und dann wieder gequälten Träumen voller Selbstabscheu wurden. Wann immer möglich, ging er zum Steinkreuz, aber er konnte weder den Weg zu ihrem Dorf noch zu der Hütte finden. Schluchzend vor Enttäuschung und Ungeduld lief er zwischen den Bäumen hin und her. Doch nie sah er auf dem Abhang mehr als ein paar Rehe, die am Fuße des Berges ästen. Bedrückt ging er dann nach Hause, wo ihn ein einsames, freudloses Abendessen und ein kaltes Bett erwarteten, und dort träumte er wieder von ihr. Beschämt rieb er am Morgen die verräterischen Spuren mit dem Taschentuch aus der Pyjamahose, damit Jeannie sie nicht bemerkte, wenn sie die Wäsche machte.

Lange Zeit starrte Broichan in die Glut der Feuerstelle. Gemma und Brid kauerten neben ihm. Gartnait war schon früher mit Pfeil und Bogen zum Jagen gegangen. Die beiden Frauen hatten zugesehen, wie er zuerst die vorbeitreibenden Wolken befragt hatte, die von der untergehenden Sonne rosa und gold gefärbt waren, dann die Ogham-Stäbchen, die er in einem Beutel um die Taille aufbewahrte, und schließlich den dunkelroten, in Gold gefaßten Stein, der an einem Band um seinen Hals hing. Jetzt endlich waren die Zeichen eindeutig. Er hob den Kopf.

»Brid.«

Die Frauen fuhren zusammen.

Ein herrischer Finger, an dem ein gravierter Achatring steckte, befahl Brid aufzustehen. »Es ist entschieden. Du kommst mit mir nach Craig Phádraig. Wir reiten im Morgengrauen.«

»Nein!« Brids entsetzter Aufschrei übertönte das Plätschern des Bachs und das Knistern des erlöschenden Feuers und hallte zu den Wolken empor.

Broichan erhob sich. Er überragte sie um mehrere Handbreit. Seine Augen blickten hart wie Feuerstein. »Du wirst mir gehorchen, Nichte. Pack deine Sachen jetzt, bevor wir schlafen gehen.«

»Mama …« Brid sah flehentlich zu Gemma, aber ihre Mutter wich ihrem Blick aus.

»Du mußt meinem Bruder gehorchen, Brid.« Gemma zitterte die Stimme, als sie das schließlich sagte.

»Ich gehe nicht!« In Brids Gesicht spiegelte sich das Farbspiel der untergehenden Sonne wider. »Du kannst mich nicht zwingen. Ich habe auch Kräfte.« Sie richtete sich zu voller Größe auf und sah Broichan in die Augen. »Ich kann Stürme beschwichtigen und auf dem Wind reiten. Ich kann mit der Wildkatze jagen und mit dem Wild laufen. Ich kann einen Mann fangen und an mich binden!« Hastig senkte sie den Blick. Sie durfte ihn nicht ihre Gedanken lesen, ihn nicht von Adam wissen lassen.

Nachdenklich sah Broichan sie an. In seinen Augen lag etwas wie ein kleines, zynisches Funkeln, als er die Hand ausstreckte und scheinbar ohne sich zu bewegen ihr Handgelenk umfaßte. »Du kleine Katze meinst also, du könntest es mit mir aufnehmen«, murmelte er. »Solches Selbstvertrauen, solche Torheit.« Er faßte sie am Kinn und zog ihr Gesicht nah an seines heran, während seine Augen sich in die ihren bohrten. »Ganz ruhig, du kleine Wilde. Du bist meine Dienerin, und du wirst mir gehorchen.« Er griff nach der durchscheinenden roten Steinkugel in der Goldfassung und hielt sie ihr kurz vor die Augen. Innerhalb weniger Sekunden schloß sie die Lider und wurde ruhig.

»So.« Broichan schob sie ihrer Mutter in die Arme. »Bring sie ins Bett, und dann pack ihre Tasche. Ich reise morgen im ersten Tageslicht mit ihr ab. Sie wird im Schlaf wie ein Sack Hafer über dem Sattel liegen. Und wenn sie mir in Craig Phádraig nicht gehorcht, lege ich sie wie eine Sklavin an die Kette.« Er richtete die ganze Kraft seines Blickes auf die entsetzte Gemma. »Ich dulde keinen Ungehorsam, Schwester, von niemandem in meiner Familie. Nie.«

Adam hatte schon alle Hoffnung aufgegeben, Brid je wiederzusehen, als er oben auf dem Berg Gartnait begegnete. Er
folgte dem jungen Mann und sah ihm zu, wie er seine Meißel
zur Hand nahm, sich vor den Stein hockte und unten am
Fuß an einem gewellten Muster arbeitete. Auf einmal wurde
Adam bewußt, daß es sich um eine geschmeidige, sehr reali-
stische Schlange handelte.

»Du mußt zurück.« Gartnait sah beim Sprechen nicht auf.
Sowohl er als auch Gemma hatten zusammen mit Brid etwas
Englisch gelernt.

»Warum?« Adam verschlug es vor Verlegenheit fast die
Sprache.

»Es ist nicht sicher. Man sieht dich. Brid war unvorsichtig.«

»Warum darf ich nicht hier oben bei euch sein?«

Gartnait warf ihm einen Blick zu. Sein sonnengebräuntes,
von Wind und Wetter gegerbtes Gesicht war grau vom Steinstaub, seine starken, schwieligen Hände umfaßten das Werkzeug beinahe liebevoll. Er blies den Staub von der Stelle, die er
gerade bearbeitet hatte, und rieb sie mit dem Daumen sauber.

»Dein Vater dient den Göttern. Deswegen hast du den Weg
gefunden.«

Adam runzelte die Stirn. »Es gibt nur einen Gott, Gartnait.«

Der junge Mann betrachtete ihn aus zusammengekniffenen
Augen und blickte dann auf den Stein. »Den Jesus-Gott? Seine
Anhänger sagen, es gibt nur einen Gott. Ist das der, dem dein
Vater dient?«

»Jesus, ja.« Adam war unbehaglich zumute. Jesus und Brid
– beziehungsweise Brids Bruder – waren unvereinbar.

»Wie kannst du das glauben, wenn du von den Göttern umgeben bist? Brid hat mir erzählt, daß ihr die Dame im Wasserfall gesehen habt.«

Adam errötete bis zu den Haarwurzeln. Brid hatte ihrem
Bruder doch bestimmt nicht erzählt, was zwischen ihnen vorgefallen war! »Das wird uns gelehrt. Es gibt nur einen Gott«,
wiederholte er trotzig.

»Trotzdem wurde dir der Weg gezeigt. Wie man zwischen
unserer und deiner Welt hin und her geht.« Gartnait beugte
sich näher zum Stein und steckte vor Anspannung die Zunge

83

zwischen die Zähne, als er eine besonders schwierige Ecke bearbeitete. Mit der scharfen Klinge entfernte er den harten Stein, als wäre er ein Schlammspritzer.

»Niemand hat mir gezeigt, wie ich herkomme.« Adam verzog das Gesicht. »Ich habe den Weg selbst gefunden. Allerdings – manchmal finde ich ihn nicht. Ich weiß auch nicht, warum.« Das Gefühl des Unbehagens wurde immer stärker.

Gartnait hockte sich auf die Fersen und betrachtete Adam nachdenklich. »Der Weg ist nicht immer offen«, erklärte er schließlich. »Man kann ihn nur zur richtigen Zeit nehmen. Mond, Sterne, Nordwind – sie müssen alle an der richtigen Stelle stehen.« Er lächelte ernst und wechselte unvermittelt das Thema. »Brid mag dich.«

Wieder lief Adam rot an. »Ich mag sie.« Dann wandte er sich ein wenig zur Seite, um über den Hang hinabzublicken, und fragte so beiläufig wie möglich: »Wo ist sie?«

»Sie arbeitet mit unserem Onkel. Er unterrichtet sie.«

Diese Auskunft versetzte Adam einen Stich – Enttäuschung, aber auch Angst. »Ich hatte gehofft, sie zu sehen. Wie lange wird sie für ihn arbeiten?«

»Viele Jahre. Neunzehn.« Wieder lächelte Gartnait sein langsames Lächeln. »Aber ich sage ihr, daß du hier warst.« Er blickte auf. »A-dam, such nicht nach ihr. Sie ist in Craig Phádraig. Du kannst sie nicht finden. Versuch es nicht. Sie darf auch nicht versuchen, dich zu sehen. Das ist verboten. Broichan würde sie töten, wenn er wüßte, daß sie mit dir zusammengewesen ist. Er erlaubt niemandem, zwischen unseren Welten zu reisen, so wie du es getan hast. Das dürfen nur die Wenigen. Und Brid ist nicht für dich, A-dam.« Er zögerte, als überlegte er, ob er weitersprechen solle, dann fügte er hinzu: »Brid ist gefährlich, A-dam. Das sage ich, der ich sie liebe. Laß dir nicht weh tun von ihr.« Er suchte nach den richtigen Worten. »Sie lernt, wie eine Wildkatze zu sein. Ihre Krallen können töten. Wenn du sie wiedersiehst, wird sie irgendwann den Tod bringen. Dir und mir und Gemma.«

»Das verstehe ich nicht.« Unter Adams herbe Enttäuschung mischte sich wieder leise Angst. »Warum darf ich sie nicht sehen? Warum darf ich nicht herkommen? Was ist so verkehrt daran?« Er konzentrierte sich auf die eine Information Gartnaits, die er wirklich verstand. »Ich wette, du bist unten im Dorf gewesen, da, wo ich wohne.«

Gartnait schnaubte belustigt, und seine silbernen Augen verengten sich vor Lachen, so daß er einen Moment seiner Schwester sehr ähnlich sah. »Einmal. Nur auf dem Berg. Ich habe nicht soviel Mut wie du. Ich bin nicht ins Dorf.«

»Darf ich wenigstens eure Mutter besuchen?« Adam kämpfte gegen das elende Gefühl an, das ihn zu überwältigen drohte. »Ich möchte meinen Rucksack wiederhaben.«

Gartnait runzelte die Stirn, aber dann willigte er mit einem Kopfnicken ein. »Brid hat deine Sachen versteckt, als unser Onkel kam. Ich zeig's dir.« Er legte sein Werkzeug beiseite und rieb sich die Hände ab. Grinsend sah er auf den Leinenbeutel, der über Adams Schulter hing. »Hast du Schokoladenkuchen?« fragte er keck.

Adam zwinkerte heftig, um die Tränen zurückzudrängen, und nickte lächelnd. »Und für Gemma auch.«

Sie aßen ihn zu dritt am Feuer sitzend und tranken dazu schwaches Heidebier aus dem Silberkrug.

»Was lernt Brid denn?« fragte Adam schließlich. Sein kostbarer Rucksack lag zu seinen Füßen.

»Gedichte und Musik, Wahrsagen und Geschichte und Genealogie«, antwortete Gartnait. »Das dauert viele Jahre.«

»Sie muß sehr klug sein.« Das wußte er bereits.

»Sehr.« Gartnait verzog das Gesicht; Adam ahnte nicht einmal, wie klug sie wirklich war.

»Wann kommt sie heim?«

Gemma lächelte. »Er ist so traurig, daß seine Freundin nicht da ist.« Sie sprach in die Luft über der Feuerstelle.

Wieder errötete Adam.

»Sie kommt nicht zu dir zurück, A-dam.« Gartnait sprach mit fester Stimme. »Sie muß jetzt ihrem Volk dienen. Sie ist kein Kind mehr. Und das ist gut so.«

»Aber sie kommt euch besuchen?« Adam spürte, wie der eiskalte Klumpen in seinem Magen immer größer wurde. Verzweifelt sah er zwischen Mutter und Sohn hin und her.

85

Schließlich beugte Gemma sich vor, warf einen flüchtigen Blick auf Gartnait und lächelte. »Armer A-dam. Vielleicht besucht sie dich. Nach den langen Tagen, nach Lughnasadh. Ich habe meinem Bruder gesagt, daß er sie dann zu mir bringen muß.«

Und damit mußte Adam sich zufriedengeben. Daß Gartnait stirnrunzelnd den Kopf schüttelte, nahm er gar nicht wahr.

Anfangs konnte er sie aus seinem Kopf verbannen, indem er sich auf die Schule konzentrierte, zumindest die Woche über. Die Tage verbrachte er mit Lernen, und an den Abenden nach der langen Busfahrt und dem Heimweg auf dem Rad machte er Schulaufgaben. Jetzt war abends auch oft sein Vater zu Hause und versuchte, seinen Sohn mit Erzählungen aus der Gemeinde zu unterhalten oder mit Büchern, die er in Perth kaufte; ein- oder zweimal wurden Vater und Sohn auch von Gemeindemitgliedern zum Essen eingeladen.

Jedes Wochenende stieg Adam zum Stein hinauf, und jedes Mal wurde er enttäuscht. Keine Spur von Gartnait. Keine Spur von Brid. Ganz allein und einsam saß er auf dem Berg und spürte, wie der Wind ihm die Haare zerzauste; neben ihm lagen das Vogelbuch und der Feldstecher, auf den Knien hielt er seinen Notizblock. Allein und einsam aß er auch den Kuchen, den er jedesmal für Brid mitbrachte.

»Deine Kraft wird immer größer, Brid.« Broichan stand hinter ihr auf der Kuppe eines Berges oberhalb des großen Lochs, aus dem der Fluß Ness floß. Er hatte sie von einem Felsvorsprung her beobachtet, ihrer volltönenden Beschwörung gelauscht und gesehen, wie sich die auftürmende, bauschende Wolke auf ihren Befehl hin teilte und nach Norden und Süden wegtrieb, so daß die schwarzen Felsen des Hügels in goldenes Sonnenlicht getaucht wurden.

Brid fuhr zusammen, so daß ihre Konzentration nachließ und die Wolken wieder auf ihre normale Bahn zurückkehrten. Ein Blitz flammte auf, Donner grollte. Broichan lachte.

»Ich übertreffe dich immer noch, Nichte. Das darfst du nicht vergessen!«

»Aber wie ich höre, übertriffst du nicht Columcille.« Brid warf den Kopf in den Nacken und lachte. Das Unwetter hatte ihr neue Energie verliehen, hatte sie stark gemacht und unbezwingbar. »Er hat das Ungeheuer verbannt, das du im Loch erscheinen ließest, um ihn zu vernichten. Der ganze Hof hat davon gehört, wie er dich an den Rand des Todes brachte zur Strafe, weil du eine deiner Sklavinnen so schlecht behandelt hast; und daß er dich erst mit seinem Zauberstein heilte, als du ihm das Mädchen gabst!« Es begann zu regnen. Sie hob ihr Gesicht zum Himmel und genoß die eiskalten Nadeln auf ihrer Haut; so entging ihr der wütende Blick, den ihr Onkel ihr zuwarf.

»Du wagst es, in meiner Gegenwart von Columcille zu sprechen!«

»Ich wage es in der Tat!« Beinahe spuckte sie vor ihm aus. »Du hast mich gut gelehrt, Onkel. Meine Kraft wird wirklich immer größer!« Und bald, wenn ich genug weiß, werde ich zu A-dam zurückkehren. Aber diesen Gedanken verschleierte sie sorgfältig mit einem kleinen Lächeln vor ihrem Onkel. Sie hatte Adam in ihren Träumen gesehen und in ihrer Kristallkugel, und deshalb wußte sie, daß sie ihn an sich gebunden hatte. Er würde auf sie warten, wenn nötig, für immer.

»Armes Kätzchen. So selbstbewußt. So töricht.« Broichans Stimme war leise und samten, doch die Drohung, die in ihr lag, brachte Brid sofort in die Realität zurück. »Hintergeh mich nie, kleine Brid.« Er streckte die Hand nach ihr aus, und gegen ihren Willen fühlte sie sich zu ihm hingezogen. »Denn wenn du das tust, werde ich mich gezwungen sehen, dir ein Beispiel meiner Macht zu geben.« Er lächelte. »Ich denke an deinen Bruder. Meinen Torhüter. Seine Aufgabe ist beinahe vollendet …«

»Du würdest ihm nie etwas antun!« zischte Brid.

»Natürlich würde ich das. Meine Kräfte kennen keine Grenzen, wie Columcille zu seinem Nachteil feststellen wird, wenn ich dem Ungeheuer, das ich dort auftauchen ließ, befehle, ihn zu verschlingen.« Jetzt lächelte Broichan wieder. »Gib acht, kleine Katze. Bleib artig. Bleib wachsam.«

Als er sie entließ, sah er kurz zum stürmischen Himmel und wandte sich zum Gehen. Sie blieb in ihrem langen weißen Gewand und dem durchnäßten Wollumhang zurück. Als er außer Sichtweite verschwand, erschauderte der Himmel unter einem erneuten Blitzschlag, der an ihr vorbeischoß und sich in das kochende, zischende Wasser des Lochs bohrte.

Endlich begannen die Sommerferien. Adam bekam Farbe und wurde kräftig und freundete sich zaghaft wieder mit Mikey und Euan aus dem Dorf an.

Er hatte nach dem Abendessen mit den Jungen auf dem Feld hinter dem Kirchhof mit dem Ball herumgebolzt und ging jetzt die Straße entlang nach Hause; über den Bergen zog eine klare Abenddämmerung herauf. In der Ferne glühte auf den westlichen Abhängen des Bergs noch Sonnenlicht und färbte das dunkle Gestein rosarot, doch das Dorf lag bereits im tiefen Schatten. Diese Stunde des Tages erfüllte ihn immer mit Trauer und machte ihn melancholisch. Widerwillig bog er zum Tor des Pfarrhauses ein und stieß gerade einen Stein aus dem Weg, als ein Zischen ihn zusammenfahren ließ.

»A-dam! Hier! Ich warte auf dich.« Bei dem durchdringenden Flüstern machte sein Herz vor Aufregung einen Satz. Verwirrt drehte er sich um. »Brid?«

»Hier. Hier.«

Jetzt konnte er sie sehen; sie kauerte hinter der Steinmauer im Schutz eines Rhododendronbusches. »Ich warte auf dich bei Gartnaits Stein, aber du kommst nicht.« Sie wirkte erwachsener als im Jahr zuvor; ihre Haare waren geflochten, und ihre Figur hatte stärkere Rundungen bekommen. Sie trug ein besticktes Gewand, das ihr bis zu den Knöcheln ging, und Goldreifen an den schlanken Armen. »Komm.« Sie legte sich einen Finger auf die Lippen und grinste. Es war dasselbe freche Grinsen, das ihm an ihr so gefallen hatte, aber ihr Gesicht war reifer geworden, ihre Augen wirkten nicht mehr ganz so unbekümmert.

Mit einem Blick auf die einschüchternd schwarzen Fenster des Pfarrhauses tauchte er hinter die Sträucher und hockte sich in der Dunkelheit neben sie.

Sie drückte ihre Lippen auf seine Wange. »Grüß dich, A-dam.«

»Grüß dich.« Er zögerte verlegen, als er ihre Hände auf seiner Brust spürte.

»Ist dein Vater da?« flüsterte sie. Ihre Haare kitzelten ihn im Gesicht.

»Ich weiß nicht.« Zumindest konnte er im Haus keine Lichter brennen sehen.

Sie fand seine Hand und zog ihn auf die Füße, dann spähten sie gemeinsam über den Rasen. »Komm.« Sie zerrte ihn am Handgelenk.

Vom Arbeitszimmer seines Vaters aus konnte man das Tor sehen. Wieder schaute er zu den dunklen Fenstern, und sein Mut sank. »Hier lang«, flüsterte er. »Wir gehen hinten herum.«

Hand in Hand liefen sie geduckt in den Schatten unter den Apfelbäumen und dann ums Haus zu den schnurgeraden Reihen von Kartoffeln und Zwiebeln. Die Gemüsebeete umrundend, führte Adam sie zu dem Stoß Holzscheite, der vor der Mauer aufgestapelt war, und zog sie, außer Sichtweite aller Fenster im Haus mit Ausnahme der leeren Küche, auf den Berg loser Steine, von wo sie mit einem Sprung das weiche Gras am Rand der kleinen Seitengasse erreichten.

Als sie schließlich zum steil ansteigenden Pfad durch den Wald neben dem Bach gelangten, waren beide außer Atem, aber sie lachten.

»Schnell, schnell, meine Mutter hat Essen.« Ein paar Haarsträhnen lösten sich aus Brids Zöpfen. Weit über ihnen stand der Stein, noch von der Sonne beschienen. Es war merkwürdig, im dunklen Tal zu stehen und die Ferne wie von einem Licht erleuchtet zu sehen. Adam blieb stehen und sah fröstelnd hinauf. »Ich hasse es, wenn es im Tal früher dunkel wird als oben auf dem Berg. Ich möchte dann immer da oben sein, wo ich die Sonne untergehen sehen kann.«

»Wir gehen hinauf, A-dam.« Sie legte den Kopf zur Seite und betrachtete ihn eingehend. »Du bist groß geworden, A-dam.«

»Du auch«, gab er zurück. Dann lächelten sie beide, bis Brid sich plötzlich umdrehte und losrannte. Sofort setzte er ihr nach, und keine zehn Meter weiter hatte er sie eingeholt. Sie befanden sich in einer von Moos bewachsenen Senke im Schutz einiger Silberbirken. Ganz in der Nähe konnte Adam das Plätschern eines kleinen Wasserlaufs hören.

Es war sie, die sich an ihn schmiegte und seinen Hals mit ihren Lippen liebkoste; es war sie, die mit den Knöpfen seines Hemds kämpfte und ihm dieses dann von den Schultern streifte; es war sie, die seine Brust streichelte, bis ihm der Atem stockte und er endlich nicht mehr an sich halten konnte, sondern durch ihr besticktes Kleid hindurch nach ihrem Körper griff. Mit einem kehligen Lachen öffnete sie den Gürtel um ihre Taille und ließ das Kleid mit einer kleinen Hüftbewegung zu Boden gleiten, so daß sie nackt in seinen Armen lag und am Gürtel seiner kurzen Hose zerrte.

Dieses Mal ließen sie sich länger Zeit, freuten sich am Körper des anderen, berührten sich mit sanft forschenden Fingern, die nur sehr allmählich immer drängender wurden, bis Adam sie schließlich auf den Rücken drehte und sich auf sie warf. Dann spürte er, wie sein ganzes Sein sich zwischen ihren geschmeidigen, willfährigen Schenkeln verausgabte.

Hinterher blieben sie eine Weile schläfrig und zufrieden liegen. Dann schlüpfte sie unter ihm hervor, stand auf und klaubte Moos und Farnzweigchen von ihrem Körper. Ohne jede Scheu ging sie über die Lichtung zu dem Wasserlauf, der zwischen den Felsen dahinfloß, und wusch sich. Dann drehte sie sich um. »Jetzt du, A-dam.«

Völlig erschöpft lag er auf dem Rücken im Gras. »Noch nicht. Ich bin müde.«

»Jetzt, A-dam.« Er hörte den strengen Ton, erinnerte sich aber nicht mehr rechtzeitig, was er bedeutete. Zwei Hände voll eiskaltem Wasser landeten direkt in seinem Gesicht.

Er holte sie erst oben am Kreuz wieder ein. Lachend drückte er sie gegen den Stein, hielt sie zwischen seinen Armen gefangen und ließ sie nicht entkommen. »Einen Kuß als Pfand.«

»Nein, A-dam. Nicht hier.« Sie bekam plötzlich Angst.

Jetzt sprach er mit strenger Stimme. »Einen Kuß, Brid, sonst laß ich dich nicht los.«

»Nein, A-dam.« Sie wehrte sich gegen seine Umklammerung. »Nicht hier. Wir werden gesehen.« Ihre Augen waren zornig verengt. Adam überraschte ihr plötzlicher Sinneswandel.

»Gesehen?« Er ließ sie nicht los. »Von Gartnait?«

»Vom Gott.« Sie sah trotzig aus.

»Ach, Brid.« Verärgert trat er zurück und ließ sie damit frei. »Du glaubst, überall gäbe es Götter. Ich habe dir gesagt, daß das nicht stimmt. Es gibt nur einen wahren Gott.«

»Ich weiß.« Sie trat vom Stein weg und wischte mit heftigen Bewegungen den Steinstaub von ihrem Kleid. »Das sagst du zumindest. Der Jesus-Gott.« Der Jesus-Gott war sehr mächtig. Sein Diener Columcille hatte Broichan schon mehrfach überlistet, sehr zu Broichans Unmut. Aber dann waren Broichans Kräfte wieder gewachsen ... Rasch verbannte sie ihren Onkel aus ihrem Kopf. Sie durfte ihm nicht Gelegenheit geben, ihre Gedanken zu erforschen und Adam dort zu entdecken. Broichan selbst war mit ihr hierher gekommen, nach Süden, damit sie ihre Mutter besuchen konnte, während er nach Abernethy weiterreiste. Er würde erst in einigen Tagen wiederkehren – nach einigen wunderbar langen, schönen Tagen, die sie mit Adam zu verbringen gedachte.

»Jesus stört es nicht, wenn wir uns hier küssen. Kreuze sind Götzenbildnisse.« Adam hatte die Hände in die Tasche gesteckt. Plötzlich wurde er feuerrot; er dachte an die Kirche und an das graue, eingefallene Gesicht seines Vaters über ihm auf der Kanzel, die brennenden Augen, die sich in seine bohrten. Er zitterte, als Brid seine Hand ergriff.

Im Häuschen trafen sie niemanden an. Brid schien nicht besorgt über Gemmas Abwesenheit, ganz im Gegenteil, sie freute sich, mehr Zeit allein mit ihm zu verbringen. Adam setzte sich ans Feuer und wartete, während sie ihm etwas Heidebier zu trinken brachte, dann zog er sie neben sich. »Erzähl mir von dem, was du lernst.«

Sie schüttelte den Kopf. »Das ist nicht erlaubt.«

»Warum nicht?« Mit großen Augen starrte er sie an.

91

»Weil es geheim ist. Ich darf nichts davon erzählen.«

»Das ist dumm.« Er beugte sich vor und stocherte mit einem Stock im Feuer, so daß eine Flamme zwischen zwei Torfballen aufzüngelte. Auf einem Stein daneben stand einer von Gemmas eisernen Kochtöpfen, unter dessen Deckel der köstliche Geruch von Hirschragout aufstieg. »Wo ist deine Mutter?« Er wechselte das Thema abrupt.

Brid zuckte die Achseln. »Sie kommt später.« Irritiert warf sie einen Blick über die Schulter. »Sie und Gartnait sind in der Nähe.«

Adam folgte ihrem Blick zu den alten Kiefern. Die roten Stämme fingen das Abendlicht ein und glühten warm, doch hinter ihnen lagen kühle, dunkle Schatten. Er konnte nichts sehen, was sich da im Wald verbergen sollte.

Brid war aufgestanden und äugte ängstlich um sich; ihre Hände kneteten den Stoff ihres Kleides. »Etwas ist nicht in Ordnung.«

Als Adam sie beobachtete, ging ihre Angst auch auf ihn über. »Sollen wir uns verstecken?«

Aber sie schüttelte angespannt den Kopf, und er verstummte.

»Mein Onkel«, flüsterte sie plötzlich. »Er ist in meinem Kopf. Da ist Blut! Jemand ist verletzt. Gartnait!« Sie war ganz weiß geworden.

Er fragte nicht, woher sie das wußte. Nervös stellte er sich hinter sie. »Was sollen wir tun?« fragte er im Flüsterton.

»Warte.« Sie hob eine Hand, bedeutete ihm zurückzutreten, und wirbelte dann zu ihm herum.

»Da lang!« rief sie und lief schon auf die Bäume zu.

Sie entdeckten Gartnait unter einer der alten Kiefern liegend, den Kopf auf Gemmas Schoß gebettet. Sein Gesicht war kreidebleich, seine Augen waren geschlossen. Aus einer Schulter sickerte Blut in sein Gewand.

Gemma blickte auf. »Brid?« Es war eine flehentliche Bitte.

Brid hockte schon auf den Knien neben ihrem Bruder. Ihre Hände flogen über seinen Körper und schienen ihn kaum zu berühren, während sie ihn auf Wunden untersuchte.

»Was hat er?« Adam kniete neben ihr. Er warf Gemma ein scheues Lächeln zu und faßte sie schüchtern an die Hand.

»A-dam. Guter Junge.« Gemma wirkte erschöpft, aber es gelang ihr, sein Lächeln zu erwidern.

»Was ist passiert?«

Sie schüttelte den Kopf. »Baum gebrochen. Gartnait sollte wissen, daß gefährlich ist.« Sie deutete auf einen abgebrochenen Ast, der halb durchgefault war; ganz in der Nähe lag die Axt, mit der Gartnait offenbar gerade Holz geschlagen hatte.

Brid hatte das blutdurchtränkte Hemd geöffnet. »Das war Broichan. Er hat es getan, um mich zu bestrafen.« Sie hatte die Lippen fest aufeinander gepreßt.

»Broichan?« Entsetzt starrte Gemma sie an.

Brid sah mit starrer Miene auf. »Broichan. Genug. Ich mache Gartnait besser. Er hat Schmerzen.« Sie sah zu Adam. »Ich lasse meinen Bruder schlafen, während wir die Wunde saubermachen.«

Er nahm sich nicht die Zeit zu fragen, wie sie das machen wolle. »Soll ich Wasser holen?«

Sie nickte. »Gut. Und Moos. In der Holzkiste unter der Lampe.«

»Moos?« Er zögerte, als er das hörte, aber sie schnitt bereits mit dem kleinen Messer, das sie immer am Gürtel trug, das Hemd ihres Bruders auf.

Mit dem Ledereimer holte Adam kaltes Wasser aus dem Bach, dann suchte er nach dem Moos. Wie Brid gesagt hatte, befand es sich in der Hütte in einer kleinen Truhe unter einem bronzenen Kerzenleuchter. Die Kiste enthielt auch einige kleine Gefäße, die mit Salben gefüllt waren. Er roch daran und beschloß, sie mitzunehmen.

Brid nickte erfreut, als er alles neben ihr hinstellte. Gartnait lag reglos vor ihr, das Gesicht entspannt, die Augen geschlossen. Adam beobachtete, wie Brid mit geschickten Händen die tiefe Wunde über Gartnaits Schlüsselbein säuberte und eine der Salben darauf tat. Als sie schließlich mit ihrer Arbeit zufrieden war, deckte sie die Wunde mit Moos ab, und während Adam es festdrückte, befestigte sie den Verband mit ihrem Gürtel.

Mit einem raschen, besorgten Lächeln sah sie zu Adam. »Du bist guter Heiler.«

Er erwiderte ihr Lächeln. »Ich möchte einmal Arzt werden.«

»Arzt?«

»Heiler.«

Sie nickte. »Gut. Jetzt muß Gartnait wiederkommen.« Sie legte ihm die flache Hand auf die Stirn, schloß die Augen und saß konzentriert da.

Adam beobachtete sie fasziniert. »Was machst du da?« fragte er schließlich flüsternd.

»Ich habe ihn schlafen lassen, damit er vom Schmerz weggehen kann«, erklärte sie, überrascht von seiner Frage. »Er hat gewartet. Jetzt gehe ich zu ihm und sage, daß er wiederkommen kann. Die Schmerzen sind nicht so schlimm, und es ist besser, wenn er heimkommt, und wir machen ihm Medizin, damit nicht die heiße Zeit kommt.«

»Fieber, so nennen wir das«, verbesserte Adam sie. Beeindruckt verfolgte er, wie unter Brids festen Händen Gartnaits Augenlider zu flattern begannen, und binnen wenigen Sekunden – so kam es ihm zumindest vor – hatte sich der junge Mann aufgesetzt und sah sich benommen um. Wenig später machten sie sich auf den Weg zur Hütte. Brid und Adam stützten ihn von beiden Seiten, während Gemma vorauslief, um das Feuer nachzulegen und einen Topf mit Wasser aufzusetzen.

Brid hatte für derartige Gelegenheiten einen ganzen Vorrat an Heilmitteln, die sie in einer gewebten Tasche aufbewahrte. Die Beutel, die sie daraus hervorholte, enthielten verschiedene Substanzen, die Adam dem Geruch nach zu urteilen für unterschiedliche getrocknete Kräuter hielt.

In das kochende Wasser wurde eine Handvoll hiervon und eine Prise davon gegeben, und bald lag ein bitterer Geruch in der Luft. Gartnait bemerkte Adams Interesse und sagte trocken: »Schmeckt nicht wie Schokoladenkuchen.«

Adam lachte erleichtert. Wenn Brids Bruder schon wieder scherzen konnte, mußte es ihm wirklich bessergehen, auch wenn sein Gesicht totenbleich war und sich auf seiner Wange ein großer tiefblauer Fleck zu bilden begann.

Zu Adams Freude wurde das Hirschragout wieder neben den Kräutersud auf das Feuer gestellt, und da auch Gartnait plötzlich großen Hunger bekam, aßen sie bald alle Teller voll Fleisch, dessen Soße sie mit dem groben Brot auftunkten.

»Brid?« Erst nachdem ihr Sohn es sich bequem gemacht hatte und sein Arm in einer Schlinge aus grobem Leinen lag, wandte sich Gemma schließlich an ihre Tochter. »Was hat Broichan damit zu tun?« Ihre Augen ruhten fest auf Brids Gesicht.

Das Mädchen schnitt eine Grimasse. »Er hat gedroht, Gartnait weh zu tun.«

»Warum?«

»Er vertraut mir nicht. Ich bin ihm zu stark.«

Nachdem Gemma sie einen Augenblick betrachtet hatte, schüttelte sie den Kopf. »Das ist keine Antwort, Tochter.«

»Nein.« Brid reckte das Kinn vor. »Ich habe die Kraft von dir und von meinem Vater …«

»Dein Vater ist tot!« Gemma sprach mit strenger Stimme. »Er war nicht stark genug, Brid. Er wurde von den Feinden unseres Volkes getötet, obwohl er sich für unbezwingbar hielt. Da war keine Zauberei im Spiel. Nur ein Schwert, das ein Feind in der Dunkelheit in ihn stieß. Mehr brauchte es nicht, um ihn zu töten.« Es gelang ihr nicht, ihren Zorn zu verbergen, als sie eine Hand besorgt auf Gartnaits Stirn legte. »Du bringst uns alle in Gefahr, wenn du dich Broichan widersetzt. Mein Bruder ist der mächtigste Druide im ganzen Land, das darfst du nie vergessen. Es ist dumm und anmaßend von dir, ihm zu trotzen. Und selbstsüchtig. Du bringst den Jungen in Gefahr, wenn du ihn hierher bringst, an unsere verbotenen Orte.«

Adam hatte die bisherige Unterhaltung mit großer Mühe verfolgt. Jetzt starrten sie ihn alle an, so daß er verlegen und ängstlich beiseite blickte.

»A-dam hat selber Kräfte!« widersprach Brid mit fester Stimme. »Er ist ein Reisender zwischen den Welten, er ist ein Heiler …«

»Er ist nicht von unserer Welt, Brid.« Gemma war unnachgiebig. »Sobald er gegessen hat, muß er gehen. Bevor Broichan wiederkommt. Und du mußt deinen Onkel besänftigen. Du hast die Gewalt seiner Magie gesehen …«

95

»Meine ist genauso groß …«

»Nicht groß genug!«

Adam hatte Gemma noch nie wütend erlebt. Die Arme um die Knie geschlungen, saß er am Feuer und verfolgte mit Unbehagen, wie die beiden Frauen sich mit wachsendem Unmut ansahen. Es herrschte eine spannungsgeladene Stille.

In dieser Atmosphäre sah niemand Broichans dunklen Schatten aus der Nacht auftauchen. Der Besucher kam so leise und so rasch, daß kein Gedanke an Flucht möglich war. Bevor auch nur einer von ihnen den Druiden wahrnahm, stand er schon hochaufragend vor ihnen, und als Adam schaute, sah er keinen Meter über sich die zornigen, blaßblauen Augen von Brids Onkel. Sein Magen krampfte sich zusammen, und er spürte, wie lähmende Panik ihn befiel.

Mehrere Sekunden herrschte Schweigen, bis schließlich Gartnait seinen Bierkrug abstellte und sich mühsam erhob.

»Sei gegrüßt, mein Onkel«, sagte er ehrerbietig. Diese Worte verstand Adam noch, aber was dann folgte, ging weit über seine Kenntnisse der Sprache hinaus. Doch die Bedeutung der Gesten war so unverkennbar, als würde er jedes einzelne Wort verstehen. Und diese Gesten verhießen nichts Gutes, weder für ihn noch für Brid.

Brid und Gemma waren beide sehr blaß geworden und saßen nun mit gesenktem Blick da. Ihrer früheren Keckheit zum Trotz bemerkte Adam, daß Brids Hände, die ihren wunderschön verzierten Kelch hielten, sichtbar zitterten. Die Stimme des Mannes wurde immer lauter, und es war, als würde er sich in einen Zornausbruch hineinsteigern.

Gartnait reckte das Kinn vor, alle Demut verschwand, und er setzte zu einem wütenden Wortschwall an. Seine dunklen Augen begegneten funkelnd dem Blick seines Onkels, und er deutete zuerst auf Brid und dann auf Adam.

Der Streit endete so abrupt, daß die Stille schockierend wirkte. Panisch schaute Adam zwischen den vier Menschen hin und her. Brid und ihre Mutter waren totenbleich, und selbst Gartnaits stoische Miene verriet Furcht. Adam kam es vor, als sei ihm das Blut in den Adern geronnen. Einen Augenblick verharrten alle reglos, dann trat Broichan vor.

Eine lange Weile blieb er über Adam stehen; es war, als würde er seine Augen in den Kopf des Jungen bohren. Adam wäre am liebsten im Erdboden versunken. Er konnte die Gedankenkraft des Mannes in seinem Kopf spüren; sie tat ihm ebenso weh wie ein glühendrotes Brandeisen. Plötzlich war es vorbei. Broichan spuckte vor seinen Füßen aus. Dann packte er Brid am Handgelenk und riß sie auf die Beine, so daß ihr der Kelch aus der Hand fiel. Mit einem Aufschrei versuchte sie, sich zu wehren, aber er zog sie mit noch festerem Griff vom Feuer fort.

Adam sah zwischen Gemma und Gartnait hin und her. Keiner der beiden hatte sich gerührt, aber in Gemmas Augen standen Tränen.

»Was ist denn los?« schrie er. »Tut doch was. Er darf sie nicht einfach mitnehmen.«

Kopfschüttelnd bedeutete Gartnait ihm, sich nicht von der Stelle zu bewegen. »Er hat das Recht dazu.«

»Das hat er nicht. Was hat er mit ihr vor?« Kopflos sprang Adam auf.

»Er bringt sie nach Craig Phádraig zurück. Das ist ihr Schicksal. Er läßt sie nicht wieder herkommen«, erklärte Gartnait.

»Aber das kann er doch nicht tun!« meinte Adam verzweifelt. »Du kannst doch nicht zulassen, daß er sie einfach wegholt.«

»Ich kann ihn nicht davon abhalten, A-dam.« Gartnait sprach sehr leise und ruhig. »Das ist das Leben, für das sie sich entschieden hat. Und du mußt jetzt gehen. Sofort. Du darfst nicht in das Land jenseits des Nordwindes zurückkommen. Nie wieder.«

»Was meinst du damit? Warum nicht? Was habe ich denn getan? Was habe ich denn falsch gemacht?« In seiner Bestürzung stiegen ihm Tränen in die Augen.

»Du lebst in einer anderen Welt, A-dam. In der Welt jenseits des Steins. Jenseits des Nebels.« Gartnait blickte den verschwindenden Gestalten von Brid und Broichan nach. »Von dort soll eigentlich niemand herkommen, und niemand darf dorthin gehen. Mein Onkel hat mir davon erzählt, damit ich

97

den Stein meißeln kann. Brid ist mir gefolgt. Sie hat den Weg von mir gelernt. Sie wird auch in ihrer Ausbildung davon erfahren, aber der Weg ist geheim. Er ist ein Geheimnis, das niemand weitergeben darf. Mein Onkel glaubt, daß wir dir den Weg gezeigt haben. Ich sagte ihm, daß dein Vater auf deiner Seite des Steins ein mächtiger Priester ist und daß du den Weg von ihm gelernt hast, aber er ist trotzdem wütend.«

»Mein Vater hat mir nicht den Weg gezeigt. Ich habe ihn selbst gefunden«, widersprach Adam verständnislos. »Oder Brid hat ihn mir gezeigt. Was ist daran so Besonderes? Das begreife ich nicht. Warum sollte ein Pfad durch den Wald ein Geheimnis sein?«

Gartnait runzelte die Stirn. »Er führt zur Rückseite des Nordwindes, wohin kein Mensch gehen darf. Auch Broichan nicht, Brid nicht, nicht einmal ich darf dorthin.« Er seufzte. »Ich habe dich vor meiner Schwester gewarnt, A-dam. Sie ist eine Tochter des Feuers, ihre Macht kann töten. Vergiß sie, A-dam. Sie ist nicht Teil deines Schicksals. Komm, mein junger Freund. Ich begleite dich.«

Verwirrt und bekümmert schüttelte Adam den Kopf. »Nein, bleib hier. Mit deiner Verletzung solltest du nicht gehen. Außerdem mußt du bei deiner Mutter bleiben …« Er sah kurz zu Gemma.

Die schüttelte den Kopf. »Geh, A-dam. Du bringst uns in Schwierigkeiten, mein Sohn.« Mit einem traurigen Lächeln wandte sie sich ab und verschwand in der Hütte.

Adam zögerte. »Darf ich wiederkommen?« Sein Gesicht brannte vor Scham.

Gartnait schüttelte bekümmert den Kopf. Er hoffte, Adam würde nie herausfinden, wie nah er an diesem Nachmittag dem Tod gewesen war; daß nur seine, Gartnaits, Redegewandtheit, sein Mut und die Tatsache, daß er Broichan von der Macht von Adams Vater überzeugt hatte, den Jungen vor der rasiermesserscharfen Klinge bewahrt hatte, die der Druide in seinem Ärmel verborgen hielt und mit der er Adam beinahe die Kehle durchgeschnitten hätte.

»Gemma?« Die Stimme des Jungen war heiser vor Kummer. Plötzlich sah er seine Mutter vor sich, wie sie weinte und sich mit seinem Vater stritt. War es ihm bestimmt, die Menschen, die er liebte, immer in Schwierigkeiten zu bringen?

Sie trat wieder in die Tür und breitete die Arme aus. Da rannte er zu ihr, und sie drückte ihn an sich und gab ihm einen Kuß auf die Wange. »Nein, A-dam. Komm nie wieder.« Mit einer sanften Berührung seiner Wange nahm sie den Worten ihre Schärfe, dann verschwand sie wieder in der Hütte.

Kapitel 5

Einige Tage später wartete zu Adams großer Überraschung und Freude sein alter Freund Robbie Andrews am Tor des Pfarrhauses auf ihn. Ein breites Grinsen erschien auf dem Gesicht des Jungen, als er Adam einen Klaps auf die Schulter versetzte. »Wo bist du gewesen? Ich hab den ganzen Nachmittag auf dich gewartet.«

Adam schüttelte den Kopf. »Ich bin oben am Berg gewesen.« Wo er ziellos um den Stein gestrichen war. Aber er hatte keinen Erfolg gehabt und weder von Gartnait und Gemma noch von der Hütte eine Spur gesehen. Er grinste Robbie an; seine gedrückte Stimmung war wie fortgeblasen. Robbie, der Sohn des Gutsverwalters von Glen Ross, war früher sein bester Freund gewesen, aber nach dem Tod von Robbies Mutter war er aufs Internat gekommen und hatte den Rest des Jahres bei seinen Großeltern in Edinburgh gelebt. Aber jetzt war er hier, um den Sommer bei seinem Vater oben auf dem Gut zu verbringen.

»Ich habe einen Brief für dich.« Robbie sah sich verschwörerisch um. Er war ein hochgeschossener, magerer Junge mit feuerroten Haaren und mit seinen siebzehn Jahren etwas älter als Adam. »Komm her.« Außer Sichtweite vom Fenster des Arbeitszimmers führte er Adam die Straße hinab und zum Fluß. Erst, als sie den Wald neben dem Bach erreichten, blieb er stehen und setzte sich mit Adam auf einen umgestürzten Baumstamm, in sicherer Entfernung vom Wasserfall. Dann zog er einen zerknitterten Umschlag aus seiner Tasche. »Hier. Von deiner Mutter.«

Adam starrte ihn an. Das Kinn fiel ihm hinab, und nur mit Mühe gelang es ihm, nicht in Tränen auszubrechen. Seit fast genau zwei Jahren war seine Mutter von zu Hause fort, und er hatte schon lange die Hoffnung aufgegeben, je wieder von ihr zu hören.

Er nahm den Umschlag und betrachtete ihn. Es war wirklich ihre Schrift. Während er das Kuvert in der Hand hin und her wendete, waren alle Gedanken an Brid und Gartnait vergessen.

»Willst du ihn nicht lesen?« Robbie brannte darauf zu erfahren, was in dem Brief stand.

Mit einem Kopfschütteln schob Adam den Umschlag in die Tasche, stützte die Ellbogen auf die Knie und griff nach einem bemoosten Stein, um ihn in den Bach zu schleudern.

»Sie hat meine Großmutter besucht«, erzählte Robbie. »Sie sagte, sie hätte dir geschrieben, aber du hättest ihr nie geantwortet. Sie sagte, sie könnte verstehen, wenn du wütend auf sie bist.«

»Sie hat mir nie geschrieben.« Adams Stimme klang erstickt. »Kein einziges Mal.«

Robbie verzog das Gesicht. »Das hat sie aber gesagt.«

Lange Zeit herrschte Stille. Adam kämpfte gegen die Tränen an. Als er schließlich den Mund öffnete, brachte er kaum mehr als ein Krächzen hervor. »Wie geht es ihr?«

»Gut. Sie sah hübsch aus.«

»Hübsch?« Bei dem Wort horchte Adam auf.

Robbie nickte. »Sie hatte ein blaues Kleid an und eine Perlenkette um den Hals. Und ihre Haare waren lang und lockig, ganz anders als früher.«

Adam biß sich auf die Lippe. Diese Beschreibung paßte so gar nicht zu der unterdrückten, tugendsamen Pfarrersfrau, die seine Mutter gewesen war. Vielleicht hatte sein Vater recht. Sie war eine Hure geworden.

Bedrückt schaute er auf den glitzernden Bachlauf vor sich und schwieg.

»Willst du immer noch Arzt werden?« Robbie warf einen Stein ins Wasser, aber so, daß er über die Felsen hüpfte und über den Rand in den schäumenden kleinen Tümpel sprang.

Adam nickte stumm.

»Willst du dann nächstes Jahr zum Studieren nach Aberdeen oder nach Edinburgh gehen? Sag deinem Vater doch, daß du nach Edinburgh willst. Wir könnten uns eine tolle Zeit machen. Edinburgh ist phantastisch, Adam. Ich werde Altphilologie studieren.« Sein Gesicht strahlte vor Begeisterung. »Und ich werde fliegen lernen. Alle sagen, daß ein Krieg kommt. Wenn es soweit ist, dann will ich zur Royal Air Force.«

Adam schüttelte den Kopf. An der Oberschule wurde auch vom Krieg geredet. »Dann hoffe ich nur, daß sie dich kommen sehen! Wenn mich nicht alles täuscht, kannst du doch nicht mal auf ein Rad steigen, ohne es schrottreif zu fahren!«

»Das ist lange her, Adam. Jetzt kann ich sogar Auto fahren! Das hat mein Großvater mir beigebracht. Er hat einen Morris Cowley. Und ich habe einen Motorrad-Führerschein. Ich kann dich auf dem Rücksitz mitnehmen!« Allmählich steckte er Adam mit seiner Begeisterung an.

»Und was sagt dein Vater dazu?« Adam hatte den Gutsverwalter immer gemocht; er hatte ihn und Robbie, als sie noch zu klein waren, um allein wandern zu gehen, öfter in die Berge mitgenommen, um Vögel zu beobachten.

»Ach, gar nichts. Ihm ist es egal, was ich in Edinburgh mache.« Er klang ein klein wenig zu unbekümmert. »Und was ist mit dir, Adam? Was sagt der Pfarrer so?«

Adam schnitt eine Grimasse. »Ich kann es gar nicht erwarten, bis die Schule fertig ist und ich weg kann.« Das stimmte wirklich, wie ihm plötzlich bewußt wurde. Was wollte er ohne Brid und ihre Familie noch hier?

Es war fast schon dunkel, als Adam sich auf den Stuhl am Fenster seines Speicherzimmers setzte und den Brief seiner Mutter aus der Tasche holte. Mehrmals drehte er den Umschlag hin und her und betrachtete ihn genau. Als einziges Wort stand Adam darauf. Es war ein seltsames Gefühl für ihn, die Schrift seiner Mutter zu sehen. Zuerst glaubte er, er würde weinen, aber dann wurde er wütend. Überwältigt von einem Gefühl des Verlusts und des Verrats zerknüllte er den Brief und warf ihn in den Papierkorb, aber kaum hatte er das getan, sprang er auf, fischte ihn heraus und riß ihn auf.

Mein geliebter Adam,
Ich habe Dir ein paarmal geschrieben, aber ich weiß nicht, ob Du die Briefe je bekommen hast. Vielleicht hat Dein Vater sie Dir nicht gegeben.

Bitte versuche, mich zu verstehen. Ich konnte nicht mehr mit Deinem Vater leben. Den Grund dafür brauchst Du im Augenblick nicht zu wissen, aber bitte glaube mir, ich hatte keine andere Wahl. Ich mußte weggehen. Ich weiß, wie verletzt und wütend Du sein mußt. Bitte, laß mich Dir alles erklären. Im Augenblick erlaubt Dein Vater nicht, daß Du mich besuchen kommst, aber wenn Du mit der Schule fertig bist und mich dann sehen möchtest, dann komm, bitte. Ich liebe Dich so sehr, und Du fehlst mir schrecklich.

Deine Dich liebende Mutter

Adam ließ den Brief sinken. Tränen standen ihm in den Augen. Nein, natürlich hatte sein Vater ihm ihre Briefe nicht gegeben. Er sah wieder auf das Blatt Papier in seiner Hand. Sie schrieb nicht, ob sie allein war und was sie tat. Da stand nur eine Adresse in Edinburgh und die paar emotionsgeladenen Zeilen.

Im Arbeitszimmer seines Vaters brannte Licht. Ohne zu klopfen stieß Adam die Tür auf und warf den Brief auf den Schreibtisch. »Stimmt das? Daß sie mir geschrieben hat?«

Thomas starrte auf den Umschlag. Als er schließlich zu Adam aufblickte, lag in seiner Miene kein Zorn, sondern nur unbeschreibliche, wilde Trauer.

»Und was ist die Sünde, die sie begangen hat, von der du mir erzählt hast?« Adam wußte nicht, woher er plötzlich den Mut fand, auf diese Art mit seinem Vater zu sprechen.

Thomas' Gesicht verdüsterte sich. »Das geht dich nichts an, Junge.«

»War es ein anderer Mann? Wee Mikey sagt, sie wäre mit einem Franzosen weggegangen.« Die Frage, die ihm so lange schon auf dem Herzen lag, sprudelte ihm jetzt über die Lippen. »Stimmt das? Waren wir ihr nicht gut genug?« Tränen strömten ihm über die Wangen.

Sein Vater schaute ihn einige Sekunden ausdruckslos an, dann schüttelte er den Kopf. »Ich weiß es nicht, Adam, und ich will es auch nicht wissen.« Mehr zu sagen, war er nicht bereit.

103

Im Mondlicht glänzte das Steinkreuz silbern. Die tiefen Gravurschnitte wurden von den dunklen Flechten noch hervorgehoben, und die Motive waren so deutlich zu erkennen wie an dem Tag, an dem sie entstanden waren. Adam betrachtete sie betrübt. Die Schlange, die Sichel und der abgebrochene Speer, am unteren Rand Spiegel und Kamm. Adam runzelte die Stirn. Gartnait hatte den Spiegel nicht auf seinen Stein übernommen. Als er die Kopie das letzte Mal gesehen hatte, war sie fertig gewesen, aber diese kleine Ecke des Steins war leer geblieben. Er fuhr die Konturen mit dem Finger nach. Der Spiegel von der Kommode seiner Mutter war zusammen mit der Bürste und dem Kamm auf dem Scheiterhaufen seines Vaters verbrannt worden, ebenso wie all ihre anderen Dinge. Adam hatte das geschwärzte Elfenbein und die Glassplitter neben einigen verkohlten braunen Stoffetzen gefunden, die vom ehemals besten Kleid seiner Mutter stammten.

Er würde sie wiedersehen. Was immer sie getan haben mochte, sie war noch immer seine Mutter. Sie wäre nicht fortgegangen, wenn sein Vater sie nicht aus dem Haus getrieben hätte. Selbst wenn sie jemand anderen gefunden hatte – um diese Vorstellung drückte er sich herum, mit ihr konnte er sich noch nicht auseinandersetzen –, sie liebte ihn noch, das schrieb sie in dem Brief. Und sie vermißte ihn. Diese Erkenntnis ließ ihn lächeln. Nächstes Jahr würde er nach Edinburgh gehen, um wie geplant Medizin zu studieren, und dann würde er seine Mutter besuchen. In der Zwischenzeit würde er ihr schreiben und von seinen Plänen berichten.

Geläutert und gehorsam lernte Brid die Namen der dreiunddreißig Könige. Sie lernte die Rituale von Feuer und Wasser. Sie lernte, die Zukunft im Flug der Vögel zu lesen, in den Wolken und den Sternen, in den Bäumen und im Fall der Ogham-Stäbchen. Sie lernte Zaubersprüche, Beschwörungsformeln und das Heilen. Sie lernte vom Wesen der Götter und Göttinnen, wie man mit ihnen in Kontakt tritt, wie man Blut versprengt; sie erfuhr von der Seele, die im Körper weilt, die aber frei wie ein Vogel fliegen kann, um zu reisen, zu lernen und um sich zu verbergen, und sie lernte auch, wie man durch Studieren, Träumen und den Gebrauch des heiligen Rauchs in den Traum eintreten und durch die Ebenen der Zeit in die Welten jenseits der Welt reisen kann.

Ihr besonderes Augenmerk galt der Wildkatze. Gelegentlich verließ sie die Schule, wie die anderen Frauen auch, und folgte ganz allein den Fährten der Raubkatzen in den Bergen. Sie beobachtete sie beim Jagen und beim Töten. Sie beobachtete sie beim Schlafen und wie sie sich auf einem verborgenen, von der Sonne beschienenen Felsvorsprung zwischen dem Geröll und den Klippen genüßlich reinigten. Sie beobachtete sie beim Balzen und beim Paaren, und sie lernte die verborgenen Plätze kennen, wo die Muttertiere ihre Jungen aufzogen. Sie lernte die Gedanken der Katzen lesen, und schließlich begann sie, in den Abdrücken der Wildkatze zu gehen, fühlte deren Haut als die ihre, riß deren Beute, aß das süße rohe Fleisch eines Hasen, eines Maulwurfs, eines kleinen Rehs, und leckte sich das klebrige Blut von den Händen.

Und wenn sie abends wieder in die Schule zurückkehrte, spionierte sie in ihren Träumen manchmal Adam nach. Heimlich erinnerte sie sich an die Kraft seiner Arme, an die Leidenschaft seiner Küsse, an die zarte Jungenwange oberhalb der rauhen Männerhaut, an das Drängen seiner Lenden, und sie glitt aus der Meditation auf die Ebene, in der es weder Zeit noch Raum gibt und wo alles eins ist, und sie kroch näher zu ihm, um seine Lippen im Schlaf mit den ihren zu berühren.

Im darauffolgenden Sommer, wenige Tage, nachdem er die letzten Prüfungen hinter sich hatte, sah Adam Brid wieder. Wie schon zuvor wartete sie auf ihn in der Nähe des Pfarrhauses und stürzte auf ihn zu, als er vom Fahrrad stieg. Er kam gerade von einem Besuch bei Robbie, mit dem er den Ferienanfang gefeiert hatte.

»A-dam! A-dam! Wo bist du gewesen? Ich habe drei Tage Zeit!« Sie schlang ihm die Arme um den Hals und küßte ihn auf den Mund, dann schob sie ihn von sich und versetzte ihm einen spielerischen Hieb in den Magen. »Hast du Brid vergessen?«

105

»Nein.« Allmählich erholte er sich von dem Schock, sie zu sehen, und ein Lächeln erschien auf seinem Gesicht. »Nein, ich werde Brid nie vergessen. Wie bist du hergekommen? Was ist mit deinem Onkel?«

Lächelnd legte sie sich einen Finger auf die Lippen. »Ich habe ihn überredet, nett zu sein. Das erzähle ich dir später.« Sie blickte sich rasch um. »Bin ich hier sicher?« Ängstlich sah sie die Straße hinauf. Nie würde sie ihm von ihrem Schreck erzählen, als sie ihr erstes Auto gesehen hatte, einen schwarzen Alvis, der James Ferguson aus Birnam gehörte; er war die schmale Straße entlanggerast, eine blaue Rauchwolke hinter sich ausstoßend.

Adam folgte ihrem Blick und sah zum Pfarrhaus. Dort war niemand. Jeannie Barron fuhr mittwochs immer mit dem Bus nach Perth, und sein Vater machte seine Runde durch das kleine Krankenhaus. »Niemand kann uns sehen.« Er nickte, ohne ihre Hand loszulassen. »Weißt du was? Ich hole uns etwas Kuchen.«

»Schokoladenkuchen?« Sie sah ihn schelmisch an.

»Vielleicht.«

Beklommen folgte sie ihm zur hinteren Haustür, und noch ängstlicher trat sie über die Schwelle.

»Es ist wirklich in Ordnung. Da ist bestimmt niemand da.« Er winkte sie den Gang entlang in die Küche.

»Es ist groß hier. Wie in einer Burg.« Ehrfürchtig schlich sie auf Zehenspitzen über den Steinboden.

»Ach was!« Mit einem Schwung öffnete er die Küchentür – und blieb überrascht stehen. Am Tisch stand Jeannie Barron, die Arme bis zu den Ellbogen bemehlt, und rollte Teig aus.

Es war zu spät, um kehrtzumachen. Sie hatte ihn schon gesehen. »Na, junger Mann – hattest du einen schönen Nachmittag mit Robbie? Hast du auch nicht vergessen, ihm Grüße von mir an seine Großmutter …« Als sie Brid hinter Adam bemerkte, brach sie ab. »Und wer ist das?«

Adam bemerkte den raschen Blick, mit dem sie Brid musterte, die langen Haare, das bestickte Hemd, den weichen Lederrock und die geschnürten Sandalen. Die Falten auf ihrer

Stirn verschwanden so schnell wieder, daß er sich fragte, ob er sie sich nur eingebildet habe.

»Ja, Mädchen, komm doch rein und laß dich anschauen.«

Als Brid zögerte, nahm Adam mit einem aufmunternden Lächeln ihre Hand. »Das ist Brid. Brid, das ist Jeannie, die immer den Schokoladenkuchen macht.«

Brids Gesicht hellte sich auf. »Ich mag Schokoladenkuchen.«

Jeannie nickte. »Hab ich mir doch fast gedacht, daß er den ganzen Kuchen nicht allein aufessen kann. Na, dann schaut mal in die Speisekammer, da steht einer, den ich eigens für ihn gemacht hab.« Sie wandte sich wieder ihrem Teig zu. »Woher kommt denn der Name – Brid?« Adams Beispiel folgend hatte sie es »Bried« ausgesprochen.

»Das ist eine Kurzform von Bridget«, erklärte Adam rasch. »Fast ein Spitzname.«

»Ah ja. Und woher kommst du? Ich glaube nicht, daß ich dich schon mal gesehen habe.«

»Sie lebt in einem Dorf auf der anderen Seite vom Ben Dearg«, antwortete Adam an ihrer Stelle. »Ihr Bruder ist dort Steinmetz.«

»Ah ja. Und reden kannst du nicht?« Noch ein rascher Blick, und Jeannie Barron hatte ihr Urteil über Brid gefällt. Ein hübsches Zigeunermädchen, vielleicht auch eine Ausländerin. Das war wahrscheinlicher, weil sie so wenig sagte. Und sie war über beide Ohren in Adam verliebt, das war unverkennbar.

Mittlerweile war Adam mit einem Teller in der Hand aus der Speisekammer aufgetaucht.

»Pergamentpapier ist dort drüben.« Sie deutete mit der bemehlten Hand auf die Anrichte. »Und wenn ihr euch dann wieder aus dem Staub machen könntet? Ich bin heute nur ausnahmsweise hier, denn ich will mir den Freitag freinehmen und das ganze Wochenende zu meiner Schwester fahren. Bis dahin hab ich noch viel zu tun.«

Sobald sie wieder draußen standen, fuhr Brid hoch. »Du hast doch gesagt, es wäre niemand da. Das war nicht deine Mutter?«

»Nein. Ich hab dir doch erzählt, daß meine Mutter fort ist.« Adam war sicher, daß Jeannie seinem Vater nichts von dem Mädchen sagen würde.

»Das ist die Frau, die den Priester versorgt?«

Er verzog das Gesicht. »Ich wünsche mir wirklich, du würdest ihn nicht Priester nennen. Das klingt so katholisch. Ich habe dir doch gesagt, er ist Pfarrer.«

»Tut mir leid, A-dam.« Sie sah zerknirscht aus. »Sie macht guten Kuchen.« Wie so oft, wechselte sie abrupt das Thema, als wäre Jeannie kein weiteres Wort wert. »Komm. Wir gehen zu Gartnait.«

Das taten sie auch, aber erst, nachdem Brid im Schutz des einsamen Bachtals nördlich des Wasserfalls über Adam hergefallen war und ihn lachend ausgezogen hatte.

»A-dam! Du bist groß und kräftig!« Mit einem bewußt provokanten Blick stellte sie sich vor ihn und hob das Hemd über ihre Brust. »Ich auch. Ich bin jetzt groß.«

»Das stimmt.« Er lächelte. In den zwölf Monaten, seitdem sie sich das letzte Mal gesehen hatten, waren ihre Brüste und Hüften üppiger, ihre schlanken Kinderwaden runder geworden.

Sie liebten sich wieder und noch einmal, und dann, nachdem die Dame im Wasserfall die ihr zustehende Handvoll Kuchen bekommen hatte, schwammen sie in dem eiskalten Wasser. Anschließend lagen sie an einer windgeschützten Stelle auf den flachen Steinen und ließen sich von der Sonne trocknen.

»Ich haben die Omen gesehen.« Brid schaute zum Himmel empor. »Du und ich, wir werden immer zusammenbleiben. Ich habe die Eingeweide einer Rehkuh gelesen, bevor ich als Katze ihr Fleisch gegessen habe. Sie hat es mir gesagt.«

»Brid!« Adam setzte sich auf. »Machst du Witze? Das ist eklig!«

»Nein.« Lächelnd drückte sie ihn wieder flach auf den Rücken und krümmte die Finger spielerisch zu Krallen, bevor sie ihm damit über die Brust fuhr. »Ich mache keine Witze.«

Er starrte ihr in die Augen, und was er dort sah, ließ ihn entsetzt zusammenfahren. »Brid …«

»Still, A-dam.« Ihre Lippen legten sich auf seine, und eine Weile schwieg er und ließ sich durch ihre Hände von seinen Gedanken ablenken.

Als sie sich schließlich erfüllt an ihn schmiegte, drehte er verträumt den Kopf zu ihr. »Ich dachte, du dürftest nicht über dein Studium reden?«

»Tue ich auch nicht.« Sie setzte einen trotzigen Ausdruck auf.

»Also hast du das erfunden? Das mit den Eingeweiden?«

»Das habe ich nicht erfunden.« Sie setzte sich mit gekreuzten Beinen hin und sah auf ihn hinab. »Soll ich es dir zeigen?«

Er schaute zu ihr hoch, und mit einem Mal empfand er Angst. Die Härte, die er manchmal in ihren Augen sah, stand in völligem Widerspruch zu ihrer Leidenschaft. Er war verwirrt. »Nein!« sagte er streng. »Du hast doch nicht wirklich gesehen, daß du und ich für immer zusammenbleiben?«

»Doch.« Sie lächelte, und er sah die kleine rosa Spitze ihrer Zunge, mit der sie sich über die Lippen fuhr. »Du und ich, wir lieben uns für immer.«

Er seufzte. Zwischen Brid und der Zukunft gab es keinerlei Verbindung. Zu seiner Zukunft gehörten Studium, Medizin und eine verlockende Vielfalt von Möglichkeiten. Er hatte sich noch nicht überlegt, wie Brid dazupassen sollte – ob überhaupt. Unbehaglich rutschte er hin und her und beobachtete sie aus zusammengekniffenen Augen, während sie vor dem leuchtenden Himmel neben ihm saß.

Ich habe dich vor meiner Schwester gewarnt, A-dam. Sie ist eine Tochter des Feuers, ihre Macht kann töten. Vergiß sie, A-dam. Sie ist nicht Teil deines Schicksals.

Plötzlich hallten Gartnaits Worte in seinem Kopf wider, und ein Schauder durchfuhr ihn. »Du hast mir noch nicht erzählt, warum dein Onkel dich herkommen ließ.«

»Er will meinen Bruder besuchen und den Stein sehen. Der ist beinahe fertig.«

Adam setzte sich auf. »Du meinst, er ist auch hier?«

»Nein. Heute ist er zu meinem anderen Onkel geritten, zum Bruder meines Vaters …« Sie zählte den Verwandschaftsgrad an den Fingern ab. »In zwei, drei Tagen kommt er von Abernethy zurück. Und dann bleibe ich hier bei Gemma, bis der Schnee kommt. Wir können uns die ganze Zeit sehen!«

Sie küßte ihn auf die Lippen.

Ein Schatten trieb vor die Sonne. Adam fröstelte. »Nicht die ganze Zeit, Brid.« Er stützte sich auf einen Ellbogen auf. »Du weißt doch, daß ich Arzt werden will. Im Oktober gehe ich zur Universität.«

»Universität? Was ist das?« Schmollend setzte sie sich ebenfalls auf.

»Eine Schule, an der man studiert. Eigentlich wie eine Schule, nur schwieriger.« Begeisterung schwang in seiner Stimme mit. »Wie das, was du bei deinem Onkel machst.«

»Aber ich sehe dich, wenn du fertig studiert hast. Am Abend.« Sie hielt ihn mit ihrem Blick gefangen.

Ihm war unbehaglich zumute. »Nein, Brid, das geht nicht«, sagte er sanft. »Ich gehe nach Edinburgh. Das ist sehr weit fort von hier. Ich muß dort bleiben.«

»Aber du kommst doch zurück, um deinen Vater zu besuchen? So, wie ich herkomme, um meine Mutter und Gartnait zu sehen.«

Er sah beiseite. Die Sonne spiegelte sich gleißend auf dem Wasser, so daß er die Augen zusammenkniff. »Ja, ich komme zurück.«

Er fragte sich, ob das gelogen war. Er wollte nie wieder ins Pfarrhaus zurück. Nicht, wenn es sich irgend vermeiden ließ. Und wenn er dann Brid nie mehr wiedersehen würde? Er blickte sie an und lächelte zuversichtlich. »Wir haben noch viel Zeit, Brid. Ich muß erst in vielen, vielen Wochen weg.« Es kam ihm vor wie eine Ewigkeit. Er zog sie fest an der Hand, so daß sie in seine Arme fiel. »Und jetzt freuen wir uns an der Zeit, die vor uns liegt, ja?« Die Zukunft lag in weiter Ferne.

Bis zum Stein gelangten sie nicht, weder an diesem noch am folgenden Tag. Adam holte seine Zeltsachen aus dem Pfarrhaus. Er wußte, Jeannie würde vermuten, daß er nicht allein in dem kleinen Zelt schlafen würde, aber sie sagte nichts, sondern gab ihm nur einen großen Beutel mit Vorräten mit, damit er beim Vogelbeobachten nicht verhungerte. Beladen mit Zelt, Schlafsack und Unterlage, Petroleumkocher, Kochtopf, Essen, Vogelbuch und Feldstecher konnte er nur sehr beschwerlich ausschreiten. Aber das Gewicht störte ihn nicht. Brid wartete am Beginn des Anstiegs auf ihn, und außerdem würden sie nicht weit gehen.

Sie schlugen das Zelt keine hundert Meter vom Wasserfall auf. Zu seiner maßlosen Verlegenheit schenkte sie ihm einen kunstvoll gearbeiteten silbernen Anhänger an einer Kette, die sie ihm eigenhändig um den Hals legte. »Für dich, A-dam. Für immer.«

»Brid! Ein Mann trägt so etwas nicht!« Es war ihm unangenehm, den Anhänger auf der Brust zu spüren.

Sie lachte. »In meiner Welt trägt ein Mann so etwas mit Stolz, A-dam. Es ist ein Liebespfand.« Sie zog den Hemdkragen darüber und küßte ihn fest auf die Lippen. Bald darauf hatte er die Kette völlig vergessen.

Zwei Tage später, als am dunkelblauen Abendhimmel die ersten Sterne erschienen, tauchte Gartnait vor dem Zelt auf.

»Wie lange bist du schon hier?« Er kochte vor Wut.

»Nicht lange.« Sie funkelte ihn an.

»Ich habe überall nach dir gesucht. Überall!« wiederholte er. »Broichan ist bei unserer Mutter. Er ist wütend!« Die Betonung, die er auf das letzte Wort legte, sagte mehr als viele Sätze.

»Ich habe Urlaub.« Brid hatte ein trotziges Gesicht aufgesetzt.

»Urlaub?« wiederholte Gartnait verständnislos. Doch ohne auf eine Erklärung zu warten, packte er seine Schwester am Handgelenk und zerrte sie auf die Füße. »Du bist mit A-dam hier gewesen?« Seine Miene verriet mehrere Gefühle gleichzeitig: Ärger, Angst, Mißtrauen. »Brid, bist du hier gewesen? Hier? Auf der anderen Seite?«

Brid reckte das Kinn noch etwas weiter vor, doch ihre Wangen verfärbten sich ein wenig. »Es gefällt mir hier. Ich habe A-dams Dorf gesehen. Ich habe sein Haus gesehen«, antwortete sie störrisch.

»Und was wirst du unserem Onkel sagen?«

»Nichts. Ich besuche unsere Mutter.«

Adam wagte nicht, Gartnaits Blick zu begegnen. Er wußte, daß Brid etwas Unrechtes getan hatte. Das war seine Schuld. Er war der Mann. Er hätte standhaft bleiben müssen. Er hätte

Brid fortschicken müssen. Aber sie wußten beide, daß das unmöglich war, unvorstellbar. Selbst jetzt, als er Brid ansah mit ihren roten Wangen, das glänzende Haar noch zerzaust, weil sie sich wenige Minuten vor Gartnaits Auftauchen noch im Zelt geliebt hatten, Brid mit den langen, schlanken, gebräunten Beinen unter dem Rock – selbst jetzt spürte er rasendes Verlangen durch seine Adern pulsieren. Er ballte die Hände zur Faust und sah von ihr weg. »Kannst du nicht sagen, du hättest sie nicht gefunden?« schlug er Gartnait vor.

»Du willst, daß ich meinen Onkel anlüge?« Gartnait musterte ihn abschätzig.

»Du brauchst ja nicht richtig zu lügen.« Jetzt lief Adam rot an. »Sag einfach, du hättest überall nach ihr gesucht.«

»Er weiß, daß ich überall nach ihr gesucht habe«, erwiderte Gartnait bitter. »Er weiß, daß es nirgendwo mehr zu suchen gab.«

»Er darf nicht erfahren, daß du hier gewesen bist«, bat Brid furchtsam.

»Und auch nicht, daß du hier gewesen bist, kleine Schwester«, fügte Gartnait hinzu. »Sonst bringt er uns beide um.«

Einen Moment herrschte Schweigen. Adam spürte, wie sich ihm die Härchen im Nacken aufstellten.

Brid hatte ihre großen grauen Augen auf ihren Bruder gerichtet; fast schien es, als hätten sie Adam beide völlig vergessen.

Er schluckte. »Also, ich weiß ja, daß er wütend sein wird, aber ich kann ihm doch erklären …« Seine Stimme erstarb, als er sich an seine früheren Begegnungen mit Broichan erinnerte.

Brid war sehr blaß geworden. »A-dam, bleib hier in deinem Zelt. Ich gehe zu meinem Onkel, dann komme ich wieder.« Sie klang zuversichtlich.

»Aber ich sollte dich begleiten.«

»Nein. Du weißt, das geht nicht. Es ist besser, er weiß gar nicht, daß ich dich wiedergesehen habe, mein A-dam.« Als sie seinen bedrückten Gesichtsausdruck sah, wurde ihre Stimme weicher, und sie gab ihm einen Kuß auf die Stirn. »Ich komme bald zurück. Du …« Sie brach abrupt ab, und ihr Blick wanderte zum Rand der Lichtung.

Furchtsam drehte Adam sich um, doch dann sah er zu seiner ungeheuren Erleichterung ein vertrautes Gesicht, das zu ihnen herüberschaute. Sein Freund Robbie kletterte zu ihnen empor, den Mund zu einem breiten Grinsen verzogen, aber plötzlich versteinerte sich seine Miene vor Angst. Da erst bemerkte Adam, daß Gartnait sein Messer gezogen hatte.

»Gartnait!« rief er erschrocken. »Das ist mein Freund. Er ist in Ordnung!« Der Abend begann zu einem schaurigen Alptraum zu werden. »Steck das Messer weg. Er ist mein Freund.«

Widerwillig steckte Gartnait das Messer in die Scheide, aber seine Miene blieb feindselig, selbst als Robbie nach kurzem Zögern näher kam.

»Adam, du alter Teufel. Ich wußte gar nicht, daß du zelten gehen wolltest.« Er erkannte das Zelt – er besaß das gleiche. Früher waren die beiden Jungen oft gemeinsam zum Zelten gegangen. Jetzt sah er zu Brid und dann auf ihren Bruder. »Wer sind denn deine Freunde?«

Adam runzelte die Stirn; eigentlich wollte er die beiden nicht vorstellen. Gartnait und Brid gehörten zu seiner privaten Welt, seiner geheimen Welt, die nichts mit seinem Zuhause zu tun hatte. Tonlos nannte er ihre Namen, und als die beiden jungen Männer sich steif voreinander verbeugten, fügte er hinzu: »Sie wollten gerade gehen.«

Völlig unbefangen drückte Brid ihm einen Kuß auf die Wange. »Ich sehe dich bald.« Dann fuhr sie ihm lächelnd mit der Hand über das Gesicht. Den Bruchteil einer Sekunde krallte sie die Finger, und er glaubte, ein leises Schnurren zu hören; dann waren sie und Gartnait verschwunden.

Robbie pfiff. »Wer waren denn die?« Er setzte sich neben Adam und starrte seinen Freund an. »Aus dieser Gegend kommen sie nicht. Allein die Klamotten!«

Adam zitterte. Nicht zum ersten Mal wurde ihm bewußt, daß Brid etwas an sich hatte, das ihm abgrundtiefe Angst einflößte. »Ich habe sie auf der anderen Seite vom Berg getroffen«, erklärte er langsam. »Gartnait ist ein Steinmetz, er wandert von Ort zu Ort.«

»Und die bildschöne junge Dame?« Robbies Augen blitzten vor Neugier.

Adam zwang sich zu einem Lächeln. »Sie ist seine Schwester.«

Robbie versetzte ihm einen Klaps auf die Schulter. »Du alter Schwerenöter! Wie hast du's bloß geschafft, dir eine solche Freundin zuzulegen!«

Vor Verlegenheit lief Adam rot an, aber neben seiner Angst stieg jetzt auch Ärger in ihm auf. Vorsichtig sah er sich um, aber sie waren ganz allein in der Mitte des großen Kessels, der ringsum von Bergen umgeben war. »Sei nicht blöd. Ich kenne sie bloß so.« Noch während er das sagte, wußte er, daß er sie damit hinterging. Aber zwischen Brid und Gartnait einerseits und Robbie andererseits lagen Welten, und das sollte auch so bleiben. Plötzlich spürte er die Kälte des Silberanhängers auf seiner Brust, und er zupfte am Kragen seines Hemdes, um die Kette zu verbergen, und knöpfte ihn dann sogar zu. Robbie sollte das Medaillon nicht sehen. Wenn er wieder allein war, würde er es sofort abnehmen.

Er verbrachte die Nacht allein im Zelt, aber Brid kam nicht, ebensowenig wie in der folgenden Nacht. Am Samstag packte Adam seine Sachen und kehrte ins Pfarrhaus zurück.

Mit einer gewissen Erleichterung zog er einen Schlußstrich unter die Freundschaft mit Brid. In der darauffolgenden Woche fuhr er mit dem Fahrrad dreimal zu Robbie, um Pläne für ihre gemeinsame Zeit in Edinburgh zu machen. Allmählich begriff Adam, daß er das Pfarrhaus tatsächlich verlassen würde, und die Erinnerung an Brid verblaßte immer mehr; nur nachts in seinen Träumen tauchte sie noch oft auf. Der silberne Anhänger lag in einem Kästchen ganz unten in einer seiner Schubladen. Seine Prüfungsergebnisse trafen ein; er hatte ausgezeichnete Noten. Dann erhielt er die Bestätigung, daß er sein Medizinstudium tatsächlich beginnen konnte. Wie benommen vor Aufregung erfuhr er die Nachricht im Arbeitszimmer seines Vaters und schaute fast ungläubig auf den Brief in seiner Hand.

»Herzlichen Glückwunsch, Adam.« Thomas lächelte. »Ich bin sehr stolz auf dich.«

Eine Sekunde war Adam sprachlos. Er las den Brief noch einmal. Es gab keinen Zweifel, dort stand es schwarz auf weiß.

»Das ist ein großer Schritt«, fuhr sein Vater fort. »Eines Tages wirst du ein guter Arzt werden, mein Sohn.«

»Danke, Vater.« Endlich fand Adam wieder Worte.

Erst eine halbe Stunde später überfiel ihn mit betäubender Wucht die Erkenntnis, daß er weggehen würde. Er würde in der Großstadt leben. Er würde das Pfarrhaus für immer verlassen. Er würde nie wieder herkommen, nicht einmal in den Ferien. Er würde Arzt werden.

An Brid dachte er kein einziges Mal.

Broichan wartete vor dem Feuer, als Brid mit Gartnait zur Hütte zurückkam. Von Gemma war nichts zu sehen.

»Du hast also unsere Welt verlassen. Du hast gelogen und mich hintergangen und dein Gelübde gebrochen!«

»Das habe ich nicht!« Brid sah ihn mit erhitzten Wangen an. »Ich habe niemanden hintergangen!«

»Du hast mich hintergangen. Und du hast deine Götter hintergangen.« Auch jetzt erhob Broichan seine Stimme nicht. »Setz dich auf dein Pferd. Wir reiten sofort nach Norden.«

»Ich will aber hierbleiben …«

»Du bleibst nirgends!« Broichan stand drohend auf. »Du hast deinen Bruder hintergangen und deine Mutter. Du hast das Blut hintergangen, das in deinen Adern fließt. Du hast deine Berufung verraten …«

»Du hast keinen Beweis dafür! Das sind nur Vermutungen …«

»Ich habe genügend Beweise. Ich habe dich im Feuer gesehen und im Wasser. Ich habe dich wie eine Hure mit dem kleinen Sohn des Jesus-Priesters liegen sehen.« Er trat auf sie zu, und Brid fuhr zurück. »Pack deine Sachen und komm freiwillig mit, sonst binde ich dich wie eine Sklavin und schleife dich hinter meinem Pferd her!«

Ihr blieb keine andere Wahl. Zitternd suchte Brid ihre Habseligkeiten zusammen, küßte Gemma, die schweigend und furchterfüllt im Inneren der Hütte gewartet hatte, und bestieg

115

ihr Pony. Irgendwie gelang es ihr, den Kopf mit den stark
geröteten Wangen hoch zu halten. Broichan ritt ihr voran zum
Pfad hinauf, wo seine Eskorte wartete.

Die Sonne war kaum eine Handbreit über den Himmel gewandert, als die Reisenden außer Sicht in das nächste Tal hin-
abstiegen.

In Craig Phádraig wurde ihr Leben wieder von der Routine
des Seminars bestimmt. Sie ging Broichan so gut wie möglich
aus dem Weg und ließ sich ihren Unmut nicht anmerken, aber
innerlich brodelte ihr Zorn auf ihn weiter. An den einsamen
Abenden tröstete sie sich mit dem Wissen, daß Broichan ihr
ihre Macht neidete, und vertrieb sich die Zeit, indem sie
Adam aus der Ferne beobachtete. Wenn er mit Robbie Fahr-
radtouren oder Bergwanderungen unternahm, konnte sie ihn
von hoch über den Feldern aus dem Körper einer Lerche
sehen; wenn er nachts im Bett von ihr träumte, schlich sie
schnurrend vor Wohlbehagen im Körper einer Dorfkatze auf
sein Fensterbrett; und wenn er im Bach oben auf dem Berg
schwamm und die letzten heißen Sommertage genoß, dachte
sie sich in die schlanke Gestalt einer braunen Bergforelle und
strich mit der Schwanzflosse über seinen bloßen Schenkel.

An einem stürmischen Abend im Herbst, als sie in ihrer stillen Zelle saß und Adam beobachtete, kam Broichan herein
und ertappte sie.

»Die kleine Katze hat also gelernt, ihrem Geliebten nachzuspionieren.« Broichans Stimme war samtig und leise.

Vor Angst fuhr Brid zusammen. In dem kleinen Zimmer,
das nur von der rauchenden Flamme einer Öllampe beleuchtet wurde, tanzten Dutzende von Schatten auf den Wänden.

Als Broichan ihre Reaktion bemerkte, lächelte er. »Welche
Verschwendung. Du hast große Gaben, Nichte. Du hättest
eine Priesterin werden können, eine Seherin, eine Bardin, vielleicht sogar eine Königin, wer weiß.« Er verschränkte die
Arme unter seinem Umhang. »Aber du ziehst es vor, mich zu
hintergehen. Du mißbrauchst deine Fähigkeiten, vergeudest
sie auf einen Dorfjungen und beschmutzt Gelübde, die du bei

deiner Initiation geleistet hast. Jetzt kann dich nur eines erlösen, kleine Brid. Wenn die Zeit gekommen ist, um den Stein zu weihen, wird dein Blut mit dem deines Bruders den Göttern geopfert; dann kann deine Seele in einem neuen, schuldlosen Körper wiedergeboren werden ...«

»Nein!« Sie wollte aufstehen, das Gesicht totenbleich, aber er hob die Hand und hielt sie vor ihre Augen.

Zwischen seinen Fingern schwang an einer dünnen Goldkette der eiförmige polierte rote Stein hin und her. Er schimmerte durchsichtig im Licht der Flamme. »Du wirst dich nicht bewegen, kleine Brid. Du wirst nicht einmal mit den Augen blinzeln. Siehst du, ich kann dich in einen Zauberschlaf versetzen und machen, daß du hier bleibst, bis ich dich brauche.« Er lachte leise. »Arme kleine Nichte. So klug, aber nicht klug genug.« Aus den tiefen Falten seiner Kleider holte er ein Messer mit langer Klinge hervor und hielt es ihr einen Moment vor die nicht sehenden Augen, während das flackernde Licht auf der gleißenden Klinge tanzte. Dann preßte er es ihr auf die Wange. Sie regte sich nicht. Wieder lachte er. »Wenn du aufwachst, wirst du dich an nichts von all dem erinnern, kleine Brid. An gar nichts. Du wirst mir gehorchen und gehorsam hierbleiben, bis dein Schicksal sich erfüllt.« Damit steckte er das Messer wieder weg, beugte sich vor und schnalzte unter ihrer Nase mit den Fingern.

Sie fuhr zusammen und blinzelte. »Onkel ...«

»Du arbeitest zuviel, Nichte.« Broichan stieß ein gehässiges Lachen aus. »Jetzt schlaf. Ich habe Großes mit dir vor, meine Liebe.«

Als er das kleine Zimmer verließ, flackerte die Flamme der Öllampe hinter ihm auf.

Am Abend vor seiner Abreise nach Edinburgh stieg Adam ein letztes Mal zum Stein hinauf. Seine Truhe stand gepackt und verschnürt im Gang. Morgen würde der Kutscher sein Gepäck abholen und zum Bahnhof fahren.

Während er den Berg hinaufging, stieg ein leises Schuldgefühl in ihm auf. Erfüllt von den aufregenden Aussichten für seine Zukunft, hatte er in der vergangenen vier Wochen praktisch kein einziges Mal an Brid oder Gartnait gedacht. In seinem Rucksack war ein Schokoladenkuchen – als Friedensgabe und vielleicht auch als Abschiedsgeschenk.

Der Stein lag im Schatten. Wie schon so oft fuhr er, ein wenig nach Luft ringend, mit dem Finger die kunstvoll geschwungenen Motive nach. Unter ihm verschwand der Hügel in der samtenen Dunkelheit, während auf der Heide und den Felsen des westlichen Hangs hoch über ihm noch rosa gespiegeltes Sonnenlicht spielte. Es war sehr still, nicht einmal ein Vogel war zu hören. Selbst der Wind, der zwischen dem spärlichen Gras geweht hatte, hatte sich gelegt. Adam ließ den Rucksack von der Schulter zu Boden gleiten und trat einen Schritt vom Stein zurück. Die Z-artige Linie – er hielt sie immer für einen Blitz, aber Gartnait nannte sie einen zerbrochenen Speer – warf einen dünnen, harten Schatten auf die ebene Granitfläche. Daneben wand sich die unvollendete Schlange – sie war das einzige nicht ganz fertiggestellte Motiv auf dem Stein. Darunter war der Spiegel – aber es sah aus, als habe jemand dort gerieben und dabei die Flechten etwas weggekratzt. Adam runzelte die Stirn. Das war seltsam. Seines Wissens war er neben Brid und Gartnait der einzige Mensch auf der ganzen Welt, der je zu dieser einsamen Stelle kam.

Langsam wanderte er herum und prägte sich jedes Detail dieses Orts ein, der ihm soviel bedeutet hatte, als wüßte er bereits, daß er nie wieder herkommen würde. Er beschloß, den Kuchen hier zu lassen. Daß Brid ihn fand, hielt er für ziemlich ausgeschlossen, aber die Vögel und Tiere würden sich darüber freuen.

Brids Stimme hinter ihm ließ ihn herumfahren. »A-dam! Ich wußte, du würdest kommen. Ich habe dir im Kopf eine Botschaft geschickt, daß du kommen mußt.« Sie brach in Tränen aus und schlang ihm die Arme um den Hals, löste sich aber sofort wieder von ihm, was sonst gar nicht ihre Art war. »Ich muß mit dir gehen. Mein Onkel will mich töten.« Diese Aussage, völlig tonlos und unbeteiligt vorgebracht, verschlug Adam die Sprache. »Er hat mich in einen Zauberschlaf versetzt und mir erzählt, was er mit mir machen will. Aber meine

Macht ist größer als seine!« Sie stieß ein wildes Lachen aus. »Ich habe getan, als würde ich schlafen, aber ich habe ihn gehört. Ich habe mich nicht gerührt, ich habe das Gesicht nicht verzogen. Aber sobald er weg war, habe ich Pläne gemacht. Ich habe mir eins seiner besten Ponys genommen und bin mitten in der Nacht losgeritten, bis ich zu Hause war.« Sie lächelte matt und freudlos, so daß ihn schauderte. »Meinen Bruder will er auch töten, sobald der Stein fertig ist. Er weiß, daß Gartnait und ich den Zweck des Steins kennen. Er ist das Tor zu anderen Zeiten und zu Wissen, das allen außer den höchsten Initiierten verboten ist, und deswegen müssen wir beide sterben. Siehst du den Spiegel? Das ist das Symbol dafür, daß man von hier durch die Reflexionen in andere Welten sehen kann. So bin ich zu dir gekommen. Ich gehe nicht zurück. Der Stein ist fast fertig. Wenn die Schlange fertig ist, wird Broichan anordnen, daß wir unter dem Stein begraben werden – als Opfer für die Götter.« Ihre Selbstbeherrschung geriet ins Wanken, und sie preßte sich die Fäuste wie ein kleines Kind in die Augen. »Gartnait ist fort. Er ist vor drei Tagen mit meiner Mutter nach Süden gereist. Er wollte, daß ich mitkomme, aber ich bin geblieben. Ich habe auf dich gewartet.«

In Adams Magengrube regte sich eiskaltes Grauen. »Brid, was redest du da? Deine Mutter und Gartnait würden dich nie allein lassen. Dein Onkel würde dich nie umbringen. Das ist Unsinn. Alles.«

»Unsinn?« stieß sie heftig hervor. »Broichan ist in diesem Land der Oberpriester. Sein Wort ist Gesetz. Selbst der König würde sich nicht gegen ihn stellen, wenn es um eine Entscheidung der Götter geht.« Ihre Augen blickten eisig, und Adam schauderte wieder. »A-dam, verstehst du denn nicht, du mußt mich retten! Ich muß jetzt in deiner Welt leben. Ich gehe mit dir, zu deiner Schule in Edinburgh!«

»Nein!« Adam trat noch einen Schritt zurück. »Nein, Brid, es tut mir leid, aber das geht nicht. Das ist unmöglich.«

»Warum?« Sie fixierte ihn.

»Weil es nicht geht.« Die Vorstellung erfüllte ihn mit Panik.

»Du kannst mich nicht daran hindern, A-dam. Ich kann sonst nirgendwo hin.«

»Geh zu Gartnait und Gemma. Du gehörst zu ihnen.«

»Das kann ich nicht. Sie sind nach Süden gereist.«

»Dann mußt du ihnen folgen. Das ist Unsinn, Brid. Ich kann dich nicht nach Edinburgh mitnehmen. Es tut mir leid.«

»Aber du liebst mich doch, A-dam.«

»Ja …« Er zögerte. »Ja, ich liebe dich, Brid.« Das stimmte, aber gleichzeitig wurde ihm plötzlich bewußt, daß ein Teil von ihm froh sein würde, sie nie wiederzusehen. Ihre Wutausbrüche, ihre besitzergreifende Art, ihre heftigen Beschwörungen flößten ihm zunehmend Angst ein. Und innerlich hatte sich ein Teil von ihm schon von Pittenross und allem, was sein Leben hier ausmachte, gelöst. Er sprach mit sanfter Stimme. »Unsere Liebe gehört hierher. Sie ist etwas für die Ferien. In Edinburgh gibt es für dich keinen Platz.« Er zögerte. »Brid, da, wo ich hingehe, dürfen keine Frauen hin.« Er log nicht gerne, aber in gewisser Hinsicht entsprach es sogar der Wahrheit. Robbie hatte Zimmer für sie beide unterhalb der Burg ganz in der Nähe vom Grassmarket gefunden, und eine der Bedingungen, die die Vermieterin gestellt hatte, lautete: »Kein Damenbesuch.« Der einzige weitere Bewohner dieser Zimmer war ein Skelett namens Knox, das Robbie einem frischgebackenen Arzt abgekauft hatte. Wie es hieß, hatte der junge Mann, der sich jetzt in London als Dermatologe niederlassen wollte, das Skelett eigenhändig von der Haut und dem Fleisch befreit.

»Brid.« Adam atmete tief durch und nahm ihre Hände sacht in die seinen. »Du mußt zurück. Es tut mir leid. Du weißt, du bist nicht wirklich in Gefahr.« Bewußt verdrängte er das Bild von Broichan mit den grausamen Augen, dem wilden Haar, dem brutalen, schmallippigen Mund. »Das war eine wunderbare Phantasiewelt, ein Spiel, das wir als Kinder gespielt haben.« Er blickte bekümmert. »Brid, bald gibt es Krieg. Ich werde Arzt. Bitte versteh doch.« Er streichelte ihr übers Gesicht. »Es geht einfach nicht.«

»A-dam …« Sie war leichenblaß geworden. »Der Krieg macht mir nichts. Ich helfe dir mit den Verletzten. Bitte. Ich liebe dich.« Sie packte ihn am Pullover. »Wenn ich zurückgehe, werde ich sterben.«

»Nein, Brid.«

»A-dam, du verstehst mich nicht.« Sie klammerte sich an seinen Pullover, die Miene versteinert.

»Doch, Brid, ich verstehe dich sehr wohl. Aber du mußt zurückgehen und Gemma und Gartnait suchen. In den nächsten Ferien sehen wir uns wieder und erzählen uns alles, ja? Du mußt verstehen, du kannst nicht mit mir kommen.«

Sie löste ihren Griff so plötzlich, daß er taumelte. Aus tränennassen Augen funkelte sie ihn an. »A-dam, ich werde dich nie gehen lassen. Nie!« Ihre Stimme klang beinahe gehässig.

Entsetzt starrte Adam sie an. Plötzlich begann ihm die Haut im Nacken zu prickeln. Doch es gelang ihm, ruhig zu bleiben. »Nein, Brid, es tut mir leid.« Er trat zurück. »Bitte versuch, mich zu verstehen.« Er konnte den Ausdruck in ihren Augen nicht mehr ertragen.

Er machte auf den Fersen kehrt und lief, so schnell er konnte, den Berg hinab, fort von ihr.

Kapitel 6

Die Studentenbude lag in einer schmalen Gasse mit hohen, grauen Häusern, einer Nebenstraße der High Street. Als Adam sein neues Zuhause am oberen Absatz einer Wendeltreppe zum ersten Mal betrat, fühlte er sich beklommen, weil alles so eng und klein war – das schmale, harte Bett, das leere Bücherregal, der wackelige Tisch. Doch dann betrachtete er das Zimmer durch Robbies Augen, sein Blickwinkel veränderte sich, und er sah die Wohnung als Paradies der Unabhängigkeit.

Er ließ seine Taschen auf das Bett fallen, neben dem seine Truhe stand, warf die Hände in die Luft und stieß einen triumphierenden Schrei aus. Wie Robbie ihm begeistert erzählte, war der nächste Pub keine zehn Meter entfernt. Aus der Ecke grinste das Skelett ihn freundlich an. Wenige Sekunden später hatte Knox eine Mütze und einen Universitätsschal verpaßt bekommen, die Tasche mit Adams Gasmaske wurde ihm respektlos über die Schulter geschlungen – nur wenige Tage zuvor war Chamberlain aus München zurückgekommen, und der drohende Krieg schien abgewendet –, und die beiden jungen Männer stürmten die Treppe hinunter, um sich ein Glas Tennants zu genehmigen. Adam war noch nie zuvor in einem Pub gewesen.

Diesen Weg sollten sie in den nächsten Monaten viele Male zurücklegen, wenn sie am Ende eines Tages mit anstrengenden Vorlesungen schließlich wieder nach Hause kamen. Robbies Lehrveranstaltungen fanden im Old Quad statt, Adams Seminare in verschiedenen Gebäuden: Chemie, Anatomie und Sezieren in den neuen Gebäuden am Teviot Place, Botanik im Botanischen Garten und Zoologie in den King's Buildings. Nachdem er sich erst einmal an das anfangs befremdende Studentenleben gewöhnt und den Schock über die große Freiheit fern der drückenden Atmosphäre im Pfarrhaus überwunden hatte, machte das Studieren ihm richtig Spaß; er interessierte sich für jedes Fach, das er belegen mußte, und gönnte sich kaum Freizeit. Pflichtschuldig schrieb er einmal die Woche an seinen Vater, und schließlich traf er sich auch mit seiner Mutter.

Sie hatte sich völlig verändert. Nichts erinnerte mehr an die Frau mit dem streng zurückgebundenen Haar, den schlichten Kleidern und dem angespannten, bleichen Gesicht. Als er zögernd die Teestube an der Princes Street betrat, in der sie sich verabredet hatten, sah er sich um, ohne die lebhafte, hübsche Frau mit den vielen Locken und dem modischen Hut zu erkennen. Sie saß unweit vom Eingang an einem Tisch, auf dem schon eine Teekanne und ein Teller mit Gebäck standen. Erst als sie aufstand und die Arme ausbreitete, blickte er ihr in die Augen und sah die Liebe, die Angst und das Mitgefühl in ihnen; und er spürte die Flut von Gefühlen, die ihm selbst Tränen in die Augen trieben.

»Ich habe dir geschrieben, Adam. Ganz oft, mein Liebling.« Sie hielt seine Hand, die auf der Tischfläche lag, und spielte unablässig mit seinen Fingern, als müsse sie sich vergewissern, daß tatsächlich keiner fehlte. »Du mußt mir glauben. Verstehst du? Es ist nicht die Schuld deines Vaters. Er ist ein guter Mensch. Er fand es sicher besser, wenn du meine Briefe nicht bekommst.« Abrupt wandte sie den Blick ab, und er sah den Schmerz, den sie empfand; auf ihren Wimpern glänzte eine Träne. »Ich war nicht gut genug für ihn, Adam. Ich bin schwach. Ich brauchte so vieles …« Einen Moment lang versagte ihr die Stimme, und sie lenkte sich dadurch ab, daß sie ihm mit leicht zitternden Händen eine Tasse Tee einschenkte. »Ich bin erstickt, Adam. Ich hatte das Gefühl, ich würde sterben, wenn ich noch länger dableibe.«

Er wußte nicht, was er darauf erwidern sollte. Darum lächelte er sie nur schweigend an, drückte ihre Hand und verbarg sein Gesicht in der Tasse.

Nachdem sie sich die Nase mit einem spitzenbesetzten Taschentuch geputzt hatte, sah sie mit einem Lächeln auf. Die Tränen waren verschwunden. »Also. Wirst du ein guter Arzt werden?«

Er schnitt eine Grimasse. »Ich hoffe es.« Er entzog ihr seine Hand, um Zucker in seinen Tee zu geben. »Wenn, dann nur, weil ich es von dir gelernt habe. Als du die Armen in der Gemeinde besucht hast, war es dir immer ganz schrecklich, sie leiden zu sehen, und du wolltest ihnen so gerne helfen.«

Er schaute in seine Tasse – eine Erinnerung war in ihm aufgestiegen. Die Erinnerung an einen jungen Mann, der unter einem Baum lag. Gartnait, dem Brid mit ihren schmalen Händen die Wunde verband. Wie seltsam. Seit er nach Edinburgh gekommen war, hatte er noch kein einziges Mal an sie gedacht.

Er sah wieder zu seiner Mutter. Ihr Gesicht war ausdruckslos. »Ich habe diese Besuche gehaßt. Als ich heiratete, hatte ich keine Ahnung, was es bedeutete, die Frau eines Pfarrers zu sein.« Sie hielt inne, ohne den enttäuschten, desillusionierten Blick in den Augen ihres Sohnes zu bemerken. »Ich habe jemanden kennengelernt, Adam. Einen guten, freundlichen, sanften, verständnisvollen Mann.«

Adam krampfte sich zusammen. Das wollte er nicht hören.

»Ich hatte gehofft, dein Vater würde in eine Scheidung einwilligen. Ich war die Schuldige.« Sie sah kurz zu Adam, schaute aber sofort wieder beiseite. »Dann hätte ich wieder heiraten können.« Sie vermied es, seinem Blick zu begegnen. »Aber als Pfarrer kann er das natürlich nicht, und deswegen … nun ja, mußte ich so tun, als ob.« Sie starrte auf ihre Hände. Fast widerwillig schaute Adam ebenfalls nach unten und bemerkte, daß der schmale goldene Ehering verschwunden war. Statt dessen trug sie einen Silberring mit eingravierten Verzierungen.

»Es tut mir leid, Adam. Ich kann verstehen, wenn du mich deswegen haßt.« Sie klang flehend, wich aber seinem Blick noch immer aus.

Er biß sich auf die Lippen. Er wußte nicht, was er empfand. Wut. Schmerz. Ablehnung und auch Haß, ja, aber nicht auf sie, sondern auf den unbekannten Mann, der sie ihnen weggenommen hatte.

Nervös räusperte er sich. »Bist du jetzt glücklich?«

Sie nickte.

Er sah beiseite. Sie war glücklich! Hatte sie sich eigentlich jemals gefragt, wie es ihm ging? Hatte sie sich seine Einsamkeit vorgestellt, seinen Kummer, als sie fortging? Plötzlich war er fast den Tränen nahe, und Wee Mikeys Hänseleien fielen ihm wieder ein. Die Jungen im Dorf hatten recht gehabt: Sie war mit einem anderen Mann fortgegangen. Sie war eine Hure, wie sein Vater gesagt hatte.

Unvermittelt stand er auf. »Ich fürchte, ich muß jetzt gehen.« Er zwang sich, ruhig zu sprechen.

»Adam!« Betroffen sah sie zu ihm auf.

»Es tut mir leid, Mutter.« Er wußte nicht einmal mehr, wie er sie nennen sollte. Nicht Mummy. Nie mehr Mummy.

»Sehen wir uns wieder, Adam? Bald?« Tränen standen ihr wieder in den Augen.

Er zuckte die Achseln. »Vielleicht.« Plötzlich konnte er es nicht mehr ertragen. Er drehte sich um, stürmte zwischen den Tischen hinaus und lief auf die Straße.

Jeannie Barron backte jetzt seltener. Sie hatte eingewilligt, auch nach Adams Auszug im Pfarrhaus zu bleiben, aber der Pfarrer stellte recht bescheidene Ansprüche, und es war sehr still im Haus. Die Arbeit nahm viel weniger Zeit in Anspruch, und ohne Adam herrschte eine trostlose Stimmung. Also freute sie sich sehr, als es eines Tages an der Küchentür klopfte und sie beim Aufschauen das hübsche Gesicht mit den langen dunklen Haaren um die Ecke spähen sah.

»Brid, wie nett, dich zu sehen.« Lächelnd winkte sie das Kind herein – aber es war kein Kind mehr. Als Brid sich an den Küchentisch setzte und Jeannie mit kaltem Blick fixierte, lief dieser ein Schauder über den Rücken. »Wie geht's dir? Dir fehlt wohl Adam. Das geht uns allen so«, sagte sie langsam. Sie drehte den Teigkloß um und bearbeitete ihn mit den Fäusten.

»Du sagst mir, wo er ist.« Brids harte Augen starrten sie unverwandt an.

Jeannie sah auf. »Hat er dir nicht gesagt, wohin er geht?« In ihrem Kopf läutete eine Alarmglocke.

»Er hat mir gesagt, daß er nach Edinburgh geht, um Heiler zu werden.«

»Ja, das stimmt.« Jeannie lächelte und beruhigte sich ein wenig. »Unser Adam ist ein schlauer Kopf.«

»Ich gehe auch dorthin.« Brid verschränkte die Arme; ihre Miene war nach wie vor eisig. »Du sagst mir wie.«

»Wie du nach Edinburgh kommst? Das ist schwierig.« Jeannie spielte auf Zeit. Wenn Adam dem Mädchen seine Adresse nicht gegeben hatte, dann hatte er sicher seine Gründe dafür. »Das kostet Geld, Mädchen. Du mußt mit dem Bus fahren oder mit dem Zug.«

Brid sah sie verständnislos an.

»Warte doch lieber, bis er in den Ferien heimkommt. So lange ist das gar nicht hin, und eh' du dich versiehst, ist er wieder hier. Außerdem hat er uns noch nicht seine Adresse geschrieben.« Sie hoffte, diese Lüge würde ihr vergeben werden. »Edinburgh ist sehr groß, Kind. Größer, als du es dir in deinen kühnsten Träumen vorstellen kannst. Du würdest ihn nie finden.«

»Ich frage nach ihm. Die Leute wissen doch, wo die Schule für Heiler ist. Und du gibst mir Geld.«

Jeannie schüttelte den Kopf. »Nein, Brid, es tut mir leid, aber ich kann es mir nicht leisten, Geld zu verschenken. Das mußt du schon selbst auftreiben.«

»Ich bekomme deins.« Brid hatte Jeannies Handtasche auf der Kommode entdeckt. Sie schob den Stuhl zurück und ging mit ausgestreckter Hand darauf zu.

»Nein!« Jeannie hatte geahnt, was passieren würde. Sie schnappte die Tasche mit ihren mehligen Händen fort. »Nein, Fräuleinchen! Ich hatte schon so ein Gefühl, daß du um keinen Deut besser bist, als du aussiehst. Jetzt verschwinde. Und zwar sofort, sonst rufe ich den Pfarrer! Wenn du nach Edinburgh willst, mußt du selbst schauen, wie du hinkommst, aber mach dir keine falschen Hoffnungen, du wirst Adam nicht finden. Wenn er wollte, daß du seine Anschrift hast, hätte er sie dir gegeben. Und damit Schluß, verstehst du?«

Einen Augenblick herrschte absolute Stille. Brid starrte Jeannie mit einem stahlharten Blick an, so daß die Haushälterin panische Angst bekam. Sie schluckte schwer. Der Pfarrer war gar nicht in seinem Arbeitszimmer; wo er genau war, wußte sie nicht – bei irgend jemandem in der Gemeinde zu Besuch, oder vielleicht auch in der Kirche. Sie straffte die Schultern. Brid war bloß ein zierliches kleines Ding; warum sollte sie Angst vor ihr haben?

Nur eine Sekunde hatte sie Zeit, die tödliche Botschaft in Brids Augen zu lesen, dann hatte das Mädchen das Messer aus dem Gürtel gezogen. Jeannie versuchte fortzulaufen, aber es war zu spät. Bevor sie den zweiten Schritt machen konnte, steckte die mattglänzende Klinge zwischen ihren Schulterblättern, und sie fiel schwer zu Boden, die Handtasche an die Brust gedrückt. Langsam rann das Blut über ihre hellblaue Strickjacke. Sie gab nur ein leises Ächzen von sich.

Brid stand reglos da, gebannt von der Energie und der Aufregung, die sie durchströmten. Ohne das Gesicht zu verziehen, zog sie die Tasche aus Jeannies Armen und leerte den Inhalt auf den Boden. Fasziniert betrachtete sie die Gegenstände: eine runde Puderdose aus Perlmutt, die Adams Mutter Jeannie geschenkt hatte, als ihr klar wurde, daß der Pfarrer ihr nicht erlauben würde, dieses frivole Stück zu behalten; ein Kamm; ein Taschentuch; ein kleiner Taschenkalender; eine Geldbörse und eine Brieftasche. Die Brieftasche beachtete sie nicht weiter, obwohl sie eine große, weiße Fünf-Pfund-Note enthielt; aber Brid erkannte sie nicht als Geld. Die Puderdose untersuchte sie genauer. Sie schob den kleinen Riegel beiseite, und als die Dose aufging und sie den Spiegel sah, schnappte sie nach Luft. Einen Augenblick starrte sie sich verzückt an, dann steckte sie die Dose rasch in eine Tasche ihres Kleides. Schließlich griff sie nach der Börse, die neun Shilling, drei Sixpence-Stücke, vier Pennies und einen halben Penny enthielt. Sie hoffte, das würde genügen, um nach Edinburgh zu gelangen.

Adam lernte Liza kennen, als sie die Leiche zeichnete, an der er gerade arbeitete. Das Sezieren faszinierte ihn. Es war eine sehr anspruchsvolle, delikate Aufgabe, und darüber hinaus waren die Schichten von Haut, Muskeln und Organen, die er freilegte, schöner als alles, was er sich je hätte träumen lassen. Die jungen Männer in seiner Klasse rissen Witze, beklagten sich über den Geruch von Formalin und trieben Unfug, um ihr Unbehagen im Seziersaal zu überspielen, aber Adam war hingerissen. Seine Kommilitonen hielten ihn für verrückt, für einen Streber; doch Liza konnte ihn verstehen. Eines Morgens tauchte sie auf, mit einem großen Block unter dem Arm; ihr leuchtendbuntes Kleid und der lange, flammenfarbene Schal bildeten einen schockierenden Kontrast zu den dunklen Wänden und den einfachen Arbeitskitteln der Studenten.

Sie lächelte ihnen allen aus großen bernsteinfarbenen Augen zu und warf ihr langes, rötlichbraunes Haar über die Schultern. »Haben Sie etwas dagegen, wenn ich Ihre Leiche zeichne?« Sie stellte ihre Staffelei direkt hinter Adam auf. Der Aufseher blickte ostentativ beiseite. »Ich verspreche auch, Sie nicht zu stören.«

Adam war verwundert. Die Frauen hatten einen eigenen Seziersaal, der auf der anderen Seite des Ganges lag. Seine Verwunderung ging in Gereiztheit über. Bestimmt hatte sie den Pedell oder einen der Dozenten bestochen, um den Raum betreten zu dürfen. Natürlich störte sie. In ihrer Gegenwart verhielten sich seine Mitstudenten, denen es sowieso schon an Ernst mangelte, noch dümmer als sonst. Die junge Frau selbst allerdings arbeitete so ernsthaft wie er. Während sie ihre Bleistifte spitzte, verzog sie vor Konzentration den Mund. Dann machte sie sich mit peinlicher Detailtreue daran, die Strukturen des Gesichts unter der Haut zu zeichnen.

Auf ihren Vorschlag hin gingen sie und Adam anschließend eine Tasse Tee trinken. »Sie nehmen Ihre Arbeit sehr ernst. Viel ernster als die anderen Jungen.« Sie lächelte sanft. »Möchten Sie Chirurg wurden?« Sie sprach mit einem leichten, etwas singenden, sehr hübschen Akzent, den Adam aber nicht lokalisieren konnte.

Er zuckte mit den Schultern. »Eigentlich habe ich immer gedacht, daß ich Hausarzt werde. Ich mag Menschen. Wenn man Chirurg ist, schlafen die Patienten immer. Oder zumindest hofft man das.« Er lächelte. In den ersten Monaten seines neuen Lebens war er sehr erwachsen geworden.

Ihre Reaktion war atemberaubend. »In gewisser Weise ist das schade. Sie haben wunderbare Hände.« Sie nahm eine, drehte die Handfläche nach oben und betrachtete sie mit zusammengekniffenen Augen. »Ihre Lebenslinie ist sehr stark.« Sie fuhr sie mit der Fingerspitze nach. »Und hier, schauen Sie, es wird drei Frauen in Ihrem Leben geben.« Lachend sah sie ihn unter den Wimpern hervor an. »Drei Glückspilze!«

Verlegen zog er die Hand zurück und spürte, wie er rot wurde. »Wo haben Sie das Handlesen gelernt?« Sein Vater hätte einen Anfall bekommen.

»Von meiner Mutter. Die künstlerische Ader habe ich allerdings von meinem Vater.« Sie zog die Zuckerdose zu sich heran. »Ich studiere Porträtmalerei an der Kunstakademie. Dazu muß ich wissen, wie der ganze Körper funktioniert. Man kann noch so gut beobachten und die Farbe der Haut, ihre Textur und Schattierungen anschauen – wenn man nichts von der Muskulatur und den Knochen weiß, die darunter liegen, wird die Darstellung nie überzeugend.« Sie hielt inne, und ihr Gesicht verdüsterte sich ein wenig. »Für Frauen ist es immer noch schwer, wissen Sie. Es gab einen großen Aufstand, als ich heute morgen herkommen und Ihre Leiche zeichnen wollte.«

»Wirklich?« Allmählich erlag er ihrem Zauber. »Wahrscheinlich dachten sie, Sie würden uns ablenken.« Er grinste. »Das haben Sie ja auch. Warum sind Sie nicht in den Frauensaal gegangen?«

Sie lächelte. »Ich hab's versucht. Aber dort geht es noch strenger zu. Keine Nicht-Mediziner. Aber Sie haben sich von mir nicht ablenken lassen. Sie waren sehr ernst.«

»Ich bin wohl ein ernster Mensch.« Selbstironisch zuckte er die Achseln. »Aber ich habe ein paar Freunde, die ihr Bestes tun, das zu ändern!«

»Gut. Darf ich mithelfen? Möchten Sie mal mein Atelier sehen?«

Er nickte; allmählich breitete sich ein warmes Glücksgefühl in ihm aus.

Liza kam nicht wieder in den Seziersaal, aber sie vereinbarten, daß er sie am kommenden Samstag besuchen würde.

Am Tag davor erhielt er einen Brief von seinem Vater, in dem er ihn über den Tod von Jeannie Barron informierte.

Die Polizei kann kein Motiv entdecken. Es ist völlig widersinnig. Ihre Handtasche wurde durchsucht, aber der Kerl hat die Brieftasche liegengelassen. Nur den Geldbeutel und ihre Puderdose hat er mitgenommen, soweit wir feststellen können – nach dem zu urteilen, was sie laut Ken immer in ihrer Handtasche hatte. Die Waffe wurde nicht gefunden. Niemand hat etwas gesehen oder gehört ...

Das Entsetzen des Pfarrers sprach aus jeder Zeile, doch Adam konnte nicht weiterlesen. Er weinte wie ein Kind.

Beinahe hätte er den Besuch bei Liza abgesagt, aber er hatte keine Möglichkeit, mit ihr Kontakt aufzunehmen. Letztlich war er froh, sein Zimmer verlassen zu können. Robbies Schock und Empörung über Jeannies Tod – er hatte sie auch seit seiner Kindheit gekannt – halfen ihm genausowenig wie seine Art, damit umzugehen: Sein Freund ging in die Kneipe und betrank sich.

Das Atelier war in einem alten Speicher, von dem aus man über das Water of Leith im Hafen sehen konnte. Adam stieg die schmale, dunkle Treppe hinauf und klopfte an der Tür, ohne im mindesten darauf gefaßt zu sein, welch sinnlicher Schock ihn dahinter erwarten würde. Der riesige Raum, der Liza gleichzeitig als Atelier und Wohnraum diente, war lichtdurchflutet, denn in die Wand waren zwei hohe Fenster eingelassen, die von der Decke bis zum Boden reichten. Mehr als Zweidrittel des Raums war als Atelier eingerichtet, dessen blanke Holzdielen über und über mit Farbe bespritzt waren. Dort befanden sich zwei Staffeleien. Auf einer stand ein mit einem Tuch bedecktes Bild, während die andere das halbfertige Porträt eines alten Mannes trug. Unter all den Farben, Bleistiften und Paletten, den Messern und Pinseln war der lange Tisch kaum auszumachen; mit einem gewissen Schaudern bemerkte Adam einen Teller mit einem

Sandwich, das von recht hübschem grünen Schimmel überwuchert war.

Lizas Wohnecke jedoch war alles andere als spartanisch. Über dem Bettsofa lag eine leuchtendrote Tagesdecke; dann gab es Kissen und viktorianische Seidenschals, leuchtende Fleckenteppiche und eine alte Hutablage, an der ihre langen Zigeunerröcke, ihre Blusen und Pullover hingen. Auf der gegenüberliegenden Seite standen ein kleiner Gaskocher und eine große, angeschlagene Emailspüle. »Die eigenen vier Wände!« Sie begrüßte ihn mit ausgebreiteten Armen. »Was sagen Sie dazu?«

Vor Erstaunen verschlug es Adam die Sprache. Ein solches Zimmer hatte er noch nie gesehen, und er hatte auch noch nie jemanden wie Liza kennengelernt. Er war fasziniert, bezaubert und bis in die tiefsten Tiefen seiner presbyterianischen Seele schockiert. Sie servierte ihm heißen Toast, üppig mit Butter und Marmelade bestrichen, dazu große Stücke eines krümeligen Käses und kannenweise starken Tee; nebenbei zeigte sie ihm ihre Bilder, die ebenfalls all seine Sinne schockierten. Es waren kraftvolle, lebenssprühende Darstellungen von Menschen, häßlich in ihrer Realität, unbehaglich anzusehen und wahrscheinlich – wie er zu Recht vermutete – sehr gut. Er wanderte umher, ließ Marmelade von seinem Toast kleckern und staunte wortlos über die vielen Leinwände, die sie ihm zeigte. Sie hatte auch Landschaften gemalt – karge, stimmungsvolle Landschaften, die ihm nicht vertraut waren –, aber am besten gefielen ihm die Porträts.

Sie zeigte auf eine dunkle, stürmische Szene mit Bergen, Felsen und zerrissenen Wolken. »Wales«, erklärte sie. »Ich bin Waliserin. Zumindest zur Hälfte. Mein Papa war Italiener, aber ich habe ihn nie kennengelernt.« Sie begann, ein Grammophon aufzuziehen. »Mögen Sie Musik? Ich liebe Musik, vor allem Opern.« Sie nahm eine Platte aus der Papierhülle und legte sie auf den Apparat. »Hören Sie nur mal.«

Fast glaubte er, ihm würden die Sinne schwinden. Etwas Derartiges hatte er noch nie im Leben gehört. Es war laut und sinnlich, grell und wild. Er spürte, wie sein Blut zu rasen begann, wie völlig unbekannte Gefühle ihn aufwühlten. Dann wurde die Musik leiser und trauriger, sie überwältigte ihn, und zu seiner unendlichen Verlegenheit stiegen ihm Tränen in die Augen. Er konnte sie nicht zurückdrängen und drehte sich peinlich berührt von Liza ab, um zum Fenster hinaus über den steinigen Bachlauf zu den gedrängt stehenden Häusern auf der anderen Seite zu sehen.

Es war Liza nicht entgangen. Schweigend stellte sie sich neben ihn und nahm seine Hand. »Was ist denn, Adam? Was ist los?«

Da sprudelte alles aus ihm hervor. Jeannie. Das Pfarrhaus. Sein Vater. Seine Mutter. Der Mann, mit dem sie in Sünde lebte, der sie aber so glücklich machte.

Liza war fassungslos. Schweigend nahm sie ihn in den Arm und ließ ihn an ihrer Schulter weinen wie ein Kind. Die Schallplatte war zu Ende und drehte sich mit einem knackenden Geräusch auf dem Plattenteller weiter, ohne daß die Nadel abgehoben wurde. Liza ignorierte es. Allmählich spürte Adam ein wohliges Gefühl von Geborgenheit in sich aufsteigen, das langsam den Schmerz zu überlagern begann. Als Liza schließlich einen Schritt zurücktrat, waren seine Tränen ebenso verschwunden wie seine Verlegenheit.

Sie legte eine neue Platte auf, dieses Mal Chopin, und gemeinsam hörten sie der Musik zu, saßen nachdenklich Seite an Seite, aber ohne sich zu berühren, während das Licht am Himmel verblaßte. Später gingen sie in einen Pub im Leith Walk eine Kleinigkeit essen, lachten, erzählten, und er erfuhr von ihrer Familie – der exzentrischen Mutter, den freundlichen, herzlichen, über alles geliebten Großeltern, die einen kleinen Hof hatten, nichts über ihren exotischen Vater. Schließlich brachte er sie nach Hause und fuhr mit der Straßenbahn in die High Street zurück. Als er wieder in seinem Zimmer war, hatte er das starke Gefühl, sich verliebt zu haben.

Letztlich brauchte Brid das Geld aus Jeannies Börse gar nicht, um nach Edinburgh zu kommen. Als sie im strömenden Regen auf der Straße von Pittenross nach Süden entlangging, hielt neben ihr ein Auto. »Kann ich Sie mitnehmen?« Am Steuer saß eine Frau.

Es wurde schon dunkel, als sie Brid in der Princes Street absetzte. Verängstigt starrte Brid auf die Menschenmengen, die Autos, die Straßenbahnen, und fühlte sich völlig verlassen. »A-dam?« Laut sprach sie seinen Namen vor sich hin, um die Schreie eines Zeitungsjungen zu übertönen, der an einem Stand am Straßenrand die Abendausgaben feilbot. »A-dam, wo bist du?«

Wenn sie nur einen stillen Ort fand, würde sie ihn mit ihrer Kunst aufspüren können. Solange er ihr Silberamulett trug, würde es ganz einfach sein.

Zu Weihnachten fuhr Adam nicht nach Pittenross. Er und Robbie packten ihren Rucksack und ließen sich von einem Kommilitonen nach Newcastle mitnehmen. Dort besuchten sie viele Pubs, gingen ein Stück den Hadrianswall entlang und sprachen über den drohenden Krieg.

Als Adam wieder in Edinburgh war, sah er Liza so oft wie möglich, obwohl sie beide viel arbeiteten. Liza ging ganz in ihrer Kunst auf; wie Adam feststellen mußte, war ihr die Malerei wichtiger als alles andere. Aber das störte ihn nicht, denn seine eigene Berufswahl ließ ihm ebenfalls wenig Freizeit. Zu Robbies großem Mißfallen verbrachte er immer mehr Stunden mit Lernen und legte nur selten eine Pause ein.

An Lizas Geburtstag nahm er sich allerdings einen Abend frei. Angesichts seiner beschränkten finanziellen Mittel quälte er sich lange mit der Frage, was er ihr schenken sollte, bis ihm ein Zufall zu Hilfe kam. Beim Durchwühlen einiger Kartons in seinem unaufgeräumten Zimmer entdeckte er unter einem Stapel von Büchern und Aufzeichnungen eine alte Zigarettenschachtel. Als er sie neugierig schüttelte, klapperte es darin, und dann fiel Brids Anhänger heraus. Er lag auf seiner Handfläche, angelaufen zwar, aber wunderschön. Bewundernd betrachtete er das kunstvoll verschlungene Muster, die winzigen Glieder der Kette, und ihm kam eine Idee. Die Schuldgefühle, die fast gleichzeitig in ihm aufstiegen, schob er beiseite. Brid würde nie davon erfahren. Aller Wahrscheinlichkeit nach würde er sie nie wiedersehen, und schließlich hatte er ihr eindeutig klar gemacht, daß Männer solche Sachen nicht trugen. Außerdem würde Liza sich über das wunderschöne, fein gearbeitete Schmuckstück freuen. Vergnügt machte er sich daran, es zu polieren.

Liza hielt es lange staunend in der Hand. Endlich sah sie zu Adam auf und lächelte. »Es ist wunderschön«, sagte sie. »Danke.« Sie beugte sich vor, um ihn auf die Lippen zu küssen, dann ließ sie sich die Kette von ihm um den Hals hängen.

Am nächsten Tag, nachdem er Liza zwischen zwei Vorlesungen kurz zum Mittagessen eingeladen hatte, glaubte er, Brid zu sehen. Er und Liza gingen gerade Hand in Hand an der National Gallery vorbei The Mound hinauf; Liza trug das Amulett um den Hals. Adam schaute zufällig über die Straße zur Burg, wo eine Gruppe von Leuten lachend den Bürgersteig hinabkam; einige der jungen Männer trugen Uniform. Auf der Straße herrschte reges Treiben, es war dichter Verkehr, und er konnte die Personen nicht deutlich erkennen, aber die Gestalt, die langsam hinter ihnen herging, fiel ihm ins Auge.

Wie vom Donner gerührt blieb er stehen. Die dunklen Haare, die blasse Haut, etwas an ihrem Gang, die Haltung des Kopfes ...

»Was ist, Adam? Was ist los?« Liza nahm seinen Arm. »Du bist ja leichenblaß. Was ist passiert?«

»Nichts.« Er holte tief Luft und merkte überrascht, wie sehr der Zwischenfall ihn erschütterte. »Ich dachte, ich hätte jemanden gesehen, den ich von zu Hause kenne. Das ist alles. Aber ich habe mich getäuscht.«

»Bist du sicher?« Liza musterte ihn, und er sah unbehaglich beiseite. Warum hatte er manchmal das Gefühl, daß sie bis auf den Grund seiner Seele blicken konnte?

»Nein, es war jemand anderes.« Jetzt war der Bürgersteig leer. Die jungen Leute waren weitergegangen. Der Verkehr wand sich langsam den Berg hinab. Wer immer die Frau gewesen sein mochte, er konnte sie nicht mehr sehen.

In der folgenden Nacht träumte er von Brid. Er träumte, sie würden sich lieben, und dann träumte er, daß Brid versuchte, ihn in dem verzauberten Teich zu ertränken. Schreiend wachte er auf, in Schweiß gebadet, und erwartete, Robbie würde hereinstürmen und fluchen, daß er ihn aufgeweckt hatte. Aber Robbie, der sich vor einem Monat zur freiwilligen Reserve der RAF gemeldet hatte, war nicht da. Er schlief fünf Kilometer entfernt in den Armen einer Ausbildungsschwester, mit der Adam ihn erst kurz zuvor bekanntgemacht hatte.

Den Rest der Nacht starrte Adam zur Decke, beobachtete, wie das erste graue Licht des Tages am Himmel dämmerte und sich langsam ausbreitete; dann stand er endlich auf und rasierte sich.

An diesem Tag erlebte er zum ersten Mal den Tod eines Menschen. Er besuchte einen Mitstudenten, der sich ein Bier zuviel genehmigt hatte und eine Wendeltreppe hinuntergestürzt war, womit er sich ein gebrochenes Bein einhandelte. Auf derselben Station lag ein junger Mann, der nach einem Arbeitsunfall in der Fabrik dort eingeliefert worden war. Er war in eine nicht abgesicherte Maschine geraten, die ihm das Bein direkt unter der Hüfte abtrennte. Als Adam die Station verließ, blieb er kurz stehen und sah das kreidebleiche Gesicht des jungen Mannes auf dem weißen Kissen. Der öffnete die Augen und blickte ihn direkt an. Adam las die Schmerzen, die Angst und die Einsamkeit, die in dem leuchtendblauen Blick lagen, trat ans Bett und legte dem jungen Mann sanft eine Hand auf die Schulter. Erst mehrere Minuten später merkte er, daß der Verletzte gestorben war; überrascht stellte er fest, daß die Augen auch nach dem Tod noch eine ganze Weile nichts von ihrer intensiven Bläue einbüßten. Wie erstarrt stand er da, ohne ganz zu begreifen, was er gerade miterlebt hatte. Dann faßte ihn die Stationsschwester, die den Doktor und seine Studenten auf der Visite begleitete, am Arm. »Ist alles in Ordnung?« Ihr Lächeln war freundlich. »Das war nett von Ihnen, bei ihm zu bleiben.« Mit gefaßter Sachlichkeit zog sie dem Toten das Laken übers Gesicht. »Und jetzt gehen Sie, junger Mann. Vergessen Sie, was Sie gesehen haben.«

»Ich habe ihn sterben sehen.« Er saß auf dem Boden von Lizas Atelier, die Arme um die Beine geschlungen, das Kinn auf die Knie gestützt, und versuchte noch immer, sich mit dem Erlebnis abzufinden. »Und trotzdem konnte ich ein paar Minuten lang keine Veränderung bemerken. Er war bleich, aber das war er auch gewesen, bevor er starb. Er hat einfach aufgehört zu atmen, das war alles.«

Sie setzte sich neben ihn; im Hintergrund spielte Musik von Mozart. »Vielleicht war sein Geist noch da. Er wollte nicht gehen.« Sie lächelte. »Es war gut von dir, bei ihm zu bleiben, Adam. Es muß schrecklich sein, allein zu sterben.«

Er schüttelte den Kopf. »Eigentlich habe ich mich als Arzt immer gesehen, wie ich Menschenleben rette. Wie ich heldenhaft eingreife und Wunder bewirke. An die, die ich nicht retten kann, habe ich nie gedacht.« Einige Minuten schwiegen sie. »Es wird wirklich zum Krieg kommen, Liza. Ich werde weiterstudieren, weil sie Ärzte brauchen werden. Robbie wird bei der RAF sein. Und was wirst du tun?«

»Ich will weitermalen«, antwortete sie achselzuckend. »Und zwar solange es geht. Das ist mein Leben. Ich will mir nichts anderes vorstellen.« Sie zögerte. »Vielleicht wird meine Mutter wollen, daß ich nach Hause komme .«

»Zurück nach Wales?«

Sie nickte. »Noch ist nichts passiert, Adam. Vielleicht kommt es gar nicht so weit. Vielleicht überlegt Hitler es sich doch noch anders.« Sie schüttelte heftig den Kopf. »Es tut mir leid. Ich kann den Gedanken nicht ertragen, daß er unser aller Leben durcheinanderbringt. Ich möchte, daß alles so bleibt, wie es ist. Ich möchte Sonnenuntergänge und Blumen und Glücklichsein malen. Ich kann nicht an den Krieg denken. Ich will es nicht.«

Adam lächelte wehmütig. »Uns wird keine andere Wahl bleiben. Krieg liegt in der Luft.« Er deutete mit dem Kopf auf ihre verhüllte Staffelei. »Außerdem malst du keine Sonnenuntergänge und Blumen und Glücklichsein. Das kannst du gar nicht.«

Sie brach in Lachen aus. »Vielleicht hast du recht.«

Das erste Mal liebten sie sich, nachdem sie gemeinsam ein Konzert in der Usher Hall besucht hatten. Während sie durch die verdunkelten Straßen schlenderten, legte er ihr den Arm um die Schultern und zog sie an sich.

»Liza …«

Sie legte ihm einen Finger auf die Lippen, um ihn zum Schweigen zu bringen, und küßte ihn zärtlich. Dann stiegen sie die Treppe zu ihrem Atelier hinauf, und in der Dunkelheit führte sie ihn zu ihrem Bett.

Sie verbrachten den Sommer miteinander, und als schließlich das Wintersemester begann, waren sie unzertrennlich geworden. Liza war völlig anders als Brid. Ihre Liebe war warm, und trotz ihres gelegentlich scharfen Tonfalls fühlte er sich bei ihr immer geborgen und willkommen. Alle Gedanken an das Pfarrhaus und wie unglücklich er dort gewesen war, verschwanden. Er hatte jemanden gefunden, dem er all seine Ängste und Hoffnungen anvertrauen konnte.

Alle Ängste bis auf eine.

Er sah Brid zu Beginn des neuen Studienjahres auf der South Bridge wieder, und dieses Mal war er sich sicher, daß sie es war.

Er war gerade mit drei seiner Mitstudenten von der Trambahn gesprungen, den Arm voller Bücher, und winkte Liza nach; sein weißer Kittel hing ihm über die Schulter. Er war auf dem Weg zu einer Physikvorlesung. Die jungen Männer lachten und unterhielten sich angeregt, schlängelten sich zwischen den Straßenbahnen und Autos durch und zogen die Köpfe vor dem unbarmherzig herunterprasselnden Regen ein. Adam schüttelte sich die nassen Haare aus den Augen, blickte auf und sah sie; sie starrte ihn von der anderen Straßenseite an.

»A-dam …« Er sah, wie ihre Lippen seinen Namen formten, aber wie beim letzten Mal herrschte reger Verkehr, die Straße war voller Menschen, und als er näher hinsah, war sie fort.

Was er dann tat, erfüllte ihn nicht mit Stolz. Anstatt über die Straße zu gehen und nach ihr zu suchen, stürmte er seinen

137

Freunden zum Old Quad nach und verschwand so rasch wie möglich von der Stelle, an der er sie gesehen hatte.

Nachdem Adam dem Pedell mit dem Zylinder seine Karte gereicht hatte, schlich er zu seinem Platz in der Aula. Seine Hände zitterten. Mit schierer Willenskraft ballte er sie zu Fäusten. Was war nur mit ihm los? Wovor hatte er denn so große Angst? Ließ Brid Erinnerungen an das Pfarrhaus wieder aufleben, an Dinge, die er lieber vergessen wollte? Oder waren es Schuldgefühle, weil er sie so einfach verlassen und dann vergessen hatte? Was immer es war, er wollte sie nie wiedersehen. Außerdem war der Zufall, daß sie in Edinburgh sein sollte, fast zu groß, um wahrscheinlich zu sein. Vermutlich bildete er es sich bloß ein. Beruhigt lehnte er sich zurück und konzentrierte sich auf den Professor, der vorne seine Vorlesung hielt.

Das Ende ihres Pinsels im Mund, trat Liza von der Leinwand zurück. Dann warf sie einen Blick auf ihre Armbanduhr und lächelte. Ein guter Zeitpunkt, um aufzuhören.

Das Klopfen an der Tür kam genau im richtigen Augenblick. Sie und Adam wollten mit dem Fahrrad zum Botanischen Garten fahren und in der warmen Herbstsonne ein Picknick machen. In letzter Zeit bekamen sie öfter mal Fahrräder von Freunden geliehen, die es zu einem dreirädrigen Morgan gebracht hatten. »Komm rein. Die Tür ist offen!« Sie wusch gerade den Pinsel in einem Glas Terpentin aus und schaute nicht auf. »Ich komme gleich, Adam. Ich habe heute morgen viel gearbeitet – was sagst du dazu?« Jetzt drehte sie sich um, deutete auf die Leinwand – und hielt abrupt inne. In der Tür stand eine ihr unbekannte junge Frau mit langen, dunklen Haaren. »Es tut mir leid«, sagte Liza erstaunt. »Ich dachte, Sie wären jemand anderes.«

»Du dachtest, ich wäre A-dam.« Das Mädchen trat ins Atelier und schloß die Tür. Sie trug ein knöchellanges, rotbraunes Kleid mit einem weichen Wollmantel, der ihr bis zu den Füßen ging. Über ihrer Schulter hing eine locker gewebte Tasche. Ihre Augen blickten hart wie Feuerstein.

»Wer sind Sie?« Liza legte ihren Pinsel und den Lumpen beiseite; ihre Nackenhaare sträubten sich. Diese junge Frau hatte etwas an sich, das ihr ein sehr unbehagliches Gefühl verursachte. Langsam trat sie ein Stück näher an den Tisch und griff hinter sich nach dem Messer, mit dem sie die Palette abgeschabt hatte.

»Wer ich bin, tut nichts zur Sache.« Die Stimme klang ungewöhnlich monoton.

»Das finde ich schon. Sie sind in meiner Wohnung. Ich möchte wissen, was Sie wollen.«

»Du bist A-dams Freundin.« Ihre Stimme war zwar noch immer tonlos, aber voller Haß.

Endlich hatte Liza gefunden, wonach sie suchte, und nahm das Palettemesser leise in die Hand. Dann ging sie auf die andere Seite des Tischs, damit er zwischen ihr und ihrer Besucherin stand, und betete, daß Adam gleich kommen möge. Ihre Nerven waren zum Zerreißen gespannt. »Ich bin mit ihm befreundet, das stimmt«, antwortete sie vorsichtig. »Wenn Sie ihn suchen – er wird gleich da sein.«

Die junge Frau sah sich nicht um, sondern fixierte nur Lizas Gesicht. »Ich brauche dich nicht«, sagte sie leise. »A-dam braucht dich nicht.« Beim Reden holte sie etwas aus ihrer Tasche.

Liza schnappte nach Luft. Als die Frau den Arm hob, sah sie eine Klinge aufblitzen, und obwohl sie das Messer kaum wahrgenommen hatte, warf sie sich ohne zu überlegen hinter den Tisch zu Boden; im selben Augenblick hörte sie Adams fröhliche Stimme vom Treppenhaus rufen.

»Adam!« schrie sie. »Adam, paß auf!«

Als er das Zimmer betrat, kauerte sie schluchzend am Boden, das Palettemesser in der Hand, die Finger beschmiert mit dickflüssiger gelber Farbe.

»Liza, Liza, was ist los? Was ist passiert?« Er kniete sich neben sie. »Jetzt sag schon, was ist passiert?«

»Wo ist sie?« Zitternd stand Liza auf. »Um Himmels willen, Adam, wer ist das?« Sie blickte sich wild um. Außer ihr und Adam war im Atelier niemand zu sehen.

»Wer? Was? Was ist passiert?«

139

»Die Frau! Das Mädchen! Du mußt sie gesehen haben.«
Sie schob sich die Haare aus dem Gesicht, so daß gelbe Farb-
striemen auf ihrer Stirn zurückblieben. »Sie wollte mich umbringen!«

Adam schloß die Augen und atmete tief durch. Warum galt
nur sein erster Gedanke Brid?

»Beschreib sie«, sagte er. Er führte Liza zum Bett und ließ
sie sich hinsetzen, dann ging er zur Tür und schaute die
Treppe hinunter. Als er im Dunkeln heraufgekommen war,
war eine Katze an ihm vorbeigeschossen. Er hatte nur kurz
die dunklen Umrisse bemerkt, die wilden grünen Augen und
das dumpfe Geräusch der Pfoten auf dem Holz, dann war sie
fort gewesen. »Gibt es einen anderen Ausgang?«

Liza schüttelte den Kopf. »Nein.«

»Dann muß sie noch hier sein.« Er machte sich daran, das
Atelier gründlich zu durchsuchen, schaute in jede Ecke und
jeden Schrank. Es war niemand da.

»Sie war klein, mit dunklen Haaren, und trug ein langes,
dunkelrotes Kleid. Sie hat mit einem komischen Akzent gesprochen.«

Brid.

»Was meinst du damit, daß sie versucht hat, dich umzubringen?« Adam setzte sich neben sie.

»Sie hat ein Messer aus ihrer Tasche geholt und es nach mir
geworfen.«

»Bist du sicher, Liza?« Seine Stimme war sanft. »Wo ist es?
Wo ist sie? Ich kann mir nicht vorstellen, daß jemand hier gewesen ist. Ich hätte die Person doch gesehen.« Als er das
sagte, mußte er unwillkürlich an die Augen der Katze denken, als sie die Treppe hinunterflitzte.

»Willst du damit sagen, daß ich das nur erfunden habe?«
Liza funkelte ihn an. »Adam, verdammt, ich weiß, wenn jemand versucht, mich umzubringen!«

»Dann sollten wir die Polizei holen.« Er schob seine zitternden Hände entschlossen in die Tasche.

»Natürlich sollten wir die Polizei holen. Hier läuft eine po-
tentielle Mörderin frei herum. Schau dort drüben nach – das
Messer muß irgendwo da sein. Ich hab gesehen, wie sie es

nach mir schleuderte, als ich mich auf den Boden warf. Sie hatte keine Zeit, es wieder aufzuheben.«

Aber das Messer blieb unauffindbar, selbst nachdem sie den Boden des Ateliers eine halbe Stunde lang abgesucht hatten.

»Also – wer ist sie?« Liza hatte sich die Farbe von den Händen und dem Gesicht gewaschen und war etwas ruhiger geworden.

Adam zuckte die Achseln. Einen Augenblick überlegte er, seine Vermutung zu verschweigen, aber Liza kannte ihn zu gut. Sie hatte den leisen, grauenvollen Verdacht in seinen Augen schon gesehen. Er setzte sich auf das Sofa und holte eine Zigarette hervor. Das Amulett, das er Liza geschenkt hatte, Brids Amulett, lag da, wo Liza es zuletzt hingelegt hatte, auf dem Beistelltisch unter der Lampe. Er konnte das Silber matt glänzen sehen.

»Es hört sich nach Brid an. Sie und ich haben uns zu Hause ziemlich oft gesehen«, erklärte er schließlich, allerdings ohne Lizas Blick zu begegnen. »In den Ferien sind wir durch die Berge gezogen. Ihr Bruder war – ist – Steinmetz. Er ist sehr geschickt.« Adam zögerte kurz. »Ich glaube, die Familie hat einen ziemlich exotischen Hintergrund. Sie sind alle sehr leicht erregbar.« So, wie er das sagte, klang es alles andere als freundlich. »Brid geht leicht in die Luft. Sie hat mich ein paar Mal angegriffen.« Er lachte unbehaglich auf.

»Und was macht sie in Edinburgh?«

»Sie muß mir gefolgt sein.« Er schüttelte den Kopf. »Ich habe ihr gesagt, daß alles vorbei ist. Wir waren Kinder, mehr war es nicht. Sie ist im Norden auf ein College gegangen, und ich bin nach Edinburgh gekommen. Wir hatten keine gemeinsame Zukunft. Das stand außer Frage.« Er hielt kurz inne, fuhr dann aber fort. »Aber das hat ihr gar nicht gefallen. Sie wollte mit mir kommen. Ich habe es abgelehnt. Ich hätte nie erwartet, daß sie mir folgt.«

»Hast du sie schon einmal hier gesehen?«

Er schüttelte den Kopf, aber der kummervolle Ausdruck seiner Augen entging ihr nicht.

»Adam?«

Wieder schüttelte er den Kopf. »Neulich dachte ich, ich hätte sie vielleicht gesehen, in der Ferne. Aber dann war sie nicht mehr da.« Hilflos zuckte er mit den Schultern.

»Offenbar kann sie sich quasi in Luft auflösen.«

»Ja.« Er zitterte. »Ja, das stimmt.«

»Wäre es ihr zuzutrauen, daß sie versucht, jemanden umzubringen?«

Bekümmert starrte er zu Boden. »Ich glaube vielleicht schon«, gab er nach einer Weile zu.

Schließlich verständigten sie doch nicht die Polizei. Es kam ihnen sinnlos vor.

Susan Craig saß in einer Ecke des Teehauses mit dem Rücken zur Wand.

Seit ihrer ersten Begegnung hatte Adam sie nur einmal gesehen. »Es tut mir leid, ich habe nicht viel Zeit.« Er setzte sich ihr gegenüber. »Im Augenblick müssen wir sehr viel lernen.«

»Aber natürlich, mein Liebling. Ich bin ja so stolz auf dich.« Sie hatte bereits Tee bestellt und schenkte zwei Tassen ein. Eine davon schob sie zu Adam hinüber. »Adam, ich muß dir etwas sagen.« Sie saß befangen auf dem Rand ihres Stuhls. »Ich … wir …, das heißt, mein Freund und ich, haben beschlossen wegzugehen.« Sie sprach hastig und wich seinem Blick aus. »Nach Amerika.«

Adam starrte sie an.

Sie errötete vor Verlegenheit. »Dort kennt uns niemand. Wir können von vorne anfangen, und jetzt, wo der Krieg kommt …« Ihre Stimme erstarb, und sie schaute in ihre Tasse.

Eine Minute lang sagte Adam gar nichts. Gefühle ganz unterschiedlicher Art wallten in ihm auf: Zorn, Verlust, Verachtung – was war das für ein Mann, der aus seinem Land fortlief, wenn ein Krieg bevorstand?

»Adam?« Beklommen sah sie ihn an.

Er zwang sich zu einem Lächeln. »Ich hoffe, ihr werdet beide glücklich, Mutter.« Was konnte er sonst schon sagen?

Zwei Tage später verkündete Chamberlain, daß Hitler nicht auf sein Ultimatum reagiert hatte und Großbritannien deshalb im Kriegszustand war. Einige Wochen später wurde Robbie als Mitglied der freiwilligen Reserve einberufen. Ob es seine Entscheidung war oder die der Regierung Seiner Königlichen Hoheit, konnte Adam nicht sagen, aber die Aufregung seines Freundes, das Latein- und Griechischstudium aufzugeben und statt dessen als Teil des City of Edinburgh Fighter Auxiliary Squadron durch die Wolken zu patrouillieren, war alles andere als gespielt. Um die Sache zu begießen, wollte er mit seiner neuen Freundin Jane zum Dorfgasthof in Cramond hinausfahren. Adam und Liza sollten ebenfalls mitkommen.

Jane Smith-Newland hatte denselben Tutorenkurs besucht wie Robbie. Er war Hals über Kopf in sie verliebt. Sie war hochgewachsen und schlank, hatte große braune Augen und dickes, weiches, honigblondes Haar, das sie zu einem mädchenhaften Zopf flocht. Ihr Vater, ein Engländer, hatte eine hohe Position beim Militär inne; die Mutter lebte im Süden, in einem Herrenhaus in den Home Counties in der Nähe von London. Adam lernte sie an diesem Abend zum ersten Mal kennen. Bislang hatte Robbie immer etwas verrückte Freundinnen gehabt, und so war er fasziniert von Jane, ihrem Akzent, ihrer Familie und jener Mischung aus Zurückhaltung und Selbstvertrauen, die durch eine vermögende Herkunft möglich wird. Sie besaß schöne Kleidung und einen eigenen Wagen – einen alten Wolsey Hornet –, den ihre Eltern für sie gekauft hatten, was für einen mittellosen Medizinstudenten ein unendlicher Luxus war, herrlichen Schmuck – und im völligen Kontrast dazu eine aufrichtige Begeisterung für Latein, Griechisch und die Geschichte früherer Zivilisationen. Eben wegen dieser Vorliebe war sie Studentin geworden und nicht Debütantin der Londoner Gesellschaft, wie es der Wunsch ihrer Eltern gewesen war. Sie war völlig anders als alle anderen Menschen, die Adam je kennengelernt hatte. Er konnte sie nicht aus den Augen lassen.

Als sie mit verdunkelten Scheinwerfern die schmalen Straßen nach Cramond entlangfuhren, griff Liza auf dem

Rücksitz nach Adams Hand. »Wenigstens kann sie uns nicht hierher folgen«, flüsterte sie über die Motorengeräusche hinweg. Liza war überzeugt, daß Brid sie noch verfolgte. Adam war sich da weniger sicher. Er hatte keine Spur von ihr gesehen, und es war doch unsinnig, daß sie Liza beschatten sollte. Wenn sie ihn treffen wollte, warum besuchte sie ihn dann nicht in seiner Bude und redete mit ihm persönlich? Wenn sie ihn und Liza verfolgte, wußte sie doch, wo er wohnte. Zuerst hatte ihn diese Vorstellung sehr erschreckt, aber bald, sehr bald war er überzeugt, daß Liza sich die ganze Sache nur eingebildet hatte.

»Wer kann euch wenigstens nicht hierher folgen?« Jane warf einen Blick in den Rückspiegel und sah Adam in die Augen. Offenbar hatte sie ein sehr scharfes Gehör.

»Eine frühere Freundin von Adam«, erklärte Liza. »Wie es scheint, will sie ihn nicht gehen lassen.«

»Unser Adam ist ein richtiger Weiberheld«, lachte Robbie. »Die Mädchen sind ihm schon immer hinterhergerannt!«

»So ein Unsinn, Rob.« Adam spürte, wie er rot anlief. Kopfschüttelnd sah er zu Liza. Er wollte nicht über Brid reden; er wollte auch nicht, daß Robbie wußte, daß sie ihm möglicherweise nach Edinburgh gefolgt war.

Aber Jane wollte das Thema nicht auf sich beruhen lassen. »Wer hätte gedacht, daß der zurückhaltende, stille Adam Craig eine Freundin nach der anderen hatte! Du mußt aufpassen, Liza, sonst geht er dir noch verloren.«

Diese Worte hingen in der Luft, während Jane einen Gang hinunterschaltete und in die Cramond Road einbog. Schließlich brach Robbie das unbehagliche Schweigen. Er saß schräg auf seinem Sitz, schick in Uniform gekleidet, und streichelte Janes Nacken. »Ich hoffe, du zielst nicht darauf ab, eine von diesen Freundinnen zu sein, Janie! Das würde mir gar nicht gefallen. Ich weiß, daß Ärzte ziemlich unwiderstehlich sind, aber doch nicht halb so unwiderstehlich wie ein RAF-Bursche, oder?«

»Natürlich nicht!« Sie lachte leise. »Solange mir nicht zu Ohren kommt, daß dich eine von diesen bildhübschen Flakhelferinnen verführt hat.«

Hinten auf dem Rücksitz drückte Liza Adams Hand noch etwas fester, und in der Dunkelheit tauschten sie einen Blick aus. »Robbie sich von einer Flakhelferin verführen lassen?!« warf Adam ein. »Wie kommst du bloß auf die Idee!« Er versetzte seinem Freund einen spielerischen Klaps auf die Schulter. »Unser Robbie hat für derlei Späßchen keine Zeit. Schließlich wird er den Krieg im Alleingang gewinnen, stimmt's, alter Junge?«

Robbie lächelte. Vom Beifahrersitz warf er einen Blick auf Jane und zuckte leicht mit den Schultern.

Am 16. Oktober flogen deutsche Jagdbomber über den Forth, und das 602. und 603. Geschwader der RAF mußten aufsteigen. Robbies Krieg hatte begonnen.

So hatte Brid es sich nicht vorgestellt.

Es war sehr leicht gewesen, nach Edinburgh zu kommen, und mit Hilfe ihres sechsten Sinns hatte sie bald nach ihrer Ankunft ohne allzu große Mühe Liza gefunden. Aber dann hatte sie sie unerklärlicherweise wieder verloren. In ihrem Kopf verschwamm alles und wurde undeutlich. Verloren wanderte sie durch die große Stadt, mit leeren Augen, angsterfüllt, ohne zu wissen, wohin sie gehen oder was sie tun sollte. Manchmal, wenn sie in einer Tür oder irgendwo an einem versteckten Ort schlief, machte sie in ihrem Kopf den Sprung, der sie nach Hause brachte, auf den Berg, wo Gartnaits Stein den Übergang zu ihrer Welt kennzeichnete. Aber immer lauerte Broichan in der Nähe, und vor Angst kehrte sie wieder an die Stelle zurück, wo ihr kalter Körper im Verborgenen zusammengekauert lag. Es gab in dieser großen Stadt viele Orte, wo der Schleier der Zeit sehr dünn war. Als sie in die Ruinen der Holyrood Abbey geschlichen war, hatte sie den kalten Nebel gespürt und gewußt, daß sie an einem dieser Orte war. Auch in der großen Kathedrale oben an der High Street, wo sie unbemerkt in den Schatten schlief, hatte sie ihn gefühlt. Tief unter den Fundamenten der Kirche lag ein heiliger Ort, an dem die Göttin wartete, wenn sie nach ihr suchen wollte. Aber sie war nicht auf den

Schmerz gefaßt gewesen, ebensowenig wie auf die Orientierungslosigkeit, die sie überwältigte. Die Zeit war ein Konzept, das in der Stille ihrer Träume nicht existiert hatte; sie war dazu geboren, die Zeit zu überwinden – ein genetisches Vermächtnis ihrer Mutter –, und ihre ersten Lehrer waren sehr gut gewesen. Brids Begabung war ihnen sofort aufgefallen, und sie hatten sie ohne Vorsicht, ohne Initiation, in diese Kunst eingewiesen. Ihnen war nicht bewußt gewesen, wie gefährlich derartige Fähigkeiten ohne langjährige Ausbildung werden konnten. Sie hatten sich nicht überlegt, daß der Geist dieser jungen Frau über die natürlichen Grenzen der Philosophenhöhle hinausfliegen könnte, um nach den Sternen zu greifen. Sie hatten vergessen, daß das Verlangen eines jungen, wißbegierigen Menschen stärker sein konnte als die Sehnsucht nach dem alchemistischen Stein der Weisen, dem allumfassenden Wissen, und auch stärker als die drohende Bestrafung, wenn die Gesetze übertreten wurden. Als Broichan Brids Energie bemerkt und die Gefahr erkannt hatte, war es schon zu spät; und Brid wußte nicht, daß zwischen den Sonnen lange, schwarze Strecken von Nichts lagen, wenn man die Grenzen der Zeit einmal übertreten hatte, und jetzt war sie verloren. Sie wußte nicht, daß die Luft, die sie im zwanzigsten Jahrhundert atmete, nicht dieselbe Luft war; sie wußte nicht, daß der Körper, der ihren Geist beherbergte, ungeahnten Qualen ausgesetzt würde. Die Anpassung war mühsam und schmerzhaft. Zusammengerollt legte sie sich in die relative Sicherheit eines ummauerten Gartens mitten in Edinburgh und flüchtete sich in einen langen Schlaf.

Als sie aufwachte, hatte sie nur einen Gedanken im Kopf: Sie mußte Adam finden, und zwar schnell. Sie würde wieder ihre alte Kunst anwenden und ihn aufspüren – durch die Frau, von der sie wußte, daß sie das Amulett besaß.

»Nein!«

Im Schlaf schlug Liza um sich und kämpfte gegen die schweren Wolldecken an. Über sich hörte sie das Dröhnen von Flugzeugmotoren. Manchmal kam die Luftwaffe, um die Einheiten der Royal Navy in Rosyth auszukundschaften, machmal flogen die Bomber nach Glasgow weiter. Das Leben war sehr mühsam. Liza atmete tief durch, suchte mit zittern-den Händen auf dem Beistelltisch nach Zigaretten und Zünd-hölzern und dankte Gott, daß Edinburgh bislang verschont worden war. Erst als sie sich, den Aschenbecher auf den Knien, aufsetzte, fragte sie sich, was sie eigentlich aufgeweckt hatte.

Gähnend rieb sie sich die Augen. In ihrem Hinterkopf lau-erte ein unschönes Bild, und es hatte nichts mit den dröhnen-den Flugzeugen und dem Gedanken an ihre tödliche Ladung zu tun, die sie in der Dunkelheit über Schottland abwerfen würden. Liza lehnte sich zurück und machte einen tiefen Zug aus der Zigarette.

A-dam!

Das Wort wurde in ihrem Kopf mit einem seltsamen, fremd-artigen Akzent ausgesprochen – einem Akzent, an den sie sich nur allzugut erinnerte. Sie riß die Augen auf und starrte in die nächtliche Schwärze ihres Ateliers. Durch die Verdunkelung vor den Fenstern war es bis auf die Glut ihrer Zigarette abso-lut finster. Das Wort war in ihrem Kopf gewesen, aber irgend-wie war es auch von außerhalb gekommen. Hastig drückte sie die Zigarette aus, schwang die Füße über die Bettkante und blieb still sitzen, um zu lauschen. Das Motorengeräusch war verstummt; sie hörte nichts als das leise Raunen des Winds im Kamin.

Alle ihre Sinne waren hellwach.

Jetzt spürte sie es deutlicher, wie etwas in ihrem Kopf um-hertastete, wie ein Finger, der sich langsam über die Ober-fläche ihres Gehirns bewegte.

A-dam?

»Nein, du Miststück!« Heftig den Kopf schüttelnd, stand sie auf und prallte gegen einen Stuhl. Mit einem Fluch rieb sie sich das Schienbein. »Nein, durch mich findest du ihn nicht! Mir kannst du nichts vormachen, Mädchen. Was für eine nie-derträchtige Hexe bist du überhaupt?« So fest sie konnte, rieb sie sich die Schläfen.

Sie knipste die Lampe an, entzündete die Gasflamme und setzte den Kessel auf. Das Zischen der Flamme hatte etwas Beruhigendes. Es war sehr kalt im Raum. Zitternd nahm sie ihren roten Schal vom Bett und schlang ihn sich um die Schultern. Da war es wieder, das Forschende in ihrem Kopf; fast glaubte sie, spüren zu können, wie das kleine, scharfe Messer mit der Eisenklinge die Geheimnisse ihres Lebens aus ihrem Gehirn schnitt.

»Warum ich? Was willst du von mir?« Sie merkte, daß sie rückwärts durch das Atelier ging, um sich von dem Grauen in ihrem Kopf zu entfernen. »Du mußt doch wissen, wo er ist. Was willst du von mir?« Jetzt passierte es schon zum dritten Mal. Und es war viel schlimmer als zuvor. Es war, als würde sie jemanden in der Ferne klopfen hören. Zuerst war es gar nicht beängstigend – nicht einmal irritierend. Dann wurde es beharrlicher, und allmählich begann auch ihr Körper zu reagieren. Ihr Mund wurde trocken, der Magen klumpte sich eiskalt zusammen, die Haut am Nacken begann zu prickeln, eine Eiseskälte griff nach ihrer Lunge, bis sie kaum noch atmen konnte, während das Denken eines anderen Menschen sie langsam mit sich fortzog.

Plötzlich wurde es ihr zuviel. Das leere Haus um sie war zu still, das widerhallende Atelier zu einsam. Sie riß sich den Schal und das Nachthemd vom Leib, packte einen Pullover und eine Jacke und schlüpfte in eine Wollhose. Zwei Minuten später rannte sie den Pfad entlang, der dem Verlauf des Flusses folgte, und zur Stadt hinauf.

Adam wachte von einem Hämmern an seiner Tür auf. Mühsam kämpfte er gegen den Schlaf an und tastete nach seiner Armbanduhr, konnte aber nichts sehen. Die Verdunkelung war noch vorgezogen. Er hatte keine Ahnung, wie spät es war. Er machte das Licht an und öffnete die Tür.

»Du mußt mich reinlassen. Diese miese Zigeunerin, diese Freundin von dir, ist hinter mir her! Sie versucht, mit irgendeiner okkulten Technik in meinen Kopf zu kommen, Adam. Du mußt etwas gegen sie unternehmen.« Liza schob sich an ihm vorbei zu seinem Bett, wo sie sich hinsetzte; sie zitterte am ganzen Körper.

Er schaute das dunkle Treppenhaus hinab, schloß die Tür und drehte den Schlüssel um. »Was ist passiert?« Im Licht der kahlen Glühbirne an der Decke hatte er festgestellt, daß es halb fünf Uhr morgens war. Er fuhr sich mit den Fingern durch die Haare. Bis ein Uhr nachts hatte er über seinen Physiologie-Notizen gesessen, und sein Kopf fühlte sich an wie ein Topf Kartoffelbrei. »Wie bist du überhaupt hergekommen, Liza?«

»Ich bin gelaufen.« Ihr klapperten die Zähne. »Ich weiß, das war dumm von mir. Ich wollte ihr nicht den Weg zu dir zeigen, aber ich hatte solche Angst. Sie war in meinem Atelier. In meinem Kopf. Sie ist verrückt, Adam, absolut verrückt.«

Er setzte sich neben sie und legte ihr den Arm um die Schultern. »Erzähl, was passiert ist. Langsam.«

Es gab nicht viel zu erzählen. Wie soll man Intuition erklären? Wenn man etwas im tiefsten Inneren weiß? Wie beschreibt man den Instinkt – und den Schmerz eines bohrenden Messers?

»Wann hast du sie das letzte Mal gesehen?« Mittlerweile war Liza etwas ruhiger geworden. Sie zog eine von Adams Wolldecken vom Bett und legte sie sich um die Schultern, ohne Mantel oder Handschuhe auszuziehen.

Auf diese Andeutung hin zündete er das kleine Gasfeuer an. »Ich habe sie nicht gesehen. Nicht richtig. Ein paar Mal dachte ich, ich hätte sie auf der Straße erkannt, dann sagtest du, sie wäre bei dir im Atelier gewesen. Und dann nichts mehr. Absolut nichts.« Er blickte vom Feuer zu ihr hinüber. »Sie hat sich mit seltsamen Dingen beschäftigt – mit okkulten Dingen, könnte man wahrscheinlich sagen –, und sie erzählte mir, daß sie so was studiert. Aber Zigeuner kennen sich doch sowieso mit solchen Sachen aus, oder? Sie haben besondere Fähigkeiten, das zweite Gesicht.«

»Ich habe das zweite Gesicht, Adam.« Lizas Stimme war so leise, daß er sie im ersten Augenblick nicht verstand. »Des-

149

wegen kann sie mich ja erreichen. Deswegen ist mir klar, was vor sich geht.«

Er starrte sie an. »Das ist nicht dein Ernst. Das ist doch lachhaft. Das ist böse!«

»Ach ja, da spricht der Pfarrerssohn! Ich wußte, daß du so reagieren würdest, wenn ich dir das erzähle.« Sie klang bitter. »Guter Gott, Adam, ich dachte, mittlerweile wäre dir klar, wie engstirnig und bigott deine Erziehung war. Nur weil Leute nicht so sind und denken, wie es deinem Vater in seiner beschränkten Sichtweise gefällt, heißt es noch lange nicht, daß sie böse sind!«

»Nein, natürlich nicht.« Er errötete. »Das habe ich auch nicht gemeint ...«

»Doch, das hast du.«

»Liza ...« Er ging zu ihr und nahm ihre Hand. »Bitte, laß uns nicht streiten. Was immer du von mir und meiner Herkunft denkst, laß es nicht zwischen uns kommen.« Nachdenklich kaute er auf der Innenseite seiner Wange. »Ich glaube nicht, daß Brid böse ist. Zumindest war sie es nicht. Aber sie lebte nach ganz anderen Werten als wir. Auch als du. Wenn sie etwas will ...« Achselzuckend brach er ab und seufzte tief. »Ich verstehe immer noch nicht, wie sie nach Edinburgh kommen konnte. Sie weiß nichts über die Art, wie wir leben, nichts über unser Jahrhundert ...«

Abrupt verstummte er.

»Unser Jahrhundert?« Liza starrte ihn an.

Er lachte entschuldigend. »Ich weiß, es klingt verrückt, aber manchmal ...« Er zögerte, bis das Schweigen zwischen ihnen lastend wurde.

»Manchmal?« fragte Liza schließlich nach.

»Manchmal, wenn wir uns trafen, wenn ich an dem großen Stein oben am Berg vorbeiging, dachte ich mir, daß ich in die Vergangenheit trete. Buchstäblich. Ihre Welt war so völlig anders. Sie redete über ganz seltsame Sachen – über König Brude und den heiligen Columba, als würden die für sie wirklich existieren. Und in vieler Hinsicht war ihr Leben sehr primitiv. Aber wenn ich dann wieder bei mir zu Hause war, fand ich immer rationale Erklärun-

150

gen dafür. Sie lebte mit Zigeunern, und für manche dieser
Leute ist die Zeit wirklich stehengeblieben. Ihre Familie waren wandernde Handwerker und ...« Er brach ab. Beinahe
hätte er »Priester« gesagt. »Ich habe ihr Englisch beigebracht. Ich habe nie erfahren, welche Sprache sie zu Hause
benutzte; ich glaube nicht, daß es Gälisch war. Was reden
die Zigeuner denn untereinander? Ist es nicht Romani? Sie
hat schnell gelernt; ihre Mutter und ihr Bruder sagten, sie
wäre außergewöhnlich intelligent.« Er schüttelte den Kopf,
setzte sich an den Schreibtisch und ließ den Kopf in die
Hände sinken. »Sie wollte mit mir nach Edinburgh kommen. Sie dachte, daß ihre Familie sie bedroht, weil sie ihr
altes Leben hinter sich lassen und so leben wollte wie ich.
Aber unsere gemeinsame Zeit war einfach vorüber. Sie ging
schon aufs College, irgendwo im Norden. Ich konnte sie
nicht nach Edinburgh mitnehmen. Ich wollte die Sache
beenden.«

Und sie hatte angefangen, mir Angst einzujagen. Aber das
sagte er nicht laut.

»Habt ihr miteinander geschlafen?« Erschöpft sah Liza zu
ihm. Unter ihren Augen lagen dunkle Ringe.

Er nickte.

»Und war sie – ist sie noch in dich verliebt?«

Er zuckte die Achseln, aber dann nickte er wieder. »Das
kann gut sein.«

»Warum findet sie dich nicht?«

Bedrückt schüttelte er den Kopf. »Sie weiß bestimmt, wo
ich bin.«

»Warum kommt sie dann immer zu mir?«

»Ich weiß es nicht, Liza. Ich wünschte, ich wüßte es.«

Als sie wieder auf dem Berg war, fragte Brid sich, warum
es ihr so schwerfiel, in Adams Kopf zu gelangen. Vielleicht
hatte es damit zu tun, daß er der Sohn eines Priesters
war; daß er Techniken beherrschte, die sie nicht kannte und
mit denen er sie von sich fernhielt. Liza war einfach, sie
reagierte auf den leisesten Druck. Zumindest anfangs. Brid

151

starrte in das kalte, dunkle Wasser des Brunnens, einen der Orte, wo der Schleier dünn war, und schüttelte verwundert den Kopf. Zuerst waren die Bilder so klar und deutlich gewesen, aber dann wurden sie immer verschwommener, und ihr Kopf war müde. Sie setzte sich auf die Fersen und rieb sich, im kalten Morgengrauen zitternd, die Augen. Über ihr zeichnete sich die Erhebung von Arthur's Seat vor dem Himmel ab, während sich unter ihr in der Stadt der erste Verkehr regte. Die Augen zusammengekniffen, blickte sie zum Himmel. Als sie die Flugzeuge zum ersten Mal gesehen hatte, war sie fast panisch vor Angst geworden. Wie eine Formation Gänse, die im Winter vom Meer hereinflogen, waren sie immer näher gekommen; die Motoren hatten Brid in den Ohren gebrüllt, bis sie schluchzend ins Gras gefallen war und sich die Hände auf die Ohren gepreßt hatte. Aber dann waren sie vorübergeflogen, weiter nach Westen. Allmählich hatte sie sich an sie gewöhnt. Es schien endlos viele von ihnen zu geben. Brid konnte nicht wissen, welchen Schaden sie mit ihren Bombenladungen über dem Industriegebiet Schottlands anrichteten.

Manchmal schlief sie im Freien, eingewickelt in Decken, die sie gestohlen hatte; manchmal schlief sie auf dem Boden in der Wohnung einer Frau, die Maggie hieß und die Brid angesprochen hatte, als sie nebeneinander auf einer Parkbank saßen. Essen klaute sie, ebenso wie Kleider – sie verstand es gut, sich durch ihren Zauber zu verbergen. Sie wußte nicht – und es hätte sie auch nicht interessiert zu wissen –, daß Menschen, die auf Personen wie Brid achteten, sie bemerkt und als geistig labil, aber ungefährlich klassifiziert hatten. Als der Krieg in die nächste Phase eintrat, gab es andere Sorgen als eine schöne junge Frau, die mit ausdruckslosen Augen durch die Straßen von Edinburgh wanderte, manchmal unten im Dean Village, manchmal im Grassmarket, und immer Ausschau hielt nach jemandem, der nie kam.

Sie versuchte es noch einmal und richtete wieder den Blick in das moorige Wasser.

A-dam. A-dam, wo bist du?

Aber er war nicht da. Weit unter ihr, in Edinburgh, stand Adam, jetzt Medizinstudent im dritten Jahr, in der Ambulanz, sah auf einen Mann hinab, dessen Arm von Granatsplittern abgerissen worden war, und kämpfte gegen den Drang an, sich zu übergeben.

Kapitel 7

Na – was sagst du dazu?«
Liza zog das Laken von dem Gemälde und trat triumphierend zurück. Adam starrte auf die Leinwand. Er konnte das fleischige Gesicht sehen, die großen, dunklen, grüblerischen Augen, die häßlichen, starken Hände, den stürmischen, beunruhigenden Hintergrund, aber er konnte sich selbst absolut nicht erkennen. Liza beobachtete ihn genau, dann fiel ihr Gesicht in sich zusammen. »Es gefällt dir nicht.«

»Das Bild ist wunderbar, Liza.« Er bemühte sich, Begeisterung in seine Stimme zu legen. »Es ist nur ein bißchen zu modern für mich.« Unglücklich zuckte er die Achseln. »Sehe ich wirklich so aus?«

»Ach du!« Enttäuscht stampfte sie mit dem Fuß auf. »Du bist unmöglich! Ja, natürlich siehst du so aus. In gewisser Hinsicht. Es ist ein Bild von dir als Arzt. Von dir als Mann. Von dir als Essenz deiner selbst.«

»Ich verstehe.« Adam betrachtete das Bild noch einmal. An manchen Stellen schimmerte die Haut transparent grün, was seiner Ansicht nach extrem ungesund wirkte. »Es tut mir leid, Liza. Du weißt doch, daß ich ein Ignorant bin.«

»In der Tat.« Sie seufzte laut. »Was soll ich nur mit dir tun?«

»Mir Unterricht in Kunstbetrachtung geben?« Er setzte ein reumütiges, zerknirschtes Schuljungengesicht auf, das sie noch mehr ärgerte.

»Ich glaube, die Mühe spare ich mir lieber. Es gibt genügend Leute auf der Welt, die Kunst zu würdigen wissen. Du geh deine Vögel beobachten, oder schneid jemandem ein Bein ab oder so.« Sie verschränkte die Arme vor der Brust und ging zum Fenster. Regen peitschte gegen die Scheiben, und der Wind rüttelte an den Fenstern. »Jetzt geh schon. Los, geh. Ich rede nicht mehr mit dir.«

Er starrte sie an und versuchte sich klar zu werden, ob ihr ernst damit war. Aber dann wurde es ihm zu dumm. Er wußte mit seiner kostbaren Freizeit Besseres anzufangen, als alberne Spielchen mit ihr zu spielen.

Als sie die Tür zuschlagen hörte, wirbelte sie fassungslos herum. »Adam?«

Er war fort.

Sie seufzte. In letzter Zeit war das schon zu oft passiert. Manchmal fragte sie sich, ob sie und Adam sich überhaupt über irgend etwas einigen konnten.

A-dam?

Entsetzt hob sie den Kopf; der Streit mit Adam war vergessen. Monate waren vergangen, seit sie die Stimme in ihrem Kopf gehört hatte. Sie klang fern, fragend.

»Nein!« Sie legte die Hände auf die Ohren.

A-dam? Bitte hilf mir.

»Geh weg!« Liza schaute in alle Ecken des Ateliers, als könnte sie die Besitzerin der Stimme irgendwo sehen. »Merkst du nicht, daß du hier nicht willkommen bist? Laß mich in Ruhe!«

»Liza?« Die Stimme, die sie jetzt hörte, klang kraftvoll und männlich und ein wenig verletzt. Und sie gehörte nicht Adam. »Ich hoffe, das ist nicht dein Ernst.«

»Philip?« Ihre Angst wich einer übergroßen Erleichterung. »Komm rein!«

»War das dein junger Medizinfreund, den ich gerade die Straße entlangstürmen sah, als wären die Höllenhunde hinter ihm her?« Philip Stevenson, gut zwanzig Jahre älter als Liza, war seit zwei Jahren ihr Dozent. Der große, unwerfend gutaussehende Mann mit den stahlgrauen Haaren und dem charmanten schiefen Lächeln war der Schwarm aller Kunststudentinnen, und Liza wußte sehr wohl, daß sie von ihren Kommilitoninnen mit gewisser Ablehnung und Eifersucht betrachtet wurde, weil er gelegentlich ihr seine besondere Aufmerksamkeit schenkte.

»Ja, das war er.«

»Habt ihr Krach?«

»Das könnte man so sagen. Ihm hat sein Porträt nicht gefallen.«

»Ignorant.« Philip stellte sich vor die Staffelei und betrachtete das Bild mehrere Sekunden, ohne ein Wort zu sagen. »Du hast ihn sehr gut eingefangen. Aber vielleicht schmeichelt es dem Ego des jungen Mannes nicht genug. Ist er wirklich so besessen?«

»Ich glaube schon.« Ein wenig geistesabwesend faßte sie sich mit der Hand an den Kopf. Die Stimme war immer noch da.

A-dam? Wo bist du?

Es klang traurig. Verloren.

Philip bemerkte ihren Gesichtsausdruck. »Was ist denn, Liebes? Ohrenschmerzen?«

Sie schüttelte den Kopf. »Du würdest mir nicht glauben.«

»Versuch's doch mal.« Er stand noch immer mit verschränkten Armen vor der Staffelei.

»Also gut. Die Geschichte geht so.« Plötzlich hatte sie die Nase voll von Adam und seinem Gespenst. »In Perthshire hatte Adam eine Zigeunerin zur Freundin. Als er nach Edinburgh ging, sagte er ihr, sie könne nicht mit ihm kommen. Also hat sie ihn mit einem Fluch belegt. Sie hat ihn verzaubert, und jetzt verfolgt sie mich. Sie redet immer wieder mit mir in meinem Kopf, und ich habe schreckliche Angst!«

Ihre Stimme zitterte nur ein wenig, aber endlich hörte er ihr konzentriert zu. Er stellte sich mit dem Rücken zur Leinwand. »Ich hoffe, du machst nur Witze.«

»Nein.«

»Jetzt komm, Liza, das bildest du dir doch nur ein.«

»Wenn das stimmt, dann bin ich reif für die Nervenheilanstalt.«

»Aber solche Sachen passieren nicht.«

»Doch, doch. Aber nicht mehr lange. Ich habe das Gefühl, wenn ich mich von Adam trenne, wird die schöne Brid auch verschwinden.«

»Willst du dich denn von Adam trennen?« Philip sah sie unter seinen buschigen Augenbrauen nachdenklich an. »Du bist dem jungen Mann doch verfallen, seit du ihn das erste Mal gesehen hast.«

Sie verzog das Gesicht. »War das so offensichtlich?« Sie betrachtete ihn eingehend. Im Vergleich zu Adam sah er sehr solide aus, zuverlässig und ungemein sicher. »Phil«, fuhr sie hastig fort, »da ist noch etwas. Bald nachdem Adam von zu Hause fort war, ist etwas Schreckliches passiert. Die Frau, die als Haushälterin bei seinem Vater arbeitete, wurde ermordet.« Sie wandte sich ab. »Grausam ermordet. Erdolcht. Die Polizei hat nie herausgefunden, wer es war.« Sie starrte auf das Porträt, als könnte sie dort eine Antwort auf ihre Frage finden.

Phil war ihren Gedanken vorausgeeilt. »Und du denkst, es war diese Freundin?«

Sie zuckte die Achseln. »Sie hat versucht, mich umzubringen, Phil. Sie hat ein Messer nach mir geworfen. Adam glaubt mir nicht. Als er kam, war niemand hier, und auf der Treppe ist niemand an ihm vorbeigegangen, und wir konnten auch kein Messer finden, aber trotzdem ...« Sie brach ab.

»Liza.« Philip trat zwei Schritte vor und drehte sie mit sanftem Druck zu sich. »Habt ihr das der Polizei gemeldet?«

Sie schüttelte den Kopf.

»Warum nicht?«

»Es hätte doch keinen Sinn gehabt. Ich war die einzige Zeugin. Adam glaubt anscheinend, daß ich das Ganze nur geträumt habe. Aber das stimmt nicht. Ich weiß, was ich gesehen habe.«

»Hast du mit ihm darüber gesprochen, daß diese Frau vielleicht an dem Tod der Haushälterin schuldig ist?«

Wieder schüttelte sie den Kopf.

»Liza, Liebes, wenn du wirklich glaubst, daß eine völlig durchgedrehte junge Frau in Schottland herumläuft, die mit einem Messer alle möglichen Leute umbringt, dann hättest du doch sicher mit jemandem darüber geredet. Du hättest es Adam erzählt. Du hättest es der Polizei erzählt. Und ich hoffe, du hättest es mir schon früher erzählt.« Er zog sie an sich und hielt sie fest in seinen Armen.

Einen Moment erstarrte sie, dann entspannte sie sich. Die seltsame, forschende Stimme in ihrem Kopf war verschwunden.

Phil sah über ihren Kopf hinweg auf das Bild. Er zwang sich, still zu stehen, sie nicht fester an sich zu ziehen und ihr damit noch mehr angst zu machen, dann gab er ihr einen leichten Kuß auf den Scheitel. »Komm, Mädchen. Ich glaube, in solchen Fällen hilft ein gutes Essen. Ich schlage vor, wir überlassen dein Bild und dein Atelier und dieses unglückliche Gespenst sich selbst und sehen, was das ›Aperitif‹ uns heute zu bieten hat.«

Als Adam das Briefchen fand, in dem Jane ihn bat, sie zum Tee im »North British« zu treffen, hätte er beinahe abgesagt. Wenn er beschäftigt gewesen wäre, hätte er das sicher auch getan, aber zufällig hatte er zwei Stunden frei, und Liza hatte ihm gesagt, sie sei sehr in ihre Arbeit vertieft und wolle das Malen nicht für so kurze Zeit unterbrechen. Gekränkt rief er Jane vom Studentenclub aus an. Dann saßen sie nebeneinander in den bequemen Sesseln des Teehauses mit einem Teller Kuchen und einer Kanne Tee zwischen sich, und Jane erzählte ihm von ihrer Beziehung zu Robbie. Sie unterhielten sich leise, denn sie waren sich der vielen anderen Paare bewußt, die ebenso konzentriert und gedämpft miteinander redeten; aber sie lachten auch viel, und Adam stellte, schuldbewußt ob seiner Illoyalität, fest, daß er Janes sanfte Freundlichkeit und ihren Liebreiz mit Lizas schroffem Wesen und ihrem Ehrgeiz verglich.

»Robbie ist nach England geschickt worden.« Jane schenkte ihm Tee ein und reichte ihm ein Rosinenbrötchen. Er nickte müde; es fiel ihm schwer, die Augen offen zu halten. Den Großteil der Nacht hatte er über seinen Büchern gesessen. »Es ist schrecklich«, fuhr sie fort. »Ich weiß nicht, wie es ihm geht. Ich weiß nicht, was passiert. Er kann mir nicht einmal sagen, wo er ist.«

Adam empfand Mitgefühl mit ihr. »Warum fährst du nicht nach Hause? Da unten kannst du doch bestimmt etwas tun, um zu helfen, und dein Vater kann sicher herausfinden, wie es Robbie geht.«

Sie biß sich auf die Lippe. »Ein Teil von mir möchte das auch gern. Ich leiste ja nicht gerade einen konstruktiven Beitrag zum Krieg, wenn ich hier Altphilologie studiere!«

Er lachte. »Jemand muß sich doch um die Kultur kümmern, Janie. Warum nicht du? Du bist zu jung und zu schön, um in den Krieg verwickelt zu werden! Außerdem wirst du sowieso bald Kartoffeln ausbuddeln oder Bandagen aufwickeln, keine Angst. Also genieß es, solang es noch geht!«

»Zwei unserer Dozenten sind schon weg. Wahrscheinlich werden sie bald die Fakultät schließen.«

»Dann kannst du ja immer noch gehen.« Er grinste wehmütig. »Du würdest mir schrecklich fehlen.«

»Wirklich?« Sie sah ihn unter ihren Wimpern hervor an. »Ich dachte, du hättest nur Augen für Liza.«

Darauf schwieg er. Wie sollte er ihr erklären, was er für Liza empfand? Er war sich ja selbst nicht sicher. Und auch wenn er es wüßte, würde er es dann Jane sagen wollen, fragte er sich plötzlich. Er zerbröselte das Rosinenbrötchen auf seinem Teller und zerdrückte die Krümel mit dem Messer. Es gab keine Butter.

Sie hob eine Augenbraue. »Auf jeden Fall ist sie sehr in dich verliebt«, redete sie ihm sanft ins Gewissen.

Er nickte. »Aber es wäre nicht richtig von mir, mich mit jemandem einzulassen, wirklich einzulassen. Ich werde immer weniger Zeit haben. Ich arbeite ja jetzt schon fast rund um die Uhr. Sie werden dringend Ärzte brauchen, und es wird nur noch mehr Arbeit geben.« Ob das wohl eine Ausrede war, fragte er sich plötzlich. Bis jetzt hatte noch niemand von ihm verlangt, seine wahren Gefühle für Liza zu analysieren. Er liebte sie wirklich. Sie faszinierte ihn. Aber irgend etwas in ihm hielt ihn zurück. War es vielleicht Angst, nachdem er bei seinen Eltern gesehen hatte, was Leidenschaft und Ehe bewirken konnten, wenn sie aus dem Ruder liefen? Oder war es immer noch wegen eines Schuldgefühls Brid gegenüber, wegen ihres kummervollen Gesichts, als er sie das letzte Mal verließ? Er wußte es nicht. »Im Sommer gehe ich für sechs Wochen nach Glasgow, um mein Praktikum zu machen, und wenn ich nicht einberufen werde, gehe ich gleich nach dem Examen nach London oder wieder nach Glasgow oder sonstwohin, wo sie wirklich Leute brauchen. An Heiraten wäre gar nicht zu denken.«

159

»Dann solltest du ihr das sagen.« Jane schenkte ihm noch einmal Tee nach. »Du bist nicht fair ihr gegenüber, Adam.« Sie lächelte ihn traurig an, und einen Moment später erwiderte er das Lächeln.

Fluchend klatschte Brid mit der flachen Hand auf das Wasser. Wo waren die Bilder? Wo waren Adam und die Frau mit den roten Haaren, die die Bilder malte? Sie konnte sie nicht sehen. Sie konnte nichts sehen. Ihr drehte sich der Kopf, und sie fror entsetzlich. Ihre blaugefrorenen Hände zitterten. Langsam kroch sie rückwärts von der Quelle fort und versuchte aufzustehen. Der Himmel war schwarz geworden. In ihren Ohren rauschte ein seltsames Summen. Von irgendwoher hörte sie jemanden nach ihr rufen. Sie schüttelte den Kopf. Es war Broichans Stimme. Broichan, der geschworen hatte, sie zu töten. Aber er durfte ihr nicht hierher folgen. Nicht in Adams Zeit. Nicht in Adams Stadt. Sie taumelte auf die Füße und wandte sich vom Wasser ab. Wenn sie es schaffte, zu Maggie zu kommen, war sie wieder in Sicherheit. In ihrer Tasche hatte sie etwas zu essen. Bei Maggie war sie immer willkommen, wenn sie etwas zu essen oder eine Flasche Bier hatte, besser noch etwas Gin oder zumindest Methylalkohol. Die alte Frau fluchte schrecklich und war völlig verlaust, und ihr Zimmer starrte vor Schmutz. Außerdem stank es dort, und es war kalt, aber nicht so kalt wie die klaren, schönen Nächte, die sie auf dem Berg verbrachte, wo der Wind ihr durch Mark und Bein ging und sie glaubte, sterben zu müssen. Langsam setzte sie einen Fuß vor den anderen und machte sich auf den Weg in die Stadt hinab.

Sie merkte nicht, was passierte, als sie zusammenbrach; sie spürte nicht, wie ihr Körper auf eine Trage gehoben wurde. Sie wußte nicht, daß sie ins Krankenhaus gebracht wurde. Ihr Geist wanderte verwirrt und verängstigt über den Berg, hörte nur Broichans wütende Stimme im Wind und das Echo der Hufe seines Pferdes in der schwarzen Unendlichkeit des Raums.

Der überarbeitete Arzt sah kopfschüttelnd auf die Gestalt, die wie leblos in dem Krankenhausbett lag. »Sie muß unter Schock stehen. Halten Sie sie warm, und schauen Sie immer wieder nach ihr. Mehr können wir nicht für sie tun. Weiß jemand, wer sie ist? Warum hat sie denn keinen Personalausweis?« Auf ihn warteten hundert andere Patienten mit sichtbaren Verletzungen.

Brid regte sich ein wenig, ihr Kopf drehte sich auf dem Kissen hin und her. Durch die Augenlider hindurch konnte sie den Krankensaal vage ausmachen, ebenso den großen, rothaarigen Mann in dem weißen Kittel, der ein Stethoskop um den Hals trug. Sie war sich auch der Reihen anderer Betten bewußt und der Frauen, die darin lagen; manche schluchzten leise, andere weinten lautlos, die Gesichter so weiß wie die steifen Baumwollaken, auf denen sie lagen. Aber Brid konnte nicht auf diese Eindrücke reagieren. Es war, als befände sich ein Schirm zwischen ihr und jener Welt; ein Schirm aus Nebel, der die Geräusche dämpfte und sie in einen Schwebezustand versetzte, wo sie jetzt hinter sich den Berg ihrer Heimat ausmachen konnte, ihren Bruder, der die Hand nach ihr ausstreckte, und hinter ihm Broichans Gefolgsleute, die immer näher kamen.

Als die Krankenschwester sie im Kissen aufsetzte und ihr mit dem Löffel etwas zu essen einflößte, schluckte sie gehorsam. Sie wehrte sich nicht, als sie ihren mageren Körper mit einem Schwamm wuschen und in ein sauberes Nachthemd steckten; sie reagierte nicht, als jemand ihr die Haare bürstete und als der Pfarrer über ihr zum Christengott betete. Nichts drang zu ihr vor. Im Schränkchen neben ihrem Bett lag ihre gewebte Tasche. Das Krankenhauspersonal hatte in der kleinen Lederbörse weder Name noch Adresse gefunden, und auf der hübschen Puderdose standen keine Initialen. Der kleine, rostige Dolch mit der Eisenscheide hatte Interesse erregt und zu einigen Spekulationen Anlaß gegeben, war dann aber wieder in die Tasche gesteckt und vergessen worden.

»Es macht dir nichts aus, mich zu begleiten?« Liza saß Adam im ›Aperitif‹ in der Frederick Street gegenüber. »Bist du sicher, daß du Zeit hast?« Den Anflug von Sarkasmus hatte er zuvor nie bei ihr gehört.

»Natürlich nicht.« Er lächelte und versuchte, nicht an die Rechnung zu denken, die er gleich verlangen mußte.

Sie grinste. Offenbar konnte sie seine Gedanken lesen, denn zu seiner großen Verlegenheit drückte sie ihm eine Zehn-Shilling-Note in die Hand. »Jetzt nimm schon. Ich schulde dir ein Essen. Ich habe zwei Bilder verkauft. Und wenn du in London deine Praxis in der Harley Street betreibst, lädst du mich ins ›Ritz‹ ein, abgemacht?«

Erleichtert nickte er. »Abgemacht.«

Nach dem hektischen Treiben, den Menschenmengen und Schlangen in der Innenstadt wirkten die Straßen von Morningside verlassen und friedlich. Das Haus aus grauem Stein war solide und sehr bürgerlich mit den gemusterten Netzgardinen und den Rosenbeeten rechts und links des Gartenpfads. Adam und Liza öffneten die Gartenpforte und schlossen sie sorgsam wieder, bevor sie langsam auf die Haustür zugingen. Im Birnbaum auf dem Rasen sang ein Rotkehlchen, dessen Kehle im Rhythmus seines ekstatischen Lieds auf und ab schwoll. Die Frau, die ihnen die Tür öffnete, war Mitte Vierzig, trug ein Twinset, um ihren Hals hing eine Perlenkette, und ihre Füße steckten in braunen Halbschuhen. Den einzigen Hinweis auf ihr Gewerbe lieferten die exotischen Bernstein-, Lapislazuli- und Jaderinge an ihren Fingern. Sie führte ihre Besucher in ein Zimmer, das ganz herkömmlich mit einem Sofa und zwei passenden Sesseln sowie einem niedrigen Tisch möbliert war. Auf diesem Tisch stand etwas, das mit einem schwarzen Tuch bedeckt war. Adam spürte, wie sich sein Magen vor Widerwillen verkrampfte. Die Frau hatte eine Kristallkugel.

»Bitte setzen Sie sich.« Mit einem Lächeln griff sie nach dem Umschlag, den Liza ihr über den Tisch zuschob. Offenbar mußte man im voraus bezahlen. Ohne ihn zu öffnen, steckte sie das Kuvert in die Tasche, nahm ihnen gegenüber Platz und musterte sie mit überraschend wachen Augen. »Wenn ich Sie richtig verstanden habe, dann haben Sie Probleme mit einem Zigeunerfluch?«

Liza nickte. »Wie ich Ihnen schon am Telefon erklärte, kann ich es nicht verstehen, Mrs. Gardiner. Ich fühle sie, wo immer ich gehe und stehe. Ob ich in der Kunsthochschule bin, zu Hause in meinem Atelier, beim Einkaufen oder zu Besuch bei meinem Dozenten…« Sie bemerkte nicht, daß Adam ihr bei diesen Worten einen scharfen Blick zuwarf. »Wo immer ich bin, sie ist da und beobachtet mich. In meinem Kopf. Ich werde noch wahnsinnig!«

»Und wie ist es bei Ihnen, Mr. Craig – werden Sie auch so verfolgt?«

Die Augen der Frau schienen bis in Adams Seele vorzudringen. Verlegen zuckte er mit den Schultern. »Fast gar nicht. Ein- oder zweimal dachte ich, ich hätte sie gesehen. In der Nähe meiner Wohnung in der High Street. Ich verstehe nicht, warum sie Liza so verfolgt.«

»Das ist leicht zu erklären.« Mrs. Gardiner verschränkte elegant die Beine, und Adam hörte das Geräusch, mit dem ihre Seidenstrümpfe gegeneinander rieben. »Miss Vaughan ist medial begabt. Das Mädchen kann sie leicht erreichen.«

»Medial begabt?« Überrascht blickte Adam auf.

Liza verzog den Mund. »Ich habe dir doch gesagt, daß ich das zweite Gesicht habe.«

»Offenbar fällt es ihr sehr schwer, mit Ihnen Kontakt aufzunehmen, Mr. Craig. Deswegen hält sie sich an die Person, mit der sie eine Verbindung herstellen kann. Diese Art telepathischer Verbindung ist selbst unter besten Bedingungen sehr schwach. Vermutlich ist sie auch nicht zweiseitig. Darf ich Sie fragen, warum Sie sie nicht persönlich aufsuchen und sie bitten, damit aufzuhören?«

»Weil ich sie nicht finden kann«, antwortete Adam verzweifelt. »Damals, als ich glaubte, sie gesehen zu haben, wollte ich ihr nachgehen, aber dann war sie nicht mehr da. Ich habe keine Ahnung, wo sie ist.« Seine Miene war entschlossen. Er war nicht bereit zuzugeben, daß er keineswegs versucht hatte, Brid zu finden – daß es keinen Menschen auf der Welt gab, dem er mehr aus dem Weg ging als ihr. »Liza sagte, Sie könnten irgendwie mit ihr in Kontakt treten und ihr sagen, daß sie verschwinden soll. Das ist der Grund, warum wir hier sind.«

163

»Natürlich.« Mrs. Gardiner lächelte ein rätselhaftes Lächeln. »Aber zuerst muß ich Ihnen eine Frage stellen.« Sie holte tief Luft und schwieg einen kurzen Augenblick, als wäre es ihr peinlich. »Mr. Craig, verzeihen Sie, wenn ich Sie das frage, aber ich muß es wissen. Miss Vaughan sagte, diese junge Frau, diese Brid, sei eine Zigeunerin, eine Welsche. Stimmt das?«

Adam nickte.

»Besitzen Sie etwas von ihr? Hat sie Ihnen je ein Unterpfand geschenkt? Ein Andenken? Ein Amulett? Irgend etwas, das Sie vielleicht an Miss Vaughan weitergegeben haben könnten?«

Adam erstarrte. Der Anhänger. Aber wie sollte er vor Liza zugeben, daß sein Geschenk an sie von Brid stammte? Er schüttelte heftig den Kopf. »Nichts.«

»Ich frage nur deshalb, weil dieses Mädchen einen solchen Gegenstand, wenn es ihn gäbe, als Verbindungsglied verwenden würde. Das ist bei Zigeunern offenbar gang und gäbe, um über andere Macht zu bekommen. Könnte sie Ihnen ohne Ihr Wissen etwas gegeben haben? Etwas, das irgendwo bei Ihnen versteckt ist?«

Adam biß sich auf die Lippen; beide Frauen sahen ihn forschend an, und einen Augenblick fühlte er sich in den Sommer oben auf den Berg zurückversetzt, beim Zelt am Bach. »Sie hat mir nichts gegeben, ganz bestimmt nicht.«

»Also gut.« Mrs. Gardiner schien enttäuscht. Dann beugte sie sich achselzuckend über den Tisch. »Ich kann nur meine Kugel befragen und sehen, was sie mir sagt.« Sie zog das schwarze Tuch fort, und Adam starrte in das trüb-funkelnde Kristall.

Mrs. Gardiner schwieg lange. Panik befiel Adam, als er sich überlegte, ob sie in der Kugel vielleicht die Wahrheit sehen konnte. Doch fast sofort machte er sich über seine Leichtgläubigkeit lustig und wäre am liebsten in Lachen ausgebrochen. Er sah zu Liza, aber sie starrte ebenso konzentriert in die Kugel wie Mrs. Gardiner. Laut ausatmend lehnte er sich im Sofa zurück und verschränkte die Arme, um sich vom Treiben der Frauen zu distanzieren. Was immer sie da taten, an Brid würden sie auf diese Art nie herankommen.

»Ah, jetzt kann ich sie sehen.« Mrs. Gardiner hatte so lange geschwiegen, daß Adam zusammenfuhr. »Ein hübsches Mädchen mit langen, dunklen Haaren. Sie steht neben einem großen Stein. Ich kann die eingemeißelten Muster erkennen – Tiere, den zerbrochenen Blitzschlag, die Mondsichel. Daher bezieht sie wahrscheinlich die Kraft, Sie zu erreichen. Vielleicht haben Sie den Stein zusammen mit ihr berührt. Sie haben die Verbindung selbst hergestellt.«

Adam fühlte, wie ihm das Blut aus dem Gesicht wich. Liza mußte der Frau am Telefon davon erzählt haben.

Aber er hatte Liza nie davon erzählt.

»Ja«, fuhr Mrs. Gardiner fort; sie schien sich immer besser in die Geschichte hineinzufinden. »Rund um sie sehe ich Nebel. Sie ist verloren. Ihre Familie sucht nach ihr. Da ist sehr viel Wut. Ich sehe, wie die Wut um den Stein herum zischt. Ich sehe Gefahr. Angst. Ich kann die Leute schreien hören. Ihre Sprache ist sehr seltsam. Ich verstehe sie nicht.« Auf ihrer stark gepuderten Oberlippe bildeten sich kleine Schweißperlen. »Sie suchen nach Ihnen, Mr. Craig.« Plötzlich sah sie von der Kugel auf und blickte ihm direkt ins Gesicht, so daß er das Grauen in ihren Augen erkennen konnte. »Sie suchen nach Ihnen. Sie werden so lange nach Ihnen suchen, bis sie Sie gefunden haben. Und dann wollen sie Sie umbringen.«

Adam glaubte, er müßte sich gleich übergeben. Er starrte die Frau an und war sich bewußt, daß Liza entsetzt die Luft anhielt. Mit zitternden Händen beugte sich Mrs. Gardiner wieder über die Kugel und schaute hinein. Unfähig fortzusehen, folgte er ihrem Blick, aber die Kugel war offenbar schwarz geworden. Die Regenbogen und Lichter, die in dem Kristall getanzt hatten, als die Sonne durch die Netzvorhänge hereinschien, waren erloschen; es war dunkel im Raum geworden.

Langsam schüttelte sie den Kopf. »Mehr kann ich nicht sehen.« Sie lehnte sich zurück und rieb sich das Gesicht. »Eines muß ich Ihnen noch sagen, Mr. Craig. Es tut mir leid, aber Ihre Brid ist tot. Sie mag einmal eine Zigeunerin gewesen sein, aber die junge Frau, die Sie heimsucht, ist schon seit langer, langer Zeit tot.«

165

»Du hast mich angelogen!« fuhr Liza auf, sobald sie auf der Straße standen. Ihr Gesichtsausdruck war eisig. »Du hast mir doch etwas von ihr gegeben! Den Anhänger!«

Adam starrte sie an. »Woher weißt du das?«

»Vielleicht, weil es das einzige Geschenk ist, das ich je von dir bekommen habe?« Sie sah, wie ihm das Blut ins Gesicht schoß, und sofort bereute sie ihre Worte. Schließlich war er ein mittelloser Student. Aber in der Sache ließ sie nicht locker. »Warum, Adam? Warum hast du ihn mir gegeben?«

»Ich wollte dir etwas schenken«, antwortete er unbeholfen. »Ich dachte, ich würde sie sowieso nie wiedersehen. Er war so schön…« Zögernd blieb er stehen, steckte die Hände in die Tasche und starrte in die Luft. »Hast du ihr geglaubt, als sie sagte, Brid wäre tot?«

Liza schwieg einen Moment. »Ich weiß es nicht.«

»Arme Brid.« Er machte ein paar Schritte die leere Straße entlang und blieb wieder stehen. »Sie war so voller Leben.«

Liza war ihm gefolgt. »Sie ist nicht arm, Adam. Sie ist gefährlich. Sie ist bösartig. Selbst wenn sie ein Gespenst ist, sie ist noch da, verdammt! Und du kriegst den Anhänger zurück, jetzt gleich.«

Sobald sie das Atelier betrat, ging Liza zum Nachttisch, auf dem die Silberkette lag, und reichte sie Adam. »Bitte keine Geschenke mehr.«

»Liza…«

»Nein, Adam.« Sie preßte die Lippen aufeinander. »Es tut mir leid. Ein Mädchen hört nicht gerne, daß das Geschenk, das sie bekommen hat, aus zweiter Hand stammt. Und sie will auch nicht wissen, daß sie angelogen wurde. Ganz zu schweigen davon, daß ich von einem Gespenst verfolgt werde, das dir gehört! Ich mag dich sehr gern, Adam, ich werde dich immer gern haben, aber genug ist genug!« Abrupt wandte sie sich ab, um ihre Tränen der Wut vor ihm zu verbergen. »Bitte geh jetzt.«

»Liza, das meinst du doch nicht im Ernst! Wir haben soviel zusammen durchgemacht…«

»Genau!« Sie wirbelte zu ihm herum. »Wir haben sehr viel zusammen durchgemacht, und alles wegen Brid. Jetzt werde allein mit ihr fertig! Sie ist nicht mein Problem!«

Andrew Thomson, der ebenfalls im vierten Jahr Medizin studierte und Chirurg werden wollte, hatte Robbies Zimmer übernommen. Wie bei allen Medizinstudenten war seine Einberufung im vorhergehenden Juli aufgeschoben worden – unter der Bedingung, daß sie passable Noten hatten und bald ihr Examen machen würden. Er und Adam verstanden sich recht gut, aber beide arbeiteten derart viel, daß sie sich nur selten zusammen ein Bier in einem Pub in der Lothian Road gönnten. Um so überraschter war Adam, als er nach einem anstrengenden Tag in der Klinik mit zusätzlichen Vorlesungen nach Hause kam und Andrew am Fenster des kleinen Wohnzimmers stehen sah, wo unten im Hof ein Kind, halbnackt und zitternd, einen räudigen Hund ärgerte. Als Adam hereinkam, drehte Andrew sich um. »Ich dachte, daß du ungefähr um diese Zeit nach Hause kommst.« Er zögerte. »Ich fürchte, ich habe schlechte Nachrichten.« Wieder zögerte er. Adam stand noch immer in der Tür. »Robbie. Er ist abgeschossen worden.«

Adam holte tief Luft. Das war schon mehreren jungen Männern aus seinem Bekanntenkreis passiert. Aber niemandem, dem er wirklich nahestand. Jedenfalls bisher noch nicht. »Ist er schwer verletzt?« Seine Stimme klang rauh.

»Ich fürchte, er ist draufgegangen. Tut mir leid, Alter, wirklich leid.«

Nachdem Andrew gegangen war, blieb Adam lange Zeit auf dem Bett liegen, das Gesicht im Kissen vergraben. Allmählich wurde es dunkel. Sein Kopf war absolut leer. Er verbot sich, an die schönen Zeiten zu denken, an Robbies Vater, an seine Großeltern und an Jane. Das Bild, das er vor Augen hatte, war der junge, lachende RAF-Offizier, dessen blaue Uniform das Blau seiner Augen hervorhob, der aufgeregt war, engagiert, der den Krieg als Herausforderung betrachtete, fast als Spiel. Er hatte die Abkommandierung nach Süden überlebt, er hatte die Schlacht um England überlebt; er hatte geschrieben, daß er in zwei Wochen Urlaub bekommen und sie dann alle wiedersehen würde. Und jetzt war er tot.

Es war vollkommen finster geworden, als Andrew die Tür öffnete und zum Fenster ging, um die Verdunkelung herunterzulassen, bevor er das Licht anmachte. »Alles in Ordnung?«

Adam drehte sich auf die Seite und legte die Hand zum Schutz vor der Helligkeit über die Augen. »Ich glaube, ich sollte zu Jane fahren.« Seine Stimme klang heiser, aber er hatte nicht geweint. Der Kummer saß tief in seiner Brust vergraben.

Andrew stand mit dem Rücken zum Fenster; er zündete sich eine Zigarette an und sah zu Adam hinunter. »Ich könnte den alten Riley von meinem Freund Jimmy Grant borgen und dich zu ihr rausfahren, wenn du möchtest.«

Adam schwang die Füße über die Bettkante und rieb sich mit den Handflächen kräftig über das Gesicht. »Gibst du mir eine Zigarette? Die arme Jane. Wie wird sie bloß darüber hinwegkommen?«

Langsam fuhr der Wagen die schmalen Straßen entlang und tastete sich einen Weg durch die Dunkelheit, bis sie das große Tor erreichten; dahinter lag ein alter Turm, der früher Teil der Grenzbefestigung zwischen England und Schottland gewesen war. Robbie und Adam hatten gescherzt, daß Jane wie Rapunzel lebte, nur daß nicht eine Hexe sie gefangenhielt, sondern ein böser Onkel. Die Kennedys – die Familie, bei der sie lebte, seitdem sie ihr Studium aufgegeben hatte – waren entfernte Verwandte, in deren hohen Turm Jane allerdings keineswegs eingesperrt war; vielmehr half sie auf der Farm, und das mit großer Freude.

Einen Augenblick blieb Adam im Riley sitzen und sah zu dem massigen schwarzen Turm hinauf. »Er sieht aus wie aus Macbeth.«

Andrew nickte. »Hör, ich sollte gleich zurückfahren. Schaffst du es, morgen allein nach Edinburgh zurückzukommen?«

»Klar.« Adam öffnete die Beifahrertür und stieg aus. »Wünsch mir Hals- und Beinbruch.«

Er zog an der Klingelschnur und wartete im kalten Wind, während der kleine Wagen durch die Nacht davonfuhr. Schließlich öffnete Jane ihm selbst.

»Adam?« Sie zog ihn in den Flur und schloß die Tür. Dann brach sie in Tränen aus.

»Ich habe dich nicht erwartet«, sagte sie, als sie ihn in die Küche führte, den einzig beheizten Raum im ganzen Haus. »Aber ich hätte mir denken können, daß du kommst. Das ist wirklich lieb von dir, Adam. Ich hüte gerade die Kinder. Die anderen sind nach Edinburgh gefahren, zu einer Vorstellung im King's Theatre. Sie bleiben über Nacht weg und kommen erst morgen früh zurück. Sie haben angeboten, meinetwegen hierzubleiben, aber ich wollte allein sein.« Sie schwieg eine Weile. »Dann wollte ich es nicht mehr. Ich bin froh, daß du gekommen bist.«

Sie saßen lange Zeit in der Küche. Jane weinte ein bißchen, und dann starrte sie schweigend in den Becher Kakao, den er ihr gemacht hatte, während sie auf dem alten Stuhl am Herd hin und her schaukelte. »Weißt du, Robbie wollte immer, daß wir uns verloben«, sagte sie schließlich und sah ihn aus roten Augen an.

»Wirklich?« Er war überrascht über die Woge der Eifersucht, die ihn durchflutete, und gleich darauf zutiefst beschämt.

Sie nickte. »Aber ich wollte nicht. Ich denke …« Sie zögerte. »Ich glaube, ich wußte, daß etwas passieren würde.« Sie stellte ihren Becher ab und nahm die schwarze Katze, die ihr um die Beine strich, auf den Arm. »Weißt du, meine Eltern waren nicht von ihm begeistert. Nicht, daß sie ihn nicht mochten, aber sie fanden, daß er nicht der Richtige war für mich. Nicht zum Heiraten.« Eine Träne lief ihr über die Wange, und sie wischte sie fort. »Es ist komisch, daß er in England gestorben ist. Wenn es schon passieren mußte, dann hätte er hier sterben wollen, bei der Verteidigung von Schottland.«

»Wir stehen alle auf derselben Seite, Janie.« Plötzlich mußte Adam selbst gegen die Tränen ankämpfen. Er stand auf und legte die Arme um sie. »Ich bin froh, daß er nicht entsetzlich verletzt wurde und als Krüppel weiterleben muß. Das hätte Robbie nicht ertragen. Ich habe ganz schreckliche Sachen gesehen, Janie, schlimmer, als man sich vorstellen kann. Ich weiß, das ist kein Trost, aber ich glaube, wenn er schon abgeschossen werden mußte, dann hätte er es so gewollt.« Er legte den Kopf auf Janes Schulter, spürte die Wärme ihres Körpers

169

nah an seinem und atmete den sauberen Zitronenduft ihrer
Haut ein.

Erst eine ganze Weile später rührte sie sich schließlich. Er
war in dieser Haltung eingeschlafen, zusammengekauert in
ihren Armen, und hatte beinahe eine Stunde geschlafen; und
sie hatte ihn die ganze Zeit gehalten und ihm das Haar gestreichelt. »Adam?« flüsterte sie. »Ich muß nach den Kindern
sehen. Komm mit.« Die Familie hatte zwei Kinder im Alter
von vier und fünf Jahren. Die beiden vergötterten Jane, und
sie vergötterte die Kleinen.

Sie nahm ihn an der Hand und ging mit ihm die zugige,
schmale Wendeltreppe von der Küche ins dritte Geschoß hinauf, wo die Kinder fest in ihre Decken gepackt schliefen. Gemeinsam betrachteten sie sie eine Minute im Schein der
Lampe, dann schlossen sie leise die Tür.

»Komm.« Sie führte ihn über den Treppenabsatz zu ihrem
Zimmer.

Als sie das Licht anschaltete, zögerte er. »Janie ...«

»Bitte, Adam. Ich kann es nicht ertragen, allein zu sein. Halt
mich nur im Arm, mehr will ich nicht.«

Der Wind rüttelte an den hohen, schmalen Fenstern und
ächzte in den Kaminen. Doch die Kinder waren an diese
Geräusche gewöhnt und schliefen tief und fest. Adam lag angezogen neben Jane unter der Zudecke auf dem schmalen
Bett und döste unruhig, dann war er auf einmal hellwach und
starrte in die Dunkelheit. Jane war ins Bad geschlüpft, um sich
auszuziehen, und in einem hochgeschlossenen Baumwollnachthemd zurückgekehrt, das ihr bis zu den Füßen reichte.
Es war jungfräulich und weiß, mit zarter Spitze eingefaßt,
und zu seiner maßlosen Beschämung spürte Adam bei diesem Anblick Verlangen in sich aufsteigen. Streng redete er
sich ins Gewissen, als er sich neben ihr ausstreckte; der Gedanke an Robbie, der irgendwo in einem Holzsarg lag, ließ
ihn die Selbstbeherrschung nicht verlieren. Doch es dauerte
eine ganze Weile, bis er spürte, wie Janes Körper sich im Einschlafen entspannte, und dann lag er da und hörte auf ihren
leisen, regelmäßigen Atem, während der Wind noch heftiger
als zuvor an den Fenstern rüttelte.

170

In den frühen Morgenstunden schlief er schließlich ein und träumte, wie er mit Robbie durch die Wälder lief und sie als kleine Jungen mit selbstgebastelten Pfeilen und Bögen spielten. Da riß ihn etwas aus dem Schlaf. Angestrengt horchend starrte er in die Dunkelheit. Jane schlief noch. Im ganzen Haus war nichts zu hören als das Ticken der alten Standuhr auf dem Treppenabsatz. Er hielt die Luft an und fragte sich, ob er aufstehen und nach den Kindern schauen sollte. Oder hatten die Kennedys es sich doch anders überlegt und waren noch von Edinburgh heimgefahren, und er hatte ihren Wagen auf dem Kies gehört?

Jane bewegte sich und murmelte leise. Mit beschützender Geste legte er den Arm um sie und fühlte, wie ihre Brüste sich beim Atmen unter der Decke hoben und senkten.

A-dam?

Es war wieder der Wind im Kamin. Kein Feuer brannte. Kleine Aschenflöckchen wurden über den Stein geweht. Irgendwo ächzte eine Holzdiele. Adam merkte, daß er einen trockenen Mund bekommen hatte.

Wo bist du, A-dam?

Er hielt die Luft an. Es war ein Alptraum. Da war niemand. Der Wind hatte ihn geweckt.

Jane drehte sich im Halbschlaf zu ihm, behaglich in die alte Matratze geschmiegt. »Was ist?«

»Nichts. Schlaf weiter.« Seine Hand lag noch auf ihrer Brust. Durch die Decke hindurch liebkoste er sie zart. Sie wandte sich nicht ab, sondern preßte sich mit geschlossenen Augen näher an ihn. In der Dunkelheit berührten seine Lippen ihr Haar. »Janie? Bist du wach?«

Sie antwortete nicht, aber ihre Hand wanderte zu seiner Schulter und dann zu den Knöpfen seines Hemdes, die sie langsam zu öffnen begann.

»Janie...«

»Psst.«

Sie war warm, entspannt und weich. Eine süßduftende Zuflucht. Fast unbewußt hatte er seine Hose ausgezogen, kletterte zu ihr unter die Decke und zog sich diese über den Kopf. Er war sehr sanft mit ihr, denn er wußte, daß es eine ganz besondere Art von Liebe war, eine Liebe, die Trost und Wärme spendete, eine Liebe, die die Trauer erträglich machen sollte. Zart streichelte er ihre Schenkel unter dem langen Nachthemd und öffnete die Schleifen, um ihre Brüste mit den Lippen zu liebkosen; ihre Sittsamkeit, ihre Bereitwilligkeit, gepaart mit Widerstreben, betörten ihn. »Jane!« Er vergrub den Kopf zwischen ihren Brüsten. »Mein Liebes!«

Als er sie in die Arme schloß und ein Knie zwischen ihre Beine schob, glaubte er einen Moment lang, sie würde ihn zurückweisen. Mittlerweile war er erregt – begierig. Robbie war vergessen. Die Kinder im Nebenzimmer waren vergessen. In seinem Kopf stiegen Bilder auf von einem geschmeidigen, schlanken Körper auf sonnenbeschienem Felsen, von herausfordernd gespreizten Beinen, kokett lachenden Augen, von bitterem Torfwasser, das auf zarter, blasser Haut trocknete.

»Brid!« Entsetzt hörte er sich ihren Namen rufen, als er in Janes weiches Fleisch eindrang, und zu spät merkte er, was der Widerstand bedeutete, auf den er dort stieß. Hinterher, überwältigt von seinem leidenschaftlichen Überschwang, fiel er keuchend auf sie und küßte ihre seidige Haut. Erst einen Augenblick später wurde ihm bewußt, daß sie reglos dalag und ihr Tränen über die Wangen strömten. »Jane? Janie? Was ist los?« Er griff nach dem Schalter der Nachttischlampe.

Heftig zog sie sich die Decken bis unters Kinn. »Nichts. Nichts ist los.«

»Natürlich ist was los, Janie. Oh, mein Gott! Es war das erste Mal für dich!«

Sie zog die Nase hoch. »Irgendwann muß es ein erstes Mal geben.«

»Aber ich dachte, du und Robbie… o mein Gott!« Er schwang die Beine über die Bettkante und griff nach seiner Hose.

Ihr den Rücken zukehrend, kleidete er sich an und setzte sich schließlich mit einer brennenden Zigarette zu ihr ans Bett. »Janie, es tut mir so leid!«

»Warum?« Sie lächelte matt. »Ich wollte es doch.«

»Aber …«

»Robbie und ich haben gewartet, Adam. Er wollte nicht. Es war meine Idee. Wir warteten, um eine richtige Hochzeitsnacht zu haben. Wenn wir eine Hochzeitsnacht haben sollten. Jetzt wird es keine Hochzeitsnacht geben. Wenn wir miteinander geschlafen hätten, würde ich wissen, wie es war. Dann würde ich wissen, wie er war.« Sie schluchzte haltlos. »Dann hätte ich die Erinnerung gehabt. Und er auch.«

Schockiert starrte Adam sie an. Widerstreitende Gefühle kämpften in ihm. Er war gekränkt, daß sie ihn so zynisch benutzt hatte; er war entsetzt, daß ihr großer Schmerz sie dazu gebracht hatte, sich völlig untypisch zu verhalten; und er war erschüttert über sich selbst, daß er ihren Kummer so beiläufig ausgenutzt hatte. Und da war noch etwas: das Wissen, daß er in gewisser Weise nicht nur Liza hintergangen hatte – auch wenn sie ihm klar und deutlich gesagt hatte, daß sie ihn nicht mehr wollte –, sondern auch die Frau, die er zu vergessen versuchte, deren Namen er geschrien hatte, als er dieses sanfte, blonde Mädchen besessen und ihr Vertrauen mißbraucht hatte. Er stand auf, um die Zigarette in den Kamin zu werfen, wo sie in der Zugluft zwischen der kalten Asche einen Moment weiterglühte. Er empfand abgrundtiefe Abscheu vor sich selbst.

»Nicht, Adam.« Jane setzte sich auf. Ihre Augen waren noch gerötet, aber sie hatte sich wieder in der Hand. »Komm her.« Sie klopfte auf das Bett.

Nach kurzem Zögern ging er zu ihr und setzte sich neben sie. Er nahm ihre kalte Hand und drückte sie sacht.

»Wir haben ihn beide geliebt, Adam. Er darf nicht zwischen uns kommen. Was wir getan haben, haben wir für Robbie getan. Und für uns. Eine Art Exorzismus, um den Schmerz zu vertreiben.« Sie lächelte matt. »Ärgere dich nicht. Niemand braucht je zu erfahren, was heute nacht zwischen uns vorgefallen ist.«

Der Blick, mit dem er sie betrachtete, war so intensiv, daß ihr unbehaglich wurde.

»Adam, bitte. Es macht nichts.«

»Es macht sehr wohl etwas. Es macht mir etwas aus. Sehr viel sogar.«

Sie streichelte ihm übers Gesicht. »Das ist nett.«

Er zuckte zurück. »Nicht!«

»Adam ...«

»Nein. Es tut mir leid, Jane. Es macht mir sehr viel aus. Es ist nicht meine Art herumzuschlafen, vor allem nicht mit den Freundinnen meiner Freunde, die gerade gestorben sind!« Er ging zum Kamin hinüber und versuchte, den Ärger zu beherrschen, der ihn zu überwältigen drohte.

A-dam, wo bist du?

Die Stimme in seinem Kopf war plötzlich so laut, daß er sie nicht mehr ignorieren konnte. Er legte die Hände vors Gesicht. »Nein!« Sein Aufschrei war so gequält, daß Jane zu ihm stürzte. »Adam! Adam, bitte! Was ist denn los?«

»Nichts.« Er wandte sich ab. »Ich habe bloß Kopfweh.« Mit Mühe gelang es ihm, sich wieder etwas zu fassen. »Es tut mir leid, Janie. Ich glaube, wir sollten beide ein bißchen schlafen. Wenn du nichts dagegen hast, gehe ich jetzt nach unten und lege mich aufs Sofa. Sobald es hell wird, borge ich mir Sams Motorrad und fahre nach Edinburgh zurück. Um acht muß ich im Krankenhaus sein.«

Ohne ihren Einspruch abzuwarten, verließ er das Zimmer und ging über die Wendeltreppe nach unten ins kalte Wohnzimmer.

Dort setzte er sich fröstelnd auf die Kante des breiten steinernen Fenstersimses und zog den Vorhang beiseite, um in den dunklen Garten hinauszusehen. Irgendwo in der Ferne rief eine Eule, die in den Hecken Jagd auf Beute machte. Er konnte sich nicht dazu durchringen, an Jane zu denken, so groß war sein Schuldgefühl. Eine einzige Sorge ging ihm im Kopf um: Brid hatte ihn hier draußen in den Pentland Hills gefunden, weil er in der Manteltasche noch den Anhänger hatte, den Liza ihm zurückgegeben hatte. Er unterdrückte den Wunsch, das Schmuckstück auf der Stelle zum Fenster hinauszuwerfen. Dann würde Brid den Weg hierher finden, zu Jane, und das durfte er nicht zulassen. Plötzlich empfand er das dringende Bedürfnis, mit Liza zu reden, aber er wußte nicht, ob er dazu noch imstande sein würde.

»Falls du dich wunderst – es hängt mit dem Gesicht zur Wand!« grinste Liza, als Adam einige Tage später in ihr Atelier kam und sich befangen umsah. »Ich werde dir meine Arbeit nicht aufzwingen, wenn du dich so von ihr gekränkt fühlst.«

Adam schüttelte den Kopf. »Das stimmt überhaupt nicht. Ich fühle mich sogar geschmeichelt, daß du mich gemalt hast. Wenn du berühmt bist, wird es Millionen wert sein, und dann hängt mein Gesicht in der Sammlung von irgendeinem reichen Mann, und alle werden sagen: ›Ach, das ist der berühmte Dr. Craig, die große Quelle der Inspiration für die Künstlerin.‹«

Lachend faßte sie ihn am Arm. »Es freut mich zu hören, daß du allmählich Vernunft annimmst! Also – wie geht's?«

Er zögerte. »Du hast von Robbie gehört?«

Sie nickte. »Es tut mir leid.«

»Es ist so unnütz«, sagte er seufzend. »Alles ist so unnütz.« Einen Moment herrschte Schweigen, dann fiel ihm wieder der Grund für seinen Besuch ein. »Liza, ich habe Brid gehört.«

Sie starrte ihn an. »Meinst du, weil ich dir den Anhänger gegeben habe?«

Er nickte. »Er war in meiner Manteltasche. Ich habe ihn vergessen …«

»Du mußt tun, was Mrs. Gardiner gesagt hat, Adam. Schütze dich vor ihr. Stell dir vor, daß du von Licht umgeben bist. Mach das Zeichen des Kreuzes. Trag einen Kristall bei dir, der den Schutz verstärkt. Sei stark. Laß sie nicht spüren, daß du Angst hast. Laß sie nicht in deinen Kopf. Und wirf den Anhänger weg!«

»Das habe ich schon.« Beschämt und wütend, daß er so abergläubisch sein konnte, war er vor einigen Tagen nach Queensferry gefahren, wo er eine Weile am Quai gestanden und zugesehen hatte, wie die wartenden Autos auf die Fähre fuhren und das Schiff schließlich in den Forth hinausdampfte. Dann hatte er das silberne Amulett aus der Tasche gezogen, sich rasch umgesehen, ob auch niemand ihn beobachtete, und es so weit wie möglich in das schäumende graue Wasser hinausgeworfen. Kurz hatte er sich gefragt, ob es vielleicht nicht

sinken würde, ob er in seinem Kopf einen wütenden Protest-
schrei hören würde, ob irgendwie Brid plötzlich neben ihm
auftauchen würde, aber nichts passierte. Die Wellen schwapp-
ten im selben Rhythmus wie zuvor gegen die von Algen überwucherten Steine des Quais, und der Anhänger war für immer verschwunden.

Mit einem Schauder sah er zur Tür, beinahe, als würde er
erwarten, daß sie aufging und Brid ins Zimmer trat. Liza
schüttelte den Kopf. »Ich bin froh, daß du ihn weggeworfen
hast. Aber du mußt trotzdem immer noch vorsichtig sein. Ich
dachte, das wäre dir klar. Sie hat die Fähigkeit, in den Kopf
von anderen einzudringen, Adam. Das hat Mrs. Gardiner
doch alles erklärt, oder hast du nicht zugehört?« Als sie
Adams Gesichtsausdruck bemerkte, brach sie in Lachen aus.
»Ach, du liebe Güte, jetzt rebelliert wieder der Presbyterianer
in dir. Adam, mein Herz, verstehst du denn nicht? Dieses
Mädchen, deine Brid, sie ist... sie war... ein Medium, eine
Hexe, wenn du willst. Sie hatte besondere Kräfte. Du kannst
dich nur davor schützen, wenn du genau weißt, was du tun
mußt. Diese Kräfte können dich jederzeit erreichen, wo immer du bist.« Der Ausdruck auf Adams Gesicht ließ sie abrupt
abbrechen. »O mein Gott. Ich sehe, das ist schon passiert.«
Unfähig, ihre Besorgnis zu verbergen, biß sie sich auf die
Lippen.

»Liza...«

»Nein, es ist egal. Wichtig ist nur, daß du weißt, was du tun
mußt. Daß du weißt, wie du dich vor ihr schützen kannst. Sie
war – ist – sehr geschickt, Adam. Du hast einmal gesagt, sie
wäre auf eine Art College gegangen, wo sie solche Sachen
lernte?«

»Ich weiß nicht, was sie da gelernt hat. Sie hat gelernt, Gedichte zu rezitieren und solche Sachen...«

»Magie hat sie da gelernt.«

»Liza! Das ist Unsinn.«

»Das ist kein Unsinn! Wie kannst du nur so blind sein?
Benütz doch mal deine grauen Zellen.«

»Ich benütze meine grauen Zellen, um Medizin zu studieren und Arzt zu werden. Ich bin Naturwissenschaftler, Liza,

und du erzählst mir, daß dieses Mädchen Zauberei studiert hat. Als nächstes wirst du mir weismachen wollen, daß sie fliegen kann.«

»Warum bist du denn dann hergekommen und hast mir erzählt, daß du ihre Stimme gehört hast?«

»Weil …« Er zögerte. »Weil ich deine Hilfe brauche. Ich glaube nicht, daß Brid tot ist. Ich hab mir das überlegt. Warum sollten wir der Frau glauben? Sie ist doch nur ein drittklassiges Medium. Die braucht man doch nicht ernst zu nehmen.«

Vor Zorn wurde Liza rot. »Ich habe sie ernst genommen!«

Er zuckte die Achseln. »Du bist so leichtgläubig, Liza«, fuhr er rasch fort. »Ich glaube, Brid verwendet Telepathie oder so was.«

»Telepathie! Und das ist keine Magie?«

»Nein, ist sie nicht.«

Liza lächelte. »Aber von Naturwissenschaftlern anerkannt ist Telepathie auch nicht, oder? Also gut. Weißt du, wie man sich gegen Telepathie schützt?«

Er schüttelte den Kopf.

»Möchtest du, daß ich es dir zeige?«

Er zögerte. »Aber mit Tischerücken oder so möchte ich nichts zu tun haben, Liza.«

Sie preßte die Lippen aufeinander. »Gut, dann lassen wir das.« Sie machte eine Pause. »Also, was hast du gemacht, daß sie derart in dein Leben eindringen konnte?«

»Liza …«

»Das sagst du ständig. Weißt du, es ist egal. Es ist ja nicht so, als wären wir noch zusammen, du und ich. Aber ich dachte, wir wären Freunde. Es ist schade, daß Brid nicht versteht, daß sie nicht auf mich eifersüchtig zu sein braucht.« Sie wandte sich ab und ging zum Fenster. Plötzlich fiel ihm auf, daß sie das in seiner Gegenwart sehr oft tat.

»Liza, bitte nicht. Hör mal, ich habe Zeit bis um zwei. Laß uns doch zum Essen gehen.«

»Lieber nicht, Adam.« Es folgte ein langes Schweigen. »Adam, ich glaube, ich sollte dir sagen, daß ich jemand anderen kennengelernt habe. Es ist Phil Stevenson.« Es hatte sich

177

so langsam entwickelt, daß ihr anfangs gar nicht klar gewesen war, wie die Beziehung sich entspann. »Ich dachte, du würdest es vermutlich ahnen ...«

»Willst du mich heiraten?« Adam hielt den Strauß roter Rosen, den er Jane mitgebracht hatte, noch immer unbeholfen in der Hand, als er da neben ihr auf der Fensterbank saß. Sam und Elsie arbeiteten mit den Kindern außer Sichtweite im Garten.

Jane betrachtete ihn zärtlich und lachte. »Du mußt mich nicht fragen, Adam.«

»Aber ich tu's.« Er starrte auf die Rosen, als hätte er sie nie zuvor gesehen, und drückte sie Jane in die Hand. Das war sein erster Gedanke gewesen, als er von Lizas Verlobung mit Philip gehört hatte. Halte um Janes Hand an. Heirate Jane. Zeig Liza, daß es dir nichts ausmacht.

»Hier. Nimm sie. Und dann habe ich noch etwas für dich.« Er wühlte in seiner Jackentasche nach dem kleinen Kästchen mit dem Ring, den er nach langer Suche in der George Street gekauft hatte. Es war ein schmaler Goldreif mit einem winzigen Stern aus Rubinen. »Ich hoffe, er paßt dir.«

Als sie ihn betrachtete, mußte sie gegen ihre Tränen ankämpfen. »Adam ...«

»Jane, ich liebe dich. Bitte, heirate mich. Ich weiß, daß ich noch nicht mit der Ausbildung fertig bin, aber es dauert nicht mehr lange.« Seine früheren Einwände, daß er noch viele Jahre lang nicht würde heiraten können, zählten nicht mehr. Plötzlich schienen sie ihm nicht mehr wichtig. »Ich weiß, ich werde nicht viel verdienen, aber ich bin ehrgeizig und arbeite hart.« Er lächelte selbstironisch. »Ich habe die Hoffnung, daß ich es zu etwas bringen werde. Ich glaube, ich kann deinen Vater davon überzeugen, daß ich dich angemessen versorgen kann. Vielleicht könnten wir nach meinem Abschluß heiraten ...«

»Ja.«

»Und dann, wenn ich mein praktisches Jahr an der Royal Infirmary mache, könnten wir uns eine kleine Wohnung suchen ...«

»Ich habe ja gesagt.«

Er unterbrach sich mitten im Satz. »Was?«

»Ich habe ja gesagt, Adam. Ja. Ich würde dich schrecklich gerne heiraten.«

»Wirklich?«

Sie lachte vor Entzücken. »Gleich denke ich, dir ist nicht ernst damit.«

»Aber natürlich ist mir ernst damit.« Er fingerte in dem kleinen, samtenen Kästchen, um den Ring herauszunehmen. Zu seiner Erleichterung paßte er. »Ach Janie, ich fühle mich sehr geehrt.« Er küßte sie zart auf die Lippen.

»Nicht geehrt. Froh. Glücklich«, korrigierte sie ihn leise und schob resolut den Anflug von Zweifel beiseite, der sich in ihrem Hinterkopf regte.

Es war seltsam, daß niemand auf sie achtete. Brid ging mit raschen Schritten, den Kopf gesenkt, hielt sich an die Wand des Korridors und wich den Blicken der Leute soweit wie möglich aus. Es roch merkwürdig hier im Krankenhaus, nach Tod und Angst, und darüber lag ein starker Geruch, den sie nicht identifizieren konnte. Hier waren die Ärzte, die Heiler, also mußte Adam auch irgendwo in der Nähe sein. Aber wo? Die Gänge waren so lang. Und die unbekannten Geräusche, das Klappern von Metall, das Rollen kleiner Räder über den Steinboden, die raschelnden Gewänder der Frauen, die die Leute versorgten. Sie waren recht freundlich gewesen und hatten sich um sie gekümmert, aber trotzdem kam es ihr nicht vor wie ein Ort, an dem Leute geheilt werden sollten. Es gab keine dunklen Räume, wo man mit den Göttern reden konnte, keine Räume, um Kräuter zu destillieren, es gab keine Musik. Es gab keinen Frieden.

Als sie zwei junge Männer näher kommen sah, drückte sie sich an die Wand. Ihre offenen weißen Mäntel wehten beim Gehen, und beiden hing dieser seltsame lange Schlauch mit den Metallstücken um den Hals. Ihr Doktor hatte dieses Ding genommen, ihr ein Ende auf die Brust gedrückt und sich die Schläuche am anderen Ende in die Ohren gesteckt. Wahrscheinlich war es eine Art Amtsinsignie. Die Männer waren in ein Gespräch vertieft und gingen an ihr vorbei, ohne sie zu bemerken. Einer von ihnen war Andrew Thomson, aber das konnte sie nicht wissen.

Auf der Station hinter ihr stand ein Arzt und sah verwundert auf ihr leeres Bett. »Wann haben Sie bemerkt, daß sie fort ist?«

»Erst vor zehn Minuten, Herr Doktor. Sie hat geschlafen. Sie hatte nicht reagiert. Sie wissen doch, wie sie war!« Die Schwester rang verzweifelt die Hände. »Es war, als würde sie nichts hören. Plötzlich hat sie sich aufgesetzt und sah aus, als würde sie auf etwas horchen; es war, als würde sie in weiter Ferne etwas hören. Ich bin gegangen, um die Oberschwester zu holen, und sie hat mit ihr geredet. Das Mädchen hat ihr zugehört. Ihr Gesicht sah fast intelligent aus, der seltsame, leere Ausdruck war nicht mehr da. Dann ist Schwester Standish gekommen und hat die Oberschwester weggerufen, und als ich wieder nach ihr schauen wollte, war sie weg. Sie hat ihre Tasche mitgenommen, ihre Kleider und die Kleider von der Wohlfahrt, die wir ihr gegeben hatten. Niemand hat etwas von ihr gesehen.«

Kopfschüttelnd zuckte der Arzt mit den Schultern. »Na, wahrscheinlich sollten wir uns freuen, daß wieder ein Bett frei wird für jemanden, der es wirklich braucht. Beziehen Sie es frisch, Schwester. Und sagen Sie der Oberschwester, sie soll zu mir kommen, wenn sie einen Moment Zeit hat.« Schon hatte er den Fall dieser merkwürdigen, schweigsamen jungen Frau mit den undurchdringlichen grauen Augen beiseite geschoben. Es gab anderes, um das er sich kümmern mußte.

Als Brid es satt hatte, die Korridore auf und ab zu wandern, ging sie ins Freie, wo hin und wieder die Sonne hervorkam. Irgendwie mußte sie den Weg zu Maggies Wohnung finden, bevor es dunkel wurde, und etwas zu essen oder eine Flasche auftreiben, damit die alte Frau sie in ihr stinkendes Zimmer aufnahm. Sie fühlte sich noch orientierungslos, war noch weit weg von der Welt, die sie umgab, mit den drängenden Menschenmassen, dem lärmenden Verkehr und den vielen uniformierten Soldaten.

Und ständig spürte sie irgendwo direkt hinter sich die andere Welt, die Welt, aus der sie kam, die Welt, die sie verfolgte. Diese Welt stellte sich zwischen sie und alles andere, lenkte sie ab, raubte ihr alle Kräfte. Sie versuchte, sie wegzuschieben, und manchmal glaubte sie, daß es ihr gelungen war. Oben, auf den Bergen, unter dem sternklaren, frostigen Himmel, atmete sie die saubere Luft tief in die Lunge ein und spürte wieder die alte Lebendigkeit und Begeisterung wach werden. Dann streckte sie die Arme in die Luft, schüttelte sich das Haar, bis es vor Energie knisterte, und lief den Abhang hinab, über Grasbüschel und um Felsvorsprünge. Dann fiel ihr Adam wieder ein: seine ernsten, dunkelbraunen Augen, seine starken, sonnengebräunten Hände, die ihre Brüste streichelten, sein langsames, schläfriges Lächeln, und sie spürte die Aufregung, die in ihrer Magengrube begann, und ihre Energie wuchs und wuchs. Und dann, innerhalb eines Moments, war alles fort, und sie war wieder in dem treibenden Nebel, kämpfte gegen unsichtbare Dämonen, die sie mit aller Macht zu sich zogen.

A-dam ...

Sie warf den Kopf in den Nacken und schrie in die Dunkelheit hinaus.

A-dam, wo bist du? Bitte. Wart auf mich. Ich liebe dich!

TEIL II

Jane
1945 bis 60er Jahre

Kapitel 8

Im Verlauf des vergangenen Jahres hatte Adam sich oft gefragt, ob er nicht den Verstand verloren habe. Einer Frau, die er kaum kannte, einen Heiratsantrag zu machen, zeugte nicht gerade von der Entscheidung eines klar denkenden Mannes. Aber die Zeit war einfach weitergegangen. Er und Jane waren sich nähergekommen und miteinander vertraut geworden. Seine Pläne nahmen Gestalt an: Er hatte seine Examen bestanden, und seine Zeit an der Royal Infirmary war vorüber, als auch der Krieg sich dem Ende näherte. Die Aussicht, die Smith-Newlands als Schwiegereltern zu haben, hatte etwas Erschreckendes. Auf die Ankündigung der Verlobung hin war ein Staatsbesuch aus dem Süden erfolgt, aber Janes Vater schien ihn zu mögen, und man hatte Beziehungen spielen lassen, um Adam eine gute, gesicherte Stellung als Juniorpartner in der Praxis zweier etablierter Ärzte in Hertfordshire zu finden. Er würde mehr verdienen, als er je zu hoffen gewagt hatte, und auch ein Haus war gefunden, das rechtzeitig bezugsfertig sein würde. Die Aktivitäten, die um ihn herum entfaltet wurden, hatte er wie durch einen Nebel verfolgt und kaum das Gefühl gehabt, daß ihn das alles in irgendeiner Weise betraf; nur daß er Edinburgh verlassen würde, stand ihm klar vor Augen. Als Jane wagte, leise Kritik an den Plänen ihrer Eltern anzumelden, und ihn daran erinnerte, daß sie beide Schottland liebten und gerne dort leben würden, schüttelte er achselzuckend den Kopf. »Es ist doch nett von ihnen, daß sie uns helfen wollen, und hier oben würde ich nie so gute Möglichkeiten haben – oder zumindest nicht auf absehbare Zeit.« Ihren enttäuschten Gesichtsausdruck bemerkte er nicht. Was er verschwieg, war seine eigene, übermächtige Hoffnung, daß Brid ihn in England nie finden würde.

Im vorhergehenden Sommer hatte er wider besseres Wissen eingewilligt, Trauzeuge bei der Hochzeit von Liza und

Phil zu sein. Die Trauer, die er empfand, als sie dem Mann, der neben ihr stand, Treue gelobte, war abgrundtief und völlig unstatthaft – ebenso wie der Kummer, der ihn überwältigte, als das Paar nach Wales abreiste und er sich verabschiedete. Am Bahnhof hatte Liza ihm ins Ohr geflüstert: »Keine Spur von Brid?«

Er hatte den Kopf geschüttelt. »Gar nichts.«

»Gut.« Sie hatte ihn in den Arm genommen und an sich gedrückt. Dann war sie zu Phil in den Zug gestiegen.

Im Herbst hatte er erfahren, daß seine Mutter gestorben war. Sein Vater hatte es ihm in einem kurzen, sachlichen Brief mitgeteilt. Offenbar war sie bei einem Autounfall in Chicago ums Leben gekommen. Der Mann, mit dem sie Schottland verlassen hatte, wurde nicht erwähnt, und auch nicht, wo sie beerdigt sein würde. Adam hielt den Brief lange Zeit in der Hand, während die alten Empfindungen – Trauer und Zorn, Verlust und Bedauern – wieder in ihm aufstiegen. Jane hatte ihn getröstet, er hatte den Brief zerrissen und war schließlich nach Pittenross gefahren, um seinen Vater zu besuchen. Thomas wußte von Susan Craigs Leben und Tod in Amerika nicht mehr, als er Adam in dem Brief geschrieben hatte. Wenn er trauerte, dann verbarg er das Gefühl mit großem Erfolg. Die beiden Männer gaben sich die Hand und gingen auseinander. Sie würden sich erst am Tag vor Adams Hochzeit wieder begegnen. Adam stieg nicht auf den Berg zum Stein empor; er verbrachte auch keine einzige Nacht unter dem Dach seines Vaters.

Meryn Jones lebte in einem kleinen, weißgetünchten Steincottage, das im Schutz einer Bergkette der Black Mountains lag. Von den Fenstern hatte man einen Blick auf das Tal der Wye, das ein Panorama heller, sich ständig verändernder Farben bot. Das Haus war nur gut einen Kilometer von Pen-y-Ffordd entfernt, wo Liza und Phil jetzt wohnten. Dort war Liza bereits aufgewachsen, doch mittlerweile lebte ihre Mutter bei ihrer Schwester in Kent.

Einen Moment stand Liza unschlüssig vor der Tür zu dem Cottage, dann klopfte sie etwas widerstrebend. Meryn hatte hier gelebt, solange sie zurückdenken konnte, mindestens seit ihrer Kindheit, und sein ehrfurchtgebietender Ruf als Zauberer in der Gegend war so groß, daß sie ihn als kleines Mädchen immer Merlin genannt hatte. Wenn man ihn gefragt hätte, hätte er lediglich eingeräumt, er könne Warzen besprechen und das Wetter vorhersagen – was jeder Bauer auch könne, wie er zu sagen pflegte –, und manchmal auch Rat geben bei gespenstischen Ereignissen in der Nachbarschaft. Was er tat, wenn er allein in seinem einsamen Häuschen war und niemand ihn beobachtete, wußte man nicht.

Als Liza sich vor seinen Kamin setzte, verschwand ihre Nervosität angesichts Meryns freundlichem, aufmunterndem Lächeln; dann machte er es sich bequem, um ihr zuzuhören.

Neben ihnen zischten und knackten die Holzscheite, und der Raum füllte sich mit dem würzigen Duft von Apfel- und Eichenholz.

»Du möchtest also, daß ich dir ein Amulett mache, das deinen Freund Adam vor dieser Frau schützt, die ihn verfolgt?« faßte er nach längerem Schweigen zusammen. »Er hat zwar schon seit langem nichts mehr von ihr gehört, aber du glaubst nicht, daß sie wirklich fort ist.«

Liza nickte. »Er heiratet. Ich glaube, das wird ihr nicht sonderlich gefallen.«

»Nach dem zu urteilen, was du mir erzählt hast, würde ich dir recht geben«, stimmte Meryn ernst zu.

»Könntest du das für mich tun? Bitte.«

»Ich glaube schon.« Er lächelte sanft. »Überlaß es mir, Liza. Ich werde darüber nachdenken und mir etwas einfallen lassen. Etwas, das ihn und seine junge Frau vor dem Mädchen schützt, ohne ihr elegantes Zuhause zu verschandeln.« Sein Lächeln hatte etwas Schelmisches bekommne. »Und ob irgend etwas Übernatürliches dabei im Spiel ist – wen braucht das schon zu interessieren.« Er nahm Lizas Hand und drückte sie fest. »Komm in einer Woche wieder. Ich werde sehen, was ich für dich tun kann.«

Nachdem sie gegangen war, blieb er lange Zeit vor dem Feuer sitzen und starrte in die Flammen. Als die Bilder kamen, runzelte er die Stirn; zuerst waren sie verschwommen und wirr, dann immer lebhafter. Er konnte das Mädchen mit den langen, dunklen Haaren und den wilden, ängstlichen Augen sehen, und auch den großen Stein auf dem Berg. Neben ihr, im Schatten, war eine Macht, die die lodernden Apfelholzflammen blutrot färbte und wie eine Orkanbö im Kamin heulte. Schaudernd schüttelte er die Vision ab. Er hatte genug gesehen, um zu wissen, daß Adam Craig und seine junge Frau größerer Gefahr ausgesetzt waren, als sie sich je vorstellen könnten. Er ging zum Tisch in der Mitte des Raums. Unter all den verschiedenen Dingen, die ungeordnet auf ihm herumlagen, war auch ein kleiner, hellstrahlender Kristall, den er geschenkt bekommen hatte, als er im Staat New York gewesen war, um mehr über die Irokesen zu erfahren. Der glitzernde Stein war zu hübsch, um das Auge zu beleidigen, und seine Schutzkräfte waren enorm.

»Kind, du siehst so hübsch aus.« Patricia Smith-Newland kniete auf dem rosafarbenen chinesischen Teppich und bauschte den weißen Seidenrock auf; er war aus einer weißen Seidenbettdecke genäht worden und dazu aus Stoff, den sie mit Hilfe monatelang gehorteter Bezugskarten erstanden hatten. Ihre Tochter saß vor dem Schlafzimmerspiegel und zupfte sich den Schleier zurecht. »Ich kann es nicht glauben!« Plötzlich liefen ihr wieder Tränen über die Wangen, die häßliche Spuren im rosafarbenen Gesichtspuder hinterließen. »Du weißt, es ist noch nicht zu spät, wenn du es dir anders überlegen möchtest. Daddy könnte es hinbiegen, wenn du die Hochzeit absagen willst.«

»Mummy!« Jane drehte sich auf dem kleinen Schemel um und funkelte ihre Mutter wütend an. »Bitte hör auf! Ich heirate Adam, und dabei bleibt es! Ich liebe ihn. Er liebt mich! Du solltest froh sein, daß ich einen so soliden Mann gefunden habe.«

»Das bin ich ja auch, mein Liebling, es ist nur ...« Die Frau zuckte hilflos mit den Schultern und richtete sich mühsam auf. »Er ist nur so schottisch!«

Jane starrte ihre Mutter mit unverhohlener Verachtung an. »Die besten Ärzte sind alle Schotten, Mummy. Das weiß doch jeder.«

»Und sein Vater!« Die Geste, mit der sie diese Worte begleitete, sprach Bände. »Dieser Thomas. Er ist gespenstisch.« Sie schüttelte sich wie vor Abscheu.

Der Gegenstand ihrer Aversion war Gast des Hauses. In eben dem Augenblick richtete er sein schneeweißes Beffchen und den schwarzen Talar, bevor er im Auto zur Kirche fuhr, wo er sehr wider seinen Willen bei der überaus englischen Hochzeit seines Sohnes mitwirken würde, der ein englisches Mädchen mit blonden Haaren heiratete, ganz ähnlich jenem englischen Mädchen, das ihn vor vielen Jahren betört hatte.

»Mummy, könntest du mich ein paar Minuten allein lassen?« bat Jane ihre Mutter mit einem Lächeln und hoffte, daß sie versöhnlich klang. »Ich muß mich nur ein bißchen sammeln. Du weißt doch.«

Patricia wäre beinahe der Mund offen stehengeblieben. »Natürlich, mein Liebling. Ich warte unten mit den Brautjungfern.« Von denen es insgesamt sechs gab. »In fünf Minuten schicke ich Daddy zu dir, ja?«

Die kleine Kirche aus dem zwölften Jahrhundert lag in der Grafschaft Surrey. Die Seite des Schiffes, auf der die Gäste der Braut saßen, war gedrängt voll, während die Seite des Bräutigams weniger gut gefüllt war. Doch natürlich waren Adams Freunde gekommen, darunter auch Liza und Philip Stevenson. Neben Adam saß Andrew Thomson, der Brautführer. Sie trugen beide einen prachtvollen Kilt – das einzige, Adams Ansicht nach, das seine zukünftige Schwiegermutter mit ihrem unverhohlenen Abscheu vor allem Schottischen ein klein wenig versöhnlich stimmte.

Aus dem alten Bentley, der den ganzen Krieg über in einer Scheune in der Nähe des Hauses gestanden hatte, stieg jetzt Jane und nahm den Arm ihres Vaters. Er streichelte ihr die Hand. »Alles in Ordnung, mein Schatz?«

Sie nickte nervös. Wenn sie nur mit ihm allein reden könnte! Wenn er nur den Spaziergang mit ihr gemacht hätte, den sie am Abend zuvor zaghaft vorgeschlagen hatte! Nur, damit sie ein letztes Mal als seine Tochter mit ihm sprechen konnte, bevor sie Ehefrau wurde. Es war ja nicht so, daß sie Adam nicht liebte. Das tat sie durchaus, sehr sogar. Und trotzdem hatte sie Angst. Es war, als wäre irgendwo ein Schatten, den sie aber nicht richtig sehen konnte. Ein Schatten, der ihr Furcht einflößte. Ging es allen so, daß sie im letzten Augenblick vor der Hochzeit Zweifel bekamen, so wie sie? Wollte jeder ein paar bestätigende Worte hören, zum Zeichen, daß man das Richtige tat? Jane wußte es nicht. Aber dann war ihre Mutter, wie immer, dazwischengefahren und hatte dafür gesorgt, daß auch die kleinste zärtliche Geste zwischen Vater und Tochter zerstört wurde in ihrem nicht zu zügelnden Bedürfnis, alle Mitglieder der Familie unter Kontrolle zu haben. »Sei nicht so dumm, Jane. Ein Spaziergang ist doch das Letzte, worauf du jetzt Lust hast! Du mußt früh zu Bett. Spar dir deine Kräfte auf! Du wirst sie noch brauchen, weiß der Himmel. Laß das arme Kind in Ruhe, James.«

Und so war die Möglichkeit ungenutzt verstrichen. Sie zog an ihren Röcken, glättete sie ungeschickt und fragte sich gerade, wo wohl die Brautjungfern waren, als James sich ihr zuwandte. »Vergiß nicht, Janie, es ist dein Leben. Werde glücklich.« Und da waren sie auch schon – sechs kleine Mädchen in einem Meer von Rosa und Weiß und Rosenknospen, die den Pfad entlanggeführt wurden. »Adam ist ein feiner Kerl, Janie, ein guter junger Mann. Ich für meinen Teil finde, daß du eine ausgezeichnete Wahl getroffen hast. Hör nicht auf Leute, die das Gegenteil behaupten.« Diese Ansicht, die in völligem Gegensatz zur maßgeblichen Meinung des Hauses stand, war das Äußerste an Rebellion, was er sich je geleistet hatte. Er lächelte sie derart herzlich und verständnisvoll an, daß ihr Tränen in die Augen traten. Er hatte sie die ganze Zeit über verstanden. Als er die Tränen bemerkte, tätschelte er ihr wieder die Hand. »Jetzt komm, schauen wir zu, daß diese Kinder sich ordentlich in Reih und Glied aufstellen. Vorwärts marsch!«

Jane erlebte die Trauung wie in einem Traum von Glückseligkeit. Als sie neben ihrem Ehemann in seinem Kilt stand und zu den alten Bleiglasfenstern emporsah, die zum Schutz vor Explosionen noch mit braunen Papierstreifen überklebt waren, konnte sie nicht glauben, daß irgend jemand so glücklich wäre wie sie. All ihre Zweifel waren verschwunden. Sie sah zu Adam hinüber, und als er ihren Blick spürte, lächelte er und drückte ihr die Hand.

Mrs. Adam Craig. Als sie später in ihr Kostüm mit den dezenten Lilafarben schlüpfte und den dazu passsenden Hut aufsetzte, sagte sie sich den Namen probehalber vor. Dr. und Mrs. Craig. Adam und Jane.

Es klopfte an der Tür ihres Schlafzimmers, das von heute an nicht mehr das ihre war. »Herein«, sagte sie und drehte sich um. Es war Liza. »Ich wollte dir mein Geschenk persönlich überreichen. Ich hoffe, du hast nichts dagegen.«

Liza hatte sich durch ihre Ehe überhaupt nicht verändert. Sie trug die Haare noch immer in langen, wilden Locken, ihre Kleider mit den kräftigen Farben waren so unkonventionell wie eh und je, ihre Persönlichkeit war warm und herzlich. Für einen Augenblick kam Jane sich linkisch und naiv vor, wie auch früher immer in Lizas Gegenwart. Dann fiel ihr ein, daß sie ja jetzt auch verheiratet war. Sie war Mrs. Adam Craig, und in ihrem tiefsten Inneren wußte sie, daß auch Liza das einmal hatte werden wollen. Lächelnd trat sie vor, um Liza auf die Wange zu küssen. »Ich habe mich so gefreut, als ich dich und Philip sah. Wirklich gefreut. Ich dachte, Adam hätte gesagt, daß Philip krank gewesen ist.«

»Das war er auch.« Ein kummervoller Schatten zog über Lizas strahlendes Gesicht. »Aber jetzt geht es ihm wieder besser. Er brauchte nur einen Urlaub von der Uni und ein bißchen Ruhe. Er hatte einfach zuviel gearbeitet. Das Professorenleben ist erstaunlich anstrengend.«

Jane setzte sich wieder vor den Spiegel und nahm den Lippenstift zur Hand. »Ihr werdet uns doch in St. Albans besuchen, wenn wir uns mit der neuen Praxis richtig eingelebt haben? Wir werden auch in einem schönen alten Haus wohnen. Adam hat wirklich großes Glück gehabt, daß sie ihm die Partnerschaft angeboten haben. Er wollte unbedingt von Edinburgh weg. Eigentlich konnte ich das nicht ganz verstehen.« Sie sah im Spiegel zu Liza und stellte fest, daß diese sie eingehend musterte. »Als sein Praktikum an der Infirmary zu Ende ging, haben sie ihm eine Stelle angeboten, eine sehr gute Stelle, aber er hat sie abgelehnt. Er sagte, er wollte weg aus Schottland.« Sie umrandete sich die Lippen in einem leuchtenden Rotton und malte sie mit geübten Bewegungen an. »Komisch, daß ihr beide auch unbedingt aus Edinburgh wegwolltet. Dabei weiß ich noch genau, wie du geschworen hast, nie wegzuziehen.«

»Zufall.« Liza lachte gezwungen. Also hatte Adam Jane nichts von Brid erzählt. Sie setzte sich aufs Bett und ließ sich der Länge nach auf die glänzende Satindecke fallen. »Vielleicht waren wir einfach alle zu lange dort. Das kann vorkommen. Ich brauchte neue Ideen. Und Phil wollte einen Tapetenwechsel. Vielleicht können wir jetzt, wo der Krieg vorbei ist, ins Ausland ziehen. Ich würde schrecklich gern in Italien leben. Die Familie meines Vaters stammt irgendwo aus der Toskana. Edinburgh läuft uns nicht davon.«

»Die Dame, wie mich dünkt, macht allzu viele Worte«, zitierte Jane aus dem »Hamlet« und steckte den Lippenstift in ihre Handtasche; dann drehte sie sich zu Liza um. »Ihr seid glücklich – du und Phil?«

Ihre Blicke begegneten sich.

»Ja.« Liza lächelte. »Ja, wir sind glücklich. Und ich hoffe, das werdet ihr auch, du und Adam. Paß nur auf…« Sie brach ab.

»Worauf?« Jane spürte, wie ein unbehagliches Gefühl sie beschlich. Sie wußte, daß Liza auf ihr Zimmer gekommen war, um ihr etwas zu sagen.

»Paß auf, daß er nicht zu ernst wird.« Ihr Lachen klang heiter und ungezwungen. »Hast du Papa Thomas gesehen? Den Zorn des schottischen Gottes sollte man lieber nicht herausfordern.«

Jane lächelte, stand auf und prüfte, ob die Nähte ihrer Nylonstrümpfe gerade saßen. »Adam ist völlig anders als sein Vater.«

»Nein!« Liza setzte sich abrupt auf und schwang stirnrunzelnd die Beine auf den Boden. »Geht nie wieder zurück, Jane.«

»Was?«

»Ich meine es ernst. Geht nicht nach Edinburgh zurück. Frag mich nicht, warum.«

»Jetzt bist du ziemlich unlogisch.« Jane wandte sich halb zur Tür, wo von unten eine Stimme heraufdrang: »Janie! Komm jetzt! Die Gäste warten, um dich zu verabschieden!« Es war ihr Vater.

»Liza?«

Liza zuckte die Achseln. »Es ist nur so ein Gefühl. Intuition. Schieb's auf meine abergläubische Waliser Herkunft. Ich glaube einfach, daß es nicht gut wäre. Hier.« Sie hielt Jane ein kleines, in weißes Seidenpapier gewickeltes Päckchen entgegen. »Das ist für euch. Möge es euch Glück bringen.«

Jane nahm das Geschenk entgegen und drehte es um. Es war überraschend schwer. »Soll ich warten und es zusammen mit Adam öffnen?«

»Wenn du willst. Solange du es mitnimmst.«

Liza war einen halben Kopf größer als Jane. Unvermittelt beugte sie sich vor und zog Jane an sich. »Bitte werdet glücklich«, flüsterte sie. »Ihr beide.«

Das Päckchen fiel Jane erst am späten Abend wieder ein, nachdem sie ihr Hotelzimmer im New Forest bezogen hatten. Sie holte es aus der Handtasche hervor und zeigte es Adam. »Schau, was Liza mir gegeben hat. Wir haben uns ein bißchen unterhalten, kurz bevor wir weggefahren sind.«

»Warum hast du es noch nicht aufgemacht?« Adam lächelte. Sie war sehr hübsch, seine junge Frau, und er hatte sie sehr gern; im Augenblick wollte er nichts anders, als mit ihr ins Bett gehen, aber sie sah völlig erschöpft aus. Der Abschied von ihrer Mutter war nervenaufreibend gewesen, und er hatte beinahe seine fast legendäre Ruhe verloren, bis er Jane zum Auto führen konnte, an dessen Stoßstange der obligatorische alte Stiefel gebunden war. Sie hatten Patricia schluchzend in den Armen ihres Mannes zurückgelassen, umgeben von betretenen Hochzeitsgästen und übermüdeten Brautjungfern.

»Champagner?« fragte Adam leise. James hatte zwei sorgsam gehortete Flaschen neben die alten Lederkoffer in den Kofferraum gesteckt.

Sie nickte und löste die Schleife, die das Päckchen zusammenhielt, während Adam den Korken entfernte und die beiden Gläser füllte, die auf der Kommode neben dem Fenster bereitstanden. Draußen war es schon dunkel. Jemand hatte im Kamin ein Feuer aus Apfelholzscheiten angezündet, und im Raum war es behaglich und warm.

Adam stieß mit ihr an. »Auf uns, mein Schatz.«

»Auf uns.« Lächelnd nahm sie einen Schluck und stellte das Glas ab, um das Päckchen weiter zu öffnen. Mit einem liebevollen Blick sah er ihr zu, wie sie sich mit dem Knoten abmühte, dann wandte er sich ab, ging zum Fenster und sah in die Nacht hinaus. »Ist es nicht wunderbar, sich keine Sorgen mehr wegen der Verdunkelung machen zu müssen? Schau nur auf das Licht, das durch die Bäume schimmert! Das ist fast schon verschwenderisch!« Als keine Antwort kam, drehte er sich um. »Also, was ist es?«

»Ich weiß nicht genau.« Sie betrachtete den Gegenstand in ihrer Hand. »Es ist schwer, und es ist sehr hübsch – irgendein Ornament.«

Er stellte sein Glas ab und ging zu ihr. »Laß mich mal sehen.«

»Sie hat ja eine Karte dazugelegt: *Von Geistern und Gespenstern ... Damit Ihr beide immer gut beschützt seid. Bewahrt es immer bei Euch. Mit all meiner Liebe und all meinem Segen, Liza.*«

Stirnrunzelnd streckte Adam die Hand aus. Jane reichte ihm einen kleinen, glitzernden Bergkristall, der in die Zweige eines silbernen Baums gefaßt war. »Stell's auf den Nacht-

194

tisch. Schau, es ist wunderschön.« Wie ein Kind klatschte sie in die Hände. Adam schauderte; er wußte genau, was es war.

Sie müssen sich schützen. Verwenden Sie einen Talisman gegen den Zigeunerspruch. Wappnen Sie sich mit Ihrer Kraft gegen die des Mädchens. Wieder hatte er Mrs. Gardiners Stimme von jenem Nachmittag in Morningside im Ohr, damals, als er und Liza vor der Frau saßen, die in die Kristallkugel gesehen hatte. Liza hatte gedacht, er höre nicht zu, aber das stimmte nicht. *Nehmen Sie Bergkristall. Der gilt bei den Schotten seit alters als Glücksbringer. Verwenden Sie die alte Kraft der Eberesche. Wehren Sie sich gegen das Mädchen. Zeigen Sie ihr, daß es sinnlos ist, wenn sie Sie quält. Das arme Ding, es kommt nicht aus derselben Welt wie Sie. Sie müssen ihr zeigen, daß Sie sich von ihr befreien können.*

Der Kristall funkelte im Licht der Nachttischlampe. Auf den silbernen Zweigen saßen Ebereschenblätter, und hier und dort blitzten winzige rote Beeren aus Email auf. »Das hat sie bestimmt eigens für uns machen lassen.« Adam schüttelte den Kopf. »Wahrscheinlich ist einer ihrer Künstlerfreunde ein Silberschmied. Aber trotzdem muß es sehr teuer gewesen sein.« Er hatte einen Kloß im Hals. Vermutlich hatte sie den Kristall eigens zu einem exotischen Ornament fassen lassen, das Jane gefallen würde, denn sonst würde sie es nie im Haus behalten. Aber das war abergläubischer Unsinn. Idiotischer Schwachsinn. Wie der Anhänger.

Er ließ den Kristall auf dem Nachttisch stehen, ging zum Fenster und zog die Vorhänge mit einem Ruck zu. Der letzte Mensch, an den er in seiner Hochzeitsnacht denken wollte, war Brid.

Jane stellte das Ornament auf den Kaminsims im Wohnzimmer ihres neuen Zuhauses in St. Albans. Es war sehr hübsch, aber irgendwie wirkte es fehl am Platz zwischen der strengen vergoldeten Uhr, die ihr Onkel Frederick ihnen zur Hochzeit geschenkt hatte, und den drei springenden Schimmeln, die sie aus ihrem Mädchenzimmer mitgenommen hatte. In einem

Regal an der Wand standen einige ihrer Bücher. Jane hatte immer sehr gerne gelesen, und in den ersten Monaten in St. Albans bewahrten nur die Bücher sie davor, nicht vollkommen zu verzweifeln.

Sie wußte nicht, wie sie sich das Leben als Arztgattin vorgestellt hatte, aber auf endlose Langeweile und Einsamkeit war sie nicht gefaßt gewesen. Die Praxis hatte viele Patienten; es gab eine Sekretärin, der Sarah Harding, die Frau des Seniorpartners, zur Hand ging. Sarah war immer makellos gekleidet, mit elegant geschnittenen Röcken, zu denen sie Kaschmir-Twinsets oder Seidenblusen trug; ihre Nägel waren gepflegt maniküt, ihr Schmuck diskret. Sie war dieselbe Art von Frau wie Patricia Smith-Newland. Aber sie arbeitete auch sehr viel und hatte ihren Mann fest in der Hand; wie gerne er anderen Frauen hinterhersah, wußte sie schon seit langem, und so hielt sie entschlossen jede wirkliche oder vermeintliche Bedrohung von ihrer Ehe fern. Sie hätte Janes Leben wunderbar machen können oder zur Hölle auf Erden, und sie entschied sich für letzteres. Nie bat sie Jane, ihr zu helfen, sie machte sie mit niemandem bekannt und lud sie auch nicht zu den Veranstaltungen des Fraueninstituts ein, des Mutterbunds oder selbst der Praxis. Sie hielt Jane sogar aktiv davon ab, bei gesellschaftlichen Anlässen zu erscheinen – »Vielleicht, wenn Sie sich ein bißchen besser eingelebt haben.« Als Jane verschüchtert bei Adam nachfragte, was sie tun solle, meinte er, sie solle sich freuen; dann könne sie sich ihren Hobbys widmen. Er hatte keine Ahnung, was in Wirklichkeit vor sich ging.

Bei einer internen Besprechung in der Praxis redete Robert Harding ihm vorsichtig ins Gewissen. »Natürlich erst, wenn Jane selbst Lust dazu hat, alter Junge. Aber es wäre nett, wenn sie sich ab und an zeigen würde. Ich weiß, es ist alles etwas fremd für sie, und wir wollen sie nicht drängen. Aber es wirkt ein bißchen – na, sagen wir mal, distanziert.«

»Aber ich möchte doch so gerne, Adam! Es ist schrecklich, den ganzen Tag allein zu Hause zu sein!« Ihr gequälter Aufschrei, als er das Thema ansprach, erschütterte ihn. »Sarah sagt mir immer wieder, daß ich nicht gebraucht werde!«

»Sie ist nur rücksichtsvoll, weil sie dich vielleicht für zu schüchtern hält.«

»Oh, nein, Adam, das glaube ich nicht!« Janes ungewohnte Heftigkeit erschreckte ihn. »Die Frau haßt mich. Ich habe keine Ahnung, womit ich das verdient habe, aber sie haßt mich. Sie will nicht, daß ich auch nur einen Finger krümme.«

Keiner der beiden konnte wissen, was vor sich gegangen war, nachdem Adam seinen beiden künftigen Praxiskollegen seine Verlobte vorgestellt hatte. Robert Harding hatte zu seiner Frau gesagt: »Wirklich eine außergewöhnlich nette junge Frau. Und sehr hübsch. Sie wird ein bißchen Leben in die Praxis bringen. Da kriegt ihr älteren Damen endlich mal Konkurrenz!« Er hatte Sarahs Gesichtsausdruck nicht bemerkt, weder den Schmerz noch die Wut und auch nicht die Miene, nachdem sie ihren Entschluß gefaßt hatte.

Die Feststellung, daß sie schwanger war, erfüllte Jane mit einem überschäumenden Glücksgefühl. Sie hatte es schon seit einiger Zeit vermutet, aber als sie schließlich Adam von ihrer Ahnung erzählte und er sie bestätigte, konnte sie nicht mehr an sich halten. Der erste Mensch, dem sie es erzählen mußte, war ihre Mutter.

Patricias Reaktion war typisch. Sie erklärte, Jane könne unter keinen Umständen ohne die ständige Hilfe ihrer Mutter zurechtkommen, weder während der Schwangerschaft noch hinterher. Doch ihr Vater, der die Antworten seiner Frau am Telefon hörte, nahm ihr den Hörer ab und rief: »Hallohallo, Janie. Großartig! Ich freue mich so, mein Herz. Wie wunderbar! Wann?« Mit zwölf kurzen Worten hatte er ihr ihr Selbstbewußtsein, ihre Freude und ihren Optimismus wiedergegeben. Und inmitten all der Freude, die sie empfand, frohlockte sie auch, denn Dr. und Mrs. Harding hatten keine Kinder.

Calum James Craig kam im September 1946 zur Welt. Wie seine Mutter hatte er honigblondes Haar, leuchtendblaue Augen und einen ungeheuren Charme. Adam war hingerissen.

197

»Er schlägt ganz nach dir, alter Junge.« James Smith-Newland blickte in die Holzwiege und gab dem Baby seinen kleinen Finger zum Festhalten. Es hatte eine Weile gedauert, seine Frau zu überreden, keine unerwünschten Ratschläge mehr zu erteilen, sondern statt dessen nach unten zu gehen und sich in der Küche nützlich zu machen. Jane schlief; sie war ermüdet von den vielen Besuchern, die ihr persönlich Glückwünsche überbracht hatten. Nur Sarah Harding war nicht erschienen.

Adam lächelte seine schlafende Frau liebevoll an und stellte sich neben seinen Schwiegervater an die Wiege. »Ich hatte gehofft, er würde wie Janie aussehen.«

»Das tut er auch. Er hat ihren Teint.«

In den wenigen Monaten, seitdem James ihn das letzte Mal gesehen hatte, schien Adam sehr viel älter geworden zu sein; außerdem hatte er etwas zugenommen, aber das war nicht einmal von Nachteil: Es verlieh ihm eine gewisse Solidität, wie sie einem jungen Arzt gut zu Gesicht stand. Wie Janie berichtete, war er bei seinen Patienten sehr beliebt, und so waren die Craigs vielleicht nicht gerade wohlhabend, nagten aber doch nicht am Hungertuch.

»Flüstert ihr über mich?« Jane öffnete die Augen und sah die beiden Männer schläfrig an.

Adam lächelte, ging zu ihr und küßte sie auf die Stirn. »Wie kommst du nur auf die Idee, mein Herz?«

»Weil ihr zwei alte Klatschbasen seid!«

»Wir sind ein liebender Vater und Großvater!« James setzte sich zu ihr ans Bett. »Und wenn du uns dieses Glück mißgönnst, junge Frau, dann hast du Pech gehabt! Unten wartet übrigens noch eine Besucherin auf dich – deine Freundin Liza aus Wales. Soll ich sie zu dir hochschicken? Adam und ich werden derweil eine Flasche Sherry suchen, um deine Mutter zu besänftigen.«

»Liza?« Jane warf Adam einen Blick zu. »Hast du gewußt, daß sie kommt?«

Adam machte eine ausweichende Geste. »Sie sagte, sie würde auf dem Weg nach London vielleicht vorbeischauen. Du hast doch nichts dagegen, oder? Ich hätte es dir sagen sollen.«

198

»Ja, das hättest du.« Jane verzog kurz das Gesicht, aber dann faßte sie sich wieder. Sie hatte keinen Grund mehr, auf Liza eifersüchtig zu sein. Sie nickte und lächelte. »Schön, daß sie gekommen ist.«

»Gut. Ich sage ihr, sie soll hochkommen und den Sohn und Erben des Hauses bewundern.« James stand auf und streichelte ihr die Hand. »Aber nicht, daß sie dich überanstrengt, mein Liebling.«

Liza hob Calum aus der Wiege und trug ihn herzend zu Janes Bett. »Ach, er ist ja so süß! Wirklich ganz süß. O Jane, ich hatte geschworen, daß ich keine Kinder will, aber ich glaube, jetzt überlege ich es mir doch anders!« Sie gab ihm einen Kuß auf die weiche Wange und drückte ihn fester an sich, dann legte sie ihn Jane in den Arm. »Du kannst ihn doch nicht ganz allein in seinem Bettchen lassen! Er braucht seine Mama.«

Liebevoll nahm Jane das Kind entgegen. Dann runzelte sie die Stirn. »Meine Mutter sagt, er müßte sich daran gewöhnen, allein zu sein. Ich soll ihn alle vier Stunden stillen und zwischendurch nicht hochnehmen.«

Liza starrte sie an. »Aber wenn er Hunger hat? Er ist doch so winzig! Ach Janie, das kannst du doch nicht machen! Hör nicht auf sie. Adam würde dir ganz bestimmt dasselbe sagen.«

Jane liebkoste das Kind, das wimmernd nach ihrer Brust suchte. »Eigentlich darf ich das nicht.« Sie war angespannt, unsicher.

»Einen solchen Unsinn habe ich in meinem ganzen Leben noch nicht gehört.« Liza sprang auf, ging zur Tür und drehte den Schlüssel um. »Ich sollte deine Mutter heimschicken!«

»Du tust Jane so gut.« Adam ging mit Liza ans Ende des Gartens hinter dem Haus. Die Luft war mild, von der Herbstsonne erwärmt. »Sie wehrt sich nicht. Ihre Mutter hat ihr jeden Widerstand ausgetrieben. Ich glaube, das ist auch das Problem mit Sarah. Sie erinnert Jane zu sehr an Patricia, und anstatt sich zu wehren, fällt sie einfach in sich zusammen, sobald Sarah ihr auch nur einen Blick zuwirft. Jetzt weiß ich, warum sie zum Studium nach Edinburgh gegangen ist. Sie wollte so weit wie möglich von zu Hause fort.«

»Es hat sie bestimmt viel Mut gekostet, ihren Eltern zu sagen, daß sie studieren will.«

»James war auf ihrer Seite. Er ist ein prima Kerl.«

Liza lächelte über den Ausdruck. »Und wie gefällt's dem jungen Arzt hier im Süden?«

Adam zögerte. »Ehrlich gesagt weiß ich nicht, ob ich wirklich hierher gehöre. Mir fehlen die Berge. Mir fehlt das Land. Manchmal sehe ich tagelang nichts anderes von Mutter Natur als diesen Garten. Ab und zu muß ich zu einer Visite aufs Land fahren, aber meistens arbeite ich in der Stadt. Robert und John, der andere Partner, haben sich auf die wohlhabenderen Patienten spezialisiert. Ich wurde eingestellt, um die weniger lukrative Seite der Praxis zu übernehmen.«

»Das klingt faul!«

»Irgendwo muß ich ja anfangen. Vergiß nicht, daß James mir geholfen hat, mich in die Praxis einzukaufen. Allein hätte ich das nicht gekonnt. Wenn es nach mir gegangen wäre, wären wir Millionen Meilen von Patricia weg gezogen; aber St. Albans ist auch nicht schlecht. Du weißt ja, Jane wollte gerne in Edinburgh bleiben. Bevor ihre Mutter anfing, unser Leben zu organisieren.« Er stand, die Hände in den Hosentaschen vergraben, da und betrachtete eine zartrosa Rose. »Du weißt, warum ich nicht da oben bleiben konnte. Sie war da. Selbst wenn ich sie nicht gesehen oder gehört habe, sie war da.«

Er brauchte nicht zu erklären, wer »sie« war.

»Ich hatte Angst, sie würde Jane aufs Korn nehmen. Es hat ihr ja schon nicht gefallen, daß ich dich besucht habe; stell dir vor, was sie getan hätte, wenn sie herausgefunden hätte, daß ich heirate.«

»Du hast Jane nichts davon erzählt?«

Er schüttelte den Kopf. »Warum sollte ich sie damit belasten?«

»Und seitdem du in England bist, hast du Brid nie mehr gesehen?«

»Nein. Vielleicht funktioniert dein Talisman.« Er wußte, daß Liza ihn bemerkt hatte. Auch Patricia war er nicht entgangen. »Warum tust du den schrecklichen Nippes nicht woanders hin!« hatte sie gesagt. »Es gibt dem Raum eine so billige Note, Jane, Liebes. Ich weiß, daß diese Künstlerin es dir geschenkt hat, aber wirklich ...«

»Und dir ist auch nichts passiert, Liza?« Mit einer abrupten Bewegung brach er die Rose ab und reichte sie ihr. »Manchmal habe ich mich gefragt, ob sie dir nicht nach Wales folgt.«

Sie schüttelte den Kopf. »Bestimmt hat sie schon längst das Interesse an mir verloren. Schließlich bin ich mit einem anderen Mann verheiratet. Ich sehe dich kaum. Welchen Grund könnte sie da haben, mich immer noch zu hassen?«

Schweigend starrten sie beide auf die blaßrosa Blütenblätter der Rose in Lizas Hand.

»Keinen«, antwortete er nach einer Minute.

Ein- oder zweimal hatte Brid Adam gesehen, als sie oben in den Bergen in den Teich blickte. Er war älter geworden, kräftiger, schwerer. Und sie sah eine Frau bei ihm. Nicht die Liza-Frau, sondern eine andere, eine schwache, hübsche Frau mit honigblonden Haaren und blauen Augen. Eine Frau, die nicht richtig war für ihn. Als sie die Frau das letzte Mal gesehen hatte, hatte sie einen dicken Bauch gehabt. Bald würde sie gebären. Brids Augen verengten sich vor Zorn. Adams Kind.

Einmal war sie zu Lizas Atelier gegangen, aber die Tür war mit einem Vorhängeschloß verriegelt, und sie spürte, daß die Wohnung leer war. Also war auch die Liza-Frau fort. Sie hatte die schmale Treppe hinabgeblickt, und da war ihr ein Schildpattkamm aufgefallen, der in einer Ritze in der Holzstufe steckte. Einige der Zähne fehlten, und zwischen den anderen hingen zwei lange rote Haare. Lächelnd hatte sie ihn aufgehoben. Sie kannte solche Kämme – die Liza-Frau hatte sie immer getragen. Sie hatte ihn sorgsam in ihren Schal gehüllt und in ihre Tasche gesteckt.

Brid und Maggie, die ihre aus der Not geborene Freundschaft aufrechterhielten, hatten am Grassmarket eine Unterkunft gefunden. Als Brid am Tag der Sommersonnwende in die Wohnung zurückkehrte, fand sie Maggie bewußtlos am Boden liegen. Eine Weile starrte sie die alte Frau entsetzt an; aber gleichzeitig war sie auch wütend, daß Maggie nicht für sie da war, wenn sie sie brauchte. Dann besann sie sich auf ihre Heilkräfte. Sie mußte zusehen, daß Maggie wieder gesund wurde, und dafür würde sie alles tun, was in ihrer Macht stand. Gefühllos, aber doch fürsorglich pflegte sie die alte Frau vier Tage lang, dann entdeckte sie zwischen den dreckstarrenden Kleidern einen Zettel mit der Adresse von Maggies häufig erwähnter Tochter, die sie aber nie gesehen hatte. Diese Tochter würde ihr helfen, sie wieder gesund zu machen. Also begab Brid sich auf die Suche nach ihr.

Catriona hatte schon lange die Nase voll von Maggie und ihrer Trinkerei, aber seufzend gab sie Brid etwas Geld, um Milch und Brot und Glühbirnen zu kaufen.

Brid besorgte warme Decken und wachte mit Adleraugen über die alte Frau, bis sie wieder zu Kräften kam und gesünder war als seit vielen Jahren. Brid besuchte Catriona ein zweites Mal und bat sie nicht nur um Kleider – einige für sich, andere für Maggie –, sondern auch um Bücher und Schallplatten für das alte Grammophon, das Maggie in einem unbewohnten Zimmer des Hauses, in dem sie lebten, entdeckt hatte. Stundenlang saß sie da und hörte die Nocturnes von Chopin, wiegte sich mit Tränen in den Augen, und dann flehte sie Brid um Geld für eine Flasche Schnaps an, doch die blieb hart. Als sie eines Abends von einem Ausflug in den Bergen zurückkam, wo sie Kräuter gesammelt hatte, lag Maggie tot da; Brid war fassungslos. Sie streichelte ihr Gesicht, nahm ihre Hände in ihre und versuchte, den armen, müden Geist in den kalten, ausgemergelten Leib zurückzuholen; dann saß sie nur da und weinte.

Zwei Tage nach der Beerdigung kam Catriona von ihrer Arbeit bei einer Bank nach Hause und fand Brid auf der Treppe vor ihrem Haus sitzen. Das Mädchen war in einem Trancezustand, aus dem sie sie nicht erwecken konnte. Also rief sie ihren Arzt, und wenige Stunden später wurde Brid ins Krankenhaus Craighouse in Morningside eingeliefert.

In der Grenzwelt, in die sie sich zurückgezogen hatte, huschte Brid zwischen den Schatten umher, in ständiger Angst vor Broichan, der zornig um den Stein strich. Seine Macht war gewachsen. Sie konnte die Fühler seiner Energie spüren, die nach ihr griffen, ihren Geist berührten und sie zurückholen wollten, und erschrocken wich sie in die Dunkelheit zurück. Jetzt war da noch eine Gestalt, ein zaghafter, suchender Schatten, den sie nicht genau ausmachen konnte und dessen Macht noch nicht entwickelt war, aber doch sehr real, eine Bedrohung für Broichan. Sie fühlte, wie diese Gestalt in ihrem Kopf forschte, tastend suchte, und ängstlich verbarg sie ihre Gedanken und zog sich weiter in die Stille zurück. Sie sah ihren Körper, wie er in dem kleinen Krankenhauszimmer lag. Er wirkte leblos, alle Energie schien aus ihm entwichen. Ab und zu kam eine Schwester vorbei und tat dieses oder jenes, aber im großen und ganzen überließ man sie sich selbst. Catriona besuchte sie einmal die Woche und rief auch jeden Tag an, um sich nach ihr zu erkundigen. Aber das wußte Brid nicht; sie war wieder verloren zwischen den Welten, der Schock über Maggies Verschwinden hatte ihre ganze Lebensenergie geraubt.

Lizas Tochter Juliette wurde am 31. Oktober 1947 geboren – an Halloween. Adam und Jane kamen nach Hay-on-Wye und standen als Paten am Taufbecken, während Calum hinten in der Kirche fröhlich krähte.

Pen-y-Ffordd, das alte Bauernhaus hoch oben in den Black Mountains, wo sie anschließend auf die Geburt des Kindes anstießen, hatte Mauern von einem halben Meter Dicke und kleine rechteckige Fenster; trotzdem waren die Zimmer, nachdem die Wände erst einmal weiß gestrichen waren, erstaunlich hell. Hinter dem Haus standen zwei große Scheunen, die Philip und Liza jeweils als Atelier eingerichtet hatten. Philip lehrte jetzt nicht mehr, sondern widmete sich seiner Lieblingsbeschäftigung – er malte Landschaften, und zwar mit großem Erfolg. Lizas Porträts waren immer größer geworden – zum Teil waren es sogar Ganzkörperbilder –, und wie ihr Mann stolz erklärte, waren die Preise mitgewachsen. »Wir müssen nicht mehr hier leben«, gestand er Jane. »Wir könnten uns etwas Größeres leisten, aber es gefällt uns hier. Und Liza fühlt sich hier sicher. Brid würde sie nie finden, selbst wenn sie nach ihr suchte.«

»Brid?« Jane wandte sich von Calums Kinderwagen zu ihm. »Wer ist denn Brid?«

Philip blieb der Mund offenstehen. »Das weißt du nicht?«

Jane schüttelte den Kopf. »Sollte ich?«

»Da müßtest du Liza fragen«, meinte er achselzuckend.

Das tat sie auch wenige Minuten später, als sie mit Calum im Arm in der Küche stand.

Liza spülte gerade einige Becher; bei Janes Frage drehte sie sich um und griff nach einem Geschirrtuch. »Ich hätte nie geglaubt, daß Adam dir nichts davon erzählt hat«, antwortete sie.

Jane hörte schweigend zu, ohne Liza aus den Augen zu lassen. Als sie schließlich geendet hatte, schüttelte Jane den Kopf. »Nein«, sagte sie mit fester Stimme. »Du kannst nicht im Ernst von mir erwarten, daß ich das glaube. Nein, Liza. So etwas gibt es nicht. Das hast du erfunden. Aber warum? Warum solltest du mir mit einer solchen Geschichte angst machen wollen? Ist es wegen Adam und mir? Hat es damit zu tun? Bist du vielleicht eifersüchtig?« Sie drückte das Kind fest an sich.

»Frag Adam, wenn du mir nicht glaubst.« Liza preßte die Lippen fest zusammen und wandte sich abrupt ab. »Und im übrigen… Nein, Jane, ich bin nicht eifersüchtig. Überhaupt nicht. Ich habe hier alles, was ich will.«

Nach einem kurzen, betretenen Schweigen streckte Jane die Hand nach Liza aus. »Es tut mir leid. Das wollte ich nicht sagen. Ich weiß, daß du nicht eifersüchtig bist.«

»Gut.« Liza drehte die Hähne voll auf, so daß das Wasser laut den Abfluß hinuntergurgelte. »Wenn du nicht willst, brauchst du mir die Sache mit Brid nicht zu glauben. Ich hoffe nur, daß du nicht auf die unerfreuliche Tour von ihr erfährst.«

Gebannt starrte Catriona auf Brids Gesicht. Da war eine Regung gewesen. Einen Moment hatten die Augen sich auf sie gerichtet, da war sie sich sicher. Die seltsame Ausdruckslosigkeit, die seit Wochen auf ihrem Gesicht lag, wich allmählich. Dr. Freemantle, der Psychiater, hatte Brid mehrfach untersucht; er erinnerte sich an sie von ihrem früheren Aufenthalt und war fasziniert, als Catriona ihm Brid als lebhafte, intelligente junge Frau beschrieb. »Es muß ein Gehirnschaden sein – vielleicht eine frühkindliche Verletzung? Ein Zustand, der durch Schock herbeigeführt wird.«

Die Energie kehrte in Wellen zurück. Kleine Stöße pulsierten durch ihre Adern, im Nebel, der sie von den Menschen trennte, tauchten Lichtbahnen auf. Langsam, mühsam gelang es ihr, wieder in ihren Körper zurückzufinden.

Zwei Wochen, nachdem Catriona die erste Regung in Brids Gesicht bemerkt hatte, nahm sie das Mädchen mit zu sich nach Hause. Brid wußte, daß sie in der Wohnung am Royal Circus bleiben konnte, bis sie wieder ganz bei Kräften war.

Liza stand in ihrer Scheune vor der Staffelei und betrachtete das Porträt des Labour-Politikers Aneurin Bevan, an dem sie gerade arbeitete – der Auftrag einer Galerie in Cardiff, auf den sie sehr stolz war, war er doch ein Beweis für ihren raschen Aufstieg zu einer namhaften Porträtistin. Trotz ihres Kindes, das jetzt beinahe ein Jahr alt war, gelang es ihr, jeden Tag mehrere Stunden zu arbeiten; der Umfang ihres Werks wuchs beständig.

Wie so oft, wenn sie lange gemalt hatte, war sie völlig erschöpft, und ihr Gehirn, das beim Arbeiten so konzentriert war, wurde leer, als sie zurücktrat und matt den Arm sinken ließ. Trotzdem entging ihr die Bewegung an der Tür nicht, und sie drehte sich um. »Phil? Bist du's?«

Es war nur ein Schatten gewesen, mehr nicht, doch die schlanke Gestalt, die langen, dunklen Haare, die Präsenz waren unverkennbar. Mit wildklopfendem Herzen lief sie zur Tür, stieß sie auf und sah nach draußen. Auf dem von Obstbäumen gesäumten Pfad zum Haus war nichts zu sehen, keine Spur von irgend jemandem. Auf dem Zweig eines alten, von Flechten überwucherten Apfelbaums saß ein Rotkehlchen und sang. Sicherlich wäre es weggeflogen, wenn jemand nah an ihm vorbeigegangen wäre.

Sie erwähnte Phil gegenüber nichts, und nach einer Weile vergaß sie den Zwischenfall. Bis zum nächsten Mal. Da spielte sie mit Juliette in ihrem und Phils langgestreckten, niedrigen Schlafzimmer unter dem Dach. Draußen regnete es in Strömen. Sie hatte Juliette in der Küche gefüttert und war dann zum Wickeln mit ihr nach oben gegangen und eine Weile geblieben, um ihrer Tochter ein paar Wiegenlieder vorzusingen. Es widerstrebte ihr, die Kleine in ihr eigenes Zimmer in ihr Bettchen zu legen. Der Raum war warm und freundlich wie immer; auf dem Bett lag dieselbe Seidendecke wie damals in Dean Village. Mitten im Singen hielt sie abrupt inne und lauschte angestrengt; da war jemand, ganz in ihrer Nähe, hier im Zimmer. Sie spürte, wie sich ihre Haut im Nacken vor Kälte zusammenzog. Juliette wandte ihre hingebungsvollen, tiefblauen Augen von ihr ab und starrte auf etwas, das direkt hinter Liza stand. Liza fühlte, wie ihr der Mund trocken wurde; sie hielt die Luft an und drehte sich langsam um.

Da war nichts.

Sie packte das Kind, drückte es an die Brust und stand auf. Ihr Herz klopfte so wild, daß sie befürchtete, Juliette könnte ihre Panik spüren. Sie floh aus dem Zimmer auf den Treppenabsatz hinaus. Unten in der Küche brach sie in Lachen aus. Wie dumm von ihr! Es war absolut unmöglich, daß Brid sie finden würde. Erst später bemerkte sie den Schildpattkamm, der neben ihrer Kommode auf dem Teppich lag; dabei wußte sie genau, daß sie ihn weggeräumt hatte.

Am selben Tag noch stieg sie den Berg hinauf, um Meryn zu besuchen. Sein Haus war leer, die Tür verschlossen. Resigniert machte sie kehrt.

Es war dunkle Nacht, der Wind fegte durch die Bäume. Zu seinen Füßen rauschte das Wasser über die Felsen und gurgelte in den Teich, wo totes Laub und grüne Pflanzen strudelten. Sie war dort und wartete. Adam hielt inne und schaute hinab; das Herz klopfte ihm bis zum Halse. Er wußte, daß er hinuntersteigen mußte. Irgendwo dort unten lag der Anhänger, tief in einer Spalte unter einem Felsen verborgen, bewacht von der häßlichen alten Frau mit ihrem kleinen, scharfen Messer. Er spürte seine Finger über den feuchten Stein abgleiten; er atmete den seltsam elektrischen Geruch des Wassers ein, das um ihn herum nach unten stürzte. Es gab kein Entkommen; unaufhaltsam wurde er in den Strudelteich gerissen. Schon fühlte er sich ertrinken, spürte die krallenden, kalten Finger der Frau, die dort auf ihn wartete.

»Nicht, Brid!«

Er schrie so laut, daß er davon aufwachte; dann lag er zitternd da und starrte zur Decke empor. Die Laken waren klamm vor Schweiß.

Jane, die neben ihm lag, kniff fest die Augen zusammen. Sie hatte panische Angst. Zum dritten Mal in drei Wochen hatte er sie jetzt damit aufgeweckt, daß er Brids Namen schrie – Brid, die er als eine frühere Freundin abgetan hatte, die zum Alptraum geworden war, seitdem Jane ihn damals, vor vielen Monaten, nach der Taufe zur Rede gestellt hatte.

Adam wußte nicht genau, wann die Angst begonnen hatte. Wohl nach Juliettes Taufe in Hay. Es war, als hätte das Reden über Brid sie irgendwie wieder heraufbeschworen. Als er nach Hause kam, hatte er plötzlich das seltsame Gefühl, daß sie im Haus war und auf ihn wartete. Er erstarrte vor Panik, stand einen Moment wie gelähmt da, konnte weder atmen noch sich bewegen, und spürte, wie er unter seinem Hemdkragen in Schweiß ausbrach. Dann kam er wieder zu Vernunft. Das Gefühl verließ ihn so rasch, wie es über ihn gekommen war, und mit einem Seufzer der Erleichterung ging er ins Wohnzimmer und warf die Schlüssel auf den Tisch. Erst dann gestattete er sich, zu Lizas Kristall zu gehen und die kalte, glitzernde Oberfläche mit dem Finger zu berühren. Am selben Tag hatte er den Talisman in ihr Schlafzimmer gestellt und Jane die ganze Geschichte erzählt.

Liza bat Jane, sich an den Tisch zu setzen, und stellte ihr eine große Tasse mit Milchkaffee hin. Calum hatte gar nicht gemerkt, daß sie mittlerweile am Ziel ihrer Reise angelangt waren, und schlief selig weiter, selbst, als sie ihn aus dem Auto hoben. Jane sah sich in der Küche um. Die weißgestrichenen Wände und die niedrige Balkendecke, wo schwere Eisentöpfe von Haken herabhingen, waren seit ihrem letzten Besuch hinter Dutzenden von Gemälden und Collagen und zahlreichen handgetöpferten Gefäßen auf den offenen Regalen fast verschwunden. Auf dem großen, sauber geschrubbten Tisch standen in einem Sahnekännchen, dem der Henkel fehlte, die ersten Osterglocken, die Liza wenige Stunden zuvor im Obstgarten gepflückt hatte und die allmählich ihre Knospen öffneten.

»Warum ist Adam nicht mitgekommen?«

Jane lächelte. »Wegen der Arbeit natürlich. Offenbar können sie ihn in der Praxis nicht entbehren. Wenn er so weitermacht, wird er wahrscheinlich nie zu einem Urlaub kommen.«

»Dann mußt du darauf bestehen.« Liza warf ihr einen Blick zu. »Ist zwischen euch alles in Ordnung, Janie?« Es entstand ein unbehagliches Schweigen. Ungefähr ein Jahr war vergangen, seitdem sie sich das letzte Mal gesehen und sich wegen Brid beinahe gestritten hatten, und in der Zwischenzeit war sehr viel passiert. »Die Sache mit deinem Baby tut mir wirklich leid.«

Drei Monate zuvor hatte Jane das Kind, mit dem sie im vierten Monat schwanger war, verloren; sie war am Boden zerstört gewesen. Als Adam Liza am Telefon davon erzählt hatte, war er schluchzend zusammengebrochen.

Jane nickte, ohne aufzusehen. »Es geht uns gut. Er ist nur immer so müde, und ich bin die ganze Situation leid. Es ist um keinen Deut besser geworden, mußt du wissen. Die Kuh macht mir das Leben immer noch zur Hölle.« Sarah Hardings offene Feindseligkeit war nach der Fehlgeburt in nicht minder lästiges Mitgefühl umgeschlagen. Ständig bot sie ihre Hilfe an; es verging kaum ein Tag, wo sie nicht in der Tür stand oder anrief, um wegen Calum Ratschläge zu erteilen, und sie mischte sich auf eine Art und Weise ein, die selbst Patricias

Bevormundung in den Schatten stellte. Allmählich trieb sie Jane zur Weißglut.

»Adam sollte etwas sagen.«

»Oder ich.« Jane seufzte. »Das Problem ist, ich möchte Adam die Situation nicht erschweren. Ich glaube, einer der Partner wird bald gehen, und dann stünde für Adam sozusagen eine Beförderung an. Das will er sich nicht entgehen lassen. Und dann ist da noch etwas.« Sie nahm den Löffel von ihrer Untertasse und spielte damit. Schließlich sah sie auf. »Weißt du noch, wie du mir bei der Taufe von Brid erzählt hast? Ich habe dir nicht geglaubt und war sehr unhöflich.« Sie sah beiseite; die Erinnerung war ihr unangenehm. »Er hat Alpträume von ihr gehabt. Er hat den Talisman, den du uns geschenkt hast, ins Schlafzimmer gestellt.«

»Glaubst du, daß er sie gesehen hat?« Liza spürte, wie ihre Haut im Nacken zu prickeln begann. »Wie hat sie ihn gefunden?«

Wie hatte sie *sie* gefunden?

»Ich weiß nicht. Es gibt doch hundert Möglichkeiten, wie sie ihn finden könnte. Schließlich ist er Arzt. Sie könnte seine Adresse durch die Uni herausbekommen; die wissen doch, wo er ist. Oder sie könnte einen Privatdetektiv anstellen oder so.«

»Jane.« Liza biß sich auf die Lippen. Beinahe hätte sie gesagt: »So geht sie nicht vor. Sie ist nicht real.« Aber das stimmte nicht. Brid war sehr real gewesen; sie war es noch immer.

Jane blickte auf; vor Kummer wirkte ihr Gesicht plötzlich wie nackt. »Hat er sie sehr geliebt, Liza?«

Sprachlos starrte Liza sie an. »Nein! Was immer sie für Adam einmal bedeutet haben mag, das war vorbei, lange bevor er dich kennenlernte. Noch bevor er mich kennenlernte. Die letzte Person, die er sehen möchte, ist Brid, das kannst du mir glauben.«

Ein Schauder durchfuhr sie. Das also war der Grund, warum Jane dem kalten Märzwind getrotzt hatte und quer durch ganz Südengland bis nach Wales gefahren war. Liza stand auf und legte ihr den Arm um die Schultern. »Adam würde lieber dem Teufel persönlich begegnen als Brid.« Sie lächelte ernst. »Nach manchem, was ich von ihm weiß, hatte er einmal sogar den Eindruck, sie wäre die Tochter des Teufels. Gelinde gesagt. So genau wußte er nicht, wo sie herkam, aber sie machte ihm wirklich angst. Mir hat sie auch angst gemacht.« Sie zögerte. Sie war sich so sicher gewesen, daß ihnen nichts passieren konnte. So überzeugt. Aber jetzt … »Ich weiß, daß sie uns nicht finden kann. Niemanden von uns. Vielleicht sucht sie« – sie suchte in der Tat –, »aber sie wird keinen Erfolg haben. So, und jetzt decke ich den Tisch fürs Mittagessen, dann holen wir Philip aus dem Atelier und schauen, ob Juliette schon wach ist, und denken nicht mehr an Brid.«

Sie drehte sich zur Anrichte, um Messer und Gabeln aus der Schublade zu holen, und merkte, daß Jane sie eingehend betrachtete.

Sie hoffte, ihr besorgter Ausdruck würde sie nicht verraten.

Gegen Mittag hatte Adam seinen letzten Hausbesuch absolviert und stand gerade in der Haustür, als das Telefon klingelte. Er seufzte. Er hatte sich auf ein Glas Whisky gefreut, bevor er den kalten Imbiß aß, der in der Küche für ihn bereitstand. Er griff nach dem Hörer und sah zum Fenster hinaus. »Dr. Craig am Apparat.« Zumindest hatte es zu regnen aufgehört, aber der eisige Ostwind wehte immer noch. Deswegen lag die Hälfte seiner Patienten mit Bronchialkrankheiten im Bett, und die andere Hälfte hatte Rheuma.

»Adam? Hier ist Jane. Ich wollte nur mal hören, wie es dir geht.«

Sein Gesicht entspannte sich zu einem Lächeln. »Gut. Und wie geht es dir und Calum? Und Liza und Phil?«

»Uns geht's allen gut. Es ist wunderschön hier. Ach, Adam, kannst du nicht kommen? Nur fürs Wochenende? Bitte.«

Adam seufzte. Sie fehlte ihm sehr. Ohne sie und den Jungen war es sehr still im Haus; und auch wenn die Sorge um ihre Sicherheit verschwunden war, die ihn gequält hatte, waren völlig andere Befürchtungen aufgetaucht – jetzt, wo sie so weit weg waren.

»Adam, bist du noch da?« Janes Stimme am Telefon weckte Verlangen in ihm.

Im Handumdrehen hatte er den Entschluß gefaßt. Die Praxis konnte ein oder zwei Tage ohne ihn auskommen. Urlaub schuldeten sie ihm mehr als genug. Irgendwie würde er es schaffen.

»Ich werde sehen, was sich machen läßt, ja, mein Liebling? Ich werde wirklich alles versuchen, das verspreche ich dir.« Seine Stimme klang überschwenglich. »Sag Liza, sie soll den wunderbaren Eintopf mit Rindfleisch kochen, den sie damals zur Taufe gemacht hat. Ich bin hier am Verhungern ohne meine Frau, die mich anständig ernährt. Am Samstag bin ich bei euch. Versprochen.«

Und er hielt Wort. In den frühen Morgenstunden fuhr er los und kam zur Frühstückszeit in Pen-y-Ffordd an.

Calum stürmte kreischend auf seinen Vater zu. »Daddy, komm Lämmchen gucken!«

»Ach – und ich dachte, das wäre eine Farm, auf der gemalt wird.« Adam gab zuerst Jane und dann Liza einen Kuß, schüttelte Philip die Hand und überreichte ihm dabei eine Flasche Malt Whisky. »Wo kommen die Schafe her?«

»Sie gehören dem Nachbarn. Sie springen im Sonnenschein herum.« Philip lächelte. »Geh mit ihm, Adam. Er freut sich schon die ganze Woche darauf, sie dir zu zeigen.«

Adam schwenkte seinen Sohn durch die Luft. »Also gut, junger Mann – wohin gehen wir?«

Jane folgte ihnen nach draußen. »Wie hast du es denn überhaupt geschafft, wegzukommen?«

»Ich habe ihnen gesagt, daß ich keinen richtigen Urlaub gemacht habe, seit ich in der Praxis arbeite.«

»Und das hat sie überzeugt?«

»Das bezweifle ich«, antwortete Adam achselzuckend. »Aber reden wir von etwas anderem. Wie geht es Liza und Phil?«

»Gut.«

Erst am nächsten Tag gelang es Adam, unter vier Augen mit Liza zu sprechen. Er stahl sich aus dem Haus und ging zu ihr ins Atelier, nicht ohne die Tür fest hinter sich zuzuziehen.

»Was ist denn los? Kommt ihr miteinander aus, du und Jane? Ich sehe doch, daß dir irgend etwas große Sorgen macht. Was ist passiert?«

»Sie ist wieder da. In meinem Kopf.« Unwirsch legte Liza den Pinsel beiseite und wandte sich ihm zu. »Und von Jane höre ich, daß du Alpträume von ihr hast. Ich weiß nicht, was ich tun soll.«

Adam starrte sie entsetzt an. Sie brauchte ihm nicht zu sagen, wen sie mit »sie« meinte. »Guter Gott!« Er ließ sich auf einen alten Korbstuhl am Tisch fallen. »Erzähl, was passiert ist.«

Sie erzählte ihm von den Vorfällen, als sie geglaubt hatte, Brid zu sehen, dann berichtete sie von dem Kamm. »Er war besonders hübsch. Ich hatte zwei davon; den anderen habe ich verloren.« Sie zuckte mit den Schultern. »Zuerst ist es mir gar nicht richtig aufgefallen. Aber er hat sich bewegt. Er lag mal hier, dann dort. Ich hatte ihn in eine Schublade in die Kommode gelegt.« Nachdenklich strich sie ihr langes Haar zurück. »Und am nächsten Morgen lag er dann auf meinem Nachttisch. Ich dachte, ich hätte es selbst getan. Natürlich. Aber dann ist es wieder passiert. Und dann, am nächsten Tag, als ich ihn in der Hand hielt, ist er heiß geworden.« Langsam schüttelte sie den Kopf. »Ich konnte es nicht glauben. Ich habe ihn fallen lassen. Als ich ihn wieder anfaßte, war er natürlich kalt. Also habe ich ihn in eine Schublade gesteckt ...«

Plötzlich fiel ihm auf, daß sie sich die Haare mit einem Band aus der Stirn gebunden hatte. »Heute morgen habe ich ihn dann unter meinem Kissen gefunden.« Sie seufzte tief.

»Ich habe sie gesehen, Adam. Hier, in der Scheune. Und dann stand sie in der Küchentür. Nicht wirklich sie. Ein Gespenst. Ein Geist. Ich weiß es nicht. Nur ein Schatten. Dann war sie verschwunden, aber es hat genügt. Sie hat mich gefunden. Sie beobachtet mich. Ich weiß nicht, warum. Du und ich, wir sind doch nicht mehr zusammen, warum also verfolgt sie mich?«

Adam biß sich auf die Lippe; sein Gesicht war kreidebleich geworden. »Soll ich dir den Kristall zurückschicken?«

Mit einem Kopfschütteln lehnte sie ab. »Wir haben einen Nachbar, Meryn Jones. Er kennt sich mit solchen Dingen aus.«

212

Sie lächelte matt. »Im Ort heißt es, daß er ein Zauberer ist. Er hat den Kristallbaum für euch gemacht. Er sagt, sie verfolgt mich, weil ich medialer veranlagt bin als du. Es fällt ihr leicht, in meinen Kopf zu gelangen. Ich bin der einzige Kontakt, den sie zu dir hat ...«

»Und trotzdem hast du Jane und Calum herkommen lassen?« Wütend stand Adam auf. »Du hast gewußt, daß das Mädchen herausgefunden hat, wo du bist, und dann hast du Jane und Calum hierher eingeladen, zu dir?«

»Ich habe sie nicht eingeladen, Adam! Es war Jane, die kommen wollte. Und sie ist gekommen, weil auch sie sich Sorgen macht wegen Brid. Was soll ich denn tun?« Sie sah im direkt in die Augen. »Soll ich für den Rest meines Lebens heimgesucht werden von dieser Frau, nur weil ich einmal in dich verliebt war?« Es herrschte eine lange Pause. »Entschuldigung«, sagte sie dann. »Das war taktlos. Vergiß es. Auf jeden Fall, wir sind beide glücklich verheiratet. Aber offenbar hat Brid nicht begriffen, daß das Leben weitergegangen ist.« Ruhiger fuhr sie fort: »Sie sollte aber nicht mein Problem sein, Adam. Und ganz bestimmt nicht Phils. Und Janes natürlich auch nicht.«

»Guter Gott.« Adam setzte sich wieder und schlug die Hände vors Gesicht. »Was meint denn dein Freund Meryn, was wir tun sollen?«

»Er war fort und ist erst gestern abend zurückgekommen. Ich habe ihn angerufen und ihm alles erklärt. Du und ich, wir werden ihn morgen besuchen müssen.«

»Ohne Jane?«

»Ohne Jane. Noch nicht. Laß uns das allein machen.«

Am nächsten Morgen fuhren sie über eine schmale Straße den Berg hinauf. Über ihren Köpfen wuchsen die Bäume zusammen, so daß sie wie in einem Tunnel von schwarzen Weißdornzweigen fuhren, an denen erst winzige grüne Triebe und perlförmige Knospen zu sehen waren, doch die Haselkätzchen hinterließen eine Spur von Goldstaub auf dem Dach von Adams Wagen.

Vor Meryns Haus blieb Adam einen Moment stehen und blickte über die Wälder und Felder zu den fernen Bergen.

»Denkst du daran, wie sehr dir Schottland fehlt?« Liza hakte sich bei ihm unter; sie fröstelte im Wind.

Er nickte. »Die Berge liegen mir im Blut.«

»Eines Tages wirst du zurückgehen.«

Er folgte ihr zu der niedrigen Tür, die bereits geöffnet worden war. Der Mann, der dort stand, entsprach überhaupt nicht Adams Erwartungen. Er war groß, dunkelhaarig, wohl gut vierzig. Das schmale, faltige Gesicht war vom Wetter gegerbt, aber nicht alt, wie Adam es sich vorgestellt hatte, und die Augen blickten keineswegs verschwommen und mystisch, sondern leuchtend blau und sehr scharf. Er trat zurück, um seine Besucher eintreten zu lassen, und sie fanden sich in einem Raum wieder, der halb Küche, halb Wohnzimmer war und das ganze Erdgeschoß des Cottage einnahm. Als Adam sich umsah, wurde ihm unbehaglich zumute. Von der Decke hingen Bündel mit Kräutern, die den Raum mit einem starken, exotischen Duft füllten, doch für kulinarische Zwecke waren sie sicher nicht bestimmt. Auf den Borden beim Fenster sah er reihenweise Steine und Kristalle liegen. Es gab mehrere Regale, aus denen Bücher und Zeitschriften hervorquollen. Auf einer dunklen Ablage beim Herd bemerkte er einen Schafsschädel, der hinter einige braune Glasbehälter geschoben war. Die Atmosphäre war sehr eigenartig und wirkte ungewöhnlich still.

Liza schien das alles keineswegs zu erschrecken. Zu Adams Überraschung schlang sie die Arme um ihren Gastgeber und drückte ihm auf jede Wange einen Kuß. »Meryn, das ist mein Freund Adam.«

Meryn wandte sich zu ihm und streckte ihm ernst die Hand entgegen. »Dr. Craig.« Fast schien es, als würden seine blauen Augen aufblitzen, doch das Funkeln war sofort wieder verschwunden. Adam hatte das Gefühl, als hätte Mr. Jones ihn in den ersten Sekunden ihres Kennenlernens ausgelotet, und plötzlich sah er sich, wie er dem älteren Mann erscheinen mußte: Als zurückhaltender, gelehrter presbyterianischer Arzt, der dem Waliser Aberglauben skeptisch begegnete. Er fragte sich, wie Liza ihn wohl beschrieben haben mochte. Als hätte sie seinen Gedanken gelesen, nahm sie seine Hand. »Adam, ich habe Meryn alles von dir und Brid erzählt, als er den Talisman für euch machte. Er weiß, daß du solche Sachen nicht magst.« Sie begleitete ihre Worte mit einer umfassenden Geste, die den Raum und seinen Inhalt einschloß und dazu auch – aber Adam wußte nicht, ob sie das absichtlich tat oder nicht – den Gastgeber.

Vor Verlegenheit errötete er ein wenig. »Es tut mir leid, wenn meine Skepsis hier unpassend ist. Ich lerne.« Er zögerte. »Ich weiß, Liza hat im Augenblick am meisten unter dem Problem zu leiden, aber ich habe in letzter Zeit Träume gehabt – Alpträume.« Mit einem Schaudern sah er zu Meryn, der ihn schweigend beobachtete. »Ich habe Angst um Liza.« Unbeholfen fuhr er fort: »Und ich habe Angst um meine Frau und um meinen Sohn. Ich weiß nicht, warum das alles passiert ist!«

Meryn schwieg und ließ seinen Blick noch immer unverwandt auf Adam ruhen.

Adam steckte die Hände tiefer in die Hosentasche. Bei dem Schweigen des Mannes wurde ihm immer unbehaglicher zumute. »Es scheint, als wäre sie ein Gespenst, aber ich weiß nicht, ob sie lebendig ist oder tot.«

»Setzen Sie sich, Dr. Craig.« Endlich sprach Meryn, doch seinem Tonfall nach zu schließen, hatte er kein Wort von Adam gehört. Während Adam sich auf das alte Sofa neben Liza setzte, stellte er sich vors Fenster. Adam warf einen Seitenblick auf seine Freundin, aber sie starrte geradeaus in die Luft. So sah er auf seine Füße und schnitt eine Grimasse; fast kam er sich vor wie ein kleiner Schuljunge, der zum Direktor bestellt worden war. Meryn drehte sich zur Seite, so daß er über den Berg hinab ins tiefe Tal der Wye sah. »Das Mädchen, das wir für unsere Zwecke als sehr lebendig erachten werden, hat irgendeinen Gegenstand von Liza verwendet, um den Kontakt herzustellen.« Er sprach mit dem weichen, singenden Akzent der Waliser Berge. »Liza denkt, es könnte der Kamm sein, den sie vor ihrem Umzug in Edinburgh verloren hatte. Das Gegenstück dazu bewegt sich hier wie von selbst, vielleicht unter einer Art medialem Einfluß. Es ist durchaus möglich, daß der Kamm genügt – weniger der Kamm an sich als die Haare, die daran hängen; sie eignen sich sehr gut zur Kontaktaufnahme. Es ist eine recht einfache Technik, die von Eingeweihten in aller Welt angewendet wird.«

Adam merkte, daß ihm der Mund wie ausgedörrt war.

»Leider bedeutet die Tatsache, daß das Mädchen auf diese Art eine Verbindung hergestellt hat, daß Liza immer weiter Probleme haben wird, wenn wir die Verbindung nicht lösen. Haben Sie, Dr. Craig« – er drehte sich um und fixierte Adam mit einem durchdringenden Blick – »Grund zu der Annahme, daß sie irgend etwas von Ihnen besitzt?« Er wartete nur eine Sekunde und antwortete an Adams Statt, ohne ihm Zeit zum Nachdenken zu lassen. »Ich vermute nein, denn sonst hätte sie Sie erreichen können.«

»Meinen Alpträumen nach zu urteilen, hat sie mich schon erreicht.« Adams Stimme war heiser. Er räusperte sich laut, auch, um die tiefe Stille zu brechen, die wie eine Decke über dem Raum lag. »Ich bin nie das gewesen, was Sie – sagen wir, medial nennen würden. Ich bin Naturwissenschaftler.« Er grinste entschuldigend. »Von Anfang an war es Liza, mit der sie reden konnte. Die sie erreichen konnte. Ich weiß nicht, wie sie es macht.« Plötzlich griff er nach jedem Strohhalm. »Brid ist eine Heilerin. Wie Sie.« Er lächelte und hoffte, nicht herablassend geklungen zu haben. »Solche Leute haben gewisse Fähigkeiten, das weiß ich.«

»Diese Fähigkeiten besitzen wir alle, Dr. Craig«, antwortete Meryn sachlich. »Selbst Sie, auch wenn Sie es nicht merken.« Er durchquerte das Zimmer und stellte sich mit dem Rücken zum Kamin; dabei sah er konzentriert auf Adam hinab. »Liza hat mir gesagt, daß Sie den Talisman benutzen, daß Sie ihn in Ihr Schlafzimmer gestellt haben. Haben Sie das getan, weil Sie glaubten, er würde Sie und Ihre Frau schützen, oder war es eine rein abergläubische Geste, wegen der Sie sich schämen, die Sie aber trotzdem gemacht haben aus Gründen, die Ihnen nicht ganz klar waren?« Er ließ Adam nicht aus den Augen, und schließlich lächelte er. »Ich sehe schon, letzteres. Das macht nichts. Ein Ritual kann auch funktionieren, wenn man nicht daran glaubt, und daß Sie den Talisman aufstellen, ist schon mal ein Anfang. Sehen Sie, ich kann Ihnen nicht helfen, wenn Sie meinen Rat nicht annehmen wollen.«

»Er wird deinen Rat annehmen«, erklärte Liza schließlich. »Darum werde ich mich persönlich kümmern.«

Meryn schüttelte den Kopf. »Es braucht mehr als das, Mädchen. Er muß mehr mitbringen als nur guten Willen. Er muß stark sein. Er muß glauben.«

»Und was, wenn er es nicht kann?« Diese Frage kam von Adam.

»Dann glaube ich nicht, daß ich helfen kann.«

Adam schluckte. Wider Willen spürte er einen kalten Schauder über seine Schultern kriechen. »Ich verstehe nicht, warum wir alle noch soviel Angst vor ihr haben.«

»Weil sie einmal versucht hat, mich umzubringen, darum.« Liza stand auf und ging mit kleinen, erregten Schritten auf und ab. »Weil du Angst hast, daß sie versuchen könnte, Jane umzubringen. Und der Grund, warum du das denkst, ist: Du kannst nicht sicher sein, daß sie nicht schon mal jemanden umgebracht hat. Ich habe ja immer den Verdacht gehabt, daß sie die Haushälterin deines Vaters auf dem Gewissen hat. Sie ist eine Zigeunerin, verdammt noch mal. Die sind heißblütig. Bei denen gibt es Vendettas. Sie können einen Menschen verfluchen.«

Adam biß sich auf die Unterlippe und versuchte, seine Gedanken zu ordnen. »Also, ich glaube wirklich, daß sie die Fähigkeit hat, in unsere Köpfe einzudringen. Sie ist telepathisch veranlagt. Sie hat die Macht, mir Sorgen zu bereiten. Mir angst zu machen, wenn du so willst. Also muß ich glauben können, daß deine Gabe genauso stark ist wie ihre. Und daß Mr. Jones mir sagen kann, was ich tun soll. Also, Liza, sei still. Laß mich selbst antworten.«

Liza warf einen flehentlichen Blick zur Decke, als rufe sie den Himmel um göttlichen Beistand an. »Also gut. Wenn du meinst, dann soll es so sein.«

Meryn lächelte matt. »Wenn ihr beiden nur heftig genug streitet, spürt sie es vielleicht und läßt Liza endgültig in Ruhe.«

»Es tut mir leid. Wir streiten nicht.« Liza setzte sich wieder neben Adam. »Ich glaube, mich regt das alles ziemlich auf.«

»Ja. Aber das ist der erste Schritt – du darfst dich nicht aufregen. Du mußt lernen, ruhig zu bleiben. Zentriert zu bleiben. Du mußt lernen, deine Gedanken zu kontrollieren und Herrin deines Denkens zu sein. Du mußt lernen, Einflüsse von außen abzuschotten. Du mußt lernen, dich zu schützen. Das kannst du, Liza. Du hast diese parapsychologischen Fähigkeiten von deiner Mutter geerbt. Bestimmt hat sie dir als Kind einige Methoden und Techniken beigebracht. Sie wußte bestimmt, wie man sich mit einem schützenden Kreis umgibt.«

»Ich hab's versucht.« Liza seufzte. »Bei Brid scheint es nicht zu wirken.«

»Das ist nur, weil du jetzt zum ersten Mal mit einer solchen Sache konfrontiert bist. Das ist der Grund. Du wirst panisch. Bleib ruhig. Mehr brauchst du nicht zu tun. Umgib dich mit einer Wand von Licht. Diese Brid ist ein Wesen der Dunkelheit.« Mittlerweile hatte Meryn sie mehr als einmal in seinen Meditationen gesehen, Brid und den Mann, der sie verfolgte.

»Sie hat mir einmal erzählt, daß sie von dem Volk abstammt, das jenseits des Nordwindes lebt«, warf Adam ein. »So sah sie sich – wild, ungezähmt, frei.«

Meryn starrte ihn an.

»Sagt dir das etwas?« fragte Liza sofort.

Meryn schüttelte langsam den Kopf. »Ich glaube nicht«, meinte er nachdenklich. »Vermutlich reiner Zufall. Also, Dr. Craig. Jetzt kommen wir mal zu Ihnen. Sie werden lernen müssen, Ihre Phantasie zu benutzen. Sie müssen Dinge so konzentriert, so stark vor Ihrem geistigen Auge visualisieren, daß sie real werden. Und das werden Sie auch für Ihre Frau und Ihren Sohn tun müssen. Sie werden lernen müssen, sich und Ihre Familie mit Mauern zu umgeben, damit dieses Mädchen draußen bleibt, und Sie müssen diese Mauern so stark machen, daß sie diese Festung mit keiner Macht der Welt durchdringen kann.«

Nachdem Adam und Liza sich verabschiedet hatten, ging Meryn zu seinem Bücherregal und begann zu suchen. Schließlich fand er den Band: seine alte Ausgabe von Herodot, die Seiten lose und vom Alter verfärbt. Zärtlich nahm er das Buch zur Hand und blätterte darin, um die Stelle zu finden. Das Volk des Nordwindes. Ganz bestimmt stand das Zitat, das ihm eingefallen war, irgendwo hier.

Eine Weile später setzte er sich vors Feuer und stimmte sich darauf ein zu meditieren. Er würde sich an sehr vieles erinnern müssen, und er würde noch sehr viel mehr lernen müssen, bevor er es mit Brid und der schattenhaften Figur, die sie verfolgte, aufnehmen konnte.

Kapitel 9

Brid stand oben auf Arthur's Seat, dem erloschenen Vulkan östlich von Edinburgh, und blickte zu den Pentland Hills im Süden. In ihrer Jackentasche steckte der Baumwollschal, in den sie den Kamm mit den wenigen kostbaren Haaren gewickelt hatte. Wo waren sie, Adam und seine Liza? Brid wußte, daß die beiden nicht mehr zusammenwaren, aber trotzdem mußte sie sie doch erreichen können? Ihre Kräfte schwanden, und damit ließ auch ihre Gesundheit nach. Sie war dünn und schwach geworden, ihre Haare waren zerzaust und ohne Glanz, und unter ihren Augen lagen dunkle Ringe.

»Er ist da. Im Süden. Irgendwo im Süden.«

Und dort war auch der andere Mann, der Mann aus Adams Zeit, dessen forschender Geist in der Dunkelheit ihrer Träume dem ihren begegnet war.

Zwei Menschen, die in ihrer Nähe auf dem Gipfel standen, drehten sich zu ihr um; als sie bemerkten, daß dieses Mädchen mit den wilden Augen Selbstgespräche führte, wandten sie sich zum Gehen und begannen den Abstieg zu den Salisbury Crags. Brid blieb allein zurück.

A-dam!

Sie warf die Arme in die Luft, hielt ihr Gesicht in den Nordwind und rief seinen Namen. »A-dam, wo bist du?«

Tränen strömten ihr über die Wangen.

»A-dam, mein A-dam, ich brauche dich!«

Langsam drehte sie sich im Kreis, immer und immer wieder seinen Namen rufend. Aber es kam keine Antwort.

Manchmal stellte sie sich an den Fuß der Treppe, die zu Adams Wohnung führte, nur um das Gefühl zu bekommen, ihm irgendwie näher zu sein. Der Eingang war dunkel und etwas dreckig, und außerdem roch es, aber das störte sie nicht.

Er war hier gewesen. Die Schwindelanfälle kamen immer häufiger, und manchmal brach ihr anderes Leben, das Leben auf der anderen Seite des Steins, durch den Schleier, der sie von der Vergangenheit trennte. Dort warteten sie, Broichan und sein Gefolge, um sie zu töten.

Sie lehnte sich gegen die graue Steinmauer des Hauses und schloß für einen Moment die Augen. Als sie sie wieder öffnete, stand ein junger Mann direkt vor ihr. Er sah besorgt aus. »Ist alles in Ordnung?«

Sie lächelte erschöpft. »Ich glaube schon. Ich bin nur müde.«

»Ich habe Sie doch schon mal hier gesehen, oder? Suchen Sie jemanden?«

Sie nickte. »A-dam Craig. Früher hat er hier gelebt, aber jetzt ist er fort.«

»Adam Craig?« Der junge Mann lächelte fröhlich. »Ach, der ist schon sehr lange weg. Mein Bruder hat hier mit ihm zusammengewohnt. So habe ich die Wohnung bekommen. Adam hat jetzt eine Praxis unten in England. Wenn Sie möchten, kann ich wahrscheinlich die Adresse für Sie finden.«

»Du weißt, wo er ist?« Die Veränderung in ihrem Gesicht war erstaunlich; plötzlich strahlte sie vor Glück.

»Klar. Kommen Sie mit rauf, dann schaue ich nach.« Jimmie Thomson ging ihr die schmale Treppe voraus und suchte dabei nach dem Wohnungsschlüssel. Die Zimmer waren dunkel und voller schwerer, alter Möbel. Seit Adams Wegzug hatte sich nichts verändert. Jimmie ging zum Schreibtisch und wühlte nach seinem eselsohrigen Adreßbuch. Als er es fand, blätterte er rasch die losen Seiten durch. »Da ist er ja. In St. Albans. Nach der Hochzeit hat er sich in eine Praxis eingekauft, also ist es recht wahrscheinlich, daß er noch da ist.« Er grinste sie an. »Soll ich Ihnen die Adresse aufschreiben?«

Sie schüttelte den Kopf. »Das ist nicht nötig. Ich kann sie mir merken.« Zögernd sah sie sich im Zimmer um. Es waren noch Sachen von Adam da, das spürte sie: ein Buch, ein Bild an der Wand, und auf dem schmalen Regal über dem Feuer – sie erstarrte ein wenig und trat näher. »Das. Das gehört A-dam.« Halb verborgen hinter einem Kerzenleuchter lag ein Manschettenknopf aus Kupfer.

»Da haben Sie recht.« Er fragte sich, wie sie ihn nur gesehen hatte – das Mädchen hatte Augen wie ein Luchs. »Ich habe ihn in der Polsterung eines Sessels gefunden, als er weg war. Ich wollte ihn ihm immer schicken, bin aber nie dazu gekommen.«

»Das macht nichts. Ich nehme ihn mit.« Sie hatte den Manschettenknopf bereits in die Tasche gesteckt und wandte sich zum Gehen. In der Tür blieb sie stehen und sah ihn kurz an. »Was ist Hochzeit?«

Er runzelte die Stirn. »Was eine Hochzeit ist?« wiederholte er verständnislos. »Sie wissen schon – er hat sich eine Frau genommen, er lebt mit ihr zusammen. Soweit ich weiß, hat er jetzt auch Kinder. Eins zumindest, und ein zweites ist unterwegs.«

»Ach so.« Ihr Gesicht war etwas eingefallen. Sie starrte ihn noch einen Moment an, dann verschwand sie die Treppe hinab.

Jimmie blieb einen Augenblick still stehen und biß sich auf die Lippen. Plötzlich hatte er ein schlechtes Gewissen. Vielleicht hätte er dem Mädchen doch nicht die Adresse geben sollen. Er ging zur Tür, und ohne genau zu wissen warum, drehte er den Schlüssel im Schloß um. Nein, das war lächerlich. Außerdem war Adam höchstwahrscheinlich schon längst weggezogen.

»Da muß ich hin.« Brid hatte die Adresse eigenhändig in ihrer sorgsamen, runden Schrift notiert. Sobald Catriona nach Hause kam, zeigte sie ihr den Zettel.

Catrionas Herz machte vor Freude einen Satz – die junge Frau, die so sehr auf sie angewiesen war, wohnte schon zu lange bei ihr. Sie überlegte. »St. Albans ist, glaube ich, irgendwo da unten bei London. Warum in aller Welt willst du dahin?«

»Da ist A-dam.« Jetzt konnte sie ihn auch ohne den Manschettenkopf finden, aber so war es einfacher.

»Adam?« Von dem hatte Brid noch nie gesprochen. Catriona musterte Brids Gesicht und sah die Vielzahl von Gefühlen, die dort geschrieben standen – Sehnsucht, Wut, Angst, Trauer. »Ist das jemand Wichtiges?«

Brid nickte. »Mein Freund.«

»Ah ja.« Catriona zuckte die Achseln. »Nach dem Essen schaue ich mal auf die Landkarte, ob ich's finden kann.«

»Jetzt. Ich will es jetzt wissen.«

»Warum? Wenn du ihm schreiben willst ...«

»Ich gehe dahin.«

»Brid, das ist sehr weit. Zuerst mußt du mit dem Zug nach London fahren, das sind Hunderte von Kilometern, und dann mußt du in einen anderen Zug steigen. Und du kannst nicht einfach jemanden besuchen, ohne dich vorher anzumelden. Hast du seine Telefonnummer?«

Brid schüttelte den Kopf. Adam würde wissen, daß sie kam.

»Dann rufen wir bei der Auskunft an. Du hast ja seine Adresse, dann geben sie dir seine Nummer, und du kannst bei ihm anrufen. Das ist ganz einfach.« Lächelnd nahm sie Brid den Zettel aus der Hand, ging zum Schreibtisch und nahm den Hörer ab. »Wie heißt er mit Nachnamen?«

»Mit Nachnamen?«

»Sein zweiter Name. Er muß einen haben. Adam wer?«

»A-dam Craig. Er ist Arzt.«

»Ah ja.« Sie betrachtete Brid einen Augenblick, dann nickte sie. »Gut. Also.«

Brid wartete. An Catrionas Telefon hatte sie sich schon längst gewöhnt, und ein- oder zweimal hatte sie sogar den Mut gefunden, den Hörer abzunehmen, wenn es klingelte und sie allein in der Wohnung war. Es schien überhaupt nicht seltsam, mit jemandem zu reden, der ganz, ganz weit weg war; es war sogar eine eindeutige Verbesserung gegenüber der Art, die sie kannte und die gelegentlich nicht allzugut funktionierte. Das Telefon erklärte auch, warum die Menschen in Adams Welt offenbar nicht verstanden, wie die Menschen in ihrer Welt einfach durch Gedanken miteinander in Kontakt traten. Sie hatten eine bessere Methode gefunden. Nach wenigen Minuten reichte Catriona ihr den Hörer.

Brid nahm ihn mit zitternden Händen entgegen und hörte das Klingeln am anderen Ende. Dann kam ein Klicken, ein lei-

223

ses »ping«, und eine Frauenstimme erklang. »Guten Tag? Hier spricht Jane Craig. Was kann ich für Sie tun?«

Brid verzog das Gesicht. »A-dam?« sagte sie leise. »Ich möchte mit A-dam sprechen.«

»Es tut mir leid, Adam ist im Augenblick auf Patientenbesuch. Kann ich Ihnen helfen?« Die Stimme war hell und freundlich. »Sind Sie eine Patientin?«

»Ich möchte mit A-dam sprechen.«

Sie hörte ein Seufzen, spürte die kaum beherrschte Ungeduld. »Es tut mir leid. Wenn Sie mit ihm sprechen möchten, müssen Sie es morgen noch einmal versuchen. Er ist bei einer Entbindung, und ich habe keine Ahnung, wann er zurücksein wird.«

»Er ist nicht da.« Brid legte den Hörer sacht auf die Gabel. »Ich gehe hin.«

Catriona seufzte. »Wir erkundigen uns morgen nach Zügen. Es ist eine sehr weite Reise, Brid, sie dauert den ganzen Tag.«

»Das macht nichts. Ich gehe. Jetzt.«

»Du kannst nicht jetzt fahren. Mitten in der Nacht gibt es keine Züge.« Sie wußte zwar nicht, ob das stimmte, aber irgendwie mußte sie diese eiserne Entschlossenheit zügeln. Sie machte ihr angst. »Morgen gehe ich mit dir zum Bahnhof und schaue zu, daß du eine Fahrkarte bekommst und in den richtigen Zug steigst, ja?« Beschwichtigend legte sie eine Hand auf Brids Arm. »Das ist ein ziemliches Abenteuer, weißt du? St. Albans ist sehr weit weg. Du mußt alles genau richtig machen.« Sie begegnete Brids Blick, und eine Woge der Angst überschwemmte sie.

Einen Moment lag in dem Blick reinster Haß, doch fast sofort war er verschwunden, und das Mädchen entspannte sich. »Gut, morgen. Morgen gehe ich zu A-dam.«

Nachts, als Catriona im Bett lag und zu schlafen versuchte, hörte sie das Mädchen im Wohnzimmer herumwühlen. Lautlos stieg sie aus dem Bett und schlich zur Tür. Doch anstatt Brid zur Rede zu stellen und sie zu fragen, was sie in aller Welt vorhabe, drehte sie nur leise den Schlüssel im Schloß um und stand da, zitternd vor Angst, die Schultern gegen die Tür gepreßt.

Am nächsten Tag fuhr Catriona sie zum Waverley Station, zahlte ihr die Fahrkarte, gab ihr fünf Pfund für die Weiterfahrt, wo immer die sie hinführen mochte, und brachte sie zum Zug. Einen Moment empfand sie Mitleid, denn sie sah den blanken Terror in Brids Gesicht, als sie an einer riesigen Dampflokomotive vorbeigingen, und wieder, als sie das Mädchen auf den Eckplatz in einem Abteil zweiter Klasse setzte, aber als sie winkend auf dem Bahnsteig stand und der Zug zum Bahnhof hinausfuhr, empfand sie nur noch Erleichterung.

Erst drei Tage später bemerkte sie, daß der silberne Brieföffner, den sie unter den Papierstapeln auf ihrem Schreibtisch vergraben wähnte, verschwunden war.

Adam stieg in den Riley. Auf dem Beifahrersitz lag sein schwarzer Arztkoffer, daneben ein Notizblock mit all seinen Besuchsterminen. Er betrachtete die Adressen, während er mit dem Fuß leicht aufs Gaspedal trat, um den Motor vorzuwärmen. *A-dam*, hatte Jane gesagt. Sie hatte es genau nachgemacht, und der Klang des Wortes hatte ihn mit Grauen erfüllt. Wenn Brid seine Telefonnummer hatte, dann hatte sie vermutlich auch seine Adresse. Sie brauchte ihre Telepathie nicht mehr. Sie hatte ihn gefunden.

Seine Hände, die das Lenkrad umklammerten, wurden klebrig, und eine Weile saß er still da, legte den Kopf in den Nacken und atmete langsam und tief durch. »Was hat sie genau gesagt?« fragte er entsetzt.

»Nichts. Nur ›Ich möchte mit A-dam sprechen.‹ Ich sagte ihr, sie müßte heute noch mal anrufen.«

»Wenn sie's tut, sag ihr, daß ich nicht da bin. Sag ihr, daß ich weggezogen bin.«

»Adam!« Jane lachte heiter. Sie war endlich wieder schwanger, und es stand ihr gut. Sie war noch nie so strahlend oder so glücklich gewesen. »Das kann ich nicht, wirklich nicht. Wer war es denn?«

Er holte tief Luft. »Es klingt, als hätte es Brid sein können«, sagte er langsam. »Sie ist der einzige Mensch, der A-dam so ausspricht.«

Jane starrte ihn mit aufgerissenen Augen an. »Aber Adam, Liebling – ich dachte, das wäre alles vorbei?« Er hatte ihr nur sehr wenig über seinen Besuch mit Liza bei Meryn erzählt, denn er hatte sie schonen wollen und auch nicht gewußt, wieviel sie ihm glauben würde. »Es kann doch unmöglich Brid sein. Und selbst wenn – was sollte sie um Himmels willen schon tun? Du bist jetzt verheiratet. Du bist Vater. Guter Gott, du wirst zum zweiten Mal Vater… Du bist ein Arzt, kein Schuljunge mehr!« Sie legte ihm die Hände auf die Schultern und gab ihm einen raschen Kuß. »Ach, mein Schatz, mach dir keine Sorgen. Ich laß nicht zu, daß sie dich mit Zaubersprüchen umgarnt, das verspreche ich dir. Wenn sie wieder anruft, sage ich, daß du fortgegangen bist, um bei den Eskimos als Arzt zu arbeiten. Wie wär's damit?«

Unfreiwillig mußte er lachen. »Das klingt gut. Großartig. Gute Idee.«

Dann hatte er jeden Gedanken an sie beiseite geschoben. Aber jetzt, heute morgen, war er sich auf einmal nicht mehr so sicher. Im Rückspiegel schaute er auf die ruhige Straße, die von der Sonne beleuchtet hinter ihm lag. Niemand war zu sehen. Mit einem Seufzer der Erleichterung legte er den Gang ein und löste die Handbremse. Für seinen ersten Besuch mußte er auf die andere Seite der Stadt fahren.

Im Zug döste Brid, eingelullt vom Geräusch der Räder auf den Gleisen. Zuerst hatte sie zum Fenster hinausgesehen, die Landschaft betrachtet und das phantastische Blau des Meeres auf dem Weg nach Süden bestaunt. Als das Geräusch sich veränderte und der Zug hoch oben in der Luft über die Berwick Bridge rumpelte und dann weiter nach England hinein, war sie vor Angst erstarrt. Während sie Adam immer näher kam, schlief sie wieder ein. Sie aß nichts, verließ auch nicht ihren Sitzplatz, und das Abteil blieb leer. An die Zukunft dachte sie nicht. Sie hatte keine Ahnung, wie sie zu Adam kommen sollte. Catriona hatte von einem anderen Zug, einem anderen Bahnhof gesprochen. Daran wollte sie jetzt nicht denken. Ihr Kopf wurde ganz leicht. Hier, im Zug, der sie aus dem Land, das sie kannte, forttrug, wurde der Schleier immer dünner. Mit aller Kraft klammerte sie sich an jede Realität, die sich ihr bot, und wehrte sich verzweifelt gegen die Dämonen. Aber als der Zug in den Londoner Bahnhof King's Cross einfuhr, wußte sie, daß sie den Kampf verloren hatte. Ihre Augen blickten starr, ihre Haut war kalt, ihr Puls fast nicht zu spüren. Sie hörte die Geräusche des Bahnhofs, aber sie konnte sich nicht bewegen. Gebannt blickte sie in die Augen Broichans, ihres Onkels.

Patricia sah sich im Wohnzimmer um und nickte zufrieden. Jane hatte das Haus sehr nett eingerichtet. Es war behaglich und wohnlich, aber nicht unordentlich. Calums Spielzeug war sorgsam weggeräumt, und am Tag zuvor hatte sie den unansehnlichen Stapel von medizinischen Zeitschriften in Adams Arbeitszimmer getragen. Sie schüttelte ein Kissen auf und zog den Vorhang noch einen Zentimeter weiter auf. Das neue Haus in der ruhigen Wohnstraße hatte einen größeren Garten als das alte. Es war in den zwanziger Jahren erbaut und völlig anders als ihr früheres Zuhause, aber sie wußte, daß Jane es schon deswegen liebte, weil es ihr eigenes war. Patricia lächelte. Es war nicht so vornehm wie das alte Haus, natürlich nicht, und leider lag es auch nicht in einer schönen alten Straße, aber zumindest gehörte es ihnen.

Jane war in der Küche und machte ihnen gerade eine Tasse Tee, während Calum schlief. Endlich war Stille im Haus. Patricia seufzte. Mittlerweile war der kleine Junge recht anstrengend geworden. Vielleicht sollte sie sich jetzt hinlegen, bevor er wieder aufwachte? Wie schade, daß sie nicht länger bleiben konnte, um Jane in den letzten Monaten vor der Geburt des zweiten Kindes zu helfen, aber es war doch sehr ermüdend …

Auf halbem Weg die Treppe hinauf blieb sie stehen, um zu Atem zu kommen, und sah durch die offene Tür in Janes und Adams Schlafzimmer. Die Sonne strömte herein. Es war ein hübsches, feminines Zimmer mit ansprechenden Bildern und eleganten Ziergegenständen. Sie trat kurz hinein, sah sich um und nickte. Zumindest Geschmack hatte sie ihrer Tochter beigebracht. Fast im selben Augenblick, als sie das dachte, fiel ihr Blick auf den verschnörkelten kleinen Baum aus Email und Silber, der auf dem Nachttisch stand. Der schillernde Kristall fing die Sonne ein und warf ein Regenbogenmuster auf die gegenüberliegende Wand. Es war ein häßliches Ding, ordinär, und paßte überhaupt nicht zur restlichen Einrichtung. Patricia verzog das Gesicht. Das hatten sie von dieser schrecklichen Künstlerin bekommen, dieser Schlampe, die einmal mit Adam befreundet gewesen war. Sie ging zum Bett, nahm das Ornament in die Hand und betrachtete es. Es war nicht einmal gut gearbeitet.

»Mutter! Was tust du denn?« Janes Stimme, die hinter der Tür erklang, ließ Patricia zusammenfahren.

»Nichts, mein Schatz. Ich dachte nur, wieviel hübscher dieses Zimmer aussehen würde ohne dieses – Ding neben dem Bett. Es paßt überhaupt nicht hier hinein.«

»Stell es wieder hin, Mutter. Bitte. Es ist ein Glücksbringer.« Jane war erschöpft. Angeblich war Patricia eigens gekommen, um Jane etwas zu entlasten, doch in Wirklichkeit verursachte sie ihr nur noch mehr Arbeit. Wie jetzt: Jane hätte gerne die Beine hochgelegt, solange Calum schlief, und nun mußte sie Tee machen, um ihn ihrer Mutter aufs Zimmer zu bringen.

»Abergläubischer Unsinn! Kannst du es nicht verschwinden lassen, mein Schatz? Spende es doch für einen wohltätigen Zweck oder so etwas. Ich bin sicher, irgend jemandem würde es gefallen…«

»Es gefällt mir, Mutter.« Jane stellte die Tasse auf der Kommode ab und streckte die Hand aus. »Bitte gib's mir.«

»Du brauchst gar nicht in die Defensive zu gehen, mein Schatz. Ich bin sicher, Adam würde gar nicht merken, wenn es nicht mehr da wäre…« Patricia drehte sich um, um es wieder auf den Nachttisch zu stellen, und da fiel ihr der Talisman aus der Hand. Sie griff noch danach, und den Kristall fing sie auf, aber der kleine Baum blieb an der Ecke des Nachttischs hängen und lag dann verbogen zu ihren Füßen auf dem Teppich; zwei kleine Emailblätter waren abgebrochen.

»Mutter!« Entsetzt starrte Jane auf die Bruchstücke. »Was hast du getan?«

»Es tut mir leid. Es ist mir aus der Hand gerutscht.«

»Ach ja, aus der Hand gerutscht.« Nur mit Mühe konnte Jane die Tränen der Wut und der Erschöpfung hinunterschlucken. Sie kniete sich nieder und suchte bekümmert die Bruchstücke zusammen. »Adam hat so daran gehangen.«

»Dann wird's Zeit, daß er einen besseren Geschmack entwickelt!« Patricia klang scharf; sie zeigte sich völlig uneinsichtig. »Ich würde die Stücke wegwerfen, Schatz. Adam wird's nie merken. So, und jetzt lege ich mich hin, sonst bin ich müde, wenn unser kleiner Liebling aufwacht.«

Jane starrte sie ungläubig an, dann verstaute sie die Bruchstücke achselzuckend in einer Schublade. Sie hatte schon beschlossen, daß sie den Talisman zum Juwelier zur Reparatur bringen würde.

Das Nervenkrankenhaus meldete sich bei Catriona aufgrund der Adresse, die sich in Brids Tasche gefunden hatte. Schuldbewußt schüttelte die junge Frau den Kopf, als sie in ihrer Wohnung am Royal Circus den Anruf entgegennahm. »Sie war eine Obdachlose, mit der sich meine Mutter ein bißchen angefreundet hatte, und nach dem Tod meiner Mutter habe ich sie für eine Weile bei mir aufgenommen, aber sie war nicht ganz normal. Um ganz ehrlich zu sein, hatte ich ein bißchen Angst vor ihr. Ich war froh, als sie weg war. Nein, wie sie heißt, weiß ich nicht. Nur Brid. So hat sie sich genannt. Ich dachte, vielleicht ist sie eine Zigeunerin von oben im Norden. Aber ich weiß nichts über ihre Familie, oder ob sie überhaupt eine hatte ...« Sie blickte auf die Telefonnummer, die auf dem Notizblock vor ihr stand. Brid hatte sie nicht mitgenommen. Dr. Adam Craig. Nein, sie würde ihnen den Namen nicht sagen, und auch das Messer würde sie nicht erwähnen. Sie hatte keine Lust, in irgend etwas hineingezogen zu werden.

Irgendwie beeinträchtigte die Behandlung ihr Gedächtnis. In ihrem Kopf waren riesige große Löcher, wo eigentlich Erinnerungen sein sollten. Sie saß jetzt in dem großen, nüchternen

Gemeinschaftsraum im Nervenkrankenhaus vor einem Tisch, auf dem zahllose Wollknäuel lagen. Ihre Aufgabe war, die Knäuel zu sortieren, aber sie rollten immer wieder davon und bildeten beliebige Muster, die gar nichts mit den Körbchen zu tun hatten, in die sie sie ordnen sollte. Benommen sah sie sich um, nahm die buntgemusterten Vorhänge an den Fenstern wahr, die anderen Insassen, die betäubt von Drogen und halb komatös wie sie auf den Stühlen mit den metallenen Rahmen und durchhängenden Kanvassitzflächen saßen. Ihr blaues Baumwollkleid saß nicht richtig, es war unbequem und steif vom vielen Waschen, und ihr Haar war matt und ungepflegt und wurde einfach durch ein Gummiband zusammengehalten. Wie war sie hierhergekommen? Sie verstand überhaupt nichts.

Der freundliche Doktor mit der Nickelbrille und dem weißen Kittel schien, wenn er Zeit hatte, ihr Freund werden zu wollen. Sie redete gern mit ihm. Er war intelligent und behandelte sie, als sei sie interessant und gebildet und geistig gesund. Diesen Ausdruck »geistig gesund« hatte sie hier gelernt. Man mußte geistig gesund sein, um das Haus, in dem sie sich befand, verlassen zu dürfen. Aber sie wußte nicht, woher sie kam oder wohin sie gehen sollte, und das war offenbar ein Problem, aus dem es keinen Ausweg gab. »Wenn wir wüßten, daß es jemanden gäbe, zu dem Sie gehen können, Brid.« Er lächelte, und wie so oft starrte sie fasziniert auf das goldene Blitzen des Zahns in der Ecke seines Mundes. »Aber weil niemand da ist, müssen wir doch zuschauen, daß Sie auch wirklich allein zurechtkommen können, nicht wahr?«

Die Zeit verging so schnell in der institutionalisierten Welt, in der sie lebte. Ihr war das gleichgültig. Das war einer der Punkte, der den Doktor faszinierte: Sie hatte keinen Begriff von Zeit.

Nachts, wenn die Schwester vorbeigeschaut hatte, um sich zu vergewissern, daß sie auch wirklich schlief, holte sie manchmal Jeannie Barrons hübsche Puderdose aus der Tasche und öffnete sie. Dann starrte sie in den kleinen Spiegel, hielt ihre Hände absolut reglos, bis die Reflexionen nicht mehr tanzten, und dann drangen ihre Augen immer tiefer vor, vorbei an ihrem dunklen Gesicht in die endlosen Abgründe der Schwärze. Zuerst sah sie nichts und fragte sich, warum sie das überhaupt tat, aber eines Nachts nahm sie eine schemenhafte Gestalt wahr, nur eine Sekunde, nicht länger, und ganz allmählich kehrte ihre Erinnerung zurück. Irgendwoher wußte sie, daß sie sich nicht dabei ertappen lassen durfte. Und sie durfte Dr. Sadler gegenüber nichts davon erwähnen, denn dann, ahnte sie, würde er sagen, sie habe ihn enttäuscht, und dann würde alles vielleicht wieder schlechter werden. Deswegen übte sie nur heimlich, insgeheim, und allmählich wurden die Bilder klarer.

Zuerst hielt sie die Bilder für Träume. Sie war eine Katze. Eine schöne Katze mit glänzendem, getigertem Fell und riesigen goldenen Augen, und sie konnte nach Belieben durch Gärten streunen, über Zäune und Mauern springen, auf Bäume steigen und an Rankpflanzen emporklettern, um Menschen durch die Fenster zu beobachten. Eines Morgens entdeckte sie beim Aufwachen Erde unter ihren Fingernägeln; sie preßte das flache, harte Krankenhauskissen an sich und starrte mit einem triumphierenden Lächeln zur Decke empor. Sie hatte Adam gefunden. In ihrem Traum hatte sie ihn in seinem Garten gesehen. In ihrem Traum war sie aus den Schatten hervorgekommen und ihm wie eine Katze um die Beine gestrichen; und in ihrem Traum hatte er sich gebückt und ihren Kopf angefaßt, ihren Rücken gestreichelt und ihr mit der Hand den weichen, seidigen Bauch gekrault.

Sie setzte sich auf und schwang die Beine über die Bettkante. Im verschlossenen Schränkchen lag ihre alte Webtasche. Sie nahm sie heraus und öffnete sie. Innen, verborgen im Futter, war ihr kleines rostiges Eisenmesser sowie der viel hübschere und tödlichere silberne Brieföffner, den sie bei Catriona gestohlen hatte. Abgesehen davon lagen in der Tasche nur die Puderdose und ein paar andere Habseligkeiten, darunter der Schildpattkamm. Sie holte ihn hervor, setzte sich aufs Bett und betrachtete ihn. Ihr eigenes Haar war zwar ungepflegt und glanzlos, aber immer noch rabenschwarz. Das Haar im Kamm war rotgold. Auf dem Boden der Tasche lag, eingewickelt in ein Taschentuch, der kupferne Manschettenknopf.

Schwerfällig bückte Jane sich, um eins von Adams Hemden aus dem Wäschekorb zu nehmen. Gottseidank, ihre Mutter war endlich abgereist, sonst hätte sie ihr jetzt zugerufen, sie solle aufpassen und sich nicht überanstrengen – allerdings ohne daß sie ihr angeboten hätte, ihr zu helfen. Das hatte sie jeden Tag ihres Besuchs getan. Es war ein klarer, kalter, windiger Tag. Jane schüttelte das Hemd aus und sah sich stolz um – der Birnbaum, die Rosenbeete, der Sandkasten, den Adam für Calum angelegt hatte. Zufrieden lächelnd klammerte sie das Hemd an die Wäscheleine. Sofort ergriff der Wind die dünne weiße Baumwolle und ließ sie flatternd tanzen, und sie nahm eine zweite Klammer, um das andere Ende zu befestigen.

Die Katze schien aus dem Nichts aufzutauchen. Gerade eben hing Jane noch zufrieden die Hemden ihres Mannes zum Trocknen auf; im nächsten Augenblick stürzte sie zu Boden, spürte den warmen Fellkörper zwischen ihren Füßen, dann verkrallte er sich mit den Klauen in ihre Schulter, und im nächsten Moment war er fort. Sie brauchte mehrere Sekunden, um den Schock zu überwinden, und blieb nur panisch keuchend im Gras knien.

Als sie endlich aufstand und ins Haus zurückgehen wollte, spürte sie einen scharfen, stechenden Schmerz im Bauch.

Mitten in der Nacht kam der Schmerz wieder. Schreiend wachte sie auf. Adam, der neben ihr lag, stöhnte: »Jane? Was ist? Wie spät ist es denn?«

»Adam, hilf mir!«

Sie war erst im fünften Monat – fünf Monate schwanger nach dem letzten Abgang. Sie spürte das warme Blut fließen. »Adam!« Ihr panischer, jämmerlicher Schrei ließ ihn aus dem Bett springen, und während ihn die bedrückende Gewißheit überwältigte, daß dies die letzte Chance seiner Frau gewesen war, ein zweites Kind zu bekommen, versorgte er sie.

Im Morgengrauen döste sie mit Hilfe von Beruhigungstabletten endlich wieder ein. Sie lag in dem Schlafzimmer, das sie so hübsch hergerichtet hatten. Müde ging Adam ins Arbeitszimmer, zog die Vorhänge auf und öffnete die Gartentür. Der heraufdämmernde Frühlingsmorgen war frisch und kalt, schwerer Tau lag auf dem Rasen. In der Nähe, vor dem vielfältigen Gezwitscher aus den Nachbargärten, sang sich eine Amsel das Herz aus dem Leib. Tränen stiegen ihm in die Augen. Arme Jane. Das arme Baby. Warum war es passiert? Er hatte alle Bücher studiert, um ihr die beste Behandlung zukommen zu lassen. Er hatte die erfahrensten Gynäkologen konsultiert. Er hatte sie zu Roger Cohen geschickt, der zu den führenden Koryphäen im Bereich der pränatalen Vorsorge gehörte und der zahllose Aufsätze über Frauen geschrieben hatte, bei denen die Gefahr einer Fehlgeburt bestand. Bei Janes letzter Untersuchung vor nur einer Woche hatte er gesagt, daß alles planmäßig verlaufe. Was war nur schiefgegangen?

Adam ging zu dem Schrank, der hinter seinem Schreibtisch stand, und holte eine viertelvolle Flasche irischen Whisky hervor. Er goß zwei Finger breit in ein Glas und stürzte es hinunter. Es brannte wohltuend. Er schenkte sich nach.

Als er ein Baby weinen hörte, fuhr er zusammen, aber dann wurde ihm bewußt, daß das Geräusch aus dem oberen Fenster im Nachbarhaus kam.

Sobald er begriffen hatte, was passierte, hatte er Robert Harding angerufen. Der war sofort gekommen, zusammen mit Sarah, die allen Einsprüchen Adams zum Trotz den weinenden, unglücklichen Calum angekleidet und zu sich nach Hause genommen hatte. Jane wußte noch nicht, daß er nicht da war. Robert war erst gegangen, als alles vorbei war. Er war ihm eine große Hilfe gewesen. »Bleib solang bei ihr, wie es nötig ist, alter Junge. Mach dir keine Sorgen. Ich übernehme deine Termine. Laß dir Zeit.«

Adam setzte sich auf das Ledersofa, das vor der Wand stand, und starrte zum offenen Fenster hinaus. Die Vögel hörte er gar nicht. Lautlos flüsternd verfluchte er den Gott seines Vaters. Warum? Warum ließ Er das zu? Warum, wo es so viele ungewollte Kinder auf der Welt gab, ließ Er zu, daß Jane das heiß ersehnte Kind verlor, das geliebte kleine Mädchen? Tränen traten ihm wieder in die Augen, und er saß da, das Glas in den Händen zwischen den Knien, und ließ sie über seine Wangen rinnen, während es draußen immer heller wurde und die Luft sich allmählich erwärmte.

Erst als die Flasche leer war, stand er schließlich auf und taumelte die Treppe hinauf, um nach Jane zu sehen. Sie lag auf der Seite; ihr Gesicht war leichenblaß, ihre Augen geschlossen. »Jane?« flüsterte er. »Bist du wach?« Sie rührte sich nicht. Schwer ließ er sich auf sein Bett fallen und sah sie bekümmert an. »Janie, mein Liebling, es tut mir so leid. Wir haben alles versucht, du weißt, daß wir alles versucht haben...« Sein Blick fiel auf den Nachttisch. Er runzelte die Stirn. Lizas Talisman stand nicht an seinem gewohnten Platz neben der Lampe. Er sah sich um. Der Kristall war weder auf der Kommode noch auf dem Regal mit den kleinen chinesischen Porzellanfiguren. Er stand auch nicht im Bücherregal oder auf dem Tisch neben der Tür, wo Jane erst gestern nachmittag liebevoll einen Strauß Osterglocken hingestellt hatte. »Jane«, sagte Adam leise. Sein ganzer Körper war verspannt, als sei jemand in unmittelbarer Nähe von ihm mit dem Fingernagel über die Glasscheibe gefahren. »Jane, Liebling, wo ist Lizas Talisman?«

Sie stöhnte leise und vergrub das Gesicht noch tiefer im Kissen.

»Jane!« Jetzt wurde seine Stimme lauter. Er stand auf und ging zu ihrer Seite des Bettes. »Es tut mir leid, mein Liebling, aber ich muß es wissen. Wo ist Lizas Talisman?«

»Was?« Das blasse Gesicht, das sie ihm zudrehte, war auf einer Seite vom Druck des Kissens gerötet. Ihre Augen waren verquollen und trüb von den Tabletten, die er und Robert ihr gegeben hatten.

»Liebling, es tut mir leid.« Er kniete sich neben sie und gab ihr einen flüchtigen Kuß auf die Wange. »Sag mir nur, wo er ist, und dann laß ich dich schlafen.«

»Liza?« Sie verzog das Gesicht. »Wo ist Liza?«

»Wo ist ihr Kristall, Jane?« Er wiederholte seine Frage noch lauter. »Bitte, ich muß es wissen.« Er zitterte heftig.

»Adam, das Baby...« Tränen traten ihr in die Augen.

»Ich weiß, mein Schatz. Es tut mir so leid.« Plötzlich hämmerte er mit der Faust auf das Bett. »Bitte, Jane, sag's mir. Wo ist der Talisman?«

»Ich habe ihn zum Juwelier gebracht. Er ist auf den Boden

gefallen, und die kleinen Silberzweige waren verbogen. Der Kristall ist herausgebrochen ...«

»Verdammt noch mal!« Adam sprang auf und schlug sich auf die Stirn. »Sie hat's gemacht. Das ist Brids Schuld! Sie hat unser Baby umgebracht!« Er stöhnte laut auf. »Aber Jane, warum? Warum hast du's mir nicht gesagt? Warum hast du ihn aus dem Haus gegeben? Du hast es doch gewußt! Du hast doch gewußt, wie wichtig es war, daß er hier bleibt.«

»Mummy sagte, es wäre abergläubischer Unsinn.« Die Tränen strömten ihr über die Wangen. »Sie hat ihn fallen lassen. Ich glaube, sie hat es absichtlich getan. Sie fand ihn immer schrecklich. Ach, Adam!« Mittlerweile schluchzte sie bitterlich und ließ sich verzweifelt ins Kissen sinken. »Ich habe gedacht, es macht nichts, wenn ich ihn wegbringe – nur für ein paar Tage –, um ihn reparieren zu lassen. Du hast Brid schon so lange nicht mehr erwähnt. Es kann doch nicht sie gewesen sein. Das ist unmöglich. Es war ein Unfall. Die Katze. Kein Mensch würde das einem anderen antun. Ach, Adam, bitte.«

Endlich drehte er sich wieder ihr zu, kniete nieder und drückte ihre Hand an seine Lippen. »Es tut mir leid, mein Liebling, ich hätte dich nicht so aufregen dürfen. Nein, natürlich war es nicht Brid. Und jetzt schlaf weiter. Es sollte einfach nicht sein. Und wir haben ja schon einen wunderbaren, großartigen Jungen und sind schon eine perfekte Familie.«

Später zündete er sich im Garten eine Zigarette an und sah auf das Beet, in dem ein Meer von Blausternen leuchtete. Die kleinen Blüten stimmten ihn heiterer – sie waren so zäh im eisigen Wind und in den Schneeschauern, die der schöne Frühlingsmorgen gebracht hatte.

A-dam?

Er schüttelte den Kopf und zog an der Zigarette.

A-dam, wo bist du?

Er richtete sich auf und sah sich um; plötzlich krampfte sich ihm der Magen zusammen. Er drückte die Zigarette zwischen den Fingern aus und warf sie ins Gras. *Atmen Sie langsam und tief durch. Beruhigen Sie sich, ziehen Sie im Geist einen Kreis um sich. Stellen Sie einen imaginären Spiegel zwischen sich und das*

235

Mädchen, der ihre Gedanken auf sie selbst zurückwirft. Wenn Sie gerade in der Küche sind, streuen Sie mit Salz einen Ring auf den Boden ... Im Kopf hörte er die klare Waliser Stimme, sah Lizas Gesicht, das ihn beobachtete und sich zu einem leichten Lächeln verzog, als sie merkte, wie er gegen seine Skepsis ankämpfte.

»Du Biest!« Er sprach sehr laut. »Du bigotte, boshafte Zigeunerin, du Mistück, mit deinen Flüchen und Zaubersprüchen, verschwinde aus unserem Leben. Hörst du mich? Verschwinde!«

Ich liebe dich, A-dam.

Sie klang jetzt ferner, brüchiger, wie wenn beim Radiohören in der Nähe ein Unwetter niedergeht.

»NEIN!« Sein Schreien war noch zwei Häuser weiter zu hören, wo eine Nachbarin gerade im Garten einen Frühlingsstrauß pflückte. Sie sah auf, doch zum Glück erkannte sie die Stimme ihres nüchternen, eleganten Arztes nicht.

Adam kehrte ins Haus zurück, schloß die Gartentür, schob den Riegel vor, zog lautstark die Vorhänge zu, ging in die Küche und stellte den Kessel auf den Gasherd. Er würde Jane eine Tasse Tee machen und dann Calum abholen, bevor sie überhaupt merkte, daß er bei den Hardings war.

Sie saß auf dem Bett, in ihren Morgenmantel gehüllt. »Wen hast du denn so angeschrien?« Sie lächelte matt; ihr Gesicht war kreidebleich.

»Niemanden. Ich habe mich am Kessel verbrannt.« Vorsichtig stellte er das Tablett ab.

»O Adam, du mußt doch aufpassen. Wo ist Calum?«

Er holte tief Luft. »Sarah hat ihn gestern nacht mitgenommen. Wir hielten es für das Beste. Er war ganz verängstigt, der arme Kleine.«

»Ich verstehe.« Sie schürzte die Lippen. »Und wann will Sarah ihn wieder herbringen?«

»Ich wollte ihn jetzt gleich abholen. Das heißt, wenn du ihn hier haben willst. Sie würden ihn bestimmt noch bei sich behalten, wenn ...«

»Nein! Ich will, daß er hier ist. Bei uns.« Unvermittelt brach sie wieder in Tränen aus.

»Also gut, Liebling, aber dann muß ich dich solange allein lassen.« Er stellte ihr die Tasse Tee auf den Nachttisch. »Komm, geh wieder ins Bett, da bist du warm und gut aufgehoben. Es dauert keine halbe Stunde, dann bin ich wieder zurück.«

Sie nickte. »Mach dir keine Sorgen um mich. Aber hol ihn ab, Adam. Bitte.«

Als er vors Haus trat, blickte er die Straße auf und ab. Niemand war unterwegs, wie immer tagsüber unter der Woche. Es war kalt, und die Kinder saßen nach dem Spielen zu Hause und machten Schulaufgaben. Ein starker Wind war aufgekommen, der durch die Bäume und Büsche fegte und am eleganten gußeisernen Schild des Nachbarhauses rüttelte. Zitternd ging Adam zum Riley, der ordentlich vor dem Grundstück geparkt stand, und wühlte in der Tasche nach den Schlüsseln, wobei er einen Blick über die Schulter warf.

An der Straßenecke war in der Ferne eine Gestalt aufgetaucht. Er reckte sich und betrachtete sie. Es war eine Frau, und soweit er die Silhouette ausmachen konnte, hatte sie lange Haare. Adam drückte die Schlüssel in seiner Hand so fest, daß sie ihm die Haut aufschürften und er zu bluten begann, aber er achtete nicht darauf. Einen Augenblick war er unfähig, sich zu bewegen, dann sperrte er hastig die Wagentür auf, sprang hinein und knallte die Tür zu. Im Inneren roch es beruhigend nach Leder, Öl und kaltem Zigarettenrauch. Mit zitternden Händen steckte er den Schlüssel ins Zündschloß und warf einen Blick in den Rückspiegel. Von der Gestalt war keine Spur mehr zu sehen. Er fuhr auf die leere Straße hinaus und trat aufs Gas.

Doch nach wenigen Metern stoppte er den Wagen mit quietschenden Reifen. Er konnte doch Jane nicht allein lassen! Er mußte zu ihr zurück. Angsterfüllt drehte er sich auf dem Sitz um und fuhr im Rückwärtsgang langsam bis vors Haus zurück. Was konnte Brid ihm denn schon anhaben? Sie war schmächtig, dünn und zart. Er konnte sich zwar nicht mehr genau erinnern, wie sie aussah, aber sie konnte ihm nichts anhaben. Nicht von Angesicht zu Angesicht. Er stellte den Motor ab, öffnete die Wagentür und stieg entschlossen aus, um

237

noch einmal die Straßenecke zu untersuchen, wo er die Frau bemerkt hatte. Es war keine Spur von ihr zu sehen. Er suchte die Straße mit den Augen ab, die Hecken, die Vordergärten, die wenigen geparkten Wagen, den breiten, von Bäumen gesäumten Bürgersteig. Nichts. Die Straße war leer. Hatte sie ein anderes Haus betreten?

Er betrachtete die Straße ein letztes Mal, dann stieg er wieder ins Auto ein. Er würde höchstens eine halbe Stunde fort sein, und die Haustür war verschlossen.

Innen im Haus lag Jane wieder im Bett. Im Schlaf drückte sie das Kissen an sich, spürte den Kummer in ihrem Herzen und das wunde Gefühl im Unterleib, doch beides ging in ihrem schrecklichen Traum unter. Dort sah sie Adam im Garten stehen. Es war dunkel und stürmisch dort draußen, und Mondlicht strömte durch die Bäume. Irgendwo in seiner Nähe war ein Tier. Im Schlaf verspannte sie sich, wollte ihm etwas zurufen, ohne aber Aufmerksamkeit auf sich zu lenken. Vielleicht hatte das Tier ihn nicht gesehen. Vielleicht würde es weggehen. Es machte einige Schritte von den Büschen weg, und da konnte sie erkennen, was es war: eine Katze. Eine riesige getigerte Katze mit tief angesetzten Ohren. Als das Tier sich umdrehte, sah Jane, daß ihm Blut aus dem Maul tropfte. »Adam!« Ihr Schrei war erstickt. Sie kämpfte gegen den Schlaf an; sie wußte, daß sie nur träumte, und trotzdem konnte sie nicht aufwachen. »Adam, paß auf! Komm schnell rein!« Aber die Stimme versagte ihr. Kein Ton kam heraus.

Und dann stolzierte die Katze ins volle Mondlicht, lief zu Adam und strich ihm schnurrend um die Beine. Sie hatte sich das Blut mit silbrigen Pfoten abgeputzt, und er sah lächelnd auf sie hinunter. Dann bückte er sich, um die Katze zu streicheln. Erst da wachte Jane auf. Sie zitterte heftig und wußte, daß sie sich übergeben mußte. Taumelnd rannte sie ins Bad, kniete sich auf das kalte Linoleum vor die Toilettenschüssel und würgte immer und immer wieder. Als es endlich vorüber war, war sie schweißgebadet und völlig erschöpft. Sie ging zur Tür. »Adam?«

Aber natürlich war er nicht da. Er war ja weggefahren, um Calum von den Hardings abzuholen. Sie hüllte sich fester in ihren Morgenmantel und trat ans Fenster, um hinauszusehen. Die Sonne war verschwunden, und ein böiger Wind wehte durch den Birnbaum im hinteren Garten und wirbelte das trockene Laub an der alten Gartenmauer durch die Luft. Jane fühlte sich sehr schwach, als sie sich am Fenstersims abstützte und ihre heiße Stirn gegen die kalte Scheibe lehnte.

Im Schatten der Mauer saß die Katze und beobachtete sie. Als ihr Blick den leuchtendgoldenen Augen begegnete, hielt Jane wie im Schock die Luft an. Einen Moment starrten sie einander reglos an. Es war eine getigerte Katze mit schneeweißen Pfoten, größer als normale Katzen, stellte Jane entsetzt fest, während sie dem Tier gebannt in die Augen schaute, wie gelähmt von dem ungeheuren Haßgefühl, das die Katze zu verströmen schien. Erst nach mehreren Sekunden riß Jane sich los. Sie sollte das Vieh verjagen, etwas nach ihm werfen. Schreckliches Biest, das ihre Saatpflänzchen aufgraben würde, das ihr zwischen die Beine gelaufen war und vielleicht verursacht hatte, daß sie das Kind verlor. Sie kämpfte gegen die Tränen an, während sie sich nach etwas umsah, das sie hinauswerfen konnte. Als sie wieder nach draußen blickte, war die Katze verschwunden.

»Sie ist am Ende, Liza.« Adam saß an seinem Schreibtisch, den Hörer in der Hand, während die Tasse Kaffe vor ihm kalt wurde. Rastlos fuhr er sich durchs Haar. »Sie weigert sich, ihn bei den Hardings zu lassen oder bei ihrer Mutter, aber er kostet sie die letzte Kraft.« Körperlich war Jane nach den Ereignissen der letzten Wochen noch sehr geschwächt, obwohl sie sich allmählich schon erholt haben sollte. Emotional allerdings kam sie mit dem Verlust des Babys besser zurecht, als Adam zu hoffen gewagt hatte. Sie war traurig und gelegentlich weinerlich, aber das war zu erwarten. Calums Gegenwart war ihr ein Trost, und doch hatte sie panische Angst um seine Sicherheit; sie war wie besessen von dem Gedanken, daß ihm etwas zustoßen könnte, besessen von der Katze, die sie angegriffen hatte. Jane verbot Adam, die Fenster offenstehen zu lassen, sie wurde hysterisch, wenn er die Gartentür in seinem Arbeitszimmer öffnete, und bestand darauf, daß nachts alle Fenster geschlossen und die Vorhänge zugezogen wurden, was sie noch nie getan hatten. Sie hatte den Talisman vom Juwelier abgeholt und wieder neben das Bett gestellt.

»Calum kann doch zu mir kommen, Adam.« Lizas Stimme am anderen Ende der Leitung klang begeistert. »Ich fände es schön, ihn hier zu haben, das weißt du. Und sie hätte doch nichts dagegen, wenn er bei uns wäre, oder? Er kann mit Juliette spielen und wieder die Lämmchen besuchen. Und er wäre hier sicher, das verspreche ich dir. Ich würde mich gut um ihn kümmern.« Und ihn vor Brid beschützen. Der Satz hing unausgesprochen in der Luft.

Nach längerem Schweigen fragte Adam: »Bist du sicher? Sie braucht wirklich nur ein bißchen Ruhe, um sich richtig zu erholen. Und bestimmt hätte sie nichts dagegen, wenn er bei dir ist.« Erleichtert schloß er die Augen. Bei Liza wäre Calum fort aus diesem Haus – und in Meryns Nähe. »Du bist großartig, Liza. Bist auch sicher, daß Phil nichts dagegen hat?« Lächelnd hörte er ihrem Wortschwall des Protests zu, dann legte er auf und atmete befreit aus.

Liza kam in einem nagelneuen Morris Traveller, um Calum abzuholen. Ihre wunderschönen langen roten Haare waren modisch kurz geschnitten, und sie trug ein atemberaubend elegantes Kleid. »Liza, was ist denn mit dir passiert?« Adam war richtig entsetzt. Das war nicht seine Liza. Das war eine Fremde.

Sie lachte hellauf. »Man muß mit der Zeit gehen. Schließlich muß ich den Erwartungen meiner Kunden entsprechen.« Sie grinste schelmisch, auf ihre alte boshafte Art. »Vergeßt nicht, zu Hause sehen sie mich nicht. Meist fahre ich ja zu ihnen. Nach Rom oder Paris. Dann solltet ihr mich bloß mal sehen!« Sie wirbelte herum, so daß der Rock ihr um die Beine schwang. »Hinterher fahre ich nach Wales zurück. Diese Klamotten kommen in den Schrank, und ich springe in meine alten Hosen und die dicken Wollpullover und male und male wie eine Wilde in der Scheune, bis es wieder Zeit ist, in die

240

Welt hinauszugehen und mir ein neues Opfer zu suchen!« Sie zog Juliette an sich und drückte ihr einen Kuß auf den goldenen Scheitel. »Phil und Julie reden nicht mit mir, wenn ich so vornehm bin. Sie erkennen mich gar nicht, stimmt's, mein kleiner Liebling?« Sie streichelte ihrer Tochter übers Gesicht und schickte sie dann zum Spielen mit dem entzückten Calum.

Adam lächelte. Er hatte Janes Miene beobachtet und ihren sehnsüchtigen Gesichtausdruck bemerkt, als sie Lizas wunderschönes Kleid sah. Das war zumindest etwas, das er für sie tun konnte. Plötzlich kam ihm eine Idee: Er würde mit ihr nach Paris fahren – oder nach London. Und er würde etwas Geld für sie ausgeben. Er ärgerte sich über sich selbst, daß ihm das nicht früher eingefallen war. Immer war es Jane, die Pläne schmiedete; immer war sie es, die den Urlaub buchte – irgendwo am Meer, wo Calum reichlich Sand zum Spielen hatte. Wenn er, Adam, erschöpft von der vielen Arbeit im Sonnenstuhl einschlief oder mit Calum Sandburgen baute oder in den Wellen herumplanschte, hatte er sich nie überlegt, daß ihr vielleicht langweilig sein könnte und sie sich nach etwas Abwechslung sehnte, nach der Aufregung einer Großstadt. Das würden sie jetzt nachholen. Sie würden Urlaub machen, während Calum und Juliette gemeinsam in der Sicherheit der Waliser Berge spielten. Dann könnte Jane vielleicht die getigerte Katze mit den schrägen Augen vergessen und im Schutz des Talismans den unausgesprochenen Gedanken an Brid hinter sich lassen. Für immer.

Im Krankenhaus saß Brid reglos da, der Blick in weite Ferne gerichtet. Zuerst hatte sie sich gegen die psychiatrische Behandlung gewehrt, aber die Schwestern hatten ihr Medikamente gegeben, und damit waren die langen, kreisförmigen Schleifen der Zeit in ihrem Kopf durcheinandergeraten. Wieder kämpfte sie gegen die Männer und Frauen an, in deren Obhut sie sich befand. Wieder schnallten sie sie fest und stießen ihr Nadeln in den Arm. Die Zeit stand still. Wochen, Monate, Jahre vergingen. Sie wußte es nicht, und es war ihr gleichgültig. Ihre Fähigkeiten verkümmerten, sie verwelkte wie eine Blume im Frost. Doch schließlich wachte sie wieder auf. Erinnerungen kehrten zurück. Sie konzentrierte sich auf Adam und sah ihn vor ihrem geistigen Auge. Dieses Mal würde sie vorsichtiger sein.

Sie hatte Adam verärgert. Er wußte, daß sie diese Jane-Frau erschreckt hatte, und deswegen gab er ihr die Schuld am Tod des Babys. Aber das war dumm von ihm. Er war nicht besonders klug. Das Baby war schon im Leib der Frau sehr schwächlich gewesen. Wäre es stark gewesen, hätte es sich ans Leben geklammert. Immer wieder dachte sie darüber nach. Wenn sie Jane eines Tages zerstören wollte, würde sie geschickter vorgehen müssen. Raffinierter. Adam würde nichts vermuten dürfen. Und in der Zwischenzeit mußte sie irgendwie an ihn herankommen. Ihn dazu bringen, sie wieder zu lieben. Er konnte der Katze nicht widerstehen. In den Nächten, in denen sie benommen im Krankenhaus schlief, wo die Schwestern ihren Geist einzufangen und sie festzubinden versuchten, schlüpfte sie aus ihrem Körper und besuchte den Garten. Dort, dessen war sie sich sicher, konnte sie ihn dazu bringen, Jane und das schwächliche Baby zu vergessen und sich wieder ihr zuzuwenden, um von ihr getröstet und geliebt zu werden.

Kapitel 10

Der Besuch bei Liza, Phil und Juliette war zu einer Tradition geworden, an der die beiden Familien seit mittlerweile über zehn Jahren jeden Sommer festhielten. Manchmal kam Adam mit, manchmal fuhr Calum allein mit dem Zug nach Wales, aber meistens packte Jane ihren Sohn ins Auto und fuhr mit ihm nach Pen-y-Ffordd.

Adam gefiel es, allein zu Hause zu bleiben. Ohne Jane stand er weniger unter Druck. Er konnte gelegentlich entspannt eine Pfeife rauchen und in den Pub gehen, ohne daß sie ihm vorwurfsvolle Blicke zuwarf. Und wenn sie dann zurückkam und Calum für den Rest der Sommerferien in Wales zurückließ, fuhren sie gemeinsam in Urlaub, bevor Adam wieder zu seiner Arbeit in der Praxis zurückkehrte. Und nur im Sommer, wenn die anderen fort waren, wagte er es, die Katze ins Haus zu lassen.

Für Calum und Jane war ihre Fahrt durch England immer ein kleines Abenteuer. Auch wenn keiner von ihnen es offen aussprach, fanden sie Adam gelegentlich ein wenig erdrückend. Er war allzu streng, legte allzu große Erwartungen in Calum, und jedes Jahr trieb er den Jungen noch härter zur Arbeit in der Schule an. »Eines Tages wirst du Arzt werden, mein Sohn, wie ich«, sagte er oft lächelnd, und Calum nickte dann immer zustimmend. Zuerst war es für beide ein Scherz, denn Jane und Adam war es gleichgültig, wo Calums spezifische Fähigkeiten lagen. Der Junge war intelligent, er brachte immer gute Zeugnisse nach Hause. Doch allmählich hatte das Spiel seinen scherzhaften Charakter verloren, unmerklich war der Druck gewachsen und zu Ernst geworden. Gelegentlich dachte Calums Mutter, daß seine eigenen Wünsche ignoriert würden, wenn dieses Thema zur Sprache kam, denn der Junge kannte die ehrgeizigen Hoffnungen seines Vaters nur

243

zu gut, um dagegen Einspruch zu erheben. Jane hatte versucht, mit ihm darüber zu reden, aber er hatte auf seine wunderbar sanfte Art gelächelt, sich die Haare aus den Augen gestrichen und gesagt: »Mach dir keine Sorgen, Ma, ich laß mich von ihm zu nichts drängen, wozu ich keine Lust habe.« Und damit mußte sie sich zufrieden geben. Sie konnte nur hoffen, daß sie es merken würde, wenn er wirklich unglücklich wäre. Er war ganz anders als Adam. Und soweit sie das beurteilen konnte, war er auch anders als sie. Er hatte etwas von ihrem geliebten Vater an sich, der vor vier Jahren gestorben war, aber nur wenig. Woher der ruhige, selbstbewußte Charme und die schüchterne Zurückhaltung kamen, würde sie nie herausfinden.

Sie war nicht wieder schwanger geworden. Im Laufe der Monate und Jahre hatte sie aufgehört, auf ein Wunder zu warten: Einen Bruder oder eine Schwester für Calum würde sie nicht mehr bekommen. Statt dessen hatte sie ihre Aufmerksamkeit immer mehr auf ihren einzigen Sohn gerichtet.

In diesem Sommer nun mußte er entscheiden, welche Fächer er für den Schulabschluß wählen wollte, und Jane war fest entschlossen, ein ernstes Gespräch mit ihm zu führen.

Allerdings erwies es sich als recht schwierig, unter vier Augen mit ihm zu reden. Vom Augenblick ihrer Ankunft in Pen-y-Ffordd an verbrachten er und Juliette jede Sekunde des Tages zusammen; sie sprangen auf zwei rostige Fahrräder, die sie in der Scheune eines Nachbarn entdeckt, mit Öl geschmiert und instand gesetzt hatten, und fuhren nach Hay hinein oder in die Berge.

»Calum?« Jane legte die Hände auf seinen Lenker, während die beiden ihre belegten Brote in Juliettes Fahrradkorb verstauten. »Ich habe dich in den Ferien noch überhaupt nicht zu Gesicht bekommen.« Zwei der insgesamt sechs Wochen waren bereits vergangen.

»Ach, Mum.« Er lächelte sie mit dem gewinnenden Lächeln an, das ihr Herz unweigerlich zum Schmelzen brachte. »Jetzt komm, du siehst mich doch das ganze Jahr über. Jetzt haben wir Ferien, und ich sehe Julie immer nur ein paar Wochen ...«

Achselzuckend trat sie ein paar Schritte zurück. »Also gut. Aber heute abend – können wir da reden? Bitte.«

Kurz sah er besorgt drein. »Ist irgend etwas nicht in Ordnung?«

»Doch, es ist alles in Ordnung. Ich möchte nur über etwas mit dir reden.« Hier, wo Vater nicht da ist. Wo wir nicht zu Hause sind. Mußte sie ihm das noch deutlicher sagen? Sie lächelte. »Jetzt fahrt los. Habt einen schönen Tag, und wir sehen uns heute abend.«

»Aber Tante Jane, wir gehen auf eine Party.« Juliette warf ihre langen goldblonden Haare über die Schulter. Sie trug ein blaßblaues Hemd und enge Jeans.

»Das werdet ihr auch, Julie. Dein Vater hat ja gesagt, daß er euch hinfährt.« Es gelang Jane, ihr Seufzen zu unterdrücken. »Ich möchte Calum nur eine halbe Stunde lang haben, dann gehört er ganz dir.« Sie sah ihnen nach, wie sie den steilen Berg hinaufradelten, und hörte ihr helles Lachen, als sie um die Kurve und unter den überhängenden Bäumen verschwanden.

Langsam schlenderte sie zum Farmhaus zurück. Am Gatter zum Obstgarten blieb sie stehen. War ihr das Herz auch deswegen ein wenig schwer, weil sie etwas Neid empfand? Die Kinder heutzutage waren so sorglos. Als sie in ihrem Alter gewesen war, hatte der Krieg drohend am Horizont gestanden. Nicht, daß sie deswegen nicht auf Partys gegangen wäre. Nur Adam hatte eine wirklich traurige, lieblose Kindheit gehabt. Er redete zwar nur selten davon, doch in seinen Geschichten war das Pfarrhaus immer bedrohlich und düster, sein Vater streng und humorlos.

Der alte Mann war jetzt Anfang Siebzig und lebte nach wie vor allein im Pfarrhaus. Nach dem Mord an Jeannie Barron hatte er keine Haushälterin mehr eingestellt. In all den Jahren ihrer Ehe hatten sie ihn kein einziges Mal besucht, obwohl Jane immer wieder darum gebeten hatte und Calum neugierig war, das Zuhause seines Vaters zu sehen und seinen Großvater kennenzulernen. Seit der Hochzeit war der alte Mann auch nur einmal zu Besuch nach St. Albans gekommen, und zwar zu Calums Taufe. Er war eine Nacht geblieben und hatte sich mit seiner nüchternen, wenig freundlichen Art bei den anderen Gästen nicht beliebt gemacht. Im Anschluß an die Feier hatte er Adam gebeten, ihn zum Bahnhof zu fahren. Als sie allein waren, hatten Vater und Sohn kaum ein Wort miteinander gewechselt. Sie hatten sich am Bahnsteig die Hand gegeben, und Adam hatte nicht einmal gewartet, bis sein Vater in den Zug gestiegen war.

»Gedanken müßte man lesen können.« Liza war in den Sonnenschein hinausgekommen und stellte sich jetzt neben Jane.

Jane fuhr zusammen. »Ich bin meilenweit weg.«

»Machst du dir Sorgen um den Daheimgebliebenen?«

»Nein.« Jane lächelte. »Das ist gottseidank nicht nötig. Nein, ich mache mir etwas Sorgen um Calum.«

»Mir kommt er genauso vor wie sonst.«

»Das ist er auch. Aber manchmal denke ich, daß Adam zu streng mit ihm ist. Weißt du, es ist wirklich seltsam – Adam hat seinen Vater wegen seiner Strenge gehaßt, aber jetzt hat er selbst eine gehörige Portion von dieser direkten, nüchternen Art.«

»Wirklich?« Lizas Augen blitzten. »Dann hat er sich aber sehr verändert!«

Jane verzog das Gesicht. Anspielungen auf Lizas und Adams gemeinsame Vergangenheit waren ihr noch immer unangenehm. »Nur in gewisser Hinsicht. Adam will unbedingt, daß Calum auch Arzt wird.«

»Und will er das nicht?«

»Darum geht es ja. Ich weiß es nicht. Im tiefsten Inneren glaube ich, daß Calum das nur sagt, um seinem Vater eine Freude zu machen; daß er im Grunde seines Herzens etwas völlig anderes machen möchte, aber ich weiß nicht, was. Er erzählt mir nichts von seinen Zukunftsplänen.«

»Er ist noch so jung, Jane. Muß er sich denn jetzt schon festlegen?«

»Das weißt du doch. Er muß sich entscheiden, in welchen Fächern er die Abschlußprüfung machen will.« Ärgerlich schüttelte Jane den Kopf; sie mochte es gar nicht, so betulich zu klingen.

246

Liza lachte. »Vergiß das doch für die Ferien. Sollen die Kinder sich amüsieren, ohne an die Zukunft denken zu müssen.«

Plötzlich wehte eine Brise vom dunklen Berggrat in den Obstgarten herab, so daß die Blätter an den Zweigen zu rascheln begannen. Liza fröstelte. »Komm ins Haus und laß uns einen Kaffee trinken, und dann gehen wir zu Phil und fragen ihn, ob er nicht mit uns nach Brecon fahren möchte.«

Calum und Juliette versteckten die Fahrräder im Gebüsch am Rand der Straße und gingen zu Fuß weiter über die Berge; die Brote nahmen sie in einer Tasche mit, die Calum sich über die Schulter hing. Die Sonne brannte heiß auf ihre Köpfe herab, und so gingen sie fast automatisch zu den Bäumen, die am Rand einer kleinen Schlucht aufragten; in dem tief in den Berg geschnittenen Tal floß ein eiskalter Bergbach.

»Was will deine Ma denn von dir?« Juliette drehte sich zu ihm und hüpfte begeistert wie ein Kind neben ihm her.

Calum verdrehte die Augen. »Sie macht sich Sorgen, was sonst. Sie ist davon überzeugt, daß ich eigentlich gar nicht Arzt werden will, sondern das nur sage, um Dad eine Freude zu machen.«

»Und stimmt das?« Julie blinzelte ihn im Sonnenlicht mit ihren kornblumenblauen Augen an.

Er zuckte mit den Schultern. »Ich weiß nicht. Vielleicht. Irgendwas muß ich ja werden.«

»Ist es dir egal?«

»Wahrscheinlich schon. Darüber will ich mir noch keine Gedanken machen. Dad ist immer so ernst. Und Ruhe findet er auch nie. Man sollte doch meinen, daß er sich im Sommer eine Woche Zeit nehmen könnte, um mit uns herzukommen, oder nicht? Aber nein, er bleibt lieber allein zu Hause. Soviel sind wir ihm also wert.« Frustriert kickte er einen Stein vom schmalen Pfad ins Gras.

»Er liebt dich sehr, Calum.« Einen Augenblick war sie sehr ernst, denn sie spürte den Schmerz, der hinter seinen

247

Worten lag. »Das ist nicht der Grund, warum er nicht mit euch mitkommt. Wahrscheinlich muß er einfach soviel arbeiten. Alle Ärzte machen wenig Urlaub. Unser Arzt in Hay ist auch immer da, ich glaube, er ist noch nie weggefahren. Ich wette, wenn Onkel Adam könnte, wäre er lieber hier bei euch.«

»Vielleicht.« Calums Lippen verzogen sich zu einem Schmollen. »Dann will ich vielleicht doch nicht Arzt werden. Ich habe keine Lust, die ganze Zeit zu arbeiten, ohne je einen freien Tag zu haben. Das ist doch langweilig.«

»Das stimmt!« Sie nahm seine Hand. »Jetzt komm, laß uns von etwas weniger Ernstem reden. Vergiß deinen Vater. Vergiß alles. Laß uns um die Wette laufen, bis da drüben, und dann essen wir unsere Brote in der Sonne.«

Ihr Lieblingsplatz war am Fuß eines Wasserfalls, wo sich das braune Wasser in einem Tümpel sammelte. Die wenigen Felsen waren von Moos überwuchert, das die Sonne erwärmt hatte; dort setzten sie sich hin und ließen die Beine ins eisige Wasser baumeln. »Hast du Lust zu schwimmen?« Juliette sah ihn von der Seite an.

Er nickte. »Und du?«

Sie grinste. »Weil ich dann hinterher richtig Hunger habe.« Unter ihrer Jeans und dem Hemd trug sie einen winzigen blauen Nylon-Büstenhalter und passende Höschen. Ihre schlanke Figur wirkte bleich im Vergleich zu ihren gebräunten Händen und Armen. Calum lächelte. »Der Bikini gefällt mir.«

»Das ist doch gar keiner.«

»Aber fast.« Er war klug genug gewesen, sich die Badehose unter die Jeans anzuziehen. Vorsichtig glitt er ins Wasser und schnappte nach Luft, als die Kälte wie ein Schock traf. »Komm rein.«

»Spritzt du mich auch nicht naß?« Sie lächelte kokett.

»Nur ein bißchen.« Er hatte die Augen seines Vaters mit den langen, dunklen Wimpern. »Und nur, wenn du länger als zwei Minuten brauchst, um reinzukommen!« Mit zwei Zügen hatte er den kleinen Teich durchquert und tastete mit den Füßen nach dem felsigen Grund. Dann richtete er sich auf dem rutschigen Stein vorsichtig auf und drehte sich zu ihr um. »Ich zähle! Eins!«

»Nein!« Kreischend hielt sie einen Zeh ins Wasser.

»Zwei!«

»Es ist so kalt!«

»Drei!« Er tauchte seine gewölbte Hand unter Wasser.

»Nein, Calum, nein! Ich komme!« Sie hielt die Luft an und rutschte über die bemoosten Felsen hinunter. Das kalte Wasser nahm ihr den Atem, und sie keuchte, als sie zu ihm watete und dann schwamm.

»Toll!« Seine Augen funkelten. »Weißt du, daß dein BH im Wasser ganz durchsichtig wird?«

Sie legte sich die Hände über die Brüste. »Calum, du gemeines Aas!«

»Zieh ihn aus. Komm schon, jetzt ist es sowieso egal.« Er strich ihr eine lange Haarsträhne von der Schulter. »Warum nicht? Es sieht dich keiner.«

»Aber du.« Ihre Empörung war halb gespielt.

»Ich hab dich schon nackt gesehen.«

»Wann?« Sie klang erbost.

»Ganz oft. Als Baby in der Badewanne.«

»Wir sind zusammen in der Badewanne gesessen, also hab ich dich auch gesehen.«

»Im Sandkasten hinter der Scheune.«

»Da war ich erst drei.«

»Als ich letzten Sommer ins Bad gegangen bin, und du hast dir die Zehennägel lackiert …«

»Schon gut! Schon gut!« Sie war knallrot angelaufen. »Trotzdem zieh ich ihn nicht aus.« Sie drehte sich auf den Rücken und platschte mit den Beinen auf und ab, so daß er ganz naß wurde.

»Hör auf!« Lachend tauchte er nach ihren Zehen. »Dann zieh eben ich ihn dir aus!«

»Nein!«

Ihre Stimme stieg gellend an, als sie auf dem rutschigen Boden vergeblich nach Halt suchte und unterging. Prustend und spuckend tauchte sie wieder auf. Calum trat besorgt zu ihr. »Ist alles in Ordnung? Es tut mir leid.« Fürsorglich legte er ihr einen Arm um die Schultern. Während sie hustete und keuchte, wanderten seine Finger zum Verschluß ihres Büstenhalters. Bis ihr schließlich bewußt wurde, was er tat, war es zu spät – mit einem triumphierenden Aufschrei hatte er ihr das Oberteil weggerissen und tanzte davon.

Zornig verzog sie das Gesicht, aber im nächsten Moment begann sie zu lachen. Sie streckte die Arme in die Luft und drückte ihren Rücken durch, so daß ihre kleinen Brüste, von denen Wassertropfen perlten, sich ihm entgegenreckten, dann fuhr sie mit den Händen langsam zu ihrem Höschen und schob es hinunter. »Also gut. Aber wenn ich's tue, mußt du auch.«

»Ich?« Er zögerte kurz, wohl wissend, was das hüfthohe Wasser verbarg.

»Komm schon.« Mittlerweile war sie nackt.

Mit einer einzigen Bewegung hatte er sich die Badehose ausgezogen, schwang sie über den Kopf und schleuderte sie auf die Felsen; dann watete er auf Julie zu, ohne auch nur eine Sekunde den Blick von ihr zu wenden. Sanft preßte er sie an sich, bis ihre Körper sich berührten, ihre Lippen aufeinander trafen und ihre kalte Haut Feuer fing. Ohne ein Wort zu sagen, gingen sie an Land, und dort zog er sie mit sich aufs Gras; seine Hände wanderten von ihren Schultern zu ihren Brüsten, seine Lippen waren überall. Sie schmiegte sich an ihn.

Auf der anderen Seite des Teichs regten sich die Schatten. Einen Moment war es, als würde die Gestalt einer Frau neben dem Wasser schweben, dann war sie verschwunden.

Eine halbe Stunde später saßen sie nebeneinander auf dem groben Kies, der den Tümpel säumte. Sie fröstelten beide und hatten Gänsehaut von dem kalten Wasser. Um sich zu wärmen, kuschelten sie sich eng aneinander, denn keiner von ihnen hatte Lust, aufzustehen und die Kleider zu holen. Calum schlang seine Arme um Julie und vergrub sein Gesicht in ihrem wirren Haar. Seine Zähne klapperten. »Das war unglaublich.«

Sie nickte. »Das wußte ich.«

»Du wußtest das?« Er wich ein Stück zurück, um ihr ins Gesicht zu blicken.

»Ich habe oft daran gedacht. Du nicht?«

Er lachte auf. »Wahrscheinlich schon. Doch.«

»Du und ich. Das ist vorherbestimmt. Ich wußte immer, daß ich dich heiraten würde.«

Er drückte sie an sich. »Ich auch.« Schweigend sah er in die Tiefe des Teichs; die einzige Bewegung auf der Wasseroberfläche stammte jetzt von einem Rinnsal, das aus den Bergen über die schwarzen Felsen herablief. »Nur manchmal, da denke ich an dich als meine Schwester.«

Sie lachte. »Inzest. Dadurch wird es so richtig verworfen.«

»Gefällt es dir, verworfen zu sein?«

Plötzlich ließ sie sich auf den Rücken fallen. »War dir das nicht klar?« Sie legte eine Hand über die Augen und stöhnte vor animalischem Behagen. »Aber den Alten dürfen wir natürlich nichts davon sagen. Es muß unser Geheimnis bleiben, bis du die Prüfungen gemacht hast. Wirst du immer bis zu den Ferien warten können?«

Er sah auf ihren Körper hinunter. Sie hatte überall Gänsehaut, und ihre Lippen waren blau geworden. Auf einmal mußte er lachen. »Natürlich kann ich warten. Aber es wird keine Ferien mehr geben, wenn du dir eine Lungenentzündung holst und stirbst. Also komm, ziehen wir uns an und laufen zurück, damit uns warm wird. Vergiß nicht, vor uns liegen noch viele Wochen, bis diese Ferien vorbei sind und wir an die nächsten denken müssen.«

Jane warf ihrem Sohn von der Seite einen Blick zu, während sie zusammen durch den Obstgarten schlenderten. Er hatte sich bereits für die Party umgezogen, und sie betrachtete seine schlanke, großgewachsene Gestalt in der sauberen Jeans und dem weißem Hemd mit Gefallen. Irgend etwas an ihm hatte sich verändert. Er war selbstbewußter, erwachsener, als sie geglaubt hatte. »Ich möchte mir nicht den Urlaub verderben, indem ich mir wochenlang Sorgen mache.« Plötzlich war sie nervös, als befände sie sich im Nachteil. »Ich wollte nur ein paar Minuten mit dir über deine Zukunft reden, und dann vergessen wir das Thema, bis wir wieder zu Hause sind.«

251

Er war so groß wie sie, merkte sie mit einem Mal. Vielleicht sogar einen Zentimeter größer.

Calum blieb stehen und begegnete ihrem Blick mit einem leicht amüsierten Zug in den Augen. »Es geht um deine Prüfungsfächer, Calum«, fuhr sie unsicher fort. »Ich möchte nicht, daß du das Gefühl hast, dein Vater zwingt dich zu Fächern, auf die du dich eigentlich gar nicht spezialisieren möchtest. Er ist immer sehr resolut gewesen, was dich betrifft. Manchmal denke ich, daß er selbst gar nicht merkt, was er damit macht. Er weiß immer so genau, was er will …« Als er ihr den Arm um die Schulter legte, verstummte sie abrupt.

»Mummy, ich lasse mich von ihm zu nichts drängen, was ich nicht will.« Er lächelte sie mit dem wunderbaren Lächeln an, bei dem ihr immer die Knie weich wurden vor Liebe und Fürsorglichkeit. »Hab doch ein bißchen Vertrauen in meine Charakterstärke, ja? Ich wähle naturwissenschaftliche Fächer, weil ich im Augenblick wirklich glaube, daß ich Medizin studieren möchte. Allerdings denke ich nicht, daß ich Allgemeinarzt werden möchte wie Dad. Ich würde lieber in die Forschung gehen oder mich sonstwie spezialisieren, aber im Augenblick bin ich sicher, daß Naturwissenschaften genau das ist, was ich machen will. Ja? Und jetzt vergiß alles. Mach dir keine Sorgen. Genieß den Sommer mit Liza und freu dich, daß Julie und ich dir nicht im Weg sind, sondern in die Berge gehen und auf die Partys, die sie organisiert hat. Und im September können wir dann wieder erholt an die Arbeit gehen!« Er drückte ihr einen raschen Kuß auf die Wange und machte sich davon.

Sie schaute ihm nach, wie er durch den Obstgarten lief, dann sah sie Julies Haar golden aufblitzen, als diese hinter dem Haus hervortrat. Sie hatte auf ihn gewartet, und Liza hatte den Wagen schon angelassen, um die beiden in die Stadt unten im Tal zu fahren. Bedächtig schüttelte Jane den Kopf. Er war sehr gut mit der Situation umgegangen, das mußte sie ihm lassen. Eigentlich sollte sie stolz auf ihn sein. Warum hatte sie dann trotzdem ein unbehagliches Gefühl?

Seufzend klappte Adam seine Notizbücher und seinen Terminkalender zu und lehnte sich in dem ledergepolsterten Bürostuhl zurück. In seinem Arbeitszimmer roch es leicht muffig und staubig. Jane und Calum waren seit zwei Wochen fort, und seine erste heimliche Freude darüber, allein im Haus zu sein, war einer gewissen Langweile gewichen, die er sonst gar nicht von sich kannte. Er beugte sich vor, stützte die Ellbogen auf die saubere, genau parallel zum Rand ausgerichtete Löschpapierunterlage und massierte sich sanft die Schläfen mit den Fingerspitzen.

In der obersten Schublade seines Schreibtischs lag ein Brief von seinem Vater. Thomas Craig schrieb nur einmal im Jahr, zu Adams Geburtstag, und legte immer eine Zehn-Shilling-Note bei, damit Adam »sich etwas kaufen kann« – ein recht merkwürdiges Geschenk, dachte Adam jedesmal mit einem sarkastischen Kopfschütteln, von einem relativ wohlhabenden Erwachsenen an einen nicht minder wohlhabenden Mann, der mittlerweile schon über vierzig war. Knapp über vierzig. Allerdings blieb dadurch die unpersönliche Distanz zwischen ihnen bestehen. Dasselbe Geschenk erhielt Thomas' Enkel – zehn Shilling zu jedem Geburtstag. Nichts zu Weihnachten.

Der Brief, der völlig außerhalb der Reihe an diesem Vormittag eingetroffen war, hatte ihm einen Schock versetzt. Den ganzen Tag hatte Adam ihn in der Tasche mit sich herumgetragen, ohne ihn öffnen zu wollen; irgendwie ahnte er innerlich, was die Zeilen enthalten würden. Dann, bevor er sich abends hinsetzte, um seine Patientenberichte zu vervollständigen, wie er es akribisch jeden Abend zu tun pflegte, hatte er den weißen Umschlag aus der Tasche geholt und angeschaut. Die Schrift seines Vaters in der üblichen blauen Tinte war so energisch wie immer, doch der Inhalt besagte, wie er erwartet hatte, etwas anderes.

Ich hielt es für das Beste, Dir die Nachricht zukommen zu lassen, sobald ich selbst Bescheid erhielt. Ich habe Krebs, den zu operieren sich nicht mehr lohnt. Es ist nicht nötig, daß Du oder Jane Euch um mich kümmert. Meine Dinge

sind geordnet, mein Testament – in dem Du der einzige
Erbe bist – liegt bei James and Dondalson in Perth. Gott
segne Dich, mein Sohn, und Deine Frau und Calum.

Dein Dich liebender Vater Thomas Craig

Adam biß sich auf die Lippen. Er wußte nicht, was er empfand. Er las den Brief zweimal durch, dann legte er ihn in die
Schublade und drehte den kleinen Schlüssel um, ließ ihn aber
wie immer stecken und machte sich an die Arbeit. Erst zwei
Stunden später schloß er seine Bücher und lehnte sich zurück, um nachzudenken. Sollte er nach Schottland fahren?
Er konnte keinen klaren Gedanken fassen. Sein Vater sagte
nichts, weder welche Art von Krebs es war, noch wie weit er
fortgeschritten war, wie er sich seine Pflege vorstellte, ob er
im Pfarrhaus bleiben wollte, ob er in den Ruhestand treten
würde. In dem Brief blieb so vieles ungesagt! Er seufzte ärgerlich und rief sich dann streng zur Ordnung. Er war zornig auf
seinen Vater, weil er krank war. Weil er sterben würde. Weil er,
wie unbeabsichtigt auch immer, Adams Aufmerksamkeit auf
sich lenkte. Adams Ansicht nach zeigte diese Reaktion, daß er
ebenso kalt war, wie sein Vater sich ihm gegenüber immer
verhalten hatte. Plötzlich wünschte er sich, daß Jane da wäre.
Sie würde wissen, was zu tun war. Sie würde ihn in die Arme
schließen und ihn auf ihre warme, mütterliche Art an sich
drücken und ihm das Gefühl geben, daß er umsorgt und
sicher und stark war. Stark genug, um mit allem zurechtzukommen, was die Welt, einschließlich seinem Vater, ihm in
den Weg stellte.

Wieder seufzte er und wollte gerade das Telefon zu sich
heranziehen, als ein leises Kratzen am Fenster ihn aufhorchen
ließ. Lächelnd drehte er sich auf dem Stuhl herum und sah in
den Garten hinaus. »Da bist du ja, Mieze. Ich dachte schon, du
hättest mich vergessen.« Er stand auf, ging zur Gartentür und
öffnete sie. Die getigerte Katze lief ins Zimmer, strich ihm
kurz um die Beine und sprang auf einen Stuhl. Er lächelte. »Ja,
Mieze, wo bist du denn gewesen?« Die Katze kam fast nur,
wenn Jane nicht da war; sie schien ihre Feindseligkeit zu
spüren. Im Verlauf ihrer Ehe hatte Adam mehrmals zögerlich

gefragt, ob sie nicht eine Katze oder einen Hund haben könnten – er erinnerte sich noch an seine kindliche Liebe zu dem Welpen, den er als Junge kurze Zeit besessen hatte, bevor Jeannie ihn hatte nehmen müssen –, aber Jane hatte immer den Kopf geschüttelt.

Er bückte sich und streichelte der Katze sacht den Kopf. Sie sah zu ihm hoch, stellte sich auf die Hinterbeine, stemmte die Vorderpfoten gegen seine Brust und rieb den Kopf unter seinem Kinn. Lächelnd nahm er sie auf den Arm. »Also, Kleines, was soll ich jetzt mit meinem alten Vater tun? Das sag mir einmal. Soll ich nach Pittenross fahren?« Er ging mit der Katze im Arm zur Gartentür und sah über den Rasen hinaus. »Ich bin schon sehr lange nicht mehr in Schottland gewesen«, fuhr er leise fort. »Ich wollte das alles hinter mir lassen. Das Pfarrhaus, die Kirche. Aber eines Tages muß ich mich dem allen stellen. Vielleicht ist das sogar das Beste – sich seinen Alpträumen zu stellen.« Er strich mit den Fingern die warme, geschmeidige Wirbelsäule der Katze auf und ab, so daß sie zu schnurren begann. »Das würden mir zumindest meine Psychiaterfreunde raten, nehme ich an. Tief bohren und herausfinden, welche Traumata in meinem Leben vergraben sind! Dr. Freud hätte sicher seine Freude an meiner Beziehung zu meiner Mutter und meinem Vater.« Er kraulte die Katze hinter den Ohren und beugte sich vor, um ihr einen Kuß auf den Kopf zu geben. »Also, dann werd ich mal meine Janie anrufen. He – warum hast du das getan!« Abrupt ließ er die Katze fallen; sie war ihm mit ihren messerscharfen Klauen ins Gesicht gefahren. Er faßte mit dem Finger an seine Wange und stellte fest, daß er heftig blutete. »Du kleiner Teufel! Raus mit dir! Los, verschwinde! Nach dem Anruf hatte ich dir ein bißchen Milch geben wollen!« Er wandte sich von der Tür ab und drückte sich hektisch das Taschentuch aufs Gesicht, während das Blut auf den gestärkten weißen Kragen und das blaugestreifte Hemd tropfte. »Verdammt noch mal!« Er lief aus seinem Arbeitszimmer nach oben, immer das Taschentuch gegen die Wunde drückend, damit das Hemd nicht völlig mit Blut verschmiert wurde. Er riß es sich vom Leib, warf es ins Waschbecken und ließ kaltes Wasser laufen. Als er den Kratzer schließlich mit einem Pflaster versorgt, ein Freizeithemd und einen Pullover angezogen und sich einen Whisky eingeschenkt hatte, wurde es allmählich dunkel. Er schlenderte in sein Arbeitszimmer zurück und stand eine Weile an der offenen Gartentür, um den nächtlichen Duft der Levkojen und Rosen einzuatmen. Dann ging er zu seinem Schreibtisch und griff zum Hörer.

Jane bog in die verwaiste Straße ein, fuhr vors Haus und stellte den Motor ab. Nach der langen Fahrt war sie steif und müde, und einen Moment blieb sie im Wagen sitzen und sah zum Haus hinüber. Die Fenster waren alle dunkel. Nach Adams Anruf vor zwei Tagen hatte sie lange nachgedacht und schließlich eine Entscheidung getroffen. »Ich kann ihn nicht alleine nach Schottland fahren lassen. Ich muß zurück. Kann Calum solange bei euch bleiben, Liza?«

»Aber natürlich!« Liza hatte sie an sich gedrückt. »Du weißt doch, daß du gar nicht zu fragen brauchst. Laß ihn bei uns, solange du magst. Die ganzen Ferien, wenn du willst. Die Kinder freuen sich. Sie verstehen sich so gut, und du hast es auch schon oft genug getan. Außerdem könnt ihr dann ein bißchen Zeit zu zweit verbringen; das würde euch beiden sicher guttun.«

Zweimal hatte sie bei Adam angerufen, um ihm zu sagen, daß sie kommen würde, aber er war nie zu Hause gewesen. Schließlich hatte sie beschlossen, ihn zu überraschen und in der Nacht zu fahren, um den Verkehr zu vermeiden. Um halb fünf morgens kam sie in St. Albans an. Langsam stieg sie aus dem Wagen und streckte sich; der süße Duft, der aus den Gärten aufstieg, war so völlig anders als die kühle, wilde Luft in den Waliser Bergen. Sie holte ihr Gepäck aus dem Kofferraum, warf die Tür zu und verschloß sie, ging den Gartenpfad hinauf und wühlte dabei in ihrer Jackentasche nach dem Schlüssel.

Im Haus war alles dunkel. Sie tastete nach dem Lichtschalter im Flur und zog die Tür leise hinter sich ins Schloß.

Die Stufen knarzten unter ihrem Gewicht, als sie auf Zehenspitzen nach oben schlich. Die Schlafzimmertür stand offen, sie ging hinein und knipste die kleine Lampe auf der hohen Kommode direkt hinter der Tür an. Adam schlief tief und fest. Als ihre Augen sich an das plötzliche Licht gewöhnt hatten, bemerkte sie, daß auf dem Kissen neben seinem ein zweiter Kopf lag, ein Frauenkopf mit langen braunen Haaren.

»Adam!« Ihr gequälter Schrei riß ihn aus dem Schlaf. Abrupt setzte er sich auf.

Jane umklammerte die Lehne des Stuhls, der neben ihr stand; sie zitterte wie Espenlaub. Da war keine Frau.

»Was in drei Teufels Namen fällt dir ein, mich so zu erschrecken!« Adam schwang die Beine über die Bettkante und griff nach seinem Morgenmantel. Er war nackt. Er schlief nie nackt, wenn Jane im Bett neben ihm lag. Sie hatten die beiden Betten nach Janes Fehlgeburt gekauft, als ihre Schmerzen, ihre Unruhe und ihr Kummer Adam beim Schlafen gestört hatten, und aus irgendeinem Grund hatten sie nie wieder das Doppelbett ins Zimmer zurückgestellt. Das tat ihr oft leid. Sie sah ihm zu, wie er seinen Morgenmantel anzog und den Gürtel um die Taille zuknotete.

Auf der Wange hat er einen flammend roten Kratzer, und sein Haar war zerzaust, wie Calums. »Was um Himmels willen tust du hier mitten in der Nacht? Ist etwas passiert?«

»Ich wollte dich überraschen.« Sie schnitt eine Grimasse und schlüpfte aus den Schuhen. »Ich dachte, du würdest dich freuen, mich zu sehen. Ich wollte nicht, daß du allein nach Schottland fährst.«

»Ich freue mich auch, dich zu sehen.« Er nahm sie in den Arm und gab ihr einen Kuß auf die Wange. Insgeheim dankte er Gott, daß sie nie wissen würde, wie er schlaftrunken die Katze in sein Bett gelassen hatte, ohne sich zu fragen, wie sie wieder ins Haus gekommen war oder ob sie ihn erneut angreifen würde. Statt dessen hatte er die sinnliche Weichheit ihres Fells gespürt, als sie unter das Laken glitt und sich an seine Lenden schmiegte. Und sie würde auch nie von dem erotischen Traum erfahren, aus dem sie ihn gerissen hatte. Ein Traum von Brid.

Mit einem Ruck setzte Brid sich in ihrem Bett auf. Ihr war kalt, und sie zitterte am ganzen Leib. Adam. Sie war bei ihm gewesen. In seinem Bett. Sie schloß die Augen und holte langsam Luft, um das dröhnende Pochen in ihrer Brust und ihrem Puls zu beruhigen. Die anderen Frauen im Krankensaal rings um sie schliefen. Sie konnte sie atmen hören, wie sie ächzten und leise schluchzten. Sie war zu schnell in ihren Körper zurückgekehrt, und das strengte sie an. Sie schob sich die Haare aus dem Gesicht und schlang bekümmert die Arme um die Knie. Es war so schön gewesen. So schön wie in ihrer Erinnerung. Wenn er sie so liebevoll bei sich aufnahm, konnte sie die seltsame Ausstrahlung des Talismans neben seinem Bett überwinden, dessentwegen sie so lange in ihren Träumen geblieben und nicht in das Haus gekommen war, in dem er lebte. Er hatte sie an sich gedrückt und ihre Schultern gestreichelt und zärtliche Worte gemurmelt, während seine Lippen in der Dunkelheit ihren Mund suchten.

Und dann war diese schreckliche Frau gekommen. Nicht die mit den rotgoldenen Haaren – seine Liza. Die andere. Jane. Die Frau mit Haaren in der Farbe von altem, totem Gras, die Frau, die nach Seife roch wie das Zeug, das sie im Krankenhaus benutzten; die Mutter von Adams Sohn. Sie starrte zur Decke über ihrem Bett und fühlte, wie ihre Finger sich zu Klauen krümmten. Diese Frau machte Adam nicht glücklich. Sie kümmerte sich nicht um ihn. Sie ging ohne ihn fort und ließ ihn allein in einem Haus zurück, in dem es an Farbe, an Wärme und Schönheit fehlte.

Manchmal, aus reiner Neugier, hatte sie trotz der vielen dazwischenliegenden Jahre nach Liza gesucht; sie haßte sie nach wie vor und wollte herausfinden, ob sie noch immer eine Bedrohung darstellte. Aber Liza war stark. Viel stärker als Adam. Und meistens war sie von einem blendenden

Kraftfeld geschützt, das sie, Brid, abstieß und schwächte, so daß sie sich zurückzog. Es lohnte sich nicht, soviel Energie darauf zu verwenden, diesen Schild zu durchdringen. Eines Tages, das gelobte sie sich, würde sie sich Liza vornehmen, die Frau, die ihr Adam weggenommen hatte. Aber nicht jetzt. Jetzt konzentrierte sie sich lieber auf Adam selbst, und nur, wenn Liza ihren Schild vergaß, spähte sie ihr aus der Dunkelheit heraus nach und machte sich einen Spaß daraus, lautlos Drohungen und Verwünschungen auszusprechen und Adams Kind und dem Mädchen nachzuspionieren, das jetzt seine Geliebte war.

Am Ende des Schlafsaals ging die Tür auf, und Brid sah den Strahl einer Taschenlampe den dunklen Gang zwischen den Betten beleuchten. Lautlos rutschte sie unter die Decke und schloß die Augen. Wenn die Schwestern hier herausfanden, daß man wach war, kamen sie mit der Nadel und bohrten sie einem in den Arm, und dann schlief man eine lange, lange Zeit, nur um dann verwirrt und mit trockenem Mund aufzuwachen, ohne geträumt zu haben, ohne gereist zu sein, sogar ohne sich ausgeruht zu fühlen. Und die Tage würden wieder zu Wochen und die Wochen zu Monaten und Jahren werden, ohne daß man wußte, daß sie vergangen waren. Schon vor langem hatte sie gelernt, so zu tun, als wäre sie ganz ruhig und würde schlafen, in dieser fremden Welt, in der sie gefangen war.

Langsam kamen die Schritte näher. Sie hörte das leise Klappern der Schlüssel am Gürtel der Frau, und als sie bei ihr war, roch sie den eigenartigen Aasgeruch, den sie verströmte. Schaudernd kniff Brid die Augen noch fester zusammen. Die Schwestern in diesem seltsamen Haus hatten alle Angst vor ihr. Sie mochten sie nicht. Und sie mochte die Schwestern nicht. Aber diese, sie hieß Deborah Wilkins, haßte sie ganz besonders. Diese Frau ahnte Brids Andersartigkeit, spürte, daß sich ihr Geist nie ganz zähmen lassen würde, und ihre Abneigung war zu sadistischer Schikane geworden.

Am Fußende ihres Bettes verstummten die Schritte, dann kam die Frau auf sie zu. Brid hielt die Luft an. Einen Augenblick herrschte absolute Stille, dann drehte Schwester Wilkins sich um und setzte ihren stündlichen Rundgang durch die Bettenreihen fort.

Der nächste Tag war einer derjenigen, an denen Brid in Dr. Furness' Büro ging, mit ihm eine Tasse Tee trank und sich dabei mit ihm unterhielt. Sie mochte diesen Arzt, der das Haus, in dem sie lebte, offenbar leitete. Sie hatte Zutrauen zu ihm. Er war weise und gütig, und es störte sie nicht, daß er die Dinge, die sie ihm erzählte, aufschrieb. Als sie allmählich mehr Vertrauen zu ihm faßte und sie sich inmitten der vielen Insassen immer verlorener fühlte, öffnete sie sich ihm mehr und mehr.

»Brid, mein Kind, sind Sie letzte Nacht wieder auf Reisen gewesen?« fragte Dr. Furness lächelnd, während er ihre mittlerweile überquellende Akte öffnete. Er hatte verfolgt, wie ihre Seele langsam stabiler wurde, als die Auswirkungen der Drogen abklangen, und darüber freute er sich. Brid war eine der Patientinnen, die sehr gut auf die psychotherapeutische Behandlung ansprachen.

Sie nickte scheu. »Ich habe A-dam in seinem Haus besucht.«

»Das ist Dr. Craig?« Er warf einen kurzen Blick auf die Seiten, die er mit seiner kleinen, ordentlichen Schrift gefüllt hatte.

Sie nickte. »Die Frau war noch weg, und ich bin zu ihm gegangen. In sein Bett. Er hat sich gefreut, mich zu sehen. Aber dann...« Traurig schüttelte sie den Kopf. Dann schwieg sie eine Weile, trank ihren Tee und griff nach der Scheibe Schokoladenkuchen, den er für sie hatte bringen lassen. Er lächelte nachsichtig, als sie herzhaft abbiß. Erst nach mehreren Minuten beschloß er, noch einmal nachzufragen. »Und was ist dann passiert?«

»Seine Frau, diese Jane, ist zurückgekommen. Es war noch Nacht, und wir haben geschlafen. Sie ist ins Haus gekommen und ist ganz leise nach oben gekommen. So hat sie mich ertappt.«

»Ah ja.« Er runzelte die Stirn. »Und was hat sie gesagt, als sie Sie mit ihrem Mann im Bett liegen fand?«

»Sie war nicht glücklich. Sie hat geschrien.«

»Und was haben Sie gemacht?«

»Ich bin aus dem Zimmer gelaufen, und dann bin ich in mein Bett hier zurückgekommen.«

»Und wie lange waren Sie fort, schätzen Sie?«

Achselzuckend biß sie noch einmal in' den Kuchen. »Die Zeit hier ist anders als die Zeit dort. Als ich aufgewacht bin, kam gerade die Schwester mit dem Pferdegesicht herein. Sie hat mich mit ihrer Lampe angeschaut, und ich habe getan, als würde ich schlafen.« Schweigend kaute sie weiter. »Haben Sie ihr aufgetragen nachzusehen, ob ich da bin?«

Er lächelte. »Ich machte mir Sorgen um Sie, Kind. Manchmal denke ich, Sie könnten ja auf Ihren Reisen in Schwierigkeiten geraten.«

»Wenn es Schwierigkeiten gibt, komme ich in mein Bett zurück. Die Schnur ist sehr stark.«

Er nickte. »Wir haben uns darauf geeinigt, daß das Ihre Astralschnur ist, nicht wahr?« Er notierte sich etwas. »Ich würde sehr gerne einmal zusehen, wie Sie diese Reisen machen. Ich habe noch niemanden kennengelernt, der das macht und darüber reden kann.«

»Warum nicht?« Sie verzog das Gesicht. »Es ist ganz einfach. Vor allem, wenn es nicht besonders schön ist da, wo man gerade ist. Man kann fortgehen. Mir gefällt es in diesem Haus nicht.« Sie warf ihm einen Blick von derart abgrundtiefem Elend zu, daß er einen Moment erschüttert war. »Ich möchte in A-dams Haus leben. Das hätte er auch gerne, das weiß ich.«

Dr. Furness verschwieg seine Vermutung, daß Dr. Craig, wenn es ihn denn tatsächlich gab, mit großer Sicherheit nicht an einem Besuch von dieser schönen, wilden und völlig verrückten jungen Frau interessiert war.

»Erzählen Sie mir mehr von Dr. Craigs Haus, Kind. Ich würde gerne mehr darüber erfahren.« Er nahm wieder den Stift zur Hand. In seiner Akte war eine Adresse, die er unter dem Namen Dr. Adam Craig gefunden hatte. Es wäre sehr aufschlußreich, diesen Mann zu besuchen, dachte er, das Haus zu sehen, das diese seltsame junge Frau in ihren Träumen zu besuchen behauptete, und ihn zu fragen, ob er eine dunkelhaarige, sinnliche Schönheit kannte, die nach über zehn Jahren in einem Nervenkrankenhaus in Nord-London noch immer wie einundzwanzig aussah.

Einmal fragte er sie, warum sie nicht nach Hause gehen wollte. Sie blieb lange schweigend sitzen, bis sie schließlich den Kopf schüttelte. »Wenn ich zurückginge, würden sie mich umbringen.«

»Sie umbringen? Warum?«

»Weil ich fort bin. Weil ich hierhergekommen bin, in Ihre Welt. Wegen A-dam.«

»Und Ihr Volk, das sind Zigeuner?« Die Frage hatte er ihr bereits einmal gestellt, aber offenbar kannte sie das Wort nicht.

Auch jetzt schüttelte sie den Kopf. »Ich habe Ihnen doch gesagt, ich stamme aus dem Volk des Nordwinds.«

Diesen Ausdruck schrieb er auf und kringelte ihn mit dem Stift ein. Das klang wild, romantisch, vage. Genau wie sie. Als er zu Hause mit seiner Familie darüber sprach, reagierte sein Sohn, der Altphilologie studierte, sofort. »So nannte Herodot die Kelten.«

Nun griff er in eine Schublade und holte einen Atlas hervor, den er von seiner Tochter geborgt hatte. »Können Sie Orte auf einer Landkarte erkennen?« fragte er beiläufig.

Brid zuckte mit den Schultern.

Er schlug eine Karte der Britischen Inseln auf und schob den Atlas zu ihr hinüber. »Sehen Sie? England, Schottland und Wales. Sie haben mir gesagt, daß Sie in Edinburgh waren.« Er deutete auf die Karte. »Da. Sehen Sie das?«

Verständnislos betrachtete sie die aufgeschlagene Seite und schüttelte den Kopf. »Catriona hat mir so was gezeigt. Craig Phádraig war nicht drauf. Aber ich habe Abernethy gefunden, wo mein Onkel manchmal hinging, und das Dorf, wo A-dam gelebt hat.«

»Sie haben also in Schottland gelebt? Ihr ganzes Leben lang? Schon als kleines Mädchen?«

Sie nickte zweifelnd.

»Und dann sind Sie durch die Berge gewandert, sagen Sie.«

Wieder nickte sie.

»Und Sie waren auf einem College?«

»Wie A-dam. Ja.«

Er schüttelte den Kopf. »Aber wo sind Ihre Eltern, Brid? Ihr Bruder? Ihr Onkel? Warum versuchen sie nicht, Sie zu finden?«

»Ich will nicht, daß sie mich finden. Broichan würde mich umbringen.« Manchmal sah sie ihn, wie er schrie. Er versuchte noch immer, sie zu erreichen, hämmerte gegen den seltsamen Schleier, der sie voneinander trennte, wie das Glas in dem Krankenhausfenster, und rief ihr zu, sie solle zu ihm kommen. Sie hatte das heilige *geas* gebrochen, das Tabu, das es verbot, zwischen den Welten hin und her zu wandern; diese Überschreitung wurde mit dem Tod bestraft. Sie beugte sich über den Schreibtisch und schloß den Atlas. »Warum lassen Sie mich nicht zu A-dam gehen? Warum muß ich hier bleiben? Es gefällt mir hier nicht.«

»Ich weiß, Brid. Es ist sehr schwer.« Es stand alles in ihren Akten. Sie war eingeliefert worden, weil sie verloren auf den Straßen herumgestreunt war. Es gab einige Notizen über ihr Leben in Edinburgh – eine Einweisung in die Royal Infirmary, eine in ein Nervenkrankenhaus in Morningside, davor nichts.

Er schloß die Akte. »Ich muß jetzt gehen, Brid. Wir reden wieder miteinander. Ich möchte, daß Sie artig sind. Wissen Sie, es hilft nicht, wenn Sie die Schwestern anschreien und bedrohen. Wenn Sie von hier weg möchten, müssen Sie uns beweisen, daß Sie sich benehmen und sich um sich selbst kümmern können.«

Später ging sie in den Garten hinaus. Dort fühlte sie sich sicher. Die anderen mochten die Bäume und die Blumen offenbar nicht. Vielleicht sollte sie Dr. Furness von den Bäumen und den Blumen in Adams Garten erzählen. Sie waren sehr schön.

Erst kurz vor St. Albans wurde Ivor Furness bewußt, daß seine Fahrt zur Hochzeit seines zweiten Cousins in Harpenden praktisch direkt an Dr. Adam Craigs Haus vorbei führte.

Die Adresse, die er im Ärzteverzeichnis gefunden hatte, war ihm ins Gedächtnis gebrannt. Das Einfamilienhaus in der ruhigen Wohnstraße mit dem blühenden Kirschbaum davor und dem Buntglasfenster in der Haustür – alles Dinge, die Brid ihm liebevoll beschrieben hatte. »Nur ein ganz kurzer Umweg«, versprach er seiner überraschten Familie, als er im Wagen von der Landstraße abbog.

Und da war es. Der Kirschbaum, mittlerweile verblüht, die Blätter sommergrün. Die Tür mit der weißen Art-Nouveau-Lilie auf den eingesetzten Buntglasscheiben. Genau, wie sie es ihm beschrieben hatte. Das bewies natürlich gar nichts. Sie hätte früher einmal hier sein können, als Kind oder als junge Frau. Vielleicht hatte sie Fotos davon gesehen.

Er bat seine Familie, im Wagen zu warten, ging den Pfad entlang zur Haustür und klingelte.

Der Nachbar erzählte ihm, daß Dr. und Mrs. Craig in Schottland waren.

»Ich habe euch doch gesagt, daß ihr nicht kommen sollt«, sagte Thomas Craig, sobald er die Haustür geöffnet hatte, und stellte sich direkt in den Eingang zum dunklen Flur. Es roch leicht nach Desinfektionsmittel.

»Ich mußte nachsehen, wie es dir geht, Vater.« Adam widerstand dem plötzlichen kindlichen Drang, umzudrehen und wegzulaufen. »Dein Brief hat uns beiden Sorgen gemacht.«

»Es gibt keinen Grund zur Sorge. Alles ist unter Kontrolle.« Der alte Mann reckte das Kinn ein wenig vor und machte ein grimmiges Gesicht. Doch plötzlich lenkte er ein und trat einen Schritt zurück, um den Weg ins Haus freizugeben. »Nun, wenn ihr schon einmal hier seid, dann kommt herein.«

Das Haus war makellos sauber und aufgeräumt; sein Arbeitszimmer schien der einzige Raum zu sein, in dem er sich aufhielt.

»Ich dachte, er würde uns fortschicken«, flüsterte Jane, als sie mit Adam in der kalten Küche stand und die beiden sich umsahen. »Fast tut es mir leid, daß er's nicht getan hat. Das Hotel wäre besser gewesen als dieses Leichenhaus.«

Adam schauderte. »Hier ist Jeannie gestorben.« Er betrachtete den Boden, beinahe, als erwarte er, noch Blutflecken dort zu sehen. Seine Stimme bebte. Jane legte ihm beruhigend die Hand auf den Arm.

»Es ist sinnlos, darüber nachzudenken.« Seufzend griff sie nach dem Kessel und sah sich um. »Der Küchenherd ist nicht an. Gibt es einen Elektrokocher oder so was? Ich kann nicht verstehen, wie dein Vater allein hierbleiben konnte, nachdem das passiert war.«

»In der Abstellkammer dort drüben ist ein Elektrokocher.« Thomas war in die Küche getreten. Im Sonnenlicht, das durch die Fenster schien, bemerkte Adam, wie grau und hager das Gesicht seines Vaters geworden war. »Ich mache den Kochherd nie an.« Er ging zur Hintertür und öffnete sie, so daß mehr Licht in die Küche strömte. »Und ich bin hiergeblieben, junge Frau, weil hier mein Zuhause ist und meine Gemeinde. Wohin hätte ich schon gehen sollen? Und selbst wenn, Mrs. Barron wäre dadurch auch nicht wieder lebendig geworden.«

Er sah zu, wie Jane den Kessel durch die Küche in die Abstellkammer trug und dort auf den kleinen Elektrokocher neben dem Fliegenschrank stellte.

»Wie lange wollt ihr bleiben?«

Jane warf ihm ein zaghaftes Lächeln zu. »Nur solange du möchtest, Schwiegervater. Wir wollen nur schauen, daß alles in Ordnung ist.«

»Mir geht es gut.« Er runzelte die Stirn. »Wie ihr seht.« Er wandte sich zur Tür. »Wenn ihr den Tee gemacht habt, bringt ihn ins Arbeitszimmer, dann können wir uns ein wenig unterhalten, bevor ihr wieder geht.«

Jane kicherte leise. »Ich glaube, das kann man als Erfolg werten, was meinst du?«

Adam nahm das Tablett und folgte Jane den Gang entlang ins Arbeitszimmer seines Vaters. »Ich hatte gedacht, Jane und ich könnten eine Nacht hierbleiben, Vater«, sagte er, als er das Tablett auf Thomas' Schreibtisch stellte. »Du hast in dem großen Haus doch bestimmt Platz. Wir wollen dir aber nicht zur Last fallen, ganz im Gegenteil – wir gehen heute abend mit dir zum Essen ins Hotel. Was sagst du dazu?«

Sie bekamen das Zimmer, in dem seine Eltern geschlafen hatten. Es war kalt und unpersönlich, die Schränke waren leer, die Frisierkommode kahl. Thomas schlief jetzt in Adams altem Zimmer. Aber sie konnten ihn nicht dazu überreden, mit ihnen ins Hotelrestaurant zu gehen, und so saßen sie abends allein in dem Lokal und bestellten kalten Lachs und neue Kartoffeln und Erbsen und dazu eine recht gute und sündhaft teure Flasche Wein.

»Es muß seltsam sein, nach all den Jahren wieder herzukommen.« Jane hatte das Gesicht ihres Mannes betrachtet, als er zum Fenster hinaussah und zu dem trägen, breiten Fluß am Ende des Rasens schaute.

»Wie bitte?« Mit Mühe riß er sich von seinen Gedanken los und nickte. »Das stimmt. Wir hätten Calum mitnehmen sollen.«

Dasselbe hatte Jane auch schon gedacht, aber jetzt war es zu spät. »Nimmst du mich morgen mal mit zu deinem berühmten Pikten-Stein mit den seltsamen Verzierungen? Das hoffe ich doch sehr.« Sie griff nach der Flasche und schenkte ihnen beiden nach. »Wir gehen doch dorthin, Adam, ja?«

Er schüttelte den Kopf. »Ich weiß nicht. Der Aufstieg ist sehr steil. Damals war ich jung und fit.«

»Wir nehmen ein Picknick mit. Ich glaube kaum, daß dein Vater uns vermissen wird, wenn wir ein paar Stunden nicht da sind. Er ist wirklich ein alter Brummbär. Wie lange er wohl noch zu leben hat? Hat er dir was gesagt?«

Wieder schüttelte Adam den Kopf. »Nicht mehr lange, denke ich. In seinem Schreibtisch hat er eine ganze Schublade voll Schmerztabletten, und im Bad sind noch mehr, und sie sind alle ziemlich stark. Armer Dad. Ich wünschte wirklich, das wäre ihm erspart geblieben.«

Sie verließen das Pfarrhaus am frühen Morgen, während Thomas mit steifen Beinen zur Kirche ging. Adam hatte sich eine Tasche mit Essen und einer am Vorabend an der Hotelbar erstandenen Flasche Weißwein über die Schulter gehängt. Er ging Jane über den Fluß voraus und stieg den steilen Pfad unter den überhängenden Bäumen und Büschen hinauf; innerhalb weniger Minuten war er völlig außer Atem. »Früher war dieser Weg nicht so steil, das könnte ich schwören.«

Jane lachte. »Tut es dir jetzt leid, daß du nicht auch Mitglied im Squashclub geworden bist?« Sie tänzelte ihm ein paar Schritte voraus, dann verlangsamte sie ihr Tempo wieder. »Es ist wunderschön hier, Adam. Ich kann mir gar nicht vorstellen, daß jemand soviel Glück hat und immer hier leben darf.«

»Mir kam es damals nicht wie Glück vor. Nachdem Mutter weg war, ging's mir ziemlich elend.«

Sie blieben stehen und blickten in die enge Schlucht hinab, wo der Fluß in eisigen Kaskaden den Berg hinabstürzte und die durch die Bäume scheinende Sonne die Gischt in allen Farben des Regenbogens funkeln ließ. Das Donnern des Wassers war ohrenbetäubend.

»Komm, hier lang.« Er atmete tief durch und ging ihr wieder den Pfad voraus, der stellenweise sehr unwegsam war; immer wieder mußte er sich unter die blaßgrünen Flechten bücken, die wie zerzauste Vorhänge von den Zweigen herabhingen. Als sie oberhalb der Baumgrenze ins Freie traten, blieb er wieder keuchend stehen. »Da oben. Siehst du's?«

Jane blickte in die Richtung, in die er deutete, und sah oben am Gipfel die Silhouette des Steins vor dem Himmel aufragen. »Ganz schön imposant.«

Als sie oben anlangten, waren beide außer Atem. Adam warf die Tasche zu Boden, beugte sich vor und befühlte ächzend seine Zehen. »Ich habe Seitenstechen. Mein Gott, bin ich außer Kondition! Na, was sagst du nun dazu?«

»Seltsam.« Jane fuhr die Muster des Steins mit dem Finger nach. »Und er ist Hunderte von Jahren alt, sagst du?«

»Über tausend Jahre.« Er lächelte. »Die Pikten waren Zauberer und Druiden und so was. Das hat meine Phantasie ziemlich angeregt. Und hier oben ist es etwas unheimlich. Als ich jung war, hat hier oben immer der Nebel herumgewabert. Damals war ich sehr leicht zu beeindrucken, allein wie ich war, und sehr leichtgläubig. Dann lernte ich Brid kennen, und …« Er brach ab und blickte über den Bergrücken ins Tal hinab.

»Und?« fragte Jane nach.

»Es war ein merkwürdiges Gefühl, als würde ich ihr in eine andere Welt folgen. Es war wie ein seltsames, wunderbares Abenteuer, in dem ich der Held war.« Er setzte sich auf eine Felsnase und starrte weiter in die Ferne. »Ich kam mir ziemlich schäbig vor, als ich sie verließ und nach Edinburgh ging.« Er hielt inne und bemühte sich, das Bild von Brid aus seinem Kopf zu verbannen. Es war ein verführerisches, erotisches Bild, das er aus seinen Träumen kannte und das irgendwie mit der schönen, wilden Katze zu tun hatte, die er ins Haus gelassen hatte. Es war aber auch ein Bild, das ihn mit Grauen erfüllte.

Es folgte ein langes Schweigen, während sie beide einen Falken beobachteten, der hoch am Himmel seine Kreise zog. Plötzlich stürzte er sich mit angelegten Flügeln außer Sichtweite in eine Schlucht und ließ sie in der stillen, brütenden Hitze zurück. Die Berge ringsum waren in ein lila Meer aus blühender Heide getaucht.

»Erklär mir doch, was es bedeutet.« Jane stand neben dem Stein, die Hand auf die Symbole gelegt.

Faß ihn nicht an. Laß ihn in Ruhe.

Einen Augenblick glaubte er, die Worte laut ausgesprochen zu haben, aber Jane rührte sich nicht von der Stelle. Immer wieder fuhr sie die tief eingeschnitten Symbole entlang, den Z-artig gebrochenen Speer, die Mondsichel, die Schlange, den Spiegel.

»Es ist eine Botschaft an die Nachgeborenen.«

»Und was besagt sie?«

»Daß dies ein ganz besonderer Ort ist.«

Unter ihnen, im Tal, zog sich der Nebel zusammen.

Liza lehnte in der Dämmerung am Gatter zum Obstgarten und sah den Fledermäusen zu, wie sie über den Apfelbäumen durch die Luft schwirrten. Vor Zufriedenheit seufzte sie tief.

Von ihrem Standort aus konnte sie die Lichter in Philips Scheune sehen. Er war ins Haus gekommen, um mit ihr und den Kindern zu Abend zu essen, aber es hatte ihn nicht lange gehalten: Noch vor Ende der Mahlzeit war er wieder gegangen – mit dem konzentrierten, geistesabwesenden Gesichtsausdruck, der bedeutete, daß sein Körper vielleicht mit ihnen am Tisch gesessen haben mochte, sein Geist aber noch immer vor der Staffelei mit der riesigen Leinwand stand, auf der allmählich eine abstrakte Landschaft entstand. Wortlos, beinahe unbemerkt, war er wieder hinübergegangen; er würde vermutlich die ganze Nacht dort verbringen und vielleicht erst im Morgengrauen zu ihr ins Bett schlüpfen oder vielleicht sogar am Morgen, wenn sie mit einer Tasse Kaffee hinüberging, auch immer noch dort stehen. Er malte mit einer Inbrunst, die ihr manchmal angst machte. Als sie ihm behutsam vorgeschlagen hatte, er möge doch etwas langsamer arbeiten, es eile doch nicht, hatte er heftig den Kopf geschüttelt. »Das kann ich nicht. Ich habe zuviel Zeit verloren. Die ganzen Jahre an der Uni, in denen ich hätte malen sollen. Ich kann nicht langsamer arbeiten, Liza. Es gibt soviel zu tun und so wenig Zeit.«

Ihr letztes Porträt hatte sie vor über sechs Wochen verpackt und nach Paris geschickt, und im Augenblick stand in ihrem Atelier keine Leinwand, an der sie gerade arbeitete. In ihrem Kopf sah sie den Raum vor sich – gefegt, die Farben und weißen Leinwände ordentlich verstaut. Sie fischte in der Tasche ihres Baumwollpullovers nach der Schachtel Zigaretten, zündete sich eine an und genoß den würzigen Tabakduft in der kühlen Abendluft. Das war die schönste Zeit – wenn sie mit einem Bild schwanger ging, das langsam in ihr heranreifte. Natürlich machte sie die ganze Zeit Skizzen und malte kleine Bilder, meist Aquarelle, aber die großen Porträts, der Versuch, die Seele eines Menschen einzufangen und bloßzulegen, das verlangte reiflich Überlegung und brauchte viel Zeit, um sich zu entwickeln, manchmal mehrere Monate. Sie hatte Glück. Sie konnte wählen unter den Personen, die sich von ihr porträtieren lassen wollten. Sie konnte über sie nachlesen und mit ihnen sprechen, und erst wenn sie dazu bereit war, setzte sie sich an die ersten Skizzen.

Eine leichte Brise war aufgekommen, regte sich in den Apfelbäumen und wiegte die samenden Gräser. Es war fast dunkel, gerade noch konnte sie die Silhouetten der niedrigen Berge auf der anderen Seite des Tals ausmachen, wo gelegentlich ein Licht in der Landschaft aufblitzte – ein Auto, das der kurvenreichen Straße entlang der Wye folgte oder in das Netz der engen Landstraßen einbog.

Plötzlich überkam sie ein Frösteln; sie warf ihre Zigarette auf den Boden und drückte sie mit dem Absatz in die Erde. Die Kinder waren nach dem Abendessen zu einem Spaziergang über die Felder hinter dem Haus aufgebrochen. Sie drehte sich um und versuchte, auf dem dunklen Abhang hinter dem Haus etwas zu erkennen oder ihre Stimmen zu hören. Irgendwo in der Ferne rief eine Eule.

Verträumt ging sie zum Haus zurück, doch auf halbem Weg blieb sie abrupt stehen. Sie würde sich in ihrem Atelier umsehen. Fast war er schon da, der Drang zu arbeiten. Ein Teil von ihr hatte sich bereits entschieden, wer ihr nächstes »Opfer« werden würde, wie Juliette Lizas Modelle immer nannte. Es war eine ältere französische Dichterin, eine ungemein gebildete und kluge Frau mit einem zerfurchten, lebensvollen Gesicht, das eine unglaubliche Schönheit ausstrahlte und die durchdringendsten, wunderbarsten Augen besaß, die Liza seit langem gesehen hatte. Mit plötzlicher Entschlossenheit machte sie kehrt, ging zum Atelier und legte die Hand auf die Klinke. Zu ihrer Überraschung war die Tür offen. Sie zögerte. Hatte sie vergessen, sie zuzusperren? Das konnte sie sich nicht vorstellen. Normalerweise war die Tür verschlossen, aber vielleicht hatte jetzt, während sie nicht malte, ihre Konzentration ein wenig nachgelassen. Oder vielleicht war Philip hergekommen, um sich etwas zu borgen – das tat er oft. Wenn er von seiner Arbeitswut befallen war, holte er sich hemmungslos ihre teuersten Pigmente und kostbarsten Skizzenbücher.

Sie schob die Tür auf und sah in den dunklen Raum. Das Dach der Scheune war stellenweise verglast worden, damit das Licht von Norden einfallen konnte, so, wie sie es zum Malen brauchte. Selbst in der Dunkelheit wirkte es hier im Innern

270

recht hell. Während sie sich umsah und gleichzeitig nach dem Lichtschalter tastete, nahm sie ein unterdrücktes Kichern wahr. Sie erstarrte, jede Faser ihres Körpers war angespannt. Einen Augenblick herrschte Stille, dann hörte sie aus der Ecke, wo ihr altes Sofa mit dem bunten Kelim obenauf vor der Wand stand, ein Murmeln. Mit einem Schlag war ihr klar, was sie sehen würde. Sie drückte sämtliche Lichtschalter gleichzeitig, und grelles Licht erfüllte die Scheune.

Calum und Juliette lagen nackt auf dem Sofa. Auf dem Boden stand eine halbvolle Weinflasche; die leere, die daneben lag, verriet, daß die beiden den Wein in der kurzen Zeit seit dem Abendessen mit großer Geschwindigkeit getrunken hatten. Einen Augenblick rührten sie sich nicht, dann sprangen sie auf. Juliette Gesichts verzog sich zu einer trotzigen Grimasse, und sie griff nach dem Kelim, um ihre Blöße zu bedecken. Calum suchte panisch nach seiner Jeans, zog sie mit dem Rücken zu Liza an und zurrte den Reißverschluß hoch. Als er sich umdrehte, war er puterrot im Gesicht. »Tante Liza, ich kann das erklären.«

»Ich glaube nicht, daß ich eine Erklärung brauche, Calum, danke.«

Ihre erste blinde Wut darüber, daß die beiden Kinder ihren, Lizas, Arbeitsplatz entweiht hatten, ging rasch in das schmerzliche Bewußtsein über, daß diese Kinder hiermit eindeutig bewiesen, daß sie keine Kinder mehr waren. Dann stellte sich Mitgefühl für ihre Verlegenheit ein, die deutlicher als alle Worte sagte, daß sie doch noch Kinder waren, und zugleich Sorge, was Philip dazu sagen würde. Es graute ihr bei dem Gedanken, Adam und Jane davon berichten zu müssen, und zu guter Letzt wäre sie angesichts der kläglichen, betretenen Mienen der beiden fast in Lachen ausgebrochen.

»Du wirst Vater nichts davon sagen?« Calums flehentliche Stimme, während er nach seinem Hemd suchte, riß sie aus ihren Gedanken. »Bitte. Er würde mich umbringen.«

Sie schüttelte den Kopf. »Das würde er nicht tun, Calum.« Sie holte tief Luft und griff nach ihren Zigaretten. »Gebt mir ein Glas von dem Wein, während ich mir überlege, wie ich reagieren sollte.« Ihre Gedanken wirbelten durcheinander.

Ich war auch einmal jung.

Verdammt noch mal, ich habe auf genau diesem Sofa seinen Vater geliebt!

Ja, aber sie sind noch Kinder.

Und wenn sie schwanger wird?

Wir würden zurechtkommen.

Das tun wir immer.

»Mum.« Juliette war es mit vollkommener Würde gelungen, ihr Unterhöschen anzuziehen und in das übergroße Männerhemd zu schlüpfen, das sie jetzt immer trug. Sie schenkte ihrer Mutter ein Glas Wein ein und goß sich auch selbst nach. Von den leuchtenden Augen und den leicht erhitzten Wangen einmal abgesehen – die vermutlich eher von ihrem Zusammensein mit Calum herrührten als vom Alkohol, wie Liza vermutete –, wirkte sie völlig ruhig. »Es tut mir leid. Wir hätten nicht dein Atelier benutzen sollen.« Treffsicher hatte sie den schlimmsten – und den unwesentlichsten – Aspekt dieser Sache angesprochen. »Mach dir keine Sorgen um uns. Wir haben aufgepaßt. Außerdem werden wir sowieso heiraten.« Sie lächelte glückselig. »Du darfst aber Daddy nichts davon sagen, und Calums Eltern auch nicht, weil sie das nicht verstehen würden. Aber du schon, stimmt's?«

Gut reagiert, dachte Liza. Während sie einen Schluck Wein trank, stellte sie fest, daß ihr kein Wort des Tadels einfallen wollte und sie bester Stimmung war. »Ich muß mir erst überlegen, was ich tun werde«, sagte sie schließlich. »Ich muß darüber nachdenken.«

Juliettes Lippen verzogen sich zu einem strahlenden Lächeln. Das sagte ihre Mutter immer, wenn sie nachgeben wollte, aber das Gesicht wahren mußte. Juliette gab ihr einen Kuß. »Du bist ein Schatz. Ich habe doch gewußt, daß du uns verstehen würdest. Tante Jane ist so rückständig, sie würde sich wahrscheinlich in die Hosen machen.« Sie zog Calum zu sich. »Aber Onkel Adam würde uns verstehen, das weiß ich. Du und er, ihr wart ja auch mal ein Paar, stimmt's?« Ihre Augen funkelten schelmisch.

»Julie, das ist empörend!« Liza fragte sich, ob sie wohl errötete. Plötzlich wünschte sie sich, sie hätte nicht alle Lampen angemacht; sie warfen ein schrecklich unbarmherziges Licht auf die Szene.

»Calum und ich haben immer gedacht, daß ihr mal zusammenwart. Wir haben öfter darüber gesprochen, stimmt's, Cal? Dadurch hatten wir beinahe das Gefühl, Bruder und Schwester zu sein, und solange wir Kinder waren, hat uns die Idee gut gefallen. Aber jetzt wäre es inzestuös!« Sie schenkte sich wieder von dem Wein nach; sie trank zu schnell. »Statt dessen sind wir ein Paar! Das ist perfekt. Der Kreis schließt sich, vor allem, wenn Cal wie Onkel Adam in Edinburgh Medizin studiert.«

Durch die offene Tür wehte plötzlich Zugluft herein, und Liza bekam eine Gänsehaut. »Julie …«

»Ach, Mum, jetzt sei doch nicht so langweilig. Es ist alles perfekt.« Das Mädchen nahm noch einen Schluck aus dem Glas und wirbelte tänzelnd herum; die langen Hemdschöße verbargen knapp den Ansatz ihrer langen, schlanken Beine.

Jetzt waren in der Scheune keine Schatten. Jeder Winkel, jeder dicke Eichenbalken des Dachstuhls war deutlich auszumachen. Liza sah sich um. War es die Erwähnung von Adam, die das bewirkt hatte? Oder der Geruch von Verlangen und Wein und die warme Sommernacht …?

Plötzlich hallte Meryns Stimme in ihren Ohren. *Sie wird sich auf dich konzentrieren, Liza. Sie hat dich ausgesucht, und sie ist immer noch da, im Dunkeln. Ich fürchte, sie glaubt, daß du ihn ihr weggenommen hast, und ich glaube nicht, daß sie eine Frau ist, die je verzeiht. Du mußt dich gut schützen. Laß dich nie schutzlos von ihr überraschen. Gleichgültig, wie viele Jahre vergangen sind, wieviel Wasser die Wye hinabgeflossen ist, steh nie mit dem Rücken zum Schatten. Eines Tages wird sie dich wiederfinden.*

»Gehen wir ins Haus.« Liza stellte ihr Glas ab. »Zieh dich an, Julie, bevor dein Vater dich sieht. Schnell. Ich möchte die Scheune zusperren. Schau nur die vielen Motten, die hereinkommen.«

Sie dürfen nicht sehen, daß du Angst hast. *Sie* darf nicht sehen, daß du Angst hast. Denk an den Schutzkreis, zieh den

Kreis um diese Kinder, die du so liebst. Bestimmt würde sie ihnen nichts antun – nicht Adams Sohn –, aber du mußt sie trotzdem immer beschützen.

Jetzt spürte Liza die Augen, die sie beobachteten; sie konnte sogar genau sagen, woher sie kamen. Sie wirbelte zur Tür herum und erwartete, die dunklen Haare zu sehen, die wilden grauen Augen, die Hand mit dem blitzenden Messer. Aber da war niemand. Draußen rief wieder die Eule, sonst war die Nacht still. Erst als sie hinausgingen und Liza sich umdrehte, um die Lichter auszumachen und die Tür ins Schloß zu ziehen, spürte sie kurz das eiskalte, seidige Fell an ihrer bloßen Wade.

Kapitel 11

Thomas Craig starb sechs Monate nach dem Besuch von Adam und Jane in Pittenross. Unabhängig und stark bis zum letzten Tag, kümmerte er sich um seine Gemeinde und hielt den Gottesdienst bis wenige Tage vor seinem Tod. Er war in seiner Kirche gestorben und wurde in einer der hinteren Reihen von einem Fremden gefunden, der mit einem Reiseführer in der Hand das Gotteshaus betreten hatte, um das mittelalterliche Wandgemälde neben der Tür zu betrachten. Die Leiche war bereits kalt gewesen.

Adam, Jane und Calum fuhren nach Schottland, um das Begräbnis zu organisieren und zu entscheiden, was mit Thomas' persönlichen Gegenständen passieren sollte. Die Kirche hatte bereits beschlossen, das Pfarrhaus zu verkaufen; es war zu groß, zu alt, zu teuer im Unterhalt.

Am Tag vor der Rückreise nach St. Albans stand Adam auf dem Friedhof, den er sein ganzes Leben gekannt hatte, und sah auf das Grab seines Vaters hinab. Er empfand abgrundtiefe Trauer und großes Bedauern. Alles war so unnütz gewesen. Im Leben seines Vaters hatte es soviel Unglück gegeben, soviel Bemühen, soviel bitteren Zorn. Und wozu? Hatte er den Frieden und den Lohn gefunden, nach denen er so unerbittlich gesucht hatte? Gab es dort draußen ein Leben nach dem Tode, in dem Belohnung oder Bestrafung ausgeteilt wurde, oder würde der rastlose, zornige Geist seines Vaters weiterhin durch das Dorf und das Haus streifen, das er sein Zuhause genannt hatte? Bei dem Gedanken mußte Adam schaudern.

Jane nahm seine Hand. »Ist alles in Ordnung?«

Er zuckte die Achseln. »Es kommt mir alles so sinnlos vor. Was für ein Leben.«

»Er hat getan, was er für richtig hielt. Mehr ist keinem von uns gegeben.«

»Er ist als einsamer Mensch gestorben.«

»Er hatte seinen Gott, Adam.«

Einen grausamen Gott, der weder Vergebung noch Freundlichkeit kannte. Unausgesprochen hing dieser Gedanke in der Luft. Adam zuckte wieder mit den Schultern und wandte sich vom Grab ab. »Kommt. Gehen wir ins Hotel und trinken was.« Er schauderte. »Dem Himmel sei Dank, daß ich nie wieder in diesen trostlosen Ort kommen muß!«

Ob er an seine Kindheitserinnerungen dachte oder an Brid, ließ er sich nicht anmerken.

Als sie nach St. Albans zurückkehrten, ging das Leben wieder seinen alltäglichen Gang. Aber vieles war anders geworden. Adam war distanzierter, intoleranter, und nachts oft zu müde, um noch mit Jane zu schlafen. Calum gegenüber wurde er immer ungeduldiger, und als dieser seine Eltern damit überraschte, daß er verkündete, er werde Juliette heiraten, reagierte Adam mit unerwartet großer Heftigkeit.

»Solchen Unsinn habe ich in meinem ganzen Leben noch nicht gehört!« Adam starrte seinen Sohn ungläubig an. »Nein! Es ist mir egal, was du sagst, du wirst sie nicht heiraten!« Sein Gesicht war leichenblaß. »Verdammt noch eins, Junge, du machst gerade erst deine Abschlußprüfungen! Du gehst noch zur Schule! Das Heiraten kannst du für die nächsten zehn Jahre vergessen! Sag du's ihm, Jane!« Er wandte sich seiner Frau zu, die mit dem Rücken zu den beiden an der Tür stand und in den winterlichen Garten hinaussah.

»Ich hab dir doch gesagt, Dad, wir warten bis zum nächsten Sommer. Dann sind wir beide mit der Schule fertig.«

»Dann fängst du an zu studieren.«

Calum holte tief Luft. »Ich werde ein Freijahr einlegen, Dad, ein bißchen reisen, mir die Welt ansehen. Darum geht's doch im Leben. Julie denkt genauso. Wir gehen seit Ewigkeiten in die Schule. Fürs erste haben wir vom Lernen genug. Liza hat nichts dagegen.«

»Für dich immer noch Tante Liza, junger Mann.« Die Rüge kam automatisch.

»Sie ist nicht meine Tante«, gab Calum zurück. »Und sie findet es schrecklich, wenn ich sie Tante nenne. Sie sagt, dann

276

kommt sie sich immer so alt vor. Ich nenne die beiden Liza und Phil. Und wenn ihr nicht so vorsintflutlich wäret, würdet ihr euch von Julie auch nur mit Vornamen anreden lassen. Es ist verrückt, auf Tante und Onkel zu bestehen, als ob ihr lebende Fossilien wäret und wir wären erst sechs!« Seine Wangen flammten rot. »Außerdem weiß ich nicht, warum wir überhaupt darüber reden. Das ist doch noch ewig hin. Macht euch keine Sorgen wegen der blöden Abschlußprüfungen. Ich falle schon nicht durch.«

Er stürmte aus dem Raum und ließ die Tür laut ins Schloß fallen. Jane und Adam hörten nur noch, wie er die Treppe hinaufrannte und seine Zimmertür zuknallte.

Verwirrt fuhr Adam sich über die Stirn. »Was haben wir falsch gemacht?«

Jane verkniff sich ein wehmütiges Lächeln. »Wir haben nichts falsch gemacht, Adam.« Sie ging zu ihm und legte ihm einen Arm um die Schultern. »Mach dir keine Sorgen. Er wird die Prüfungen ganz bestimmt hinkriegen. Das sind die Nerven. Das Ganze ist nichts als ein aufwendiges Täuschungsmanöver, damit wir nicht merken, wieviel Sorgen er sich im Grunde macht. Laß dich nicht auf das Spielchen ein, Adam. Das mit Julie und ihm wissen wir doch schon lange. Es war klar, daß sie sich ineinander verlieben würden. Sie sind beide vernünftig, sie werden keine Dummheiten machen.«

»Er will immer noch Medizin studieren?« Adam hatte sich aus ihrer Umarmung befreit.

»Natürlich.« Sie richtete sich auf und versuchte, sich durch seine Zurückweisung nicht verletzt zu fühlen; dann gab sie ihm einen leichten Kuß auf die Stirn. Seine Haare waren so wild und lockig wie immer und lichteten sich noch an keiner Stelle, aber zwischen dem Braun waren viele graue Haare zu sehen. Leicht fröstelnd kehrte sie zur Gartentür zurück. »Ich wünschte, es würde Frühling werden. Ich habe die ersten Schneeglöckchen gesehen, aber der Wind will einfach nicht aufhören.« Während sie sprach, fegte eine weitere Bö durch den Garten und rüttelte an den Fenstern. »Da draußen ist eine Katze. Das arme Ding ist bestimmt halb erfroren.«

»Eine Katze?« Adam wirbelte herum. »Wo?«

Sie lächelte kläglich. »Nein, nicht deine bösartige Freundin. Eine schwarze Katze. Schau.« Sie drehte sich zu ihm um und runzelte die Stirn. »Adam, was ist denn?« Sie sah, daß seine Hände, die mit einem Füller spielten, zitterten.

»Nichts.«

»Tu doch nicht so. Natürlich ist etwas. Ist es wegen Calum? Ach, jetzt hör auf! Du darfst dich von ihm nicht so aufregen lassen.«

Adam schloß die Augen. »Deine bösartige Freundin« hatte sie gesagt. Wenn sie nur wüßte. Er biß sich auf die Lippen und zwang sich zur Ruhe, während er an das letzte Mal dachte, daß er die Katze gesehen hatte – vor ein paar Wochen, als Jane ihre Mutter in Godalming besuchte.

Er war morgens zu Hause gewesen und hatte an seiner Patientenkartei gearbeitet; mittags war er schließlich aufgestanden und in den Garten hinausgetreten, um frische Luft zu schöpfen und wieder einen klaren Kopf zu bekommen. Wie auf ein Stichwort hin war die Katze, als wüßte sie, daß er allein war, von einem niedrigen, schneebedeckten Apfelbaumzweig gesprungen und schnurrend zu ihm gelaufen. Er hatte sie auf dem Arm ins Haus getragen und ihr in der Küche eine Untertasse mit Milch auf den Boden gestellt. Aber sie hatte die Milch gar nicht beachtet, sondern war schnurstracks zur Tür gelaufen, die Treppe hinauf und ins Schlafzimmer.

»Mieze?« Einen Moment war er in der Küche stehengeblieben, obwohl er ahnte, wohin sie gelaufen war. Dann folgte er ihr langsam in den Gang und sah vom Fuß der Treppe aus nach oben. »Mieze?« In dem leeren Haus klang ihm seine Stimme in den eigenen Ohren nörgelnd. »Mieze, wo bist du?« Stille. Er blieb am Fuß der Treppe stehen, die Hand auf dem flachen, weißlackierten Geländer, und starrte hinauf. Ein Teil von ihm wußte, daß der Moment der Wahrheit gekommen war. Er konnte sich der Realität dessen, was hier passierte, nicht stellen – er verstand sie nicht einmal. Er wußte nur, wenn er nach oben ging, würde er die seltsame Welt seiner Träume wieder betreten, und dann wäre er verloren. Später fiel ihm wieder ein, daß er auf die Uhr geschaut hatte: zehn nach eins. Um drei Uhr dreißig mußte er in der Praxis sein.

278

Als er langsam die Stufen hochstieg, spürte er im Magen eine seltsame Aufregung, fast eine Art Übelkeit. Beinahe ohne es zu merken, lockerte er seine Krawatte. Auf dem Treppenabsatz blieb er kurz stehen und lauschte, dann ging er über den dicken grauen Teppich zur Tür des Schlafzimmers, das Jane und er seit so vielen Jahren teilten. Die Tür stand weit offen, um die fahle Wintersonne in den Flur zu lassen. Langsam trat er ein und schloß die Tür hinter sich.

Sie hockte auf seinem Bett. Der Talisman lag hinter ihr auf dem Boden, in viele Stücke zerbrochen.

»Du kleine Hexe.« Ohne Groll sagte er das, fast im selben Moment, in dem er begann, sich wie ein Roboter auszuziehen. Als er zwischen die Laken glitt, die eiskalt auf seiner heißen, bloßen Haut waren, schloß er die Augen und wartete, daß sie sich neben ihn legte. Erst viel später öffnete er die Augen wieder. Schließlich setzte er sich auf und suchte nach seinem Hemd; draußen dämmerte es bereits. Er war ganz allein im Raum.

Dr. Furness stand neben ihrem Bett und sah auf sie hinab. Mit der linken Hand strich er sich übers Kinn, in der anderen hielt er den dicken Aktenordner. Nach dem Mittagessen hatte sie sich, wie die Schwester ihm erklärte, aufs Bett gelegt und gesagt, sie sei müde. Als man um halb drei versuchte, sie zu wecken, weil sie nicht bei ihrer Kunsttherapie erschienen war, hatte sie nicht reagiert. Die Schwester hatte sie geschüttelt und angeschrien und jemanden um Hilfe gerufen, und schließlich war jemand zu Ivor gegangen, der in seinem Büro vor der alten Schreibmaschine saß.

»Warum haben Sie mich nicht gleich geholt?« Er sprang auf und packte ihre Akte. »Ich hatte doch angeordnet, daß man sie nicht wecken soll, wenn das passiert!«

»Man kann sie gar nicht wecken!« Deborah Wilkins, die diensthabende Schwester, rümpfte ärgerlich die Nase und warf ihm einen bitterbösen Blick zu, als er vor ihr her den Gang entlangrauschte. »Höchstens mit einer Bombe!«

Ohne auf sie zu achten, stieß er die schwere Tür zum langgestreckten Schlafsaal auf und ging direkt zu Brids Bett.

»Ja, mein Kind. Sie sind also fort, am anderen Ende Ihrer Silberschnur?« Während er auf Brid hinabsah, erwartete er beinahe, die Schnur zu sehen. Die junge Frau lag auf dem Rücken, die Arme über der Brust verschränkt; sie sah aus wie eine Alabasterfigur auf einem Grabmal. Alabaster war genau das richtige Wort. Vorsichtig legte er ihr den Handrücken auf die Wange. Die Haut war eiskalt. Hinter ihm stand Schwester Wilkins, das Gesicht zur Grimasse verzogen, und sah ebenfalls auf Brid. Ivor konnte ihren Abscheu und ihre Mißbilligung förmlich spüren. Er drehte sich um. »Vielen Dank, Schwester. Ich werde mich um sie kümmern. Bitte machen Sie mit Ihrer Arbeit weiter.«

Die Frau warf ihm einen haßerfüllten Blick zu, den er aber nicht bemerkte. Er stand über Brid gebeugt und tastete nach ihrem Puls. Eine Schrecksekunde lang glaubte er, gar keinen zu spüren, doch dann fand er ihn, ein ganz leichtes Flattern nur. Er griff nach seinem Stethoskop und knöpfte ihr blaues Kleid auf. »Alle Symptome auf Minimum«, murmelte er. Er steckte das Stethoskop wieder in seine Tasche und trat einen Schritt zurück. »Brid?« Er sprach ihren Namen leise aus, obwohl er vermutete, daß Deborah Wilkins bei ihrem Versuch, sie zu wecken, alles andere als leise gewesen war. »Wo bist du, Brid? Bei deinem gutaussehenden Dr. Craig?« Er dachte an seinen Besuch in der stillen Straße mit dem hübschen Einfamilienhaus, in dem Dr. Craig – ein Dr. Craig – mit seiner Familie lebte. Sah er diese schöne Hexe je in seinen Träumen? Hatte er eine Ahnung davon, wie sehr er ihre Phantasie beschäftigte? In den nächsten Monaten mußte er diesen Dr. Craig einmal treffen.

Plötzlich merkte er, daß Brid ihn ansah, und er fuhr zusammen. »Dr. Furness?«

»Hallo, Brid.« Er lächelte sie an. »Nun, mein Kind, wo sind Sie gewesen?« Fast automatisch fühlte er nach ihrem Puls, aber er hätte auch so gewußt, daß ihr Herz raste; er konnte sehen, daß das Blut wieder in ihre Wangen zurückgekehrt war, er spürte ihre Lebendigkeit, sah den befriedigten Ausdruck um ihre Lippen. Zu seiner großen Verlegenheit spürte er eine Woge des Verlangens in sich aufsteigen, und schlimmer noch, es entging ihr nicht. Matt erwiderte sie sein Lächeln und griff nach seiner Hand. »Ich habe A-dam gesehen.«

»Und hat er sich gefreut?« Furness zwang sich zur Ruhe.

»Aber ja, er hat sich sehr gefreut. Seine Schlampenfrau war nicht da.« Sie stützte sich auf den Ellbogen, so daß das lange Haar ihr über die Schultern fiel. Wie zum Teufel schaffte sie es nur, in dem häßlichen Klinikkleid so verführerisch auszusehen? Er stellte fest, daß er es nicht wieder zugeknöpft hatte, nachdem er ihren Herzschlag abgehört hatte. Er starrte auf ihr Dekolleté.

»Wir haben uns geliebt.« Ihre Stimme wurde tiefer. »Es war sehr gut.«

Das wette ich. Gerade noch rechtzeitig schluckte er die Bemerkung hinunter. »Brid, Sie sind schon spät dran für Ihren Kurs. Sie sollten jetzt aufstehen und sich die Haare bürsten und dann in den Aufenthaltsraum gehen.« Er drückte sich seine Unterlagen wie einen Schutzschild an die Brust. »Ich muß ein paar Telefonate erledigen.«

In Adam Craigs Privathaus hob niemand ab, also rief er in der Praxis an. Die strenge Stimme am anderen Ende der Leitung informierte ihn, daß Dr. Craig mit einem Patienten beschäftigt sei und nicht gestört werden dürfe. Ivor lächelte. Falls er je eine private Praxis eröffnen sollte, würde er einen solchen Drachen einstellen, um Störenfriede abzuwimmeln. Er hinterließ seinen Namen und die Nummer und legte auf. Dann steckte er Brids Akte in den Büroschrank.

Adam saß in seinem Arbeitszimmer, während seine Tasse Tee vor ihm kalt wurde. Jane war im Nebenzimmer und sah fern. Der Stapel Unterlagen auf seinem Schreibtisch, den er aus der Praxis mitgebracht hatte, starrte ihn vorwurfsvoll an. Bislang war es ihm gelungen, ihn zu ignorieren, aber als er sich vorbeugte, um die Tischlampe anzuknipsen, bemerkte er den Zettel, den Emma Souls, die neue Empfangsdame, unten an seinen Kalender geheftet hatte: *Bitte Dr. Furness sobald wie möglich anrufen. DRINGEND.* Darunter stand eine Londoner Telefonnummer. Er runzelte die Stirn. Die dumme Frau hätte ihm sagen sollen, daß es dringend war, und zwar gleich nach seinem Termin. Furness. Der Name sagte ihm nichts. Er nahm den Zettel in die Hand und betrachtete ihn, dann zog er das Telefon zu sich und wählte die angegebene Nummer.

»Dr. Furness?« Er drehte den Stuhl, so daß er in den Garten hinaussehen konnte.

»Tut mir leid, Dr. Furness ist nach Hause gegangen.« Die Stimme war tonlos, gelangweilt.

Adam runzelte die Stirn und begann, auf dem Notizblock herumzukritzeln. »Ah ja. Hier ist Dr. Adam Craig. Ich habe eine Nachricht erhalten, daß ich ihn dringend anrufen soll. Gibt es eine andere Nummer, unter der ich ihn erreichen kann?«

Einen Moment lang herrschte Stille, während die Stimme am anderen Ende gedämpft mit einer weiteren Person sprach. Dann war sie wieder deutlich zu hören. »Es tut mir leid, Dr. Craig. Dr. Furness hat für das Wochenende keine Nummer hinterlassen, unter der er zu erreichen ist. Könnten Sie ihn bitte am Montag wieder anrufen?«

Mit einem Achselzucken legte Adam den Hörer auf. Draußen sah er im Licht, das durch die Scheiben fiel, wie der Schneeregen in dichten Schneefall überging. Der Rasen war schon ganz weiß. Hoffentlich war die Katze irgendwo geborgen im Warmen.

Jane stellte den Fernseher aus, sobald Adam das Zimmer verließ. Zehn Minuten später saß sie immer noch da und starrte auf den schwarzen Bildschirm. Das Abendessen war eine Katastrophe gewesen; alle drei hatten schweigend im Essen herumgestochert, und kaum waren sie fertig, war Calum nach oben gestürmt und hatte wie gewohnt seine Zimmertür hinter sich zugeknallt. Sie seufzte bekümmert. Das Leben an der Seite zweier empfindsamer Männer war nicht gerade das, was sie sich einmal erträumt hatte. Stöhnend stand sie auf und öffnete die Tür. Im Haus war es völlig still. Selbst das übliche Dröhnen von Popmusik, das sonst aus Calums Zimmer drang, war nicht zu hören. Sie schlenderte in die Küche und starrte voll Abscheu auf das schmutzige Geschirr, das sich in der Spüle stapelte. Unter der Woche kam täglich eine Zugehfrau, die alles machte, aber an Wochenenden und am Freitagabend erledigte sie die Hausarbeit selbst, einschließlich des Abwaschs – wenn es ihr nicht gelang, Calum oder Adam in die Küche zu locken, um ihr dabei zu helfen. Eine der Regeln, die ihre Mutter ihr eingebleut hatte, lautete, schmutziges Geschirr nie bis zum nächsten Tag stehenzulassen. Dann brauchte man am Morgen, wenn man am wenigsten dafür gewappnet war, nicht in eine dreckige Küche zu kommen. Eine volle halbe Minute starrte sie die Töpfe und Teller an, dann machte sie kehrt und zog die Tür fest hinter sich ins Schloß.

Langsam ging sie die Treppe hinauf ins Schlafzimmer. Sie zog die Vorhänge zu und knipste die Lampen auf der Kommode an. Durch die rosafarbenen Schirme wurde der Raum in ein schönes, warmes Licht getaucht, und mit einem Schlag fühlte sie sich wohler und entspannter. Auf dem Schränkchen neben ihrem Bett lagen ein paar neu erstandene Romane. Sie setzte sich aufs Bett und sah sie durch: Iris Murdoch und Margaret Drabble – und fürs Gemüt der neueste Schmöker von Mary Stewart. Das war ihr Trostpflaster, ihr kleiner Luxus – Bücher, mit denen sie sich am Wochenende die Zeit vertreiben konnte, während Adam Hausbesuche machte oder mit den Hardings Golf spielte – ein Sport, zu dem sie sich einfach nicht überwinden konnte. Sie streifte die Schuhe ab, legte die Beine aufs Bett und sank in die spitzenbesetzten Kissen auf der blaßrosafarbenen Tagesdecke zurück. Adams Bett stand, mit der gleichen Decke und den gleichen Kissen, sechzig Zentimeter von ihrem entfernt, getrennt durch den kleinen Nachttisch, auf dem seine Lampe und seine Bücher waren – ein Band über Naturgeschichte und ein Krimi von Raymond Chandler. Während sie es sich behaglich machte, betrachtete sie das Tischchen und erstarrte: Der silberne Baum, der Talisman, fehlte. Sie blickte sich im Zimmer um. Ihr Frisiertisch, Adams hohe Kommode, das Bücherregal, das Fensterbrett – woanders konnte er nicht stehen. Wann hatte sie ihn das letzte Mal gesehen? Sie dachte scharf nach. Mrs. Freeling putzte das Schlafzimmer immer am Mittwoch. Falls sie aus Versehen etwas zerbrach – was in all den Jahren, die sie bei den Craigs arbeitete, erst zweimal passiert war –, gestand sie es immer sofort schuldbewußt. Das konnte es also nicht sein. Vielleicht hatte sie ihn woanders hingestellt. Oder Adam. Jane runzelte die Stirn. Letzte Nacht war sie so müde gewesen, und vorletzte Nacht auch, daß sie vermutlich nicht einmal gemerkt hätte, wenn das Bett selbst gefehlt hätte. Also, wo war er? Kurz überlegte sie, aufzustehen und nach unten zu gehen, um Adam danach zu fragen, aber dann entschied sie sich dagegen. Sie war müde, und die Bücher lockten sie. Sie würde ihn später fragen, wenn er ins Bett kam.

Sie hatte fast eine Stunde gelesen, als sie wieder aufsah; ihr Fuß war eingeschlafen. Sie legte das Buch beiseite, reckte sich gähnend und sah auf die Uhr. Es war nach neun. Verwundert wurde ihr bewußt, daß sie kein einziges Geräusch im Haus wahrgenommen hatte – keine Popmusik, kein Telefon, keine Schritte auf der Treppe. Sie ging zur Tür und lauschte in den Flur hinaus. Aus Calums Zimmer war nichts zu hören. Auf Zehenspitzen schlich sie zu seiner Tür und horchte, dann klopfte sie leise. »Calum? Calum, mein Schatz, kann ich reinkommen?« Keine Antwort. Wahrscheinlich schlief er. Vorsichtig drehte sie den Türknauf und schob die Tür auf. Es war völlig dunkel. Noch bevor sie Licht anmachte, wußte sie, daß er nicht da war. Bestürzt sah sie sich in seinem Zimmer um. Seine Bücher lagen aufgeschlagen auf dem Schreibtisch, ein Ringbuch mit Unterlagen vom Chemieunterricht lag offen auf dem Bett. Ein halbabgenagter, brauner Apfel verunzierte den Schreibtisch, dazu ein leeres Glas, auf dessen Boden Ingwerlimonade angetrocknet war. Jane sank das Herz. Sein Rucksack, den er sonst immer oben auf dem Schrank verstaute, war fort, ebenso wie der Anorak, der an der Tür hing.

»Er ist nach Wales gefahren.« Sie stand in der Tür zu Adams Arbeitszimmer. »Er muß per Anhalter gefahren sein.«

»Unsinn. Das ist doch unmöglich.« Adam stand auf.

»Doch. Er ist zu Juliette gefahren.« Sie zwang sich, nicht in Tränen auszubrechen. »Ihm wird doch nichts passieren, oder?

Er ist doch ein vernünftiger Junge.« Sie bemühte sich sehr, ihren eigenen Worten zu glauben.

»Es kann ihm sehr wohl etwas passieren.« Vor Frustration schloß Adam die Augen und atmete tief durch. »Aber ich bin mir überhaupt nicht sicher, daß er wirklich nach Wales gefahren ist. Herr im Himmel, am Montag muß er zur Schule. Er kann doch nicht einfach verschwinden und für ein Wochenende nach Wales fahren! Wahrscheinlich ist er bei einem seiner Freunde. Wenn du herumtelefonierst, wirst du ihn bestimmt finden.«

»Er würde es gar nicht wollen, daß ich bei seinen Freunden herumtelefoniere.« Bedrückt ging Jane zum Sessel neben dem elektrischen Feuer und setzte sich. »Wir haben nicht gut reagiert, Adam.«

»Du meinst, ich habe nicht gut reagiert.«

»Nein, wir. Wir hätten mehr Verständnis aufbringen müssen. Die beiden sind noch so jung. Wir waren auch einmal jung, Adam.«

Er verzog den Mund zu einem grimmigen Lächeln. »Wir haben nicht unsere Prüfungen aufs Spiel gesetzt.«

»Das tut er auch nicht. Er ist doch nicht dumm. Wir müssen ihm etwas mehr vertrauen.«

»Du solltest Liza anrufen und sie vorwarnen, für den Fall, daß er wirklich zu ihnen unterwegs ist.« Adam runzelte die Stirn. »Und wenn, dann soll sie ihn sofort zum Bahnhof fahren und in den nächsten Zug setzen. Der dumme Junge. Ich hab's ja gewußt, daß so etwas passieren würde. Du hättest besser aufpassen sollen, was bei euren Besuchen alles vor sich ging.«

»Wieso ich?« Sie hob die Augenbrauen und versuchte, den Zorn zu unterdrücken, der unweigerlich in ihr aufstieg, wenn Adam sie für etwas verantwortlich machte, das ihrer Ansicht nach seine Schuld war. »Meines Wissens fandest du die Besuche in Wales immer eine ausgezeichnete Idee.«

»Einen empfänglichen jungen Mann bei einer Schar lebenslustiger Frauen zurückzulassen?« Er schnitt eine Grimasse.

»Es sind nur zwei Frauen, Adam, und Philip scheint sehr gut mit ihnen fertig zu werden.«

»Philip ist so alt, der sieht ja nicht mal mehr seine eigene Nasenspitze«, sagte Adam gereizt. »Du hättest wissen sollen, daß das passieren würde.«

Meine Schuld. Sie biß sich auf die Lippen, um den inneren Aufschrei zu unterdrücken. Meine Schuld. Alles ist immer meine Schuld.

Resigniert stand sie auf. »Dann werd ich mal Liza anrufen.« Warum machte er das nicht? Schließlich saß er am Schreibtisch, mit dem Apparat vor sich, als hätte er gerade telefoniert, als sie hereinkam. Er gab keine Antwort, und sie ging langsam zur Tür. »Adam?«

Er sah auf.

»Was ist mit dem Talisman passiert?«

»Nichts, warum?« Er blickte beiseite, und zu ihrem Erstaunen bemerkte sie, wie sein ganzer Körper Schuldbewußtsein und Verlegenheit verriet – die Haltung der Schultern, die Art, wie er peinlich berührt ihren Augen auswich, die leichte Röte, die ihm ins Gesicht stieg.

»Adam, was um Himmels willen ist denn damit passiert?«

»Ich hab ihn kaputtgemacht.«

»Du hast ihn kaputtgemacht?«

Er nickte. Brid hatte ihn kaputtgemacht. Aber wie konnte das sein, wo sie doch nur ein Traum war? Nein, er mußte das Schmuckstück aus Versehen zu Boden geworfen haben und im Schlaf darauf getreten sein. Als er aufwachte, hatte er die abgeknickten Silberdrähte und die Bruchstücke des Kristalls eingesammelt und in ein Taschentuch ganz hinten in die unterste Schublade seiner Kommode gelegt. Es war ihm nicht in den Sinn gekommen, Jane davon zu erzählen oder den Talisman zum Juwelier zu bringen, um ihn reparieren zu lassen; und als er zu seiner Frau hochschaute, ihren ernsten, besorgten Gesichtsausdruck und ihre vernünftig kurzen Haare mit den grauen Strähnen an den Schläfen sah, wußte er auch, warum. Er wollte sich nicht mehr vor Brid schützen. Er wollte von ihr träumen. Wenn Jane fort war, wollte er sich oben in das leere Haus einschließen und von Brids jungem, geschmeidigem Körper phantasieren, von ihrem seidigen Haar und den warmen, festen Lippen.

Er schluckte schwer und fuhr sich mit der Hand übers Gesicht. »Wie dumm von mir. Ich hab's ganz vergessen. Ich muß ihn runtergeworfen haben, als ich mich mal in aller Eile anzog, und aus Versehen draufgetreten sein. Morgen bring ich ihn auf dem Weg in die Praxis zum Reparieren.«

Sie lächelte. »Gut. Es fehlt mir etwas, wenn ich ihn nicht auf dem Nachttisch sehe.« Sie beobachtete sein Gesicht sehr genau. »Er gibt mir immer ein Gefühl von Sicherheit.«

»Ich weiß.« Adam nickte heftig. »Ich weiß, Jane. Ich weiß.«

Aber mit einer seltsamen inneren Sicherheit wußte er auch, daß der Talisman, als er das letzte Mal kaputtgegangen war, einen Großteil seiner Schutzkraft verloren hatte. Deswegen hatte Brid sie finden können. Deswegen war es ihr gelungen, seine Abwehr zu überwinden. Jetzt, wo auch der Kristall zerbrochen war, war er völlig nutzlos. Wenn er Zeit fände, würde er ihn zum Juwelier bringen, um Jane zufriedenzustellen, aber es würde nichts nützen. Der Talisman besaß keine Kraft mehr, vor irgend etwas zu schützen. Jetzt, wo Brid Zugang in das Haus bekommen hatte.

Calum stand zitternd vor der Telefonzelle in Hay. Die Broad Street war völlig verwaist. Von seinem Standort aus konnte er die Metzgerei auf der gegenüberliegenden Straßenseite sehen und eine Anwaltskanzlei, die dunkel und verschlossen dalag. In der Ferne hoben sich die Konturen der Vorberge vor dem kalten Himmel ab, an dem allmählich die Morgendämmerung aufzog. Hoffnungsvoll blickte er an der Standuhr vorbei die Straße hinauf. Vor zwanzig Minuten hatte er Liza angerufen und ihr gestanden, wo er war; sie hatte gesagt, sie würde ihn abholen. An ihrer Stimme hatte er gemerkt, daß sie seinen Anruf erwartet hatte. Er schlang die Arme um sich und stampfte mit den Füßen auf, um seinen Kreislauf anzuregen. Es war noch dunkel, und in der Stadt herrschte absolute Stille. Doch hinter einigen Fenstern wurde allmählich Licht gemacht, und dann rumpelte der Milchwagen die Straße hinab und bog um eine Ecke. Calum konnte den süßen Holzrauch in der Luft riechen und aus der Ferne den kalten, aromatischen Duft der Black Mountains.

Als der alte Landrover endlich klappernd die Straße herunterfuhr und vor ihm stehenblieb, war er halbtot vor Kälte und Erschöpfung. Ein einziger Blick auf Calum genügte Liza, und sie fuhr ein paar hundert Meter den Berg hinab und parkte den Wagen in einer engen, kopfsteingepflasterten Gasse vor einem kleinen Café. Es war geschlossen, aber hinter der Jalousie brannte Licht. Als Liza an die Tür klopfte, wurde sofort geöffnet. »Zwei verhungerte Nachtschwärmer, Eleri. Können wir reinkommen und bei Ihnen eine Tasse Tee bekommen?« fragte sie die füllige Frau mit dem roten Gesicht, die die Tür öffnete. Der Schwall warmer Luft, der durch die Tür zog, roch geradezu betörend nach frischgebackenem Brot.

»Aber natürlich, Schätzchen.« Die Frau trat beiseite und ließ sie ins Café eintreten. Es lag noch im Dunkeln da, der Tresen war leer. Das Licht und die Düfte kamen aus der Küche, wo reges Treiben herrschte. Die Frau schaltete die Beleuchtung ein. »Ich mache sowieso bald auf, für die Frühaufsteher. Setzt euch hierher, an die Heizung, ich mache euch derweil Frühstück.«

»Danke, Liza.« Calum lächelte schuldbewußt. »Es tut mir leid, dir soviel Ärger zu machen.« Er legte die Hände auf den Heizkörper. »Ich habe vier Autos gebraucht, um bis hierher zu kommen.«

»Gar nicht so schlecht«, kommentierte Liza trocken, »wenn man bedenkt, daß du abends nach neun von St. Albans aufgebrochen bist, daß du mitten in der Nacht quer durchs ganze Land fahren mußtest und daß die Prüfungen vor der Tür stehen.«

Sein Lächeln wurde noch zerknirschter. »Also hat Mummy mit dir geredet.«

»Natürlich. Sie war außer sich.«

»Aber sie weiß doch, daß mir nichts passiert.«

»Das kann sie überhaupt nicht wissen, Calum. Außerdem gibt es so etwas wie Zettel, die man hinlegen kann, oder bringen sie dir in der teuren Schule, auf die dein Vater dich schickt, nicht das Schreiben bei?«

»Ich weiß. Es tut mir leid.« Ein Sechsjähriger hätte nicht reumütiger aussehen können.

»Eleri, Sie sind ein Engel.« Liza schaute hoch, als ohne jeden Umstand eine große Tonkanne auf den Tisch gestellt wurde, dazu Tassen, Untertassen, Milch und eine riesige Zuckerdose.

»Das sagen alle.« Die Frau lächelte zufrieden. »Also, was sagt ihr zu Speck und Eiern mit dem üblichen Drumherum?«

Liza warf einen Blick auf Calum. »Ja, bitte. Ich glaube, dieser junge Mann ist am Verhungern.«

»Ich sehe.« Eleri knuffte Calum liebevoll in die Schulter. »Dauert nicht lange.«

»Die ist nett.« Calum sah ihr nach, wie sie in der Küche verschwand.

»Stimmt.« Liza griff nach der Teekanne. »Jetzt erzähl doch mal, was das Ganze soll.«

Er zuckte die Achseln. »Dad.«

»Was hat er jetzt getan?«

»Er sagt, es ist ausgeschlossen, daß Julie und ich heiraten.«

Liza unterdrückte ein Seufzen. »Wie in aller Welt ist dieses Thema überhaupt zur Sprache gekommen, Calum? Ich habe euch doch gesagt, daß von Heiraten keine Rede sein kann, bis ihr älter seid.«

»Das sagen wir doch auch. Wir warten bis nach den Prüfungen. Julie hat zugestimmt ...«

»Julie hat zugestimmt?« Liza beugte sich vor und fixierte ihn mit Adleraugen. »Calum Craig, du und meine Tochter, ihr werdet mit der Hochzeit noch viele Jahre warten, hast du mich verstanden? Ihr seid beide viel zu jung. Ihr habt noch euer ganzes Leben vor euch. Und ihr werdet es euch nicht verkorksen, indem ihr Hals über Kopf eine so schwerwiegende Entscheidung trefft und heiratet, wo ihr noch nicht mal entschieden habt, was ihr im Leben tun wollt.«

»Wir wissen beide, was wir tun wollen.« Calum machte ein entschlossenes Gesicht. »Ich werde Arzt, wie Dad, und Julie will malen.«

»Und für beide Berufe braucht man eine jahrelange Ausbildung, Calum. Jahre, in denen ihr als Studenten praktisch von nichts leben müßt. Jahre harter Arbeit!« Sie atmete tief durch

289

und zählte leise bis zehn. »Glaub mir, Calum, wir sagen das zu eurem eigenen Besten. Wer weiß schließlich besser als Adam und ich, wie schwer es ist? Er ist Arzt, ich bin Malerin, und wir mußten beide jahrelang hart arbeiten und viel lernen, um dahin zu kommen, wo wir jetzt sind.«

Calum griff nach der Teetasse und nahm einen großen Schluck, der ihm den Mund verbrannte. »Aber ihr beide, ihr wart zusammen. Ihr hattet einander. Ihr wart ein Paar, bevor er Mummy kennengelernt hat.«

»Vielleicht, vielleicht auch nicht.« Sie sah ihn fest an. »Darum geht es jetzt nicht. Der Punkt ist, daß du erst siebzehn bist, Julie ist erst sechzehn, und ihr seid beide noch Kinder!« Mit einem Griff in die Manteltasche holte sie eine Schachtel Zigaretten hervor. Sie öffnete sie und nahm eine Zigarette heraus, klopfte das Ende auf den Tisch, suchte nach einer Schachtel Zündhölzer und wählte umständlich eines aus. Sie riß es an, zündete die Zigarette an und inhalierte tief. Erst dann sah sie wieder zu ihm. »Bitte, Calum. Ich will euch wirklich nicht trennen. Ich weiß, wie sehr ihr euch liebt. Aber bitte glaub mir, es wäre eine Katastrophe, wenn ihr so früh heiraten würdet.«

Das Frühstück wurde serviert, und Liza drückte ihre Zigarette aus. Während sie zusah, wie Calum den Teller mit den Spiegeleiern, dem Speck und dem gebratenen Brot verdrückte, stieg eine Woge der Zuneigung in ihr auf. Sie schob ihren Speck und das Brot auf seinen Teller und beobachtete, wie er auch das aß. Schließlich war sein Teller leer, die letzten Reste mit dem letzten Stück Toast aufgewischt, und sie begann wieder zu reden. »Du kannst für ein paar Stunden zu uns kommen, dann mußt du wieder nach Hause. Phil fährt heute nachmittag nach Cardiff. Ich werde ihn bitten, dich in den Schnellzug nach Paddington zu setzen, und von dort findest du von selbst wieder zurück. Abgemacht?«

Er sah auf und nickte widerstrebend. »Abgemacht.«

»Freut mich zu hören.« Sie suchte in ihrer Tasche nach Geld, fand aber keines. »Eleri«, rief sie und drehte sich zur Tür. »Kann ich nächste Woche bezahlen?«

»Aber natürlich, Schätzchen.« Die Stimme, die aus den Tiefen der Küche herübertönte, klang beruhigend sachlich.

»Gut, dann fahren wir los.« Als Calum aufstand, drückte sie ihm die Hand. »Ich weiß, es muß dir vorkommen wie die Hölle. Halt die Ohren steif. Es wird alles gut werden, das verspreche ich dir.«

Julie erwartete sie in der Küche. Sie warf sich Calum um den Hals und schrie: »Du Idiot! Ich liebe dich!«

Liza schüttelte den Kopf. »Ihr habt Zeit bis um zwei Uhr«, sagte sie drohend. »Benehmt euch anständig!« Damit ging sie aus dem Zimmer, um Phil, der in seinem Atelier arbeitete, zu sagen, daß er einen Fahrgast nach Cardiff haben würde.

Auf dem Weg zurück ins Haus blieb sie stehen, frierend trotz ihrer Jacke, und sah dem Spiel des Lichts zu, das durch die Wolken auf das Tal fiel. An diesem Blick konnte sie sich nie satt sehen – die Schatten, die über die grünen, braunen und grauen Flecke der Landschaft rasten, die vereinzelten Sonnenstrahlen, die hier ein Dorf, dort einen Kirchturm auf der jenseitigen Anhöhe beleuchteten, und immer wieder ein Glitzern der Wye, die sich durch das Land schlängelte. Eine Wolke schob sich vor die Sonne.

Liza …

Sie schüttelte den Kopf und steckte die Hände tief in die Taschen. Jetzt fing das Miststück an, sie mit ihrem Namen anzureden. Sie suchte also wieder – aber wonach? Adam kam doch so selten hierher. Sicher wußte sie mittlerweile, wo er war, oder erwartete sie, daß Liza ihr den Weg zu ihm weisen würde? Auf einmal atmete sie tief durch: Natürlich, es war wegen Calum. Sie verfolgte Calum. Aber warum? Weswegen interessierte sie sich für Adams Sohn?

Sobald sie wieder im Haus war, rief sie nach den beiden. »Julie? Calum?« Die Küche war leer.

»Julie?« Sie lief zum Fuß der Treppe und sah nach oben. Von dort kam kein Geräusch, aber sie ging trotzdem hinauf und öffnete die Tür zu Julies Zimmer. Es war leer, das Bett war ungemacht, auf dem Boden herrschte ein Durcheinander. Liza lächelte nachsichtig. Wenn Julie gewußt hätte, daß ihr Liebster kommt, hätte sie aufgeräumt!

»Julie? Calum?« Sie kehrte in die Küche zurück und starrte nach draußen. Die beiden konnten irgendwo sein, aber vermutlich machten sie einen Spaziergang über die verschneiten Felder. Sie würde warten müssen, bis sie wiederkamen, und in der Zwischenzeit konnte sie Meryn anrufen.

Er empfing sie an der Tür zu seinem Cottage. Sobald er sie sah, breitete sich ein Lächeln über sein Gesicht. »Ich freue mich immer, dich zu sehen, Liza, solange es kein Notfall ist. Was ist passiert?«

Sie folgte ihm ins Haus, setzte sich aufs Sofa am prasselnden Kaminfeuer und streckte dankbar die Hände vor die Flammen. »Das gleiche wie immer. Sie kommt wieder in meinen Kopf.«

»Und sie lernt auch immer mehr, das ist das Problem.« Er kauerte sich vor das Feuer und stützte sich auf einen kleinen Hocker. Auf dem Tisch hinter ihm stapelten sich Bücher und Unterlagen. »Ebenso schnell, wie wir lernen, dich vor ihr zu schützen, lernt sie, diesen Schutz zu umgehen.« Er betrachtete sie kurz. »Der Talisman wirkt nicht mehr.«

Entsetzt starrte sie ihn an. »Woher weißt du das?«

»Ich weiß es.« Sein Gesicht war sehr ernst. »Manchmal – aber nur sehr selten – schaffe ich es, in den Kopf dieser geheimnisvollen Brid einzudringen. Vieles an ihr ist mir sehr fremd. Immer wieder ist sie für lange Zeiten verschwunden. Einfach weg.« Er hielt stirnrunzelnd inne. »Es ist, als würde sie schlafen oder im Koma liegen. Dann regt sie sich wieder, ihre Energie nimmt zu, und ich kann sie spüren.«

»Wie?« Liza sah gebannt zu ihm. Auf ihren Unterarmen bildete sich eine Gänsehaut, und sie schauderte.

Er lächelte. »Ich habe meine eigene Art, solche Dinge zu machen. Ihr zu folgen, zu schauen, wo sie hingeht. Zu sehen, wer sie durch die weite Dunkelheit jagt, in der sie sich manchmal verbirgt.«

»Aber du kannst sie nicht dazu bringen aufzuhören?«

Bei Lizas gequältem Tonfall verzog er das Gesicht. »Ich muß erst noch lernen, Liza. Es gibt vieles, das ich nicht verstehe.

Aber sei nicht verzweifelt. Auf meine Art bin ich genauso stark wie sie. Also, du machst dir Sorgen um Adams Sohn?«

Sie nickte. Es war unverkennbar, daß ihre Gedanken leichter zu lesen waren als Brids.

Nachdenklich schüttelte er den Kopf. »Es ist möglich, daß sie sich jetzt auf ihn konzentriert. Sie ist eifersüchtig und besitzergreifend. Vielleicht ist er ihr im Weg. Ich kann dir nur raten, dem Jungen beizubringen, wie er sich schützen kann – so wie du es tust. Sie kann dir nichts anhaben, sie kann nicht in deinen Kopf eindringen, wenn du es nicht zuläßt. Sag ihm das.«

Sie nickte. »Gut.«

Meryn stützte die Ellbogen auf die Knie und beugte sich vor. »Wie geht es seiner Frau? Sie ist viel mehr in Gefahr als du oder der Arzt – und wohl auch als der Sohn. Wenn Brid beschließt, mögliche Hindernisse aus dem Weg zu räumen, dann ist sie die erste.«

Liza zuckte ratlos mit den Schultern. »Ich weiß nicht. Ich glaube nicht, daß Jane wirklich an all diese Sachen glaubt. Ich habe mich darauf verlassen, daß der Talisman sie schützt, aber wenn er nicht mehr wirkt, wie du sagst, dann braucht sie Hilfe. Es ist seltsam. Lange Zeit passiert einfach gar nichts. Du hast recht: Es ist, als wäre Brid einfach weg. Als hätte sie das Interesse verloren. Ich fühle mich sicher und vergesse sie, und dann ist sie plötzlich wieder da, in meinem Kopf, und zwar so hinterhältig wie eh und je.«

Es folgte eine lange Pause, während der Meryn nur in die Flammen blickte. »Vielleicht ist es so, daß sie dort, wo sie ist, kein Zeitgefühl hat. Daß eine Minute und ein Jahr für sie dasselbe sind. Wie ist es mit Adam? Geht es ihm genauso?«

»Ich weiß es nicht«, antwortete sie nach einem kurzen Schweigen. »Wir haben schon lange nicht mehr darüber gesprochen.«

Sie erinnerte sich an ihr letztes Gespräch, vor vielen Monaten, als er ihr barsch gesagt hatte, sie solle das Ganze vergessen; Brid sei jemand aus der Vergangenheit, eine bloße Erinnerung, und noch dazu keine erfreuliche. Der Gedanke, daß sie eine Gefahr darstelle oder jemals dargestellt habe, sei völ-

293

lig absurd. Ungläubig hatte sie den Hörer aufgelegt und nach dem Gespräch mehrere Minuten reglos dagegessen; dann war sie in ihr Atelier gegangen, hatte den Pinsel in die Hand genommen und eine weitere halbe Stunde untätig vor der Leinwand gestanden. Adam war anders geworden. Er hatte defensiv und wütend geklungen und gleichzeitig schuldbewußt.

Er hatte nicht wie Adam geklungen.

Nachdem Liza gegangen war, blieb Meryn noch lange Zeit sitzen und starrte in die Glut. Entspannt, die Augen halb geschlossen, forschte er tastend in seinem Kopf. Es war nicht Brid, die er suchte, sondern diese andere Person, die Gestalt, die sie verfolgte. Sie besaß Kraft, Intelligenz, großes Wissen. Ein- oder zweimal war er ihr nahe gekommen, hatte den durchdringenden Blick gespürt, den energiegeladenen Zorn des Mannes – er war sicher, daß es ein Mann war –, und nur unter Aufbietung aller Kräfte war es ihm gelungen, nicht den Halt zu verlieren. Er hatte eine relativ sichere Vermutung, mit wem er es da zu tun hatte, und die Erkenntnis erfüllte ihn mit Panik und Aufregung zugleich.

Eine Flamme loderte leuchtend orange aus der Asche empor, und Meryn merkte, wie seine Aufmerksamkeit noch schärfer wurde und etwas an seinen Nerven zerrte. Er zwang sich zu entspannen. »Jetzt komm, mein Freund, zeig dich. Du und ich, wir müssen uns unterhalten.« Er wußte nicht, ob er das laut sagte. Es war gleichgültig. Ein Pfad öffnete sich zwischen den Ebenen des Daseins, und dort in den Schatten wartete Broichan auf ihn.

Ivor Furness stand in Gedanken versunken am Fenster seines Büros. Während er die Oberschenkel gegen den warmen Heizkörper preßte, dachte er über das nächste Kapitel seines Buchs über die stationäre Behandlung von Geisteskranken nach. Plötzlich sah er draußen auf dem Krankenhausgelände Brid. Er trat etwas zur Seite, um sie im Blick zu behalten – was nicht schwer war angesichts des leichten Schnees, der vormittags gefallen war und nicht tauen wollte. Über ihrem blauen Kleid trug sie nur eine häßliche braune Strickjacke, und an den Füßen die normalen Krankenhaussandalen, aber es sah nicht so aus, als würde sie frieren. Ganz im Gegenteil, es schien, als würde sie die Kälte genießen. Er bemerkte, daß ihre Wangen glühten, und ihre Haare, die im eisigen Wind wehten, schienen ein Eigenleben zu führen. Brid schritt selbstbewußt aus, die Schultern gerade und nicht zusammengezogen vor Kälte, sie wirkte zielstrebig und gar nicht, als würde sie durch den Garten schlendern wie jemand, der zwischen zwei Therapiestunden Zeit hat und in einem winterlichen, von hohen Mauern umgebenen Garten frische Luft schöpft.

Sie entfernte sich von ihm, war aber noch in seinem Blickfeld, und steuerte auf die unbelaubten Bäume entlang der Mauer zu. Plötzlich verzog er das Gesicht. Vor seinem geistigen Auge sah er sie die Mauer hinaufklettern, auf der anderen Seite hinunterspringen und davonlaufen. Er riß seine Jacke von der Garderobe, hastete auf den Flur und die Treppe hinunter.

Draußen schaute er sich um. Von seinem Büro aus überblickte er das westliche Gelände, und jetzt sollte er sehen können, wohin sie gegangen war. Er marschierte über den Rasen, wobei seine Schritte in der dünnen Schneedecke grüne Grasflecken hinterließen. Als er sich der hohen Ziegelmauer näherte, blieb er stehen. Er konnte keine Spur von ihr entdecken, auch keine Fußabdrücke. Wieder sah er sich um und ging dann ein paar Meter weiter. Auf dem kahlen Zweig eines Kirschbaums direkt an der Mauer saß ein Rotkehlchen, die Brust dick aufgeplustert, und sang sich die Kehle aus dem Leib. Er beobachtete es eine Minute lang; er hatte dem Gesang gelauscht, als er über den Rasen gegangen war. Wenn jemand hier über die Mauer geklettert wäre, wäre das Vögelchen sicherlich davongeflogen; und als er näher kam, hörte es tatsächlich zu singen auf, legte das Köpfchen mißtrauisch zur Seite und schwirrte davon. Er blieb stehen und kam sich mit einem Mal ziemlich töricht vor, obwohl die frische Luft seinem Kopf sehr gut tat. Wo zum Teufel war sie nur? Und dann sah er sie, nur wenige Meter von ihm entfernt, wie sie ihn im Schutz einer hohen Stechpalme beobachtete.

295

»Dr. Furness, Sie folgen mir.« Sie legte den Kopf etwas schief. Ein wenig wie das Rotkehlchen, dachte er plötzlich.

»Ich fürchte, das stimmt.« Er lächelte. »Ich habe mir Sorgen gemacht, daß Sie ohne Mantel frieren könnten.«

»Mir ist nicht kalt. Ich mag den Schnee. Er gibt mir das Gefühl, frei zu sein.«

Wie schaffte sie es nur immer wieder, ihm Schuldgefühle zu verursachen, was sonst keinem seiner Patienten gelang?

»Sie kommen mit den anderen Frauen nicht aus, Brid, stimmt's?«

Sie würdigte ihn keiner Antwort, sondern drehte sich zu dem Gebäude um und betrachtete die Türmchen und das solide Ziegelwerk. »Es ist kein glückliches Haus. Ich würde gerne woanders leben.«

»Ich weiß, Brid. Und bald werden Sie das auch, das verspreche ich Ihnen.«

Sie blickte ihn an; ihre silbergrauen Augen ließen ihn nicht los. »Wann?«

»Sobald es Ihnen gut genug geht.«

»Ich bin nicht krank.«

»Ja, das ist wahr.«

»Warum bin ich dann hier? Es ist wie in einem Gefängnis.« Er irrte sich, was die anderen Frauen betraf. Einige von ihnen mochte sie durchaus, und manche von ihnen redeten auch mit ihr. Alle waren einer Meinung, daß das Haus ein Gefängnis war, und wenn sie es hören wollte, berichteten sie ausführlich, wie schlimm es da war.

»Brid, es würde Ihnen einfach sehr schwerfallen, draußen in der Welt zurechtzukommen.«

»Nein, überhaupt nicht. Mir fehlt nichts. Nur weil ich schläfrig bin, heißt das nicht, daß mir etwas fehlt. Jeder Mensch schläft. Und daß ich reise und A-dam besuche, bedeutet auch nicht, daß mir etwas fehlt. In meinem Land können das alle, die so studiert haben wie ich.«

»Das glaube ich Ihnen, Brid. Und ich werde Ihnen helfen.« Er streckte ihr eine Hand entgegen. »Aber jetzt wird es kalt. Gehen wir wieder hinein.«

»Mir ist nicht kalt.« Er spürte die eiserne Willenskraft hinter ihrem Charme. Vor ihm verbarg sie diese Stärke meist sorgsam, aber die Schwestern, die sie vermutlich haßte, spürten sie häufiger, als Brid ahnte.

»Aber mir.« Langsam ging er auf das Gebäude zu. »Bleiben Sie nur draußen, wenn Sie wollen, aber ich gehe hinein.«

Brid sah ihm nach, dann drehte sie sich um und ging weiter über den Rasen davon. Jetzt lächelte sie wieder.

Die Scheune stand direkt an der hohen Grundstücksmauer und hatte eine Tür, die nur noch an einem gebrochenen Scharnier hing. Früher hatten die Gärtner des Krankenhauses hier ihr Werkzeug, die Rasenmäher und Gartengeräte, aufbewahrt, aber jetzt stand der Schuppen schon lange leer, offenbar vergessen hinter einem Gebüsch von Lorbeersträuchern. Innen war es dunkel, doch windgeschützt, und obwohl an den Holzwänden einzelne Planken herausgebrochen waren, fand sie hier doch einen warmen und vor allem vor Blicken geschützten Zufluchtsort. Sie hatte einen Haufen alter Säcke entdeckt und verschiedene Gartenwerkzeuge, darunter eine rostige Heckenschere. All diese Dinge hatte sie über der Tür verstaut für den Fall, daß sie sie eines Tages brauchen könnte. Die Säcke hatte sie zusammengefaltet und zu einem bequemen Sitzplatz aufeinandergestapelt, weit hinter der Tür, aber doch so, daß sie hinaussehen konnte. Von dort aus war das Krankenhaus völlig unsichtbar; sie blickte nur auf den Rasen, ein paar Bäume und einige lieblos mit Stauden bepflanzte Beete. Aber es war wunderbar hier im Vergleich zu den sterilen, grauenvollen Stationen und Aufenthaltsräumen des Krankenhauses, und vor allem war es still, bis auf das sanfte Raunen des Windes in den Zweigen und Lorbeerbüschen. Sie kniete sich auf den Boden und schob eine Planke beiseite, unter der ein weiteres Brett zum Vorschein kam, auf das sie mit Hilfe der rostigen Gartenschere einige Symbole geritzt hatte: eine Mondsichel, einen gebrochenen Speer, einen Spiegel und einen Kamm. Diese Bilder waren ihre Landkarte und ihr Schlüssel. Sie stellte das Brett aufrecht vor den Stapel mit Säcken, auf den sie sich wieder setzte, und schloß die Augen. Es war seltsam, daß sie ausgerechnet hier, in dieser kleinen

Hütte auf dem riesigen Klinikgelände, Energie spüren konnte. Tief unten in der Erde war Wasser – nicht das träge Wasser in Metallrohren, das sie überall ringsum in dieser seltsamen Welt fühlte, sondern lebendiges Wasser, das aus den Tiefen der Erde kam und durch Sand und Lehm und Kies heraufsprudelte, bis es sich weit unter ihren Füßen in eine unterirdische Höhle ergoß. Tief atmend, mit geschlossenen Augen, visualisierte sie das Wasser. Es war kalt und lebendig, wie das Wasser in den Bergbächen zu Hause, und sie spürte seine Energie durch ihre Adern pulsieren.

Erschöpft und zerknirscht kam Calum am Montag in den frühen Morgenstunden schließlich nach Hause. So konnte Jane ihn erst am Abend, während Adam noch in der Praxis aufgehalten wurde, fragen, was passiert war.

Er machte eine ausweichende Geste. »Liza hat sich gut verhalten. Sie ist nicht so engstirnig wie du und Dad.«

»Vielleicht nicht, aber das bedeutet nicht, daß sie sich keine Sorgen macht. Sie möchte auch, daß Juliette gute Noten bekommt, weißt du.«

»Ich werde sie nicht daran hindern.«

»Sicher, solange ihr beide vorsichtig seid.« Sie schaute auf ihre Hände. Sie, die Frau eines Arztes, hatte Schwierigkeiten, mit ihrem eigenen Sohn über Empfängnisverhütung zu sprechen!

»Mummy …« Er holte tief Luft und brach dann ab.

»Ja?«

»Liza hat mit mir über etwas geredet. Es war alles ein bißchen komisch.« Er schaute beiseite, unverkennbar verlegen, und innerlich seufzte sie vor Erleichterung. Also hatte Liza mit den beiden gesprochen. Gut.

»Sie sagte, es hätte etwas mit ihr und Dad zu tun, in ihrer Studentenzeit.«

Jane runzelte die Stirn. »Was meinst du damit?«

»Eine Frau, die Brid heißt.«

»Brid?« wiederholte sie verblüfft. »Warum hat sie mit dir denn über die geredet?«

»Es klang alles ziemlich weit hergeholt, Mum. Sie sagte, diese Frau würde sie verfolgen, und sie meinte, sie würde versuchen, durch mich an Dad ranzukommen, und ich müßte lernen, mich mit allem möglichen psychischen Zeug zu schützen. Ich kann dir sagen, es war wirklich seltsam.«

Der Kristallbaum lag noch immer zerbrochen in einer Schublade in Adams Schreibtisch. Erst gestern, als sie für Adam nach der Telefonnummer eines Labors suchte, hatte sie ihn dort gesehen. Er hatte ihn offensichtlich vergessen.

»Weißt du davon?« Calums Stimme wurde schärfer. »Wer war sie?«

Jane schüttelte den Kopf; plötzlich hatte sie das Gefühl, Verrat zu üben. »Ein Zigeunermädchen, das dein Vater als Junge kannte.« Sie zögerte; plötzlich war ihr die schwarze Haarpracht auf seinem Kissen eingefallen. »Er und Liza sind davon überzeugt, daß dieses Mädchen sie mit einem Zigeunerspruch verflucht hat. Jahre gehen ins Land, und wir hören nichts von ihr, aber dann erinnert irgend etwas deinen Vater oder Liza wieder an sie, und sie werden abergläubisch und machen wieder alle möglichen Sachen, die vor dem bösen Blick schützen sollen. Kümmer dich nicht darum, Calum.«

Calum beoachtete seine Mutter aus zusammengekniffenen Augen; es bereitete ihm nicht die mindeste Mühe, ihre Gedanken zu lesen. »Aber dich beschäftigt die Geschichte auch.«

Jane schüttelte den Kopf. »Eigentlich nicht. An solche Sachen glaubt doch im Grunde niemand. Es ist absoluter Unsinn.«

»Das stimmt. Mum, aber du meinst doch nicht, daß Dad daran glaubt? Ich kann mir gut vorstellen, daß Liza sich auf solche Sachen einläßt, und Julie fährt auf total seltsames Zeug ab, Vibes« – er fuchtelte mit den Armen durch die Luft und flatterte mit den Händen –, »aber doch nicht Dad. Er ist Arzt!«

»Und die Naturwissenschaft hat für alles eine Erklärung.« Jane lächelte müde.

»Natürlich. Wir leben schließlich in einer zivilisierten Zeit. Manchmal finde ich, daß Julie ein bißchen spinnt.« Sein liebevolles Lächeln strafte seine Aussage Lügen. »Aber das werde ich ihr schon noch abgewöhnen.«

Jane hob eine Augenbraue. »Du darfst nicht versuchen, sie zu ändern, Calum. Das wäre ein katastrophaler Anfang für eine Beziehung. Genauso, wie sie nicht versuchen darf, dich zu ändern. Ich weiß, daß ihr euch liebt, aber ihr seid ein sehr ungleiches Paar.«

Calum lachte. »Unsinn.« Er schlang die Arme um sie und wirbelte mit ihr durchs Zimmer, bis sie außer Atem geriet. »Du bist dumm, Mum! Wart's nur ab. Wir werden die glücklichste Ehe aller Zeiten führen!«

Jane saß bei Adam im Arbeitszimmer und nähte, als er schließlich Zeit fand, noch einmal bei Ivor Furness anzurufen. »Ich kann mir nicht vorstellen, was der Mann so dringend von mir will. Er hat nicht wieder angerufen.« Er hielt sich den Hörer ans Ohr. »Ich versuch's noch mal, aber dann muß ich wirklich in die Praxis.«

Jane lehnte sich zurück und riß einen Faden ab. Dann hielt sie das Stück, an dem sie arbeitete, bewundernd vor sich, bevor sie eine weitere Garnrolle aus ihrem Korb holte. »Soll ich rausgehen? Ist es vertraulich?«

Er zuckte die Achseln, während das Telefon am anderen Ende läutete. »Ich habe keine Ahnung. Wahrscheinlich geht's um irgendeinen Patienten.« Er unterbrach sich, als der Hörer abgehoben wurde.

»Dr. Furness? Hier spricht Adam Craig. Ich glaube, Sie haben versucht, mich anrufen?«

Einen Moment herrschte Stille. Adam konnte nicht wissen, daß Ivor Furness aufgestanden und um den Schreibtisch gegangen war und dabei das Telefonkabel vorsichtig über die Bücher- und Ordnerstapel zog, um aus dem Fenster sehen zu können. Es war ein Reflex, als wollte er sich vergewissern, daß Brid noch draußen war. Sie war es nicht. Er wußte nicht, wo sie sich aufhielt, aber er hatte immer das unbehagliche Gefühl, daß sie genau wußte, was er tat, und schlimmer noch, daß sie auch genau wußte, was er dachte.

»Ich möchte über eine unserer Patientinnen mit Ihnen reden, Dr. Craig. Sie heißt Brid.«

Adam stand kurz auf, momentan um eine Antwort verlegen, dann ließ er sich langsam wieder auf seinen Stuhl sinken, stützte die Ellbogen auf den Schreibtisch und wandte sich instinktiv zur Seite, den Rücken zu Jane, die zu ihm hinübersah.

»Wir haben hier eine Patientin, die behauptet, Sie zu kennen – oder zumindest behauptet sie, einen Dr. Adam Craig zu kennen. Ihren Nachnamen weiß ich nicht, aber sie ist jung – Anfang Zwanzig, würde ich sagen – attraktiv, lange dunkle Haare.«

»Anfang Zwanzig, sagen Sie?« Erleichtert atmete Adam aus. Ihm war gar nicht bewußt gewesen, daß er die Luft angehalten hatte. »Ich kannte einmal eine Frau, die so hieß, oder so ähnlich.« Vielleicht hatte er sich verhört. »Aber das Alter stimmt nicht. Sie müßte mittlerweile über vierzig sein, denke ich.«

Attraktiv. Lange dunkle Haare. Brid.

»Sie kennen sie also nicht?«

Adam schüttelte langsam den Kopf. »Nein. Leider nicht.«

»Was wollte er denn?« fragte Jane, als Adam den Hörer auflegte. Trotz seiner unverkennbaren Erleichterung war sein Gesicht aschfahl.

Er zuckte mit den Schultern. »Ach, sie versuchen, eine Patientin zu identifizieren. Aus irgendeinem Grund hat sie meinen Namen genannt.«

»Aber du kennst sie nicht?«

»Nein. Nie gehört.«

»Vielleicht gibt es ja einen anderen Dr. Craig.«

Er nickte. »Vielleicht.«

Er blieb sitzen und betrachtete einen Moment seine Frau. Die liebe, freundliche, hilfsbereite Jane, die immer für ihn da war, ihn immer ermutigte, immer fröhlich blieb, gleichgültig, wie müde oder gereizt er war. Er liebte sie so sehr, und doch ... Er biß sich auf die Lippen; plötzlich war ihm eingefallen, daß sie schon sehr lange nicht mehr miteinander geschlafen hatten. Das war das Problem mit getrennten Betten – man kam nicht zufällig mit dem anderen in Berührung. Man umarmte sich nicht einfach nur liebevoll, um sich geborgen, warm und sicher zu fühlen, oder auch nur, weil die durchhängende Mulde

301

im Bett einen in Erinnerung an frühere, leidenschaftlichere Nächte in die Arme des anderen trieb. Man ging einfach nur ins Bett, manchmal so müde, daß man sich keinen Augenblick mehr auf den Beinen halten konnte, froh, daß der Tag endlich vorüber war, und schlief ein, ohne an den Menschen im Bett auf der anderen Seite des Nachttischs zu denken.

Beim Gedanken an den Nachttisch blickte er zu seiner Schreibtischschublade. Er mußte wirklich den Kristallbaum zum Reparieren wegbringen. Er schob den Gedanken an Brids dunkle Haare, an ihren leidenschaftlichen Mund beiseite. Als er aufsah, starrte er auf die Wand vor sich. Sein Gehirn funktionierte wieder.

Ein Mädchen Anfang Zwanzig. Jung genug, um Brids Tochter zu sein. Aber nicht von ihm. Das war nicht möglich.

Mit einem Blick auf Jane stand er langsam auf und riß den Zettel mit Dr. Furness' Nummer vom Block, um ihn in die Tasche zu stecken. Dann ging er zu Jane und gab ihr einen Kuß auf den Scheitel. »Ich geh jetzt, mein Schatz. Heute abend habe ich noch spät einen Termin in der Praxis, also warte mit dem Essen nicht auf mich. Ich esse dann ein Brot, wenn ich heimkomme.«

Noch mehrere Minuten, nachdem die Haustür ins Schloß gefallen war, blieb Jane sitzen, dann legte sie ihr Nähzeug beiseite und ging zum Schreibtisch. Dort lag der Block. Instinktiv sagte ihr jede Faser ihres Körpers, daß etwas nicht stimmte. Sie hatte doch gemerkt, wie sein ganzer Körper sich plötzlich anspannte, als er mit Dr. Furness sprach, wie die Finger, die den schwarzen Hörer hielten, an den Knöcheln weiß wurden, wie er sich abwehrend von ihr abwandte, als könnte er so ihre Anwesenheit auslöschen. Das war kein unpersönlicher Anruf wegen irgendeines Patienten gewesen. Nein, das war etwas gewesen, das ihn zutiefst betroffen hatte.

Fünfundzwanzig. Wenn er und Brid ein Kind gehabt hätten, wäre es jetzt fünfundzwanzig. Adam saß in seinem Raum in der Praxis und starrte auf die Kartei seines ersten Patienten. Das Wartezimmer war voll. Im Hintergrund hustete jemand keuchend, immer und immer wieder. Eine Tochter? Eine Tochter von Brid? Immer wieder kehrten seine Gedanken zu seinem Bett zu Hause zurück, zu den Träumen und Phantasien, in denen sie zu ihm kam und ihn mit ihrer Schönheit und Leidenschaft quälte. Er griff nach dem Hörer – er würde Dr. Furness noch einmal anrufen, vielleicht sogar die junge Frau besuchen fahren –, dann schob er das Telefon an den hintersten Rand des Schreibtisches. Das wäre der reine Wahnsinn.

Wahnsinn.

Warum war das Mädchen überhaupt in einem Nervenkrankenhaus?

Weil sie ein Kind aus einer anderen Welt war und in der falschen Zeit, am falschen Ort lebte? Aber warum hieß sie Brid?

Langsam schüttelte er den Kopf und zog die Kartei zu sich. Jetzt war nicht die Zeit, an sie zu denken.

»Ich glaube, Julie wird die Prüfungen nicht bestehen, Mum.« Calum saß in der Küche und aß den letzten Rest des Kartoffelauflaufs aus der Schüssel, während Jane den Tisch abräumte.

»Calum, die Portion war für deinen Vater!«

»Er hätte es sowieso nicht gegessen. Das weißt du doch. Wenn er heimkommt, ist er immer zu müde. Ich mein's ernst, Mum. Sie sagt, man braucht keine Zeugnisse, um Künstlerin zu werden.«

Seufzend ging Jane zu ihrem Stuhl zurück und setzte sich Calum gegenüber. »Weiß Liza davon?«

Calum zuckte die Achseln. »Ich glaube nicht. Julie ist es egal. Sie will durch die Welt reisen. Sie will malen und schwimmen und ein oder zwei Jahre alles mögliche machen, bevor sie seßhaft wird.«

»Ah ja.« Sie wußte, was jetzt kommen würde.

»Ich finde die Idee großartig. Schließlich kann man hinterher immer noch studieren. Viele Leute nehmen sich ein Jahr frei, bevor sie zur Uni gehen.«

»Vorausgesetzt, sie haben ein brillantes Zeugnis.«

303

»Klar, natürlich.« Wieder zuckte er die Achseln. »Das versteht sich von selbst.«

»Wirklich?« Sie musterte ihn derart genau, daß er beiseite blickte.

»Laß dich nicht zu sehr von ihr ablenken, Calum. Julie ist ein kleiner Wildfang, mein Herz. Ich weiß, daß du sie liebst, und ich bin sicher, daß ihr glücklich miteinander werden könnt, aber sie ist wild. Sie weißt nicht, was es heißt, eine Berufung zu haben, so wie du.«

»Habe ich die denn?«

»Ja, Calum, die hast du.« Wo war Adam, wenn sie ihn brauchte? »Mach erst deine Prüfungen, dann kannst du ein bißchen reisen.« Es waren nur noch drei Monate bis zu den Abschlußprüfungen. Bitte, lieber Gott, laß ihn die überstehen.

Sie spülte das Geschirr und trocknete ab. Das war ihr Beitrag zur Prüfungsvorbereitung. So konnte er gleich nach dem Essen in sein Zimmer verschwinden, das Radio anstellen oder eine Platte spielen, alles mit voller Lautstärke, und – seiner Auskunft nach – lernen. Manchmal kam ein Freund, und dann arbeiteten sie – so nannten sie es zumindest – gemeinsam. An anderen Abenden ging er zu Roger oder zu Paul oder Mark, um dort dasselbe zu tun. Jeden Abend, nach der Schule und vor dem Lernen, rief Julie an, und die beiden unterhielten sich im Flüsterton, stundenlang, wie es schien. Jane hatte sich angewöhnt, das Abendessen etwas früher zu servieren. Damit fand der schier endlose Austausch von Liebesbeteuerungen und Plänen ein etwas schnelleres Ende.

Sie zog die Gummihandschuhe aus und legte sie mit einem Seufzen über den Rand der Spüle. In ein paar Monaten würde er weggehen. Er würde reisen, studieren, ein neues Leben als Erwachsener beginnen. Und was würde sie dann tun? Darüber hatte sie viel nachgedacht. Sie würde nur noch Adams Köchin und Haushälterin sein. War das ihr Los für den Rest des Lebens, von dem ein gelegentlicher Kaffeeklatsch mit Sarah Harding, deren zweifellos gutgemeinte Ratschläge sie noch immer unerträglich fand, die einzige Abwechslung bot? Es war deprimierend. So deprimierend, wie wenn sie sich an ihre Frisierkommode setzte und ihr Spiegelbild betrachtete,

304

die immer zahlreicher werdenden Falten, das etwas schlaffe Kinn, der Ausdruck erschöpfter Resignation auf dem Gesicht. Wenn sie in den Spiegel schaute, sah sie ihre eigene Mutter, und diese Feststellung gefiel ihr überhaupt nicht. Ihre Mutter war eine gutaussehende Frau gewesen, sie hatte einen starken Charakter gehabt, war zupackend und herrschsüchtig gewesen. Sie dachte an ihre Kindheit zurück, als ihr Vater immer häufiger Zuflucht auf dem Golfplatz gesucht hatte. Jetzt tat Adam das gleiche. War sie denn wirklich dazu bestimmt, ihr Leben ebenso pflichtbewußt und aufopferungsvoll zu führen wie ihre Mutter? Und obendrein auch noch ein Leben von tödlicher Langeweile.

Sie löschte das Licht und ging nach oben. Der Lärm, der aus Calums Zimmer drang, war weniger aggressiv als sonst; die klagende Weise einer Ballade von Bob Dylan hallte traurig den Flur entlang, als sie die Schlafzimmertür öffnete und hineintrat.

Sie ging zur Frisierkommode, nahm eine Bürste zur Hand und warf einen Blick in den Spiegel. Dort sah sie eine Frau, die auf dem Bett saß und sie beobachtete, eine junge Frau in einem blauen, schlechtsitzenden Kleid. Eine junge Frau mit wunderschönen langen, dunklen Haaren und silbergrauen Augen.

Mit einem Aufschrei wirbelte Jane herum. »Wo kommen Sie her? Wer zum Teufel sind Sie?« Ihr Herz hämmerte wie wild in ihrer Brust, und nur mit großer Mühe gelang es ihr, nicht aufzukreischen.

Die junge Frau hatte sich nicht bewegt. »Ich bin hier, um A-dam zu sehen.« Sie hatte einen ausgefallenen Akzent und sprach seinen Namen aus, als sei er fremdländisch und exotisch.

»Sie sind hier, um meinen Ehemann zu sehen« – Jane betonte das Wort vielsagend –, »und warten in seinem Bett auf ihn?«

»Natürlich.« Die grauen Augen verengten sich herausfordernd. »Du bist für A-dam zu nichts nutze. Er liebt mich. Er hat immer nur mich geliebt.«

Brid. Du bist Brid!

Sie wußte nicht, ob sie die Worte laut ausgesprochen hatte. Sie träumte. Es mußte ein Traum sein. Wenn sie bis zehn zählte, würde sie aufwachen. Sie schluckte schwer und umklammerte die Bürste noch fester. »Hören Sie mal, junge Frau. Ich weiß zwar nicht, warum Sie Adam sehen wollen, aber Sie können tagsüber wiederkommen, wenn er hier ist. Ich möchte, daß Sie jetzt gehen.«

Die junge Frau lächelte. »Ich habe A-dam schon oft in seinem Bett besucht. Ich schlafe mit ihm. Dann schreit er vor Lust.« Sie strich verführerisch über ihre Oberschenkel. »Er liebt dich nicht mehr.« Sie fuhr sich mit der Zunge über die Lippen. »Warum hast du ihn seiner Liza weggenommen? Sie hat er geliebt.«

»Er liebt mich!« hörte Jane sich zornig rufen. »Jetzt reicht's. Du Schlampe, verschwinde! Hörst du mich? Verschwinde! Ich weiß nicht, wer du bist oder was du hier suchst, aber du mußt gehen. Sofort!«

Langsam stand die junge Frau auf; sie bewegte sich mit der Anmut einer Katze, so daß Jane unwillkürlich erstarrte. Das ist ein Traum. Ich weiß, daß es ein Traum ist. Aber warum kann ich nicht aufwachen? »Raus!«

Brid schüttelte den Kopf. »Ich glaube nicht. Ich mag dich nicht.« Sie trat auf Jane zu und griff dabei in die bestickte Tasche, die über ihrer Schulter hing. Entsetzt sah Jane, wie die junge Frau ein kleines silbernes Messer hervorholte.

»Nein!« Sie ließ die Bürste fallen, wirbelte herum und packte das Erstbeste, was ihr auf der Kommode ins Auge fiel – eine metallene Nagelfeile. Aus dem Augenwinkel sah sie Brid mit gezücktem Messer auf sich zukommen, und in Panik holte sie aus und stach zu. Dabei streifte sie die Schulter der jungen Frau mit der scharfen Spitze der Feile.

Brid kreischte auf und schoß mit einem Schmerzensschrei an Jane vorbei zur Tür hinaus.

»Mum?« Calum hatte die Tür aufgerissen und rannte den Flur entlang. »Mum, was ist denn los, um Himmels willen? Wo ist die Katze hergekommen? Oh, Mum, sie hat dich gekratzt!« Die Augen vor Entsetzen weit aufgerissen, stand er in

306

der Tür. Er hatte den Lärm und den Schrei gehört, als er gerade Platten wechselte.

Jane ließ sich schwer auf den Hocker vor der Kommode fallen. Sie zitterte wie Espenlaub. Von dem langen Kratzer an ihrem Unterarm tropfte Blut.

»Warte, ich hole den Verbandskasten.« Calum lief in sein Zimmer, um wenige Sekunden später wieder zurückzukehren. »Ganz schön tief.« Er tupfte Desinfektionsmittel auf die Wunde. »Und jetzt das Pflaster.« Als zukünftiger Arzt hatte er alles Notwendige in seinem Zimmer aufbewahrt. Nirgendwo sonst im Haus würde sich, so Janes Vermutung, ein Verbandskasten finden – Arztfamilien waren in dieser Hinsicht meist unterversorgt. Um Fassung ringend, blickte sie auf das Bett. Die Decke war unberührt, selbst dort, wo die Frau gesessen hatte. Der einzige Beweis, daß sie überhaupt dagewesen war, war der lange, brennende Kratzer auf ihrem Arm.

»Hast du die Katze gesehen?« Jane lächelte Calum etwas unsicher zu.

»Natürlich habe ich sie gesehen.«

»Sie war echt?«

»Mum?« Er legte ihr prüfend die Hand auf die Stirn. »Ich glaube, du stehst unter Schock.«

Mit einem matten Lächeln schüttelte sie den Kopf. »Nein. Nur ein bißchen erschüttert. Du hast also keine Frau hier oben gesehen?«

»Eine Frau?« Jetzt war unverkennbar, daß er glaubte, sie habe kurzzeitig den Verstand verloren.

»Nein, natürlich nicht. Es tut mir leid, mein Liebling. Ich bin wohl eingeschlafen und habe geträumt, und dann ist diese blöde Katze hereingekommen und hat mich erschreckt.« Nur mit Mühe gelang es ihr, sich zu beherrschen.

Erst als Calum wieder über seinen Mathematikbüchern saß, ging sie nach unten. Sie durchsuchte das ganze Haus und schaute nach, ob auch alle Türen und Fenster verschlossen waren – was um diese Uhrzeit stets der Fall war, wie sie gewußt hatte. Dann ging sie in Adams Arbeitszimmer und öffnete die unterste Schublade seines Schreibtisches. Dort lag der kaputte Kristallbaum. Sie trug die Bruchstücke, in Papier gehüllt, nach oben. Ob kaputt oder nicht, er würde wieder auf dem Tisch zwischen ihren Betten stehen.

Abends ließ Schwester Wilkins Dr. Furness mit der Nachricht rufen, daß Brid wieder in eine Art Koma gefallen sei. Vielleicht war sie wieder auf Reisen.

»Ich habe nachgesehen, ob sie schläft, Doktor. Ihre Augen standen offen, und sie hat gelächelt.« Deborah Wilkins erwartete ihn am Eingang zur Station und schloß ihm die Tür auf. »Sie liegt im Bett und scheint zu schlafen, aber ich kann sie nicht wecken.«

Brid lag tatsächlich im Bett; er konnte die Erhebung ihrer Schulter unter der Decke sehen, ihre dunklen Haare auf dem Kissen.

Er zögerte. Und wenn sie noch nicht wieder in ihrem Körper war? Dann schüttelte er den Kopf. Zum Himmel noch eins, er war ein leichtgläubiger Narr. Auch bei seinen eigenen, privaten Untersuchungen über diese eigenartige Frau durfte er sich keinen Moment dazu hinreißen lassen, ihren leidenschaftlichen Erklärungen über ihre Fähigkeiten Glauben zu schenken.

»Brid!« Sanft faßte er sie an die Schulter. Deborah Wilkins stand mit geschürzten Lippen neben ihm.

»Brid, wachen Sie auf!« Er hatte seine Stimme fast zu einem Flüstern gesenkt.

Einen Moment dachte er, sie würde nicht reagieren, aber dann schlug sie langsam die Augen auf und starrte ihn an. Erst einige Sekunden später erkannte sie ihn und lächelte. »Dr. Furness?«

»Guten Abend, Brid.« Er wandte sich um. »Danke, Schwester. Sie können jetzt gehen.«

Schwester Wilkins starrte ihn mit unverhohlener Feindseligkeit an, dann machte sie kehrt und marschierte aus der Station. Die meisten anderen Patienten schliefen bereits. Er wartete, bis sie die Tür hinter sich geschlossen hatte, dann wandte er sich wieder Brid zu. »Erinnern Sie sich, daß Sie sagten, wir würden einmal über Ihre Besuche bei Dr. Craig reden?«

Sie nickte. Er bemerkte ihren gerissenen Gesichtsausdruck, als sie sich auf den Rücken drehte, um ihn anzusehen; dabei fuhr sie schmerzhaft zusammen. »Was ist passiert, Brid? Haben Sie sich verletzt?«

Erst glaubte er, sie würde es leugnen, aber dann zuckte sie leicht die Achseln. »Meine Schulter tut weh.«

»Darf ich mal sehen?« Als sie zustimmend nickte, hob er vorsichtig das Laken an. Brid trug noch ihr Kleid, das allerdings blutverschmiert war. »Brid, Sie haben sich ja geschnitten.« Er schob den Kragen des Kleides zurück und betrachtete die tiefe Stichwunde; dabei befiel ihn ein Gefühl von Irrealität. »Das müssen wir verbinden, die Wunde ist tief.« Er sah ihr ins Gesicht. »Wie ist das passiert?«

Er erwartete, sie würde nur Ausflüchte anführen, und um so überraschter war er deshalb, als sie ohne zu zögern erklärte: »Das war A-dams Frau Jane. Sie hat mich mit dem kleinen Messer von ihrem Tisch gestochen.« Sie machte ein verächtlich schnaubendes Geräusch. »Eine lächerliche Waffe, etwas für Kinder. Aber sie hat mich gebremst, sonst hätte ich sie umgebracht. Sie ist nicht gut für A-dam. Überhaupt nicht gut. Er braucht mich im Haus.«

Ivor Furness holte tief Luft. Diese Frau war auf ihrer Krankenstation eingeschlossen gewesen. Sie war nirgendwo gewesen, schon gar nicht Kilometer weit entfernt in St. Albans.

Nachdem er sie den nicht allzu sanften Händen von Deborah Wilkins überlassen hatte, die die Wunde säuberte und Brid zur Nacht herrichtete, ging er in sein Büro, schloß die Tür hinter sich, setzte sich an den Schreibtisch und griff zum Telefon. Nach dem Gespräch mit Jane Craig saß er lange Zeit da, starrte auf die weiße Löschpapierunterlage und versuchte, sich einen Reim auf das zu machen, was er gerade erfahren hatte. Sein rationaler Verstand wehrte sich vehement, dem Beweis seiner eigenen Augen zu glauben. Es war einfach unmöglich. Unter keinen Umständen, auf keine Art war es denkbar, daß Jane Craig Brid mit einer Nagelfeile verletzt haben konnte. Ebensowenig war es möglich, daß Brid sich in eine Katze verwandelt hatte. »Du nährst einen kleinen Teufel in Gestalt einer gescheckten Katze.« Von irgendwo aus den Tie-

309

fen seines Gedächtnisses stiegen diese Worte des Dramatikers Congreve in ihm auf. Er schauderte, dann fiel ihm etwas ein. Er hatte sie nicht wegen der Katze gefragt. Kurz zögerte er, dann stand er auf.

Auf der Station war alles dunkel, aber Brid lag wach im Bett, die Haare wie ein Fächer auf dem Kissen ausgebreitet, einen Verband um die Schulter, und starrte zur Decke empor.

»Wie geht es Ihrer Schulter?«

»Besser. Aber Schwester Wilkins ist keine gute Heilerin. Sie ist zu grob.«

Ivor nickte. Kurz kam ihm der Gedanke, daß er nicht an Deborahs Stelle sein wollte, wenn sie Brid zu sehr gegen sich aufbrachte. Er zog den Vorhang halb um das Bett und setzte sich auf den Stuhl neben sie. »Ich würde Ihnen gerne noch ein paar Fragen zu Ihren Reisen stellen«, begann er leise. »Sind Sie müde, oder können wir reden?« Es war erfrischend, daß sie sich offenbar gerne mit ihm unterhielt und keine Scheu kannte, ihm ihre Gedanken mitzuteilen; vielmehr schien es, als sei sie stolz darauf.

Sie stützte sich auf einen Ellbogen. »In Ordnung. Ich bin nicht müde. Wenn ich vom Reisen zurückkomme, bin ich voller Leben. Wie nennt Schweser Wilkins das? Energie.« Sie lächelte geheimnisvoll. »Sie wollen wissen, wie ich das mache?«

Er lachte leise. »In der Tat. Von meinem Standpunkt aus vollführen Sie ein Wunder.« Der befriedigte Ausdruck auf ihrem Gesicht hatte etwas so Katzenhaftes für ihn, daß er fast meinte, sie schnurren zu hören. Er schauderte. Das brachte ihn auf die Frage, die er ihr hatte stellen wollen. »Brid, tun Sie je so, als wären Sie eine Katze?«

Ihre Augen blitzten auf. »Aber ja. Nur tue ich nicht so. Ich werde zu einer Katze, um mich schnell bewegen zu können. Katzen sind für meine Familie heilig. Wir benutzen ihre Kraft und ihr Wissen. Das war das erste, was ich als Kind von Broichan lernte. Sie glauben mir, daß ich die Gestalt meines Körpers verändern kann?«

In ihren Augen funkelte wieder etwas auf, ein spöttisches Glitzern, so daß er sich wie ein ertappter Schuljunge vorkam. »Ich weiß nicht, was ich glauben soll, Brid.«

Sie nickte. »Seit ich in Ihre Welt gekommen bin, habe ich vielen Menschen zugehört«, fuhr sie fort, wobei sie plötzlich ernst wurde. »Sie wissen nicht mehr, wie man diese Dinge tut. Sie glauben nicht daran. Sie nennen es *Shape-shifting*: den Körper eines anderen Wesens annehmen. Seine Kraft und sein Wissen borgen. Seine Erinnerungen und seine Stärke verwenden – um sich zu verbergen, zu reisen, zu beobachten. In meinem Land wird von Leuten, die Sie Druiden nennen würden, erwartet, daß sie das können; und ich habe eine Ausbildung zur Dichterin und Druidin gemacht.«

»Eine Druidin!« Jetzt wußte er Bescheid. »Sie sind eine Druidin?«

»Natürlich.« Seufzend fiel sie ins Kissen zurück.

Er verbiß sich ein Lächeln und widerstand dem Drang, ihr die Haare aus dem Gesicht zu streichen. »Brid, wenn ich Sie etwas fragen darf – wie alt sind Sie?« Diese Frage war ihr schon oft gestellt worden, ohne daß sie eine vernünftige Antwort gegeben hätte.

Wie zuvor zuckte sie mit den Schultern. »Ich weiß es nicht mehr.«

Ihm kam es vor, als funktioniere ihr Gedächtnis überaus selektiv. Er entschied sich für die brutale Methode. »Dr. Craig denkt, daß Sie rund vierzig sein müssen.«

»Dr. Craig?« Ihre Augen leuchteten. »Sie haben mit A-dam gesprochen?«

Jetzt reagierte er ausweichend. »Ich weiß nicht, ob er der Richtige war. Er hat mir erzählt, daß er einmal eine Brid kannte, aber daß sie mittlerweile etwa vierzig sein müßte, und so alt können Sie doch noch nicht sein, oder?« Er sah sie an. Zu seiner Überraschung war sie nicht im mindesten beleidigt; eher schien es, als würde sie die Bedeutung seiner Worte gar nicht verstehen. Statt dessen fragte sie weiter nach Adam Craig. »Es ist derselbe«, sagte sie schließlich. »Er hat mich gekannt. Jetzt, wo er weiß, wo ich bin, wird er mich besuchen. Er wird kommen.«

Ivor Furness schüttelte den Kopf. »Ich weiß nicht, Brid.« Nichts schien Sinn zu ergeben, nichts paßte zusammen. Seufzend erhob er sich. »Eines Tages, ganz bald, müssen Sie mir zeigen, wie Sie auf Reisen gehen, Brid. Aber nicht jetzt. Sie

sind müde. Sie müssen schlafen. Wir reden morgen weiter.«
Er hielt inne und erwartete, daß sie Einspruch erhob.

Doch sie lächelte nur und wandte sich ab.

Nach kurzem Zögern schlich er auf Zehenspitzen davon.

Noch am selben Abend rief Adam Craig an. Die beiden Männer unterhielten sich zwanzig Minuten lang. Als sie auflegten,
hatten sie vereinbart, sich sobald wie möglich zu treffen. Gleich
morgen wollte Ivor Furness in die Innenstadt fahren, um alles
zu kaufen, was er an Literatur über Okkultismus und die
Druiden finden konnte.

Am folgenden Abend stand er am Bahnhof, mit mehreren
Büchern in der Aktentasche, und wartete auf den Zug, der
ihn nach Hause bringen würde. Er warf einen Blick auf die
Abendzeitung, die er in der Hand hielt. Die Schlagzeile auf
Seite zwei war knapp: *Krankenschwester ermordet aufgefunden.*
Geistesgestörte aus Klinik geflohen. Er schloß die Augen. Bitte,
lieber Gott, nein.

Kapitel 12

Es tut mir leid, Sir. Ich befürchte, mehr kann ich Ihnen nicht sagen.« Adam, hinter seinem Schreibtisch sitzend, hielt die Hände auf dem Schoß verschränkt. »Wie schon gesagt, die Brid, die ich vor dem Krieg kannte, war in meinem Alter.« Er machte eine kleine Pause. Dem Polizisten konnten sein ergrautes Haar, seine abgehärmtes, müdes Gesicht, die Lesebrille vor ihm auf der Löschpapierunterlage nicht entgehen. »Es kann sich nicht um dieselbe Person handeln.«

»Und Sie sind sicher, daß Sie sie nicht gesehen haben?« Inspector Thomas wirkte überaus mißtrauisch. Die Verbindung zu Dr. Adam Craig war sehr eindeutig. Außerdem hatte er bereits mit Mrs. Craig gesprochen, und auch sie schien etwas verbergen zu wollen.

Adam schüttelte den Kopf. »Ich kann nur die Vermutung anstellen – wie ich bereits Dr. Furness sagte, und auch Ihnen –, daß diese Brid die Tochter meiner Brid ist. Aber ich kann Ihnen versichern, daß sie nicht hierhergekommen ist.« Es gelang ihm nicht, seinem Gegenüber in die Augen zu blicken.

»Wieso habe ich das Gefühl, daß Sie mir nicht alles erzählen, Dr. Craig?« Thomas seufzte. »Ich bin davon überzeugt, daß Sie sich nicht schützend vor eine so gefährliche Person stellen würden. Wir haben eine öffentliche Warnung herausgegeben, daß niemand sich ihr nähern soll, wenn er sie sieht.«

»Ich lasse Sie sofort wissen, wenn ich sie sehe. Das verspreche ich.« Adam holte tief Luft und stand auf. Er hoffte, der Beamte würde das Zeichen verstehen und das Gespräch als beendet betrachten. Sie redeten schon seit über einer Stunde.

Es folgte eine lange Pause, in der Inspector Thomas Adams Gesicht eingehend musterte, aber schließlich stand er mit einem Seufzen von seinem Stuhl auf. »Also gut, Doktor. Bitte informieren Sie mich, wenn Ihnen noch etwas einfällt. Vielleicht werde ich noch einmal mit Ihnen reden müssen. Ich glaube, ich brauche Sie nicht eigens daran zu erinnern, daß große Vorsicht geboten ist. Dr. Furness schien davon überzeugt, daß sie bei Ihnen auftauchen wird.«

Adam wartete, bis der unauffällige schwarze Wagen weggefahren war, dann rief er Ivor Furness an.

»Haben Sie ihnen Ihre Unterlagen gezeigt? Irgend etwas von der Katze erwähnt?«

»Es überrascht mich, daß Sie diese Frage überhaupt stellen.« Einen Moment zuvor hatte Ivor all seine privaten Aufzeichnungen über Brid in seine Aktentasche gesteckt. Es kam überhaupt nicht in Frage, daß sie in seinem Büro im Krankenhaus blieben. Immerhin waren es vertrauliche Dokumente über eine Patientin. Außerdem würde er sich nie wieder in der Öffentlichkeit zeigen können, wenn jemals bekannt würde, daß er drauf und dran gewesen war, ihren Geschichten über *Shape-shifting* und Zeitreisen Glauben zu schenken. »Hören Sie, mein Lieber. Ich weiß, ich brauche es Ihnen nicht eigens zu sagen, aber seien Sie vorsichtig. Sie kennt besondere Mittel und Wege. Und sie ist gefährlich, das steht völlig außer Zweifel.«

Adam starrte in den Garten hinaus; fast erwartete er, jeden Augenblick die Katze auftauchen zu sehen. »Und Sie sind sich sicher, daß Sie nicht wissen, wo sie sich aufhält?«

»Absolut sicher.« Ivor schloß die Aktentasche mit einem Klicken. »Sie ist wie vom Erdboden verschluckt.«

Nachdem sie Deborah Wilkins getötet hatte, war sie lange Zeit wie im Rausch. Der Triumph, sich von dieser Frau mit ihrer bösartigen Grausamkeit und ihrer kleinlichen Denkungsart befreit zu haben, und der Energieschub, den das strömende Blut bewirkte, gaben ihr die Kraft, das Krankenhaus zu verlassen – sich in Unsichtbarkeit zu hüllen und durch das Tor hinauszugehen, das gerade geöffnet wurde, um einen Lieferwagen einzulassen, zur Straße zu laufen und außer Sichtweite um die Ecke zu biegen. Sie hatte nur ihre Tasche bei sich, darin waren der Brieföffner, der Kamm, die Puderdose und Adams Manschettenknopf. Lange Zeit ging sie so umher; ihre einzige Sorge war, daß sie an ihrem häßlichen blauen Kleid er-

314

kannt werden würde, sobald die Menschen sie wieder wahrnehmen konnten. Also mußte sie sich andere Kleidung zule-
gen, aber das erwies sich als einfach: Auf einer Wäscheleine
flatterte im Wind Wäsche zum Trocknen. Im Haus war niemand, der hübsche Garten war vor Blicken geschützt. Sie entschied sich für ein Kleid, einen Spitzenunterrock, Unterwäsche und zwei Pullover. Einen zog sie sofort an, den anderen
legte sie sich über den Arm. Das blaue Kleid mitsamt der Unterwäsche vergrub sie im Komposthaufen des Gartens, dann
sprach sie ein kurzes Dankgebet und einen Segen für den Besitzer und ging wieder auf die Straße. Niemand sah sie, und
der Diebstahl wurde erst am nächsten Tag angezeigt, als Brid
schon meilenweit entfernt war.

Im Krankenhaus hatten Wut und Frustration ihre Energie
genährt, aber sobald die anfängliche Euphorie und Erleichterung verebbten, begannen ihre Kräfte zu erlahmen. Zweimal
mußte sie stehenbleiben und sich ausruhen, und beim zweiten Mal nahm sie das seltsame Summen in ihrem Kopf wahr,
das sie aus Erfahrung als böses Omen kannte. Mühsam rap-
pelte sie sich wieder auf. Sie mußte ein sicheres Versteck finden, einen Ort, wo sie sich sammeln und die Dämonen abwehren konnte, die sie bedrängten und zu überwältigen
suchten, Broichan an der Spitze. Und sie würde zu verhindern
wissen, daß ihr das noch einmal in der Öffentlichkeit passierte. Diese Lektion hatte sie gelernt. Wenn Fremde einen
fanden, während man in Trance war, brachten sie einen ins
Krankenhaus, und wenn die Leute im Krankenhaus nicht verstanden, was mit einem passiert war, und einen nicht einord-
nen konnten, weil man keine Familie und kein Zuhause und
keine Menschen hatte, die sich für einen einsetzten, erklärten
sie einen für verrückt. Es war sehr primitiv, wie diese Kollegen Adams mit dem menschlichen Geist umgingen. Bei vie-
lem begriffen sie überhaupt nicht, wie es funktionierte. Sie
taten die heiligen Künste als reine Phantasie ab, obwohl Brid
das Gefühl hatte, daß Ivor Furness allmählich ein wenig zu
verstehen begann.

Es tat ihr leid, ihn verlassen zu haben. Sie mochte den freundlichen Mann, der sich bemüht hatte, sie zu verstehen. Bei ihm

315

hatte sie sich geborgen gefühlt. Aber Deborah Wilkins hatte das mit ihrer Unfreundlichkeit immer wieder zunichte gemacht, am letzten Tag mit ihrer Wut und der Drohung, Brid wieder mit der Nadel zu stechen, die den schwarzen Schlaf brachte. Bei der Erinnerung verengten sich ihre Augen, doch das Bild verblaßte rasch. Die Frau war völlig bedeutungslos gewesen, wie damals vor langer Zeit Jeannie Barron; die beiden verdienten nicht das Privileg, in ihrem Gedächtnis zu bleiben.

Brid zwang sich weiterzugehen, bog um eine Ecke und sah vor sich einen Bus stehen, der an einer Haltestelle wartete. Sie ging darauf zu und stieg ein. Der Bus war leer; der Fahrer und der Schaffner lehnten in der Nähe an einer Wand und vertrieben sich die Zeit bis zur Abfahrt mit einer Zigarette, die sie in der warmen Frühlingssonne rauchten. Brid ging ins obere Deck und setzte sich ganz vorne hin. Dann hüllte sie sich wieder in Nichts – einer der einfachsten Tricks, die man ihr in Craig Phádraig beigebracht hatte. Auch als der Bus voller wurde und der Fahrer sich ans Steuer setzte, wurde sie nicht gestört. Meist waren die vorderen Plätze im oberen Deck sehr beliebt, aber aus irgendeinem Grund war dies heute nicht der Fall, und man ließ sie in Ruhe. Als sie aufstand und die Treppe hinabging, um auszusteigen, war der Schaffner noch immer nicht zu ihr gekommen. Hätte man die Passagiere befragt, dann hätten sie vermutlich gesagt, doch, vage könnten sie sich erinnern, daß ganz vorne eine Frau gesessen habe, doch sie hätten sie nicht beschreiben und auch nicht sagen können, wo sie ausgestiegen war.

Schließlich ließ der Bus die verkehrsreichen, breiten Straßen hinter sich und kam aufs Land hinaus; Endziel war ein Dorf rund fünfzehn Kilometer nördlich von London. Brid beschloß auszusteigen. Sie stand auf der Plattform, und der Bus scherte an einer einsamen Haltestelle ein. Sie sprang hinaus, und wenige Sekunden später fuhr der Bus wieder an; der Fahrer fragte sich, warum er überhaupt gehalten hatte, denn an der Haltestelle wartete kein Mensch, und es hatte auch niemand geklingelt.

Einen Augenblick sah Brid sich um, dann steuerte sie auf ein Gatter zu, hinter dem eine Wiese sanft anstieg. Leichtfüßig schritt sie im Abendlicht aus, froh, die engen Straßen endlich hinter sich gelassen zu haben. Auf dem Feld weideten schwarzbunte Kühe, aber die Tiere achteten nicht auf sie, als sie vorbeiging; nur ein oder zwei hoben den Kopf und stierten der schmalen, schattenhaften Gestalt eine Weile nach.

Am Feldrain gelangte sie über einen Zauntritt in ein Wäldchen. Mittlerweile wurde es kalt, und bald würde die Dunkelheit einbrechen. Doch vor der Kälte hatte sie keine Angst. Notfalls würde sie zu den Kühen gehen und sich an sie schmiegen; sie würden sie wärmen und verstehen, warum sie zu ihnen kam. Doch sie brauchte mehr als Wärme. Sie brauchte einen Ort, an dem sie ungestört nachdenken und meditieren und die Kraft finden konnte, in der Zeit und an dem Ort zu bleiben, wo sie sein wollte – und wo sie Broichan abwehren konnte.

Nach einiger Suche fand sie einen kleinen Unterstand, den im Sommer zuvor ein paar Kinder unter den ausladenden Zweigen einer jahrhundertealten Eiche errichtet hatten. Schweigend blieb sie eine Zeitlang stehen, erfühlte den Baum und spürte seine Energie, bat ihn um seinen Schutz und sein Wohlwollen. Zufrieden schlüpfte sie dann in die Hütte. Die Kinder hatten nichts zurückgelassen außer einem Berg modrigen Laubs, in dem sie gespielt und in dem die kleinen Tiere des Waldes sich ein Nest gemacht hatten, aber die Blätter würden sie vor der Kälte schützen. Außerdem entdeckte sie einen alten Topf, einen kaputten Stuhl und einen Kessel.

Sie holte etwas Wasser vom Wassertrog der Kühe und entzündete ein Feuer. Es gefiel ihr, diese einfachen Tätigkeiten zu verrichten und mit Hilfe eines rostigen Nagels und eines Steins Funken zu schlagen, den Stuhl zu Brennholz zu zerkleinern, das Laub als Bett für die Nacht aufzuhäufen und dann Sprossen und Wurzeln für eine Suppe zu sammeln – lauter Dinge, die sie nicht mehr getan hatte, seit sie in die klaustrophobische Krankenhausatmosphäre geraten war, wo alles für sie gemacht wurde. Als sie die warme Suppe gegessen hatte und die Dunkelheit der Bäume sich wie eine Decke um sie legte, setzte sie sich an ihr kleines Feuer und besann sich, um nach Hause zurückzukehren.

Wie sie geahnt hatte, war Broichan nicht da. Sie fragte sich nicht nach dem Grund und spürte auch nicht den zweiten Mann, den Mann aus Adams Zeit, der ebenfalls nach ihrem Onkel forschte. Hinter ihren geschlossenen Lidern ergründete sie die Pfade ihres Gehirns, dann machte sie tief in sich den Sprung, der sie in die schottischen Berge brachte, wo sie vor so vielen Jahren das Leben, wie sie es kannte, aus Liebe zu einem Schuljungen des zwanzigsten Jahrhunderts verlassen hatte.

Die Hütte war verlassen. Von ihrer Mutter und Gartnait war keine Spur zu sehen, die Steine trugen keine neuen Botschaften. Lange Zeit blieb sie bei dem großen Steinkreuz stehen, sah über die Berge hinweg, spürte den Wind in ihren Haaren und atmete tief die kalte, würzige Luft unter den alten Kiefern ein. In ihrem Kopf rief sie – leise, für den Fall, daß Broichan sie hörte –, denn sie wußte, ihre Mutter würde sie vernehmen.

Doch es kam niemand. Die Stille der widerhallenden Berge war übermächtig.

Voller Furcht legte sie die Hände auf den Stein und versuchte, seine Kraft zu spüren. Aber die Energie war verschwunden. Die Erde schlief. Und sie war wieder zu Hause in den schottischen Bergen.

In dem kleinen Wald nördlich von London brannte das Feuer nieder und erlosch dann völlig. Der Kessel fiel in die Asche, und fast sofort wehte der Wind etwas Laub darüber, so daß er fast unsichtbar war. Falls jemals irgendwer dagewesen war, um die Dachse zu beobachten, wie sie ihren Bau verließen und über den Pfad ins Feld liefen, war er vor langer Zeit verschwunden und hatte den Wald einsam zurückgelassen.

Jane starrte angestrengt auf ihre Müslischüssel. Das Schweigen am Tisch wurde nur von einer Drossel unterbrochen, die draußen im Garten sang; ihr Lied hallte durch das offene Fenster des Eßzimmers herein, wo Adam raschelnd die *Times* umblätterte. Jane warf einen Blick auf Calum. Die Hardings hatten eine Karte geschickt, auf der sie ihm viel Glück wünschten; er hatte sie geöffnet und beinahe verzweifelt neben seinen Teller geworfen. Er hatte nichts gegessen, trank aber schon seinen zweiten Becher Kaffee, und neben ihm lag ein aufgeschlagenes Mathematikbuch. Ausnahmsweise hatte Adam kein Wort darüber verloren, daß es sich nicht gehörte, bei Tisch Bücher zu lesen. Jane hatte ihm ein Ei angeboten, eine Scheibe Toast, Haferkekse mit Honig – vergebens. Calum behauptete gereizt, er würde alles auf der Stelle von sich geben, wenn seine Mutter ihn zu essen zwinge, und sein kreidebleiches Gesicht ließ keinen Zweifel daran, daß es stimmte.

Endlich faltete Adam mit einem Seufzen die Zeitung zusammen und sah seinen Sohn an. »Alles in Ordnung, Junge? Sollen wir los?« Er hatte versprochen, Calum an den Prüfungstagen zur Schule zu fahren, damit er sich keine Sorgen machen mußte, den Bus eventuell zu verpassen.

Calum nickte. Er stand auf, zögerte und lief dann hinaus.

»Der arme Junge«, sagte Adam kopfschüttelnd. »Ich habe ihn noch nie so angespannt gesehen.«

»Dabei braucht er gar kein solches Lampenfieber zu haben. Dr. Passmore meinte, er würde die Prüfungen problemlos bestehen.« Jane war gerade aufgestanden, um die Teller zusammenzuräumen, als das Telefon klingelte. Adam ging in sein Arbeitszimmer und antwortete. Wenig später kam er zurück. »Für Calum. Es ist Julie. Wahrscheinlich will sie ihm Glück wünschen. Mir wäre es lieber, das Mädchen würde ihn wenigsten in diesen zwei Wochen in Ruhe lassen.«

Er rief seinen Sohn, der in der Toilette gerade gegen seinen Brechreiz ankämpfte. Kopfschüttelnd sah Adam ihm nach, als er ins Arbeitszimmer ging, und griff dann verärgert nach der Zeitung, um sie noch kleiner zu falten und in seine Aktentasche zu stecken, obwohl er wußte, daß er sie den ganzen Tag nicht ansehen würde und Jane es nicht mochte, bis abends auf sie warten zu müssen. »Jetzt komm, Calum«, rief er über die Schulter.

Als Calum kurze Zeit später erschien, sah er verstört aus.

»Was ist?« Jane entging seine Miene nicht, als er zur Tür hereinkam. »Was ist passiert?«

»Das war Julie.« Calum ließ sich auf einen Stuhl fallen und verbarg das Gesicht in den Händen.

»Was ist mit Julie?« Jane warf ihrem Mann einen warnenden Blick zu.

Calum schüttelte den Kopf. Er zwang sich, seinem Vater in die Augen zu sehen. »Sie ist schwanger.«

»Was?« Adams Entsetzen war fast spürbar.

»Julie ist schwanger.« Die Hände des Jungen zitterten.

»Und das muß sie dir ausgerechnet heute sagen? Eine halbe Stunde, bevor du die wichtigste Prüfung deines Lebens schreibst?« Adam war fassungslos.

»Sie hat vergessen, daß ich Prüfungen habe. Sie hat überhaupt nicht daran gedacht.« Calum fuhr sich deprimiert mit den Handballen übers Gesicht. »O Scheiße. Scheiße Scheiße Scheiße!« Er war den Tränen nahe.

Mit einem Blick auf Adam atmete Jane tief durch, ging zu Calum und legte ihm die Arme um die Schultern. »Du hast recht, es ist Scheiße«, wiederholte sie mit fester Stimme. Aus ihrem Mund klang das Wort noch schockierender. »Aber es ist völlig sinnlos, dir jetzt den Kopf darüber zu zerbrechen. Geh in die Schule, Calum, und konzentrier dich auf die Prüfung. Das ist im Augenblick das Allerwichtigste.« Als er den Mund öffnen wollte, um ihr zu widersprechen, drückte sie ihm noch fester auf die Schultern. »Doch, das ist es. Julie kann warten. Weiß Liza Bescheid? Ich rufe sie nachher an. Bitte, Liebling, laß dich dadurch nicht von der Prüfung ablenken. Was immer passiert, wozu ihr beiden euch auch entscheidet, du mußt die Prüfungen hinter dich bringen, das weißt du. Vergiß Julie für den Augenblick. Ich weiß, das ist schwer. Höllisch schwer. Aber wir finden schon einen Ausweg, das weißt du auch. Ich bin nur froh, daß du es uns gesagt hast.« Sie wußte, daß er es nicht beabsichtigt hatte. Es war einfach aus ihm herausgeplatzt, und dafür sprach sie schweigend ein kleines Dankesgebet. »Und jetzt geh, mein Liebling. Pack deine Sachen zusammen. Adam, steht der Wagen vor der Tür?« Die beiden Männer saßen wie erstarrt da und setzten sich erst auf ihre Worte hin in Bewegung.

320

Als Calum das Zimmer verließ, packte sie Adam am Arm. »Untersteh dich ja nicht, ihm im Auto die Leviten zu lesen, hörst du? Was immer du denken magst – *was immer du denken magst*! Laß ihn in Ruhe!«

Adam schüttelte den Kopf. »Ganz blöd bin ich nicht, Janie.« Unerwartet strich er ihr über die Haare, dann zuckte er resigniert mit den Schultern. »Die kleine Hexe. Ich habe doch immer gewußt, daß sie ihm nicht guttut. So ein dummes, dummes Ding. Und ihn ausgerechnet heute anzurufen! Etwas Egoistischeres kann ich mir nicht vorstellen!«

»Ich rufe Liza an. Wir werden schon etwas arrangieren.« Sie gab ihm einen Kuß. »Jetzt fahr ihn zur Schule. Und schau zu, daß er sich wirklich gut fühlt, wenn er aussteigt, ja?«

Nachdem die beiden fort waren, setzte sie sich an den noch nicht abgedeckten Tisch und griff nach der Kaffeekanne; für eine Tasse reichte es noch. Während sie trank, sah sie auf den Rasen hinaus. Die Drossel hatte zu singen aufgehört und saß jetzt auf ihrem Lieblingsplatz, einem großen Stein beim Rosenbeet, wo sie ein Schneckenhaus aufpickte. Jane fuhr unwillkürlich zusammen, als sie beobachtete, mit welcher Entschlossenheit der Vogel das Gehäuse zerschlug, um an das zarte Fleisch im Inneren zu gelangen.

Eine Abtreibung kam natürlich nicht in Frage. Schließlich hatten die Kinder schon gesagt, daß sie eines Tages heiraten wollten. So schlimm war es nicht. Solange Calum nur die Prüfungen mit guten Noten bestand, konnte er wie geplant studieren; Julie würde ihn begleiten müssen. Das war zwar nicht ideal, natürlich nicht, aber schließlich konnten Adam und Philip es sich leisten, die beiden finanziell zu unterstützten. Sie trank noch einen Schluck Kaffee. Wenn sie es sich recht überlegte, konnte sie eigentlich gar kein richtiges Problem sehen. Nur für Adam war es eines.

Bleiern stand sie auf und ging ins Arbeitszimmer. Dort setzte sich sich auf Adams Drehstuhl, zog das Telefon zu sich und wählte die Nummer in Wales. Liza hob nach dem dritten Läuten ab, was bedeutete, daß sie in der Küche war. Die Stevensons hatten nie Wert darauf gelegt, irgendwo einen Zweitapparat zu installieren.

»Hat er's euch gesagt?« Sie klang sehr fröhlich.

»Er hat's uns gesagt. Wie geht es ihr?«

»Sie übergibt sich gerade.«

»Arme Julie.« Es gelang Jane nicht ganz, wirklich mitfühlend zu klingen.

Liza entging es nicht. »Jane, ich weiß. Uns geht es genauso. Aber es ist ja nicht, als hätten sie nicht vorgehabt, eines Tages zu heiraten. Ich weiß, sie sind noch etwas jung, aber dieser Tage dreht sich doch alles ums Jungsein.«

»Das mag schon sein, Liza.« Jane zwang sich zur Ruhe. »Aber Calum schreibt heute seine erste Prüfung, in Mathe. Julie hat ihn angerufen, fünf Minuten bevor er aus dem Haus mußte. Er stand unter Schock, als er in die Schule gegangen ist. Findest du nicht, daß sie sich einen besseren Zeitpunkt hätte aussuchen können?«

Einen Moment herrschte Stille. »Mein Gott, das tut mir leid, Jane. Das tut mir wirklich leid. Hör, sag ihm, er soll sich keine Sorgen machen. Es wird sich schon alles finden. Irgendwie. Und laß mich heute abend mit Adam reden.« Sie zögerte nur den Bruchteil einer Sekunde. »Er hat sich wohl mächtig aufgeregt?«

Janes Antwort erübrigte sich.

»Das dachte ich mir. Seiner Ansicht nach ist Julie nicht intellektuell genug für seinen kostbaren Sohn, stimmt's? Ich rede mit ihm. Und sag Calum, es tut mir leid wegen seiner Prüfungen. Mir war nicht klar, daß sie schon angefangen haben. Sag ihm, daß wir ihm alles Gute wünschen und ihm die Daumen drücken.«

Jane kehrte zum Frühstückstisch zurück, um ihren restlichen Kaffee auszutrinken. Gedankenverloren griff sie nach der Zeitung, die Adam in der Eile dann doch hatte liegenlassen. Sie faltete sie auf und warf einen Blick auf die erste Seite, dann blätterte sie weiter zu den Lokalnachrichten. Der Artikel war so klein, daß er Adam bei seiner flüchtigen Lektüre wohl entgangen war. Beinahe hätte auch sie ihn übersehen. *Die Suche nach der entlaufenen Geistesgestörten, die nur als Brid bekannt ist und als mutmaßliche Mörderin im Fall Wilkins gilt, verlagerte sich gestern ins Londoner Umland, nachdem eine Frau, die der Be-*

schreibung der Entlaufenen entsprach, in der Nähe von St. Albans gesehen wurde. Schwester Deborah Wilkins war vor drei Monaten mit einer Stichwunde im Herzen auf dem Gelände der Klinik in Nord-London aufgefunden worden, wo Brid seit einigen Jahren untergebracht war. Der Psychiater Dr. Ivor Furness wiederholte seine Warnung, sich ihr nicht zu nähern.

Plötzlich wurde Jane bewußt, daß sie die Luft anhielt. Es mußte ein Zufall ein. Vielleicht war es überhaupt nicht sie? Sie sah wieder in den Garten hinaus; wie von selbst wanderten ihre Augen zu dem Stein. Die Drossel war fortgeflogen und hatte nur einige Bruchstücke des Gehäuses zurückgelassen, der einzige Beweis, daß die Schnecke je existiert hatte.

Als sie bei Adam anrief, hatte er noch keinen Patienten bei sich. »Ist er gut zur Schule gekommen?« Sie hatte dem Drang widerstanden, die Gartentür zuzuschließen.

»Er war sehr früh da. Ich glaube, als er seine Freunde sah, ging es ihm gleich besser.« Adam hatte an seinem Schreibtisch gesessen und Löcher in die Luft gestarrt.

»Und du hast ihm auch nicht ins Gewissen geredet?«

»Natürlich nicht.« Er klang leicht gereizt.

»Ich habe mit Liza gesprochen.«

»Was sagt sie?«

»Dasselbe wie wir. Obwohl ich den Verdacht habe, daß sie im tiefsten Innern irgendwie ganz zufrieden ist.«

»Zufrieden?« Adam klang fassungslos. »Was denkt die Frau sich in Gottes Namen bloß, zufrieden zu sein?«

»Sie wird dich heute abend anrufen.« Ausnahmsweise war Jane froh, daß die beiden eines ihrer Privatgespräche führen würden, bei denen sie sonst immer eifersüchtig wurde und sich ausgeschlossen fühlte. Doch auf die Auseinandersetzung, die es heute geben würde, konnte sie gut verzichten. »Adam, hör mal.« Abrupt wechselte sie das Thema. »Ich weiß nicht, ob du es vorhin in der Zeitung gelesen hast, aber die Polizei glaubt, daß Brid hier in den Gegend gesehen wurde.«

Einen langen Augenblick herrschte Stille, dann sagte er nur: »Was?«

»Es tut mir leid, Adam, ich wollte dich nur warnen. Erstaunlich, daß die Polizei sich noch nicht bei dir gemeldet hat.« Den

323

Bruchteil einer Sekunde hatte sie Angst in seiner Stimme ge-hört. »Paß auf dich auf, mein Schatz.« Jane umklammerte den Hörer, als hinge ihr Leben davon ab.

»Du auch. Verschließ die Fenster, Janie.«

Der kaputte Talisman, den Jane aus Adams Schreibtisch-schublade geholt hatte, stand wieder auf dem Nachttisch zwischen ihren Betten. Mrs. Freeling hatte ihn zweimal weggeräumt und einmal vorgeschlagen, ihn wegzuwer-fen, aber Jane hatte ihn hartnäckig immer wieder an seinen Platz gestellt, und jetzt staubte die Putzfrau ihn stets ab, versuchte aber, ihn hinter der Lampe zu verbergen, als sei die bloße Anwesenheit des Objekts eine Beleidigung für das sonst so makellose Zimmer. Jane ging nach oben, und nachdem sie die Fenster geschlossen hatte, setzte sie sich aufs Bett. Dann nahm sie das Bäumchen in die Hand. Sie wußte nicht genau, warum es sie noch immer beruhigte. Es war dumm und abergläubisch, zu denken, ein bißchen kaputtes Silber und Email und Kristall könnte sie vor Brid schützen. Aber dann war es auch dumm und abergläubisch zu denken, Brid könne überhaupt auf die Art, wie sie es tat, ins Haus kommen. Sie betrachtete das Schmuck-stück mehrere Minuten lang, dann stellte sie es vorsichtig – und diesmal voll sichtbar – wieder auf den Nachttisch zurück.

»Na, wie war die Prüfung?«

Calum war mit dem Bus nach Hause gekommen und direkt zum Kühlschrank gegangen, wo er sich ein großes Stück Käse abschnitt.

»Es ging schon. Ein oder auch zwei Sachen habe ich ver-bockt. Dumme Sachen.« Er schenkte sich ein Glas Orangen-saft ein. »Jetzt werd ich mal nach oben gehen und für die nächste lernen.«

»Einen Augenblick noch, Calum.« Jane stellte sich ihm in den Weg. »Ich glaube, wir sollten über Julie reden.«

Er zuckte mit den Schultern. »Was gibt es da zu reden? Wir werden wohl heiraten müssen.«

»Das klingt nicht gerade begeistert.« Sie bemühte sich um einen neutralen Tonfall. »Es ist gar nicht so lange her, da hast du dich noch mit deinem Vater gestritten, weil du so bald wie möglich heiraten wolltest.«

Calum verzog das Gesicht. »Ich weiß. Ich will sie ja auch immer noch heiraten. Ich wollte nur das Leben ein bißchen genießen, bevor wir seßhaft werden.«

»Und sie ist schwanger geworden, nachdem du ihr das erzählt hast?«

»Nein, natürlich nicht. Das würde sie nicht absichtlich tun. Das wäre ja Erpressung. So etwas würde Julie nie tun. Nein, es ist an dem Wochenende passiert, als ich einfach so weg bin. Du weißt schon, nach dem Krach mit Dad.« Er seufzte tief.

»Du willst damit hoffentlich nicht sagen, daß es die Schuld deines Vaters ist?«

»Nein.« Er trat von einem Fuß auf den anderen.

»Also, eigentlich willst du nicht heiraten.« Ihre Stimme war ausdruckslos.

Wieder zuckte er die Achseln. »Ich werde wohl müssen. Ich kann Julie nicht hängenlassen.«

»Das glaube ich auch.«

»So schlimm wird's nicht werden.« Plötzlich klang er wieder zuversichtlich. »Mit ihr macht alles Spaß. Ich werde mir einen Job suchen ...«

»Nein.« Jane verschränkte die Arme. »Nein, das ist gar nicht nötig. Du mußt trotzdem studieren, Calum. Irgendwie werden wir das Geld dafür schon zusammenbekommen. Wir finden in Edinburgh eine kleine Wohnung für euch. Mach dir deswegen keine Sorgen.«

Wochen vergingen, und von Brid wurde nichts mehr gehört. Nach den ersten Tagen ließ Jane die Fenster wieder offenstehen. Sie und Adam sprachen nie über Brid – Adam behielt seine Gedanken zu dem Thema für sich, wie auch den Inhalt seines Telefongesprächs mit Liza an dem bewußten Abend –, und Jane wollte Brid soweit wie möglich aus ihrem Kopf ver-

325

bannen. Zudem wurde ihre Aufmerksamkeit voll und ganz von Calum und Juliette absorbiert.

Calum hatte die Prüfungen bestanden, aber nichts konnte ihn davon überzeugen, im Herbst mit dem Studium anzufangen.

»Viele Leute nehmen sich ein Jahr frei, Dad«, sagte er im Juli nach der stillen Hochzeit in der Kirche von Hay.

Adam hatte die bunte Hochzeitskleidung seines Sohnes und die seiner mittlerweile unverkennbar schwangeren Schwiegertochter mit Abscheu betrachtet und sich in die hinterste Ecke des Farmhauses verzogen, wo er rasch hintereinander zwei große Whiskys leerte. »Nicht, wenn sie Medizin studieren wollen, Calum«, preßte er hervor. »Nicht, wenn deine Karriere dir am Herzen liegt. Du wirst mindestens fünf Jahre studieren müssen, vielleicht sogar länger, wenn du dich spezialisierst.«

»Um so mehr Grund, eine Pause einzulegen und ein bißchen Spaß zu haben!« Julie nahm Adams Hand und drückte sie. »Sei doch nicht so ein Spielverderber, Onkel Adam!«

Adam merkte, wie er zunehmend wütend wurde. Dieses Kind, dieses hübsche, dumme Kind, hatte seinen Sohn völlig aus der Bahn geworfen. Warum war Calum nicht stark, so wie er es gewesen war? Er hatte Brid verlassen und war zum Studium fortgegangen.

Der Gedanke an Brid steigerte seine Wut nur noch. Wo war sie, diese Kindfrau, die seiner Brid so ähnlich sah? Warum hatte man nichts mehr von ihr gehört? Hatte sie wirklich die Krankenschwester ermordet und war dann geflohen, oder wurde sie nur als Sündenbock verwendet? Nachdem sie angeblich einmal in der Nähe von St. Albans gesehen worden war, hatte man nichts mehr von ihr gehört. Sie hatte sich einfach in Luft aufgelöst, wie auch die Katze. Seit Monaten hatte er keine Spur mehr von dem Tier gesehen, und wenn er ehrlich war, fehlte es ihm. Bei Gott, die Katze fehlte ihm!

»Was geht dir denn durch den Kopf?«

Plötzlich merkte er, daß Liza vor ihm stand. Sie sah an diesem Tag besonders reizvoll aus in dem kornblumenblauen Kleid, zu dem sie in der Kirche einen wagenradgroßen Stroh-

326

hut getragen hatte. Beim Heimkommen hatte sie ihn sofort über die Obstschale auf der Anrichte gestülpt.

»Was hast du gesagt?«

»Ich habe gefragt, was dir denn durch den Kopf geht. Aber ich weiß es: Warum hat dieses vermaledeite Kind meinen Calum von seiner großen Karriere abgelenkt – stimmt's?«

Er lächelte widerwillig. »In etwa.«

»Das hat sie aber nicht. Da haben beide ihren Teil dazu beigetragen. Und sie wird ihm nicht im Weg stehen; sie ist unheimlich stolz auf ihn.«

»Obwohl sie ihn daran gehindert hat, die Noten zu bekommen, die er braucht?«

»Ach, Adam!« Liza wurde wütend. »Du weißt doch gar nicht, ob er lauter Einser bekommen hätte. Und seine Noten sind doch gut. Sie haben ihn zum Medizinstudium zugelassen. Jetzt hör endlich auf, dich wie ein alter Pedant aufzuführen. Genau, das ist es!« Sie kicherte. »Du wirst alt!«

»Stimmt das?« Adam stand, Stunden später, vor dem Spiegel im Schlafzimmer im ausgebauten Dach. »Werde ich wirklich alt?«

»Natürlich nicht.« Jane war schon im Bett. Sie trug ein spitzenbesetztes weißes Baumwollnachthemd, wie damals in ihrer Hochzeitsnacht, und als Adam sich umdrehte und sie ansah, erschien sie ihm plötzlich ätherisch schön.

»Was ist? Wieso starrst du mich so an?« Sie lächelte.

»Guter Gott, Jane, du gefällst mir!« Es war sehr lange her, daß er das letzte Mal mit ihr geschlafen hatte, sehr lange her, daß er sich zu ihr hingezogen gefühlt hatte. Plötzlich stieg ein Gefühl in ihm auf, das stark an Verlangen grenzte. Er setzte sich neben sie, streckte vorsichtig die Hand aus und zog an der Schleife, die das Nachthemd oben zusammenhielt. »Ich glaube, ich habe zuviel getrunken.«

»Wieso meinst du das? Weil dir plötzlich wieder eingefallen ist, daß du eine Frau hast?« Sie legte ihm die Hände auf die Schultern und zog ihn zu sich, so daß sie ihn küssen konnte. »Die beiden werden glücklich sein, Adam, das weiß ich.«

Er schüttelte den Kopf und legte ihr den Finger auf die Lippen. »Laß uns nicht mehr über die beiden reden. Sie haben sich entschieden. Jetzt müssen sie ihren eigenen Weg gehen.« Guter Gott, ich klinge jeden Tag mehr wie mein Vater, dachte er – eine Vorstellung, die ihn keineswegs heiter stimmte. Er zog sie an sich. »Aber nicht nur die jungen Leute können glücklich sein«, murmelte er. Hinter dem Verlangen spürte er ein leichtes Schuldgefühl. »Jetzt haben wir Zeit für uns. Warum fahren wir nicht weg? Nur du und ich.« Er schob ihr das Nachthemd über die Schultern auf die Taille hinab. Ihre Brüste waren noch fest, ihr Bauch flach. Er nahm eine Brustwarze zwischen die Lippen und biß vorsichtig darauf, so daß sie lustvoll aufstöhnte. Drängend schob er sie auf die Kissen, öffnete seinen Reißverschluß, spürte, wie ihre Hände sein Gesicht liebkosten, seine Haare, seine Schultern, sich an den Hemdknöpfen zu schaffen machten und dann seine Brust streichelten. »Oh, Adam.« Ihr atemloses Murmeln erregte ihn. »Ja, ja, bitte!«

Das Fauchen, das vom Fenster hinter ihnen kam, war sehr leise, ließ sie aber beide erstarren. Eine Minute rührten sie sich nicht, dann setzte Adam sich ganz langsam auf und drehte sich in die Richtung, aus der das Geräusch gekommen war. Zuerst konnte er nichts sehen, denn im Zimmer war es bis auf das Licht von der kleinen Tischlampe in der Ecke dunkel. Unter dem Dach war es sehr heiß, und sie hatten das Fenster weit geöffnet, um jede Brise der süßduftenden Nachtluft hereinzulassen. Zwei Motten umschwirrten das Licht, sonst regte sich nichts im Raum. Ohne zu atmen, starrte er in die Dunkelheit, während Jane sich panisch das Nachthemd wieder über die Brust zog und gleichzeitig versuchte, keine Aufmerksamkeit auf sich zu lenken.

Adam stand ganz langsam auf, zog seine Hose hoch und schloß den Reißverschluß. Dabei trat er einen Schritt vom Bett vor. Zwischen der Silhouette der Berge in der Ferne und dem Hausdach mit den großen, für Wales so typischen Schieferschindeln sah er gerade den Schein des aufgehenden Mondes. Jane setzte sich in den Kissen auf und bemühte sich, an Adam vorbeizusehen, der einen zweiten lautlosen Schritt machte. Es war gespenstisch still im Raum; selbst die Geräusche der Nacht schienen verstummt zu sein. Die Eule war über den Berg in das nächste Tal geflogen, und die jüngeren Hochzeitsgäste hatten sich mit ihren Schlafsäcken in Lizas geräumige Scheune zurückgezogen und waren schließlich eingeschlafen; kein Schnarchen konnte durch die dicken Mauern nach draußen dringen.

»Adam?« Janes Flüstern war kaum wahrzunehmen.

Mit einer Geste hinter dem Rücken bedeutete er ihr zu schweigen und ging weiter auf die Tür zu. Gerade streckte er die Hand nach dem Lichtschalter aus, als sie es wieder hörten – ein kehliges Fauchen aus nächster Nähe.

»O mein Gott.« Jane zog die Decke bis ans Gesicht hoch. »Was ist das?«

Adam knipste das Licht an, stellte sich mit dem Rücken schützend zur Tür und untersuchte das Zimmer, das jetzt von der kleinen Deckenlampe in rosarotes Licht getaucht war. Das Bett. Der Schrank. Ein Stuhl mit der Sitzfläche aus geflochtenen Binsen, eine hübsche gewebte Matte auf den breiten Eichendielen und ein kleiner Tisch mit einem viktorianischen Spiegel obenauf, der als Frisierkommode diente. Dann lagen noch ihre beiden Koffer offen am Boden – Janes mit dem Deckel ordentlich gegen die Wand gelehnt, so daß er als improvisierte Kommode dienen konnte, sein eigener ganz aufgeklappt, die Kleider und Schuhe kunterbunt darum verstreut. Die Katze lag inmitten seiner Kleider und betrachtete ihn aus leuchtendgoldenen Augen.

»Adam, das ist sie!« Janes erstickter Schrei wurde von seiner wütenden Geste abgeschnitten.

»Das wissen wir nicht. Denk doch nach«, murmelte er. »Kann sie vom Dach reingekommen sein? Oder durch das Haus? Gehört sie Liza?« Plötzlich merkte er, daß er wie Espenlaub zitterte.

»Natürlich gehört sie nicht Liza.« Janes Wispern steigerte sich zu einem hysterischen Zischen. »Erkennst du sie nicht? Es ist sie.«

»Wenn sie es ist, Jane, dann ist sie nicht real.« Er zwang sich, einen Schritt näher zu treten. Die Katze blieb reglos liegen, nur die Schwanzspitze bewegte sich fast unmerklich hin und her. »Sie ist eine Projektion ihrer Phantasie.«

»Ihrer oder unserer?« Jane rutschte zur anderen Bettseite, ein Kissen gegen die Brust gepreßt. Die Katze achtete gar nicht auf sie, sondern hielt den Blick starr auf Adam gerichtet. »Mir kommt sie verdammt real vor.« Ihre Stimme bebte.

»Brid?« Zögernd sprach Adam das Tier an. »Brid, bist du das? Bitte, zeig dich, damit wir reden können.«

Jane erstickte ein hysterisches Lachen mit dem Kissen. »Jetzt weiß ich Bescheid. ›Brid?‹« Sie ahmte seine Stimme nach. »›Zeig dich, Liebling. Mit langen schwarzen Haaren gefällst du mir besser.‹«

Anmutig drehte die Katze den Kopf und starrte sie an, so daß Jane in die Kissen zurückschrak.

»Was zum Teufel machst du da?« fuhr Adam auf. »Verdammt noch mal, Jane, sei nicht so dumm! Komm, Mieze.« Er hockte sich vor die Katze und streckte ihr die Hand entgegen. »Komm, komm und red mit mir.«

Die Katze stolzierte zu ihm und rieb ihren Kopf schnurrend an seiner Hand. »Das ist nur eine Katze, Jane. Eine herrenlose Katze aus den Bergen.« Erleichtert atmete er auf und lachte. »Wir sind wirklich albern. Sie hat mir tatsächlich einen Schreck eingejagt! Einen Augenblick habe ich wirklich geglaubt, sie könnte sich in eine Katze verwandeln! Wenn's so weitergeht, werde demnächst ich in die Klapsmühle eingeliefert.« Er kraulte die Katze hinter den Ohren und nahm sie auf den Arm.

»Bring sie ja nicht zu mir!« Jane glitt aus dem Bett und trat ans Fenster, wo sie nach unten spähte. »Wahrscheinlich ist sie über das Dach reingekommen. Schau, es ist nicht hoch. Wirf sie raus, und dann laß uns schlafen, ja?« Ihre Stimme klang angespannt und ängstlich.

»Ich kann sie doch nicht zum Fenster rauswerfen, Jane. Es ist zu hoch.« Er stellte sich neben sie und sah ebenfalls hinaus. Die Katze wand sich protestierend in seinen Armen und sprang dann aufs Bett.

Adam lachte. »Sie weiß genau, wo es warm und behaglich ist.«

»Das denke ich mir.« Jane sprach im Flüsterton. »Bitte, Adam, wirf sie raus.«

»Sie stört doch nicht ...«

»Wirf sie raus! Sonst schlafe ich woanders!«

Er seufzte. »Also gut. Ich trage sie nach unten und lasse sie raus.« Er bückte sich, um die Katze wieder aufzunehmen, doch sie war schneller als er, tauchte fauchend unter seinem Arm hindurch und sprang Jane direkt an die Kehle. Mit einem Schrei warf sie sich gegen die Wand und hob schützend die Hände. Adam setzte dem Tier nach, doch in seinen Händen blieb nur ein Büschel Fell zurück, und die Katze war verschwunden.

Hinter ihnen wurde die Tür aufgerissen, und Liza stürzte herein, gefolgt von Philip. »Was um Himmels ...« Mit einem Blick ins Zimmer verstummten sie. »Guter Gott, was ist passiert?« Philip trat an seiner Frau vorbei in den Raum und sah sich um. Jane kniete in der Ecke, ihr weißes Nachthemd blutüberströmt. Sie schluchzte hysterisch.

»Jane? Jane, was ist passiert? Was ist los? Guter Gott, Adam, was ist denn passiert?« Liza riß die Decke vom Bett und legte sie Jane, die unkontrollierbar zitterte, um die Schultern.

»Das war eine Katze.« Einen Augenblick war Adam starr vor Schock.

»Eine Katze?« Philip schaute ihn an.

»Nicht irgendeine Katze!« schrie Jane. »Es war die verflixte Brid!«

Liza warf einen Blick auf Adam, dessen Gesicht kreidebleich war. »Wo ist sie hin?«

Adam zuckte die Achseln. »Zum Fenster raus, glaube ich. Ich weiß es nicht.«

»Jetzt gehen wir alle nach unten«, schlug Liza vor und half Jane aufzustehen. »Phil, mach das Fenster zu.« Sie zog Jane mit sich aus dem Zimmer. »Jetzt komm, es ist alles in Ordnung. Ich kümmere mich um die Kratzer. Hast du deinen Arztkoffer mitgebracht, Adam? Geh wieder ins Bett ...« Sie hatte gesehen, daß zwei weitere Türen aufgegangen waren und erschreckte Hochzeitsgäste auf den Flur lugten. »Ihr braucht euch keine Sorgen zu machen. Eine der Farmkatzen ist ins Haus gekommen. Aber jetzt ist alles in Ordnung, alles ist unter Kontrolle.«

Eine halbe Stunde später – ihre Wunden waren inzwischen mit Desinfektionsmitteln gereinigt und verbunden – saß Jane in einen von Lizas bunten Baumwollkimonos gehüllt mit den anderen drei am Küchentisch und trank einen Becher heiße Milch. Sie war noch immer sehr blaß.

»Wahrscheinlich war es eine verwilderte Katze«, meinte Phil schließlich. »Ich weiß, ihr drei seid von dieser Frau besessen, und der gute alte Meryn bestärkt euch in eurem Glauben auch noch, aber das ist einfach Unsinn. Denkt doch mal nach! Wirklich! Du meine Güte! Ihr redet von Hexen und Gespenstern und solchen Sachen. Nein, nein, nein. Ohne mich. Es tut mir wirklich leid, daß das verdammte Vieh zu euch ins Zimmer gekommen ist, und morgen suche ich die Scheunen mit einem Gewehr ab. Das kann nicht angehen, daß hier eine Katze herumläuft, die Menschen angreift. Ich glaube, es war eher eine richtige Wildkatze als eine verwilderte, obwohl ich noch nie gehört habe, daß welche hier leben. Ich dachte, in unserer Gegend seien sie schon ausgestorben.«

»Das sind sie auch.« Liza schauderte. »Es war zuviel für sie. Wir waren hier alle zusammen, wir haben gefeiert, da wollte sie dabei sein. Bei Adam.«

»Großartig. Klingt, als wäre ich die nächste auf ihrer Mordliste.« Jane verschränkte die Arme schützend vor der Brust. »Jeder, der sich zwischen sie und Adam stellt.«

»Das hat Schwester Wilkins nicht getan.«

»Ich denke schon. Ich glaube, sie wollte sie daran hindern zu fliehen.«

»Ich glaube, es gibt zwei Brids.« Liza stand auf und holte den Kessel, um die Milch in ihrer Tasse zu strecken. Dabei dachte sie darüber nach, was Meryn ihr erzählt hatte. »Ich glaube, es gibt eine reale Brid, die ins Krankenhaus eingeliefert werden kann. Und dann gibt es eine andere, in die sie sich mit Gedankenkraft versetzen kann. Ich glaube, wir haben alle die Fähigkeit, in unserer Vorstellung zu leben. Aber sie hat soviel Gelegenheit gehabt, das zu üben, daß sie es tatsächlich kann. Sie kann sich an andere Orte denken.«

»Und sich in eine Katze verwandeln?« Phil sah sie mitleidig an.

»Warum nicht?«

»Weil das Unsinn ist, Liza, deswegen.« Phil stand auf, ging zur Anrichte und holte eine Flasche Brandy hervor. »Will jemand von euch einen Tropfen davon in seine Milch? Ich schon.« Er kippte einen Schuß in Adams Becher und dann in seinen. »Wenigstens sind die Kinder nicht aufgewacht. Es war ein großer Tag für sie, und es wäre schrecklich gewesen, ihnen den Spaß zu verderben. Ich schlage vor, wir gehen jetzt zu Bett und vergessen, was passiert ist. Ich wette, wir sehen das Vieh nie wieder, und wenn doch, dann erschieße ich es.«

»Tante Jane?« Juliette saß am nächsten Vormittag vor dem Farmhaus auf einem Heuballen. »Bringst du mir bei, wie man strickt?«

Jane sah sie überrascht an und brach in Lachen aus. »Ich dachte, ihr jungen Leute haltet Stricken für altmodisch!«

Juliette lächelte. »Ich möchte Sachen für das Baby machen.«

»Natürlich.« Eine Woge der Zuneigung zu ihrer neuen Schwiegertochter stieg in ihr auf. Trotz der Rundung, die sich deutlich unter Juliettes langem Pullover abzeichnete, sah das Mädchen hier draußen in der prallen Sonne sehr zart und zerbrechlich aus. Jane drückte ihr die Hand. »Natürlich zeig ich's dir. Liebend gern.«

Mittlerweile hatte sie sich von ihrem Schock erholt. Die häßlichen Kratzer waren unter ihrer weichen Baumwollbluse verborgen, und im hellen Tageslicht fiel es ihr schwer, zu glauben, daß der Angriff in der vorhergehenden Nacht wirklich passiert war. Philip hatte Wort gehalten und alle Außengebäude durchsucht, trotz Lizas Einwänden mit dem Gewehr in der Hand, aber von einer Katze war nichts zu sehen gewesen, und nach einer Stunde hatte er aufgegeben.

»Wenn ihr aus den Flitterwochen zurück seid, komme ich für ein paar Tage her und zeige es dir. Aber deine Mutter kann doch bestimmt auch stricken, oder?«

333

Juliette schüttelte den Kopf. »Ich habe sie gefragt. Sie schwört, daß sie nicht stricken kann. Außerdem ist sie Linkshänderin, also kann sie mir sowieso nichts beibringen. Sie macht alles rückwärts.« Juliette lachte. Dann blickte sie wieder Jane an. »Ihr freut euch doch für uns, oder, Tante Jane? Es wäre mir schrecklich, wenn ihr euch nicht freuen würdet.«

»Ich freue mich sehr.«

»Und du hast nichts dagegen, daß wir wegfahren, wenn das Baby da ist?«

Diesen Teil des Plans hatte Calum ihr erst vor zwei Tagen eröffnet. Sobald das Baby zur Welt gekommen war und er den Führerschein hatte, wollten sie einen alten Bus kaufen und durch Europa immer weiter nach Osten fahren. »Aber sag Dad nichts davon. Noch nicht. Das mache ich, wenn's soweit ist.« Calum brauchte seine betretene Bitte nicht zu wiederholen – Jane besaß nicht den Mut, Adam davon zu erzählen, und würde ihn nie besitzen. Diese Sache mußte Calum selbst mit seinem Vater ausfechten.

»Wenn ich ehrlich bin, habe ich schon ein bißchen was dagegen.« Jane drückte Juliette wieder die Hand. »Mein erster Enkel ist doch etwas Besonderes. Es ist schwer, mir vorzustellen, daß ich nicht sehen werde, wie er heranwächst.«

»Oder sie.«

»Oder sie.«

»Aber das wirst du doch.« Juliette beugte sich vor und gab ihr einen Kuß auf die Wange. »Wir schicken euch von unterwegs Fotos, und so lange sind wir ja auch nicht weg. Wenn wir wieder hier sind, werden wir jahrelang nicht mehr wegfahren können. Gönn uns doch diese eine Chance, Tante Jane, bitte.«

Jane mußte lächeln, so schwer ihr das Herz auch war. Wie konnte sie es den beiden Kindern verübeln? Sie würden frei sein, frei von jeder Verantwortung, trotz des Kindes, frei von Vorschriften, frei von Arbeit, frei von der Notwendigkeit, respektabel zu sein. Frei von all dem, womit sie und Adam sich im Laufe der Jahre umgeben hatten, um zu Abbildern seines Vaters und ihrer Mutter zu werden, trotz aller Bemühungen, genau das zu vermeiden. Sie schauderte.

Juliette hatte die Augen geschlossen und saß behaglich in der warmen Sonne, die verschränkten Hände schützend auf den Bauch gelegt. Am Abend würden ihre Flitterwochen beginnen – sie fuhren in die Berge, wo sie eine Woche in Meryns Haus verbringen und eine Weile die Zweisamkeit auskosten wollten. Jane wußte nicht, was der Mann in der Zwischenzeit machte; Liza hatte ausweichend geantwortet, aber sie vermutete, daß er zum Wandern in die Berge ging, um den beiden jungen Leuten etwas Zeit allein zu gönnen. Sie hatte Meryn nicht kennengelernt, aber in Lizas Gesprächen tauchte er sehr oft auf. Er war ihr wohl eine Art Ersatzvater, aber auch ein seltsamer spiritueller Mentor.

Jane schauderte wieder, und sie sah sich erstaunt um. Hier im Hof war es warm, denn er lag im Windschatten. Es gab keinen Grund, weshalb sie frösteln sollte. Aber es war auch keine körperliche Kälte; plötzlich hatte sie das Gefühl, als würde jemand sie beobachten. Sie sah sich genau um, und dabei begann ihre Haut zu prickeln. Die Katze? Phil hatte geschworen, daß er alle Gebäude durchsucht hätte, aber auf der Farm gab es für eine Katze jede Menge Möglichkeiten, sich zu verstecken – in den Gebäuden, den Hecken, im hohen Gras.

»Julie?« Sie sprach sehr leise.

Julie hörte sie offenbar nicht; sie hatte den Kopf zurückgelehnt, hielt die Augen geschlossen und genoß den Sonnenschein.

»Julie, laß uns reingehen.« Zum Farmhaus waren es hundert Meter; die Küchentür war halb offen. Dort stand Liza und unterhielt sich mit einigen Gästen, die noch geblieben waren. Phil und Adam waren zu einem geheimnisvollen Unternehmen ins Tal gefahren, und ihr Sohn war von den Aufregungen seines Hochzeitstags so überwältigt, daß er noch schlief.

»Julie!« Ihre Stimme wurde schärfer. »Bitte, wir müssen ins Haus.«

»Warum?« Juliette öffnete die Augen. »Warum denn? Was ist denn los?«

Jane schüttelte den Kopf. »Ich weiß es nicht, mein Schatz. Ich möchte nur eine Weile ins Haus, mehr nicht. Bitte.«

335

»Geht es dir nicht gut?« Julie beugte sich vor, machte aber keine Anstalten aufzustehen.

»Ich erklär's dir, wenn wir drinnen sind.« Gelassen stand sie auf. Aus irgendeinem Grund wollte sie nicht laufen. Sie wollte nicht, daß sie – es – wußte, daß sie Angst hatte, und vor allem wollte sie es nicht zu einer Hetzjagd provozieren. »Komm, schnell.« Der dringliche Ton ihrer Stimme erhielt durch die Kraft, mit der sie Julie an der Hand nahm und auf die Füße zog, noch mehr Nachdruck.

Das Mädchen gab jeden Widerspruch auf und folgte ihrer Schwiegermutter über den Hof. Jane hatte die Schultern hochgezogen, als erwarte sie jeden Augenblick, von etwas angesprungen zu werden. Sie spürte, wie ihre Haut sich vor Angst zusammenzog, wie ihre Handflächen feucht wurden. Sie hatten die Küchentür fast erreicht, als sie die Hühner im Laufstall furchtsam glucken hörte. »Wahrscheinlich ist es ein Fuchs, Tante Jane. Laß mich nachschauen gehen.« Julie blieb stehen.

»Nein!« Jane packte sie wieder an der Hand. »Nein, bitte nicht, komm rein. Laß jemand anderen sich um die Hühner kümmern. Bitte, Julie.«

Julie warf ihr einen verständnislosen Blick von der Seite zu, gehorchte aber, und wenige Sekunden später betraten sie die Küche. Jane zog die Tür ins Schloß und lehnte sich zitternd dagegen.

Liza stand an der Spüle und füllte gerade den Kessel. »Die anderen machen einen Spaziergang«, sagte sie über die Schulter hinweg. Dann drehte sie sich um. »Was ist? Was ist los?« fragte sie scharf.

»Sie ist da.« Jane holte tief Luft und setzte sich an den Tisch. »Im Hof.«

»Guter Gott.« Liza erblaßte. »Bist du sicher?«

»Wer ist da? Wer?« Juliette sah zwischen den beiden Frauen hin und her; plötzlich wirkte sie ängstlich.

»Eine Wildkatze, Schätzchen.« Liza gab Jane durch einen eindeutigen Blick zu verstehen: »Erzähl ihr nicht die Wahrheit« – was immer die Wahrheit sein mochte. »Sie ist letzte Nacht ins Haus gekommen und hat Tante Jane angefallen. Es war schrecklich. Das arme Tier kommt wohl aus den Bergen und hat sich verlaufen.«

»Eine Wildkatze? Eine richtige Wildkatze, und nicht bloß eine Farmkatze?«

»Ich meine eine richtige Wildkatze.« Lizas Stimme klang rauh.

»Tante Jane!« Juliette drehte sich ihr mitfühlend zu. »Hat sie dir weh getan?«

Jane nickte. »Es ist schon wieder in Ordnung. Ich lege nur keinen Wert darauf, ihr noch einmal zu begegnen, und wollte vor allem verhüten, daß sie dich angreift.«

»Sobald die Männer zurückkommen, sollen sie sich noch mal gründlich umsehen. Bis dahin bleibt ihr beide besser im Haus.« Liza ging zum Fenster und schloß es energisch.

»Und die anderen, die gerade spazierengehen?« Juliette verzog ängstlich das Gesicht.

»Denen wird nichts passieren. Die sind zu viert, und ich glaube kaum, daß die Katze sie am hellen Tag auf dem Berg angreift. Aus irgendeinem Grund gehe ich davon aus, daß sie sich am Haus herumtreibt.«

»Wahrscheinlich hat sie Hunger. Warum stellen wir ihr nicht was zum Fressen raus?« Juliette war schon aufgesprungen und ging zur Anrichte.

»Nein!« Jane und Liza antworteten gleichzeitig. Zu Julies Überraschung stieß ihr Vorschlag bei beiden auf gequälte Belustigung. »Nein, Schatz. Wir geben ihr nichts zu fressen. Ich möchte sie nicht ermutigen, hier zu bleiben«, erklärte Liza schließlich. »Bleiben wir im Haus und warten, bis die Männer wieder hier sind. Das dauert nicht mehr lange.«

Als der Wagen in den Hof fuhr, lief Liza ihnen entgegen. »Jane glaubt, sie hat sie wieder gesehen. Im Hof.«

Sie sah sich prüfend um, schaute zur offenen Scheune, auf das lange Gras in den Ecken, die Mauern. Es gab buchstäblich Hunderte von Orten, wo sie sich verstecken konnte.

»Vielleicht sollte ich nach ihr suchen«, sagte Adam langsam. »Mir tut sie nichts.«

»Warte, ich hole das Gewehr.« Philip schloß die Wagentür und ging aufs Haus zu.

337

»Nein!« Adam schüttelte den Kopf. »Nein. Du darfst nicht auf sie schießen. Überlaß es mir. Geht alle ins Haus.«

Er sah ihnen nach, bis sie die Tür hinter sich geschlossen hatten, dann drehte er sich langsam um. Er ging zum Gatter des Obstgartens, die Hände in der Tasche, ein großer, schlanker Mann mit grau meliertem Haar, das attraktive Gesicht leicht gebräunt von der Waliser Sonne trotz sechs Monaten harter Arbeit in der Praxis ohne jeden Urlaub.

»Brid?« Seine Stimme klang scharf. »Bist du da?« Seufzend lehnte er sich gegen das Gatter. »Brid, jetzt komm schon. Wenn du da bist, dann zeig dich, damit wir reden können. Jetzt.«

Es kam keine Antwort, doch plötzlich spürte er sich in der Stille leise schaudern.

Brid war aufgewacht, als die Sonne über die Berge stieg. Sie sah sich um, und das Herz wurde ihr schwer. Sie hatte gehofft, daß ihre Kraft im Schlaf zurückkehren und sie sich beim Aufwachen in Adams Zeit wiederfinden würde. Aber das war nicht passiert. Langsam fand sie sich mit dem Unabänderlichen ab. Durch das geruhsame Leben in der alten Sommerhütte am Bach, wo sie jeden Tag stundenlang unter der Sonne und den Sternen studierte und meditierte, spürte sie jedoch ihre Kräfte wieder wachsen. Allerdings war es schwierig, denn sie fühlte, daß Broichan immer wieder in ihre Nähe kam. Dann schlüpfte sie in die Gestalt einer Bergkatze, strich auf weichen, lautlosen Pfoten durch das Heidekraut, kauerte sich in Talsenken, um seinem Blick zu entgehen, stieg in die Wipfel sich wiegender Kiefern und sah von den rauhen Ästen mit den spitzen Nadeln hinab. Manchmal kam er als Mensch, manchmal aber auch in anderer Gestalt. Als ein Hirsch, der stolz sein Geweih trug, oder ein Adler, der über die kargen Flächen kreiste und das Gelände mit scharfen Augen absuchte, die auch eine Ameise erkennen würden, und ein- oder zweimal erschien er – als würde er ihre Tarnung erraten – als großer Kater mit glänzendem Fell, der unter den Bäumen rief und die Nase hob, um ihre Spur zu wittern.

Doch jedesmal versteckte sie sich und wartete, und jedesmal ging er fort. Und dann endlich, als der Mond seine Form änderte, fand sie den Zeitpunkt, an dem der große Stein wieder Kraft bekam, wie das von ihrem Bruder eingemeißelte Symbol es vorhersagte. Sie legte die Hände auf die Zeichen und spürte, wie Energie sie durchströmte und ihr die Kraft verlieh, überallhin zu gehen, wohin sie wollte. Und sie wollte dorthin, wo Adam war.

So fand sie sich wieder einmal unter einer Eiche sitzen. Der Baum trug tiefgrünes Laub, der Boden darunter war mit langen, feinen Grashalmen gepolstert, und im Abendlicht vor ihr fiel der Abhang ins Tal der Wye hinab. Einen Augenblick bewegte sie sich nicht, dann streckte sie sich und dehnte die Beine und merkte erst jetzt, daß sie den Körper einer Katze mitgebracht hatte. Sie lächelte innerlich. Das war gleichgültig. Als Katze war es leichter zu spionieren, leichter, in Häuser und Betten zu schlüpfen; leichter, Adam zu finden, der endlich zu seiner Liza gekommen sein mußte. Als sie von der Hofmauer auf das niedrige Dach des alten Farmhauses sprang und über die moosbedeckten Schindeln lief, wußte sie bereits, in welchem Zimmer er schlief. Sie hatte nicht erwartet, daß er mit Jane da war.

Adam öffnete das Gatter und ging langsam den steil abfallenden Pfad zwischen den alten Apfelbäumen entlang. Hier unten, wo die Sonne nicht hinschien, war es kühler, und in der Luft hing der üppige Duft wilder Rosen. Er hörte die Brise durch die Gräser rauschen, aus der Ferne tönte das Gurren einer Taube herüber. Er wußte nicht, ob er eine Katze oder eine Frau erwarten sollte. Er wußte überhaupt nichts mehr.

Plötzlich fiel ihm sein letztes Gespräch mit Ivor Furness ein. Die Geschichten, die der Mann über Brid erzählt hatte – wenn sie tatsächlich Brid war –, waren verblüffend gewesen. Er hatte berichtet, wie sie immer wieder in eine tiefe Trance verfiel, die seiner Ansicht nach selbst hervorgerufen wurde, und daß sie ihren Körper in dieser Trance irgendwie verließ und eine andere Gestalt annehmen konnte, ganz nach Belieben; eine Gestalt, die von anderen Menschen gesehen werden konnte. Dann hatte er Adam eingehend nach seinem Haus befragt und Adams Beschreibung mit seinen Notizen von Brids Schilderungen verglichen.

Problematisch war, daß keiner von ihnen mit Sicherheit wissen konnte, ob Brid nicht irgendwann im Verlauf der Jahre im Haus gewesen war. Möglicherweise hatte Jane oder Calum oder Mrs. Freeling sie hereingelassen, oder eine der Sprechstundenhilfen in der Praxis ... Und dann bestand immer noch die Möglichkeit, daß Brid die anderen mit Hilfe von Telepathie glauben machte, sie hätten eine Katze gesehen. Oder sie als Brid gesehen. Adam hatte es nicht über sich gebracht, seine erotischen Träume zu erwähnen, die er gehabt hatte, als er die Katze in Janes Abwesenheit neben sich im Bett schlafen ließ. Jetzt wünschte er sich, er wäre Ivor Furness gegenüber aufrichtiger gewesen. Der Arzt hatte ihm gefallen. Seinen seltsamen Hypothesen zum Trotz war er ein intelligenter Mann, mit dem er sich gerne noch länger unterhalten hätte. Vielleicht würde er sich bei ihm melden, wenn sie wieder in St. Albans waren, und ihn besuchen.

Auf einmal blieb er stehen; er hatte eine Bewegung unter den Bäumen wahrgenommen. Er kniff die Augen zusammen, um besser sehen zu können, ignorierte die völlig irrationale Woge der Angst, die ihn überflutete, und ging auf die Bäume zu. Zwar konnte er nichts ausmachen, doch zu seiner Rechten flog eine Amsel laut zeternd aus dem Gebüsch auf, und dazu hörte er den durchdringenden Warnruf eines Zaunkönigs, der offensichtlich aufgestört worden war. Seine Haut prickelte bei jedem Schritt, den er näher auf das Gebüsch zumachte.

A-dam ...

Er hatte die klagende Stimme in seinem Kopf schon lange nicht mehr gehört. Er ballte die Hände in den Taschen zu Fäusten und zwang sich, weiter durch das hohe Gras zu gehen.

A-dam ...

Er blieb stehen; er konnte sie nicht sehen. Unter den verkrüppelten Bäumen, von denen Efeu und Flechten in dichten

Vorhängen herabhingen, war es recht dämmrig. Sie könnte überall sein. Adam wurde bewußt, daß er nicht mehr nach einer Katze Ausschau hielt, sondern nach einer schlanken jungen Frau mit langen dunklen Haaren.

Wieder ging er einige Schritte und hielt abrupt an. Jetzt sah er sie – ein Schatten hinter den Bäumen, mehr nicht.

»Brid?« Seine Stimme war heiser. »Brid, bist du das?«

Mit gerunzelter Stirn spähte er in den Schatten des alten Baums am Ende des Obstgartens. Er war größer als die anderen, und aus irgendeinem Grund war das Gras dort kürzer. »Brid?« Jetzt konnte er sie nicht mehr sehen. Dort, wo er die Umrisse einer Frau wahrzunehmen geglaubt hatte, tanzten jetzt nur Schatten der Apfelzweige auf dem sonnenbeschienenen Boden.

Hinter ihm knarzte das Gatter. Jane hielt einen Moment inne, bevor sie in den Obstgarten trat, und ließ die Hand auf dem warmen, von Flechten überwucherten Holz liegen. Sie beobachtete ihren Mann konzentriert. Er war im Schatten stehengeblieben und sah sich angestrengt um, als wollte er in der Ferne etwas erkennen. Sie folgte der Richtung seines Blicks und schritt langsam vorwärts. Unter den Arm hatte sie Philips Gewehr geklemmt.

Ihre Schritte waren auf dem Pfad fast lautlos, ihr Rock streifte die Gräser so leise wie der Wind. Adam hörte sie nicht kommen. Er machte einige Schritte nach vorne und blieb wieder spähend stehen. Er spürte, daß etwas da war, ganz in der Nähe. Die Vögel hatten ihr Singen eingestellt, und aus dem Untergebüsch ertönte plötzlich wieder der Warnruf der Amsel. Schrie der Vogel seinetwegen, oder hatte er etwas anderes bemerkt, dort in den Schatten an der Hecke? Adam ging langsam weiter, während Jane ihm immer näher kam. Als er erneut stehenblieb, hob sie das Gewehr an die Schulter. Adam hörte nicht das Klicken, mit dem sie durchlud. Jetzt hatte er die Gestalt gesehen, eine Frau, die unter dem alten Baum stand.

»Brid?«

Sie konnte ihn unmöglich gehört haben. Das Wort war als rauhes Krächzen hervorgekommen. Trotzdem drehte sie sich um, und den Bruchteil einer Sekunde sah er ihr Gesicht, bevor der ohrenbetäubende Knall rechts hinter ihm losging.

Ein Schrei gellte auf. Einen Augenblick war er sich nicht sicher, was passiert war. Er wirbelte herum und sah seine Frau neben sich stehen. »Ich hab's erwischt!« Sie lachte hysterisch. »Ich hab das verdammte Vieh erwischt! Geschieht ihm gerade recht!« Die Mündung des Gewehrs rauchte noch.

Einen Moment blieb Adam starr vor Schreck stehen, dann rannte er auf die Bäume zu. »Brid?« An der Stelle, an der er die Gestalt gesehen hatte, blickte er wild um sich. »Brid?« Auf dem Moos am Boden waren Blutstropfen. Er kniete nieder und berührte sie mit dem Finger.

Er wandte sich zu Jane um, die ihm gefolgt war, das Gewehr in Anschlag, bereit, jeden Moment einen weiteren Schuß abzugeben.

»Sei vorsichtig!« rief sie. »Wenn ich es nur angeschossen habe, wird es noch gefährlicher sein.« Als sie ihn erreichte, blieb sie stehen. »Wo ist es?«

»Es?« Adam sah zu ihr auf; er bebte am ganzen Körper. »Es? Du hast auf eine Frau geschossen!«

»Eine Frau?« Jane lachte auf. »Unsinn! Das war eine Katze, eine bösartige Wildkatze, Adam. Es tut mir leid, ich hätte nie auf sie geschossen, aber sie hat mich angegriffen. Sie hätte mich umbringen können. Das Vieh war gefährlich, Adam!«

»Das war eine Frau.« Ohne aufzustehen, starrte er panisch umher. »Ich hab sie gesehen.«

Jane machte ein entschlossenes Gesicht und sah ihm fest in die Augen. »Es war nicht Brid, Adam. Ich habe die Katze ganz deutlich gesehen. Sie muß sich ins Gebüsch verkrochen haben.« Sie suchte die Hecke mit den Augen ab. »Wir müssen vorsichtig sein. Jetzt, wo sie verletzt ist, wird sie noch aggressiver sein als zuvor.« Sie senkte das schwere Gewehr und legte Adam beschwichtigend eine Hand auf die Schulter. »Ich hätte nie auf einen Menschen geschossen, Adam, das weißt du doch. Das mußt du dir eingebildet haben, daß du sie gesehen hast.«

342

Endlich stand er auf, sah sich aber immer noch in alle Richtungen um. »Bist du sicher?« Doch dann fuhr er plötzlich auf. »Bist du sicher, daß du nicht auf Brid geschossen hättest? Du bist eifersüchtig auf sie, das bist du immer schon gewesen!«

»Adam!« Völlig entgeistert sah sie ihn an.

Aber er hatte sich umgedreht und ging zielstrebig von ihr fort auf das Haus zu.

Kapitel 13

Auf dem Heimweg sprachen sie kaum ein Wort. Adam raste über die Straßen; sein Gesichtsausdruck war forsch und kompromißlos. Gelegentlich warf Jane ihm vom Beifahrersitz aus einen wortlosen Blick zu. Es kam ihr vor, als hätten sie alles, was sie einander zu sagen hatten, in dem Schlafzimmer oben im Dachgeschoß des Farmhauses gesagt, in der Nacht, nachdem sie die Katze angeschossen hatte. Adam hatte den Obstgarten und auch die weitere Umgebung noch stundenlang abgesucht und war bis lange nach Einbruch der Dunkelheit draußen geblieben. Am nächsten Morgen war er im ersten Tageslicht wieder hinausgegangen, doch in der Zwischenzeit hatten Jane und er den schlimmsten Streit ihrer langjährigen Ehe gehabt.

»Adam, es tut mir leid«, hatte sie schließlich geweint. »Was mehr kann ich sagen? Ich hatte Angst. Ich hasse sie.« Diesen Satz stieß sie mit einem langen, kläglichen Ächzen aus, bevor sie sich aufs Bett warf und das Gesicht im Kissen vergrub. Beide wußten, daß nicht von einer Katze die Rede war.

Adam hatte sie ausdruckslos angesehen und dann abrupt kehrt gemacht, um das Schlafzimmer zu verlassen. Als er wiederkam, schlief Jane bereits.

Liza hielt sie nicht davon ab, früher als geplant zu fahren. Die Atmosphäre zwischen den beiden war unerträglich, und Adam verschloß sich jedem vernünftigen Gespräch. »Du mußt sie verstehen«, flüsterte Liza ihm zu, als sie nach dem Abendessen kurz vor der Küchentür standen. »Mein Gott, Adam, sie ist bösartig angegriffen worden.«

»Jane hätte sie beinahe umgebracht!« Adam suchte in einer zerdrückten Zigarettenschachtel nach einer Zigarette. »Vielleicht ist sie schwer verletzt.«

»Wir wissen, daß das nicht passiert ist, Adam.« Liza bemühte sich, gleichmäßig zu sprechen. »Wenn sie ernsthaft verletzt wäre,

344

hätten wir etwas gefunden.« Eine Katze? Eine Frau? »Sie ist in die Wälder gelaufen; ihr fehlt nichts.« Dann verzog sie den Mund zu einem Lächeln. »Ich bin ja so schlimm wie du, immer von einer ›Sie‹ zu reden. Dabei wissen wir nicht einmal, ob es eine Sie war. Vielleicht war's einfach eine Wildkatze, mehr nicht. Oder eine verwilderte Hauskatze vom Hof oben am Berg. Wir wissen nicht genau, ob es Brid war, Adam. Wie könnten wir auch? Wie kann sie es gewesen sein? Das ist doch völlig unsinnig, das wissen wir beide.«

»Ach wirklich?« Er taxierte sie mit einem wütenden Blick. »Wissen wir überhaupt etwas?«

Sie hatten nicht mehr darüber gesprochen, und am nächsten Tag packten die Craigs ihre Taschen, hinterließen einen Zettel für Calum und Juliette und fuhren nach St. Albans zurück.

»Fahr vorsichtig.« Liza stellte sich auf Zehenspitzen, um Adam einen Kuß auf die Wange zu geben. »Es wird alles gut werden, du wirst schon sehen.«

»Wirklich?« Er küßte sie ebenfalls. »Ich bin mir nicht so sicher.«

Es war schon spät, als sie in ihre Straße einbogen und vor dem Haus vorfuhren. Adam stellte den Motor aus, blieb aber noch einen Moment sitzen und sah durch die Windschutzscheibe nach draußen. Schließlich streckte er, steif von der langen Fahrt, die Hand nach dem Türöffner aus.

»Einen Augenblick.« Janes Stimme war heiser.

»Was ist?« Er drehte sich zu ihr.

»Bitte, laß uns nicht so weitermachen. Ich habe mich doch entschuldigt, Adam. Ohne Calum wird das Haus sehr leer sein. Bitte, laß uns nicht streiten.«

»Ich habe nicht die Absicht, mit dir zu streiten.« Adam stieg aus dem Wagen. »Für mich ist die Sache beendet.« Er ging zum Kofferraum und öffnete ihn. »Hilf mir mit dem Gepäck, damit wir endlich ins Haus kommen. Die Fahrt von Wales scheint jedes Mal länger zu dauern.« Er hob einen Koffer und eine Leinentasche heraus und ging den Pfad zur Haustür entlang, gefolgt von Jane, die einen weiteren Koffer trug. Auf ein-

345

mal blieb er stehen. In einem Fenster im Obergeschoß hatte sich etwas bewegt.

»Da ist jemand im Haus!«

»Was?« Entsetzt starrte Jane zu den Fenstern. Eigentlich sah alles aus wie sonst. »Einbrecher, meinst du?« Ihre Stimme war zu einem Flüstern geworden, und ihr Herz klopfte wie wild gegen die Rippen.

Achselzuckend stellte er das Gepäck ab und ging leise weiter; dabei suchte er in der Tasche bereits nach dem Schlüssel.

»Sei vorsichtig, Adam.« Jane lief ihm nach. »Sollten wir nicht die Polizei holen?«

Er schüttelte den Kopf. »Bleib hinter mir.« Die Haustür war zugesperrt, die Fenster geschlossen; alles wirkte wie bei ihrer Abfahrt. Nichts deutete darauf hin, daß etwas nicht in Ordnung war, und doch fühlte er ein seltsames Prickeln im Nacken und glaubte zu spüren, daß sie beobachtet wurden.

»Jane.« Er drehte sich zu ihr. »Geh wieder ins Auto. Sperr dich dort ein.«

»Warum?« Sie starrte ihn aus wilden Augen an. »Ich laß dich nicht allein. Ich gehe zu den Nachbarn und rufe die Polizei …«

»Setz dich ins Auto.« Er packte sie am Arm und schob sie von sich. »Jetzt mach schon.«

Da begriff sie. »Du glaubst, sie ist hier. Du glaubst, es ist deine Freundin. Deine Katzen-Freundin! Sie war schneller als wir, stimmt's?« Ihre Stimme klang fast hysterisch. »Genau. Soll Jane doch die ganze Nacht draußen im Auto verbringen, wenn nur Brid es schön warm und gemütlich hat. Das kommt nicht in Frage, vielen Dank!« Sie entriß ihm die Hausschlüssel und schob sich an ihm vorbei. »Nein, Adam. Das geht zu weit. Ich stehe nicht vor meinem Zuhause, während du drinnen deine kleine Freundin im Arm hältst und es dir mit ihr behaglich machst.« Schluchzend lief sie zur Haustür und steckte den Schlüssel mit zitternden Händen ins Schloß.

Auf dem Tisch im Flur lag ein Stapel Post. Also mußte Sarah gekommen sein, um die Pflanzen zu gießen, obwohl Jane ihr gesagt hatte, das sei nicht nötig. Sie blieb stehen. Es roch sehr seltsam hier drinnen, ein moschusartiger Tiergeruch, von dem ihr plötzlich übel wurde. Ihre Wut wurde zu Angst. Sie drehte sich zu Adam. »Sie ist hier!« flüsterte sie.

Er nickte. »Ich wollte, daß du zu deiner eigenen Sicherheit im Auto bleibst«, murmelte er. »Bitte, Janie, geh nach draußen.«

Auf Zehenspitzen schlich er an ihr vorbei zur Tür seines Arbeitszimmers. »Bitte, geh«, zischte er, dann schob er vorsichtig die Tür auf. Im Haus herrschte absolute Stille.

Jane rührte sich nicht vom Fleck, sondern starrte ihm nach. Ihr Mund war trocken vor Angst. Im Arbeitszimmer war es dämmrig, weil die Vorhänge halb zugezogen waren; sie konnte die Hitze, die sich aufgestaut hatte, förmlich riechen. Die Sonne hatte den ganzen Tag auf die Fensterscheiben gebrannt und war erst am Abend um das Haus gewandert.

Adam schob die Tür einen Spalt weiter auf und trat über die Schwelle. »Brid?« Seine Stimme war sehr sanft. »Bist du da?«

Kein Geräusch war zu hören, und nach einer Weile machte er noch einen Schritt. »O mein Gott!« Mit einem Ruck warf er die Tür auf.

»Was ist denn?« Jane folgte ihm, blieb aber auf der Schwelle entsetzt stehen.

Die Frau, die vor dem Kamin zusammengebrochen war, hielt noch eine kleine Messing-Gießkanne in der Hand. Neben ihr lag, inmitten der Topfscherben, ein blaßrosa Alpenveilchen; die Blüten und Blätter verwelkten bereits.

»Sarah?« Jane schluchzte auf. »Nein! Ist sie …?«

»Ja.« Adam brauchte sie nicht zu untersuchen, um zu wissen, daß die Frau schon seit mehreren Stunden tot war. »Ruf die Polizei, Jane.« Er kniete nieder, berührte die Leiche aber nicht. Er sah die grausamen Schnitte über Gesicht und Kehle der Frau, die braunen Flecke unter ihr, wo das Blut in den Teppich geronnen war. »Und dann muß einer von uns Robert anrufen.«

Niemand war im Haus. Es gab keinerlei Spuren, die darauf hindeuteten, daß jemand gewaltsam eingedrungen wäre, kein Fenster und keine Tür war aufgebrochen worden, nichts war gestohlen. Die Polizei notierte, daß Jane bei ihrem Auf-

347

enthalt in Wales von einer Art Katze angegriffen worden war, doch das wurde als reiner Zufall betrachtet. Die Beamten stellten eine Verbindung zu der Brid her, die aus dem Nervenkrankenhaus geflohen war, zu der Frau, die möglicherweise Adam verfolgte, aber weiter kamen sie mit ihren Nachforschungen nicht. Die Spur der entlaufenen Geistesgestörten hatte sich schon lange verloren. Die Ergebnisse der Untersuchungen über die Todesursache blieben vage. Zwei Tage, nachdem ein Artikel darüber in der Zeitung erschienen war, rief Ivor Furness bei Adam an.

»Darf ich bei Ihnen vorbeikommen? Ich glaube, es gibt einiges, worüber wir uns unterhalten sollten.« Er hatte den Artikel gesehen, und Adams Name war ihm ins Auge gesprungen. »Es war sie, stimmt's?« sagte er nüchtern, als sie zu dritt in der Nachmittagssonne saßen.

Adam nickte. »Das muß es wohl gewesen sein.«

»Sie und ich, wir sind beide Ärzte. Naturwissenschaftler. Vernunftbegabt. Und Sie, Mrs. Craig«, – er wandte sich mit einem warmen Lächeln an die Gastgeberin –, »Sie sind eine rationale, gebildete Frau des zwanzigsten Jahrhunderts. Keiner von uns glaubt, daß sich ein Mensch in eine Katze verwandeln kann, oder?«

Alle nickten.

»Und sie – und wir reden von einer Sie – kann auch nicht in einer anderen Gestalt an Orten auftauchen, während ihr Körper im Bett oder sonstwo zurückbleibt.« Er stopfte bedächtig seine Pfeife. »Ich nehme an, Sie haben unsere Vermutungen der Polizei gegenüber nicht erwähnt?«

Adam schüttelte den Kopf. »Es schien unwesentlich. Natürlich dachten sie an die Brid, die aus dem Krankenhaus geflohen war, aber es gab keinerlei Anhaltspunkte, keine Beweise, nichts. Sie fanden keine Spuren außer unseren.«

»Ich habe ihnen von der Katze erzählt«, warf Jane ein. »Ich habe ihnen gesagt, daß ich angegriffen worden bin.«

»Und Sie hielten das für irrelevant, weil es Kilometer von hier entfernt passiert ist. Genau.« Ivor nickte. »Ich fürchte, diese Reaktion ist typisch. Aber Sie beide sind davon überzeugt, daß Brid diesen Mord begangen hat?«

Adam nickte langsam, dann seufzte er. »Ich verstehe es nicht. Welchen Grund hatte sie dafür? Womit hat die arme Sarah Brids Zorn auf sich gezogen?« Bestürzt schüttelte er den Kopf. Er und Jane hatten kurz erwogen, in ein anderes Haus zu ziehen. Zuerst dachten sie, sie könnten keinen Augenblick länger dort wohnen bleiben, aber mittlerweile waren sie sich nicht mehr sicher. Sarah spukte nicht als Gespenst durchs Haus, und Brid würde ihnen ohnehin folgen, gleichgültig, wohin sie gingen.

»Robert ist am Boden zerstört. Sie war sein ein und alles. Sie haben überhaupt keine Familie, hatten nur sich selbst.« Jane weinte haltlos; ihre Animosität gegen Sarah war vergessen. Sie griff nach Adams Hand.

Ivor riß ein Streichholz an und hielt es still, bis die Flamme ruhig brannte. »Es tut mir sehr leid für Sie beide, und natürlich auch für die arme Frau und ihren Mann. Es ist schrecklich. Es ist keine beneidenswerte Situation, im Mittelpunkt von Brids Aufmerksamkeit zu stehen.« Das Zündholz erlosch, und er starrte es eine Weile an, bevor er es über die Umfassung der Terrasse in das Rosenbeet warf. »Brid hat nicht die sozialen Hemmschwellen normaler Menschen«, fuhr er nachdenklich fort, als rede er halb zu sich. »Sie ist eine attraktive Frau und kann zweifellos charmant sein, wenn sie will, aber sie besitzt eindeutig eine psychopathische Persönlichkeit. Sie handelt ganz nach ihren momentanen Gefühlen, ohne Gewissensbisse oder Reue zu empfinden; und in ihrer Kindheit wurde ihr offenbar die Anwendung von unkontrollierter Gewalt beigebracht. Faszinierend.« Er schüttelte den Kopf und nahm ein zweites Zündholz aus der Schachtel. »Die Frage ist: Ist sie als Mensch persönlich hergekommen, oder war es nur ein Besuch in ihrem Traumzustand?« Er sah zwischen Adam und Jane hin und her, bevor er das Streichholz anzündete und es über den Pfeifenkopf hielt. »Und wenn es ein Traumzustand war, wo war dann sie – die leibliche Brid? Und wenn sie jemanden umbringen kann, wenn sie faktisch woanders ist, wie können Sie beide sich dann in Zukunft vor ihr schützen?«

Eine lange Pause trat ein. Ivor starrte in den Garten auf Adams geliebte Rosen, ohne sie wirklich wahrzunehmen. »Ich wünschte, ich hätte sie damals im Krankenhaus näher untersuchen können.«

»Das wünschte ich auch.« Adam sprach voll Mitgefühl. Als er bemerkte, daß Jane die Implikationen von Ivor Furness' Feststellung begriff, nahm er ihre Hand.

Jane war sehr blaß geworden. »Adam würde sie nie etwas antun. Sie will nur mich umbringen. Glauben Sie, sie hat die arme Sarah für mich gehalten?« Jane biß sich auf die Lippen und versuchte, ihrer Panik Herr zu werden.

Ivor zuckte mit den Schultern. »Eigentlich würde ich denken, daß eine Frau, die Kräfte besitzt, wie wir sie ihr unterstellen, zwischen zwei Menschen unterscheiden kann. Ach, meine Liebe, es tut mir wirklich leid.« Er stand auf und legte Jane einen Arm um die Schultern. »Ich bin Ihnen nicht gerade eine Hilfe.«

Dieses unerwartete Mitgefühl rührte Jane zu Tränen. »Ich habe solche Angst.«

»Natürlich haben Sie Angst.« Er sah zu Adam, überrascht, daß dieser seine Frau nicht tröstete, aber Adam war in Gedanken versunken.

»Dr. Craig!« Seine Stimme war schärfer als beabsichtigt. »Wir haben darüber gesprochen, wie Brid als Mädchen war. Hat sie damals schon Anzeichen für eine Verwirrtheit gezeigt? Wirkte sie gewalttätig? Irrational?«

Adam nickte langsam. »Aber ja. Sie bekam Wutanfälle.« Er sah sie plötzlich vor sich, wie sie am Wasserfall stand, ihr nackter Körper vor dem dunklen Fels. »Und ich fand, obwohl ich ja nur ein naiver Schuljunge war, daß ihre Auffassung vom Leben etwas irrational war.«

»Aber Sie sind nie auf die Idee gekommen, sie könnte von einem anderen Ort stammen?«

»Sie meinen, von einem anderen Planeten?« Adam lachte freudlos.

»Aus einer anderen Zeit.«

»Nein.« Er schüttelte heftig den Kopf. »Nein, auf die Idee bin ich nie gekommen. Brid war sehr real, glauben Sie mir. Die junge Dame hatte absolut nichts von einem Geist an sich.« Seufzend fuhr er fort: »Ich kann gar nicht glauben, daß Sie und ich dieses Gespräch tatsächlich führen! Es muß eine rationale Erklärung geben für das, was Brid tut. Ich glaube, es handelt sich um einen Trick. Sie läßt uns glauben, daß sie gleichzeitig an zwei Orten ist, und wir in unserer Leichtgläubigkeit« – ohne es zu merken, sah er bei diesen Worten zu Jane – »fallen darauf herein. Wir gehen von etwas Übernatürlichem aus und suchen nach einem Geheimnis, wo doch das Natürliche als Erklärung durchaus genügen würde. Sie scheint sich sehr schnell zu bewegen. Vielleicht wird sie nur immer von sehr schnellen Autos mitgenommen. Sie, Ivor, dachten, sie liege noch im Krankenhausbett, während sie woanders war. Vielleicht war sie doch verschwunden und hatte nur Kissen oder derlei unter ihre Decke gelegt, als würde sie noch da liegen. Schließlich ist es ihr nach dem Mord an Schwester Wilkins auch nicht schwergefallen zu verschwinden. Durch Zufall kam ein- oder zweimal in einer kritischen Situation hier eine Katze ins Haus. Eine Katze hat meine Frau in Wales angefallen. In keinem der Fälle gab es einen Beweis dafür, daß es irgend etwas anderes war als eine richtige, echte Katze.« War das Arglist auf seiner Seite? Einen Moment schwieg er verlegen. »Meiner Ansicht nach wäre es lächerlich, davon auszugehen, daß Brid und die Katze ein und dasselbe Wesen sind, daß sie auf Zeitreise gehen und sich an verschiedenen Orten manifestieren kann. Es ist einfach nicht möglich. In Zweifel steht nur, ob diese Person meine Brid ist oder eine Doppelgängerin, vielleicht ihre Tochter, oder vielleicht auch« – er sah auf – »zwei Personen, Mutter und Tochter, die dasselbe Ziel verfolgen.«

»Das Ziel, mich umzubringen«, fügte Jane leise hinzu. Sie zitterte trotz der warmen Spätnachmittagssonne.

Keiner der beiden Männer erwiderte etwas darauf.

»Der Gedanke ist mir gar nicht gekommen, daß es möglicherweise zwei Personen sind«, meinte Ivor schließlich. »Mutter und Tochter. Das klingt plausibel.« Seine Erleichterung, eine neue Erklärungsmöglichkeit zu haben, war nicht zu verkennen.

»Brids Mutter sah ihr allerdings überhaupt nicht ähnlich«, fuhr Adam kopfschüttelnd fort. »Sie war eine nette Frau. Sehr herzlich.«

351

»Und ihr Vater?«

»Als ich sie kennenlernte, war er schon tot. Ihr Onkel hingegen war völlig verrückt. Das würde erklären, woher sie den gewalttätigen Hang hat.« Er stand auf und schlenderte zum Rasen, wo er gedankenverloren eine verblühte Rose entfernte. »Wird man sie erwischen?«

»Natürlich.« Ivor zuckte die Achseln. »Aber bis dahin müssen Sie beständig auf der Hut sein.« Er sah zu Jane. »Sie beide.«

Das Fieber verbrannte ihren Körper, als sie in der Hütte am Bach lag, aber sie wehrte sich dagegen und schleppte sich jeden Tag zum Wasser, um zu trinken und sich den sauren Schweiß von Gesicht und Hals zu waschen. Sie hatte die Schußwunden oberhalb der Brust mit Kräutern verbunden, und nachdem sie die Hautränder mit ihrem Messer abgeschnitten hatte, hatte sich das Fleisch nicht entzündet. Lange Zeit war ihr nicht klar gewesen, was passiert war. In tiefem Schock war sie aus dem Obstgarten in Wales verschwunden und hatte sich zuerst am Berg und wenige Sekunden später in Adams Haus wiedergefunden. Erst als sie das Messer zückte, merkte sie, daß sie wieder in einem menschlichen Körper steckte, und sie wußte nicht, warum sie die Frau erstochen hatte, die sie im Arbeitszimmer entdeckt und gefragt hatte, ob sie ihr helfen könnte. Sie erinnerte sich nur noch an ihre plötzliche, rasende Wut, weil jemand sich ihr in den Weg stellen wollte. Einige Momente hatte sie über der in sich zusammensackenden Frau gestanden und verwundert auf die sterbende Gestalt auf dem Teppich hinabgesehen. Dann hatte sie die Woge der Energie und der Aufregung gespürt, die das fließende Blut mit sich brachte, und unversehens fand sie sich oben im Haus wieder und schaute zum Fenster hinaus, erfreut, daß Adams Wagen vorfuhr. Aber eine Sekunde später war sie wieder in dem Bachtal, wo der Wind ihr die brennende Haut kühlte und an ihren Kleidern zerrte.

Zum ersten Mal seit langer Zeit weinte sie. Sie war allein, sie hatte Angst, und die Schmerzen unterhalb des Schlüsselbeins waren quälend. Im Delirium rief sie manchmal nach ihrer Mutter oder nach Gartnait, meistens aber nach Adam. Doch er kam nie zu ihr. Ein Tag nach dem anderen verging, und mit jedem wurde sie schwächer. Völlig entkräftet lag sie eines Tages am Bach und schöpfte sich das weiche, braune Wasser in den Mund, da entdeckte sie neben sich das Nest eines Kiebitzes zwischen dem Heidekraut. Darin lagen zwei gefleckte Eier, noch warm vom Körper der Mutter. Brid nahm sie heraus, schlug sie auf und goß sie sich in den Mund; der Geschmack des nahrhaften Eigelbs, das ihr die Kehle hinunterrann, war köstlich. Dann blieb sie reglos liegen, spürte die Sonne auf ihrem Rücken und dankte der Vogelmutter, deren Eier ihr ihre Kraft zurückgaben. Später aß sie einige saure Blaubeeren und blieb eine Weile am glitzernden Wasser sitzen. Als sie in der Abenddämmerung wieder in die Hütte kroch und ohne Fieber schlief, wußte sie, daß sie bald wieder genesen würde; und in ihrem Traum kam endlich Adam zu ihr, legte ihr die Hand auf den Kopf und erklärte, ihr Fieber sei fort. Und in ihrem Traum lächelte sie und rieb ihr Gesicht gegen seine Hand.

Der Mond hatte zweimal zu- und wieder abgenommen, bis sie sich endlich wieder genug bei Kräften fühlte, um zum Stein zu gehen und das Tor zu Adams Zeit zu suchen. Noch war ihre Energie nicht ganz zurückgekehrt, und das Konzentrieren fiel ihr schwer, aber als die Nächte länger wurden und die Luft kühl und feucht, sehnte sie sich immer mehr nach seiner Nähe. Er war nie wieder zu ihr gekommen nach jener ersten Nacht, als sie von ihm geträumt hatte, und in ihrem tiefsten Inneren wußte sie, daß es bloß ein Traum gewesen war.

Eine Weile stand sie neben dem Stein und fuhr mit der Hand liebevoll über die Symbole, die ihr Bruder dort mit solcher Sorgfalt in den Granit gemeißelt hatte. Eine hauchdünne Schicht blaßgrüner Flechten hatte sich in einigen der tieferen Schnitte gebildet, und die kratzte sie mit dem Fingernagel fort, obwohl die Flechten nicht störten. Sie beeinträchtigten die Kraft des Steins nicht, denn die stammte aus der Erde und wogte und brandete wie die Gezeiten auf und ab in dem uralten Gestein unter ihren Füßen. Und jetzt, da der Neumond als schmale Sichel am Himmel stand, spürte sie die Flut anwachsen. Diese Kraft würde sie über die Jahre hinweg in Adams Zeit tragen.

Als die Sonne hinter den Bergen unterging und die Schatten immer länger wurden, drehte sie sich langsam nach Osten und hob die Arme über den Kopf. Dann schloß sie die Augen, versank in sich und spürte, wie ihre Kräfte wuchsen.

Adam saß in seinem Arbeitszimmer am Schreibtisch. Einen Moment merkte er nicht, daß sie da vor ihm stand, und sie sah sich atemlos und triumphierend um. Er war allein, das Zimmer war leer. Eine Weile beobachtete sie ihn, verströmte ihre Liebe zu ihm, bis sie langsam die Hände ausstreckte.

A-dam!

Als er überrascht aufsah, merkte sie, wie sich die Atmosphäre im Raum veränderte und sich teilte, und plötzlich wurde es sehr kalt.

»Brid?« Adams Stimme hallte ihr noch nach, als sie unversehens wieder neben dem Stein auf dem Berg kniete. Tränen flossen ihr über die Wangen.

Am folgenden Abend versuchte sie es wieder. Dieses Mal war er in seinem Garten. Sie sah ihm aus dem Schutz des alten Birnbaums zu, und ihr Herz schmerzte vor Verlangen, als er eine Weile im Blumenbeet jätete und dann langsam ins Haus zurückging.

»Adam!« Die Stimme der Frau vom Fenster des Arbeitszimmers schnitt durch die Stille wie ein Messer, und Brid mußte heftig zittern. Einen Moment konnte sie sich noch mit letzter Kraft festhalten, ihre Nägel in der bemoosten Rinde verkrallen, dann war sie schon fort und befand sich wieder auf dem Berg, wo die Dunkelheit bereits hereingebrochen war und der Mond von dahinjagenden Wolken verdüstert wurde. Sobald sie wieder in der Hütte war, schlang sie unglücklich die Arme um die Knie und wiegte sich verzagt hin und her. Was hatte sie falsch gemacht? Warum konnte sie nicht bei Adam bleiben? Warum konnte sie sich nicht konzentrieren? Nur seine Liebe hielt sie fest, aber solange immer diese Frau da war, war seine Liebe nicht stark genug.

Aber sie wußte, letzten Endes lag es daran, daß sie zu schwach war. Sie machte sich ein Jagdmesser, baute einige Fallen und fing Kaninchen und Vögel, um sich nahrhaftes Essen zu bereiten. Sie sammelte Kräuter und ließ sie in der hellen Sonne in Regenwasser ziehen; das gab ihr Kraft, und dann versuchte sie es erneut.

Dieses Mal war Adam auch in Schottland. Sie spürte, wie ihr Herz vor Aufregung einen Satz machte, als sie die Berge erkannte und wußte, daß er ganz in ihrer Nähe war; aber dann wandte er ihr das Gesicht zu, und mit einem Aufschrei merkte sie, daß er alt war. Sein Gesicht war faltig und wettergegerbt, seine Haare zwar noch wild und lockig, aber schneeweiß, wie die hohen Gipfel im Winter. Es war die verkehrte Zeit.

Nein!

Ihr gequälter Aufschrei erschreckte ihn; er starrte sie an, und sie merkte, daß er sie erkannte, aber schon verblaßte er wieder, und der eisige Luftzug auf ihrem Gesicht und der Stein unter ihren flehentlichen Händen sagten ihr, daß sie ihn wieder verloren hatte.

»Zeit. Ich muß die Zeit beherrschen lernen. Ich muß ihn als jungen Mann finden.« Mit zitternden Händen kehrte sie in die Hütte zurück und tastete über dem Eingang nach dem Feuerstein, um mit dem Reisig, das sie in der Nähe der steinernen Feuerstelle aufbewahrte, ein Feuer zu entzünden. Dann streckte sie die Hände in die Hitze der Flammen, atmete mit langsamen, tiefen Zügen durch und versuchte, sich zu sammeln. Sie dachte an ihre Ausbildung zurück: Wenn man vom Reisen wiederkehrte, mußte man etwas essen, um wieder zu Kräften zu kommen und die Verbundenheit mit der Erde zu festigen. Nach kurzem Suchen fand sie einige Scheiben Auerhahnfleisch, die sie vom Gerippe geschnitten und an die Dachsparren gehängt hatte, damit sie im Rauch des Feuers trockneten. Als sie darauf herumkaute, freute sie sich an dem kräftigen, nahrhaften Geschmack. Im Kopf berechnete sie die Stellung der Sterne und des Mondes und ging die Lektionen ihres Onkels Broichan durch.

Als sie das nächste Mal den Zeitsprung wagte, war Adam wieder jung, aber er hielt seine Frau im Arm, und Brid sah ihm zu und wußte, daß er von diesen Menschen befreit werden mußte, die an ihm klebten und sie von ihm fernhielten, so daß er nicht die Arme nach ihr ausstreckte, wenn sie in seiner Nähe war. Beim nächsten Mal machte sie die Zeitreise mit ihrem Messer im Gürtel und einem Amulett um den Hals. Dieses Mal würde sie nicht scheitern.

Die Sterne sagten ihr, daß es die richtige Zeit war, und auch der Ort war der richtige, obwohl die Fenster des Hauses gestrichen worden waren und die Tür geschlossen war. Sie stand im Garten, schlich näher und sah vom Blumenbeet aus in sein Arbeitszimmer. Zuerst glaubte sie, es sei leer, aber dann sah sie Adam neben der Tür stehen. Ihm gegenüber stand sein Sohn, dahinter eine Frau. Brid erstarrte, und all ihre Sinne bebten. In den Armen der Frau lag ein kleines Kind.

»Ihr könnt mit dem Kind nicht aus England wegfahren! Das ist absoluter Wahnsinn!« Mittlerweile hatte Adams Stimme sich zu einem Schreien gesteigert. »Gütiger Gott, Calum, hast du wirklich den Verstand verloren? Bitte, überlegt doch mal. Sie ist erst ein paar Monate alt! Habt ihr überhaupt eine Ahnung, wie viele Krankheiten es in diesen ganzen Ländern gibt? Habt ihr eine Ahnung, wie viele Erwachsene auf dem Hippie-Trail sterben? Wißt ihr, was passiert, wenn man Hepatitis bekommt? Oder Typhus? Oder Cholera?« Er machte kehrt und marschierte zum Fenster, wobei er mit der Faust wütend gegen die offene Handfläche schlug. Sein Gesicht war verzerrt vor Zorn und Kummer. »Und was ist mit deiner Karriere?« Wütend drehte er sich um. »Hast du denn überhaupt kein Interesse mehr daran, auf die Uni zu gehen?«

»Jetzt beruhige dich, Dad.« Calum legte beschützend den Arm um Julie. »Sonst fängt das Baby gleich an zu schreien. Du weißt doch, daß wir das geplant hatten. Natürlich werde ich studieren. Wenn wir wieder da sind. Warum die Eile? Wir haben alle Zeit der Welt. Und daß Beth sich Krankheiten einfangen wird, das ist Unsinn. Sie hat alle Impfungen bekommen, sie wird nichts kriegen. Es gibt viele Babys, die mit ihren

Eltern nach Indien reisen; und viele Kinder werden unterwegs geboren. Das ist nur ganz natürlich!«

»Ihr wird nichts passieren, Onkel Adam.« Julie sprach sehr ruhig und leise. »Du darfst nicht so altmodisch sein. Und du wirst uns nicht daran hindern!«

»Nein!« Adam ließ sich auf den Stuhl an seinem Schreibtisch fallen. »Nein, ich habe Calum an nichts mehr hindern können, seitdem du dich in sein Leben eingemischt hast. Ist dir nicht klar, wieviel Schaden du schon angerichtet hast? Seine Prüfungen, seine Pläne, seine Zukunft.« Er fuhr sich mit den Fingern durchs Haar. »Und jetzt willst du mit dem unschuldigen Kind …«

»Dad, jetzt reicht's!« Calums Stimme hallte durch den Raum. »So kannst du nicht mit Julie reden.«

»Das kann ich sehr wohl!« Adam war kreidebleich im Gesicht. »Als ob es nicht schlimm genug wäre zu wissen, daß die Mutter meines Enkelkinds Hasch raucht …«

»Das habe ich nie angerührt …«

»Ach nein? Glaubst du, ich wüßte nicht, wie das Zeug riecht?«

»Komm, Julie, ich glaube, wir gehen jetzt.« Calum legte die Hand auf den Türgriff. »Es tut mir leid, Dad. Es tut mir wirklich leid. Ich dachte, du und ich, wir würden uns eines Tages vernünftig unterhalten können, aber wie's aussieht, bezweifle ich, daß es je dazu kommen wird. Ich glaube, es hat keinen Zweck, dieses Gespräch weiter fortzusetzen oder je wieder eins zu führen. Sag Mum, es tut uns leid, daß wir sie nicht mehr gesehen haben. Wir melden uns bei ihr, wenn wir aus Nepal wieder zurück sind.«

»Calum …«

»Nein, Dad. Es reicht. Und ich glaube, die Mediziner-Karriere kannst du vergessen. Du hast recht. Ich habe nicht das Zeug dazu. Ich weiß nicht, ob ich überhaupt irgend etwas machen werde. Vielleicht sollte ich einfach leben wie der Taugenichts, für den du mich offenbar hältst!« Calum drängte Julie an sich vorbei in den Flur. »Spar dir die Mühe, uns zur Tür zu bringen.« Mit einem letzten vernichtenden Blick auf seinen Vater ließ er die Tür zuknallen.

»Das tu ich auch!« schrie Adam ihm nach. »Und ihr könnt euch die Mühe sparen, jemals wieder herzukommen! Ich will euch nie wiedersehen!«

Zitternd wie Espenlaub blieb er auf dem Stuhl am Schreibtisch sitzen. Lange Zeit starrte er nur auf die Löschpapierunterlage, dann zog er langsam sein Taschentuch hervor und putzte sich die Nase. Als er schließlich aufstand und wieder zum Fenster ging, wo er aus alter Gewohnheit Trost darin suchte, seine Rosen zu betrachten, standen ihm Tränen in den Augen.

Vor dem Fenster stehend, beobachtete Brid ihn lautlos. Sie hätte ihn so gerne berührt, doch das Glas war im Weg. Sie legte die Hände auf die Scheibe, direkt bei seinem Gesicht, und versuchte, ihn zu erreichen, aber er nahm sie nicht wahr. Nach kurzer Zeit wandte er sich ab und ging aus dem Zimmer.

Die Haustür stand offen. Auf der Treppe zwischen dem toten Laub lag einer kleiner Teddybär mit dem Gesicht nach unten. Adam bückte sich, um ihn aufzuheben, schloß leise die Tür und ging wieder in sein Zimmer zurück.

Die kleine Beth schrie. Julie drückte sie an sich und versuchte, sie auf dem Beifahrersitz in den Schlaf zu wiegen. »Still, komm sei still, bitte sei still. Fahr langsam, Calum, du brauchst nicht so zu rasen. Calum, bitte!«

»Er ist so dumm!« Calum schaltete in einen höheren Gang und fuhr auf die breite Landstraße ein. »Er ist so verdammt eigensinnig und altmodisch. Und dir vorzuwerfen, du hättest Hasch geraucht!«

»Hab ich auch.« Julie vergrub ihr Gesicht in den Haaren des Kindes. »Einmal, als ich bei ihnen war und du spät heimgekommen bist. Ich fühlte mich so einsam und ungeliebt, und dein Vater war so arrogant zu mir. Da bin ich ins Bad und hab einen Joint geraucht ...«

»Was hast du?« Calum sah schockiert zu ihr hinüber. »Julie!«

»Ich weiß, Calum, es tut mir leid. He, paß auf, verdammt noch mal!« Sie schloß die Augen und seufzte vor Erleichte-

358

rung, als Calum wieder auf seine Spur zurückkehrte; nur knapp hatte er einen weißen Lieferwagen verfehlt, der aus der Dunkelheit die schnurgerade Straße entlanggeschossen kam. Rechts und links der Straße standen hohe Pappeln wie dunkle Wachposten in der Nacht; sie flitzten vorüber, als Calum immer mehr Gas gab. Dann begann es wieder zu regnen, und die Scheibenwischer schmierten über die Windschutzscheibe des Mini. »Komm, Calum, vergessen wir deinen Vater. Ich hab die Nase voll von ihm; ständig ist er da, ständig nörgelt er an mir herum. Warum fahren wir nicht einfach los? Wir könnten morgen schon in Frankreich sein. Fahren wir einfach in die Sonne und kommen nie mehr wieder!«

Strahlend drehte Calum sich zu ihr. »Du hast recht. Das Leben ist dazu da, gelebt zu werden. Wir fahren zurück und packen unsere Sachen, und dann sagen wir Max, daß wir den Bus kaufen, den er uns angeboten hat. Dann lassen wir den ganzen Ärger hinter uns.« Er tastete nach ihrer Hand und drückte sie fest. »Beth, Baby, du wirst die irrste Kindheit aller Zeiten haben!«

Vom Garten aus sah Brid mit wachsender Verzweiflung, daß Adam weinend an seinem Schreibtisch saß. Sie drückte wieder die Hände gegen das Glas, dann ging sie zur Gartentür und klopfte. Er hörte sie immer noch nicht. Ihre Hände machten keinen Laut auf dem Glas, auch wenn sie dagegen hämmerte.

A-dam! A-dam!

Ihr Rufen wurde vom Wind ergriffen und verweht, ohne daß er sie hörte.

A-dam, laß mich rein!

Was war los? Warum konnte er sie nicht hören? Schluchzend vor Enttäuschung trat sie einen Schritt von der Glastür zurück. Daran war sein Sohn schuld, sein Sohn und dieses dumme, törichte Kind, das sein Sohn Ehefrau nannte. Sie machten Adam unglücklich. Er verschwendete seine Liebe und seine Gefühle auf sie, wo er mit ihr, Brid, zusammensein konnte. Plötzlich richteten sich all ihre Verzweiflung und ihr Zorn auf die beiden jungen Menschen, die mit ihrem Kind in dem lächerlichen kleinen blauen Auto saßen, die lachend davongegangen waren und ihren Adam weinend zurückgelassen hatten.

Als sie sich im Regen auf der Straße wiederfand, wußte sie im ersten Augenblick nicht, was passiert war. Ein Auto schoß hupend an ihr vorbei, und sie sprang aus dem Weg. Dann wurde ihr bewußt, wo sie war, und sie lächelte. Der Mini fuhr nicht so rasant, aber trotzdem – als sie vor dem Wagen auf die Straße trat und die Hände hob, um den Mann und die Frau zu verfluchen, deren Gesichter sie kurz als weiße, schreiende Masken in der Schwärze wahrnahm, geriet er ins Schleudern und drehte sich vier Mal, bis er schließlich von der Fahrbahn geriet und in den Graben stürzte, wo er auf dem Dach landete; die einzigen Geräusche waren ein lautes Zischen von Wasserdampf und dann das gellende Kreischen eines Babys.

TEIL III

Liza
60er bis 80er Jahre

Kapitel 14

Du hättest Adam überreden sollen mitzukommen.«
Liza und Jane waren die letzten Trauergäste, die im strömenden Regen am Grab standen. Neben der tiefen Grube zu ihren Füßen, in der nebeneinander zwei Särge lagen, türmte sich ein immenser Berg Blumen – Chrysanthemen und Herbstastern, aber auch exotischere Blüten wie Lilien und Rosen. »Er wird sich nie verzeihen, nicht dabeigewesen zu sein«, fügte Liza hinzu.

»Ich verstehe ihn nicht.« Jane schluchzte haltlos. »Er ist wie von Sinnen.«

In seinem Kummer, seiner Wut und seinem Schmerz hatte sich Adam geschworen, nie wieder etwas mit Liza oder Phil zu tun zu haben, und auch nicht mit der kleinen Beth, die man wie durch ein Wunder aus dem Wrack, in dem ihre Eltern umgekommen waren, lebend geborgen hatte. Sein Zorn auf Julie war zum Haß auf ihre Mutter geworden.

Phil stand wartend unter der Eibe, das Baby im Schutz eines ausladenden Schirms im Arm. Beth schielte zu den bunten Streifen des Schirms empor, zu den Regentropfen, die wie Diamanten am Rand hingen, und kuschelte sich tiefer in die Decken, ohne zu begreifen, welche Tragödie in ihr Leben getreten war. Neben Philip stand Janes Mutter, ganz in Schwarz gekleidet; sie stützte sich schwer auf einen Stock und schnüffelte in ihr durchnäßtes Taschentuch.

Die restlichen Trauergäste hatten sich am Eingang zum Friedhof versammelt, aber jetzt flüchteten sie vor dem Regen in ihre Autos, die zu beiden Seiten entlang der schmalen Straße parkten. In einem Anfall von romantischer Trübsinnigkeit hatte Julie, angeregt durch die Lektüre Keats', ihrer Mutter einmal gesagt, sie wolle in dieser alten Kirche hoch oben am Berg begraben werden. Soweit Jane es beurteilen konnte, hatte Calum keine Sekunde über seinen Tod nachgedacht – sie wußte nur, daß er bei seiner Julie würde sein wollen, so weit

363

wie möglich von seinem Vater entfernt. Die beiden Leichenwagen waren bereits abgefahren.

Adam hatte sich geweigert, zur Beerdigung zu kommen. Er hatte nicht einmal darüber reden wollen. Als die Polizei die kleine Beth zu Jane brachte, hatte er das Kind keines Blickes gewürdigt und am nächsten Morgen nur gesagt, sie solle es loswerden, als wäre das Baby ein lästiges Haustier. In nur vier Stunden war Liza von Wales nach St. Albans gefahren; es verstand sich praktisch von selbst, daß sie Beth mitnehmen würde. Jane war auch mitgekommen.

»Wenn sie sich nur nicht so gestritten hätten!« Jane konnte die Tränen nicht zurückhalten. »Wenn ich nur früher zurückgekommen wäre, bevor sie losgefahren sind.«

»Du darfst dir nicht die Schuld daran geben.« Liza legte ihr den Arm um die Schultern. Diesen Satz hatte sie am heutigen Tag schon sechsmal wiederholt. »Janie, du weißt doch, es wäre um keinen Deut anders gekommen, wenn du dagewesen wärst. Du weißt doch, wie stur Adam ist, und Calum war genauso.« Sie brach ab und starrte auf die Särge; einen Moment lang war sie derart von Kummer überwältigt, daß sie nicht weitersprechen konnte. »Aus irgendeinem Grund war es ihnen vorherbestimmt.« Aufschluchzend schloß sie die Augen.

»Liza, mein Liebling. Janie.« Phil war zu ihnen getreten; sein rotweißer Schirm bildete einen grellen Farbfleck in den düsteren Grün- und Brauntönen des alten Friedhofs im Schatten der dunklen, nebelverhangenen Berge. »Kommt, wir fahren nach Hause. Beth wird sich noch erkälten, und Patricia friert. Fahren wir zur Farm.«

Jane schüttelte den Kopf. »Ich will ihn nicht allein lassen.« Tränen strömten ihr über die Wangen. »Es ist so kalt und einsam hier oben.«

»Es ist ein wunderschöner Ort, Janie. Eines Tages wirst du dich freuen, daß er an einem so friedlichen Ort liegt.« Phil legte ihr das Baby in den Arm und hob den Schirm höher, damit auch sie vorm Regen geschützt war. »Hier, halt deine kleine Enkelin. Sie will nach Hause, in die Wärme. Hier ist nicht der richtige Ort für sie.«

Sanft drängte er die drei Frauen vom Grab über den schmalen Pfad zum Tor, wo mittlerweile nur noch ihr eigener Wagen stand. Hinter ihnen griffen die beiden Totengräber diskret zu ihren Schaufeln.

In St. Albans saß Adam reglos an seinem Schreibtisch. Seit Janes Abfahrt hatte er sich weder gewaschen noch rasiert; nur gelegentlich war er einmal aufgestanden, um sich eine Tasse Tee zu machen, oder war mit langsamen, schweren Schritten nach oben gegangen, wo er sich aufs Bett legte und zur Decke starrte. Doch er hatte kein Auge zugetan. Jeden Tag hatte Robert Harding vorbeigeschaut und dabei, wie immer, den Raum in diesem unglückseligen Haus, in dem seine Frau gestorben war, gemieden. Am Vormittag des Begräbnisses war er eigens gekommen, um Adam Frühstück zu machen, doch dieser hatte es nicht angerührt und seinem Kollegen mit unverhohlener Gleichgültigkeit gedankt.

Zweimal war die Polizei dagewesen. Beim ersten Mal berichteten sie, eine Zeuge habe sich gemeldet und erklärt, in der Sekunde vor dem Unfall gesehen zu haben, wie eine Frau vor Calums Auto sprang; beim zweiten Besuch sagten sie, von dieser Frau sei keine Spur gefunden worden, doch bestünde noch Hoffnung, daß sie sich melden würde. Der Beamte, der mit ihm in seinem Arbeitszimmer sprach und dabei den Helm unbehaglich in den Händen hin und her drehte, hoffte, diese Nachricht würde ihn trösten. »Offenbar hat Ihr Sohn durch sein Ausweichmanöver dieser Frau das Leben gerettet«, erklärte er. »Das war sehr mutig.«

»Das war dumm.« Adam starrte finster vor sich hin.

»Aber trotzdem mutig«, gab der Polizist voller Überzeugung zurück. Er stand auf. »Sobald wir mehr wissen, hören Sie wieder von mir, Dr. Craig.«

Nachdem er den Mann zur Haustür begleitet hatte, blieb Adam lange im Flur stehen und starrte in die Ferne, bis er schließlich langsam kehrtmachte und in die Küche ging. Dort öffnete er die Tür und trat in den nassen, kalten Garten hinaus.

A-dam ...

Sie wartete bei den Rosen auf ihn.

»Brid?«

Benommen von Müdigkeit und Kummer, ließ er sich von ihr ins Haus führen und dann die Treppe hinauf nach oben. Im Schlafzimmer legte er sich aufs Bett; vor Erschöpfung drehte sich ihm der Kopf. Jetzt endlich konnte er die Augen schließen, fast ohne das Gewicht neben sich auf dem Bett zu spüren, ohne die Hand zu bemerken, die ihm sacht durchs Haar strich, oder die Lippen, die sein Gesicht streiften, während er immer tiefer in den Schlaf des Vergessens sank.

Kopfschüttelnd legte Jane den Hörer auf. »Er hebt immer noch nicht ab.«

»Laß ihn.« Liza gab ihr eine Tasse Tee. »Du weißt doch so gut wie ich, daß es Zeiten gibt, wo Adam allein sein muß. Mach dir keine Sorgen. Er wird sich schon wieder beruhigen.«

Insgeheim war sie sich nicht so sicher. Das Ausmaß von Adams Trauer und Wut erschütterte sie zutiefst, ebenso wie die Tatsache, daß er sie und das Baby, sein Enkelkind, wütend aus dem Haus getrieben hatte. Jane war nicht dabeigewesen, als Adam mit ihr sprach. Er hatte Gift und Galle gespuckt, die Adern in seinem hochroten Hals hatten beängstigend pulsiert. Wenn er ihr, Liza, nie begegnet wäre, dann hätte ihr Kind seinen Sohn nie ermordet – das war die Quintessenz seines Zornausbruchs. Ebenso irrational wie grausam. Zum ersten Mal sah sie in Adam den Starrsinn seines Vaters. Ihr fiel wieder ein, wie er die Sturheit des alten Geistlichen beschrieben hatte, der auf den Knien mit seinem strengen, unerbittlichen Gott rang und die Frau vertrieb, die er einmal über alles geliebt hatte.

Nachdem sie sich vergewissert hatte, daß Beth tief und fest schlief, schlüpfte Liza in ihre Jacke und ging zum Gatter am Obstgarten. Es wurde schon dunkel, aber noch lag ein süßer Duft von nassem Gras, von Laub und wildem Thymian in der Luft. Patricia war nach Surrey zurückgefahren worden, die letzten Trauergäste waren gegangen, im Haus war es still geworden. Jane lag auf dem Sofa im Wohnzimmer am Kamin, während Phil sich in die Küche zurückgezogen hatte, getrieben vom Drang, überall Ordnung zu schaffen. Dieses Verhalten kannte Liza an ihm. Er war vom Kummer wie betäubt und konnte seine Trauer nicht anders bewältigen, als die ganze Nacht hindurch zu arbeiten, bis er seinen Schmerz vor schierer Müdigkeit vergaß. Er würde zuerst abwaschen, dann das Haus aufräumen, und schließlich, wenn er das Alleinsein ertrug, in sein Atelier gehen und vermutlich tagelang dort zubringen. Sie war anders. Sie konnte es nicht aushalten, im Haus zu bleiben, sondern fand Trost in der Natur. Die Berge, die immense Weite des Himmels rückten ihre eigenen Probleme in die richtige Perspektive und trösteten sie mit ihrem Frieden.

Es begann wieder zu nieseln. Sie lehnte sich an das Gatter und lauschte dem Rhythmus der Regentropfen auf den Blättern. Seltsamerweise fühlte sie sich Adam im Augenblick näher als je zuvor in ihrer langen Beziehung. Sie wünschte, er wäre zur Beerdigung gekommen. Wenn sie mit ihm verheiratet wäre, hätte sie darauf bestanden; sie hätte ihn gezwungen, das schreckliche, kalte, einsame, leere Haus zu verlassen, in dem eine Frau ermordet worden war, und am Begräbnis seines Sohnes teilzunehmen. Dann hätte er mit dem, was passiert war, seinen Frieden schließen können. Dann wäre er gezwungen gewesen, seine kleine Enkeltochter in den Arm zu nehmen und das ganze Eis in seinem Herzen von ihrem hinreißenden Lächeln zum Schmelzen bringen zu lassen.

Ihr schauderte bei der Vorstellung, wie Adam in seinem Arbeitszimmer saß und auf den Schreibtisch starrte. Plötzlich verspannte sie sich – in dem Bild, das sie vor sich sah, war er mit Brid zusammen, einer Brid, an die sie sich nur allzu gut erinnerte. Die junge, schöne Brid mit den wilden Haaren, die die Arme um ihn schlang und ihm den Hals küßte; die Brid, die plötzlich erstarrte wie eine wachsame Katze, die aufschaute und Liza, wie es schien, direkt in die Augen sah. Nur einen Moment nahm sie den Haß und den Triumph wahr, die in dem Blick lagen, dann war das Bild verschwunden, und vor ihren Augen fielen nur noch Regentropfen herab.

Mehrere Minuten blieb sie reglos stehen, frierend vor Entsetzen, bis sie schließlich ins Haus zurückkehrte.

Als Liza das Wohnzimmer betrat, saß Jane im Sessel vor dem Kamin. »Hast du nicht gesagt, daß der Unfall von einer Frau verursacht wurde, die ihnen vors Auto rannte?« fragte Liza ohne Umschweife. Sie hockte sich vor die glimmenden Holzscheite und streckte die Hände in die Wärme.

Jane nickte. »Sie hat sich nie bei der Polizei gemeldet«, erwiderte sie, ohne die Augen zu öffnen.

Liza setzte zu einer Erklärung an, aber dann schwieg sie doch. Es hatte keinen Sinn, Jane zu erzählen, daß ihrer Ansicht nach Brid die Kinder umgebracht hatte, auf zynische, grausame Art, um Adam für sich zu haben. Das klang paranoid. Außerdem hatte Brid Adam nicht für sich. Jane und sie lebten noch, ebenso die kleine Beth.

»Ruf doch noch mal bei Adam an.« Liza hatte es sich auf dem Teppich bequem gemacht, die Arme um die Knie geschlungen. »Vielleicht kannst du ihn doch überreden herzukommen. Es ist schrecklich, wenn ich mir vorstelle, daß er ganz allein da ist.«

»Er wird nicht kommen.« Jane schüttelte den Kopf. »Das weißt du so gut wie ich. Er wird nicht damit fertig. Es geht ihm besser, wenn er allein ist.«

»Es geht niemandem besser, wenn er allein ist, Jane«, flüsterte Liza. »Darf ich ihn anrufen, wenn du nicht willst?«

Jane öffnete die Augen. »Du glaubst, du kannst ihn überreden, auch wenn's mir nicht gelungen ist. Du glaubst doch, du hättest ihn dazu überreden können zu kommen, oder?« Sie lächelte traurig. »Vielleicht stimmt es sogar. Vielleicht hättest du ihn heiraten sollen. Ich weiß es nicht. Aber jetzt ist das alles ziemlich egal, nicht?« Bedrückt stand sie auf. »Wenn du magst, ruf ihn an. Ich habe nichts dagegen.«

Ohne ein weiteres Wort verließ sie den Raum. Liza blieb reglos vor dem Feuer sitzen und hörte Janes schwere, langsame Schritte die Treppe hinaufgehen, dann fiel die Tür ihres Zimmers ins Schloß.

Liza blieb noch lange Zeit sitzen, doch schließlich zog sie das Telefon zu sich und wählte.

368

Es klingelte und klingelte, als wäre niemand im Haus. Endlich gab sie auf und legte den Hörer sacht auf die Gabel. Sie fragte sich, ob das Bild, das plötzlich vor ihr aufgetaucht war – das Bild des nackt im Bett liegenden Adam, mit einem dunkleren Haarschopf an seine Brust geschmiegt – real war oder nur in ihrer Phantasie existierte.

Zwei Wochen später fuhr Liza Jane nach St. Albans zurück. Die kleine Beth lag in ihrer Tragetasche auf dem Rücksitz.

»Geh du doch voraus«, bat Liza, als sie schließlich vor dem Haus vorfuhren. »Schau nach, ob ich Beth gefahrlos reinbringen kann.«

»Natürlich kannst du das.« Jane öffnete die Gartenpforte. »Sei nicht so dumm. Wenn er sie sieht, wird er sich freuen.«

In den vergangenen zwei Wochen hatten die beiden Frauen nur zweimal mit Adam gesprochen. Einmal hatte Jane ihn in der Praxis erreicht, wo sie aus schierer Verzweiflung angerufen hatte, und einmal hatte Liza ihn spätabends, als er gerade von einem dringenden Hausbesuch zurückkam, an den Apparat bekommen. Beide waren froh, daß er zumindest wieder zur Arbeit ging. Und beide waren, wenn auch aus unterschiedlichen Gründen, besorgt wegen seiner leblosen, resignierten Stimme und seiner wiederholten Beteuerung, Jane solle nicht nach Hause kommen.

Durch die Windschutzscheibe beobachtete Liza, wie Jane den Pfad zum Haus entlangging und in der Handtasche nach ihrem Schlüssel kramte. Es war ein sonniger, aber kalter und windiger Tag, und ihre Haare fielen ihr ins Gesicht und umgaben ihren Kopf wie ein hellblonder Strahlenkranz, was Adam früher einmal unwiderstehlich gefunden hätte.

Liza sah, wie sie den Schlüssel ins Schloß steckte, aber die Tür ging nicht auf. Jane drückte dagegen, drehte den Schlüssel, dann zog sie ihn heraus, begutachtete ihn und versuchte es noch einmal. Sie probierte es mit einem zweiten Schlüssel, dann ein drittes Mal mit dem ersten, bis sie schließlich den Briefschlitz öffnete und hineinrief.

Mit einem Blick auf den Rücksitz stellte Liza fest, daß Beth schlief; sie stieg aus und ging zu Jane. »Was ist passiert?«

»Ich glaube, er hat die Tür verriegelt.«

»Gibt es einen Hintereingang?«

Jane verzog das Gesicht, blickte zum Nachbarhaus und nickte schließlich. »Warte. Vielleicht komme ich durch die Küche rein.«

»Soll ich mitkommen?«

Nach kurzem Zögern schüttelte Jane den Kopf. »Nein, bleib hier. Wenn ich reinkomme, mach ich die Vordertür auf.« Sie sah zum Auto. »Wir dürfen die Kleine nicht allein lassen, Liza.«

Der Pfad in das rückwärtige Grundstück verlief zwischen den Garagen der beiden Häuser, an den Mülltonnen vorbei einen schwarzen Holzzaun entlang zu einer niedrigen Tür, die in den Garten führte. Dieses Tor war nicht abgesperrt. Die Tür zu Adams Arbeitszimmer war geschlossen, doch die zur Küche stand einen Spaltbreit offen. Janes Magen krampfte sich vor Angst zusammen, als sie darauf zuging.

Es war sehr still im Haus. Mit angehaltenem Atem schlich sie auf Zehenspitzen hinein und blieb dann stehen. Nichts deutete darauf hin, daß in letzter Zeit jemand hier gewesen war – kein dreckiges Geschirr, keine Essensreste. Der Herd war kalt, der Tisch mit einer feinen Staubschicht bedeckt.

Aber jemand war da, das spürte sie. Jemand, der nicht da sein sollte. Sie horchte mit absoluter Konzentration, dann schlich sie zur Tür und spähte um die Ecke. Der Flur war leer. Sie wußte, sie sollte kehrtmachen und weglaufen; sie sollte Liza rufen, die Polizei holen, doch sie konnte sich nicht von der Stelle bewegen. Durch die Stille hörte sie irgendwo das Ticken einer Uhr. Schwer schluckend schlich sie weiter und schob, allen Mut zusammennehmend, die Tür zu Adams Arbeitszimmer auf. Es war leer. Auf dem Schreibtisch stand eine volle Tasse Tee mit einer braunen Haut obenauf. Vorsichtig schaute sie in alle Zimmer im Erdgeschoß, dann blickte sie die Treppe hinauf. Sie konnte nichts hören. Es war fast, als würde jemand dort oben auf die Geräusche, die sie machte, lauschen.

»Adam?« Ihre Stimme war ein bloßes Flüstern.

Langsam stieg sie eine Stufe nach der anderen hinauf.

Mit der Hand auf dem Türknauf zum Schlafzimmer blieb sie eine Minute zögernd stehen, dann schob sie sie langsam auf. Die Vorhänge waren halb zugezogen, so daß nur dämmriges Licht hereinfiel. In der Luft regte sich etwas ganz leicht, eine leise Bewegung beim Bett – eher war es das Gefühl, als wäre gerade einen Moment zuvor noch jemand da gewesen. Sie trat in den Raum.

Adam lag schlafend auf dem Bett. Abgesehen von einem Laken, das ihn halb zudeckte, war er nackt.

»Adam? Adam!« Jane trat zu ihm und schüttelte ihn an den Schultern. »Adam! Wach auf!«

Er reagierte nicht.

»Adam!« Ihre Stimme klang panisch.

Liza fror. Sie sah die leere Straße hinauf und hinab, dann bückte sie sich und hob, wie zuvor schon Jane, den Briefschlitz an, um einen Blick ins Haus zu werfen. Der Flur war dunkel, auf der Matte lag einige Post. Die Luft roch abgestanden und staubig, und es war sehr still im Haus. Sie ließ die Klappe fallen und richtete sich wieder auf. In dem Moment bog ein roter Postwagen um die Ecke, fuhr langsam die Straße entlang und blieb vier Häuser von Liza entfernt stehen. Der Postbote stieg aus, ging mit einem Paket in der Hand zur Haustür, klingelte, wechselte ein paar freundliche Worte mit der Person, die ihm geöffnet hatte, und stieg wieder in seinen Wagen. In weniger als einer Minute war er fort, die Straße lag wieder verwaist da. Liza fühlte sich unendlich einsam. Mit einem Blick auf die Uhr stellte sie fest, daß Jane erst seit einigen Minuten verschwunden war. Ihr kam es wie Stunden vor.

Sie glaubte, einen Schrei aus dem Auto zu hören, und lief zurück, doch Beth schlief immer noch tief und fest. Liza wünschte, sie könnte den Wagen absperren, aber Jane hatte die Schlüssel mitgenommen, und sie wagte nicht, alle Türen von innen zu verschließen. Also verriegelte sie drei und ließ

371

die vierte offen, damit sie Beth im Notfall rasch herausholen konnte. Dann kehrte sie zur Haustür zurück und hob wieder die Klappe des Briefkastens an. »Jane?« rief sie leise. »Adam? Seid ihr da?« Mittlerweile hätte Jane schon lang im Haus sein müssen; und wenn sie sich nicht Eintritt verschaffen konnte, wäre sie doch bestimmt sofort zurückgekommen. Wieder warf Liza einen Blick auf die Uhr, dann lief sie entschlossen den Pfad zwischen den Garagen entlang, auf dem sie Jane hatte verschwinden sehen. An der Ecke warf sie einen letzten Blick zum Auto, in dem das schlafende Baby lag, und rannte den feuchten, schmalen Pfad entlang. »Jane? Wo bist du? Jane?« Im Laufschritt überquerte sie den nassen Rasen zur Terrasse und schob die Küchentür auf. »Jane, wo bist du?«

Niemand war da, also trat sie in den Flur. Die Haustür war noch zugesperrt. Sie schob den Riegel zurück und öffnete die Tür, um die feuchte, frische Luft hereinzulassen. Der Wagen stand an derselben Stelle, an der sie ihn abgestellt hatte, und sie konnte niemanden sehen. Eine Minute zögerte sie, hin und her gerissen zwischen ihrer Angst um Beth und dem Wunsch, nach Jane zu sehen.

»Jane!« Sie schrie aus vollem Hals. »Jane, wo bist du?«

Adams Arbeitszimmer war leer, ebenso das Wohnzimmer. Sie kehrte in den Flur zurück. Angst schnürte ihr die Kehle zu, als sie zwei Stufen auf einmal nehmend die Treppe hinaufsprang.

»Jane!«

Sie öffnete die Tür und erfaßte die Szene mit einem Blick. »Jane? Was ist mit ihm? Was hat er?« Ihre Hände lagen auf Janes Schultern.

»Ich weiß nicht.« Janes Stimme war tonlos, ihr Gesicht leichenblaß. »Ich kann ihn nicht aufwecken.«

Liza schob sie zur Tür. »Ruf Robert an. Schnell.« Sie trat ans Bett und legte Adam prüfend eine Hand auf die Stirn. »Adam? Adam, hörst du mich?« Bitte, lieber Gott, mach, daß er keine Überdosis genommen hat. Seine Haut war warm, die Muskeln entspannt. Sie hob ein Augenlid an – die Pupille wirkte normal. Auf dem Nachttisch war keine Spur von Medikamentenfläschchen zu sehen. Sie nahm seine Hand und rieb sie fest zwischen den ihren. »Adam! Wach auf! Adam!« Als Jane wieder in die Tür trat, blickte sie auf. »Hast du ihn erreicht?«

Jane nickte.

»Wann kommt er?«

»Sofort. Direkt von der Praxis. Hat er ... hat er etwas genommen?« Jane zitterte am ganzen Körper. »Ich kann sie doch nicht beide verlieren, Liza.«

»Du wirst ihn nicht verlieren. Es geht ihm bestimmt gleich wieder besser.« Liza rieb noch immer seine Hand. Schließlich deckte sie ihn zu, ging zum Fenster und sah hinaus. Mit Entsetzen fiel ihr ein, daß sie das Baby im Auto gelassen hatte.

»Geh runter, Jane, und hol Beth rein. Ich mußte sie allein dort draußen lassen. Ich bleibe bei Adam.« Sie klang zuversichtlicher, als sie sich fühlte. »Bitte. Es war schrecklich, sie da draußen zu lassen, aber ich habe mich nicht getraut, sie ins Haus zu bringen, ohne zu wissen, was hier los ist.«

Nach kurzem Zögern verließ Jane den Raum. Durchs Fenster sah Liza sie wenige Sekunden später vor das Haus treten und zum Auto gehen.

Dann legte sie Adam wieder die Hand auf die Stirn. »Adam!« rief sie. »Adam, hörst du mich? Ist Brid bei dir gewesen?«

Sie hoffte, daß Jane die verräterischen roten Spuren an seinem Hals nicht aufgefallen waren, die kleinen Eindrücke von Frauenzähnen auf der Schulter, die Kratzer auf der Brust. Robert würden sie bestimmt nicht entgehen.

Wenige Momente später traf er ein. Liza wartete unten, während Jane ihn ins Schlafzimmer führte. Als Jane wieder herunterkam, hatte sie schon eine Platte mit Nocturnes von Chopin aufgelegt und machte gerade ein Feuer.

»Er wacht allmählich auf.« Jane ließ sich in einen Sessel fallen. »Robert glaubt nicht, daß er etwas genommen hat. Es ist nur Erschöpfung. Offenbar ist er sehr verwirrt. Er mißt gerade seinen Blutdruck, nur um sicherzugehen.«

Liza hockte sich auf die Fersen und hielt ein Stück Kohle ins Feuer. »Das Amulett, das ich dir vor vielen Jahren gegeben habe«, begann sie ohne Umschweife. »Wo ist es?«

373

Jane machte eine unbestimmte Geste. »Neben meinem Bett, glaube ich. Im Schrank. Ich weiß nicht. Warum? Es funktioniert nicht mehr, das habe ich dir doch gesagt. Ist es wichtig?« Stirnrunzelnd stand sie auf und ging zur Trage- tasche. Beth hatte ihre riesigen blauen Augen geöffnet und wedelte mit den Ärmchen durch die Luft, dann begann sie zu weinen.

»Ich weiß nicht, ob es wichtig ist, aber ich könnte es ja Meryn noch einmal geben. Wenn er wieder da ist, soll er es sich ansehen. Es muß eine Möglichkeit geben, euch beide zu beschützen.«

»Also glaubst du auch, daß Brid hier war.« Jane bückte sich und hob Beth aus dem Bettchen. »Was ist sie, Liza?« fragte sie verzweifelt. »Ein Gespenst? Ein Teufel?« Sie drückte das Baby an sich. »Warum läßt sie uns nicht in Frieden?«

Mit der Zeit wurde es immer einfacher. Er wandte sich an sie, wann immer er einsam war, und er war oft einsam. Sie sah zu, wie er Liza und das Baby wegschickte, und sie sah zu, wie er seine Sachen packte und aus dem Schlafzimmer auszog, das er mit seiner Frau geteilt hatte und in dem das dumme, ka- putte Amulett stand, das soviel Kraft besaß wie ein Kinder- spielzeug. Er richtete sich im ehemaligen Gästezimmer ein. Das frühere Zimmer seines Sohns war zugesperrt; weder er noch Jane setzten je einen Fuß hinein.

Jede Nacht lag Jane weinend allein im Bett und wurde im- mer dünner, blasser und nervöser. Wenn Adam in die Praxis fuhr, rief sie manchmal auf der Farm in Wales an. Dann redete sie schuldbewußt mit Liza und später, als Beth sprechen konnte, auch mit ihrer Enkelin, die zwar von ihrer Oma in St. Albans wußte, sich aber nicht an sie erinnern konnte. Brid war es gleichgültig, was sie machte; sie hatte das Interesse an Adams Frau verloren.

Sie hatte gelernt, ihn zu necken. Wenn er nach einem schweigsamen Abendessen mit Jane ins Zimmer hinaufkam, versteckte sie sich, wartete, bis er den dunklen Anzug und die gestreifte Krawatte des Arztes gegen einen Morgenmantel eintauschte oder besser noch, im warmen Schlafzimmer, gar nichts mehr anzog. Dann räkelte sie sich auf dem Bett, so daß ihre langen, dunklen Haare wie ein Fächer auf dem Kissen lagen; manchmal trug sie ihr langes grünes Kleid, manchmal auch gar nichts, und sie lenkte ihn von seinem Buch ab, bis er zu ihr unter die Laken glitt. Dann liebkoste sie ihn, leckte und küßte ihn, bis er sich stöhnend – halb vor Schuldbewußtsein, halb vor Lust – ihren Zärtlichkeiten hingab. Ein- oder zweimal nahm sie ihn mit sich, von seinem Körper fort in eine Traumwelt, in der er fliegen und laufen und nackt über das Heidekraut springen konnte, wo er die Hand nach ihr ausstreckte, bevor er mit ihr ins Gras fiel, dort neben dem Tümpel, wo sie sich das erste Mal geliebt hatten.

Manchmal hörte Jane in dem einst gemeinsamen Schlafzimmer ihn nachts aufschreien, und sie hielt es für einen Schrei des Kummers und weinte auch; doch dann wurde ihr bewußt, daß es ein Schrei der gequälten, widerwilligen Lust war, und sie vergrub den Kopf im Kissen und vergoß heiße Tränen.

Einmal versuchte sie, ihn zurückzugewinnen.

Sie kochte sein Lieblingsessen, zog ein Kleid an, in dem sie ihm immer gefallen hatte, und tupfte sich Parfüm auf die Handgelenke und den Hals. Als er sie sah, leuchtete sein Gesicht auf. »Du siehst glücklicher aus, Janie«, sagte er. »Das freut mich.«

Er aß zwar nicht mit Begeisterung, aber doch mit mehr Appetit als sonst, und antwortete auf ihre Fragen über die Praxis und Robert und ihren zögernden Vorschlag, sie könnten im nächsten Jahr in Urlaub fahren. Er hörte zu, nickte und lächelte, und kurz glaubte sie, Hoffnung schöpfen zu dürfen. Vorsichtig vermied sie es, das Gespräch auf Liza und Beth zu bringen – Themen, bei denen er sofort in Wut geriet und Beschuldigungen äußerte –, und redete statt dessen nur von einer Zukunft, in der er und sie nicht mehr zurückblicken würden.

Auch als sie den Tisch abräumte, blieb er sitzen und unterhielt sich mit ihr, während sie den Kessel aufsetzte, um Tee zu machen, und als sie ein wenig verschämt eine Konfektschachtel hervorholte, nahm er eine Praline und berührte ihre Hand. Ihre Aufregung wuchs. Sie drückte ihm die Schulter und gestattete sich, ihm den Nacken zu streicheln. Er zuckte kurz zusammen, aber dann entspannte er sich wieder und griff lächelnd nach ihrer Hand. »Ich bin dir in den letzten zwei Jahren nicht gerade eine große Hilfe gewesen, Janie. Das tut mir leid.«

Sie lächelte ebenfalls. »Das macht nichts. Solange wir nur jetzt füreinander da sind.«

Sie dachte, er würde ihr einen Kuß geben, und ihr Herz machte vor Aufregung einen Satz, aber dann drückte er ihr nur noch einmal die Hand und lehnte sich zurück. »Was ist mit dem Tee?«

»Der ist gleich fertig.« Ihre Enttäuschung verbergend, machte sie sich weiter mit dem Tee zu schaffen. »Sollen wir nachher einen Spaziergang machen?« schlug sie vor. Sie sah ihn nicht an. »Es ist ein wunderschöner Abend. Wir könnten zur Abtei hinaufgehen oder durch den Park.«

»Warum nicht.« Er klang unverbindlich.

»Hier.« Sie reichte ihm eine Tasse und setzte sich neben ihn. »Oder wir könnten uns in den Garten setzen und eine Flasche Wein aufmachen. Was würde dir gefallen?«

»Hier zu sitzen und meinen Tee zu trinken.« Aber sie spürte seine beginnende Rastlosigkeit.

Gleichzeitig merkte sie, daß sie immer befangener wurde. Sie durfte ihn nicht drängen, das war ihr klar; aber sie sehnte sich so sehr danach, daß er sich ihr zuwandte, daß er die Arme um sie legte, daß er sie liebte und mit ihr ins Bett ging. Sie stellte ihre Tasse ab. »Adam ...«

»Still! Hast du etwas gehört?« Er richtete sich auf. »Horch mal!«

»Da ist nichts.« Sie merkte, daß sie Angst bekam. Während sie lauschte, wurde ihr sehr beklommen zumute. »Warum soll da etwas sein? Komm, laß uns rausgehen.« Sie stand auf und nahm seine Hand. »Bitte, Adam.«

Aber da war etwas, vor dem offenen Fenster. Ein Kratzen, dann plötzlich ein Rascheln im Efeu und aus der Stille heraus ein leises, drohendes Fauchen.

»Adam, bitte. Laß uns gehen. Laß uns nicht warten.«

»Es ist nur eine Katze ...«

»Es ist nicht nur eine Katze!« Ihre Stimme wurde schrill. »Du weißt, daß es nicht nur eine Katze ist! Adam, bitte, hör auf mich. Du kannst nicht hierbleiben und zulassen, daß sie das mit dir macht! Das darfst du nicht!«

Noch während er aufstand und zum Fenster ging, klammerte sie sich an ihn.

Einen Moment blieb die Katze auf dem Fenstersims stehen, die Ohren flach angelegt, die Augen glühend orange, dann sprang sie elegant ins Zimmer. Ihr Schwanz zuckte gefährlich hin und her.

»Adam.« Jane schrak zurück. »Adam, laß nicht zu, daß sie mir was antut.«

»Geh, Janie. Bitte geh.« Zärtlich streckte er die Hand nach dem Tier aus, und sofort hob es seinen Kopf, um sich streicheln zu lassen, und schmiegte sich an seine Beine.

Schluchzend trat Jane einen Schritt zurück. »Adam! Bitte!«

»Geh, Jane!« Seine Stimme war barsch. Eine Sekunde zögerte er noch, dann drehte er sich mit einem letzten Blick zu ihr langsam um und ging zur Tür. Die Katze folgte ihm stolzierend. Einen Augenblick später schloß sich die Tür hinter ihnen, und beide waren fort.

Jane warf sich auf einen Stuhl; Tränen strömten ihr über die Wangen. Sie blieb sitzen, bis es dunkel wurde, dann griff sie nach dem Hörer und wählte Lizas Nummer.

Liza sah auf die Armbanduhr. Wie immer hatte der Zug Verspätung. Ihr kam es vor, als würde sie schon seit Stunden auf dem Bahnsteig in Newport warten; gerade hatte sie die zweite Tasse von dem scheußlichen Tee getrunken und die Zeitung von vorne bis hinten durchgelesen. Jane hatte bei ihrem Anruf am vorherigen Abend derart hysterisch und verzweifelt geklungen, daß Liza beinahe auf der Stelle ins Auto gesprungen und nach St. Albans gefahren wäre, aber dann hatte doch die Vernunft obsiegt. Schließlich hatte die kleine Beth, die mittlerweile drei Jahre alt war und in Hay den Kin-

dergarten besuchte, eine fiebrige Erkältung und ließ sie nicht
von ihrer Seite. Zum Glück ging es ihr mittlerweile schon besser, so daß sie eingewilligt hatte, bei Opa Phil zu bleiben, solange sie in seinem Atelier malen durfte. Liza vermutete, daß
es den liebenden Opa weitaus weniger störte, als er vorgab.
Und wenn doch, dann hatte er eben Pech gehabt. Sie würde
Jane vom Schnellzug aus Paddington abholen und auf dem
Weg zur Farm mit ihr zum Essen gehen, um herauszufinden,
was genau vorgefallen war.

Endlich fuhr der Zug ein. Als sie Janes bleiches Gesicht sah
und bemerkte, wie sie ihren kleinen Koffer hinter sich her-
schleppte, als wiege er zehn Tonnen, sank ihr das Herz. Jane
sah schrecklich krank und unglücklich aus. Sie nahm ihr den
Koffer ab, ging mit ihr zum Auto und fuhr durch den dichten
Verkehr von Newport auf die Berge zu. »Jetzt erzähl, was passiert ist.« Sie warf ihr einen Blick von der Seite zu.

Jane zuckte die Achseln. »Es ist Brid. Sie ist jeden Abend da.
Er ist mit ihr ins Gästezimmer gezogen.«

Liza biß sich auf die Unterlippe und versuchte, sich ihr Entsetzen nicht anmerken zu lassen. »Bist du dir sicher?«

»Aber natürlich bin ich mir sicher.« Ihre Stimme klang bitter. »Er ist verhext.«

Liza bremste und schaltete in einen niedrigeren Gang, um
auf die Straße nach Abergavenny einzubiegen. »Weiß er, wo
du bist?«

»Nein. Er hat mir verboten, dich oder Phil oder die kleine
Beth je wiederzusehen. Ich darf euch ihm gegenüber nicht
einmal erwähnen. Er gibt dir noch immer die Schuld an
Calums Tod. Er ist wütend und verbittert, und ich glaube,
langsam wird er verrückt.« Plötzlich brach sie in Tränen aus.
»Liza, ich glaube, ich werde auch verrückt. Ich weiß nicht,
was ich tun soll.«

Liza griff kurz nach Janes Händen, die fest verschränkt auf
ihrem Schoß lagen. »In einer Minute sind wir da, und dann
lade ich dich auf einen Drink ein. Und wenn du etwas gegessen hast, fahren wir nach Hause, und du bleibst bei uns, solange du willst. Dann lernst du deine Enkeltochter kennen
und vergißt deinen dummen, dummen Mann. Mach dir keine

378

Sorgen, du wirst nicht verrückt. Es klingt zwar, als würde *er* den Verstand verlieren, aber darüber reden wir später.« Mit großer Konzentration fuhr sie durch die enge Einfahrt zum weißgetünchten Pub, das am Straßenrand stand. Dort, das wußte sie, würden sie einen diskreten Wirt, ein loderndes Feuer und köstliches Essen vorfinden. Sie wollte nicht, daß Beth eine weinende Jane sah.

Mehrere Tage später fuhr Liza vor das Haus der Craigs in St. Albans vor. Die Lichter brannten, in der Auffahrt stand Adams Rover. Liza war erschöpft. Während das Auto die weite Strecke quer durch England zurückgelegt hatte, waren ihre Wut und Empörung über Adams Egoismus und Rücksichtslosigkeit allmählich verebbt und einem unbehaglichen Gefühl gewichen.

Bevor sie die Wagentür öffnete und ausstieg, atmete sie tief durch. Dann ging sie zum Haus und drückte mehrere Sekunden auf die Klingel. Niemand kam an die Tür.

Der Rasen hinten im Garten war nicht gemäht, und die Rosen – Adams ganzer Stolz – waren ein Gestrüpp unbeschnittener Zweige und vertrockneter Blüten. Die Küchentür stand offen.

Sie trat hinein und sah sich um. In der Spüle stapelten sich dreckige Teller. Prüfend hielt sie die Hand an den Kessel – er war lauwarm. Aus dem Mülleimer stieg ein fauliger Geruch auf. Auf Zehenspitzen ging sie zur Tür, öffnete sie leise und lauschte.

»Adam?« Ihre Stimme klang hohl und nervös. Am Fuß der Treppe stehend, sah sie nach oben. Dann horchte sie auf; die Stille im Haus hatte sich verändert und wirkte wachsam, als würde jemand oder etwas ebenfalls lauschen. Ein Schauder durchfuhr sie; sie wünschte sich, sie hätte mit Meryn sprechen können, bevor sie hergefahren war, aber er war fort, schon seit sehr langer Zeit.

»Adam!« Jetzt war ihre Stimme lauter. »Wo bist du? Ich bin's, Liza. Zum Teufel noch mal, ich hab eine weite Strecke hinter mir. Du könntest mir wenigstens die Tür aufmachen!«

379

Wieder nichts als Stille. Dann glaubte sie, von oben ein Geräusch zu hören.

»Adam!« Ohne sich Zeit zum Nachdenken zu lassen, setzte sie den Fuß auf die unterste Stufe. »Adam? Ist alles in Ordnung?«

Oben angekommen, blieb sie stehen und sah sich um. Die Tür zu Adams und Janes Schlafzimmer stand offen. Es war leer, wie sie vermutet hatte; die beiden Betten waren ordentlich gemacht, die Vorhänge halb zugezogen, die Kommode aufgeräumt.

»Adam!« Sie trat wieder auf den Flur hinaus, sah bewußt an der Tür zu Calums früherem Zimmer vorbei und ging zum Gästezimmer.

»Adam!« Sie klopfte laut.

Es war, als könnte sie die Stille hinter der Tür spüren.

»Adam, ich weiß, daß du da bist.« Sie drehte am Knauf. Die Tür ging auf.

Adam lag auf dem Bett, einen Arm über die Augen gelegt. Er war vollständig angekleidet, nur sein Hemd war offen.

»Adam?« Ihre Stimme war scharf und etwas furchtsam. »Adam, ist alles in Ordnung?« Sie eilte zum Bett und schaute ihn an. Sein Hemd war aufgerissen worden; zwei Knöpfe lagen auf dem Teppich, ein dritter hatte beim Abreißen ein kleines Loch im Stoff hinterlassen. Seine Brust war zerkratzt.

»Adam!« Sie tastete nach seinem Puls.

Sein Atem schien normal zu gehen, doch als sie ihn schüttelte, reagierte er nicht. Seine Augen blieben geschlossen, und sein Kopf rollte kraftlos hin und her. »Adam, was ist los?« Sie packte ihn an den Schultern und rüttelte ihn, schließlich ging sie ins Bad und kehrte mit einem Zahnputzbecher voll kaltem Wasser zurück.

Als sie es ihm ins Gesicht schüttete, riß er die Augen auf und starrte sie an, ohne sie zu erkennen. »Adam, ist alles in Ordnung?« Sie setzte sich auf die Bettkante. »Ich bin's, Liza.«

Mehrere Sekunden sah er sie benommen an, dann setzte er sich langsam auf und und hob die Beine über die Bettkante auf den Boden. Sobald er aufrecht saß, rieb er sich das Gesicht kräftig mit den Händen. Endlich blickte er auf und schien sie zu erkennen.

»Guter Gott, Adam, was ist denn los mit dir?« Sie stand auf und sah auf ihn hinunter. »Ich klopfe und rufe seit Stunden!«

»Liza?« Seine Stimme war ein Krächzen. »Habe ich dich gebeten zu kommen?« Seine Stimme klang nicht ausgesprochen feindselig, eher verwirrt.

»Nein, natürlich nicht. Aber wir müssen reden. Dieser Streit geht schon viel zu lange. Es ist lächerlich.«

Er kam sehr schnell wieder zu sich. »Ich habe es nie lächerlich gefunden. Deine Tochter war schuld an Calums Tod ...«

»Das ist Unsinn, Adam, und das weißt du auch!« Liza geriet in Rage. »Was geht bloß in deinem Kopf vor? Du weißt so gut wie ich, daß sie verliebt waren, daß sie glücklich waren und sich auf das Leben freuten, das vor ihnen lag.« Ihr versagte die Stimme, und zornig wischte sie sich ein paar Tränen aus den Augen. »Aber ich bin nicht hergekommen, um über die Kinder zu reden. Ich bin gekommen, um über Jane zu reden. Und über Brid.«

Adam wurde leichenblaß. »Da gibt es nichts zu reden. Meine Frau ist weggelaufen, und was ich tue und welche Freunde ich habe, das geht dich nichts an.«

»Ich glaube doch. Also ist Brid jetzt eine Freundin von dir? Seit wann bezeichnest du psychopathische, mordende Gespenster als Freunde?«

Adam lief puterrot an, und er stand auf. »Raus.« Er deutete zur Tür.

»Nein. Ich bin gerade erst angekommen. Du kannst vielleicht deine Frau terrorisieren, aber nicht mich, Adam Craig. Du bist verrückt, ist dir das klar?« Sie verschränkte die Arme vor der Brust und schob das Kinn aggressiv vor. »Also, wo ist sie? Oder tun wir immer noch so, als wäre sie nicht real?«

»Sie ist durchaus real.« Adam lächelte.

»Auf jeden Fall real genug, um dich zu kratzen.« Sie blickte vielsagend auf seine Brust.

Er schaute hinab und bedeckte die Kratzer mit der Hand. »Ich habe die Rosen beschnitten.«

»Das glaube ich nicht. Mir sieht es eher danach aus, als ob du jemanden in deinem Bett hattest.«

»Hör auf, Liza. Geh. Es tut mir leid, daß du die Fahrt umsonst gemacht hast, aber du hast hier nichts zu suchen. Fahr nach Hause.«

»Nein. Ich fahre erst, wenn du wieder etwas Vernunft angenommen hast. Wir gehen nach unten und reden.«

»Es gibt nichts zu bereden.«

»O doch! Ob es dir paßt oder nicht, wir haben eine kleine Enkeltochter, die sich fragen wird, warum ihre Großeltern nicht miteinander reden. Willst du, daß sie später glaubt, ihr Großvater sei verrückt?«

»Liza, geh.« Mit einem Mal war seine Stimme sehr leise geworden.

»Nein. Ich gehe erst, wenn du mir zugehört hast. Das geht jetzt schon alles viel zu lang.«

»Liza, es gibt nichts zu reden. Bitte verlaß mein Haus.« Er wandte sich ab und zog das zerrissene Hemd aus, dann griff er nach einem Pullover, der über dem Stuhl in der Ecke lag. Auch sein Rücken war von feinen Kratzspuren verunstaltet. Plötzlich fühlte Liza Übelkeit in sich aufsteigen.

»Adam, bitte komm nach unten.«

»Jetzt geh.« Sie merkte, wie er an ihr vorbei zur Tür schaute. Ein kalter Schauder lief ihr über den Rücken.

»Erst will ich mit dir reden.«

»Nein. Bitte geh.«

Vom Flur hinter ihr drang ein kleines Geräusch herüber, und erschreckt drehte Liza sich um. In der Tür stand Brid. Ihre dunklen Haare fielen wie ein glänzender Schleier auf ihre Schultern; ihre Augen funkelten in der Farbe von mattem Silber. Sie trug ein langes blaues Gewand, das beinahe bis auf den Boden reichte. Ihre Füße waren bloß.

A-dam, mach, daß sie weggeht.

Es hatte nicht den Anschein, als habe sie die Worte tatsächlich gesprochen, aber Liza hörte sie trotzdem deutlich in ihrem Kopf.

»Bitte, Liza, geh. Um deiner selbst willen.«

Aber Brid stand in der Tür.

Liza ballte die Hände zur Faust. Schutz. Vergiß nicht den psychischen Schutz, denk daran, was Meryn dir gesagt hat. »Ich bin hergekommen, um mit dir zu reden, Adam. Bitte sag deiner Freundin, sie soll weggehen, bis wir fertig sind.«

»Du gehst, Liza.«

»Erst, wenn wir fertig sind.« Sie hoffte, daß sie mutiger aussah, als ihr zumute war. Sie holte tief Luft und trat zu Adam, um ihm eine Hand auf den Arm zu legen. »Schick sie fort.«

»Das kann ich nicht.«

»Natürlich kannst du das.« Sie reckte das Kinn vor. »Mach, daß sie weggeht.«

Brid trat näher. Man sah nicht, wie sie ging; aber einen Augenblick stand sie in der Tür, und im nächsten war sie nur noch einen Meter von Liza entfernt. In ihrer Hand hielt sie ein kleines Messer.

»Adam, läßt du zu, daß sie mich damit umbringt?« Unter Aufbietung aller Willenskraft gelang es ihr, ihre Stimme zu beherrschen und die Wogen der Panik, die sie durchfluteten, zu unterdrücken.

»Brid, bitte.« Plötzlich klang Adams Stimme fester. »Ich will, daß du weggehst. Nur fünf Minuten. Dann kannst du wiederkommen. Sonst wird Adam böse.« Zum ersten Mal sah er das Mädchen an, und Liza merkte, daß sie blaß wurde. Einen Moment glaubte sie, Brid werde weniger deutlich, als stehe nur mehr ein Schatten im Raum; dann machte die junge Frau abrupt kehrt und verließ das Zimmer.

»Du bist dumm, Liza. Ich kann sie nicht beherrschen. Sie hätte dich umbringen können.«

»Das hat sie aber nicht.« Liza atmete tief durch. »Also, was zum Teufel geht hier vor sich? Lebt sie jetzt hier?«

»Liza, hör mir zu.« Offenbar hatte er die Fassung wiedergewonnen. Ohne auf ihre Frage einzugehen, erklärte er: »Zwischen uns liegen Welten. Ich möchte dich nie wieder hier sehen, und auch nirgendwo anders. Wenn meine Frau bei dir

383

ist, kannst du sie bei dir behalten. Mehr habe ich dir nicht zu sagen. Und jetzt geh bitte, bevor Brid wiederkommt, sonst kann ich für nichts garantieren.«

»Adam …«

»Ich meine es ernst, Liza.«

»Du hast den Verstand verloren.« Das war die Wahrheit, wie ihr schlagartig klar wurde. Seine Augen blickten wild. Es war, als würde eine andere Stimme durch ihn sprechen. Plötzlich bekam sie es mit der Angst zu tun. Sie wich zurück. »Adam«, setzte sie ein letztes Mal an. »Bitte. Komm mit mir. Laß uns reden. Draußen, im Garten.« Wenn sie ihn nur aus dem Haus locken könnte, vielleicht würde er dort wieder zum alten Adam werden. »Hör mir nur ein paar Minuten zu.«

»Jetzt geh.« Er sah sie noch einmal gehässig an, dann drehte er sich um und trat ans Fenster. Als sie zur Tür sah, stand Brid dort, das Messer in der Hand.

»Also gut.« Sie biß sich auf die Lippen. »Ich gehe. Pfeif deine Leibwache zurück.«

Lächelnd trat Brid zu ihm. Ein kalter Luftzug streifte Liza, als die Frau an ihr vorüberging. Mit triumphierender Miene legte Brid Adam die Hand auf die Brust, schmiegte sich an ihn und legte ihm den Kopf auf die Schulter. Er schlang den Arm um sie und sah über ihre dunklen Haare hinweg zu Liza.

»Geh.«

»Ich gehe ja schon.« Wieder spürte Liza Übelkeit in sich aufsteigen. Ohne einen weiteren Blick zurückzuwerfen, rannte sie die Treppe hinab, zur Haustür hinaus und zum Wagen. Dort saß sie, den Kopf auf das Lenkrad gestützt, und zitterte wie Espenlaub. Im oberen Zimmer des Hauses wurden die Vorhänge geschlossen, doch es blieb dunkel.

»Jane, du mußt hierbleiben. Du kannst nicht zu ihm zurück.« Liza legte Jane eine Hand auf die Schulter. »Das ist mein Ernst. Du bist dort nicht sicher. Er ist verrückt geworden.«

»Ich muß zurück. Es ist mein Zuhause. Er ist mein Mann.«
Abrupt setzte Jane sich hin. Sie hatte geschlafen, als Liza in
den frühen Morgenstunden nach Hause gekommen war,
aber das Motorengeräusch hatte sie sofort aus ihrem leichten
Schlaf geweckt. Phil und Beth hatten allerdings nichts gehört.

Jane stocherte in der Glut, bis das Feuer wieder aufflammte, und legte sich aufs Sofa. »Ich lasse nicht zu, daß
diese, diese ...« Kein Wort wollte ihr einfallen. »Daß dieses
Flittchen mir meinen Mann wegnimmt. Sie ja ist nicht mal
real!«

»Sie ist sehr wohl real.« Liza schloß die Hände um den Becher mit heißem Tee und setzte sich auf ein Kissen, um sich
vor den Flammen zu wärmen. »Und ich brauche dir ja nicht
zu sagen, wie gefährlich sie ist.«

»Willst du mir sagen, daß ich nie wieder nach Hause kann?
Daß ich Adam ihr überlassen soll? Daß ich ihr alles einfach so
hingebe?«

Einen Moment starrte Liza ins Feuer, ohne zu antworten.
»Nein, das meine ich nicht«, sagte sie dann. »Aber wir müssen
uns etwas überlegen, und zwar gut überlegen. Sie ist gefährlich, Janie. Zumindest bist du hier in Sicherheit.«

»Wirklich?« Jane zog sich ein Kissen auf den Schoß und
drückte es schützend an sich. »Wenn ich mich recht erinnere, war keiner von uns hier je in Sicherheit. In genau dem
Zimmer, in dem ich jetzt schlafe, hat sie mich angegriffen und mir diese Narben zugefügt.« Sie deutete auf ihre
Schulter.

Liza schwieg. »Ich wünschte, Meryn wäre hier«, meinte sie
schließlich. »Er hat uns schon einmal geholfen.«

»Wo ist er?«

Liza zuckte die Achseln. »Angeblich ist er nach Schottland
gefahren. Sein Haus ist verschlossen. Das hat er schon öfter
gemacht er – ist für lange Zeit verschwunden, und dann
plötzlich wieder da, als wäre er nie fort gewesen. Aber früher
hat mich das nicht gestört; er war immer da, wenn ich ihn
brauchte.« Tränen stiegen ihr in die Augen. Er wußte noch
nicht einmal, daß Julie tot war.

»Liza, es tut mir leid.«

Liza schüttelte den Kopf. »Denk dir nichts. Ich bin nur todmüde.«

»Es ist schrecklich egoistisch von mir, mit dir reden zu wollen, nachdem du zehn Stunden im Auto gesessen hast, und alles nur meinetwegen.« Entschlossen stand Jane auf. »Jetzt geh ins Bett. Morgen reden wir weiter.« Sie legte die Arme um Liza und drückte sie an sich. »Du bist eine wahre Freundin. Adam darf nicht zwischen uns kommen.«

»Das wird er auch nicht.« Erschöpft stand Liza auf. »Irgendwie werden wir Brid schon kleinkriegen, Jane, das verspreche ich dir. Du kriegst deinen Adam zurück. Irgendwie.«

Kapitel 15

Meryn stand im Schutz der Bäume und blickte zum Stein hinüber. Den Entschluß hierherzukommen hatte er hoch oben in den Anden getroffen, wo die Luft dünn und damit die Grenze zwischen den Ebenen fast durchlässig war. Zufrieden sah er sich um. Es war richtig gewesen, nach Schottland zu fahren. Auf den hohen Gipfeln lag eine frische Schneedecke, die sich blendendweiß vor dem blauen Himmel abhob, und die kalte Luft knisterte vor Energie. Während er gedankenverloren wartete, betrachtete er die Schlange, die inmitten der anderen Symbole auf dem mit Rauhreif besetzten Stein glitzerte. Broichan war in der Nähe. Er konnte die geballte Energie spüren, die Intelligenz, die kraftvolle Wut und Frustration und auch die große Gefährlichkeit des Mannes.

Reglos stand er da und hüllte sich in einen Umhang der Dunkelheit, so daß die Stille der Berge ganz auf ihn überging. In seiner Nähe saß ein Eichhörnchen und pflückte die Schuppen von einem Kiefernzapfen, ohne den Mann wahrzunehmen, der bewegungslos im Schatten der Bäume wartete. Mit einem Mal richtete es sich auf, blieb kurz wachsam sitzen, ließ plötzlich den Zapfen fallen und sauste mit einem warnenden Schrei in den Baumwipfel. Hinter dem Tier blieben nur winzige Fußabdrücke im Schnee zurück. Meryn spannte sich an. Er spürte, daß er näher kam. Broichan wußte, daß er da war. Er spürte das Mißtrauen des Mannes, spürte die Kraft seiner Wachsamkeit und die steigende Wut seiner Unzufriedenheit.

Unmerklich wanderte sein Blick zu dem Spiegel auf dem Stein. War das der Schlüssel zu Brids Wanderung zwischen den Zeiten?

In der Ferne grollte ein Donner. Meryn runzelte die Stirn. Am Himmel war keine Wolke zu sehen. Dann verstand er: Broichan hatte ihm, als seine Aufmerksamkeit kurz nachließ, eine Warnung zukommen lassen. Leise lächelnd verließ er den Schutz der Bäume und trat auf das felsige Plateau neben dem Stein. »Eins zu null für dich, mein Freund«, murmelte er. »Ich muß lernen, nicht wegzuschauen. Man darf dir nicht trauen, nicht eine einzige Minute.«

Meryn ...

Er schaute auf. Die Stimme kam aus weiter Ferne, aber nicht aus der Vergangenheit. Sie kam von zu Hause. Jemand in Wales brauchte ihn. Liza.

Liza lag in der wohligen Wärme des Bettes und räkelte sich lächelnd. Draußen würde Rauhreif den Boden bedecken, die Luft würde frisch und kalt und sahnig wie Milch sein. In einer Minute würde sie aufstehen, sich baden und anziehen, und dann würde sie für sich und Jane Frühstück machen. Sie griff nach dem kleinen Wecker auf ihrem Nachttisch und sah nach der Uhrzeit. Es war nach zehn, aber angesichts der langen Autofahrt gestern und der sehr kurzen Nachtruhe erlaubte sie sich, länger als sonst im Bett zu bleiben. Sie kuschelte sich wieder unter die Decken und schaute auf den leuchtend-blauen Himmel draußen über den Bäumen. Phil war bestimmt schon seit Stunden auf und arbeitete mittlerweile in seinem Atelier. Als sie schließlich in den frühen Morgenstunden ins Bett gekrochen war, hatte sie sich Mühe gegeben, ihn nicht zu wecken, aber er mußte trotzdem gemerkt haben, daß sie erst sehr spät heimgekommen war.

Bevor er sich an die Arbeit machte, hatte er wohl Beth zum Kindergarten gebracht. Das war diese Woche seine Aufgabe – diese Verantwortung teilten sie sich. Nachdem er sie mittags wieder abgeholt hatte, würde er vermutlich bis zum Einbruch der Dunkelheit in seiner Scheune bleiben, und dann würden sie und Jane sich um die Kleine kümmern und sich überlegen, wie sie jetzt vorgehen sollten. Sie schloß die Augen, um besser nachdenken zu können. Adam stand offenbar unter einer Art Bann; er hatte sich verhalten wie ein Verhexter – völlig anders, als der rationale Naturwissenschaftler, der er sonst war –, und ein Bann konnte gebrochen werden.

Zehn Minuten später merkte sie, daß sie es keine Sekunde länger im Bett aushielt. Ihre Anspannung und ihr Kummer hatten sich wieder eingestellt. Sie stand auf und ließ die Badewanne einlaufen; das Wasser würde ihr helfen, ihre Erschöpfung zu überwinden, die sich jetzt deutlich bemerkbar machte.

Erst als sie nach unten in die Küche ging und die Tür zum Hof öffnete, sah sie, daß ihr Wagen nicht mehr da war. Verständnislos starrte sie auf den leeren Platz, dann machte sie kehrt und lief wieder nach oben.

»Jane?« Sie klopfte an der Tür zum Gästezimmer und riß sie auf. Janes Kleider, ihre Tasche, ihre Schuhe – alles war weg.

Phil stand gedankenversunken vor seiner Staffelei, als sie in sein Atelier gestürzt kam. Neben ihm tickte laut der Wecker, der ihn daran erinnern sollte, wann er losfahren mußte, um Beth abzuholen.

»Phil? Wo ist Jane?«

Ohne sie wirklich wahrzunehmen, drehte er sich zu ihr um, aber erst einen Augenblick später wurde sein Blick klarer, und er begriff ihre Frage. »Ich weiß nicht. Warum?«

»Sie ist weg. Sie hat mein Auto genommen, ihre Sachen, alles.«

»Dann ist sie wahrscheinlich nach Hause gefahren.«

»Das ist unmöglich, Phil. Ich habe sie letzte Nacht gesehen – nein, heute morgen. Vor ein paar Stunden noch. Wir haben uns unterhalten. Sie kann nicht zu Adam zurück, nicht jetzt.«

Phil legte den Arm um sie. »Was ist denn los? Was ist gestern passiert? Ich dachte mir schon, daß es nichts Gutes sein kann, weil du sofort zurückgekommen bist.«

Ohne sie zu unterbrechen, hörte er ihr zu, und erst, als sie geendet hatte, fragte er: »Hast du Jane das alles erzählt?«

Sie nickte.

»Sie hätte nicht zu ihm zurückgehen sollen«, meinte er kopfschüttelnd. »Vielleicht ist sie ja auch nicht zu ihm. Bist du sicher, daß sie keinen Zettel dagelassen hat?«

Liza hatte nicht nachgesehen. Sie fand tatsächlich eine Notiz, aber darauf stand nur: *Ich lasse den Wagen am Bahnhof. Es tut mir leid. Jane.* Erst um zehn Uhr abends meldete Jane sich wieder. Liza lag schon im Bett, als das Telefon klingelte, und sie griff nach ihrem Morgenmantel und lief nach unten in die kalte Küche. Beth schlief schon seit Stunden, und von Phil war keine Spur zu sehen. Er war wohl noch in seinem Atelier.

»Es tut mir leid, daß ich einfach so weg bin.« Liza hörte an Janes Stimme, daß sie geweint hatte. »Ich habe stundenlang wach gelegen und darüber nachgedacht, was du mir erzählt hast. Da ist mir klargeworden, daß ich nie einschlafen würde, und da bin ich einfach aufgestanden und weggefahren. Ich wollte mit ihm reden.« Es folgte eine lange Pause.

»Und, Janie? Was ist passiert?«

»Ich dachte, wenn ich ihn in der Praxis erwische, könnte ich mit ihm reden, ohne daß sie dazwischenkommt. Ich dachte, ich könnte ihn überreden, Vernunft anzunehmen. Aber es hat nichts genützt. Er hat mir nicht zugehört. Er hat mich vor dem Mädchen am Empfang beschimpft. Er ist gegangen und nach Hause gefahren, und als ich heimkam, war er schon oben und hatte die Tür zugesperrt. Ich wünschte, ich wäre nicht zurückgekommen.«

»O Janie, das tut mir wirklich leid.« Liza fröstelte. Sie dehnte das Telefonkabel so weit wie möglich, um die Lampe auf der Anrichte anzuknipsen. Draußen regnete es; sie hörte die Tropfen gegen die Scheiben klopfen.

»Er ist hier. Oben. Mit ihr.« Jane schluchzte auf. »Liza, er will mich nicht mehr.«

»Komm zurück zu uns, Jane. Komm hierher. Wir wollen dich.« Die Wärme in Lizas Stimme war aufrichtig. »Bleib nicht dort.« Beinahe hätte sie gesagt, daß es zu gefährlich war, aber sie verkniff sich die Bemerkung. Es führte zu nichts, Jane noch mehr Angst einzujagen.

»Ich fahre morgen früh. Vielleicht ...«

»Jane, du mußt kommen.«

»Ich kann nicht weg, ohne es noch einmal zu versuchen.« Ihre Stimme wurde etwas leiser, als würde sie sich vom Hörer wegdrehen. »Wart mal. Ich höre Schritte. Ich glaube, er kommt nach unten. Ich rufe dich morgen wieder an.«

»Jane, leg nicht auf ...«

Aber es war zu spät.

Einen Moment starrte Liza den Hörer in ihrer Hand an, dann legte auch sie ihn langsam auf die Gabel. Sie versuchte, sich die Szene dort im Haus in St. Albans vorzustellen.

»Adam.« Jane lächelte erleichtert. »Ist alles in Ordnung?«

Schweigend starrte er sie eine ganze Minute an, bis ihr bewußt wurde, daß er gar nichts wahrnahm. Sein Blick ging direkt durch sie hindurch, als wäre sie gar nicht vorhanden.

»Adam?« wiederholte sie schüchtern. »Kannst du mich hören?«

Er sah aus, als würde er schlafen.

»Adam?« Vorsichtig machte sie einen Schritt auf ihn zu und legte ihm eine Hand auf den Arm. »Adam, mein Liebling, kannst du mich hören?«

Sie warf einen Blick auf die Tür in seinem Rücken. Es war sehr still im Haus, nur das Sausen des Windes in den Zweigen des Birnbaums vor dem Fenster war zu hören. »Adam, laß uns doch in die Küche gehen. Da ist es wärmer.«

Gehorsam folgte er ihr. Sie zog die Tür zu und drehte leise den Schlüssel um. Dann schloß sie die Augen und atmete tief durch.

»Magst du dich nicht setzen, während ich den Kessel aufstelle?« Sie ließ Wasser einlaufen und beobachtete ihn dabei fortwährend aus den Augenwinkeln. Er starrte noch immer in die Luft und bewegte sich wie ein Schlafwandler.

Nachdem sie den Kessel aufgesetzt hatte, nahm sie neben ihm am Küchentisch Platz und griff nach seiner Hand. Sie war eisig kalt. Lächelnd rieb sie sie. »Sollen wir nebenan das Feuer anmachen? Es ist so kalt, daß es schneien könnte. Oben auf der Farm war heute morgen überall Rauhreif.« Sie biß sich auf die Lippen; die Farm hätte sie nicht erwähnen sollen. Aber wenn sie über Lizas Besuch sprach, würde er sich vielleicht zu irgendeiner Reaktion hinreißen lassen. »Adam, es hat Liza sehr getroffen, was gestern abend passiert ist.«

Er sagte nichts, sondern stierte nur immer weiter in die Ferne.

391

»Es war schrecklich, daß du sie nach Wales hast zurückfahren lassen. Sie war völlig kaputt.«

Plötzlich merkte sie, daß er ihr zuhörte. Mit einem Mal schien sein Blick sie richtig wahrzunehmen, und er wurde aufmerksam. Erleichtert atmete sie auf. »Adam, wir müssen darüber reden, was passiert ist. Ich verstehe nicht...« Sie brach ab, als er plötzlich aufstand und den Stuhl wegschob.

»Brid?« Er sah zur Tür.

Jane wurde leichenblaß. Sie schaute ebenfalls zur Tür – die Klinke bewegte sich auf und ab.

»Adam, laß sie nicht reinkommen. Du mußt mit mir reden.« Sie nahm seine Hand, aber er schob sie weg.

»Brid? Bist du's?« Mit raschen Schritten ging er zur Tür, drehte den Schlüssel um und riß sie auf. Im Flur war niemand zu sehen.

Jane trat hinter den Tisch. »Ist sie das?«

Adam spähte die Treppe hinauf.

»Geh nicht, Adam.« Sie hatte Angst. »Geh nicht nach oben.«

Adam schüttelte den Kopf. »Ich muß, Jane. Wenn es dir nicht paßt, dann geh.«

»Aber das hier ist mein Zuhause, Adam.« Endlich verwandelte sich ihre Angst in Wut. »Ich gehe nicht! Und ich habe auch gelitten. Ich habe auch einen Sohn verloren. Du bist nicht allein. Aber ich setze mich mit dem Leben auseinander. Ich stelle mich der Realität und verliere mich nicht in einem Irrgarten von Phantastereien und Perversionen! Wenn jemand von hier weggeht, dann du. Du bist verrückt geworden! Und jetzt geh, geh schon!« Mittlerweile weinte sie, und ihre Stimme war vor Schreien fast heiser geworden.

Adam wandte sich ab und trat in den Flur hinaus. »Mach doch, was du willst.« Seine Stimme war völlig kraftlos. Langsam stieg er die Treppe hinauf.

Jane verbrachte die Nacht in der zugesperrten Küche. Am nächsten Morgen wartete sie, bis sie Adam aufstehen hörte, dann stellte sie sich hinter die Tür, die Hand am Schlüssel. Zum Frühstück mußte er nach unten kommen. Dann würde sie ihn in die Küche lassen, die Tür hinter ihm zuschlagen und zusperren.

Aber er kam nicht in die Küche. Sie hörte seine Schritte auf den Stufen, dann den Flur entlanggehen. Ein Schwall kalter Luft zog unter der Küchentür herein, als die Haustür aufging; dann fiel sie krachend ins Schloß. Wenige Augenblicke später dröhnte der Motor des Wagens, der in der Einfahrt stand.

Jane hielt die Luft an und blieb lauschend stehen. Im ganzen Haus war kein Geräusch zu hören.

Erst eine halbe Stunde später fand sie den Mut, in den Flur hinauszusehen. Dort war es dunkel; an dem trüben, verregneten Morgen fiel nur wenig Licht durch das kleine Fenster neben der Haustür, und die Türen zum Wohnzimmer und zu Adams Arbeitszimmer waren geschlossen. Mit wildklopfendem Herzen schlich sie auf Zehenspitzen zur Treppe und blickte nach oben. Ihre Wut vom vergangenen Abend war rasch in Selbstmitleid übergegangen, in Angst und Empörung. Sie hatte in dem kalten Raum gekauert und sich gelegentlich etwas gewärmt, indem sie den Backofen anstellte und dessen Tür offen ließ – das bereitete ihr perverse Genugtuung, wußte sie doch, wie sehr Adam, wenn er es mitbekäme, sich über diese Verschwendung ärgern würde.

Nacheinander schaute sie in die Zimmer im Erdgeschoß, doch dort war niemand zu sehen. Schließlich nahm sie allen Mut zusammen und ging nach oben.

Zum ersten Mal seit langem betrat sie wieder Calums Zimmer. Einmal im Monat wischte sie dort Staub und machte sauber, setzte sich auf sein Bett und weinte ein wenig, berührte seine Sachen und versuchte, sich zu einem Entschluß durchzudringen, um etwas zu unternehmen und das Zimmer nicht zu einem Schrein werden zu lassen. Dann putzte sie sich immer die Nase, verließ das Zimmer und zog die Tür hinter sich zu in der Hoffnung, die Sache wieder eine Zeitlang vergessen zu können. Jetzt schaute sie sich prüfend um. Hier war niemand gewesen, da war sie sicher. Alles war genau so, wie sie es beim letzten Mal hinterlassen hatte. Außer ihr und Adam gab es niemanden, der das Zimmer hätte betreten können. Nach dem Mord an Sarah Harding hatte Mrs. Freeling ihre Stellung bei den Craigs gekündigt; das Haus war ihr zu unheimlich geworden, wie sie sagte. Und Jane hatte nie das Herz gehabt, eine andere Putzfrau einzustellen. Außerdem war es auch gar nicht nötig. Denn seitdem sie allein mit Adam hier wohnte, fiel nur noch wenig Hausarbeit an, und die konnte sie selbst erledigen.

Als nächstes ging sie ins Schlafzimmer – das Zimmer, in dem sie jetzt alleine schlief. Es war leer, die Betten ordentlich gemacht. Wie von selbst wanderten ihre Augen zum Nachttisch, und sie erstarrte. Der kaputte Talisman, den sie demonstrativ wieder an seinen alten Platz gestellt hatte, war fort.

Sie wußte, daß er seine Kraft verloren hatte; sie wußte, daß er ein nutzloser Gegenstand geworden war, aber sie hatte nichts anderes, an das sie sich klammern konnte. Panisch lief sie zum Nachttisch und untersuchte den Fußboden zwischen den beiden Betten, hob die Decken an, schaute unter den Kissen nach und durchforschte das restliche Zimmer. Es war keine Spur davon zu sehen.

»Oh, bitte, lieber Gott, mach, daß er hier ist!« Sie sah noch einmal nach, riß Schubladen und Türen auf, dann weitete sie ihre Suche auf das Bad und Calums Zimmer aus, wo sie schon seit Monaten nicht mehr in die Schränke geschaut hatte. In ihrer Panik empfand sie nicht einmal Trauer, als sie Fußbälle und Cricketschläger auf den Teppich legte und in den Tiefen der Regale wühlte. Aber es war umsonst. Schließlich faßte sie sich ein Herz und ging zum Gästezimmer, drückte ein Ohr gegen die Tür und lauschte. Dort drinnen herrschte absolute Stille. Tief Luft holend, umfaßte sie den Knauf und drehte daran.

Das Zimmer war ein einziges Chaos. Das Bett war nicht gemacht, schmuddelige Bettwäsche lag verstreut am Boden. Auf einem Stuhl türmten sich Adams ungewaschene Kleidungsstücke, auf dem Kissen waren Blutspuren.

Jane fühlte Übelkeit in sich aufsteigen. Ein animalischer Geruch lag in der Luft, so daß sich ihr die Nackenhaare sträubten, aber weder von Brid noch von einer Katze war eine Spur zu sehen.

Und dann sah sie den Talisman. Er lag auf dem Bett, halb von einem Laken verdeckt. Mit einem Seufzer der Erleichterung bückte sie sich, um ihn aufzuheben, schrak aber entsetzt

394

zurück: Er war noch mehr beschädigt als zuvor; Zweige waren abgebrochen, die winzigen bunten Emailblättchen wie mit dem Hammer zerschlagen. Der Kristall war verschwunden. Sorgfältig sammelte sie die Bruchstücke ein und betrachtete sie durch einen Tränenschleier. Was konnte ihr das jetzt noch nützen? Sie verließ den Raum, zog die Tür hinter sich ins Schloß und ging in ihr eigenes Zimmer, wo sie sich auf das Bett setzte und die Fragmente auf der Tagesdecke ausbreitete. Es war unverkennbar, daß jemand den Talisman in einem Wutanfall zerstört hatte. »Ach, Adam«, schluchzte sie laut. »Was hat sie nur mit dir gemacht?«

Es dauerte sehr lange, bis sie ihre Fassung so weit wiedergewonnen hatte, um aufzustehen. Eine halbe Stunde später stand sie an der Rezeption der Praxis.

»Es tut mir leid, Mrs. Craig.« Die Furchtsamkeit und Verlegenheit im Gesicht von Doreen Chambers, der neuen Empfangsdame, waren nicht zu übersehen. »Dr. Craig sagt, er hat zuviel zu tun und kann Sie nicht empfangen.«

Sie sahen sich beide im leeren Wartezimmer um. Der letzte Patient hatte die Praxis schon vor einigen Minuten verlassen.

»Ich verstehe.« Jane straffte die Schulter. »Doreen, seien Sie so nett, und gehen Sie für einen Augenblick in das hintere Büro. Ich möchte nicht, daß Sie Schwierigkeiten bekommen.« Sie lächelte, ein leichtes Zucken der Mundwinkel, das Doreen noch nervöser machte.

»Eigentlich darf ich das nicht, Mrs. Craig.«

»Da bin ich anderer Meinung, wenn Ihnen an Ihrem Job gelegen ist.« Jane staunte über die Kraft, die sie plötzlich fand, um sich gegen diese Frau zur Wehr zu setzen. Früher hatten die Damen am Empfang sie stets in Panik versetzt.

Nach kurzem Zögern ging Doreen achselzuckend in das hintere Büro und schloß die Tür hinter sich.

Jane trat ohne Anmeldung in Adams Sprechzimmer. »Ich will mit dir reden.«

Er stand hinter seinem Schreibtisch und verstaute gerade Unterlagen in seiner Aktentasche. Verdutzt sah er auf, und für einen Augenblick geriet ihre Entschlossenheit ins Wanken.

395

Sein Gesicht war schmal, der Ausdruck gequält, seine Augen waren rot vor Müdigkeit.

»Ich bin nicht bereit, mich in meinem eigenen Haus zum Narren halten zu lassen.« Wissend, daß Doreen mittlerweile wieder am Empfangsschalter stehen und lauschen würde, schloß Jane die Tür. »Wenn du mit einer anderen Frau zusammenleben willst, rate ich dir, dir eine Richtige zu suchen.« Ihre Stimme war zu einem Zischen herabgesunken. »Oder geh nach Schottland und lebe mit Brid in ihrer Lehmhütte oder ihrem Steinkreis oder wo immer sie lebt, wenn sie zu Hause ist. Aber bring sie nie«, sie hielt inne und holte tief Luft, »bring sie nie wieder in unser Haus.«

»Ich bringe sie nicht ins Haus, Janie.« Er klang resigniert. Er stellte die Aktentasche auf den Schreibtisch und ließ sich auf den Stuhl fallen, dann schloß er erschöpft die Augen. »Ich habe sie nie eingeladen. Sie kommt von selbst.«

»Dann sag ihr, daß sie verschwinden soll.«

»Glaubst du, das hätte ich nicht schon versucht?«

»Du bist sie schon ein paar Mal losgeworden.«

»Indem ich weggelaufen bin. Willst du, daß ich das wieder tue? Ich komme nicht von ihr weg, Jane. Das weißt du so gut wie ich. Irgendwie folgt sie mir immer. Sie ist nach Wales gekommen, weißt du noch? Sie hat uns in St. Albans gefunden. Sie würde mich überall finden.«

»Hier kommt sie nicht her.«

»Weil sie weiß, daß ich hier arbeite. Sie respektiert die Tatsache, daß ich Arzt bin. Sie weiß, daß ich wütend werden würde, wenn sie sich zwischen mich und meine Arbeit stellen würde.«

»Aber du wirst nicht wütend, wenn sie sich zwischen dich und deine Frau stellt!«

»Das ist etwas anderes.«

»Inwiefern?« Ihre Stimme war eisig.

Er schaute auf, und sie sah schiere Verzweiflung in seinen Augen. »Wegen Calum. Calum steht zwischen uns, Jane. Ich weiß nicht, warum. Ich will nicht, daß es so ist, aber es ist einfach so. Du und ich – wir dürften eigentlich nicht mehr leben. Du stehst da und erinnerst mich an ihn ...« Er schlug sich die

Hände vors Gesicht, und erschrocken bemerkte sie, daß ihm Tränen zwischen den Fingern herabrannen.

Sprachlos starrte sie ihn an, dann trat sie rückwärts zur Tür. »Ist dir je in den Sinn gekommen, daß mein Herz vielleicht auch gebrochen ist und daß ich einsam bin?«

Er zuckte mit den Schultern. »Aber wie's aussieht, kommst du damit zurecht.«

»Das sieht nur so aus, Adam. Du vergißt, daß ich zwei Menschen verloren habe. Calum ist tot, weil er einen Unfall hatte. Das war nicht sein Wunsch. Aber du hast dich freiwillig dazu entschieden. Und mehr noch …«, sie zögerte, fast als hätte sie Angst, die Worte zu äußern, »du führst offenbar eine wunderbare Beziehung mit der Frau, die deinen Sohn umgebracht hat.«

Es folgte eine lange Pause, in der Adam sie entsetzt und ungläubig anstarrte. »Das darfst du nicht sagen!« brachte er schließlich hervor. »Das darfst du nicht sagen! Wie niederträchtig bist du eigentlich? Wie kannst du das nur sagen, Jane?«

»Ganz einfach, weil es die Wahrheit ist. Hast du dich nie gefragt, wer die geheimnisvolle Frau war, die vor ihren Wagen auf die Straße trat – die Frau, die spurlos verschwunden ist?«

»Das war nicht Brid!« Seine Stimme war heiser.

»Ach nein?« Nur mit Mühe gelang es Jane, die Tränen zu unterdrücken. »Es hat ja wohl keinen Zweck, sie zu fragen, oder? Bestimmt ist sie, von ihren vielen anderen Fähigkeiten abgesehen, auch eine hervorragende Lügnerin. Adam, wie kannst du sie bloß verteidigen? Du weißt genau, daß sie eine Mörderin ist!«

»Das wissen wir nicht!« Er weinte haltlos. »Zu mir ist sie sanft, liebevoll und zärtlich. Sie weiß, wie man einem Mann Freude bereitet. Sie tröstet mich, sie läßt meine Kopfschmerzen verschwinden, sie hilft mir zu entspannen, sie hört mir zu, wenn ich rede.«

»Und ich tue das alles nicht?« Der Schmerz in ihrer Stimme war nicht zu überhören. »Adam, ich bin's, Jane. Kennst du mich noch?« Sie starrte ihn an, die Minuten zogen sich in die

Länge. »Offenbar nicht. Offenbar waren die Jahre, die ich mit dir zusammen war, eine reine Verschwendung, wenn es dir lieber wäre, daß es mich nicht mehr gibt.«

»Nein, Jane, bitte sag das nicht.« Er richtete den Blick auf sie. »Ich liebe dich doch, Janie.«

»Aber eindeutig nicht genug.« Vor Kummer versagte ihr fast die Stimme. »Ich bitte dich nur um eines, Adam. Tu's nicht bei uns im Haus. Sag ihr, sie soll dich woanders verführen, nicht in meinem Zuhause.«

Benommen verließ sie den Raum, ging am Empfang vorbei, ohne Doreen wahrzunehmen, und zur Praxistür hinaus. Erst als sie im Auto saß, erlaubte sie sich, sich gehenzulassen. Eine ganze Weile später steckte sie schließlich den Schlüssel ins Zündschloß und fuhr davon.

Adam stand hinter dem Fenster seines Sprechzimmers und schaute ihr nach.

»Jane, verlaß ihn.« Liza stand am Telefon in der Küche und sah in den strömenden Regen hinaus. »Bitte, verlaß ihn. Komm zu uns.« Beim Reden kaute sie auf einem Nagel herum, und sie merkte, wie sich ihr Körper vor Angst völlig verspannte. »Es muß ja nicht auf Dauer sein, nur solange er unter ihrem Bann steht. Um deiner selbst willen, Jane.«

Aber es war zwecklos, das wußte sie. Sie stellte sich vor, wie Jane sich Nacht für Nacht in dem leblosen, dunklen Haus in ihr einsames Schlafzimmer einschloß, während Adam sich vergnügte mit dieser – ja, mit was? Was war sie denn? Ein Sukkubus? Ein Gespenst? Eine Hexe?

»Nicht schon wieder Jane.« Phil kam gerade von seinem Atelier herüber und schüttelte den Regen ab wie ein Hund, der gerade aus dem Wasser kommt. Liza stand in Gedanken versunken am Telefon. »Sie hat dir schon genug Ärger gemacht – läßt dein Auto einfach in Newport stehen! Ich verstehe gar nicht, warum du sie immer wieder anrufst. Sie ist schließlich eine erwachsene Frau, sie trifft ihre eigenen Entscheidungen. Vielleicht ist sie masochistisch veranlagt. Vielleicht gefällt es ihr, sich von dem Schwein demütigen zu lassen.« Er drehte den Wasserhahn auf und wusch sich die Hände. »Wo ist Beth?«

»Sie spielt nebenan.« Liza zuckte die Achseln. »Es ist für sie dort nicht sicher, Phil. Brid ist gefährlich. Sie bringt Leute um.«

Die Tür ging auf, und Beth kam herein, einen Puppenwagen vor sich her schiebend, in den sie einen kleinen Stoffhasen zum Schlafen gelegt hatte. Liza bückte sich, um das Mädchen auf den Arm zu nehmen und ihr einen schmatzenden Kuß zu geben. »Man würde doch denken, daß sie hier sein möchte, bei Beth.«

»Liza.« Phil setzte sich an den Tisch und zog den Stapel ungeöffneter Briefe zu sich. Der kleine rote Postwagen, der sich die Bergstraßen hinaufschlängelte, kam immer erst gegen Mittag zur Farm. »Liza, hast du dir je überlegt, daß wir vielleicht keine Aufmerksamkeit auf uns lenken sollten? Weißt du noch, als die Katze ihnen damals bis zu uns gefolgt ist? Nachdem die beiden wieder nach St. Albans gefahren waren, haben wir sie nie mehr gesehen oder auch nur von ihr gehört. Wir wollen weder uns noch« – er zögerte, dann legte er die Hand auf den Scheitel des kleinen Mädchens – »Beth in Gefahr bringen.«

Liza begegnete seinem Blick über den Kopf des Kindes hinweg. »Du glaubst doch nicht, daß sie Beth etwas antun würde!«

Er machte eine ausweichende Geste. »Hör einfach auf, ständig anzurufen, mein Schatz. Jane weiß, wo wir sind. Sie weiß, daß sie hier immer ein Bett findet, wenn sie eins braucht, und sie kennt unsere Telefonnummer, also kann sie uns anrufen, wenn sie will. Und belaß es dabei, ja?« Er legte Liza den Arm um die Schultern und drückte sie und Beth so fest an sich, daß die Kleine vor Vergnügen kreischte.

Zwei Tage später beschloß Liza, nach dem Einkaufen in Hay nicht den direkten Weg nach Hause zu nehmen. Den Wagen vollgepackt mit Lebensmitteln, hatte sie in einer der Buchhandlungen vorbeigeschaut, um in ihrer Lieblingsecke ein wenig zu schmökern, und zwei Bücher gekauft, denen sie nicht widerstehen konnte und die sie unter den anderen Besorgungen versteckte, damit Phil sie nicht wieder aufzog und sagte, das Haus würde bald einstürzen, wenn sie noch mehr Bücher anschaffte. Dann hatte sie Wein besorgt, die Zeitungen bei Grants abgeholt und schließlich Beth wieder in den Wagen gesetzt, um zur Stadt hinauszufahren. Die Straße führte durch Wälder und Äcker, bis sie nach einigen Kilometern in die Berge gelangte, wo der Himmel tief über dem sanften Grün der Wiesen mit den weidenden Ponys und Schafen und über dem Grau der Felsen hing. Am Ende des schmalen Fahrwegs, der zu Meryns Cottage führte, hielt sie an und dachte kurz nach.

»Nach Hause.« Beth legte ihr ein Händchen auf den Arm. »Nach Hause, Oma Liza.«

Liza lächelte. »Gleich. Ich will nur wissen, ob Meryn heimgekommen ist.« Sie war sich nicht sicher, warum sie das seltsame Gefühl hatte, in den Feldweg einbiegen zu müssen. Aus den Kaminen, die hinter den Kiefern aufragten, stieg kein Rauch auf, im Gras waren keine frischen Reifenspuren zu erkennen, aber plötzlich empfand sie das unwiderstehliche Bedürfnis, ihn zu sehen. Sie stieg aus dem Wagen, öffnete das schwere, alte Tor und fuhr mit dem Auto vor das Haus.

Die Tür war offen, in einem Fenster stand ein Topf mit einer ausladenden Geranie. Als sie und Beth den Kopf zur Tür hereinsteckten, sahen sie Meryn an dem alten Kieferntisch mitten im Raum sitzen und schreiben.

»Ah, das ist also die Kleine.« Er gab Liza einen Kuß und kauerte sich nieder, um Beths Fingerchen in seine Hand zu nehmen.

»Du weißt, was mit Julie und Calum passiert ist?« Bei diesen Worten traten Liza Tränen in die Augen.

»Ich weiß es.« Meryn stand auf, nahm aus der Obstschale einen glänzenden roten Apfel und reichte ihn dem Kind, dann führte er Liza zum Sofa am Kamin.

»Wo bist du gewesen?« Liza schaute ihn an. Sein Gesicht war noch dunkler gebräunt, als sie es in Erinnerung hatte, und seine leuchtendblauen Augen strahlten mehr denn je.

Wie jedes Mal, wenn sie ihn sah, fragte sie sich, wie alt er wohl sein mochte, und wie jedes Mal kam sie zu dem Ergebnis, daß er alles zwischen fünfzig und hundert sein konnte. Er hockte sich auf den Schemel vor dem Feuer und legte noch zwei Scheite nach. Beth knabberte an ihrem Apfel herum und stellte sich zögernd hinter ihn. Er drehte sich nicht zu ihr um, sondern ließ ihr – wie einem jungen Tier – erst Zeit, ihre Schüchternheit zu überwinden, bevor sie Vertrauen zu ihm faßte und sich mit ihm anfreunden konnte.

Lizas zweite Frage überging er und konzentrierte sich statt dessen auf die erste. »Diese Dinge passieren aus bestimmten Gründen, Liza.« Er blickte unverwandt in die Flammen. »Das ist vielleicht schwer zu ertragen und noch schwerer zu verstehen, aber du darfst nicht auf ewig trauern. Du wirst sie wiedersehen. Das weißt du.«

Liza nickte schniefend. »Wahrscheinlich schon.«

Er richtete seinen Blick prüfend auf sie. »Wahrscheinlich?«

»Es ist schwer. Sie fehlt mir immer noch sehr.«

»Sei stark, Liza.« Seine Stimme klang sehr streng. »Und was hast du gegen diese Frau unternommen, gegen Brid?«

»Du glaubst also, daß sie eine Frau ist?«

»Aber ja, sie ist eine Frau.« Er lächelte ernst.

»Sie hat den Talisman kaputtgemacht. Oder Adam. Jane hat die Bruchstücke aufgehoben, aber sie glaubt nicht, daß er noch funktioniert.«

»Dann funktioniert er auch nicht. Ein Talisman hat nur so viel Kraft, wie ihm zugesprochen wird. Du mußt ihr einen anderen machen.«

»Ich?«

Er nickte. »Im Gegensatz zu dir versteht Jane nicht, mit wem wir es hier zu tun haben. Brid ist eine machtvolle, sehr gut ausgebildete Praktikerin der schwarzen Kunst. Als sie die Kunst erlernte, war sie noch nicht schwarz, aber Brids Wahrnehmung hat sich durch ihr Verlangen und durch ihre Angst vor dem Mann, der ihr auf den Fersen ist, verändert, und deswegen hat sie ihr Urteilsvermögen und ihre Aufrichtigkeit eingebüßt. Du mußt sie mit ihren eigenen Waffen schlagen, sonst wird sie gewinnen.«

»Was soll ich machen? Phil befürchtet, daß sie ihre Aufmerksamkeit auf uns richtet.« Als sie das sagte, deutete sie mit dem Kopf auf das kleine Mädchen, das noch neben Meryn stand und unverwandt sein Gesicht betrachtete.

Vorsichtig streckte Meryn die Hand nach Beth aus, und die trat zu ihm und lehnte sich vertrauensvoll an ihn, ohne den Daumen aus dem Mund zu nehmen.

Meryn nickte nachdenklich. »Er hat Recht, sich Sorgen zu machen, aber im Augenblick glaube ich nicht, daß ihr euch wegen Beth ängstigen müßt. Du sagst, Adam will nichts mit dem Kind zu tun haben? Dann stellt es für Brid keine Bedrohung dar. Beth lenkt ihn nicht von ihr ab, konkurriert nicht um seine Zuneigung. Das kann sich ändern, aber im Augenblick glaube ich wirklich nicht, daß ihr Angst zu haben braucht.« Er sah zu Beth, und sie erwiderte sein Lächeln mit einem kleinen Kuß und bot ihm einen Biß von ihrem Apfel an.

»Also, ich soll für Jane einen neuen Talisman machen und ihn zu ihr bringen?« Liza konzentrierte sich ganz auf seine Antwort und versuchte, nicht daran zu denken, daß Julie und Calum ihre Flitterwochen hier verbracht hatten – eine Woche ihres allzu kurzen gemeinsamen Lebens. »Wie?«

»Nimm Zweige von einer Eberesche, binde sie mit rotem Faden zu einem Kreuz und belebe es mit Schutz und Kraft. Das ist ein Symbol, das Brid kennt und respektieren wird.«

»Und wie belebe ich es mit Energie?« wollte Liza kopfschüttelnd wissen.

Er lachte laut auf. »Ein Teil von dir fragt sich jetzt sicher, ob der alte Mann nicht endgültig durchgedreht ist! Redet er da nicht von Zauberei und Bannsprüchen? Ist er ein Magier, ein Hexer, ein Verrückter?«

»Du weißt genau, daß ich so etwas nie denken würde.« Liza war empört. »Wenn ich das glaubte, würde ich dich nicht um Hilfe bitten. Ich frage mich nur, ob ich das kann. Ich bin in solchen Sachen nicht bewandert; und Brid hat das alles von einem großen Okkultisten gelernt. Sie kann sich in eine Katze verwandeln, Meryn!«

Der Blick, mit dem er sie musterte, verriet nicht die mindeste Überraschung. »Es gibt trotzdem keinen Grund, Angst zu haben. Gefaßtheit, innere Stärke, der Glaube an die Macht des Schutzes, mehr braucht es nicht. Wenn Jane an Gott glaubt, kann Jesus ihr Schutz geben. Aber du hilfst ihr dabei. Ich sag dir, was du zu tun hast.«

Sie wartete, bis Phil tief und fest schlief, dann sah sie noch einmal zu Beth ins Zimmer und schlich schließlich nach unten, wo neben der hinteren Tür ihre Gummistiefel bereitstanden. Sie schlüpfte hinein. Einem Teil von ihr war das alles peinlich. Dann gab es einen Teil, der Angst hatte, und einen dritten, der sehr aufgeregt war und sich stark fühlte.

Sie hatte sich den Baum tagsüber ausgesucht. Er stand etwas abseits von den anderen, hinter dem Obstgarten auf der Wiese oberhalb der Böschung, die steil zu dem Bach hinabfiel, der durch die Felsen rauschte und weiter das Tal hinab zu den Wiesen entlang der Wye. In der Stille hörte sie das Bächlein, das sich in die Wasserfälle ergoß und durch die feuchte, moosige Dunkelheit unter den Bäumen plätscherte. Hier oben, auf dem offenen Land, war es im Mondlicht taghell; das Gras war schon mit Rauhreif bedeckt.

Sie schob die Hände tief in die Tasche und tastete nach dem Messer. Es war eines der silbernen Obstmesser von ihrer Großmutter, klein, glänzend poliert und sehr scharf. Genau das richtige Messer, um ein magisches Ritual auszuführen. Leise schob sie das Gatter zum Obstgarten auf und trat unter die hohen alten Apfelbäume; dabei blickte sie ängstlich in die schwarzen Schatten, die der Mond warf. Bei Tag hatte sie sich nicht überlegt, daß Brid möglicherweise spüren könnte, was sie vorhatte, aber jetzt, in der Dunkelheit und der Stille der Nacht, fühlte sie tief in sich eine kleine, bohrende Angst. Sie warf einen Blick auf das Haus hinter sich. Es lag in absoluter Dunkelheit da. Phil hatte bis spät gemalt, war dann in die Küche gekommen, hatte sich eine Dose Tomatensuppe heiß gemacht, sie aus einem Becher getrunken und war ins Bett gegangen – alles innerhalb von zehn Minuten. Es störte sie nicht. Sie wußte, was es hieß, einen Kreativitätsschub zu haben. Dann wollte auch sie nicht eine Minute aufhören und malte stundenlang weiter, auch wenn ihre Hände den Pinsel kaum noch halten konnten. Sie verzog das Gesicht. Sie hatte schon sehr lange nicht mehr gemalt. Das passiert eben, wenn man sich um ein kleines Kind kümmerte.

Entschlossen drehte sie sich wieder um und sah in die Bäume. Die Nacht war so still, daß sie ein Blatt hätte fallen hören, aber selbst die Geräusche der Natur waren verstummt. Keine Brise wehte, kein Zweig zerbrach knackend unter dem Gewicht eines kleinen Tiers, das im Gebüsch auf Streifzug war, keine Eule rief auf ihrer Jagd durch die Dunkelheit.

Lautlos zog sie das Gatter hinter sich zu und ging zwischen den Bäumen entlang. All ihre Sinne waren angespannt. Sie spürte den Rauhreif, der sich auf die Nordseite der Baumrinde legte, sie roch die Flechten, auf denen sich Eiskristalle bildeten, sie hörte das leise Knacken, mit dem die gefrorenen Grashalme unter ihren Füßen zerbrachen.

Weit im Westen von ihr regte sich Brid, die in Adams Armen geschlafen hatte; sie spürte den Mondschein vor dem Fenster.

Liza zwang sich, die Angst, die sie empfand, zu verdrängen, und schritt zügig weiter aus; trotzdem blickte sie unentwegt prüfend in die Dunkelheit und lauschte auf das leiseste Geräusch. Nichts war zu hören. Als sie über das Gatter am anderen Ende des Obstgartens stieg, rutschten die Gummisohlen ihrer Stiefel auf den vereisten Streben ab. Dann sprang sie ins offene Feld und schaute sich um. Soweit sie sehen konnte, war dort niemand; die Schafe hatten sich auf die Weiden weiter unten im Tal zurückgezogen, wo sie vor dem Bergwind geschützt waren. Jetzt sah sie auch die Eberesche, die als anmutige Silhouette allein im Mondlicht dastand; die schlanken Zweige warfen ein netzartiges Schattenmuster auf den Boden.

»Bitte um Erlaubnis«, hatte Meryn ihr gesagt. »Erklär ihr, warum du ihre Hilfe brauchst. Das Schneiden der Zweige ist ein heiliger Akt.«

Beklommen ging sie übers Gras; ohne den Schutz der Apfelbäume fühlte sie sich sehr verletzbar. Hier, auf dem offenen

Bergrücken, könnte jemand sie aus fünfzig Kilometer Entfernung ausmachen, von der anderen Seite des Tals – ihre grüne Jacke ein winziger dunkler Fleck auf dem vom Rauhreif weiß schimmernden Abhang. Hinter ihr verrieten ihre Fußabdrücke, welchen Weg sie gekommen war. Die Fläche vor ihr erstreckte sich unberührt in die Ferne. Sie sah zum Mond. Er stand über dem Bergrücken, und sie glaubte, jede Erhebung, jeden Krater auf seiner Oberfläche erkennen zu können. Und sie konnte seine Kraft spüren.

Gut drei Meter vor dem Baum blieb sie stehen und holte das Messer aus der Tasche. Die Schneide blitzte im Mondlicht auf, und sie vermeinte, den Baum zusammenzucken zu spüren. »Erklär's ihr«, hatte Meryn gesagt. »Erkläre ihr, warum du ihre Kraft und ihren Schutz brauchst, und bitte sie darum. Wenn du einen Zweig oder Ast aus Bösartigkeit oder Unwissenheit abbrichst oder auch nur aus Notwendigkeit, steht der Baum unter Schock. Dann zieht er seine Essenz zurück. Du willst, daß die Eberesche dir von ihrer Kraft gibt, also mußt du ihr das erklären und sie um Erlaubnis bitten. Und bedanke dich hinterher.«

Liza stand da und betrachtete den Baum. Sie mußte sich auf die Lippen beißen, um die plötzliche Aufwallung von rationaler Logik und Zynismus zu unterdrücken, und gegen die Frage ankämpfen, was sie denn bloß tat, hier um Mitternacht draußen unter dem Vollmond zu stehen und mit einem Baum zu reden.

»Bitte.« Sie schob ihre Zweifel beiseite und trat einige Schritte näher. »Bitte, ich brauche zwei kleine Zweige von dir, um ein Kreuz zu machen. Ich brauche sie, um eine Freundin zu schützen. Ich will dir nicht weh tun. Ich brauche deine Lebensenergie und deine Kraft.« In der Stille klang ihre Stimme sehr dünn. Auf einmal fragte sie sich, woran sie erkennen würde, daß der Baum ihr seine Einwilligung gab.

»Bitte – darf ich mir die Zweige nehmen?« Jetzt trat sie in Reichweite des Baums.

Es kam keine Antwort.

Das Messer fest in der Hand, merkte sie plötzlich, daß die Schneide im Mondlicht wie ein Skalpell blitzte. »Es wird dir nicht weh tun. Es ist sehr scharf. Bitte, kann ich ein Zeichen bekommen?« Meryn hatte ihr zwar nicht gesagt, daß sie das sagen sollte, aber irgendwie schien es ihr richtig.

Wartend sah sie in den Baum hinauf.

Vom Rand des Waldes löste sich eine gespenstische Gestalt aus den Bäumen und schwebte im Tiefflug über das Feld zu ihr herüber. Mit angehaltenem Atem sah sie zu. Ein Teil ihres Verstandes wußte, daß es eine Schleiereule war, aber in den innersten Tiefen ihres Geistes, die die vergessenen mythischen Traditionen der Seele jenseits aller Rationalität kannten, wußte sie, daß das ein Zeichen war. Die Eule ließ sich völlig furchtlos auf der Eberesche nieder und sah zu ihr hinunter. Einen Augenblick wagte Liza nicht, sich zu bewegen, dann hob sie langsam das Messer, nahm das Ende eines Astes zwischen ihre kalten Finger und schnitt zwei Zweige ab. Dann steckte sie das Messer weg und holte den roten Faden heraus, den sie am Nachmittag von der alten Stickseide geschnitten hatte, auch sie, wie das Messer, ein Erbstück von ihrer Großmutter. Mit den klammen Händen fiel es ihr schwer, die Seide zu verknoten, und trotz des hellen Mondlichts konnte sie nicht richtig sehen, aber schließlich war es ihr gelungen. Sie hielt das kleine Kreuz in die Luft. Die Eule saß noch immer da und beobachtete sie mit wohlwollendem Interesse, ohne ein Zeichen der Angst von sich zu geben. »Danke«, sagte Liza laut. »Das wird meine Freundin Jane schützen und segnen und ihr deine Kraft, deine Liebe und deine Sicherheit geben.« Sie streckte das Kreuz auch der Eule entgegen, die sich immer noch nicht rührte.

Unsicher, was sie jetzt tun sollte, berührte sie den Baum. »Ich danke dir«, sagte sie leise. »Darf ich bei Tageslicht wiederkommen und mit dir reden?« Es kam keine Antwort. Langsam wandte sie sich zum Gehen.

»Ich kann nicht glauben, daß ich das gesagt habe!« Ganz gegen ihren Willen kam ihr der gewisperte zynische Kommentar über die Lippen. Die Eule flog lautlos davon, übers Feld ins Tal hinab. Als Liza sich am Rand des Obstgartens umdrehte, um einen Blick auf die Eberesche zurückzuwerfen, war von dem Vogel nichts mehr zu sehen.

Sie steckte das Kreuz in ihre Tasche und ging auf das Gatter und den Schatten der Apfelbäume zu. Plötzlich war sie wieder voller Selbstvertrauen und Zuversicht.

Brid setzte sich auf. Die Vorhänge waren nur halb zugezogen, und über dem dunklen Dach des Hauses auf der gegenüberliegenden Straßenseite konnte sie den Mond sehen. Sie runzelte die Stirn. Irgend etwas hatte sie geweckt. Sie spürte Gefahr in der Luft liegen – ein Beben in der Stille der Nacht. Sie sah zu Adam. Er hatte sich ächzend umgedreht; vermutlich störte ihn das Mondlicht, denn er vergrub den Kopf im Kissen. Brid glitt aus dem Bett, trat ans Fenster und sah hinaus; ihr langes, dunkles Haar fiel ihr auf die nackten Schultern. Sie lauschte.

Mit dem Kreuz in der Hand ging Liza zwischen den schlafenden Apfelbäumen hindurch und hörte unter ihren Stiefeln den Rauhreif leise knirschen. Jetzt war ihre Angst völlig verflogen, sie dachte nur an die warme Küche, die sie im Haus erwartete. So bemerkte sie nicht die Augen, die sie aus der Dunkelheit verfolgten, hörte nicht das leise Auftreten der Pfoten.

»Brid, komm ins Bett!«

Adams schlaftrunkene Stimme drang ihr ans Ohr, als sie die Klauen ausfuhr. Verwirrt warf sie einen Blick über die Schulter. Sie spürte bereits die bislang noch nicht zielgerichtete Kraft, die aus der Tasche der Frau strömte. Die Essenz der Eberesche ist rot und lebendig, und normalerweise betrachtete sie sie als ihre Verbündete. Sie konnte sich auch dagegen wehren, doch schon fühlte sie sich unzentriert, als würde sie in zwei Richtungen gezogen. In einer Sekunde war sie aus dem mondbeschienenen Obstgarten verschwunden und lag wieder im Schlafzimmer in der stillen, von Bäumen gesäumten Wohnstraße. Um sie herum in der Dunkelheit sang das Mondlicht. Adam stützte sich auf einen Ellbogen auf. »Brid? Komm wieder ins Bett. Du erkältest dich noch. Warum hast du überhaupt das Fenster aufgemacht?« Er klang nörgelnd und alt. Zögernd warf sie einen Blick auf den eisig bereiften Obstgarten, dann, mit einem Achselzucken, glitt sie zwischen die Laken und hörte Adam vor Lust aufstöhnen, als sie ihren kalten Körper an seine warme Haut preßte.

Am Gatter blieb Liza stehen und sah sich um. Den Bruchteil einer Sekunde hatte sie eine Bewegung im Schatten wahrgenommen, hatte den animalischen Geruch der jagenden Katze eingeatmet, und sie umklammerte das Kreuz fester und hielt es sich vor die Brust. »Geh weg, Brid«, murmelte sie. »Für dich ist hier kein Platz. Geh dorthin, wo du herkommst.«

Es kam keine Antwort. In Adams Bett liegend, fuhr Brid ihm mit den Nägeln über die Brust. Als ein blutiger Kratzer auf der Haut über seinem Herzen erschien, zuckte er ein wenig zusammen.

»Miststück!« Er hielt ihre Hand fest.

Sie lachte kehlig. Um die Frau würde sie sich später kümmern.

Kapitel 16

Liza verstaute das Kreuz, sorgsam in Seidenpapier gewickelt, in einer kleinen Schachtel; dann öffnete sie lautlos
die oberste Schublade ihrer Kommode und legte den Karton
nach hinten unter ein neues Paar Strümpfe. Phil schlief immer
noch tief und fest, die Decken und Laken kokonartig um sich
gehüllt. Lächelnd zog Liza sich aus und streifte ihr Nachthemd über, dann ging sie zum Bett. »Phil.« Sie wollte ihn
nur soweit wecken, daß er ihr einen Teil der Decken abgab.
»Rutsch rüber. Laß mich ins Bett.«

Ächzend drehte er sich mitsamt der Decken um.

»Phil!« Sie packte den Zipfel einer Decke und zog daran.

Er öffnete ein Auge. »Was ist los?« Seine Stimme war fast
unverständlich.

»Laß mich auch ins Bett.«

Einen Augenblick dachte sie, er wäre sofort wieder eingeschlafen, doch dann rollte er sich stöhnend auf die Seite und
machte Platz für sie. »Guter Gott, was bist du kalt!« Jetzt
war er ganz wach. »Wo in drei Teufels Namen bist zu gewesen?«

»Ich habe unter dem Mond getanzt!« Dankbar für seine
Wärme kuschelte sie sich an ihn.

»Wow!« Er schlang die Arme um sie. »Warum hast du
dann dieses scheußliche Flannelteil angezogen? Komm, zieh's
aus!«

»Nein!« Halb lachend wich sie ihm aus. »Phil, es ist spät,
und wir sind beide müde!«

»Es ist spät, und wir sind beide hellwach!« Er vergrub sein
Gesicht zwischen ihren Brüsten. »Mmmm, du riechst ganz
frisch und wild und eisig. Nimm mich mit, wenn du das nächste Mal im Mondlicht tanzen gehst!«

Noch lange, nachdem Phil wieder eingeschlafen war, lag
sie wach und schmiegte sich unter den Decken behaglich an
ihn. Gelegentlich wanderte ihr Blick in der Dunkelheit zu den

409

schwarzen Umrissen der Kommode; sie hätte schwören mögen, daß aus der obersten Schublade ein schwaches rotes Licht glühte. Über ihre eigene Torheit schmunzelnd, schweiften ihre Gedanken zu Adam, und sie fragte sich, wo er jetzt wohl war und mit wem, ob mit Jane oder Brid. Irgendwie wußte sie, daß es Brid war. Sie schnitt eine Grimasse. Wenn sie wüßte, daß ihr Mann von dieser Teufelin verführt würde, würde sie sich gegen sie zu wehren wissen.

Kaum war Phil am nächsten Tag in sein Atelier gegangen, rief sie Jane an. Zu ihren Füßen spielte Beth mit ihrem Stoffhasen, dessen füllige Pfoten sie unbedingt in einen winzigen Puppenpullover stecken wollte. In einer halben Stunde würde Liza sie im Kindergarten abliefern und dann zum Postamt in Hay weiterfahren.

Das Telefon im Haus in St. Albans klingelte endlos. Verwundert legte Liza auf und kehrte an den Frühstückstisch zurück, um ihren Kaffee auszutrinken. Es war ungewöhnlich, daß beide um diese Uhrzeit schon aus dem Haus waren. Adam fuhr meist erst kurz vor neun Uhr los, denn er war in fünf Minuten in der Praxis, und Jane, wenn sie das Haus überhaupt verließ, ging erst sehr viel später zum Einkaufen. Liza wußte, daß sie in letzter Zeit immer seltener ausging.

Sie leerte ihre Tasse und versuchte es dann noch einmal. Dieses Mal ließ sie das Telefon fünf Minuten läuten, aber es kam noch immer keine Antwort. Obwohl sie wußte, daß sie jeden Moment mit Beth aufbrechen sollte, suchte sie im Telefonbuch die Nummer von Adams Praxis heraus. Dort wurde der Hörer sofort abgenommen.

»Könnte ich bitte mit Dr. Craig sprechen? Hier ist Liza Stevenson.«

»Es tut mir leid, er hat gerade einen Patienten bei sich.« Die Stimme klang energisch. »Möchten Sie statt dessen mit Dr. Harding sprechen?«

Liza wollte gerade verneinen, als sie es sich anders überlegte. Gleich darauf war sie verbunden. »Es tut mir leid, Sie zu stören, Robert. Ich versuche seit mehreren Tagen, Jane Craig zu erreichen, aber ohne Erfolg – dort hebt niemand ab. Ich mache mir Sorgen. Wissen Sie, ob dort alles in Ordnung ist?«

410

Nach kurzem Zögern fragte er: »Haben Sie nicht mit Adam gesprochen?«

»Er hat zu tun.« Ihre Stimme klang kritischer als beabsichtigt.

»Ach so.« Wieder zögerte er. »Soweit ich weiß, ist Jane vor ein paar Tagen in die Praxis gekommen, und da war offenbar alles in Ordnung. Adam sieht allerdings sehr müde aus. Um ehrlich zu sein, glaube ich, daß er unter enormer Anspannung steht.« Er und Liza hatten sich im Verlauf der Jahre mehrfach gesehen und kannten sich gut genug, um vertraulich miteinander zu reden. Nach Julies und Calums Tod war Robert beiden Familien eine große Stütze gewesen. Trotzdem war er jetzt etwas vorsichtig.

Liza hingegen kannte keine derartige Zurückhaltung. »Irgend etwas stimmt nicht, Robert. Könnten Sie mir einen großen Gefallen tun? Könnten Sie mal nachschauen, wie es Jane geht – vielleicht auch nur per Telefon? Ich mache mir wirklich große Sorgen um sie.« Zurückhaltend setzte sie hinzu: »Ach, Robert, sagen Sie Adam bitte nicht, daß ich mit Ihnen gesprochen habe.«

Mittags rief Jane bei ihr an. »Robert Harding hat sich bei mir gemeldet.« Sie klang bedrückt, ihre sonst so warme Stimme war schleppend und tonlos. »Er sagt, du machst dir Sorgen.«

»Du hast nie den Hörer abgenommen.«

»Ich hatte eine Schlaftablette genommen. Ich kann nicht mehr schlafen. Robert hat sie mir gegeben.«

»Das hat er mir nicht gesagt.«

»Natürlich nicht. Ich bin ja seine Patientin.« Sie lachte freudlos. »Da die Ursache meiner Probleme mein Ehemann ist, dachte er vermutlich, daß er das Vertrauen seiner Patientin nicht mißbrauchen darf.« Sie seufzte. »Mach dir um mich keine Sorgen, Liza.«

»Du weißt, daß ich das tue.« Liza machte eine Pause. »Ist jemand bei dir?«

»Nein. Wer sollte schon da sein?« Sie schwieg kurz. »Ach, du meinst die Katzenfrau. Nein, sie ist nie da, wenn Adam bei der Arbeit ist. Wahrscheinlich geht sie in den Sumpf zu-

411

rück, aus dem sie hervorgekrochen ist, und ruht sich aus bis Sonnenuntergang.«

»O Jane«, sagte Liza mitfühlend. »Hör, ich habe heute ein Päckchen an dich abgeschickt. Noch einen Talisman. Ich hab ihn extra für dich gemacht. Ich bin bei Meryn gewesen. Er ist wieder da und weiß, was in der Zwischenzeit alles passiert ist. Er sagte, ich müßte dir einen Talisman machen, dann würde er funktionieren. Sie wird dir nichts anhaben können. Du mußt ihn immer bei dir tragen. Immer, die ganze Zeit, Jane. Und du mußt dich schützen. Weißt du noch, so, wie wir es dir gezeigt haben?«

»Aber es funktioniert doch nicht! Außerdem, welchen Zweck hat es, mich zu schützen, wenn sie mir meinen Ehemann wegnimmt?«

»Adam nehmen wir uns dann als nächstes vor.« Hilflos verzog Liza das Gesicht. »Jetzt komm schon, Jane, du mußt mithelfen. Zusammen können wir beide sie vertreiben, davon bin ich überzeugt. Und hör, kommst du bald zu uns? Beth will ihre Oma Jane sehen.«

Vom anderen Ende der Leitung war ein Schluchzen zu hören. »Ich würde ja so gerne, Liza. Aber ich kann ihn nicht allein lassen. Sie saugt ihn völlig aus. Er schwindet vor meinen Augen dahin, aber er hört nicht auf mich. Ich kann nicht mehr mit ihm reden.«

»Dann versuch's nicht mehr.«

»Vielleicht hört er auf dich, Liza. Dich hat er immer respektiert.« Es folgte eine lange Pause.

»Du weißt, daß er mich nicht sehen will, Jane. Bei meinem letzten Besuch hat er das unmißverständlich klargemacht.«

»Ich glaube, er würde dich sehen wollen. Ohne Beth. Es tut ihm weh, an Beth zu denken. Dann denkt er daran, wie Calum ein kleiner Junge war, und daß er selbst einmal Vater war, und das ist zuviel für ihn. Bitte, Liza. Kommst du?«

Liza kaute sich auf der Lippe herum. »Ich rede mit Phil. Im Augenblick arbeitet er sehr viel, und vielleicht möchte er nicht, daß ich Beth bei ihm lasse.« Ihre Haut kribbelte bei dem Gedanken, noch einmal in das kalte, unfreundliche

Haus mit den verschlossenen Türen und der vielen Trauer zurückzukehren – und bei dem Gedanken, es mit Brid aufzunehmen.

»Zwei Tage. Mehr Zeit kann ich beim besten Willen nicht opfern.« Phil schüttelte den Kopf. »Und nur, wenn es absolut sein muß. Es gefällt mir überhaupt nicht, daß du in das verrückte Haus willst.«

»Mir auch nicht, aber was soll ich tun? Ich muß den beiden helfen.« Liza stopfte gerade Pullover in ihre Reisetasche. »Bist du sicher, daß ihr auch ohne mich zurechtkommt?«

Er grinste. »Aber natürlich, Frau Feldwebel. Beth kann sich um mich kümmern. Wenn wir eingeschneit werden, kümmern wir uns eben umeinander und rutschen jeden Tag auf einem Tablett die Berge runter. Aber mehr als zwei Tage geht nicht, Liza.« Er zog sie an sich und küßte sie. »Ich muß arbeiten, jetzt, wo meine berühmte, vermögende Frau beschlossen hat, sich ein Jahr von ihren gleichermaßen berühmten Auftraggebern freizunehmen und an den Herd zurückzukehren. Meine Bilder stehen bei weitem nicht so hoch im Kurs wie deine, Liebling.«

Sie schmiegte sich an ihn. »Vielleicht nicht, aber sie sind tausendmal besser. Das Schreckliche am Porträtmalen ist, daß man nie weiß, wieviel der Auftraggeber für seine Eitelkeit zahlt anstatt für das Talent des Malers!«

»Bescheiden auch noch – was will ein Mann mehr hören?« Er gab ihr einen Kuß auf den Scheitel. »Aber du paßt auf dich auf, Liebling, ja?« Er konnte die Sorge in seiner Stimme nicht verbergen.

»Aber natürlich. Das verspreche ich dir.«

Während ihrer Fahrt nach Osten dachte sie immer wieder über dieses Versprechen nach. Auf dem Weg nach Hay war sie bei Meryn vorbeigefahren, aber er war nicht zu Hause, und auch auf dem Hang hinter seinem Garten war keine Spur von ihm zu sehen gewesen. Daß sie nicht mehr mit ihm reden konnte, versetzte sie in Panik. Ohne seinen Rat und Segen fühlte sie sich ungeschützt.

Dieses Mal parkte kein Wagen vor dem Haus in St. Albans, als sie in die unbelebte Straße einbog. Doch der Vordergarten war ordentlich, und das Haus wirkte wie jedes andere auch; in den Fenstern spiegelte sich die fahle Wintersonne. Liza klingelte und stand wartend da, mit hochgezogenen Schultern, um sich vor dem böigen Ostwind zu schützen.

Niemand kam an die Tür. Stirnrunzelnd klingelte Liza noch einmal und warf einen Blick auf die Uhr. Jane wußte doch, daß sie kam, und sie war pünktlich. Nachdem auf ihr drittes Klingeln noch immer niemand öffnete, wollte sie gerade ums Haus nach hinten gehen, da bemerkte sie an einem der oberen Fenster ein Gesicht.

»Jane!« Sie winkte. »Laß mich rein!«

Die Person starrte sie eine ganze Minute lang an, bevor sie vom Fenster verschwand. Liza stellte sich wieder vor die Tür.

»Es tut mir leid, ich habe geschlafen.« Jane war noch im Morgenmantel, ihre Haare waren unordentlich, ihr Gesicht verschlafen.

»Gott sei Dank hast du mich wenigstens noch gehört.« Lizas Ton war gereizter als beabsichtigt, aber der Anblick von Janes verzweifeltem Gesicht machte sie ärgerlich. »Komm, jetzt zieh dich an, und dann kannst du mir einen Kaffee kochen.« Sie vermutete zwar, daß Jane den Kaffee nötiger brauchte als sie selbst, aber zumindest würde Jane dann in Aktion treten müssen. Eine halbe Stunde später saßen die beiden Frauen im Arbeitszimmer; die Tür zur kleinen Terrasse stand offen, so daß der Wind hereinwehte, die Vorhänge aufbauschte und den abgestandenen Rauch fortblies. »Es tut mir leid, es sieht hier schrecklich aus.« Jane schien noch zu schlafen, obwohl sie bereits eine große Tasse Kaffee getrunken hatte. Unter dem Pullover hing an einer dünnen Goldkette das Kreuz aus Ebereschenholz um ihren Hals.

»Habt ihr keine Putzfrau mehr?« Liza sah sich im Zimmer um. Selbst auf Adams Schreibtisch lag eine Staubschicht.

Jane zuckte mit den Schultern und schüttelte den Kopf. »Nachdem Mrs. Freeling weg ist, habe ich keine mehr eingestellt. Es hätte sowieso keine Putzfrau hier arbeiten wollen,

nach dem Mord, und jetzt, wo Calum nicht mehr da ist ...«
Ihre Stimme erstarb.

»Ihr habt nun einmal den Entschluß gefaßt, in diesem Haus
zu bleiben, Jane«, sagte Liza beschwörend. »Als das feststand,
habt ihr doch sicher beschlossen, das Beste daraus zu machen.
Du kannst nicht einfach nie wieder putzen, nur wegen allem,
was passiert ist, Janie.«

»Ich weiß.« Jane legte die Hände fest um den Kaffeebecher;
ihre Schultern waren eingesackt. »Es ist alles meine Schuld.«

»Ach was!« fuhr Liza auf. »Nichts von allem, was passiert
ist, ist deine Schuld.«

»Da ist Adam anderer Meinung. Wenn ich Calum nicht so
verwöhnt hätte ...«

»Oh! Das darf er nicht sagen, der Schuft! Wo ist Adam?«

»In der Praxis.«

»Und wie schafft er es, in seinem Zustand zu arbeiten? Er
kann seinen Patienten im Augenblick bestimmt nicht besonders viel helfen.«

»Seine Patienten lieben ihn, was immer er tut.« Sie zuckte
wieder die Achseln.

»Das werden sie nicht mehr tun, wenn er anfängt, sie umzubringen.« Liza verlor allmählich die Geduld. »Jetzt komm,
Jane, reiß dich zusammen. Wir räumen richtig auf und machen sauber, und dann kochen wir was für Adam, wenn er
nach Hause kommt. Und wenn er was gegessen hat, dann
rede ich mit ihm.« Sie zögerte kurz. »Ich nehme an, Madame
ist tagsüber nicht hier?«

Jane schüttelte den Kopf. »Sie verschwindet, sobald er geht.«

»Sie verschwindet?«

»Ich sehe sie nie zur Tür hinausgehen.« Jane lachte bitter.
»Ich vermute, sie entmaterialisiert sich oder fliegt auf ihrem
Besen zum Kamin hinaus. Aber wenn Adam zurückkommt,
ist sie wieder da und erwartet ihn im Schlafzimmer.« Sie
schauderte.

Liza musterte sie, und unversehens ging ihre Ungeduld in
Mitgefühl über. Sie konnte sich nicht vorstellen, wie es wäre,
an Janes Stelle zu sein – den Mann an eine andere Frau zu verlieren, war schlimm genug, aber ihn an ein Gespenst zu ver-

415

lieren, war etwas völlig anderes. Wenn Brid denn ein Gespenst war. Hilflos schüttelte sie den Kopf und stellte entschlossen den Becher ab. »Jetzt komm, laß uns anfangen und richtig durchputzen.«

»In zwei Stunden?« Jane hatte sich nicht von der Stelle gerührt.

»In zwei Stunden können wir viel schaffen.«

Als Adam den Schlüssel in die Haustür steckte, war das Wohnzimmer sauber und ordentlich, auf dem Tisch stand ein Blumenstrauß, und auf dem Herd köchelte unter Lizas wachsamem Auge ein Rindfleischragout. Sie hatte sogar eine Platte aufgelegt mit Musik, die Adam gerne mochte, das Violinkonzert von Elgar. Jane hatte sich umgezogen, die Haare gewaschen und hübsch frisiert und sich geschminkt.

Die beiden Frauen saßen im Wohnzimmer, als die Haustür aufging. Liza warf Jane ein ermutigendes Lächeln zu und nickte zuversichtlich.

»Adam«, rief Jane. Ihre Stimme war ruhig. »Komm rein und trink einen Sherry mit uns. Wir haben Besuch.«

Adam trat in die Tür, die schwarze Arzttasche noch in der Hand. Kaum erblickte er Liza, verdüsterte sich seine Miene. »Ich kann mich nicht erinnern, dich eingeladen zu haben.« Er ließ die Tasche mit einem Knall zu Boden fallen.

»Nein.« Liza ergriff das Wort, bevor Jane etwas sagen konnte. Sie stand auf, ging zu Adam und gab ihm einen Kuß auf die Wange; sie war entsetzt, wie müde und hager er aussah. »Ich habe mich selbst eingeladen, weil ich sowieso hier in die Gegend zu tun hatte. Ich wollte euch sehen.«

»Auf den Gedanken, daß wir dich vielleicht nicht sehen wollen, bist du nicht gekommen?« Er ließ sich aufs Sofa fallen und nahm das Glas Sherry entgegen, daß Jane ihm reichte.

»Nein. Ich bin auch nicht auf den Gedanken gekommen, daß du unhöflich, ungastfreundlich und grob werden könntest!« gab sie scharf zurück. »Aber das macht nichts, deine Frau macht deine Fehler mehr als wett.«

»Liza hat uns etwas zu essen gekocht«, sagte Jane versöhnlich. »Das war doch wirklich nett von ihr, nach der langen Fahrt.«

»Wenn sie Hunger hatte, ist ihr wohl nichts anderes übriggeblieben. Ich kann mich nicht erinnern, daß du in letzter Zeit einmal gekocht hättest.« Mit einem Schluck leerte er sein Sherryglas, stand auf und ging zur Karaffe, um sich nachzuschenken.

»Ich hatte ja niemanden, für den ich kochen konnte«, konterte Jane. »Du warst ja oben zu sehr in Anspruch genommen, um zum Essen zu kommen.«

»Streiten wir doch nicht!« fuhr Liza rasch dazwischen. »Warum setzen wir uns nicht an den Tisch und essen in Ruhe?« Mit einem Blick auf Jane wurde ihr bewußt, daß sie den Kopf lauschend zur Seite gelegt hatte, als könnte sie von oben etwas hören. Liza nahm ihr Glas fester in die Hand und lächelte Adam entschlossen zu. »Komm, gehen wir in die Küche. Das Ragout ist mittlerweile bestimmt fertig.«

»Ich gehe nach oben und mache mich kurz frisch.« Adam stellte seinen Sherry ab.

»Nein!« Janes Schrei klang gequält. »Geh nicht nach oben.« Sie ließ den Blick zwischen ihm und Liza hin und her wandern. »Das Essen würde verkochen«, schloß sie halbherzig. »Und das wäre wirklich schade.«

Einen Augenblick herrschte gespanntes Schweigen, dann zuckte Adam mit den Schultern. »Also gut, dann essen wir eben gleich.« Er marschierte vor den beiden Frauen her aus dem Zimmer und den Flur entlang, ohne auch nur einen Blick zur Treppe zu werfen. Doch Jane sah nach oben, ebenso wie Liza. Bewegte sich dort oben nicht etwas? Liza wußte es nicht, aber als sie zum dunklen Treppenabsatz hinaufschaute, lief ihr ein Schauder über den Rücken.

Sie setzten sich an den Tisch. Jane nahm den Deckel von der Kasserolle, und ein köstlicher Duft stieg auf. »Das riecht wunderbar.« Dankbar lächelte sie Liza zu. »Findest du nicht, Adam?«

Adam nickte. Er stützte die Ellbogen auf dem Tisch auf und ließ den Kopf in die Hände sinken. Es war nicht zu übersehen, daß er am Ende seiner Kräfte war.

Jane schöpfte ihm eine Portion üppiger Fleischsauce mit Karotten und Pilzen auf den Teller, dazu etwas Kartoffelpüree, und reichte ihm alles. »Wenn du das im Magen hast, wird's dir gleich bessergehen«, sagte sie leise. »Dann bist du ein neuer Mensch.«

»Das wäre sicherlich dein sehnlichster Wunsch.« Adam lehnte sich zurück.

»Das hat sie nicht gemeint, du weißt es genau!« sagte Liza streng. »Und jetzt eßt, ihr zwei. Ich möchte mir die Mühe, euch ein gutes Essen zu kochen, nicht umsonst gemacht haben!« Sie nahm eine Gabel voll Ragout und saß kauend da, den Blick auf ihren Teller geheftet. Einen Augenblick dachte sie, Adam würde aufstehen und den Tisch verlassen, ohne auch nur einen Bissen zu probieren, aber schließlich griff er zur Gabel. Er stocherte erst ein wenig in dem Kartoffelpüree herum, bis er endlich etwas davon aß. Liza seufzte erleichtert. Es schien ihm zu schmecken, denn er nahm einen zweiten Bissen.

Ein schepperndes Krachen von oben ließ sie alle zusammenfahren.

»Geh nicht!« Jane ließ ihre Gabel auf den Teller fallen. »Bitte, Adam, geh nicht.«

Stirnrunzelnd sah er zur Decke. »Da muß was umgefallen sein ...«

»Das macht nichts, Adam. Iß weiter.« Liza setzte ihr gewinnendstes Lächeln auf. Sie hoffte, keiner der beiden würde merken, daß sich ihr die Nackenhaare vor Angst sträubten, während sie sich zwang, noch eine Gabel zu essen. »In alten Häusern hört man ständig seltsame Geräusche; das kommt vom Holz.«

»Das hier ist kein altes Haus.« Janes Stimme war wieder tonlos geworden, ihr Besteck lag auf dem Teller. Liza bemerkte, daß ihre Hände zitterten.

A-dam!

Alle drei konnten den fernen Schrei hören. Jane legte sich die Hände an die Ohren. »Geh nicht. Bitte geh nicht.« Ihre Bitte war ein flehentliches Schluchzen, aber Adam hatte schon seinen Stuhl zurückgeschoben.

»Adam!« Liza stand auf und beugte sich über ihn. »Du darfst nicht einmal daran denken, nach oben zu gehen! Und wenn du's trotzdem tust, bist du ein Narr!«

418

»Geh mir aus dem Weg, Liza.« Er schob sie beiseite und erhob sich.

»Adam, überleg doch, was du tust!« Sie packte ihn am Arm. »Schütze dich, wehre dich. Vergiß nicht, was sie ist!«

»Was ist sie denn?« Er wirbelte zu ihr herum. Erschrocken über seine plötzliche Aggressivität wich sie einen Schritt zurück. »Ich kann dir genau sagen, was sie ist: eine wunderschöne, warmherzige, liebevolle Frau, die mich liebt, die mit mir fühlt, weil ich meinen einzigen Sohn verloren habe, die versteht, was ich durchgemacht habe, wo alle anderen Leute nur an sich selbst denken! Das ist sie!«

»Adam, das ist ungerecht!« schrie Jane. »Und das weißt du auch!«

»Und außerdem stimmt es nicht«, warf Liza ein. »Sie ist nicht einmal real, Adam!«

»Nein?« Er lächelte abschätzig. »Mir kommt sie sehr real vor; sie handelt real, sie klingt real.«

»Also, wenn sie real ist, warum kommt sie dann nicht zu uns in die Küche und ißt mit uns zu Abend?« Liza bemühte sich, gleichmäßig zu sprechen, und trat noch weiter von Adam zurück. »Ruf sie doch runter. Sag ihr, sie soll kommen und mit uns essen.«

»Sei nicht so dumm.«

»Wieso ist das dumm? Ich verstehe nicht, warum sie das nicht tun sollte.« Liza stellte sich zwischen Adam und die Tür. »Mach schon, ruf sie.« Sie schob trotzig das Kinn vor. »Schließlich kennen wir sie doch alle, oder nicht?«

Er ging auf die Tür zu. »Bitte geh mir aus dem Weg, Liza.«

»Adam!« Jane lief ihm nach und packte ihn am Arm.

Er schüttelte sie ab. »Glaub mir, das würde dir gar nicht gefallen, wenn sie herunterkäme.«

»Doch, Adam!« Liza stellte sich wieder vor ihn. »Wir möchten sie sehr gerne sehen. Wir möchten mit ihr reden. Wir möchten sie fragen, was sie hier tut, warum sie eine Familie zerstört. Wir möchten sie fragen« – sie verengte die Augen –, »was sie in der Mitte einer regennassen Straße vor einem Auto zu suchen hatte, einem Auto, in dem meine Tochter und dein Sohn saßen!«

419

»Nein!« schrie Adam. »Das stimmt nicht, du dumme, beschränkte, Frau! Das war nicht Brid!«

»Ach nein?« Liza gab nicht nach. »Dann frag sie doch!«

»Ich brauche sie nicht zu fragen. Sie würde nie etwas tun, das mir weh tut. Sie ist gut und schön und freundlich.«

»Unsinn! Sie ist eine Harpyie. Nein, Adam, bleib!« Er machte Anstalten zu gehen, doch sie hielt ihn fest. »Denk nach! Verdammt noch mal, wach auf!«

Er stieß sie beiseite. »Fahr nach Hause, Liza. Du bist hier nicht willkommen!« Mit wenigen Schritten war er an der Tür und riß sie auf. »Du mischst dich in Dinge ein, von denen du nichts verstehst.« Er trat in den Flur, ließ die Tür krachend ins Schloß fallen, dann hörten sie ihn die Treppe hinaufeilen.

Jane ließ sich auf ihren Stuhl sinken und brach in Tränen aus. »Siehst du? Was soll ich bloß tun? Sie hat ihn verhext!«

»Ich gehe nach oben.«

»Nein!« Janes Stimme wurde gellend. »Das darfst du nicht tun! Sie ist gefährlich, Liza. Sie hat Leute umgebracht.«

»Mich wird sie nicht umbringen!« Allmählich steigerte sich Lizas Zorn zu Weißglut. »Du bleibst hier!«

Ohne zu überlegen, öffnete sie die Tür und lief die Treppe hinauf und den Gang entlang zum Gästezimmer. Sie rechnete damit, daß Adam die Tür abgeschlossen haben würde, aber als sie an den Türknauf faßte, ging sie sofort auf. Adam stand am Bett, das Hemd schon halb ausgezogen, während Brid ihn völlig entkleidet umschlungen hielt. Als Liza in der Tür stehenblieb, sahen beide zu ihr. Brid lächelte. Sie versuchte nicht einmal, ihre Blöße zu verbergen, und ließ Adam auch nicht los.

»Raus!« Adam nahm seine Hände von Brids Gesäß und drückte sie an sich. »Jetzt geh schon, oder bist du auf deine alten Tage noch zur Voyeurin geworden?« Seine Worte waren bewußt verletzend. Er drückte sein Gesicht in Brids Haar und zog sie noch fester an sich.

»Du bist ein Dummkopf!« Liza glaubte, ihren Augen nicht zu trauen. »Hast du überhaupt kein Schamgefühl? Und keinen Verstand?«

»Nicht im mindesten.« Er sah Brid lächelnd in die Augen. Liza hätte schwören mögen, daß sie das Mädchen wie eine zufriedene Katze schnurren hörte.

»Arme Jane.« Liza bemühte sich nicht, den Abscheu in ihrer Stimme zu verbergen.

»Ja, arme Jane. Laß sie in Ruhe, Liza.« Er schaute sie nicht einmal an, sondern hatte noch immer sein Gesicht in dem langen, seidigen Haar verborgen.

Plötzlich konnte Liza es nicht mehr ertragen. Sie machte auf dem Absatz kehrt, rannte hinaus und warf die Tür mit einem lauten Krachen ins Schloß. Gerade konnte sie noch das Bad erreichen, bevor sie sich heftig übergab.

Während sie sich kaltes Wasser über Gesicht und Hände laufen ließ, zitterte sie noch immer wie Espenlaub. »Liza?« Sie hörte Janes Stimme zaghaft vom Fuß der Treppe her rufen. »Liza, fehlt dir was?«

»Nein, mir geht's gut.« Sie mußte sich zwingen zu antworten. »Ich komme gleich runter.« Nachdem sie sich die Nase mit einem Stück Toilettenpapier geputzt hatte, atmete sie tief durch und öffnete die Tür. Aus dem Gästezimmer war nichts zu hören. So schnell wie möglich rannte sie die Stufen hinab und an Jane vorbei in die Küche. »Kannst du mir bitte einen Kaffee machen?« Sie warf sich auf einen Stuhl.

»Was ist passiert?« Janes Gesicht war zwar leichenblaß, aber ihre Hände zitterten nicht, als sie den Kessel füllte.

»Sie ist da oben bei ihm.«

»Das haben wir gewußt.« Janes Stimme war völlig tonlos.

»Aber bei ihm. Richtig mit ihm zusammen.« Liza sah auf und strich sich die Haare aus der Stirn. »Es tut mir leid, Jane. Das war mir nicht klar. Ich dachte …« Kopfschüttelnd brach sie ab. »Ich weiß nicht, was ich mir vorgestellt hatte.«

»Sie schlafen miteinander«, sagte Jane emotionslos. »Ich höre sie jede Nacht. Was meinst du, warum ich Schlaftabletten brauche? Er kann die Pfoten nicht von ihr lassen. Er ist völlig besessen. Er ißt nichts, und viel Schlaf kriegt er wahrscheinlich auch nicht.« Ihr Lachen klang bitter. »Er kommt nach Hause, geht nach oben und vögelt. Und Robert Harding fragt mich, was los ist. Mit mir.«

421

»Komm, wir fahren. Sofort. Komm mit nach Pen-y-Ffordd. Du kannst nicht hierbleiben.«

»Ich muß hierbleiben. Hier ist mein Zuhause. Sonst habe ich keins mehr. Seit Mummy im Altenwohnheim ist, kann ich nicht mehr zu ihr.«

»Und selbst wenn, würdest du das nicht wollen! Aber hier hast du auch kein Zuhause, Jane. Dieses Haus ist ein Gefängnis. Du weißt doch, bei uns bist du immer willkommen. Immer. Verlaß ihn. Guter Gott, wie kannst du es nur zulassen, daß er dich so demütigt?« Sie stand auf. »Jetzt mach schon, pack deine Sachen zusammen. Wir fahren sofort. Ich gehe nach oben und hole meine Tasche.«

Jane schüttelte den Kopf. »Ich habe keine Kraft mehr, mich zu wehren, Liza.«

»Nein, aber ich schon. Und ich fahre nicht ohne dich.« Sie spürte, wie ihr Zorn, ihre Empörung und ihre eigene Demütigung in ihr überzukochen drohten. Sie stürmte hinaus und lief die Treppe, zwei Stufen auf einmal nehmend, hinauf.

Da das Gästezimmer belegt war, hatte Jane ihr Calums früheres Zimmer überlassen. Sie warf die Tür auf und wurde wieder von Kummer und Trauer überwältigt, wie immer, wenn sie das Zimmer betrat. Alles hier erinnerte an ihn. Jane hatte nichts weggeräumt. Ihre Reisetasche lag auf dem Bett; sie hatte sie noch nicht ausgepackt. Sie griff nach ihrem Mantel und drehte sich zur Tür. Dort stand Adam. Er hatte sich einen Morgenrock angezogen und funkelte sie unter seinen zerzausten Haaren zornig an.

»Was hast du in diesem Zimmer zu suchen?«

»Ich hole meine Sachen. Ich fahre.«

»Du hast in diesem Zimmer nichts zu suchen.«

»Wie du siehst, will ich auch gar nicht bleiben.«

»Du hast meinen Sohn umgebracht.«

»Unsinn! Wenn jemand ihn umgebracht hat, dann Brid! Frag sie. Geh schon! Frag sie, was sie getan hat!«

»Das nimmst du zurück!« Sein Gesicht war wutverzerrt. »Verschwinde aus meinem Haus, Liza, und laß dich hier nie wieder sehen! Untersteh dich, je wieder das Zimmer meines

Sohnes zu betreten! Du und deine Tochter, ihr habt ihn umgebracht. Ohne euch wäre er noch am Leben!«

»Du weißt, daß das nicht stimmt, Adam!« schrie sie. »Calum hat Julie geliebt. Ich habe auch ein Kind verloren, verstehst du? Und Beth hat ihre Eltern verloren! Kannst du nicht begreifen, was passiert ist? Niemand hat Schuld daran, niemand außer der Frau, die vor ihr Auto auf die nasse Straße getreten ist. Das hat Brid getan, und du läßt sie immer noch herkommen und dich von ihr verführen! Schmeiß sie raus, Adam! Schick sie fort! Sie ist böse! Sie ist ein Ungeheuer!«

Ein Schatten erschien hinter Adam auf dem Gang. Liza wich einen Schritt zurück. »Laß sie nicht in meine Nähe kommen, Adam. Sonst kann ich für nichts garantieren.« Schon vorher war ihr der Kukri aufgefallen, der an der Wand von Calums Zimmer hing, ein Andenken an eine abenteuerliche Klassenfahrt nach Indien. Mit zwei Schritten stand sie an der Wand und nahm den Dolch herunter. Die scharfe Schneide vor sich haltend, drehte sie sich wieder um. »Schick sie weg, Adam.«

Das animalische Fauchen, das aus dem Schatten kam, ließ ihr das Blut in den Adern gerinnen. Adam lächelte. »Sei nicht dumm, Liza. Du kannst sie nicht töten. Jane hat's einmal versucht, aber es ist ihr nicht gelungen.«

»Mir wird es gelingen.« Drohend schwang sie den Dolch vor sich her. »Schick sie weg.«

Sie konnte sie nicht sehen, aber sie konnte die animalische Angst und Lust riechen, und dann hörte sie es wieder, das leise Knurren von der Tür in Adams Rücken.

»Du mußt gehen, Liza.« Es war, als wäre Adam nicht er selbst. Einen Moment fragte Liza sich, ob er schlafwandelte – oder ob er in einer Art hypnotischer Trance war. »Wir wollen dich hier nicht haben.«

»Adam!« Ihr Ton war barsch. »Du redest mit mir, mit Liza!«

»Ich weiß, mit wem ich rede.« Wieder verzog er den Mund zu einem seltsamen Lächeln. »Mit einem Störenfried. Wir wollen dich nicht hier haben, siehst du das nicht?« Auf seinen Wink hin trat Brid in seine ausgebreiteten Arme – die groß-

423

gewachsene, schlanke, wunderschöne Brid, der die dunklen Haare über die Schultern fielen. Sie hatte sich ein helles Laken um den nackten Körper geschlungen.

Ihre grauen Augen begegneten trotzig Lizas Blick. »Warum willst du mir A-dam wegnehmen?« Ihre tiefe Stimme war musikalisch. »Du hast doch jetzt einen anderen Mann.« Kurz legte sie den Kopf auf Adams Schulter. »Ich bin die Frau, die er immer geliebt hat.«

»Nein, Brid.« Nur mit Mühe gelang es Liza, ruhig zu sprechen. »Du bist nicht diejenige, die er liebt. Er liebt seine Frau. Er hat seinen Sohn geliebt. Was hast du mit seinem Sohn gemacht, Brid?«

»Liza!« unterbrach Adam sie mit wütender Stimme.

»Nein, Adam, laß sie selbst antworten. Was hast du mit seinem Sohn gemacht?«

»A-dam hat keinen Sohn. Er liebt niemanden als mich.«

»Aber er hatte einmal einen Sohn. Erinnerst du dich nicht? Einen Sohn, und eine Schwiegertochter, und eine kleine Enkeltochter, in einem Auto ...«

»Ich erinnere mich nicht. Es ist nicht wichtig.« Beim Reden ließ Brid die Lippen zärtlich über Adams Haut streifen und preßte sich verführerisch an ihn. Mit den Händen liebkoste sie ihm das Gesicht. »Mach, daß sie weggeht, A-dam.«

»Bitte, Liza.« Adams Stimme war sehr leise geworden.

»Wenn du nicht gehst und uns in Ruhe läßt, nehme ich dir deinen Mann weg.« Brids Augen verengten sich wie bei einer Katze, als sie Liza aus der Sicherheit von Adams Armen ansah. Sie hatte das Kreuz aus Ebereschenholz gespürt, sobald Jane es sich um den Hals gelegt hatte. Es umgab die Frau mit Feuer und schützte sie, und auch diese Frau war von der Kraft des Lichts umgeben. Doch sie war auf andere Art verletzlich. »Wenn du versuchst, mir A-dam wegzunehmen, nehme ich dir deinen Phil weg.«

Liza erschauderte. Der schützende Kreis um sie geriet ins Wanken. »Untersteh dich, mir zu drohen.« Sie zögerte. »Woher weißt du, wie mein Mann heißt?«

»Ich weiß alles.« Sie blickte Liza noch immer unerbittlich in die Augen. »Geh.«

»Ich gehe nicht ohne Adam. Ich will, daß er mit mir mitkommt.«

»Dann bist du sehr dumm.« Verächtlich musterte Brid sie von Kopf bis Fuß. »Und ich werde dich verfluchen. Ich werde dich leiden lassen. Ich werde dir nicht erlauben, mir meinen A-dam wegzunehmen.«

»Liza, ich habe dich gewarnt!« Adam zog Brid noch fester an sich. »Reize sie nicht noch mehr!«

»Nimm doch endlich Vernunft an!«

Brid schüttelte langsam den Kopf. »Sie will nicht auf dich hören, A-dam.« Sie hob die Hand und zeigte auf Liza. »Ich, Adams Frau, verfluche dich. Ich verfluche dich, den Mann, den du liebst, zu verlieren, so wie du mich verfluchst, meinen zu verlieren.«

Liza schrak zurück. Auf einmal fühlte sie sich von kalter, verpesteter Luft umgeben, die außerhalb ihres Schutzkreises wogte. »Also gut, ich gehe. Aber ich verlasse das Zimmer erst, wenn du aus dem Weg gehst.« Erschrocken stellte sie fest, daß sie heftig zitterte. Sie funkelte Adam, der nach wie vor in der Tür stand, wütend an. »Mach schon, nimm sie in dein Zimmer, und ich gehe.« Verzweifelt bemühte sie sich, Haltung zu bewahren. Laß sie nicht sehen, wieviel Angst du hast. Laß sie nicht merken, wie sehr sie dich eingeschüchtert hat.

Brid lächelte, ein langes, langsames, hochmütiges Lächeln. Scheinbar ohne sich zu bewegen, löste sie sich aus Adams Umarmung und überquerte den Flur. »Komm, A-dam.«

Adam folgte Brid zur Tür des Gästezimmers. Dort blieb er stehen und drehte sich um. »Komm nie wieder her.«

»Das werde ich auch nicht. Damit sie ihren Fluch zurücknimmt!« Liza war der Mund wie ausgedörrt.

Brid lächelte sie über die Schulter hinweg an. »Es ist zu spät. Der Fluch kann nie zurückgenommen werden.«

»Adam ...« Aber es war niemand mehr da, der Lizas Flehen hätte hören können. Adam war fort.

Nachdem er die Tür geschlossen hatte, blieb sie einen Moment wie erstarrt stehen. »Möge Gott dich beschützen, Adam«, flüsterte sie. »Möge Gott uns alle beschützen.«

»Ich kann ihn nicht verlassen.« Resigniert schüttelte Jane den Kopf. »Wenn ich weggehe, passiert etwas Schreckliches.«

»Es wird etwas Schreckliches passieren, wenn du hierbleibst.« Liza hielt ihre Tasche schon in der Hand. »Ich warte im Auto auf dich.« Sie ging zur Tür. »Ich meine es ernst, Jane. Ich bleibe keinen Augenblick länger in diesem Haus. Ich gebe dir zehn Minuten.«

Draußen war es bereits dunkel. Sie ging die Auffahrt entlang an Adams Wagen vorbei und zum Tor hinaus. Als sie auf der stillen Straße stand, sperrte sie den alten Triumph auf, warf ihre Reisetasche auf die Rückbank und setzte sich auf den Fahrersitz. Noch immer zitternd, warf sie einen Blick auf die Armbanduhr.

Durch einen Spalt in den hellblauen Chintz-Vorhängen im oberen Fenster fiel ein Lichtstrahl, doch es war niemand zu erkennen. Sie schaute wieder auf die Uhr. Es waren erst zwei Minuten vergangen. Sie wollte losfahren; sie wollte nach Hause, zu Phil und Beth, weit weg von diesem schrecklichen Haus mit seiner schrecklichen Bewohnerin. Noch eine Minute. Lieber Gott, paß auf sie auf. Mach, daß Phil und Beth nichts zustößt.

Jetzt komm schon, Jane. Komm.

Sie schloß die Augen und begann leise zu zählen. Bei fünfundzwanzig hörte sie wieder auf, öffnete die Augen und sah noch einmal zum Fenster mit den blauen Vorhängen hinauf. Dort brannte kein Licht mehr.

Jane, wo bleibst du?

Sie biß sich auf die Lippen. Sollte sie ins Haus zurückgehen und noch einmal versuchen, sie zu überreden? Aber sie hatte es schon versucht. Schon mehr als einmal.

Weitere fünf Minuten waren verstrichen. Zwei Minuten hatte Jane noch Zeit. Sie faßte an den Schlüssel, der im Zündschloß steckte, die Augen fest auf ihre Armbanduhr geheftet, wo sie auf dem Leuchtzifferblatt jede Sekunde vorbeiticken sah.

Die Haustür blieb geschlossen. Jane würde nicht kommen. Seufzend ließ Liza den Motor an.

In weniger als vier Stunden war sie zu Hause, obwohl sie zweimal Rast in einer Fernfahrerkneipe machte und einen schwarzen Kaffee hinunterstürzte. Als sie von der Straße nach Talgarth in den schmalen Weg einbog, bremste sie ab, legte den ersten Gang ein und fuhr zur Farm hinauf. Zu ihrer Überraschung brannte überall Licht. Von böser Vorahnung erfüllt, parkte sie den Wagen im Hof, stellte den Motor ab, blieb eine Minute still sitzen und hörte auf die Geräusche, die der Wagen beim Abkühlen in der Kälte machte. Steif und erschöpft stieg sie schließlich aus und ging zum Haus.

In dem Augenblick wurde die Küchentür geöffnet, und eine Frau trat heraus. Ihre besorgte Miene war im Licht des Hofs deutlich zu erkennen.

»Jenny? Was machst du denn hier?« Als Liza ihre Nachbarin sah, krampfte sich ihr vor Entsetzen der Magen zusammen. »Wo ist Phil?«

Jenny zuckte mit den Schultern. »Als ich den Wagen hörte, habe ich gehofft, daß du es bist. Er ist vor zwei Stunden weggegangen. Er hatte einen Anruf von Harry Evans oben in Bryn Glas bekommen; der sagte, ein paar Schulkinder hätten sich oben auf dem Berg verirrt, und sie würden einen Suchtrupp losschicken. Phil hat mich angerufen und mich gebeten, auf Beth aufzupassen, dann ist er weg.« Sie machte eine kurze Pause. »Vor einer Stunde habe ich bei Eleri angerufen, um zu hören, ob sie mittlerweile etwas erfahren hat, und sie sagte, sie wüßte gar nichts von irgendwelchen Schulkindern, und Harry würde im Bett liegen und schlafen. Ach Liza, ich weiß überhaupt nicht, welchen Reim ich mir darauf machen soll. Ich weiß nicht, ob das ein dummer Streich war oder was. Und ich wußte nicht, was ich tun sollte. Ich konnte doch Beth nicht allein lassen. Ich weiß nicht, soll ich die Polizei anrufen?«

Liza stand wie angewurzelt da; ihr ganzer Körper war wir gelähmt. Sie starrte in die Finsternis jenseits der Scheunen, wo sich die große, schwarze Masse des Bergs unter dem Sternenhimmel erstreckte.

Brid.

»Soll ich die Polizei anrufen, oder was?« Plötzlich wurde ihr bewußt, daß Jenny immer noch redete.

»Ich weiß nicht. Ja, wahrscheinlich schon.« Wogen der Panik überschwemmten sie. »Ich rufe schnell selbst bei Eleri an. Wann hat Phil den Anruf bekommen?«

Ihr zitterten die Hände so sehr, daß sie kaum den Hörer halten konnte. Harry selbst war am Apparat. »Ein sehr seltsamer Streich war das, Liza. Ich weiß nicht, vielleicht hat er sich verhört, oder die ganze Sache nur geträumt, oder so?« Seine tiefe Stimme klang beruhigend. »Also, wenn er bei uns auftaucht, melde ich mich bei dir. Vielleicht solltest du die Polizei anrufen, nur für den Fall, daß er einen Unfall gehabt hat. Hier oben sind die Straßen eisglatt. Aber mach dir keine Sorgen, er wird schon wieder auftauchen.«

Der Polizeibeamte war höflich und beschwichtigend, aber im Augenblick nicht bereit, in Aktion zu treten. Liza knallte den Hörer auf die Gabel. »Sie wollen nichts tun. Es ist ihnen völlig egal. Offenbar ist er noch nicht lange genug weg. Wie lang muß man denn verschwunden sein, daß sie was unternehmen?« Sie drehte sich ihrer Nachbarin zu. »Jenny, könntest du bitte noch ein bißchen hierbleiben? Ich will auf den Berg fahren.«

»Bist du sicher? Soll ich nicht Ken anrufen?«

»Nein.« Liza schüttelte den Kopf; sie war schon dabei, in die Gummistiefel zu schlüpfen und sich Jacke und Schal anzuziehen. »Nein, ich werde ihn finden. Er kann ja nur die Straße den Berg hinauf gefahren sein. Vielleicht wollte er zu Meryn, oder vielleicht ist er über den Paß nach Hay gefahren.« Oder vielleicht ist er ins Schleudern geraten und von der einspurigen Straße abgekommen, an einer der vielen Stellen, wo sie steil in die Tiefe abfällt.

Im Wageninneren war es noch angenehm warm. Sie ließ die Tür zuknallen und den Motor aufheulen, dann wendete sie, fuhr vorsichtig auf die Straße zurück und den Berg hinauf.

Meryns Haus war verwaist. Sie ging in den Garten und schaute deprimiert auf den Anbau, in dem sonst sein Wagen stand; er war leer. Im Kamin brannte kein Feuer, und das Wohnzimmer, in das sie durch das Fenster mit den offenen Vorhängen spähte, wirkte unbewohnt.

»Ach, Meryn!« Wie ein enttäuschtes Kind brach sie in Tränen aus. Erst da wurde ihr klar, wie sehr sie sich darauf verlassen hatte, bei ihm Trost und Rat zu finden.

»Phil!« Ihr Schrei gellte durch die endlose Weite unter den Sternen und verhallte über dem Bergrücken. Es kam keine Antwort.

Langsam fuhr sie weiter; im Lichtkegel der Scheinwerfer waren die Windungen und Kurven der Straße deutlich auszumachen. Auf dem grobkörnigen Teer funkelte Eis. An manchen Stellen, wo die Fahrbahndecke erneuert worden und die Eisschicht spiegelglatt war, konnte sie schwache Reifenspuren eines anderen Wagens erkennen. »Phil?« Sie trat vorsichtig auf die Bremse und merkte, wie der Wagen ins Rutschen geriet und leicht die Richtung änderte, so daß das Licht plötzlich auf ein Dutzend wilder Ponys schien, die mit dem Rücken zum Wind zusammengedrängt dastanden. Ihr langes, zotteliges Fell war mit Schlamm verkrustet, und sie starrten Liza unbeteiligt an.

Der Motor stotterte, und erschrocken warf sie einen Blick auf die Benzinuhr. Der Tank war noch viertel voll. Bald würde sie die Paßhöhe erreicht haben; dort konnte sie in die Parkbucht fahren und die Umgebung im Mondlicht absuchen.

Die Straße zog sich wie ein silbernes Band durch die Landschaft, die Hügel hinauf und hinab, fast so weit das Auge reichte; nur hier und dort verschwand sie in einer Senke oder hinter einer Felsnase. Liza zwang sich, ruhig zu bleiben und mit den Augen alles genau abzusuchen; fluchend fiel ihr ein, daß sie vergessen hatte, das Fernglas vom Haken an der Hintertür mitzunehmen.

Das Land vor ihr war fast taghell, doch im Tal hinter ihr, wo zu beiden Seiten des Bachs Bäume wuchsen, herrschte absolute Dunkelheit. Von irgendwo dort unten hörte sie eine Eule rufen, und aus der Ferne hallte gelegentlich das Blöken eines Schafs herüber. Die Tiere waren jetzt auf den Weiden unten im Tal, am Fuß des Berges, doch ihre Geräusche waren noch hier oben zu hören, bei den Sommerweiden, die in die hochaufragenden, von Bussarden und Milanen bevölkerten schwarzen Felsen übergingen.

Das leise Fauchen, das aus den Schatten der Felsen am Rand der Parkbucht herüberdrang, ließ sie herumfahren, doch als ihre Augen die Dunkelheit absuchten, konnte sie nichts erkennen. Ihr Herz klopfte zum Zerspringen. Langsam drehte sie sich im Kreis, um genau zu lokalisieren, woher das Geräusch gekommen war, aber jetzt war nur die immense Stille zu hören. Rückwärts schreitend, ging sie zur offenen Wagentür, und da sah sie es. Die Katze stand direkt vor ihr: groß, getigert, die tief angesetzten Ohren an der breiten Stirn flach an den Kopf gelegt, die Augen fast rotglühend im Mondlicht, die Lippen zurückgezogen, so daß die Zähne entblößt waren. Panisch flüchtete Liza ins Auto und drückte die Arretierung nach unten. Dann blickte sie zuerst in den Rückspiegel und verrenkte sich schließlich beinahe den Hals, doch von der Katze war nichts mehr zu sehen. Statt ihr glaubte Liza für den Bruchteil einer Sekunde eine Frau zu erkennen, die im Schatten bei den Felsen stand.

»Du Hexe!«

Mit bebenden Händen ließ Liza den Motor an und stellte den Wagen so, daß die Scheinwerfer direkt auf die Stelle leuchteten, wo sie die Gestalt gesehen hatte. Aber da war nichts, nur ein kleiner, vom ewigen Wind verkrüppelter Dornbusch.

Langsam fuhr sie über die Paßhöhe, wo die Straße zwischen weichem, moorigem Boden mit eisgeränderten Tümpeln und von Ginsterbüschen durchsetzten Wiesen führte, und dann die vielen Kurven zur Baumgrenze hinab. Dort, kurz vor der Rindersperre, sah sie die Schleuderspuren, die von der Straße in die kleine Schlucht abgingen. Sie hielt an und schickte ein Stoßgebet zum Himmel, bevor sie sich zwang, die Tür zu öffnen und auszusteigen.

Es herrschte absolute Stille.

Immer wieder ausrutschend, lief sie über die vereiste Straße ins Gras und kletterte dann vorsichtig den fast senkrecht abfallenden Hang hinab zu der Stelle, wo ein Bach dahinplätscherte.

Phils alter Landrover war mit der Motorhaube voraus in den Bach gestürzt. Zuerst hatte sie den Wagen nicht gesehen, den dunkleren Fleck in den Schatten der Schlucht. Doch plötzlich erkannte sie die vertrauten Umrisse des Wagens in einer ihr völlig unvertrauten Position.

»Phil?« Ihre Stimme klang sehr klein in der überwältigenden Stille der Berge. »Phil, ist alles in Ordnung?«

Sie wußte, daß nichts in Ordnung war. Sie hatte es bereits gewußt, als sie eine halbe Stunde zuvor von der Farm aufgebrochen war, aber sie hatte die Hoffnung nicht aufgegeben. Mühsam öffnete sie die Tür und nahm seine Hand. Wider besseren Wissens tastete sie am eiskalten Handgelenk nach dem Puls und rückte den zerschundenen Kopf in eine bequemere Position; und wider besseren Wissens holte sie eine Decke und wickelte sie um ihn, als wäre er ein schlafendes Kind. Dann setzte sie sich in das gefrorene Gras neben den Landrover und weinte.

Zwei Stunden später fand sie ein Farmer, der nach einer durchzechten Nacht in Glasbury in den frühen Morgenstunden nach Capel-y-fin fuhr. Lizas Wagen, der mit offener Fahrertür und mittlerweile fast erloschenen Schweinwerfern mitten auf der Straße stand, zwang ihn stehenzubleiben.

Nur halb bewußt, daß sie in ihren Träumen Adams warmes Bett verlassen und eine Weile über einen kalten, von Rauhreif bedeckten Berg gewandert war, drückte Brid ihren eisigkalten Körper an seine warme Haut, hörte, wie der Schock ihn scharf einatmen ließ, und glaubte, es sei ein Stöhnen der Lust. Sie schloß die Augen und gab sich ganz ihrem Glück hin, atmete den Duft seiner Haut ein, schmeckte den salzigen Schweiß mit der Zungenspitze. Im Schlaf ächzte er auf und drehte sich heftig von ihr weg, griff nach dem Kissen und schob es sich unter den Kopf. Zornig über diese Zurückweisung setzte sie sich auf; in der Dunkelheit verengten sich ihre Augen. Sie lebte von seiner Kraft; wenn er sie ihr vorenthielt, konnte sie nicht bei ihm bleiben. Ohne ihn war sie verloren. Sie sah sich in der Nacht um und spürte schon die lauernden Schatten. Sie waren immer sehr nah. Broichan hatte nicht aufgegeben. Er wartete auf sie an der Grenze der Zeit.

Weder Jane noch Adam kamen zur Beerdigung. Als Liza bei Jane angerufen hatte, war sie mitfühlend, aber distanziert gewesen.

Adam weigerte sich, überhaupt mit ihr zu reden.

Kapitel 17

Der Schmerz über den Verlust ließ nicht nach, doch im Verlauf der Jahre wurde er erträglicher. Niemand zweifelte daran, daß Phil auf dem Eis ins Schleudern geraten war, und Liza hatte keinen Beweis – würde nie einen haben –, daß eine wunderschöne junge Frau aus einer längst vergangenen Zeit vor ihn auf die Straße getreten war, so wie schon zuvor vor das Auto mit Julie und Calum – die willkürliche, grausame Handlung eines besessenen, gewalttätigen Wesens, das irgendwo zwischen den Zeiten verloren herumirrte.

In den ersten Jahren nach Phils Tod hatte Liza kaum eine freie Minute. Sie war gezwungen, sofort wieder zu arbeiten, denn keiner von ihnen hatte je Geld zurückgelegt. Sparen war ihnen vom Wesen her völlig fremd gewesen. Während Liza sich um Beth kümmerte, hatte Phil das Geld verdient – das war ihre Vereinbarung gewesen; und Liza war überrascht gewesen, wie leicht es ihr fiel, ihre Karriere zu unterbrechen. Nicht minder überraschte sie die Erleichterung, wieder arbeiten zu müssen – es lenkte sie von ihrem Kummer ab – und wie rasch sie wieder genügend Aufträge bekam. Es war schwierig, die Bedürfnisse eines lebhaften kleinen Mädchens mit der Ruhe und dem Raum zu vereinbaren, die sie zum Arbeiten brauchte, aber mit der Hilfe von freundlichen Nachbarn und toleranten Babysittern war es ihr gelungen.

Beths hübsches Gesicht und ihr sonniges Temperament hatten es Liza leichter gemacht, ebenso wie die Mühelosigkeit, mit der sie sich in das neue Leben einfand: Die unendliche Stille und der Friede der Waliser Berge, dazwischen luxuriöse, aufregende Reisen durch Europa, auf denen Lizas ohnehin brillanter Ruf ständig weiter wuchs.

Doch es war ein sehr einsames Dasein gewesen. Zuerst hatte Liza nicht gewußt, wie sie ohne Phil weiterleben sollte. Ohne ihn wirkte jeder Winkel des Hauses tot, alles, was sie tat, kam ihr sinnlos vor. Ohne das kleine Mädchen, um das sie sich kümmern mußte, hätte sie den Lebensmut verloren. Doch Beth war immer für sie da, schlang ihr die Arme um den Hals, gab ihr liebevolle Küsse und versuchte sie – wie Liza sich mit einem gewissen Schuldgefühl erinnerte – mit einem »Nicht weinen, Oma Liza« zu trösten; dazu hatten die kleinen Finger ihr die Tränen von den Wangen gestrichen.

Und Meryn war dagewesen. Zum ersten Mal überhaupt fuhr er eines Tages den Berg hinab, und sie fand ihn in ihrer Küche sitzen. Seine Philosophie war einfach: Phil war nicht fortgegangen. Er war noch immer bei ihnen, sah ihnen bei allem zu und erwartete, daß sie ihm zeigen würden, wie gut sie zurechtkamen. Von ihm lernte Liza, wie sie mit Phil reden, wie sie ihn um Rat fragen und tief in ihrem Innern auf seine Antwort hören konnte. Von ihm lernte sie, daß es nicht in Phils Sinn war, wenn sie den Rest ihres Lebens weinte oder wenn Beths Kindheit von unglücklichen Erinnerungen überschattet wäre. Und schließlich lehrte er sie, Phil loszulassen, so daß sein Andenken nicht mehr das ganze Haus erfüllte, daß sie sein Grab neben dem ihrer Tochter auf dem sonnenbeschienenen Hang mit Freude und nicht mit Trauer im Herzen besuchte, und auch nicht jede Woche, sondern nur gelegentlich, wenn sie eine besondere Erinnerung mit ihm teilen wollte. Und er lehrte sie, ihr und Beths Leben vor Brid zu schützen. Nie wieder würde die Farm von Wildkatzen oder rachsüchtigen, eifersüchtigen Furien heimgesucht werden. Als er spürte, daß sie wieder stark genug war, um allein zu sein, besuchte er sie immer seltener, und eines Tages, als sie von der Landstraße zu seinem Cottage abbog, stellte sie fest, daß er fort war, der Kamin kalt; da wußte sie, daß er sie wieder verlassen hatte, damit sie alleine zurechtkam.

Und schließlich gab es im Laufe der Jahre auch andere Männer. Nicht viele, und auch nichts Ernsthaftes, außer einem: ein italienischer Graf, ein Schriftsteller, der in einem alten, halbverfallenen Schloß in den Bergen hinter Fiesole lebte und dessen Porträt sie in einem wunderbaren, unvergeßlichen Sommer gemalt hatte. Beinahe hätte sie ihn geheiratet, aber selbst bei ihm hielt irgend etwas sie davon ab. Nicht, daß sie

434

ihn nicht genügend geliebt hätte. Sie hatte ihn vergöttert, ohne je das Gefühl zu haben, Phil zu hintergehen, und hätte gerne den Rest ihres Lebens an seiner Seite verbracht, aber ein innerer Selbsterhaltungstrieb hinderte sie daran. Sie wollte nicht jemandem so sehr gehören, wie Michele es sich von ihr wünschen würde. Sie liebte ihre Unabhängigkeit, und die Kunst bedeutete ihr fast alles. Beides war ihr sehr kostbar, und das hatte er nicht verstanden. Mittlerweile war sie schon sehr lange nicht mehr in seinem wunderschönen Castello inmitten der Olivenhaine gewesen.

Beth hatte sie von Anfang an auf diesen Malreisen begleitet. Während Liza mit ihrem neuesten berühmten Modell vor ihrer Staffelei saß, blieb Beth im Hotelzimmer oder lag am Swimmingpool. Wenn sie im Haus des Modells wohnten, wie etwa bei Michele, dann um so besser. Das machte mehr Spaß, und das Mädchen konnte nach Belieben umherstreunen. Schon sehr früh hatte sie angefangen, Skizzenblock und Kreiden mitzunehmen. Später stieg sie auf Ölfarben um, aber an Porträts versuchte sie sich nie. Das war Lizas Gebiet. Vielmehr spezialisierte sie sich auf Landschaften, beobachtete genau die Unterschiede zwischen den einzelnen Regionen, die sie besuchten: Südfrankreich, Italien, die Schweiz. Mit den Jahren stapelten sich in ihrem kleinen Zimmer auf der Farm die Blöcke mit detaillierten Skizzen. In der Schule entschied sie sich für Kunst als Hauptfach, anschließend besuchte sie die Kunstakademie. Ein- oder zweimal im Jahr trafen sie und Liza ihre Oma Jane, die zwanzig Jahre älter wirkte als Liza, die ebenfalls ihre Oma war. Allerdings betrachtete Beth sie mittlerweile immer nur als Liza und gelegentlich, in ihren geheimsten Träumen, als ihre Mutter.

Sie wußte, daß sie einen Großvater hatte, der Arzt in St. Albans war, aber bei ihren Treffen erwähnte keine der beiden Frauen ihn je, und wenn sie Liza nach ihm fragte, bekam sie als Antwort nur ein Schulterzucken und einen so traurigen Blick, so daß sie bald aufhörte, sich weiter zu erkundigen. Vage wußte sie, daß es eine andere Frau gab. Das klang wie in einem viktorianischen Roman, romantisch und sehr traurig, und das war wohl auch der Grund, warum Oma Jane weiße

Haare und so viele Falten im Gesicht hatte. Aber Liza sprach nie über diese andere Frau, was seltsam war, weil sie in jeder anderen Hinsicht sehr modern und offen war und man über alles mit ihr reden konnte. Angesichts der Tatsache, daß es in Beths Leben so viele Lücken gab – ihre Eltern, Großvater Phil, an den sie sich kaum erinnern konnte, nur an zwei starke, tröstende Arme –, fand sie, es sei eine Schande, einen tatsächlich existierenden Großvater nicht zu kennen.

Zum letzten Mal hatten sich die drei Frauen kurz vor Weihnachten gesehen, als Liza ein Gemälde in einer Wohnung mitten in London abgeliefert hatte. Sie und Beth verabredeten sich mit Jane im Restaurant von Harvey Nichols, und die drei hatten sich an einen Tisch in der Nähe des Fensters gesetzt. Einen Moment konnte Liza ihren Schock, wie sehr Jane gealtert war, nicht verbergen. Doch sie sagte nichts, bis Beth zur Toilette ging; dann berührte sie Jane am Arm.

»Warum bleibst du immer noch bei ihm?«

Jane zuckte mit den Schultern. »Irgend jemand muß sich ja um ihn kümmern. Er trinkt jetzt, mußt du wissen.«

»Adam?« fragte Liza entgeistert.

»Wer sonst? Sie hat ihn völlig entkräftet. Er ist nur noch ein Schatten seiner selbst. Er arbeitet nur noch einen Tag die Woche, und das auch bloß, weil Robert nicht weiß, wie er ihn loswerden kann. Wenn er sich noch einen Fehler leistet, sitzt er auf der Straße. Sie haben jetzt noch einen Partner eingestellt, also wird er nicht fehlen.«

»Aber Jane, das ist ja schrecklich.« Tränen standen Liza in den Augen. »Wenn ich zurückdenke – ihm stand so vieles offen. Er war so begeisterungsfähig.«

Jane nickte. »Ich bin am Gewinnen. Einfach, indem ich da bin.« Sie verzog den Mund zu einem freudlosen Lächeln. »Sie kann es nicht leiden, daß ich im Haus bin. Ich habe immer noch das Ebereschenkreuz, wahrscheinlich ist das der Grund, warum ich noch am Leben bin! Sie kann nicht verstehen, warum ich immer noch da bin. Neulich hat sie wieder versucht, mich umzubringen.«

Lizas Augen weiteten sich vor Entsetzen. »Was ist passiert?« stieß sie hervor.

»Ach, ich passe immer auf«, antwortete Jane fast unbeteiligt. »Schließlich kenne ich sie ja. Ich drehe ihr nie den Rücken zu. Wenn Adam außer Haus geht, ist sie meistens nicht da. Tagsüber, wenn er in der Praxis ist, gehe ich nach oben und mache ihr Zimmer sauber. Es ist erbärmlich, wie das Zimmer eines alten Mannes. Ich habe den Staubsauger nach unten getragen, und da hat sie mir einen Stoß versetzt. Ich habe sie aus dem Augenwinkel gesehen. Sie hat sich überhaupt nicht verändert, immer noch dieselben langen, dunklen Haare, die ihn so faszinieren. Ich kann überhaupt nicht verstehen, was sie an ihm noch findet. Er ist ein verwahrloster alter Mann!« Sie konnte ihre abgrundtiefe Abscheu nicht verbergen. »Wenn ich nicht da wäre, würde er nichts essen, hätte nichts Sauberes anzuziehen, und niemand würde seine Flaschen wegwerfen. Außerdem weiß er, daß ich ihn nie betrunken in die Praxis gehen lassen würde. Einmal ist es passiert, das war beinahe das Ende. Da sagte Robert, daß sie einen neuen Partner finden müssen. Heute bleibt niemand mehr vierzig Jahre in ein- und derselben Praxis, sie wechseln immer wieder die Stellung. Wenn Robert in den Ruhestand geht, wird Adam das auch tun müssen.« Sie griff nach ihrem Gin Tonic, den sie sich sofort beim Hinsetzen bestellt hatte. »Beth sieht sehr hübsch aus«, fügte sie unvermittelt hinzu.

»Das stimmt.« Liza war froh, das Thema wechseln zu können. Sie sah auf Janes Hand, die zitternd das Glas umklammerte. »Sag nichts ihr gegenüber. Sie hat eine ganz romantische Vorstellung von Adam – woher, weiß ich allerdings auch nicht!«

»Von dir.« Jane musterte sie mit unbehaglich ruhigem Blick. »Du hast ihn ja immer in den Himmel gehoben. Nur warst du schlau genug wegzugehen, als du gemerkt hast, daß du nur den kürzeren ziehen kannst.« Beide Frauen schwiegen einen Moment und dachten an Phil. Aber sobald Jane Beth an ihren Tisch zurückkehren sah, riß sie sich von ihren Träumereien los und lächelte. Das Mädchen war in der Tat sehr hübsch geworden; sie hatte die dunklen Haare ihres Vaters und die feinen Züge ihrer Mutter. Vielleicht war sie etwas füllig, aber die Leute drehten sich nach ihr um – dafür sorgten schon ihre Lebendigkeit und ihr Charme.

437

Den Rest des Essens unterhielten Liza und Beth Jane mit Geschichten von ihrer Reise nach New York, wo Liza vor kurzem die Frau eines Tycoons an der Wall Street gemalt und sich dann zum Spaß bereit erklärt hatte, auch noch seinen Lieblingshund zu porträtieren.

»Und jetzt«, fuhr Liza fort, »hat Beth den Auftrag bekommen, ein Buch über unsere Berge zu illustrieren. Wenn ich also nächsten Monat nach Italien fahre, bleibt sie auf der Farm und beginnt ihre erste richtige Arbeit. Du hast doch von Giles Campbell gehört, dem Reiseschriftsteller?«

Lächelnd schüttelte Jane den Kopf. »Meine Lieben, ich habe von niemandem gehört. Erzähl!« Erwartungsvoll schaute sie zu Beth.

Liza bemerkte, daß Beth ihr Essen kaum angerührt hatte, und runzelte die Stirn, sagte aber nichts. »Komm, jetzt erzähl schon alles!« forderte sie das Mädchen auf.

Beth errötete. »Also gut. Ich bin Hals über Kopf in ihn verliebt. Aber wieso auch nicht? Er ist zwar verheiratet, aber jeder weiß, daß seine Frau ein Flittchen ist. Es heißt, daß sie mehrere Affären gehabt hat. Der arme Giles! Ich weiß gar nicht, warum er sich damit abfindet. Hör nicht auf Liza, Oma Jane. Sie zieht mich ständig mit ihm auf, das ist nicht fair. Schließlich hat sie uns einander vorgestellt. Sie hat mich praktisch in seine Arme getrieben.«

»Unsinn.« Liza lächelte zufrieden. »Als Hibberds ein Buch über meine Bilder gemacht hat, bin ich öfter nach London in den Verlag gefahren. Bei einer Party hat Bob Cassie mich mit Giles bekannt gemacht, und wir sind ins Reden gekommen, weil er über die Geschichte der Black Mountains schreibt. Da war es nur natürlich, daß ich ihn zu uns eingeladen habe.«

»Sie hatte selbst ein Auge auf ihn geworfen, Oma«, warf Beth keck ein.

»Das stimmt nicht!« Liza lachte. »Oder zumindest nicht wirklich. Er ist dreißig Jahre jünger als ich …«

»Und damit genau richtig für mich! Und wenn die Katze aus dem Haus ist, kann die Maus mit etwas Glück auf dem Tisch tanzen!«

»Paß nur auf, Liebes.« Jane lächelte sanft. »Daß du dir nicht weh tun läßt.«

»Ganz bestimmt nicht!«

Als sie schließlich gehen wollten, legte Liza einen Arm um Janes magere Schultern. »Besuchst du uns bald einmal auf der Farm? Bitte. Adam kann dich doch sicher für ein paar Tage entbehren.«

»Er würde es nicht einmal merken, wenn ich nicht da wäre.« Jane begegnete ihrem Blick immer noch ruhig. »Aber ich glaube nicht, daß ich euch besuchen werde, Liza. Du und Beth, ihr seid dort glücklich. Und in Sicherheit. Und so soll es auch bleiben.«

»Was meinte sie damit, in Sicherheit?« fragte Beth, sobald Jane ins Taxi gestiegen war, das sie zum Bahnhof St. Pancras brachte.

Liza machte eine ausweichende Geste. »Ich glaube, sie will nicht, daß wir wissen, wie schlimm es um Adam steht. Es ist entsetzlich, wenn jemand trinkt.«

»Aber er würde doch nicht mitkommen. Er haßt mich.«

»Er haßt dich gar nicht, mein Schatz.« Liza verzog mißbilligend das Gesicht. »Ich weiß nicht, wie du auf die Idee kommst. Er ist einfach nur sehr unglücklich. Du würdest ihn an Calum erinnern.«

»Und an meine Mutter.«

»Und an deine Mutter.« Sie lächelte traurig.

»Also.« Beth holte tief Luft. »Aber er ist doch nicht gewalttätig, oder? Ich meine, er schlägt Oma Jane nicht oder so?«

»Nein, mein Schatz. Solche Sachen tut er nicht.« Liza seufzte. Sie hatte Brid Beth gegenüber nie erwähnt und hatte auch nicht die Absicht, es jetzt zu tun. Außerdem – was gab es schon zu erzählen? Die Besessenheit eines alten Mannes? Eine Spukgeschichte, die vor fünfzig Jahren begonnen hatte? Sie erlaubte sich nicht, an einen Mord auf einer Bergstraße in einer eisigen Winternacht zu denken.

Je mehr Adam trank, desto mehr ließ seine Lebenskraft nach, und auch Brid mit ihrer Unersättlichkeit zehrte an ihm. Doch je schwächer er wurde, desto schwächer wurde auch sie.

»Ich habe ihn gewarnt.« Robert stand im Wohnzimmer, mit dem Rücken zum Kamin, und sah Jane an, die auf dem Sofa saß. Adam war noch nicht nach Hause gekommen, und soweit sie wußte, war sie mit Robert allein im Haus. Heute war einer der Tage, an denen sie nach oben ins Gästezimmer gegangen war, um die Bettwäsche zu wechseln, Blumen auf die Kommode zu stellen, das Fenster zu öffnen, die kalte, feuchte Nachmittagsluft hereinzulassen und trotzig ein Kreuz über das Bett zu schlagen.

»Er war nicht regelrecht betrunken, aber er roch schon aus drei Meter Entfernung nach Alkohol. Weiß Gott, was seine Patienten gedacht haben müssen. Es tut mir leid, Jane, aber das rückt die Praxis in ein schlechtes Licht.«

Sie nickte matt. »Ich werde mit ihm reden, Robert.«

»Das ist auch nötig. Eine zweite Chance kriegt er nicht. Wenn das noch mal vorkommt, ist es vorbei. Dann müssen wir ihn bitten zu kündigen.« Er sah sich im Zimmer um und senkte die Stimme. »Und wie kommst du zurecht?«

Sie lächelte. »Ganz gut, da ich weiß, daß es dich gibt, Robert. Ich glaube nicht, daß ich allein zurechtkommen würde.« Sie war sich nicht sicher, wieviel er tatsächlich wußte – wieviel überhaupt jemand, von Liza einmal abgesehen, wußte. Schließlich bekam niemand Brid je zu Gesicht. Auf Außenstehende wirkten sie wohl nur wie ein gewöhnliches, abgearbeitetes Ehepaar, das im Verlauf der Jahre einfach zuviel Zeit miteinander verbracht hatte und sich mittlerweile in der Ehe langweilte. Niemand wußte, daß sie getrennte Zimmer hatten. Allerdings mußte eine Reihe von Leuten wissen, daß Adam trank, wie Jane vermutete.

Sie war allein im Haus und sah die Sechs-Uhr-Nachrichten, als Adam endlich heimkam. Die Tür fiel krachend ins Schloß, und sie wartete darauf, ihn nach oben gehen zu hören. Doch das passierte nicht. Langsam kam er ins Wohnzimmer, blieb stehen und sah sie an. Sein Gesicht war grau vor Müdigkeit. »Ist Robert bei dir gewesen?«

Sie nickte.

»Er hat dir erzählt, was passiert ist?«

»In groben Zügen. Was ist bloß in dich gefahren, in dem Zustand zur Arbeit zu gehen? Du bist dumm, Adam.« Ihr Ton war nicht gehässig, nur sehr sachlich.

»Kannst du dir nicht vorstellen, unter welcher Belastung ich stehe?« Abrupt setzte er sich auf den Rand eines Sessels und fuhr sich mit den Händen über das stoppelige, unrasierte Kinn. »Ich weiß nicht, was ich tun soll.«

Sie schaute ihn an. »Wenn du kaputt bist, könnten wir vielleicht in Urlaub fahren. Das haben wir seit Jahren nicht mehr gemacht. Robert würde dir bestimmt freigeben.« Liebend gern sogar, vermutete sie. Sie rechnete nicht damit, daß Adam zustimmte; das hatte er noch nie.

»Das wäre schön.« Seufzend lehnte er sich zurück. »Ich weiß nicht, wie ich sie loswerden soll, Janie.« Die Stimme versagte ihm. »Ich bin so müde! Ich möchte bloß noch, daß sie verschwindet.«

Überrascht starrte Jane ihn an. »Wie lange geht dir das schon so?« flüsterte sie.

Er zuckte die Achseln. »Ich weiß es nicht. Seit Monaten. Seit Jahren. Wenn sie hier ist, kann ich nicht denken. Ich kann nicht essen. Ich kann gar nichts tun. Ich weiß, wie weh ich dir getan habe. Es ist, als könnte ich gar nicht mehr wie ein normales menschliches Wesen funktionieren. Ich sehe doch, wie ich auch noch die kümmerlichen Reste meiner Karriere ruiniere, meinen Ruf, mein Zuhause – dich. Ich habe dir soviel Schmerz zugefügt.« Tränen standen ihm in den Augen. »Hilf mir, Janie.«

Jane stand auf. »Meinst du das im Ernst?« Plötzlich fühlte sie sich wieder voller Kraft. Sie ging zu ihm, beugte sich vor und legte ihm die Hände auf die Schultern. Dann drückte sie ihm einen Kuß auf den Scheitel und lächelte. »Überlaß es mir.«

»Jane …« Als sie entschlossen zur Tür schritt, rief er sie in plötzlicher Panik zurück. »Sei vorsichtig. Was willst du tun?«

»Ich will nur oben mal ein kurzes Gespräch führen. Du wartest hier unten. Und dann, mein Schatz, gehen wir zum Essen aus!« Zwei Stufen auf einmal nehmend, lief sie die

Treppe hinauf; ihr Herz sang vor Freude und Erleichterung. Endlich! So lange schon hatte sie auf diesen Augenblick gewartet! Sie konnte kaum glauben, daß er Vernunft angenommen hatte; daß er zu ihr zurückgekommen war. Sie hatte keine Angst. Mehr als Adams Liebe brauchte sie nicht. Sie erinnerte sich an die Warnungen, die Liza ihr im Laufe der vielen Jahre gegeben hatte, an die Erklärungen, wie sie sich schützen sollte; und um den Hals trug sie das kleine Kreuz, das Liza für sie gemacht hatte. Sie wußte nicht genau, warum sie es all die Zeit getragen hatte, genausowenig, wie sie wußte, warum sie die Bruchstücke des Kristallbaums aufgehoben hatte. Eigentlich glaubte sie nicht, daß Liza eine besondere Verbindung zu einem Schutzengel irgendwo dort oben im Himmel hatte; aber irgendwie verliehen ihr die Silberstückchen in der Tasche das zusätzliche bißchen Kraft, das sie brauchte, um die Tür aufzureißen und ins Gästezimmer zu gehen, um es mit Brid aufzunehmen.

Aber es war niemand da.

Als sie sich umsah, stieg in ihr das Gefühl auf, betrogen worden zu sein. Es war nichts von ihr zu sehen. Das Zimmer war noch genau so, wie sie es am Nachmittag hinterlassen hatte, das Bett frisch gemacht, das Fenster einen Spalt offen, um die kühle Abendluft hereinzulassen, die Vorhänge ganz zurückgezogen. Es fühlte sich leer an ... kahl.

Eine Minute blieb sie zögernd in der Tür stehen, als könnte sie ihren Augen nicht trauen, dann machte sie kehrt und lief, ohne die Tür hinter sich zu schließen, wieder nach unten. »Sie ist nicht da.«

»Nein.«

»Das hast du gewußt?« Plötzlich wurde sie wütend. »Das ist also der Grund, warum du plötzlich Vernunft angenommen hast!«

»Nein. Sie kommt doch immer erst, wenn ich da bin, oder nicht? Sonst hat es doch keinen Zweck. Wenn ich nach oben gehen würde, wäre sie schon da.«

Jane starrte ihn an. »Also gut, dann komm. Geh mit mir nach oben. Ruf sie und sag ihr, daß es vorbei ist.«

»Das kann ich nicht.«

442

»Doch, das kannst du. Hier. Das gibt dir Kraft.« Sie streckte ihm das kleine Holzkreuz mit den roten Fäden entgegen. Zuerst beäugte er es nur, aber dann nahm er es in die Hand und brach in Lachen aus. »Wieso glaube ich zu wissen, von wem du das hast?«

»Ja, es ist von Liza. Es wird dich schützen.«

»Glaubst du wirklich?« Er wollte das Kreuz in den Kamin werfen, aber es war zu leicht und fiel vor seinen Füßen zu Boden. »Nichts kann mich schützen, Jane. Nichts. Brid ist stärker als wir alle. Es ist unmöglich, sich gegen sie zu wehren.«

»Unsinn!« Sie nahm ihn an der Hand. »Komm, laß uns nach oben gehen und allem ein Ende setzen.«

»Nein, Jane. Laß uns heute abend nur ausgehen.« Er zog sie an sich. »Bitte, mein Liebling. Ich möchte das Haus verlassen.«

»Ich auch, aber ich will keine Angst haben müssen zurückzukommen, Adam.« Sie zog ihn an der Hand zur Tür. »Komm. Es dauert nur eine Minute, und dann bist du frei.«

Zögernd ließ sie seine Hand los und lief zurück, um das Kreuz aufzuheben. Die zarte Goldkette hatte sich in den Zweigen verfangen, und als Jane sie vorsichtig zu entwirren versuchte, zerbrach das von Alter brüchige Holz und zerkrümelte. Entsetzt schaute sie die Überreste an. »Mein Kreuz!« An ihren Fingern hingen dünne rote Fäden. »Adam, mein Kreuz!«

Kopfschüttelnd betrachtete er die Holzstückchen. »Du glaubst doch nicht im Ernst, daß dich das vor ihr geschützt hat, Jane? Wenn sie dir etwas hätte antun wollen, hätte sie es schon längst getan.« Er seufzte.

Nach einem letzten Blick auf die Überreste des Kreuzes ließ sie sie widerstrebend auf den Teppich fallen und wischte sich die Hände ab. »Jetzt komm. Laß uns nach oben gehen.«

Langsam folgte er ihr die Stufen hinauf. Auf dem Treppenabsatz blieb sie stehen. Sie hatte die Tür zum Gästezimmer doch offenstehen lassen! Da war sie sich sicher. Damit die kühle Zugluft durchs Haus wehte. Jetzt war die Tür geschlossen, und sie bemerkte den heißen, tierischen Geruch, der immer in der Luft lag, wenn Brid in der Nähe war. Sie sah Adam

443

zögern und drückte ihm ermutigend den Arm. »Du schaffst es. Sag ihr einfach, daß es vorbei ist. Sag ihr, daß sie gehen soll.«

»Sie wird nicht gehen, Janie.«

»Das wird sie schon, wenn du stark bleibst.« Sie küßte ihn rasch auf die Wange. »Du und ich, gemeinsam schaffen wir es. Dann gehen wir aus und feiern!«

Zweifelnd sah er sie an. Sie hatte seinen Arm losgelassen, und er spürte genau, wo ihre Hand gewesen war – ihm fehlte die Wärme ihrer Haut.

»Mach schon«, flüsterte sie. Ohne das Kreuz kam sie sich nackt vor. Entschlossen verdrängte sie das Gefühl. Sie brauchte nur neben Adam zu stehen; er würde sich mit Brid auseinandersetzen.

Widerstrebend trat er vor und faßte an den Türknauf. »Bist du dir sicher?« fragte er sie über die Schulter.

»Ja.« Sie schob ihn nach vorne. »Jetzt geh.«

Langsam drehte er den Knauf und drückte die Tür auf. Brid stand direkt dahinter. Sie trug ein langes, grünes Kleid, ihr Haar wurde von einer filigranen Silberspange in der Form eines springenden Lachses zusammengehalten. Sie sah ihn direkt an, und doch hatte er das Gefühl, daß sie ihn überhaupt nicht wahrnahm.

A-dam …

Die Worte schienen aus weiter Ferne zu ihm vorzudringen.

A-dam, warum bist du böse auf mich?

»Es ist Zeit, daß du gehst.« Janes Stimme klang plötzlich sehr laut. »Adam will dich nicht mehr. Wir wollen, daß du unser Haus verläßt.«

Brid sah nur unverwandt zu Adam, und er hatte den Eindruck, als hätte sie Jane gar nicht gehört. Sie trat einen Schritt vor, und ohne es zu wollen, wich Jane zurück.

A-dam, ich liebe dich. Wo bist du, A-dam?

Sie kam noch näher, und Jane wich noch weiter zurück, so daß sie schließlich auf dem Treppenabsatz zu stehen kam. Sie hätte die Bruchstücke des Kreuzes in die Tasche stecken sollen, die hätten ihr Kraft gegeben! »Geh weg, Brid!« Ihre Stimme war noch immer fest. »Adam, sag was! Mach, daß sie weggeht.«

»Es tut mir leid, Brid.« Adam hatte sich umgedreht, um zu seiner Frau zu blicken, dann lächelte er und wandte sich wieder Brid zu. »Du mußt gehen. Ich bin müde.«

Brid sah zu ihm, und zum ersten Mal schien sie sein Gesicht richtig wahrzunehmen. *Müde?* Sie sprach zu ihm. Jane merkte, daß die Worte von irgendwo weit weg zu kommen schienen, aus ihrem eigenen Kopf, und gar nicht aus dem Mund dieser Frau.

Armer A-dam. Brid macht, daß es dir wieder bessergeht. Mit ausgestreckten Händen bewegte sie sich auf Adam zu.

»Nein!« schrie Jane. »Faß ihn nicht an! Geh weg!«

Brid wirbelte herum und schien sie zum ersten Mal wahrzunehmen. Sie runzelte die Stirn. »Du bist nicht gut für ihn«, sagte sie, und ihre Stimme klang beinahe sanft. »Du mußt gehen, nicht ich.« Dann weiteten sich ihre Augen, denn sie sah, daß das Kreuz nicht da war – das kleine Kreuz mit dem pulsierenden, schützenden Licht hing nicht mehr um Janes Hals.

Sie trat an Adam vorbei auf den Flur.

»Adam!« Janes Stimme wurde gellend vor Angst. »Sag's ihr!«

Geh weg. A-dam will dich nicht.

Die Hand, die Brid nach Jane ausstreckte, schien sich kaum zu bewegen, und doch versetzte sie ihr einen heftigen Stoß auf die Brust. Plötzlich stand Jane nicht mehr auf dem Treppenabsatz, sondern trat einen Schritt zurück, in den luftleeren Raum, und fiel über die Treppe hinab.

Im Fallen stieß sie einen Schrei aus, bis sie mit einem lauten Aufprall am Boden landete, dann herrschte absolute Stille.

»Jane!« schrie Adam. »Jane, was fehlt dir?«

Sie ist weg. Brid lächelte ihn an. *Komm, mein Liebster.* Sie wollte seine Hand nehmen.

Adam stieß sie beiseite und lief zum oberen Absatz der Treppe. »Jane? Jane! O mein Gott, Jane, hast du dir weh getan?« Er sprang die Stufen hinab.

Schon bevor er sie berührte, wußte er, daß sie tot war. Ihr Hals war verrenkt, ihr Kopf lehnte in einem seltsamen Winkel an der Wand.

445

»Jane?« Es war ein Flüstern. Er kauerte sich neben sie und fühlte hinter ihrem Ohr nach dem Puls. Aber er wußte, es war zwecklos. Sie war tot. Jane war tot.

Einen Moment blieb er so hocken und starrte sie nur fassungslos an, dann berührte ihn etwas an der Schulter. Brid war ihm nach unten gefolgt.

A-dam, komm nach oben. Ich liebe dich, A-dam.

Heftig zitternd richtete er sich auf und schaute Brid an, ohne ein Wort hervorbringen zu können. »Ist dir klar, was du gemacht hast?« stieß er schließlich mit erstickter Stimme hervor. »Du dumme, hinterhältige, abscheuliche Hexe!«

Brid zuckte mit den Schultern. »Komm ins Bett, A-dam«, sagte sie ohne jede Gefühlsregung. »Mach dir keine Gedanken um sie. Sie hat dir nicht gutgetan. Du liebst mich.«

»Nicht mehr.« Er sprach sehr leise. »Verlaß mein Haus.«

»A-dam, ich liebe dich. Ich möchte, daß wir uns jetzt lieben.« Sie stellte sich neben ihn und legte ihm den Kopf auf die Schulter. Eine neue Kraft erfüllte sie, eine Kraft, die von der toten Frau ausging. Es tat ihr gut. »Bitte, A-dam. Es wird schön werden, jetzt, wo sie nicht mehr da ist. Wir haben das Haus ganz für uns allein.«

Adam riß sich los. »Verschwinde!« zischte er. »Verschwinde! Raus mit dir, raus mit dir!« Jetzt brüllte er wieder. »Du mieses Stück! Du mörderische kleine Hure! Du Teufelin! Verschwinde! Ich will dich nie wiedersehen!«

»A-dam.« Verständnislos wich sie zurück. »A-dam, warum bist du böse auf mich?«

»Weil du einen der wenigen Menschen, den ich je geliebt habe, umgebracht hast. Deswegen bin ich böse.« Plötzlich war sein Zorn wie fortgeblasen; Tränen strömten ihm über die Wangen. Er sank in die Knie und zog Janes Kopf an seine Brust. Aus ihrem Mundwinkel rann etwas Blut, und als er ihr Gesicht zu sich drehte, tropfte es auf sein Hemd. »Jane!« schluchzte er. »Jane, mein Liebling. Es tut mir so leid. O mein Gott, wie kann ich bloß damit leben?«

Brid wich noch weiter von ihm zurück; auf ihrem Gesicht stand nur Verwunderung geschrieben. »Ich komme wieder«, sagte sie leise, in verletztem Tonfall. »A-dam ist böse auf Brid.«

446

Er achtete nicht auf sie. Er hielt Janes Hand und rieb sie verzweifelt, als könnte er sie mit seiner Körperwärme ins Leben zurückrufen.

A-dam, ich liebe dich.

Die Worte hallten nur schwach in seinem Kopf wider. Er schaute nicht einmal auf.

Beth fand Liza im Dunkeln beim Telefon sitzen. »Was ist los? Was ist denn passiert?« Sie schaltete das Licht an. »Liza, was ist? Es ist eiskalt hier.«

»Was?« Liza schaute verwirrt auf.

»Liza?« Beth beugte sich vor und legte ihr die Arme um die Schultern. »Komm, du hast ja geweint. Was ist denn?«

»Deine Oma Jane.« Liza suchte in ihrer Jeans nach einem Taschentuch und wischte sich die Augen ab. »Sie ist tot.«

Entsetzt trat Beth zurück. »Oma Jane? Aber sie ist doch noch gar nicht so alt!« Es war ein ungläubiger Aufschrei. »Wie denn?«

Liza breitete hilflos die Hände aus. »Robert Harding hat mich gerade angerufen. Er ist der Partner deines Großvaters. Offenbar ist sie die Treppe hinuntergefallen und hat sich den Hals gebrochen.« Sie begann wieder zu schluchzen.

»Und wie geht es Großvater?« Beth war wie benommen.

Liza machte wieder eine vage Geste. »Nicht gut. Er ist betrunken.« Bekümmert schüttelte sie den Kopf. »Robert weiß nicht, was er tun soll. Er hat die Polizei geholt und alles mögliche veranlaßt, aber er möchte, daß ich komme. Es ist sonst niemand da.«

»Du darfst nicht fahren.« Beth packte sie an der Hand. »Liza, ich brauche dich hier.« Sie wußte nicht warum, aber plötzlich empfand sie Angst.

Liza zuckte mit den Schultern. »Mir bleibt nichts anderes übrig, Beth. Adam hat jetzt niemanden mehr.«

Außer Brid.

Sie sprach die Worte nicht laut aus, aber sie schienen in der Luft zu hängen.

Wie schon so oft in den vergangenen Jahren saß Liza in ihrem Wagen vor dem Haus in St. Albans und sah eine Zeitlang zu den Fenstern im ersten Stock hinauf, bevor sie ausstieg. Sie fröstelte. Das Haus wirkte seltsam kahl, als hätte es seine Seele verloren. Der Vorgarten sah verwahrlost aus. Jemand hatte eine Cola-Dose über die Hecke geworfen, die nie aufgehoben worden war; jetzt lag sie rostend im Gras direkt neben dem Pfad. Seufzend ging Liza zur Vordertür und klingelte. Niemand kam, um ihr zu öffnen.

Schließlich ging sie durch den hinteren Garten und spähte durch das Fenster ins Arbeitszimmer, wo Adam an seinem Schreibtisch saß. Er hatte den Kopf in den Armen vergraben; offenbar schlief er. Sie klopfte gegen die Glastür.

»Adam!«

Er rührte sich nicht.

»Adam! Laß mich rein!«

Schließlich gelangte sie durch die offene Küchentür ins Haus. Nach einem kurzen Blick durch den Raum ging sie weiter ins Arbeitszimmer.

»Adam!«

Er schnarchte weiter.

»Adam, verdammt noch mal, wach auf!« Sie packte ihn an der Schulter, doch er stöhnte nur auf und schüttelte im Schlaf ihre Hand ab.

Während er schlief, sammelte sie die leeren Flaschen ein. Er mußte wieder in das Schlafzimmer gezogen sein, das er vor vielen Jahren mit Jane geteilt hatte, und in der Nacht in ihrem Bett geschlafen haben. Mit gerümpfter Nase holte Liza die flache kleine Whiskyflasche unter dem Kissen hervor und schleuderte sie in die Ecke, wo schon andere Flaschen lagen; dann zog sie das Bettzeug ab. Wenn er aufwachte, würde er wenigstens das Zimmer aufgeräumt vorfinden und ebenso sauber wie den Rest des Hauses – so, wie es bei Jane immer gewesen war. Das Gästezimmer – den Raum, in dem Adam mit Brid geschlafen hatte – machte sie als letztes. Bevor sie die Tür aufstieß, holte sie tief Luft, dann warf sie einen Blick hinein. Es war völlig verwüstet. Die Bettwäsche und Vorhänge waren zerfetzt, die Tapete hing in Streifen von den Wänden,

448

eine der Fensterscheiben war kaputt. Entsetzt starrte sie um sich.

»Was sagst du dazu?« Adam war endlich aufgewacht und nach oben gekommen; jetzt stand er hinter ihr und schaute über ihre Schulter auf das Chaos. Er roch ungewaschen.

»Ich weiß nicht, was ich dazu sagen soll.« Sie drehte sich zu ihm um. »Mal davon abgesehen, daß es dir guttäte, ein Bad zu nehmen und ein paar saubere Sachen anzuziehen und auch etwas Anständiges zu essen. Trinken nützt nichts, Adam, das weißt du auch.«

»Willst du nicht wissen, was passiert ist?« Seine Augen waren rot und verquollen.

»Wenn du es mir erzählen willst.«

Er trat in die Tür und sah sich um. »Ich habe ihr gesagt, daß sie verschwinden soll.«

»Brid?«

»Wem sonst?«

»Und? Ist sie weg?«

Er zuckte die Achseln. »Ich glaube schon.«

»Nachdem sie das Zimmer verwüstet hat?«

»Wie du siehst.« Er ging zum Bett, wo er sich mit einem Ächzen fallen ließ. »Sie hat sie umgebracht.« Tränen flossen ihm über die Wangen, und er machte sich nicht die Mühe, sie zu verbergen.

Liza setzte sich neben ihn. »Brid hat Jane umgebracht?«

Er nickte. »Ich wollte Schluß machen. Ich wollte Janie endlich ein bißchen glücklich machen. Sie hatte es verdient. Sie hat mich immer noch geliebt, Liza, nach allem, was ich ihr angetan habe. Sie hat mich immer noch geliebt. Sie hat mich nicht aufgegeben.« Er brach ab.

Liza bemerkte, wie er nach Worten rang, und wartete, bis er tief durchatmete und schließlich fortfuhr. »Sie wollte nicht auf mich hören. Sie … sie … hat Janie einfach die Treppe runtergestoßen!« Er wischte sich die Nase am Ärmel seines Pullovers ab. »Sie ist ganz ungeschickt gefallen. Ich wußte, daß sie nicht mehr am Leben sein konnte, aber ich habe auf sie eingeredet. Ich habe sie angefleht, bei mir zu bleiben. Ich habe sie angefleht …« Er packte das zerrissene Kissen und

449

erstickte seine Tränen darin. »Das Kreuz. Das kleine Kreuz, das du ihr geschenkt hast. Es hat sie die ganzen Jahre über beschützt. Sie hat es mir gegeben, und ich habe es zu ihr zurückgeworfen. Dabei ist es zerbrochen. Sie wollte es mir geben, damit ich geschützt bin, und ich habe es kaputtgemacht!«

Liza legte ihm eine Hand auf die Schulter.

Er schniefte. »Ich habe Brid gesagt, sie soll in die Hölle zurückgehen, aus der sie kommt. Sie ist wahnsinnig. Sie ist völlig gefühllos. Sie ist eine Furie!«

»Was hast du der Polizei gesagt?«

»Was sollte ich schon sagen? Daß ich mit einer Frau geschlafen hatte, die aus der Klapse ausgebrochen ist, die reihenweise Leute erstochen hat und die meine Frau umgebracht hat, ohne daß ich etwas dagegen unternommen habe?« Er schleuderte das Kissen quer durchs Zimmer. »Was sollte ich schon sagen? Daß ich genauso verrückt war wie sie? Daß sie mich so verhext hatte, daß ich mich nicht von ihr befreien konnte? Daß sie immer noch wie achtzehn aussieht, obwohl ich sie schon fast mein ganzes Leben kenne? Daß ich mich ihr nicht entziehen konnte, sobald ich sie sah? Daß es mich ständig nach ihr verlangte?«

Durch tränennasse Augen sah er zu Liza. »Jane hat die ganze Zeit über zu mir gehalten. Wenn ich mir überlege, wie weh ich ihr getan habe! Wenn ich mir überlege, was ich ihr alles angetan habe! Damit kann ich nicht weiterleben, Liza. Das kann ich einfach nicht!«

»Du mußt.« Lizas Stimme war sehr sanft. »Ich fürchte, das wird deine Hölle sein.« Sie seufzte, dann wiederholte sie ihre Frage. »Was hast du der Polizei erzählt?«

»Daß sie gestürzt ist. Das stimmt ja auch. Robert hat sich darum gekümmert.«

»Und ist Brid für immer weg?«

Er machte eine hilflose Geste.

Nachdenklich biß sie sich auf die Unterlippe. »Jetzt komm, Adam. Bitte nimm ein Bad. Hinterher fühlst du dich bestimmt besser. Ich mache uns etwas zum Abendessen. Wenn du was im Magen hast, überlegen wir, wie's weitergeht.« Sie legte

450

ihm wieder die Hand auf die Schulter. »Was ist mit der Beerdigung?«

»Sie müssen eine Obduktion vornehmen. Robert kümmert sich um alles.«

»Robert?«

»Sonst ist niemand da, Liza.« Er drehte ihr den Rücken zu und ging langsam aus dem Zimmer. »Ich habe keine Familie. Ich habe keine Freunde. Und jetzt habe ich auch keine Frau mehr.«

Während Adam badete und sich etwas Sauberes anzog, wärmte Liza einen Rest Suppe auf, die sie in der Tiefkühltruhe gefunden hatte. Als sie das Brot aufschnitt, kam er in die Küche und machte sich eine Tasse Pulverkaffee. Betreten schaute er ihr zu. »Das habe ich nicht verdient, daß du so nett zu mir bist, Liza.«

»Natürlich hast du's verdient. Immerhin sind wir alte Freunde.« Sie legte das Brotmesser beiseite und nahm ihn in den Arm. Er roch wesentlich angenehmer. »Wenn du ein bißchen Suppe gegessen hast, geht es dir viel besser, und dann überlegen wir weiter. Ich finde, nach der Beerdigung solltest du eine Weile mit nach Wales kommen. Du hast nämlich schon eine Familie, Adam. Beth und ich sind deine Familie.«

Unterwegs hatte sie in einem kleinen Laden einen Strauß Fresien gekauft; der süße Duft der Blumen erfüllte die ganze Küche.

»Du kannst das alles durchstehen, Adam«, sagte sie langsam, während sie wieder die Suppe umrührte. »Es kostet zwar Mut, aber davon hast du reichlich.«

»Meinst du?« Er saß auf seinem Stuhl, seinen Becher mit Kaffee zwischen den Händen.

»Das wissen wir beide.«

»Ich will nicht nach Wales kommen.« Er blickte zu ihr. »Ich will Beth nicht kennenlernen. Es ist besser für sie, wenn ich nicht in ihr Leben trete, und für dich auch.«

»Sei nicht so dumm, Adam.«

»Nein, Liza, das habe ich mir gut überlegt. In den Momenten, in denen ich etwas klarer denken konnte.« Er grinste ein wenig töricht. »Ich fände es sehr schön, wenn du bis zur Beer-

451

digung hierbleibst, aber dann solltest du nach Wales zurückkehren und vergessen, daß es mich jemals gegeben hat. Brid ist ein bösartiges, mörderisches Wesen ohne jede Moral. Sie ist nicht wirklich verschwunden, sie ist nur abgetaucht. Ich habe das Gefühl, daß sie mich den Rest meiner Tage verfolgen wird, wo immer ich auch hingehe. Wenn ich die Kraft habe, werde ich mich gegen sie wehren, aber ich möchte nie glauben müssen, daß ich sie irgendwohin mitgenommen und damit dich oder das Kind in Gefahr gebracht habe. Laß mich wenigstens das für dich tun, Liza. Damit Beth in Sicherheit ist. Vergiß mich.«

»Ich werde dich nie vergessen, Adam.«

Er lächelte traurig. »Vielleicht nicht, aber du kannst die Erinnerung abschwächen.« Er schaute wieder zu ihr. »Hat Brid auch Phil umgebracht?« Zum ersten Mal überhaupt fragte er sie nach dem Unfall.

Sie zögerte. »Das werde ich nie genau wissen. Er ist von der Bergstraße abgekommen.«

Lange Zeit herrschte Stille.

»Du darfst Beth nicht auch noch in Gefahr bringen, Liza. Du hast ja gesehen, wozu die Hexe fähig ist.«

Liza seufzte. »Warten wir's ab. Vielleicht kommt sie ja nie mehr wieder.«

»Vielleicht.«

Er aß etwas Suppe und ein Stück Brot, dann ging er wieder ins Arbeitszimmer. Als Liza etwas später zu ihm hineinschaute, saß er nur da und starrte in die Luft.

Nachts sah sie zweimal nach ihm. Er schlief in Janes Bett, tief und friedlich. Allerdings fragte sie sich, ob er in seinen Träumen nicht irgendwo weit weg in den schottischen Bergen war.

Liza schlug Adam vor, Jane in Wales zu begraben, neben Calum, Julie und Phil, aber davon wollte er nichts hören. Es würde kein Begräbnis geben und auch kein Grab irgendwo draußen auf dem Land. Und Beth sollte nicht kommen. Es war eine trostlose Beisetzung. Obwohl ziemlich viele Menschen dem Gottesdienst beiwohnten, begleiteten nur Robert Harding, Adam und Liza den Sarg zum Krematorium. Patricia, die noch immer im Altersheim in Surrey lebte, war zu gebrechlich, um zu kommen, und zu verwirrt, um überhaupt zu begreifen, was passiert war. Zwar schickte sie Blumen, aber ein paar Tage später rief sie an und wollte Jane sprechen.

Sobald der Sarg hinter dem Vorhang der Krematoriumskapelle verschwunden war, wandte Adam sich um und ging zur Tür hinaus. Einen Moment verharrte er im Regen und blickte mit gefaßter Miene zum Himmel, dann schritt er auf den Wagen zu. Sie waren alle zusammen in Robert Hardings Volvo gekommen. Neben dem Auto blieb er wartend stehen, das Gesicht ausdruckslos, und sah weder nach links noch rechts, während Liza und Robert einen Blick austauschten und ihm nacheilten.

»Ich hoffe, ihr kommt beide noch mit zu mir«, sagte Robert entschieden. »Ich weiß, daß du keine offizielle Trauerfeier wolltest, Adam, und alle haben den Wunsch respektiert und sind gegangen, aber ihr könnt nicht einfach so in das leere Haus zurückgehen. Ich möchte, daß du und Liza zumindest noch kurz mit zu mir kommt.«

Adam sagte nichts; er schien völlig in sich zurückgezogen, während er sich neben Robert auf den Beifahrersitz setzte. Aus seinen Haaren tropfte der kalte Regen.

»Vielen Dank«, antwortete Liza an seiner Stelle. »Das wäre sehr schön.« Adams Miene gefiel ihr gar nicht; sein Gesicht wirkte völlig verschlossen.

Am Abend trank er eine ganze Flasche Whisky und überließ sich auf dem Sofa vor dem schwarzen Bildschirm des Fernsehers dem Vergessen. Liza deckte ihn zu, nahm die leere Flasche fort, die ihm aus der Hand auf den Teppich geglitten war, und schaltete das Licht aus. Dann ging sie langsam, mit schwerem Herzen, nach oben.

Die Vorstellung, noch eine Weile – zumindest ein paar Tage – hierbleiben zu müssen, lastete drückend auf ihr.

Vor dem Abendessen hatte sie Beth angerufen. Es war erfrischend, mit ihr zu reden und sich auszumalen, wie sie zu Hause in der unaufgeräumten Küche saß, wo es nach selbstgebackenem Brot duftete – Beths neue Leidenschaft – und nach würzigem Holzfeuer vom Kamin im Wohnzimmer. In den Herbststürmen war ein weiterer der uralten Apfelbäume umgestürzt, und den verbrannten sie nun nach und nach und freuten sich an dem wunderbaren Geruch, den er verströmte.

»Bist du auch nicht einsam, Liebling?« fragte Liza.

»Nicht die Bohne. Ich sitze an den Skizzen.« Beth sprudelte vor Begeisterung. Als sie den Auftrag erhalten hatte, Giles' Buch zu illustrieren, hatte sie Phils Atelier übernommen. Taktvoll und ohne großes Aufheben hatte sie es völlig verändert, so daß Liza es nicht mehr wiederkannte. Sie war entzückt gewesen. Es war, als wehe eine frische Brise durchs Haus. Es war nicht nötig, Phils Atelier als Mausoleum beizubehalten, nur damit er ihr nahe war. Auf irgendeine Art würde er immer bei ihr sein.

»Wie kommst du voran?«

»Gut.« Beth zögerte ein wenig. »Giles kommt für ein paar Tage. Wir dachten, es wäre vielleicht ganz gut, wenn wir ein paar Orte zusammen aufsuchen und alles gemeinsam hier durchsprechen.«

»Ah ja.« Liza unterdrückte ein lautes Aufseufzen. »Kommt seine Frau auch?«

»Nein.« Die Situation war ideal. »Du weißt doch genau, daß sie eine Großstadtpflanze ist. Giles sagt, daß ihre Affären sie viel zu sehr in Anspruch nehmen« – Liza hörte ein ersticktes Kichern am anderen Ende der Leitung –, »und sie haßt die Berge. Er sagt, sie würde sterben, wenn sie mehr als fünfhundert Meter von Chelsea wegziehen müßte.«

»Und sie hat nichts dagegen, wenn ihr Mann zu einer attraktiven jungen Dame wie dir in die Berge fährt?«

Beth lachte wieder. »Nein. Sie hat sich viel mehr Sorgen gemacht, daß meine attraktive, sexy Großmutter hiersein könnte. Sie war richtig erleichtert zu hören, daß du verreist bist! Nein, das stimmt nicht. Ehrlich gesagt, glaube ich nicht, daß die beiden sich verstehen. Wirklich. Ach, Liza!« Unvermittelt schwieg sie. »Es ist schrecklich von mir, daß ich so lache. Wie war es heute? Schlimm? Und wie geht's Großvater?«

»Einigermaßen.« Liza wollte nicht in die Einzelheiten gehen. »Aber ich glaube, ich sollte noch eine Weile hierbleiben, bis er sich wieder etwas zurechtfindet. Kommst du alleine klar? Kann ich dir mit dem gutaussehenden Giles trauen?«

Liza hörte ihre Enkelin leise prusten. »Giles und ich haben eine rein professionelle Beziehung, sonst nichts. Und ich würde nichts tun, um sie zu gefährden, das kannst du mir glauben!«

Später, als sie in dem Zimmer stand, das einmal Calums gewesen war, zog Liza den Rock aus und seufzte. Einen Augenblick betrachtete sie sich im Spiegel. Eine attraktive, sexy Großmutter! Sie mußte zugeben, daß ihr diese Beschreibung durchaus gefiel. Sie strich über den Unterrock, der ihren flachen Bauch und die schmalen Hüften bedeckte, und lächelte.

Das Geräusch hinter ihr war so leise, daß sie es kaum hörte. Angespannt drehte sie sich um und starrte auf die geschlossene Tür. Da war es wieder, ein leises Schaben am Holz. Sie runzelte die Stirn. Es klang wie eine Maus. Sie schlüpfte in den Morgenmantel und band den Gürtel um die Taille, bevor sie auf Zehenspitzen zur Tür schlich und die Hand auf den Knauf legte. Dann riß sie die Tür entschlossen auf und sah nach draußen.

Es war niemand da. Der Flur war dunkel, im Haus herrschte absolute Stille. Sie horchte noch einen Moment, dann schloß sie die Tür wieder und zog sich weiter aus.

Als sie am nächsten Morgen nach unten kam, lag Adam nicht mehr auf dem Sofa. Die Tür zum Garten stand offen, und feuchte Herbstluft strömte ins Zimmer. Adam stand naß bis auf die Haut im strömenden Regen auf dem Rasen. Sobald er sie sah, winkte er zum Gruß mit der Hand. Sein Gesicht war blaß und hager, und er sah hundert Jahre alt aus, wie Liza voller Mitgefühl feststellte.

»Ich dachte, vielleicht hilft der Regen gegen den Kater.« Er kam auf sie zu, und sie sah, daß er barfuß war und seine Zehen im Schlamm versanken.

Sie lächelte. »Und?«

»Ich glaube, es hilft wirklich. Wenn ich jetzt noch bade und mich rasiere, wird's mir vielleicht bessergehen. Tut mir leid wegen dem Whisky.« Er schaute wie ein betretener Schuljunge aus.

»Mir auch.« Sie drückte ihm einen flüchtigen Kuß auf die Wange. »Dann geh und zieh dich an; ich mache uns einen Kaffee.«

Bei ihren Erkundungsgängen durch St. Albans hatte sie mitten im Ort ein wunderbares Kaffeegeschäft entdeckt, in dem sie sich ihre Spezialmischung mahlen ließ. Der Duft zog durchs ganze Haus, und sie hoffte, die Atmosphäre würde dadurch etwas freundlicher werden. Mehr als Kaffee kochen und Blumen hinstellen konnte sie im Grunde nicht tun. Die Lücke, die Jane hinterließ, war zu groß und zu neu.

»Liza!« Adam stand in der Tür, das Gesicht aschfahl. In der Hand hielt er einen kleinen Gegenstand. »Hast du das auf mein Bett gelegt?«

Sie spürte, wie ihr das Herz schwer wurde, noch bevor sie den Gegenstand näher betrachtet hatte. »Nein, Adam, ich habe gar nichts auf dein Bett gelegt«, antwortete sie leise und nahm es ihm ab.

Es war die kleine, wunderschön geschnitzte Figur einer nackten Frau.

»Ist das Elfenbein?« Die Figur in ihren Händen fühlte sich eiskalt an.

Er nickte. »Ich vermute.« Er ging zum Fenster und sah in den Garten hinaus. Auf der kniehohen Ziegelmauer, die die kleine Terrasse umfaßte, saß ein Rotkehlchen.

»Ich weiß, was ich damit tun würde«, fuhr Liza leise fort.

»Ich werde es verbrennen.« Seine Stimme war entschlossen. »Wolltest du mir das auch vorschlagen?«

»Ich hätte dir geraten, es zu vergraben«, erklärte Liza mit einem Lächeln. »Das ist vielleicht weniger endgültig. Aber du hast recht. Verbrenn's. Die Botschaft sollte sie verstehen.«

Ihre Blicke begegneten sich. »Du hast schon immer geglaubt, daß sie eine Hexe ist, stimmt's?« Er nahm ihr die Figur ab und ging damit zur Tür.

Sie folgte ihm. »So was Ähnliches.«

456

Sie sah ihm zu, wie er Zweige und etwas Laub zusammen-sammelte, die im Schutz der Garage trocken geblieben waren. Mit Hilfe einiger Zündhölzer gelang es ihm, ein kleines Feuer zu entfachen. Knisternd loderte es auf. Sobald es gut brannte, warf er die Figur in die Flammen. Eine Zeitlang glaubte Liza fast, sie würde nicht verbrennen, doch allmählich wurde die Statue schwarz und zerfiel langsam zu Asche.

Sie musterte sein schmerzverzerrtes Gesicht. »Ich habe gedacht, sie würde schreien.«

Er nickte. »Ich glaube nicht, daß das die letzte Nachricht war, die ich von ihr bekommen habe.«

»Was meinst du, wo sie jetzt ist?«

»Wer weiß? Aber das ist auch egal, solange sie dort bleibt und nie wieder einen Fuß in dieses Haus setzt.«

Kapitel 18

Das Bett war hart und kalt. Brid drehte sich mit schmerzenden Gliedern um und tastete nach dem Kissen, doch sie spürte nur grobes Leinen und trockenes Heidekraut, das ihr das Gesicht zerkratzte.

»Du bist also wach.« Der singende Akzent kam ihr vertraut vor. »Meine kleine Reisende ist wiedergekommen. Und wo bist du gewesen, kleine Wildkatze? Willst du es mir nicht sagen?«

Sie klammerte sich an den Schlaf. Die Stimme war fremd, drohend, kam aus einer anderen Zeit, einem anderen Raum.

Broichan …

Sie riß die Augen auf und setzte sich schlaftrunken auf.

A-dam …

Wo war er? Warum wollte er sie nicht mehr? Was hatte sie getan, daß er so wütend auf sie war?

Sie atmete den bittersüßen Duft des Feuers ein, auf dem eine Fleischsoße köchelte. Unversehens lief ihr das Wasser im Mund zusammen. Wie lange hatte sie geschlafen? Oder war sie durch die Zeit gereist, wie Broichan es ihr beigebracht hatte? Wo immer sie gewesen war, sie hatte Hunger und war am ganzen Körper steif. Sie versuchte, ihre Beine über die Bettkante zu schwingen, doch etwas hielt sie fest. Angst packte sie. Fesseln lagen um ihre Knöchel. Sie starrte in die dunkle Ecke des Raums, und dort, bei der Tür, sah sie ihn sitzen. Er lächelte sie an; in dem faltigen Gesicht blitzten seine Augen wie Quecksilber.

»*Nein!*« rief sie kläglich.

»Du hast deine Macht mißbraucht, Brid. Du hast den Eid, den du geschworen hast, nicht gehalten, daß du den Himmel auf dich herabfallen und die Wellen über deinen Kopf zusammenschlagen läßt, wenn du das Vertrauen nicht würdigst, das dir entgegengebracht wurde.« Langsam erhob er sich. »Ich habe dich unter das *geas* gestellt, und jetzt mußt du den Preis für deinen Verrat bezahlen.«

458

Mit einem ängstlichen Aufschrei ließ sie sich wieder aufs Bett fallen und drückte sich das derbe Kissen auf den Kopf; mit aller Macht wünschte sie sich, von diesem Ort zu entkommen. Sie brauchte nicht lange danach zu suchen, wo der Schleier dünn war – das war er überall, wohin sie auch schaute. Als Broichan zu ihr trat und die auf dem Bett liegende Gestalt betrachtete, war sie schon fort. Ihr Körper war im Koma, ihre Augen waren leer, die Pupillen geweitet und starr. Er lächelte. Er würde sie auch weiterhin am Leben erhalten, sie mit Milch, Wein und Fleischbrühe ernähren lassen, ihr Gesicht und Hände waschen und sie immer wieder drehen lassen, damit sie beweglich blieb. Und eines Tages, bevor ihre Seele wiederkehrte und er sie töten und sie ganz den Göttern übergeben konnte, würde er ihr in diese andere Welt folgen, in die Welt, in der Adam lebte, und herausfinden, was ihre Seele dort gefangenhielt.

Seufzend hob Liza eine Flasche auf, die noch zu einem Drittel voll war, und schüttete den Rest in die Spüle, auch wenn es ihr leid tat um die Verschwendung. Adam rührte sich nicht. Manchmal schlief er so tief und fest, daß er keine Träume hatte und nicht einmal mehr schnarchte. Wie tot lag er da, und sie konnte nichts tun, als ihm ein Kissen unter den Kopf zu schieben und ihn mit einer Decke zuzudecken.

Sie wußte, es war Zeit, nach Hause zu fahren. Weswegen sollte sie noch hier bleiben? Wenn Adam nüchtern war, verhielt er sich charmant wie immer, machte trotz seiner Trauer kleine Witze, bemühte sich, sie zu unterhalten, und zeigte ihr seine Zuneigung auf die höfliche, altmodische Art, die sie schon immer so an ihm geliebt hatte. In solchen Stunden glaubte sie, daß sie ihn zur Vernunft bringen könnte, daß es möglicherweise eine gemeinsame Zukunft für sie geben könnte, wenn er mit ihr nach Wales ging, wenn sie ihm gut zuredete und das Trinken abgewöhnte. Wenn er nüchtern war, schlenderten sie zusammen durch den Park, gingen die Fishpool Street hinab oder besuchten die Abtei, wo manchmal der Chor sang oder die Orgel anschwoll und die Kirche bis unter

459

das hohe, alte Dach erfüllte. Dann gingen sie ins Haus zurück, wo er sich an den Tisch setzte und mit ihr redete, während sie ihm etwas zu essen kochte, und dann lachten sie, erinnerten sich an die alten Zeiten in Edinburgh, und sie schob es so lange wie möglich hinaus, die Flasche Wein zu öffnen. Aber wenn sie es zu lange hinauszögerte, wurde er gereizt und immer zänkischer. Manchmal genügte der Wein. Manchmal war das nur der Anfang.

Sie wußte genau, in welchem Augenblick Brid zurückkam. Es war ihr gelungen, ihn nach oben zu tragen, bevor er ganz die Besinnung verlor, legte ihn aufs Bett und zog ihm die Schuhe aus. Dann breitete sie eine Decke über ihn und wollte sich gerade zum Gehen wenden, als sie wie erstarrt stehenblieb. Da war etwas im Zimmer, eine winzig kleine Veränderung in der Atmosphäre, fast zu gering, um sie wahrzunehmen, aber ihr sechster Sinn sagte ihr, daß etwas nicht stimmte, und die Härchen auf ihren Armen richteten sich auf.

Sie sah sich prüfend um. Eine merkwürdige Stille herrschte im Raum. Adam lag bleischwer auf dem Bett, den Kopf auf dem Kissen, die Lippen leicht geöffnet. Er murmelte etwas Unverständliches, fuhr sich über die Lippen und drehte sich halb um, wobei er mit dem Arm ausschlug und die Lampe vom Nachttisch stieß. Krachend fiel sie zu Boden, die Glühbirne explodierte, und es wurde dunkel im Zimmer.

Liza hielt die Luft an. Nach einer Weile gewöhnten sich ihre Augen an die Dunkelheit; aus dem Flur fiel nur ein schwacher Lichtschein durch den Türspalt. Ohne sich umzudrehen, tastete Liza sich rückwärts zur Tür vor; dabei war sie sich die ganze Zeit bewußt, daß auch jemand anderes die Luft anzuhalten schien.

Erleichtert trat sie auf den Flur hinaus und warf einen letzten Blick ins Zimmer. War das ein Schatten dort beim Bett? Sie war sich nicht sicher. »Paß auf dich auf, Adam«, flüsterte sie. »Gott schütze dich.« Lautlos schloß sie die Tür.

Unten drehte sie den Fernseher in der Küche auf volle Lautstärke und setzte den Kessel auf, doch soviel Lärm sie auch zu machen versuchte, so geräuschvoll sie Tasse und Untertasse auf den Tisch stellte und beim Abwaschen hantierte, ständig horchte sie auf die Stille von oben.

Diese Nacht verbrachte sie auf dem Sofa im Wohnzimmer und ließ auch das Licht brennen. Im Morgengrauen stand sie auf und lief eine Stunde durch die regennassen Straßen, bevor sie in das noch immer stille Haus zurückkehrte.

Erst mittags ging sie nach oben. Adam schlief tief und fest, und soweit sie es beurteilen konnte, lag er noch genauso da, wie sie ihn hingelegt hatte. Auf dem Kissen war keine Vertiefung, wo ein zweiter Kopf gelegen haben könnte, die Bettwäsche roch nicht nach einer Frau. Doch sie fragte sich, wer die blauen Herbstastern, die beim Sturz der Lampe ebenfalls auf dem Boden gelandet waren, wieder in die Vase zurückgestellt hatte. Vielleicht war es Adam gewesen.

Nachmittags rief sie Beth an. »Wie geht's im Wilden Westen?« Sie glaubte, im Hintergrund Musik spielen zu hören.

»Gut.« Beths Stimme klang belustigt. »Giles ist gekommen, und heute sind wir durch die Gegend gefahren und haben fotografiert. Er will, daß ich ein paar Tuschzeichnungen mache. In das Buch sollen rund sechzig große Aquarelle kommen, eins davon sogar aufs Cover.« Sie klang überschäumend vor Glück. »Wir haben überlegt, heute abend in Brecon zu essen, und morgen fahren wir vielleicht richtig nach Wales hinein, wo die Landschaft wirklich wild ist.«

Liza hörte ein unterdrücktes Lachen und einen unverständlichen Kommentar aus dem Hintergrund. Sie lächelte wehmütig. »Aber du paßt gut auf, Beth, ja? Vergiß nicht, was immer er sagt, er ist verheiratet«, mahnte sie. »Ich will nicht, daß er dir weh tut.«

»Wie könnte ich das vergessen! Außerdem würde Giles mir nie weh tun. Also, wie geht's Großvater?« Die Frage hörte sich etwas förmlich an.

»Leider nicht allzugut.«

»Ach, Liza.« Beth klang aufrichtig betrübt. »Was willst du machen?«

»Ich weiß nicht. Ich kann nicht ewig hierbleiben, so gern du das auch hättest!« Sie lachte über den wenig überzeugenden Protest ihrer Enkelin. »Natürlich, ein paar Tage bleibe ich noch, aber ich glaube nicht, daß es viel Sinn hat. Offenbar will er nichts gegen das Trinken unternehmen, und er will nicht nach Wales mitkommen, und seine Arbeit ist ihm offenbar auch gleichgültig. Ich glaube, Robert wäre es sogar ganz recht, wenn Adam nicht wieder in die Praxis geht. Davon abgesehen ist er sowieso fast im Rentenalter. Ehrlich gesagt, ich weiß nicht, was ich tun soll. Ich kann doch nicht ewig hierbleiben und ihn wie eine Krankenschwester umsorgen.«

»Das würde ich auch nicht wollen.« Die Stimme hinter ihr ließ Liza schuldbewußt zusammenfahren. »Jetzt muß ich Schluß machen, Beth! Paß auf dich auf, mein Schatz.« Sie legte den Hörer auf und drehte sich um. »Also bist du endlich aufgestanden.«

Er sah schrecklich aus. »Es tut mir wirklich leid, Liza.« Matt fuhr er sich übers Gesicht. »Das war das allerletzte Mal, das verspreche ich dir.« Brid erwähnte er nicht.

Das Problem war, sie glaubte ihm. Wie immer.

Drei Tage lang gingen sie spazieren, redeten, er aß, was sie für ihn kochte, und sein Gesicht bekam wieder etwas Farbe. Einmal liebten sie sich auf dem Sofa unten im Wohnzimmer; es war ein sanftes, verträumtes Beisammensein, das die Vergangenheit heraufbeschwor, und hinterher waren sie beide fast den Tränen nahe.

»Adam, ich möchte wirklich gerne, daß du mit mir nach Wales kommst.« Sie lag in seinen Armen, streichelte ihm zärtlich über die Brust, den Kopf an seine Schulter geschmiegt. »Wir könnten in Wales sehr glücklich sein.«

Er drückte sie an sich. »Das könnten wir nicht. Es würde nicht funktionieren, Liza. Wenn wir geglaubt hätten, daß es klappen würde, hätten wir schon vor Jahren geheiratet.« Er lächelte wehmütig. »Ich liebe dich. Ich glaube, ich habe dich immer geliebt. Aber wir sind so verschieden, wie man es nur sein kann. Und wenn ich mit dir nach Wales gehen würde, würde Brid uns folgen, und dann wäre Beth auch in Gefahr. Das Risiko dürfen wir nicht eingehen. Niemals. Laß es gut sein. Träume und Erinnerungen; das muß uns beiden genügen.«

An dem Abend betrank Adam sich wieder, brutal und hemmungslos, und Brid kam wieder. Liza wußte nie, was als erstes passierte.

Sie saß an der behelfsmäßigen kleinen Kommode in Calums Zimmer, die sie sich aus seinem Schreibtisch und einem alten Spiegel vom Speicher gebaut hatte. Es war sehr lange her, daß sie einen Mann geliebt hatte. Sie musterte ihr Spiegelbild und fragte sich, ob das warme, abgeklärte Gefühl, das sie empfand, auch auf ihrem Gesicht zu sehen war. Phil gegenüber hatte sie nicht die geringsten Schuldgefühle; er hätte sie sehr gut verstanden.

Adams Schrei ließ sie auffahren, so daß ihr die Bürste aus der Hand krachend auf den Tisch fiel.

»Du Bestie! Du hinterhältige, gemeine Mörderin! Verschwinde! Raus aus meinem Haus! Verstehst du mich? Raus mit dir!« Es folgte ein ohrenbetäubendes Klirren von zerschmetterndem Glas.

»Adam?« Liza rannte zum Treppengeländer. »Adam, wo bist du?« Mit pochendem Herzen lief sie nach unten in sein Arbeitszimmer. »Adam, was ist passiert?«

Brid stand vor ihm, die Arme nach ihm ausgestreckt. Eine Hand blutete. *A-dam, ich liebe dich.* Sie sah wunderschön aus, die langen, frisch gebürsteten Haare fielen ihr über die Schultern, das Kleid mit den moosgrünen und violetten Karos zwischen den herbstlichen Braun- und Goldtönen fiel ihr in weichen Falten um die Beine, um den Hals hing eine Silberkette. *A-dam, was ist mit dir?* Ihr Blick ruhte auf ihm, und sie schien gar nicht zu bemerken, daß Liza in die Tür getreten war.

»Raus!« Adam richtete sich schwankend auf und nahm den schweren marmornen Aschenbecher vom Schreibtisch. »Wenn du nicht sofort verschwindest, bringe ich dich um, und zwar ein für allemal, du herzlose Mörderin!«

»Ihm ist ernst damit«, warf Liza von der Türschwelle ein. »Du mußt jetzt gehen. Ist dir das denn nicht klar? Du hast die Macht über ihn verloren.« Auch wenn ihr Herz vor Angst wie wild klopfte, trat sie einen Schritt vor. »Tu, was er sagt. Laß ihn in Ruhe.«

463

Brid drehte sich um und schien Liza zum ersten Mal wahrzunehmen. Ihre Augen verengten sich. »Du!« Sie stieß das Wort mit so viel Haß hervor, daß Liza innerlich zusammenzuckte. »Ich habe dir gezeigt, was passiert, wenn du meinem A-dam nahekommst. Dein Mann ist gestorben.«

Ein eiskalter Schauer lief Liza über den Rücken.

»Dich bringe ich auch noch um!« Ihre Augen waren hypnotisch; es war Liza unmöglich, den Blick abzuwenden. »Ich töte dich, und ich töte das Kind von A-dams Kind. Dann habe ich A-dam ganz für mich!«

Hinter ihr holte Adam mit dem Aschenbecher aus. »Du Mörderin!« Mehr als dieses eine Wort schien er nicht hervorbringen zu können.

Als er den Aschenbecher nach ihr warf, wich Brid aus, so daß er sie nur an der Schläfe traf. Sie taumelte nach hinten, spuckte ihm einmal ins Gesicht und sprang ihm dann an die Kehle.

»Adam!« Noch während Liza gellend aufschrie, packte Adam die Whiskyflasche, die auf dem Boden neben dem Schreibtisch stand, und schleuderte sie auf die Stelle, wo Brid gestanden hatte. Doch die Flasche flog durch die Luft und landete am marmornen Kaminsims, wo sie in tausend Splitter zerbrach und in die Feuerstelle fiel.

Schluchzend vor Schreck und Angst sah Liza sich um. »Wo ist sie?«

»Habe ich sie umgebracht?« Adam torkelte einige Schritte rückwärts, bis er sich am Schreibtisch festhalten konnte. Sein Atem ging keuchend.

»Ich weiß nicht. Ich glaube nicht.« Lizas Beine gaben unter ihr nach, und sie ließ sich auf das Sofa vor dem Fenster fallen. »Guter Gott, wo ist sie bloß hergekommen?«

»Aus der Hölle, woher sonst?«

»Und wo ist sie hin?« Ihr Blick wanderte noch immer furchtsam durch den Raum.

»Zurück in die Hölle.« Adam stieß ein wildes Lachen aus. »Ist sie nicht wunderschön? Hast du sie gesehen? Mit den seidigen Haaren und den riesigen Augen, mit ihren Tricks und ihrer Verführungskunst!« Unvermittelt brach er in Tränen aus und streckte hilflos die Arme nach Liza aus.

Mit zitternden Beinen stand sie auf, ging zu ihm und drückte seinen Kopf an ihre Brust. »Sie hat zugegeben, daß sie Phil umgebracht hat«, sagte sie tonlos.

»Ich hab's gehört.«

»Und Calum und Julie.«

»Ja.«

»Und sie hat gedroht, daß sie mich und das Kind deines Kindes umbringt. Damit meint sie Beth, Adam.«

Eine lange Zeit herrschte Stille.

»Adam, ich muß fahren. Das ist dir klar, nicht wahr?« Sanft hielt Liza seine Hand umklammert. »Ich glaube nicht, daß es einen Sinn hat, wenn ich noch länger hierbleibe.«

Er nickte. »Du hast recht. Und ich will auch, daß du fährst. Ich komme schon zurecht.«

»Bist du sicher?«

Er nickte heftig. »Und mehr noch, ich will nicht, daß du je wieder herkommst, Liza. Es wird hier sowieso nichts mehr geben. Ich werde das Haus verkaufen. Es gibt nichts, was mich hier zurückhalten würde. Glaub nicht, mir wäre nicht klar, was Robert Harding von mir denkt. Er wird sehr froh sein, wenn ich aus der Praxis aussteige.«

»Wo willst du hingehen?« Es war sinnlos, ihm zu widersprechen. Er hatte völlig recht, mit allem, was er gesagt hatte.

»Ich weiß nicht. Vielleicht reise ich ein bißchen, lerne die Welt kennen.«

Mehrere Minuten lang blieb sie neben ihm sitzen und beobachtete ihn bekümmert. Nach einem letzten Achselzucken war er in abgrundtiefe Trauer verfallen. Es zerbrach ihr das Herz, ihn so zu sehen.

»Adam …« Sie wußte nicht, was sie sagen sollte.

Er zwang sich zu einem Lächeln. »Ich werde schon zurechtkommen. Ich werd's überleben. Vergiß nicht, ich bin zäh.«

»Das weiß ich. Hör, ich muß zu Beth zurück, aber ich komme dich besuchen. Ganz oft.«

»Das hat keinen Sinn. Ich werde nicht dasein.«

»Vielleicht doch. Irgendwo mußt du ja sein. Ich werde dich besuchen, wo immer du bist. Je exotischer, desto besser. Du kennst mich, ich reise für mein Leben gern. Ob du dich in

Tahiti niederläßt, in Tibet oder in Tijuana – ich werde dich besuchen.«

Jetzt gelang ihm ein richtiges Lächeln. »Das klingt fast wie ein drittklassiger Popsong.«

Sie lächelte ebenfalls. Eine Stunde später, nach einer letzten, verzweifelten Umarmung, fuhr sie ab.

Brid war schon einmal in diesem Obstgarten gewesen, und damals hatte jemand auf sie geschossen.

Sie schüttelte den Kopf, weil ihr Blut in die Augen tropfte. Die Frau, diese Jane, war tot. Jetzt würde sie die anderen beseitigen. Zwei Frauen hatten Adam das Leben schwergemacht und sie, Brid, von ihm ferngehalten, und jetzt gab es noch eine dritte. Das Kind von Adams Kind.

Langsam ging sie zwischen den Apfelbäumen hindurch und merkte kaum, wie unsicher sie sich auf den Beinen hielt. Es war dunkel, das Gras war naß. Lautlos schlich sie weiter, hielt sich in den Schatten der Bäume, kletterte über das Gatter und überquerte mit leisen Schritten den gekiesten Hof. In der Ecke, neben dem alten Landrover, mit dem Beth immer herumfuhr, parkte ein großer, glänzender Wagen. Brid betrachtete das Auto und ging weiter. Sie mußte das Kind finden und es töten.

Beth kniete im Wohnzimmer vor dem Feuer und hielt eine Scheibe Brot an einer Toastgabel in die Flammen. Auf dem Teller neben ihr lag ein Berg bereits geröstetes Brot – von ihr selbst gebacken –, das Giles mit goldgelber Butter bestrich. Beide lachten.

»Das ist reichlich. Wir sind beide schon fett genug!« Mit dem Unterarm strich sie sich das lange Haar aus den Augen. Ihr Gesicht glänzte von der Hitze der Flammen, und sie spürte, wie ihr zwischen den Brüsten Schweiß herablief.

Giles konnte die Augen nicht von dem tiefen V-Ausschnitt ihres Pullovers abwenden, der Beths üppiges Dekolleté zur Geltung brachte. »Du hast recht. Wenn wir das alles aufessen, werden wir keine Energie mehr haben«, stimmte er zu und legte das Messer beiseite. Er war ein untersetzter, gutaussehender Mann von durchschnittlicher Größe mit quadratischem Kopf, der von goldblonden Locken umrahmt wurde. Unter seinen buschigen, hellen Augenbrauen und den dichten Wimpern lagen tiefblaue Augen.

»Energie wofür?« Ihr Versuch zu kokettieren wurde von dem Butterflöckchen auf ihrer Nasenspitze vereitelt.

»Um Fotos anzusehen«, erwiderte er entschieden. Er beugte sich vor und nahm ihr die Gabel aus der Hand. »Das reicht, Schätzchen.« Er leckte ihr die Nasenspitze ab. »Köstlich.«

»Giles, was ist mit deiner Frau?« Ihr Einwand klang hilflos, als wüßte sie genau, daß er sowieso sinnlos war. Dieser Satz war zu einem Mantra geworden, das sie sich immer wieder vorsagte, um sich zur Ordnung zu rufen, aber die Worte nützten nichts mehr. In ihrem Kopf war nur noch Platz für ihn.

Er grinste. »Ich habe dir doch gesagt, daß Idina und ich eine offene Ehe führen. Sie hat nichts dagegen, solange sie in London ihr eigenes Leben führen darf, Schätzchen.« Er zog sie am Pulloverausschnitt zu sich und gab ihr einen Kuß auf die butterglänzenden Lippen. »Du schmeckst wundervoll.«

»Und fett.«

»Du bist nicht fett, Beth. Du bist üppig. Und das ist wunderbar. Ich habe nie verstanden, was Männern an Twiggy so gefällt. Mir ist es lieber, wenn ich bei einer Frau was zum Anpacken habe.« Er versetzte ihr einen kleinen Schubs, so daß sie der Länge nach auf den Teppich fiel, und küßte sie wieder.

Plötzlich ließ ein eisiger Luftzug, der unter der Tür hereinwehte, die Flammen im Kamin auflodern, und wirbelte die Asche auf.

»Was ist das denn?« Beth drehte den Kopf und blickte ins Feuer. »Ist irgendwo ein Fenster auf?«

»Selbst wenn – ich stehe jetzt nicht auf, um es zuzumachen.« Sanft strich Giles ihr die Haare aus der Stirn und gab ihr auf jedes Augenlid einen Kuß. »Aber da draußen braut sich ein Sturm zusammen. Um so gemütlicher ist es hier drinnen. Also, willst du nicht noch ein bißchen Toast?« Er hielt ihr ein Stück Brot hin.

467

Sie nahm einen Bissen. »Köstlich.«

»Ich mäste dich zu meinem Vergnügen!« Er biß in die andere Seite des Brots.

»Klingt schrecklich dekadent. Erzähl's bloß nicht Liza. Die ist sehr modern.«

»Und ganz wunderbar. Das liegt also eindeutig in der Familie. Du darfst so feministisch sein, wie du willst, mein Herz, solang du nicht abnimmst oder Latzhosen trägst.« Er setzte sich auf und biß herzhaft in den Toast. »Himmlisch.«

Beth runzelte die Stirn. Das lodernde Feuer gefiel ihr gar nicht. »Von irgendwoher weht schreckliche Zugluft rein. Ich muß nachschauen, ob nicht irgendwo ein Fenster offensteht; sonst reißt der Wind es noch weg. Hör nur den Sturm in den Bäumen draußen.« Mit einem Lächeln zu Giles sprang sie auf. »Laß mir auch noch ein bißchen Toast übrig, bis ich zurück bin!«

Sie öffnete die Wohnzimmertür und schaute in den unbeleuchteten, kalten Gang. Um das Wohnzimmer nicht auskühlen zu lassen, schloß sie die Tür hinter sich und ging in ihren Strumpfsocken über den Steinfußboden in die Küche.

Dort war es eisigkalt; der Wind hatte die Tür zum Hof aufgerissen und ließ sie jetzt hin und her knallen. Beth trat in den Regen hinaus und zog die Tür mit aller Macht zu; dann schob sie fest den Riegel vor. Ihre Füße und Haare waren völlig durchnäßt. Nach dem Heulen des Windes war die Stille in der Küche jetzt fast schockierend.

»Beth, ist alles in Ordnung?« Giles war ihr in den Gang gefolgt. »Was war denn?«

Genau in dem Moment, in dem sie sich zu ihm umdrehte, sprang die Katze von der Anrichte auf sie zu. Mit einem Schrei taumelte Beth nach hinten und schlug die Hände vors Gesicht, um sich vor den scharfen Krallen zu schützen.

»Giles!« Ihr Hilferuf ging in einem Schluchzen unter, als sie auf dem Boden zusammenbrach. Giles trat nach der Katze, verfehlte sie jedoch und griff nach dem nächstbesten Gegenstand – der Bratpfanne auf dem Küchentisch –, um nach dem Tier zu schlagen. Aufjaulend schoß die Katze an ihm vorbei in den dunklen Gang.

»Beth! Beth, mein Schatz, ist dir was passiert?« Er kniete sich neben sie und nahm ihr vorsichtig die Hände vom Gesicht. »Guter Gott, hat sie deine Augen erwischt? Beth, kannst du noch sehen?«

Schweigend starrte sie ihn an, gelähmt vom Schock, dann setzte sie sich langsam auf. »Ich glaube schon. Es ist alles in Ordnung. Mein Gesicht…« Sie schaute auf ihre Hände, die blutüberströmt waren.

»Ich glaube, das sind nur Kratzer. Wie durch ein Wunder hast du dich genau in dem Moment weggedreht, in dem sie losgesprungen ist. Sie wollte dir die Augen auskratzen, aber sie ist daneben gesprungen. Fast.« Sacht schob er ihr die Haare zurück, so daß eine lange Wunde zum Vorschein kam, die sich von der Schläfe über die ganze Wange bis zum Kinn hinzog. »Kannst du dich hier auf den Stuhl setzen? Ich möchte mir das mal richtig ansehen. Wo ist der Erste-Hilfe-Kasten? Vielleicht sollte ich dich ins Krankenhaus fahren.«

Schließlich saß Beth wieder vor dem Feuer. Sie hatte darauf bestanden, die Wunde mit Hypercal zu behandeln, lutschte zwei Arnikatabletten gegen den Schock und hatte Giles mehrfach versichert, daß sie mehr Impfungen bekommen hatte, als sie ihr ganzes Leben brauchen würde. Dann machte er sich mit dem Schürhaken bewaffnet auf die Suche nach der Katze.

Er konnte nichts von ihr entdecken.

»Ich verstehe das nicht. Ich habe jede Ecke und jeden Winkel abgesucht.« Er setzte sich neben Beth auf das Sofa und atmete tief durch, um sich zu beruhigen. Allmählich erholten sie sich von ihrem Schrecken. »Wie geht's dir?«

»Ganz gut.« Sie grinste etwas benommen. »Solange meine Schönheit nicht leidet«, meinte sie mit einem ironischen Lachen. »Mir ist das völlig unerklärlich. Normalerweise mögen Katzen mich gerne.«

»Das war keine normale Katze. Ich habe sie deutlich gesehen. Sie war viel größer. Das war eine Wildkatze. In Schottland sind die sehr verbreitet, aber ich wußte nicht, daß es in Wales auch welche gibt.« Er nahm ihre Hände. »Und was deine Schönheit betrifft«, sagte er und küßte sie auf die Nase, »die kann gar nicht leiden.« Er musterte sie. »Ich glaube, dein

469

homöopathisches Mittelchen funktioniert wirklich. Der Kratzer heilt schon. In zwei, drei Tagen wird man nichts mehr davon sehen. Schade eigentlich.« Er lächelte spitzbübisch. »Du siehst damit auf elegante Art ziemlich verderbt aus.«

Beth lächelte matt, dann schauderte sie. »Aber wo ist sie, Giles? Ich habe Angst. Sie muß doch noch irgendwo hier im Haus sein.«

»Ich habe überall nach ihr gesucht, Beth. Sie muß zur Tür rausgerannt sein ...«

»Das ist unmöglich. Sie hat mich angegriffen, nachdem ich die Tür zugemacht hatte.« Sie kuschelte sich in die Ecke des Sofas. »Ich habe mich mein ganzes Leben lang sicher hier gefühlt, aber jetzt ...«

»Fühlst du dich immer noch sicher. Was immer es war, es ist weg.« Er dachte kurz nach. »Weißt du was? Bitte doch deine netten Nachbarn oben in Bryn Glas, mit ihren Hunden herzukommen. Die können das ganze Haus absuchen. Sie würden die Katze doch bestimmt finden, wenn sie noch hier ist.«

Erleichtert setzte sie sich auf. »Großartige Idee! Ich rufe Jenny gleich an.« An der Tür blieb sie zögernd stehen. »Kommst du mit?«

Er folgte ihr.

Zwanzig Minuten später fuhr Jenny in ihrem alten Pick-up vor, begleitet von zwei Border-Collies und einem Retriever. »Wenn sie noch da ist, finden Twm, Dai und Bertie sie bestimmt«, verkündete sie zuversichtlich, als die Hunde durch den Hof sprangen. »Was ist denn bloß passiert?«

Nachdem die beiden ihr erklärt hatten, was vorgefallen war, verzog sie das Gesicht. »Wirklich seltsam. Ich weiß noch genau, wie die arme Mrs. Craig hier von einer Wildkatze angefallen wurde, ach, das ist schon Jahre her. Sie sah ziemlich wüst aus. Das Vieh ist durch das Schlafzimmerfenster gekommen. Frag deine Oma danach. Es war schrecklich. Es hieß immer, sie hätte die Katze hinterher erschossen. Mich hat das sehr beeindruckt, aber Dr. Craig war wütend auf sie. Vielleicht sind ja ein paar von den großen Katzen entflohen, die hier oben angeblich gezüchtet werden sollen. Soll ich die Hunde ins Haus lassen?« fragte sie zögernd.

470

»Ja, bitte. Werden sie auch alles absuchen?«

»Bertie prescht vor, und die anderen folgen ihm. Bertie, such«, befahl sie. Der Retriever schaute zu ihr auf, und als sie auf das Haus deutete, schoß er mit einem lauten, aufgeregten Bellen los. Sie seufzte. »Er ist so dumm. Er wartet nie ab, daß ich ihm sage, wonach er suchen soll!«

Beth lachte. »Komm rein, Jenny. Ich mach dir inzwischen eine Tasse Tee.«

»Ich glaube, wir sollten ihnen folgen. Dein Gottvertrauen, daß sie sich anständig aufführen, ist wirklich rührend.« Jenny lachte fröhlich. »Aber danach wäre eine Tasse Tee sehr nett.«

Die Hunde fanden nichts. Auf ihrer wilden Jagd durchs Haus einschließlich einer Hatz durch den Speicher stöberten sie nichts Gefährlicheres auf als dichte Staubwolken. Doch auf dem Weg nach unten blieb Bertie vor Beths Zimmer stehen und richtete mit gesträubtem Fell die Schnauze auf die Tür. Die beiden anderen Hunde drängten sich erwartungsvoll hinter ihn.

»O mein Gott.« Beth sah zu Giles, der mit dem Schürhaken in der Hand neben ihr stand. Er schob die Tür auf.

Die Hunde zögerten.

»Such«, sagte Jenny leise. Bertie starrte sie mit vorwurfsvollem Blick an und setzte sich.

»Bleibt hier.« Giles umklammerte den Feuerhaken und trat auf Zehenspitzen in die Tür. »Ich kann nichts sehen«, flüsterte er und trat noch einen Schritt vor.

»Mein Bett!« schrie Beth gellend. »Schaut mein Bett an!« Als ob ihre Stimme die Hunde von einem Bann befreite, schossen sie in das Zimmer. In sicherer Entfernung vom Bett blieben sie witternd stehen, die Schwänze zwischen die Beine geklemmt. Das gab Jenny zu denken. Soweit sie wußte, hatten ihre Hunde vor keinem Tier Angst. Vorsichtig traten sie zu dritt in das Zimmer und starrten auf das Bett. Die wunderschöne Patchworkdecke war völlig zerfetzt.

»Schaut nur!« Beth nahm die Fetzen in die Hand, so daß die ebenfalls zerrissene Zudecke sichtbar wurden. »Warum?« fragte sie wispernd.

»Ich glaube, sie ist da zum Fenster hinaus.« Giles bemerkte plötzlich, daß der Wind das Fenster zwar zugeschlagen hatte, aber der Riegel nicht vorgeschoben war. »Seht ihr? Beim Springen hat sie die Blumentöpfe umgeworfen.« Er fuhr mit der Hand über den Riegel und schaute auf seine Finger. »Blut, und ein paar schwarze Haare.«

Er zog das Fenster zu und verriegelte es fest. »Zumindest wissen wir jetzt, daß sie wirklich weg ist.« Er lächelte Jenny zu. »Finden Sie nicht auch, daß sich die drei jetzt einen Keks verdient haben?« Er warf einen Blick auf Beth.

Sie starrte noch immer auf das Bett. »Ich muß nur immer daran denken, daß sie das mit meinem Gesicht hätte anrichten können.«

»Du solltest morgen zum Arzt fahren und dir die Kratzer untersuchen lassen, Liebes.« Mit einer raschen Bewegung schob Jenny ihr die Haare aus dem Gesicht. »Du hast wirklich großes Glück gehabt.«

»Es ist uns so gut gegangen, wir hatten einen richtig schönen Abend, und dann passiert das …« Beth schauderte. »Es ist wie ein böses Omen, das aus dem Dunkeln auftaucht.«

In der Küche schnalzte Jenny mit den Fingern, woraufhin die drei Hunde sich sofort unter den Tisch legten. »Hört mal, darf ich euch etwas sagen? Ich an eurer Stelle würde Liza nichts davon erzählen. Ich glaube, sie würde sich ziemlich aufregen – wahrscheinlich würde sie denken, daß sie nicht mehr wegfahren darf.« Mit einem leisen Lächeln sah sie zu Giles. »Und ich vermute, Ihnen wäre das auch nicht so recht.«

Beth stieß sie sanft in die Rippen und brachte ein Lächeln zustande. »Soll das eine Anspielung sein, Tante Jenny?«

»Nie im Leben! Ich dachte nur, deine Großmutter braucht nicht noch mehr Sorgen, als sie sowieso schon hat, oder?«

»Stimmt.« Einen Moment sah Beth sehr nachdenklich aus. »Du hast recht.«

»Also, es bleibt unter uns?«

Beth nickte. »Es bleibt unter uns.« Als sie zum Fenster blickte, erschauderte sie unwillentlich. Irgendwo dort draußen in der Dunkelheit versteckte sich ein gefährliches Tier. Sie mußte wieder an die Decke auf ihrem Bett denken. Warum hatte die Katze das getan? Warum hatte sie sich ausgerechnet ihr Zimmer ausgesucht? Und warum hatte sie das Bett verwüstet?

Nachdem Jenny sich mit ihren Hunden verabschiedet hatte, setzten sich Beth und Giles wieder ins Wohnzimmer. Vor dem Kamin stand der unberührte Teller mit dem Toast; das Feuer glimmte nur noch schwach. Beth schaute zu Giles. »Ich kann gar nicht glauben, daß das alles wirklich passiert ist.«

»Ich auch nicht«, stimmte er kopfschüttelnd zu und warf ein paar Scheite in die Glut. Dann legte er ihr den Arm um die Schultern. »Du armes Ding. Ich wünschte wirklich, du würdest zum Arzt gehen.«

»Ich habe dir doch gesagt, daß ich keine Lust dazu habe. Ich brauche keinen Arzt.« Sie lehnte sich an ihn. »Wie lange kannst du bleiben?«

»Ich weiß nicht«, meinte er ausweichend. »Eigentlich sollte ich heimfahren. Ich müßte am Manuskript weiterarbeiten.«

»Bleib, bis Liza heimkommt. Bitte.«

Er streichelte ihr die Wange. »Wenn ich könnte, würde ich für immer dableiben.«

Als Giles in die Küche gegangen war, um eine Flasche Wein und zwei Gläser zu holen, klingelte das Telefon.

Beth lief in die Küche. »Vielleicht ist es Liza.« Sie hob den Hörer ab und drehte sich Giles zu; er zog gerade den Korken aus der Flasche.

»Ich möchte mit Giles sprechen.« Die weibliche Stimme am anderen Ende der Leitung klang sehr distanziert.

Schweigend reichte Beth ihm den Hörer, den er mit einem merkwürdigen Blick entgegennahm. Im Verlauf des Gesprächs, das nun folgte, wurde er immer gereizter. Beth hatte sich an den Küchentisch gesetzt und beobachtete ihn; das Herz wurde ihr schwer.

»Das war wohl Idina«, sagte sie, als er schließlich aufgelegt hatte. Ihre Stimme war heiser vor Angst; der Inhalt des Telefonats war ihr nicht entgangen.

»Beth …« Sein Gesicht war aschfahl.

»Du kannst nicht fahren!« Wider Willen stiegen ihr Tränen in die Augen. »Noch nicht. Erst, wenn Liza heimkommt. Du hast es versprochen!«

»Beth, mein Liebling. Sie hat gedroht, eine Überdosis zu nehmen.«

»Du kannst nicht fahren. Du kannst mich nicht allein lassen. Ich laß dich nicht fahren. Sie meint es nicht ernst!«

»Beth!« Er stand direkt vor ihr. »Ich würde nicht fahren, wenn es nicht wichtig wäre, das weißt du genau.«

»Ich bin wichtig!«

»Ja, das bist du auch. Du bist das Wichtigste in meinem Leben. Aber Idina braucht mich.« Er atmete schwer. »Sie hat es schon einmal gemacht.«

»Aber ich brauche dich, Giles! Was soll ich tun, wenn sie wiederkommt! Was soll ich tun, wenn sie mich wieder anfällt?« Von Panik erfaßt, starrte sie ihn an. »Willst du wirklich fahren?« stieß sie gellend hervor, als er seine Siebensachen einzusammeln begann.

Mit schmerzverzerrter Miene trat er auf sie zu. »Bitte, Beth, mein Liebling, mach es mir nicht schwerer, als es sowieso schon ist. Mir bleibt nichts anderes übrig. Es ist mir schrecklich, dich hier allein zu lassen, aber dir wird nichts passieren. Ich hole Jenny mit ihren Hunden. Wenn ich sie darum bitte, kommt sie bestimmt. Laß die Türen und Fenster zu, bis es hell wird. Ich rufe dich an, sobald ich in London bin, das verspreche ich dir. Aber ich kann Idina nicht allein lassen, wenn sie in dem Zustand ist. Wenn sie mit einem anderen Mann beschäftigt ist, dann ist es ihr egal, aber er hat sie sitzenlassen.« Unglücklich schüttelte er den Kopf. »Ich weiß, daß sie mich emotional erpreßt, aber ich bin ihr Ehemann, Beth. Ich fühle mich für sie verantwortlich. Ich mag sie immer noch sehr gern.« Sanft nahm er ihr Gesicht zwischen die Hände. »Du bist stark, Beth. Du schaffst alles. Deswegen liebe ich dich auch. Und du hast deine Malerei. Idina hat nichts. Aber ich verspreche dir, ich komme wieder. Irgendwie werde ich die ganze Sache mit ihr regeln, und dann komme ich wieder.«

»Du liebst mich, aber du hast sie immer noch sehr gern!« schrie Beth. »Entweder – oder, mein Lieber!« Sie blieb reglos am Küchentisch sitzen, während er langsam, aber systematisch sein Gepäck zusammenstellte und zum Auto hinaustrug.

»Giles – bitte!« Endlich folgte sie ihm auf den Hof. Hilflos stand sie neben seinem Wagen und brach in Tränen aus.

»Nein, Beth.« Er stellte die letzten Tasche in den Kofferraum und schloß ungeduldig die Klappe. »Ich hole Jenny ...«

»Die Mühe kannst du dir sparen!« Beth rannte ins Haus; unversehens schlugen ihr Kummer und ihre Angst in Wut um. »Du hast noch was vergessen! Das solltest du vielleicht auch mitnehmen!« Blind vor Tränen lief sie durchs Wohnzimmer und suchte all die sorgfältig zusammengestellten Notizen, Fotos und Skizzen zusammen, die Listen mit Überschriften, Themen und Kapiteln, und schichtete sie zu einem unordentlichen Stapel. Außer sich vor Zorn und Schmerz, schleuderte sie ihm den Packen über den regennassen Hof nach.

Benommen starrte er auf die vielen Blätter, als könnte er nicht glauben, was sie getan hatte, dann sah er sie mit eiskalter Verachtung an. »Du bist egoistisch und kindisch, Beth!« sagte er haßerfüllt. Er seufzte. »Vielleicht ist es gut, daß ich das jetzt merke, bevor es zu spät ist!« Wütend stieg er in den Wagen, fuhr beim Wenden über eine ihrer schönsten Skizzen und raste aus dem Hof.

Ungläubig starrte sie ihm nach und hörte, wie das Dröhnen seines Motors in der Ferne verhallte. Die Katze war völlig vergessen. Warum war sie so dumm gewesen? Sie hatte doch von Idina gewußt. Sie hatte gewußt, auf was sie sich einließ, bevor sie Giles eingeladen hatte. Nun gut, vielleicht war sie unvernünftig gewesen, aber er auch.

Erst als die ersten großen, schweren Tropfen fielen, regte sich ihr Selbsterhaltungstrieb. Sie holte eine Taschenlampe und sammelte die feuchten Aufzeichnungen im Hof wieder zusammen, schichtete sie resolut zu einem Stapel und warf ihn auf den Küchentisch. Dann schloß sie die Tür, schob die Riegel vor, ging ins Wohnzimmer und ließ sich weinend aufs Sofa fallen.

Es war immer noch dunkel, als Liza endlich in die steile Straße einbog und auf den Hof fuhr. Dort stand nur Beths Wagen. Vielleicht waren sie und Giles ja fort, überlegte Liza. Doch in der Küche brannte Licht, und die Riegel waren von innen vorgeschoben.

»Beth? Giles?«

Beth öffnete ihr die Tür und fiel Liza sofort um den Hals. »Er ist weg!« Vor Weinen war ihr Gesicht verquollen, die Augen rot.

»Was ist passiert? Habt ihr euch gestritten?«

»So ungefähr.« Beth schniefte. »Wir hatten eine so schöne Zeit. Wir haben an dem Buch gearbeitet und Fotos gemacht; ich habe Skizzen gezeichnet. Den Großteil hatten wir schon durchgeplant. Er wollte bis Anfang nächster Woche bleiben. Dann hat seine Frau angerufen.« Wieder stiegen ihr Tränen in die Augen, und sie suchte in ihrer Jeanstasche nach einem Taschentuch.

Seufzend nahm Liza Beth an der Hand und führte sie ins Wohnzimmer, in dem nur eine einzige Tischlampe in einer Ecke brannte. Beth hatte auf einem Kissen vor der letzten Glut im Kamin gesessen. Liza knipste zwei weitere Lampen an und warf einen Scheit aufs Feuer. »Habe ich dir nicht gesagt, du sollst nie vergessen, daß er verheiratet ist?« mahnte sie streng.

»Er hat gesagt, sie hätten ein Abkommen!«

»Also bitte!« Liza warf einen schockierten Blick zum Himmel. »Liebling, du darfst keinem Mann glauben, wenn er sagt, er hätte ein Abkommen mit seiner Frau; und du darfst ihm nie glauben, wenn er sagt, daß seine Frau ihn nicht versteht. Im allgemeinen heißt das nichts anderes, als daß sie ihn nur allzu gut versteht. Also, was ist passiert? Hat sie ihn zurückgepfiffen?«

Beth nickte. »Sie hat gedroht, sie würde sich umbringen, wenn er nicht kommt.«

»Verstehe.«

»Ich habe ihm meine Skizzen nachgeschmissen.« Beth brach wieder in Tränen aus.

»Ach, Beth.« Liza ließ sich in die Kissen fallen und schloß die Augen. »Was soll ich bloß mit dir machen?«

»Es tut mir leid.« Beth sah so jung und hilflos aus, wie sie da, die Arme um die Knie geschlungen, mit tränenüberströmten Wangen auf dem Kissen saß, daß Liza am liebsten mit ihr geweint hätte.

»Morgen früh rufe ich ihn an«, sagte sie entschlossen.

»Nein!«

»Beth, es geht hier um ein Arbeitsprojekt. Es geht um sehr viel Geld, und du hast einen Vertrag. Du kannst nicht einfach losheulen und schreien und ihm deine Skizzen hinterherschmeißen. Du mußt dich wie ein erwachsener Mensch benehmen, und er sich auch!« Liza zwang sich, weitaus strenger zu sprechen, als ihr innerlich zumute war. »Wenn ich ihn nicht anrufen soll, dann mußt du's machen. In der Arbeit gibt es keinen Platz für Primadonnen; aber auch nicht für Casanovas. Er ist ein Schwein. Ihr müßt beide lernen, professionell zu arbeiten. Und für die Zukunft gilt als oberste Regel: Nie mit Geschäftspartnern ins Bett gehen.«

»So, wie du auch nicht mit Michele ins Bett gegangen bist.«

»Das war was anderes.«

»Wieso?«

»Es war einfach anders, glaub mir, Beth. Zum einen war er nicht verheiratet! Und zum anderen war er nicht meine einzige Einkommensquelle, nicht mein erster und wichtigster Auftraggeber, durch den ich mit etwas Glück noch viele andere Jobs bekommen wollte.«

Als Beth aufschaute und dabei den Kopf etwas drehte, hielt Liza erschrocken inne. »Was ist denn mit deinem Gesicht passiert?«

»Nichts.« Rasch ließ Beth den Kopf zwischen die Arme sinken.

»Laß mal sehen!« Liza glitt vom Sofa und kniete sich neben sie. »Guter Gott, Beth, wie ist denn das passiert? Er hat dich doch nicht ...«

»Nein, hat er nicht. Das würde er nie!«

»Was ist dann passiert?« Die plötzliche Panik, die sich in ihrem Magen regte, war auch in der Schärfe ihrer Stimme zu hören. »Jetzt sag schon, Beth!«

477

»Es war eine Katze«, erklärte Beth leise, ohne den Kopf zu heben.

»Oh, nein!« Liza schüttelte den Kopf. »Bitte, lieber Gott, nicht.« Schweigend setzte sie sich wieder hin.

Es hatte also nicht genügt, daß sie Adam allein zurückgelassen hatte. Brid war trotzdem nach Wales gekommen. Vielleicht war es nur eine Warnung, oder hatte ihre Rachsucht neue Abgründe erreicht? Julie, Calum, Phil, Jane. Es gab nur noch zwei Menschen in Adams Leben. Sie selbst und Beth, das Kind von Adams Kind …

Liza schauderte.

Nachts, nachdem Beth endlich ins Bett gegangen war, schaute sie nach, ob auch alle Fenster und Türen verschlossen waren; erst dann ging sie in ihr Zimmer. Sie war todmüde; doch ehe sie sich ebenfalls ins Bett legte, öffnete sie den Schrank, in dem Phils Gewehr stand, und stellte es griffbereit neben sich, steckte ein Küchenmesser unter ihr Kissen und ließ das Licht brennen.

Um zehn nach neun wurde sie von Robert Cassies Anruf geweckt. »Liza, was ist vorgefallen? Giles sagt, er kann mit Ihrer Enkelin nicht zusammenarbeiten.«

»Natürlich kann er – oder er könnte es, wenn er sich und seine Hormone ein bißchen besser im Griff hätte«, gab Liza scharf zurück. Sie hatte schlecht geschlafen und fühlte sich erschlagen. »Sagen Sie ihm, daß er sich ein bißchen professioneller verhalten soll. Beth ist außer sich. Er darf nicht mit ihr herumspielen. Das gehört sich nicht. Sagen Sie ihm, daß er die nächste Zeit in London bleiben soll. Fürs erste sind sie sowieso fertig.« Sie hatte die leicht verschmutzten Notizen und Bilder durchgesehen und war beeindruckt von Beths Professionalität. »Das wird sich schon wieder einrenken. Die beiden werden sich wieder beruhigen.«

»Ich wünschte, ich könnte Ihren Optimismus teilen!«

»Vertrauen Sie mir.« Liza lächelte. Nachts war ihr ein Gedanke gekommen, der sie mit Vorfreude erfüllte.

Es dauerte sehr lange, bis der Hörer abgenommen wurde. »*Pronto*?«

»Michele? Ich bin's, Liza!« Sie zögerte kurz. »Können Beth und ich dich besuchen kommen?«

478

Die *terrazza* war noch genauso wie in ihrer Erinnerung. Der verwitterte weiße Steinboden, in dessen Ritzen süßduftender Thymian und Oregano wuchsen, schien nahtlos in die Berge überzugehen, als würde das alte Schloß aus den Tiefen des Bergs emporwachsen. Mit einem Seufzer der Zufriedenheit blickte Liza zu Michele. »Du bist wirklich ein reizender Mensch.«

»Davon versuche ich dich auch schon lange genug zu überzeugen.« Er lächelte ebenfalls. »Wann wirst du mir die Wahrheit sagen?«

»Die Wahrheit?« Sie beugte sich auf dem niedrigen Stuhl vor und griff nach ihrem Glas Wein.

»Die Wahrheit.«

Michele war ein großgewachsener Mann, die Haare noch so dicht wie früher, mittlerweile aber schlohweiß. Ein paar Falten mehr durchzogen sein gebräuntes Gesicht, seine Augen funkelten etwas heller, aber sonst hatte er sich nicht verändert. Und noch jedesmal, wenn sie ihn sah, stieg heftiges körperliches Verlangen in ihr auf. Sie fand es lächerlich, daß sie sich in ihrem Alter noch derart nach einem Mann verzehrte; es war würdelos, hatte keinen Stil. Aber trotzdem empfand sie das starke Bedürfnis, mit den Fingern über die seidigen Härchen auf seinem gebräunten Unterarm zu fahren, der vor ihr am Rand des Tisches lag. Er lächelte. »Ja, ich weiß; du bist hergekommen, um Beth von einem Mann zu trennen, der nicht gut für sie ist, und damit sie sich ein bißchen erholen kann und ruhiger wird und – was hast du noch alles gesagt?« Er lachte. »Aber ich glaube nicht, daß das der wirkliche Grund ist. Ich kenne doch meine Liza. Es sieht ihr gar nicht ähnlich, Angst zu haben, schon gar nicht vor einem aufdringlichen Schriftsteller. Schließlich hat sie ja auch keine Angst vor mir!«

Liza lachte. »Aufmerksam wie immer.«

»Also – die Wahrheit.«

»Michele, ich würde dir ja die Wahrheit sagen, wenn ich überzeugt wäre, es bestünde die mindeste Chance, daß du mir glaubst. Aber das ist nicht der Fall.« Ihr Blick fiel auf Beth, die durch die Gärten unter der Terrasse schlenderte. Der helle Strohhut auf ihrem Kopf wippte zwischen den Bäumen auf und ab und kam dann zur Ruhe. Liza sah den geöffneten weißen Skizzenblock aufblitzen und wußte, daß Beth für die nächste Stunde beschäftigt sein würde.

»Versuch's mal.«

»Also gut, ich sag's dir. Ich habe Angst. Um Beth – und um mich.«

Er hörte ihr zu, ohne sie zu unterbrechen. Nur einmal beugte er sich vor, um die Weinflasche aus dem Kühler zu nehmen und ihr nachzuschenken; dann lehnte er sich wieder auf seinem Stuhl zurück und hörte ihr weiter aufmerksam zu. Liza konnte den Ausdruck seiner Augen hinter der dunklen Sonnenbrille nicht ausmachen.

Als sie geendet hatte, sagte er eine Weile nichts; schließlich setzte er sich auf und stützte die Ellbogen auf den Holztisch.

»Hast du je einen Priester um Rat gefragt?«

Sie schüttelte den Kopf. »Das wäre nicht Adams Art. Und meine auch nicht.«

»Und dein Freund Meryn?«

»Ich weiß nicht, wo er ist.« Sie machte eine Pause. »Glaubst du mir?«

»Warum nicht? Ich bin alt genug, um in meinem Leben viele merkwürdige Dinge erlebt zu haben.« Ein Lächeln erschien auf seinem Gesicht. »Schließlich ist meine schöne Liza zu mir zurückgekommen.«

»Schmeichler.«

Er quittierte die Bemerkung mit einem leichten Nicken. Dann beugte er sich wieder vor. »Ich finde die Geschichte faszinierend. In mancher Hinsicht ist sie ja auch wunderschön. Aus Liebe verfolgt ein junges Mädchen einen Mann über Jahre hinweg. Das ist doch ein Ausmaß an Hingabe, um das wir sie alle nur beneiden können.«

»Das ist Wahnsinn, Michele. Der reine, schiere Wahnsinn.« Lizas Stimme war scharf. »Weißt du, wie viele Menschen sie umgebracht hat?«

Er zuckte die Achseln. »Ich habe nicht gesagt, daß sie nicht gefährlich ist.« Er dachte kurz nach. »Woher weißt du, daß sie dir nicht nach Italien folgen wird?«

»Ich kann nur hoffen.«

»Und du hast Beth noch nicht erzählt, warum die Katze sie angegriffen hat?«

»Nein, ich will ihr nicht noch zusätzlich Angst einjagen. Ich war achtzehn, als Brid mich das erste Mal angefallen hat. Es ist unglaublich – sie verfolgt mich seit fast einem halben Jahrhundert!«

»Aber sie hat dich nicht umgebracht. Aus irgendeinem Grund hat sie dich am Leben gelassen, oder aber du hast einen besonderen Schutz, so daß sie dir nichts anhaben kann. Was ist es?« Er nahm die Sonnenbrille ab und musterte sie. »Das müssen wir herausfinden. Das ist wichtig. Liebst du Adam noch?« Er bemühte sich, neutral zu klingen.

Sie lächelte. »In gewisser Weise werde ich ihn immer lieben. Ja.«

»Aber nicht genug, um mit ihm zu leben?«

»Nein. Wir sind völlig verschieden. Wir könnten nie zusammen leben.«

»Vielleicht ist ja das der Grund. Sie weiß, daß du keine Gefahr für sie darstellst. Andererseits hat sie deiner Ansicht nach deinen Mann und deine Tochter umgebracht. Wollte sie dich damit bestrafen? Kann sie einen anderen Grund gehabt haben?«

»Nein.« Sie drehte den Kopf zur Seite, um ihre Tränen zu verbergen.

»Liza.« Sanft legte er ihr die Hand auf den Arm.

»Ich weiß. Es tut mir leid.« Sie zog die Nase hoch. »Bekomme ich noch einen Schluck Wein?« Mit zitternder Hand hielt sie ihm das Glas hin. »Also – glaubst du mir?«

»Das habe ich dir doch gesagt.«

»Sind wir hier sicher?«

Michele zögerte. »Ich glaube schon«, meinte er dann. »Warum sollte sie dich bis hierher verfolgen, wo sie jetzt Adam ganz für sich hat? Das ist doch genau das, was sie immer wollte.« Er schwieg eine lange Zeit, dann zog er sie an sich. »Liza, ich glaube, es ist Zeit, daß wir heiraten.«

Einen Moment erstarrte sie, dann entspannte sie sich wieder und sah zu ihm hoch; Tränen glitzerten noch in ihren Augen. »Meinst du das ernst?«

481

Seine Arme umschlossen sie noch etwas fester. »Ich meine es sehr ernst, *carissima*. Ich habe in meinem ganzen Leben nichts so ernst gemeint.«

Sie seufzte auf. »Hier würde ich mich sicher fühlen.«

»Das wärst du auch.« Er schob sie auf Armeslänge von sich und lächelte. »Ich würde dich nicht einengen, Liza. Ich würde dich nicht daran hindern zu malen. Ich habe dir nichts als meine Verehrung anzubieten. Wirst du es dir zumindest überlegen?«

A-dam?

Ihre Stimme wurde immer schwächer.

A-dam?

Sie hatte die Räume mehrmals durchsucht, aber es war niemand da. Die Möbel waren fort; nur Staub lag auf dem Boden. Lautlos schwebte sie die Treppe hinauf und wanderte wieder von einem Zimmer ins nächste. Das Zimmer, das sie mit Adam geteilt hatte, das Zimmer, das er mit seiner Frau geteilt hatte, selbst das Zimmer des Jungen war leer. Keine Plakate hingen an den Wänden, keine Bilder und keine Bücher.

A-dam? Ich brauche dich.

Ohne Adam, der sie nährte, schwanden ihre Kräfte. Bald würde sie in die Berge zurückkehren müssen, wo ihr schlafender Körper lag, gefangen in einer anderen Zeit. Jetzt hatte sie keine Verbindung mehr zu ihm, keine Möglichkeit, ihn zu suchen. Und auch keine Energie, etwas anderes zu tun, als endlos durch das leere Haus in St. Albans zu wandern, vor dem die Rosenbüsche unbeschnitten weiterwucherten. Bald würden die neuen Besitzer einziehen, die das Haus völlig umbauen wollten. Sie wollten Wände niederreißen, neue Fenster einsetzen, die Garage in ein Kinderzimmer verwandeln, den Dachboden ausbauen. Sie hatten einen Bagger bestellt, um im Garten einen Teich anzulegen; der alte Birnbaum und die Rosen würden verschwinden. Ihnen war es egal, daß in diesem Haus zwei Frauen gestorben waren. Sie waren nicht abergläubisch; sie kamen gar nicht auf den Gedanken, daß es Gespenster geben könnte.

Brid sah ihnen vom Fenster aus zu, wie sie durch den Garten gingen und sich laut darüber unterhielten, was sie mit Adams geliebten Blumenbeeten tun sollten. Vielleicht bemerkten sie die Katze, die in den Büschen lauerte, gar nicht; und wenn doch, dann machten sie sich deswegen keine Sorgen. Eine großzügige Prise Katzenpfeffer würde dem schon abhelfen.

Also, Brid, bist du wach?

Broichans Stimme drang aus der Ferne zu ihr, gedämpft, wie durch einen Nebelschleier. *Es ist Zeit, daß du zu uns zurückkommst, Brid. Deine Zeit zu reisen ist vorbei. Siehst du, hier ist dein Bruder, der auf dich wartet.*

»Gartnait?« Sie öffnete die Augen. »Gartnait, bist du auch hier?«

Wo war sie? Das Pflaster war naß und kalt. Jemand beugte sich über sie. »Eine von diesen Hippies. Steht bestimmt unter Drogen.« Die Frau in dem Plastikregenmantel ging naserümpfend mit ihrem Trolley weiter. Die nächste Person warf ihr ein paar Münzen zu, die klappernd auf dem Bürgersteig landeten und im Halbkreis um sie verstreut liegenblieben. Jetzt liefen ihr Tränen über die Wangen.

»Gartnait?«

»Was hat sie gesagt? Klingt nach Ausländerin. Wir sollten die Polizei holen.«

Sie traten zu ihr und gingen dann weiter. Niemand unternahm etwas. Als es kalt und dunkel wurde, drückte sie sich enger in die Schatten und flehte darum, ihr Katzenselbst möge kommen, damit sie auf Jagd gehen, sich verbergen und irgendwo geschützt zusammenrollen konnte.

Brid, es ist zwecklos, dich noch weiter zu verbergen. Komm zurück.

Sie spürte, wie er an ihr zerrte. Die Kette um ihren Knöchel schnitt ihr die Haut ein, und vor Angst stöhnte sie auf. Adam würde sie retten, wenn er davon wüßte. Wo war er? Warum hatte er sein Haus verlassen? Warum war alles plötzlich anders geworden?

Brid, du hast die Regeln der Priesterschaft gebrochen. Du hast den Göttern nicht gehorcht. Sie sind zornig auf dich, Brid. Du warst zu klug. Du hast die Gaben, die sie dir gegeben haben, für deine eigenen Zwecke mißbraucht. Du mußt vor sie treten und Buße tun.

Steh auf. Beweg dich, geh fort von diesen Leuten. Sie wußte nur allzu gut, was übereifrige Menschen taten: Sie brachten einen in eine Nervenklinik, wo man eingesperrt wurde, lächerliche Kleider tragen und schreckliche Sachen essen mußte. Sie legten einen in ein Zimmer, wo man weder die Sonne noch den Mond sehen konnte; wo man nicht im weichen braunen Wasser eines Bergbachs oder in der heißdampfenden Wanne von Adams Haus baden konnte. Man wurde wie ein Sklave gehalten. Sie spürte wieder die Kette, Broichans Kette, um ihren Knöchel, die sie festhielt und an der Flucht hinderte. Wenn sie zu ihrem Bett in seinem Haus zurückkehrte, würde sie von seiner Hand sterben, als Opfer für die Götter, die sich durch ihr Verhalten beleidigt fühlten. Sie konnte nirgendwo hingehen. Sie hatte niemanden, der sich um sie kümmerte. Sie mußte aufstehen. Sie mußte sich bewegen.

Sie wußte nicht genau, wie sie in den Obstgarten gelangt war. Einen Moment kauerte sie auf der nassen Straße in St. Albans, im nächsten Augenblick lehnte sie am alten, von Flechten überwachsenen Gatter. Ihre Finger waren steif vor Kälte. Im Farmhaus war alles dunkel. Sie verzog das Gesicht. Ihr grünes Kleid war durchnäßt und viel zu dünn; sie zitterte heftig. Eine Sekunde schloß sie die Augen und versuchte, sich in der warmen, geschmeidigen Gestalt einer Katze vorzustellen, wie sie aus schmalen Raubtieraugen spähte und mit scharfen, aufgerichteten Ohren lauschte. Ihre Finger krallten sich in das Gatter, als wollten sie zu Klauen werden, aber nichts passierte. Ein Holzsplitter bohrte sich unter ihren Nagel, erschreckt vom Schmerz sah sie näher hin und bemerkte einen kleinen Blutfleck auf den hellen Flechten. Sie suchte nach etwas Moos und verband den Finger damit, dann ging sie langsam auf das Haus zu.

Vorsichtig umrundete sie es einmal und äugte durch alle Fenster. Aber sie wußte schon, daß niemand da war. In der Garage, an der ein Vorhängeschloß hing, standen zwei Autos.

Sie konnte auch nicht die Nähe der beiden Frauen spüren. Adam war auf jeden Fall nicht hier, war auch nicht hiergewesen.

Sie kauerte sich in eine der alten Stallungen, hüllte sich in einen Sack und horchte auf den Regen, der auf das alte Schieferdach trommelte. Hier konnte Broichan sie nicht erreichen, ebensowenig wie die übereifrigen Leute von St. Albans, die sie irgendwohin bringen und ihr Suppe einflößen wollten. Hier konnte sie bis zum Morgen bleiben, und dann würde sie sich auf die Suche machen. Irgendwie würde sie Adam wiederfinden, selbst wenn es eine ganze Ewigkeit dauerte.

TEIL IV

Beth

Anfang der 90er Jahre

Kapitel 19

Robert Cassie lehnte sich zurück und sah sich überaus zufrieden im Lokal um. Er hatte gerade eine dritte Tasse Kaffee getrunken, ein zweites Stück von dem köstlichen Karottenkuchen gegessen und war relativ sicher, sein Ziel erreicht zu haben. Lächelnd wandte er sich wieder an Beth. »Sie wissen, ich würde nicht für jeden Illustrator zweihundert Kilometer weit fahren, um ihn zu sehen.«

»Ich weiß.« Sie lächelte ebenfalls. »Aber dann würden Sie sich auch nicht trauen, jedem Illustrator einen solchen Vorschlag zu unterbreiten. Sie wissen, daß Giles und ich uns nicht verstehen.«

»Aber als Team seid ihr unschlagbar.« Von ihrem gemeinsamen Buch – *The Magic of the Black Mountains* – hatten sich über dreißigtausend Exemplare verkauft; innerhalb der ersten drei Monate war dreimal nachgedruckt worden. Daß die beiden das Buch überhaupt fertiggestellt hatten, war ein Triumph für Robert Cassies diplomatisches Geschick, das zwar branchenweit bekannt, aber nie zuvor so hart auf die Probe gestellt worden war.

»Hören Sie, Robert. Ich habe Ihnen versprochen, daß ich es mir überlegen werde. Was Sie mir da an Honorar bieten, klingt natürlich sehr verlockend.« Für einen Moment schweifte ihr Blick zu dem Papierstapel, der vor ihr auf dem rotgemusterten Öltuch des runden Tisches lag. Auf dem obersten Blatt prangte in schwarzen Druckbuchstaben der Arbeitstitel *These are My Mountains: The Beauty and Mystery of the Scottish Highlands*. Die Überschrift so vor sich zu sehen, erweckte den Eindruck vollendeter Tatsachen – ein psychologischer Trick, wie Beth durchaus bewußt war.

Die Tür öffnete sich, und drei Wanderer betraten das Lokal. Ihre Gesichter waren vom Wind gerötet, ihre Stiefel hallten auf dem Steinfußboden. Während sie vor der Tafel mit den Tagesgerichten standen, hauchten sie in ihre kalten Hände.

»Weiß Giles, daß Sie mit mir wegen der Illustrationen im Gespräch sind?« Sie sah fragend zu Robert.

»Natürlich. Er weiß, daß Sie unverzichtbar sind. Ohne Ihre Zeichnungen würde dem Buch der Reiz fehlen. Giles braucht das Geld, Beth. Er will das Buch unbedingt machen.« Er sah sie unter seinen buschigen Augenbrauen hervor an und schnitt eine Grimasse. »Das dürfte ich Ihnen eigentlich nicht sagen, aber vielleicht sollten Sie's wissen, bevor Sie das Angebot rundweg ablehnen.« Er ging zwar davon aus, daß sie nicht ablehnen würde, aber ihrer Zustimmung konnte er erst sicher sein, wenn sie ihre Unterschrift unter den Vertrag gesetzt hatte. Vielleicht sollte er das Thema wechseln. »Wie geht's der schönen Gräfin?«

Beth kicherte. »Sie mag es gar nicht, wenn man sie so nennt. Meine Großmutter ist politisch nämlich ziemlich links.«

»Wales fehlt ihr doch sicher.«

»Natürlich. Es ist ihr sehr schwergefallen, die Farm zu verkaufen. Ehrlich gesagt hätte sie es wahrscheinlich auch nicht getan, wenn sie nicht Meryns Cottage für mich hätte kaufen können. Sie weiß, daß sie jederzeit herkommen kann. Und im Sommer sind die beiden auch oft hier – wenn es für Liza in der Toskana zu heiß wird und sie sich nach etwas Nebel und Waliser Regen sehnt.«

»Sie fehlen ihr bestimmt auch.«

Beth bekam einen wehmütigen Gesichtsausdruck. »Natürlich. Aber ich besuche sie oft. Außerdem gehören Liza und ich ja zur arbeitenden Bevölkerung. Sie reist noch immer rund um die Welt, um Leute zu malen, und ich kann mich auch nicht beklagen!«

»So wie jetzt, wo ein Londoner Verleger sich Ihnen zu Füßen wirft und Sie, ohne auf die Kosten zu achten, zu Kaffee und Karottenkuchen einlädt.«

»Waren Sie schockiert, daß ich nicht nach London fahren wollte?«

Er grinste. »Überrascht – ja, aber nicht schockiert. Sie zieren sich eben ein bißchen.« Sein Grinsen wurde noch breiter. »Ich weiß, daß Sie und Giles Schwierigkeiten miteinander haben. Und ich weiß, daß Sie es hassen, nach

London zu fahren. Sie sind eine richtige Landpomeranze, stimmt's?«

»Stimmt, Robert. Und zwar eine walisische. Ich kenne die Berge in Schottland überhaupt nicht.«

»Aber Sie können sie kennenlernen. Und es mag ja sein, daß Sie immer in Wales gelebt haben, aber einer Ihrer Großväter stammte aus Schottland, oder? Hätten Sie nicht Lust, etwas über Ihre Vorfahren väterlicherseits zu erfahren? Außerdem würde es Ihnen dort oben bestimmt gut gefallen. Die Berge sind großartig. Ich garantiere Ihnen, Sie wären hingerissen!«

»Jetzt fallen Sie schon auf Ihre eigene Propaganda herein!« Sie gab ihm einen Klaps auf die Hand. Dann lehnte sie sich zurück und schloß einen Moment die Augen. Gedanken wirbelten ihr durch den Kopf. Sie hatte Giles seit drei Jahren nicht gesehen.

Sie hatten versucht, Freunde zu bleiben, aber es hatte nicht funktioniert. Der Sex war dazwischengekommen, und Idina. Und die Liebe. Beths Liebe. Dann hatten sie sich fürchterlich gestritten. Trotzdem hatte Beth die Arbeit abgeschlossen. Ihre Zeichnungen und Aquarelle waren brillant. Aber wann immer sie und Giles sich zu Besprechungen treffen mußten, hatte sie darauf bestanden, daß das Gespräch im neutralen Büro des Verlags im Londoner West End stattfand. Beide waren immer ausnehmend höflich gewesen. Zwei- oder dreimal hatte er Kritik an ihren Zeichnungen angemeldet, und sie war hitzig aus der Besprechung gestürmt. Zweimal hatte sie Giles gesagt, daß seine Bildunterschriften schlecht seien, und Robert hatte ihn aus dem Pub nebenan zurückholen müssen. Aber zu guter Letzt war das Buch doch fertig geworden, und Beth hatte sich geschworen, nie wieder nach London zu fahren. Während sie und Giles bei der Buchpräsentation in Hay zusammen fotografiert wurden und dann noch einmal oben auf dem Hay Bluff, hatte Beth ihm mit einem verkrampften Lächeln vorgeschlagen, er solle doch Anlauf nehmen und über den Rand der Klippe springen. Keiner von ihnen hatte je auch nur andeutungsweise über die gemeinsamen idyllischen Tage im alten Farmhaus gesprochen, ebensowenig wie

491

über den Angriff der Wildkatze, von dem eine feine Narbe quer über Beths Wange zurückgeblieben war, die jedoch unter ihren langen Locken kaum auffiel. Auch über ihren großen Schmerz, daß er sie einfach verlassen hatte, wurde nie geredet.

Sie lehnte sich in ihrem Sessel zurück und sah nachdenklich in die Flammen, die im Kamin züngelten. Das Lokal füllte sich zunehmend, und sie mußte die Stimme etwas heben, damit Robert sie verstehen konnte. »Warum braucht Giles denn so dringend Geld? Er hat mit dem Buch doch reichlich verdient.«

»Ich glaube, das geht uns nichts an, Beth. Er sagte nur, daß er Geld braucht.« Robert warf einen Blick auf den Nachbartisch und fuhr in betont neutralem Tonfall fort. »Wissen Sie, ich bin überzeugt, daß ihr beide gut miteinander arbeiten könntet. Es wäre ein neues Projekt, eine neue Landschaft. Er würde sich anständig benehmen.«

»Hat er das gesagt?«

Robert nickte und stand auf. »Ich hole mir ein Bier. Möchten Sie auch etwas?«

Sie schüttelte den Kopf und sah dem Verleger nach, wie er durch das vollbesetzte Lokal zur Theke ging, um sich anzustellen. Einerseits fand sie das Angebot sehr verlockend, doch ihr Selbsterhaltungstrieb und ihre Selbstachtung sagten ihr warnend: »Tu's nicht. Laß die Finger davon.« Wenn er ihr gleichgültig wäre, könnte sie problemlos mit ihm arbeiten; aber das Schlimme war, er war ihr nicht gleichgültig.

Nach Giles hatte sie keinen anderen Mann mehr gehabt, zumindest keinen, mit dem es ihr ernst gewesen wäre. Und vermutlich würde es auch keinen mehr geben. Giles war der erste Mann, in den sie sich je verliebt hatte, und so lächerlich es klang, er würde wohl auch der letzte sein.

Sie beobachtete, wie Robert sich vorsichtig einen Weg zwischen den Tischen hindurch zu ihr zurückbahnte. Als er sie angerufen hatte, um sich mit ihr zu verabreden, hatte sie sofort dieses Lokal vorgeschlagen. Mittlerweile war es zwar recht voll, doch am Vormittag war es ruhig und warm hier – der ideale Ort, um ein solches Gespräch bei einer Tasse Kaffee zu führen. Aber jetzt wurde ihr bewußt, daß Robert über zweihundert Kilometer gefahren war, um diese Tasse Kaffee zu trinken. Es wäre nicht sehr höflich von ihr, ihn ohne Mittagessen heimfahren zu lassen. Vielleicht sollte sie ihm sogar anbieten, bei ihr zu übernachten.

Schließlich schlug sie ihm vor, einen Spaziergang entlang der Wye zu machen, und danach fuhr sie mit ihm zu einem Pub, wo sie ein spätes Mittagessen bekamen. Als alles besprochen war, begleitete sie ihn zu seinem Wagen. Sie glaubte, ein leichtes Zögern zu hören, als sie ihm anbot, die Nacht bei ihr im Cottage zu verbringen, aber dann hatte er doch abgelehnt. Am nächsten Tag habe er viele Termine, die er nicht absagen könne, erklärte er bedauernd. Sie fragte nicht, ob auch eine Besprechung mit Giles geplant war.

Wie so oft blieb sie auf dem Heimweg ein paar Minuten in einer kleinen Parkbucht stehen, um die Aussicht auf den steil zum Tal der Wye abfallenden Bergrücken und den Radnor Forest zu genießen. Wenn keine anderen Autos unterwegs waren, empfand sie den Ort als sehr friedlich und glaubte manchmal sogar, das Herz der Berge in einem langsamen, beruhigenden Puls schlagen zu hören. Die Wolken hatten sich etwas gelichtet, und tief am westlichen Himmel erschien eine fahle Sonne, die lange Schatten über die Hänge warf. Die Luft roch kühl und frisch. Beth hatte sich schon sehr lange nicht mehr gestattet, an Giles zu denken. Verdammter Robert! Er stellte sie vor ein Dilemma, mit dem sie sich eigentlich nicht auseinandersetzen wollte.

Als sie zu frösteln begann, stieg sie wieder ins Auto. Von hier brauchte sie nur ein kurzes Stück die kurvenreiche schmale Straße hinabzufahren und dann auf den Fahrweg nach Ty Mawr einzubiegen. Es war ein außergewöhnlicher Zufall gewesen, wie sie in den Besitz des Cottage gekommen war. Als Liza ihr erzählte, daß sie endlich Micheles Heiratsantrag angenommen hatte, bot sie ihr an, im Farmhaus wohnen zu bleiben, doch es war zu groß, zu weitläufig, zu teuer im Unterhalt, und es barg auch zu viele Erinnerungen. Und praktisch am selben Tag war Meryn aufgetaucht. Er setzte sich an den Küchentisch und erzählte, er müßte sein Cottage aufge-

493

ben. »Ich bin einfach zu selten hier. Es tut mir im Herzen weh, aber mir bleibt nichts anderes übrig.«

Sie wußten immer noch nicht, wohin er jedesmal fuhr; er gab ihnen nur die Anschrift seines Notars in Cardiff. Für sein Häuschen hatte er einen lächerlich niedrigen Preis verlangt und Beth seinen Segen gegeben; unter vier Augen hatte er Liza gesagt, daß Beth dort in Sicherheit sein würde.

Beths alter Wagen holperte den Feldweg entlang – bald würde sie sowohl wegen des Wagens als auch wegen der Straße etwas unternehmen müssen – und kam vor dem Cottage zum Stehen. Dort parkte ein Auto, das Beth nicht kannte, ein kleiner blauer Peugeot. Einen Moment klopfte ihr das Herz vor Aufregung wie wild. War Giles gekommen, um sie persönlich zu dem neuen Buch zu überreden?

Sie stieg aus dem Wagen und sah sich um. Das Haus war verschlossen, und sie konnte keine Spur von einem Besucher erkennen.

»Hallo?«

Sie ging nach hinten in den kleinen Kräutergarten. Während Meryns langen Reisen waren die Beete praktisch zu einer Wildnis geworden, und auch jetzt sahen sie nicht recht viel besser aus, denn die neue Besitzerin malte Unkraut lieber, als daß sie es jätete. In diesem überwucherten Garten stand ein alter Mann, die Hände in die Hosentasche vergraben, und sah zu dem wolkenverhangenen Berg hinter dem Cottage hinauf.

»Guten Tag?« Verwundert blieb sie stehen. »Kann ich Ihnen helfen?«

Er drehte sich um, ein großer, weißhaariger, auffallend gutaussehender Mann von etwa Mitte Siebzig. Beth erkannte ihn sofort. Das Porträt ihres Großvaters als junger Student hatte in Lizas Atelier gehangen. Trotz zahlreicher Angebote hatte sie sich immer geweigert, es zu verkaufen. Es war fast grausam in seiner brutalen Realität und hatte Beth immer schon gleichermaßen fasziniert und erschreckt.

»Beth?« Der alte Mann hatte eine kraftvolle Stimme, doch etwas an seinem Verhalten irritierte sie. »Ich bin Adam Craig.«

Sie lächelte zögernd; die förmliche Vorstellung verunsicherte sie. Dann trat sie zu ihm. »Großvater«, sagte sie und gab ihm einen Kuß auf die Wange.

»Ich bin gekommen, weil ich deine Großmutter suche. Ich bin bei der Farm gewesen.«

»Sie hat sie verkauft.« Beth machte eine kurze Pause. »Du weißt, daß sie wieder geheiratet hat?«

Er nickte. »Das haben mir die Leute auf der Farm erzählt. Sie haben mir auch gesagt, daß du ganz allein hier oben lebst.«

»Ich bin gerne allein.« Ihr defensiver Tonfall überraschte sie selbst. »Ich habe meine Arbeit.« Ihr war unbehaglich zumute, und sie wußte nicht recht, wie sie sich verhalten sollte. Schließlich war das der Mann, der sich praktisch ihr Leben lang geweigert hatte, sie zu sehen, der ihr – das vermutete sie zumindest, obwohl sie keine Ahnung hatte, welchen Grund er dafür haben sollte – die Schuld am Tod seines Sohnes, ihres Vaters, gab. »Magst du nicht reinkommen? Ich könnte uns einen Tee machen oder Kaffee.« Er war Alkoholiker, das wußte sie noch. Vor einigen Jahren, bald nach Lizas letztem Besuch bei ihm, hatte er das Haus in St. Albans verkauft und war verschwunden. Seitdem hatte niemand mehr etwas von ihm gehört. Beth erinnerte sich gut, wie verletzt Liza deswegen gewesen war.

Er seufzte. »Ja, gerne. Das würde mir gefallen.« Jetzt hörte sie auch den schottischen Akzent, nur sehr schwach zwar, aber doch unverkennbar.

Er folgte ihr ins Haus und sah sich um. Ein paar Möbel, an denen ihr Herz hing, hatte sie aus dem Farmhaus mitgebracht: die kleine Anrichte aus schwarzer Eiche, zwei Windsor-Stühle, die in der Küche gestanden hatten, ihr Bett, einige antike Tische, eine Kommode. Den Rest hatte Liza entweder nach Italien mitgenommen oder verkauft. Als Atelier hatte Beth sich den Kuhstall hinter dem Cottage eingerichtet. Die Vorliebe, in Scheunen zu arbeiten, lag eindeutig in der Familie.

»Bitte, setz dich doch.« Sie füllte den Kessel und stellte ihn auf den Kochherd. »Ich bin gerade in Hay gewesen. Der Verleger des Buchs, das ich illustriert habe, ist aus London ge-kommen, um mit mir über ein neues Projekt zu reden.«

»Du bist also auch Malerin? Wie deine Großmutter?« Er wirkte überrascht.

Sie nickte. Mit eingezogenem Kopf trat sie durch die Tür nach draußen, wo ein Stapel Brennholz an der Mauer des Kuh-stalls aufgeschichtet war. Sie nahm einen Arm voll Scheite, ging ins Haus zurück und warf sie neben den Kamin; dann kniete sie nieder, um ein Feuer zu entzünden.

»Ich glaube, ich weiß nicht mal, wo du zur Zeit lebst.« Sie bemühte sich, so unbeteiligt wie möglich zu klingen. Adam stand noch immer mitten im Zimmer.

»Ich bin nach Schottland zurückgegangen, wo ich her-komme.«

»Wirklich?« Auf den Zehenspitzen hockend, drehte sie sich um und starrte ihn an. »Wie lange bist du schon da?«

Er zuckte die Achseln. »Zwei Jahre vielleicht. Nachdem ich das Haus in St. Albans verkauft hatte, bin ich nach Amerika gefahren und viel gereist. Dann bin ich nach Schottland ge-fahren, nach Pittenross.« Er zögerte nachdenklich. »Bei mei-nem Besuch dort habe ich den Pfarrer kennengelernt, und er erzählte mir, daß oben am Berg ein Haus zum Verkauf stand. Das habe ich dann gekauft.«

»Ich bin noch nie in Schottland gewesen.« Der Kessel begann zu pfeifen. Beth nahm die Kanne, die zum Wärmen hinten auf dem Herd stand, und füllte Tee hinein. »Komisch, gerade heute vormittag fragte mich der Verleger, ob ich nicht nach Schott-land fahren und ein Buch darüber machen möchte.«

»Schottland ist sehr schön.« Endlich nahm er Platz. »Ist Liza glücklich?« Die Frage kam so abrupt, daß Beth sich überrum-pelt fühlte.

»Ja.« Sie warf ihm einen Blick zu. »Sie ist sehr glücklich.«

»Und sie malt noch immer Porträts?«

»Natürlich. Das wird sie nie aufgeben.«

»Kommt sie je nach Wales?«

Beth nickte. »Ja, mehrmals im Jahr sogar. Die beiden mieten sich dann immer für drei oder vier Wochen im Nachbardorf in einem alten Herrenhaus ein, das zum Hotel umgebaut ist.«

»Und du sagst, du bist hier oben nicht einsam?«

Heftig schüttelte sie den Kopf. »Ich bin gerne allein.«

»Du hast keinen Freund?« Plötzlich blickten seine Augen sehr forschend.

»Gelegentlich mal.« Auf einmal hatte sie einen Kloß im Hals. »Nichts Ernsthaftes. Zur Zeit gar niemanden.« Sie stellte fest, daß seine Fragen ihr keineswegs unangenehm waren. Vielleicht hatte ein Großvater das Recht, sie zu stellen.

Er quittierte die Antwort mit einem Nicken. »Und der Mann, der hier lebte – Meryn? Was ist aus dem geworden?« Beth, die gerade Tee einschenkte, schaute bei dieser Frage auf. Adams Ton hatte sich etwas verändert. Bislang hatte er eher im Plauderton gesprochen, doch diese Frage lag ihm offenbar sehr am Herzen.

Wieder schüttelte sie den Kopf. »Tut mir leid, das weiß ich nicht. Er war ja immer schon viel unterwegs. Seitdem ich hier eingezogen bin, habe ich ihn nicht mehr gesehen.«

»Aber du weißt, wo man ihn erreichen kann?«

»Nein«, erwiderte sie. »Ich habe nur die Adresse seines Notars in Cardiff.« Sie stockte. »Ist es wichtig?«

Er zuckte die Achseln, stand auf und ging rastlos im Zimmer umher. »Deine Großmutter, Liza, hat große Stücke auf ihn gehalten. Offenbar war er ein weiser Mann.«

»Er war wunderbar. Weißt du, meine Eltern haben ihre Flitterwochen in diesem Cottage verbracht. Die Idee gefällt mir. Irgendwie sind sie mir dadurch näher.« Sie reichte ihm eine Tasse und bot ihm Zucker an. »Als Kind habe ich ihn immer Merlin genannt. Ich dachte, er wäre ein Zauberer.«

Adam fixierte sie mit einem forschenden Blick. »Und? War er das?«

»Ich weiß nicht. Er war voller Geheimnisse. Ich habe keine Ahnung, womit er sein Geld verdient hat. Wenn er überhaupt welches verdient hat. Als er hörte, daß ich sein Cottage kaufen wollte, hat er den Preis halbiert. Es war praktisch geschenkt. Ich denke, vielleicht ist er irgendwo ins Ausland gegangen. Manchmal habe ich mich gefragt, ob er vielleicht in Oma Liza verliebt war, aber das weiß ich nicht.«

»Kannst du mir die Adresse seines Notars geben?« Adam stellte die Tasse ab, ohne daraus getrunken zu haben, und trat ans Fenster. »Vielleicht kann ich ja doch Kontakt mit ihm aufnehmen.«

»Warum willst du mit ihm reden?« Mit einem Mal war sie traurig; offenbar war er gar nicht gekommen, um sie zu sehen.

Er machte eine ausweichende Geste. »Ich dachte, er könnte mir vielleicht bei einer bestimmten Sache helfen, das ist alles. Nicht wichtig.« Er wich ihrem Blick aus. »Und wenn du meinst, daß Liza nichts dagegen hat, würde ich mich freuen, wenn du mir ihre Telefonnummer gibst.«

»Natürlich hätte sie nichts dagegen. Sie war sehr traurig, als du von St. Albans weggegangen bist, ohne ihr Bescheid zu sagen.«

»Ich habe das aus einem bestimmten Grund getan, wie sie wohl weiß.« Endlich setzte er sich wieder und trank einen Schluck Tee, starrte dann aber nur geistesabwesend ins Feuer und schien gar nicht zu bemerken, daß sie sich ihm gegenüber hingesetzt hatte. »Du siehst aus wie Liza«, sagte er nach einer Pause. »Sie war eine wunderschöne junge Frau.«

»Das ist sie immer noch.« Beth war Lizas größte Bewunderin. »Ich nehme das als großes Kompliment. Danke.«

Auf seinem Gesicht erschien die Andeutung eines Lächelns. »Und es geht ihr gut?«

»Bestens.« Beth zögerte. »Ich könnte sie ja jetzt gleich anrufen. Sie würde sich freuen, von dir zu hören.«

»Nein!« Erregt stand er auf. »Nein, ich will keine Verbindung herstellen. Nicht von hier.«

»Aber warum denn nicht? Großvater, was ist?«

Mit einem Schlag veränderte sich sein Verhalten, und als er die Tasse abstellte, zitterte seine Hand so sehr, daß die Untertasse klapperte. »Ich muß jetzt gehen.«

»Großvater, bitte, bleib doch noch. Du kannst die Nacht hierbleiben. Ich habe ein Gästezimmer …«

»Nein! Ich muß gehen. Ich hätte nicht herkommen sollen.« Wie geistesabwesend sah er sich um. »Sag deiner Großmutter, sie soll achtgeben.«

»Das werde ich. Aber Großvater, was ist denn? Hat es mit Liza zu tun? Bitte, laß mich sie anrufen.«

»Nein.« Er schüttelte den Kopf. »Ich hätte nicht herkommen sollen«, wiederholte er. »Vergiß, daß du mich gesehen hast. Erzähl ihr nicht, daß ich hier war.«

»Aber das muß ich doch.«

»Nein, nein, sag ihr nichts.«

Unvermittelt ging er zur Tür, zog sie auf und trat in die Dämmerung hinaus. »Es tut mir leid, ich hätte nicht kommen dürfen. Es tut mir leid. Es war ein Fehler.« Sein Murmeln war kaum zu verstehen.

»Dann gib mir wenigstens deine Adresse. Deine Telefonnummer …«

»Nein.« Er durchsuchte seine Taschen nach dem Autoschlüssel. »Das war dumm von mir. Egoistisch. Idiotisch! Nein. Sie darf mir nicht folgen. Vergiß, daß ich je hier war.«

Er stieg in den Wagen und knallte die Tür zu. Währenddessen stand Beth da und mußte hilflos zusehen, wie er den Motor anließ und wendete. Einen Moment glaubte sie, er würde ohne ein weiteres Wort wegfahren, aber dann kurbelte er doch das Fenster herunter. »Gott segne dich, Beth, mein Schatz. Ich wünsche, ich hätte dich besser kennengelernt. Ich bin ein sturköpfiger, dummer alter Mann, aber ich habe meine Gründe dafür, dich nicht zu besuchen, bitte glaub mir. Und jetzt vergiß, daß du mich gesehen hast.«

Damit fuhr er davon, schneller, als der Feldweg es eigentlich erlaubte. Beth zuckte zusammen, als das Chassis über einen Stein schrappte, dann war er außer Sichtweite.

Langsam ging sie ins Haus zurück und schloß die Tür hinter sich. Ihr Großvater hatte eine seltsame Atmosphäre hinterlassen, wie sie verwundert feststellte. Und dann tat sie etwas, das sie nie zuvor getan hatte: Sie schob den Riegel vor die Tür. Schließlich griff sie zum Telefonhörer.

»Michele? *Come stai*? Kann ich bitte mit Liza sprechen?«

Der Inhalt seiner ausführlichen, liebevollen und detaillierten Antwort war »nein«.

Beth lachte unglücklich. »Verschwindet sie oft einfach so, ohne eine Telefonnummer zu hinterlassen?«

Offenbar war sie irgendwo in den Abruzzen, um eine Winzerfamilie zu malen.

»Das war Teil unserer Abmachung, *carissima*. Damit sie sich von ihrem schrecklich chauvinistischen Ehemann nicht eingeengt fühlt.« Sein Seufzen war nur halb ironisch.

»Aber ich brauche sie.« Wider Willen schwang Verzweiflung in ihrer Stimme mit.

»Ich auch, Beth«, stimmte Michele mitfühlend zu, doch dann wurde ihm ihr Tonfall bewußt. »Was ist denn passiert? Kann ich dir vielleicht helfen? Möchtest du, daß ich komme?«

Beth lächelte, und ihre Augen füllten sich mit Tränen. »Nein. Hab vielen Dank, Michele, aber das ist nicht nötig. Es ist nichts passiert, nur dumme Frauensachen.«

Wie Intuition. Einsamkeit. Und Angst.

Erst später, nachdem sie sich ein Ei gekocht und etwas Toast gemacht hatte und sich mit einer Tasse heißer Schokolade vor den Fernseher setzte, um eine Jane-Austen-Verfilmung anzusehen, fiel ihr ein, daß Liza ihr einmal erzählt hatte, Pittenross liege in den Bergen.

Das sind meine Berge ...

Sie murmelte den Satz leise vor sich hin, während ihre Augen gebannt auf den Bildschirm starrten, in den Salon eines wunderschönen Herrenhauses in der Grafschaft Hampshire, wo die geistreichen Repliken eleganter Gäste sie von ihren endlosen Gedanken ablenkten. Adam Craig hatte sie fasziniert, sie durcheinandergebracht und ihr auch ein wenig Angst eingeflößt. Er ging ihr nicht aus dem Kopf. Was hatte er ihr bei seinem Besuch nun wirklich sagen wollen? Oder vielmehr, was hatte er Meryn sagen wollen? Denn im Grunde war er nicht ihretwegen gekommen. Soviel war klar. Und wovor hatte er solche Angst?

Darüber zerbrach sie sich den Großteil des Abends den Kopf, wenn sie nicht gerade an Robert Cassie und sein Angebot dachte. Mit einem Mal fiel es ihr wie Schuppen von den Augen – die beiden Dinge gehörten zusammen.

Sie konnte keine Entscheidung über Roberts Angebot fällen, solange sie nicht selbst in Schottland gewesen war und gesehen hatte, ob die Landschaft sie ansprach und sie sich zutraute, sie zu malen. Dafür brauchte sie Giles gar nicht zu sehen. Sie brauchte ihm nicht einmal zu sagen, daß sie nach Schottland fuhr. Und war sie erst einmal dort, würde sie bestimmt auch Adam Craigs Cottage finden und feststellen können, warum er so große Angst davor hatte, wieder Kontakt mit seiner Familie aufzunehmen. Er war immer ein rätselhafter Fremder in ihrem Leben gewesen – ein Großvater, der sie nicht kennenlernen wollte. Ein Mann, der Lizas Geliebter gewesen war, wie ihre Großmutter einmal gestanden hatte. Ein Arzt. Ein brillanter, fähiger, intelligenter Mann, der zum Alkoholiker geworden und von heute auf morgen einfach verschwunden war. Und jetzt, nachdem er den weiten Weg bis nach Wales zurückgelegt hatte, um Meryn zu finden, war er wieder davongelaufen. Es gab kein anderes Wort dafür: Er war geflohen. Und Beth wollte herausfinden, wieso.

Das Hotel war ein prachtvolles schottisches Herrenhaus – eine Mischung aus dem neugotischen Londoner Bahnhof St. Pancras und dem Märchenschloß Inveraray Castle mit einem Anklang von Taj Mahal. Beth blieb der Mund offenstehen, als das Taxi um die Ecke fuhr und in die Auffahrt einbog. Dann lächelte sie. Es war das verblüffendste, das exzentrischste Bauwerk, das sie je gesehen hatte. Das Taxi blieb auf dem Kies vor dem Eingangsportal stehen, und sie stieg aus, um von vier Hunden begrüßt zu werden, die mit wedelndem Schwanz auf sie zustoben.

»Beth?« Der kleine, rundliche Mann mit blonden Haaren, der der Meute folgte, streckte ihr herzlich die Hände entgegen. »Giles hat mir gesagt, daß ich Sie um diese Zeit erwarten soll. Willkommen in Loch Dubh. Das ist meine Frau Patti.«

Eine nicht minder füllige Frau, in Bluejeans und einem dicken Fair-Isle-Pullover, stellte sich neben ihn; ihr langer, dicker Haarzopf war überall von weißblonden Strähnen durchsetzt. Sie nahm Beth in den Arm, als kenne sie sie seit Jahren. »Giles kommt später, wenn Sie nichts dagegen haben. Er ist reumütig und zerknirscht und schwört, daß er sich an-

501

ständig benehmen wird. Waren das nicht genau seine Worte?« fragte sie über die Schulter hinweg ihren Mann.

Der grinste. »Wenn du das glaubst, glaubst du ihm alles.« Er griff nach Beths Koffer. »Ich habe den Auftrag, Ihnen das beste Zimmer zu geben, das beste Essen und auch sonst alles, was Sie brauchen. Ihr Wunsch ist uns Befehl. Um ehrlich zu sein, ist es im Augenblick im Hotel ziemlich still, also können wir Ihnen jeden Wunsch von den Augen ablesen, bis Sie die Nase voll davon haben; dann sagen Sie nur, wenn wir Sie in Ruhe lassen sollen!« Seine Augen funkelten unwiderstehlich. »Sie können sich auch meinen Wagen ausleihen. Giles sagte, wir sollten einen für Sie mieten, er würde für die Kosten aufkommen, aber zumindest die Ausgabe erspare ich ihm. Es kommt nur sehr selten vor, daß wir wirklich zwei Autos brauchen, also können Sie ihn haben, wann immer Sie wollen. Und jetzt kommen Sie, ich zeige Ihnen, wo alles ist.«

Beth war sich nicht ganz sicher, wie sie so plötzlich nach Schottland gekommen war. Ein Anruf bei Robert Cassie, ein vorsichtiger Austausch von Botschaften mit Giles, der offenbar doch genau wissen mußte, wann sie wo sein wollte; und damit war alles gebucht. Giles, so erfuhr sie, kannte Dave und Pattie Andrews aus der Zeit, als diese noch in London lebten; die beiden würden sich um sie kümmern. Sie waren, wie Beth rasch vermutete, auch einer der Gründe, warum Giles beschlossen hatte, das Buch über diese Region zu schreiben.

Ihr Zimmer war gigantisch. Das riesige Himmelbett aus schwarzer Eiche bot Platz genug für vier Leute; der Blick zum Fenster hinaus ging über grüne, hügelige Gärten und heidebewachsene Hänge zu einem kleinen Loch hinab, nach dem das Hotel benannt war, und dahinter ragten wieder Berge empor.

»Und das Bad ist hier.« Dave riß eine Tür auf, hinter der sich ein weiterer, fast ebenso großer Raum verbarg. In der Mitte stand eine enorme Badewanne auf Klauenfüßen. »Erschrecken Sie nicht, wenn Sie das Wasser sehen. Die Farbe kommt vom Torf, nicht vom Rost!« erklärte er fröhlich. »Die Bar ist offen, sobald Sie nach unten kommen wollen; tun Sie einfach so, als wären Sie hier zu Hause.« Mit einem Lächeln zog er sich zurück und überließ Beth sich selbst, damit sie sich von der Überraschung erholen und ihre Koffer auspacken konnte.

Sie hatte nicht damit gerechnet, daß Giles sie unten erwarten würde. Sobald er sie sah, hob er die Hände hoch und mimte den Kapitulanten. »Bitte, nicht schießen.«

Er hatte seit ihrer letzten Begegnung abgenommen und sah noch attraktiver aus als in ihrer Erinnerung. Ärgerlich unterdrückte sie ihre Aufregung und das aufkeimende Verlangen und zwang sich, ein mißbilligendes Gesicht aufzusetzen. »Ich wußte nicht, daß du jetzt schon kommen wolltest.«

»Hatte ich auch gar nicht vor. Aber ich muß mit dir reden. Bitte. Über das Buch. Wir müssen es unbedingt machen. Hat Robert dir erzählt, wieviel Vorschuß er uns zahlen will?«

»Das hat er.« Sie bemühte sich um einen gleichmäßigen Tonfall. »Wo ist Idina?«

»In London.« Er sah unglücklich drein. »Bitte, Beth. Können wir nicht einfach als Freunde und Kollegen miteinander reden?«

Irgendwie gelang es ihr.

Sie hielt ihre Gefühle fest unter Verschluß und zwang sich, ihre ganze Konzentration auf die Mappe mit Unterlagen zu richten, die Giles ihr zeigte, während sie im behaglichen Salon des Hotels saßen und Patti und Dave das Abendessen vorbereiteten. Sie waren nicht allein. Auf einem Sofa in ihrer Nähe sahen sich zwei Frauen mittleren Alters leise lachend Fotografien an, und ein älterer Herr, der am Nachmittag mit einem Gewehr durchs Moor gewandert war, döste vor einem Glas Malzbier.

»Siehst du? Die Geschichte dieser Region ist großartig. Das Buch wird genauso aufgebaut wie *The Black Mountains*. Ein bißchen Geschichte, ein bißchen Folklore. Die einheimischen Vögel und Tiere. Ganz am Anfang kommt die Geologie. Es gibt hier ein paar phantastische Schlösser, Nachbauten aus dem neunzehnten Jahrhundert, aber auch richtig alte Burgen.

Und völlig verfallene Ruinen!« Wie immer wirkte seine Begeisterung ansteckend, und Beth merkte, wie auch ihre Aufregung wuchs. »Wenn du willst, kannst du hier arbeiten, und zwar so lange und so oft du willst. Hat Dave dir das nicht gesagt? Er hat immer ein paar Zimmer frei, sogar in der Hochsaison, und von Freunden verlangt er nichts.«

»Mit der Philosophie wird er es nie zu Reichtum bringen.« Sie blätterte Giles' Aufzeichnungen durch.

»Reich war er schon. Das hat ihm keinen Spaß gemacht!« Giles grinste. »Haben sie dir nicht ihre Geschichte erzählt? Sie sind nach Schottland gezogen, um einen Traum zu verwirklichen.«

»Und? Hat es geklappt?« Sie sah auf, und einen Moment lang begegneten sich ihre Blicke. Sie spürte den Funken, der zwischen ihnen übersprang, und sah rasch beiseite.

»Werden Träume denn je wahr?« fragte er leise. »Ich glaube, sie sind sehr glücklich hier. Vielleicht darf man sich gar nicht mehr wünschen.«

Geflissentlich überhörte sie die Botschaft, die in diesen Worten lag. »Auf jeden Fall wirken sie sehr glücklich«, sagte sie mit fester Stimme. »Komisch, ich kenne Schottland überhaupt nicht, aber mein Großvater ist hier aufgewachsen, keine Autostunde von hier entfernt.« Sie wußte, daß sie viel zu schnell und zuviel redete, als sie ihm die Geschichte von Adams Kindheit und Leben erzählte, oder zumindest die Teile, die sie kannte; alles, um nicht von sich selbst sprechen zu müssen. Mit einer gewissen Erleichterung blickte sie auf, als Patti mit rotglühendem Gesicht aus der Küche kam und verkündete, das Essen sei fertig.

Die Gäste erhoben sich.

»Du mußt meinen Großvater kennenlernen«, sagte Beth leise, als sie hinter den beiden Damen in den Speisesaal gingen. Plötzlich war ihr die Idee gekommen, daß Giles ein guter Vorwand wäre, ihn zu besuchen – bestimmt wußte ihr Großvater viel über die Geschichte dieser Region –, und außerdem würde sie in Begleitung von Giles weniger Angst haben. Dabei war ihr nicht einmal klar, wovor sie eigentlich Angst hatte. Der alte Mann war forsch und sogar etwas selt-

504

sam gewesen, aber in keinster Weise einschüchternd; doch in der Luft, die ihn umgab, war etwas, das ihre Haut zum Prickeln brachte.

Nach dem Essen redeten sie noch lange weiter, bis Beth schließlich aufstand. Giles trank gerade seinen Kaffee. »Ich gehe nach oben«, erklärte sie entschlossen. Vor diesem Moment hatte sie sich gefürchtet. »Wir sehen uns morgen früh.«

Er sah sie mit einem schiefen, zerknirschten Grinsen an. »Bist du sicher, daß du allein schlafen willst?«

Er sagte es halb im Scherz und so leise, daß niemand sonst es hören konnte, aber dennoch blickte sie sich peinlich berührt um. »Giles, du hast es versprochen!«

»Entschuldigung.« Wie zum Zeichen der Kapitulation hob er die Hände.

Mit einem funkelnden Blick wandte sie sich zum Gehen. »Wir sehen uns morgen früh«, wiederholte sie fest. »Und vielleicht rufen wir dann meinen Großvater an und besuchen ihn.«

Sobald sie in ihrem Zimmer war, versuchte sie wieder, Liza zu erreichen, aber Michele hatte noch immer nichts von ihr gehört. Bedrückt legte sie auf. Sie wollte unbedingt mit Liza reden.

Am folgenden Tag machten Giles und Beth von Daves Angebot Gebrauch und liehen sich den Wagen, einen roten Porsche älteren Baujahrs. »Das ist alles, was mir von meiner Karriere als Finanzmakler in der City geblieben ist.« Dave blickte von Giles zu Beth und reichte dann ihr die Schlüssel. »Wenn ihr wissen wollt, wie man sein ganzes Geld und den Großteil seiner Haare verliert – kauft einfach ein Hotel in den Highlands, so groß wie ein Bahnhof, und stellt nach dem Kauf fest, daß es jedes Jahr zehn Zentimeter den Berg runterrutscht! Seid vorsichtig mit der Kiste – sie fährt noch ziemlich schnell.«

Das stimmte tatsächlich, wie Beth herausfand, als sie tollkühn in den dritten Gang schaltete. Sie fuhren durch hellen

Sonnenschein mit atemberaubenden Blicken auf Berge, Täler und dunkelblaue Lochs, über kurvenreiche Straßen nach Osten, bis sie schließlich von der Landstraße auf die schmale, ansteigende Straße nach Pittenross abbogen.

In den engen Straßen des Dorfs roch es nach Holzfeuer und nassen Kiefernnadeln. Bereitwillig erklärte die erste Person, die Beth fragte, den Weg zum neuen Pfarrhaus, einem kleinen, modernen Bungalow in einer neuen Siedlung am Ortsrand. Dort angekommen, blieb Giles im Wagen sitzen, tief in detaillierte Landkarten vergraben, während Beth an der Tür klopfte. Nach einer Weile öffnete ihr eine hübsche Frau im Trainingsanzug. Offenbar war der Pfarrer nicht zu Hause, aber als Beth den Grund für ihren Besuch erklärte, hellte sich das Gesicht der Frau auf. »Sie sind Dr. Craigs Enkelin? Meine Liebe, wie schön, Sie zu sehen!« Die Frau strahlte Wärme und Herzlichkeit aus. »Er ist immer ganz allein, und er hat da oben kein Telefon, was uns wirklich Sorgen macht. Übrigens, ich bin Moira Maclaren, die Frau des Pfarrers.« Daß Beth die Adresse ihres Großvaters verloren hatte, kam ihr irgendwie seltsam vor, doch sie behielt diese Meinung für sich.

Wieso ihre Wegbeschreibung so ausführlich und kompliziert war, fand Beth heraus, sobald sie sich wieder ans Steuer des Porsche setzte und die vielen steilen Sträßchen und Feldwege entlangfuhr, die schließlich vor einem Cottage mit dem reizenden Namen Shieling House – Weidehütte – endeten. Als Beth den Wagen abstellte und ausstieg, atmete sie schuldbewußt den Geruch von heißem Gummi ein.

Das Herz klopfte ihr wie wild, als sie mit Giles zur Vordertür ging und auf die Klingel drückte. Sie konnte die Glocke innen im Haus läuten hören, doch niemand kam zur Tür, und draußen parkte kein Auto. Das Haus wirkte verlassen, und zu ihrer Überraschung stellte sie fest, daß sie darüber sehr erleichtert war. Sie hatte das unbehagliche Gefühl, daß ihr Großvater sich nicht unbedingt freuen würde, sie hier zu sehen.

Langsam gingen sie um das Haus herum. Es war aus verwittertem grauen Stein gebaut, die weiße Farbe an den Fenster- und Türrahmen blätterte an vielen Stellen ab. Das Cottage war recht klein, wie ihr Großvater ihr schon erzählt hatte. Hinter dem Haus, umgeben von einer niedrigen Trockensteinmauer, lag ein Gemüsegarten, den jemand mit großer Liebe pflegte. Vor kurzem war Gemüse ausgehoben worden, und dann standen dort auch mehrere sorgsam beschnittene Rosensträucher. Beth lächelte. Liza hatte ihr immer erzählt, daß Adam seine Rosen mehr liebte als alles andere auf der Welt.

Zu ihrer Überraschung war die rückwärtige Tür nur angelehnt. Zaghaft schob sie sie auf. »Großvater? Bist du da?«

Es kam keine Antwort. Zaghaft spähte sie um den Türrahmen. »Ich weiß nicht, ob wir reingehen sollen«, flüsterte sie.

»Ich finde schon.« Giles stand direkt hinter ihr – viel zu nah. Sie spürte seinen Atem an ihrem Nacken und empfand das unwiderstehliche Bedürfnis, die Hand nach ihm auszustrecken und ihn zu berühren. »Du mußt doch schauen, ob er nicht krank im Bett liegt oder so«, fuhr er fort. Als könnte er ihre Gedanken lesen, faßte er ihr leicht an die Schulter und machte dann einen Schritt zurück. »Und als seine nächste noch lebende Verwandte, wenn nicht die einzige überhaupt, ist es dein gutes Recht, sein Haus zu betreten.«

Allen Mut zusammennehmend, trat sie durch die Tür, dicht gefolgt von Giles.

Sie standen in der Küche, die sehr groß war, fast so groß wie das Wohnzimmer, wie Beth mit einem Blick in das angrenzende Zimmer feststellte. Diese beiden Räume, die das ganze Untergeschoß einnahmen, waren mit massigen Möbeln behaglich eingerichtet. In der Mitte des Wohnraums stand ein großer Tisch, darauf eine Schreibmaschine neben Stapeln von Papieren und Büchern. Überall lagen Bücher, quollen aus den Regalen, die an der hinteren Wand angebracht waren, türmten sich auf den Möbeln, auf dem Boden und sogar in der Küche, zwischen Brot und Milch, ranziger Butter und Bechern, die noch halbvoll mit Kaffee oder Tee waren.

»Großvater?« Beth stand am Fuß der kurzen, neu eingebauten Treppe und sah nach oben. So leer das Haus auch wirkte, stieg sie trotzdem nur mit großem Unbehagen die

507

wenigen Stufen zum Treppenabsatz hinauf. Von dort gingen Türen zu zwei Schlafzimmern und einem Bad ab. Auch hier war niemand zu sehen. Nur in einem der Schlafzimmer stand ein Bett, im anderen stapelten sich Kisten und Kartons und noch mehr Möbel. Das Schlafzimmer war sehr unordentlich; das Doppelbett war nicht gemacht, und auch hier lagen überall Bücher herum. Neugierig hob sie einige auf: *Das heidnische Britannien zur Zeit der Kelten* und *Auf der Suche nach den Pikten.*

Als sie wieder nach unten kam, war Giles in die Bücherstapel auf dem Tisch vertieft. Alle handelten von ähnlichen Themen – den Pikten und Kelten in Schottland, den Druiden und der frühen schottischen Geschichte, dazu Bücher über Okkultismus und Magie in all ihren Erscheinungsformen. Überrascht und auch etwas irritiert blätterte Beth sie durch. Schrieb ihr Großvater vielleicht ein Buch? Er hatte zahlreiche Notizen gemacht, sowohl in seiner kleinen, sauberen, aber fast unleserlichen Handschrift als auch auf der Schreibmaschine. Daneben lag eine Liste mit Literaturangaben und Daten, außerdem Aufzeichnungen, die wie Rezepte für Zaubertränke aussahen. Zumindest wußte sie jetzt, warum er mit Meryn hatte reden wollen.

»Guter Gott, Beth, schau dir das mal an!« Giles zog einen weiteren Stapel Bücher zu sich. Sie waren zwar alle auf deutsch, doch bereits den Illustrationen – Teufel und Teufelinnen jeder Variation bei Akten, wie sie expliziter nicht sein konnten – war zu entnehmen, wovon sie handelten. »Schreibt dein Großvater etwa ein Buch über deutsche Erotika?« Er lachte ungläubig.

»Unmöglich!« Beth schob die Bücher beiseite und zog einen weiteren Stapel heran. Da lagen Dion Fortunes *Selbstverteidigung mit PSI* sowie mehrere Bände über Hohe Magie zusammen mit zwei Büchern über die Mythologie der Katzen.

Beth runzelte die Stirn. Katzen? In ihrem Hinterkopf regte sich ein unerfreulicher Gedanke: Sowohl sie als auch ihre Oma Jane waren von Katzen angegriffen worden. Schaudernd trat sie einen Schritt vom Tisch zurück und sah sich um. »Mein Gott, Giles, eigentlich dürften wir gar nicht hier sein.«

»Natürlich dürfen wir das. Einfach faszinierend, Beth!« Giles hatte einen Stuhl an den Tisch gezogen und war völlig vertieft. »Dein Großvater hat eine unglaubliche Bibliothek hier. Die muß ein Vermögen wert sein!«

»Er hat ja eine Kristallkugel!« Beth hatte sie, unter schwarzem Samt verborgen, auf einem Regal in der Ecke entdeckt. »Und schau mal, Runen, Tarotkarten, Steine und Federn. Und schau, ein Schädel!«

»Ein menschlicher?« Endlich sah Giles auf.

»Quatsch! Von einem Vogel mit einem großen Schnabel.«

»Ein Rabe.« Giles war aufgestanden und stand jetzt direkt hinter ihr. »Er beschäftigt sich wirklich mit faszinierenden Sachen, Beth. Zum Beispiel diese piktischen Symbolsteine. Den einen oder anderen wirst du für das Buch zeichnen müssen.« Er beugte sich zu ihr, wobei er auf den schweren Band deutete, der vor ihm lag; sie atmete den Duft seines Rasierwassers ein. »Jeder kennt die keltischen Kreuze und das Flechtmuster, das sie so gut gravieren konnten; das wirst du auch noch zeichnen müssen. Aber die Pikten haben phantastische Zeichnungen in den Stein gehauen, die sehr kraftvoll sind. Gravieren oder meißeln ist nicht das richtige Wort dafür; sie sind einfach voller Energie. Ich habe ein bißchen darüber gelesen. Es gibt viele verschiedene Theorien über ihre ursprüngliche Bedeutung: Es können Botschaften gewesen sein, Totems von Clans, Wegweiser, Zauberei oder Grabsteine. Es gibt Tiere und Vögel, auch Symbole. Hier ist so ein Stein.« Er deutete auf die Aufnahme, wobei seine Hand ihren Arm streifte. Sie wich nicht zurück. »Er hat ihn aus jedem Winkel fotografiert, und er hat die Symbole alle abgezeichnet – siehst du? Da ist eine Schlange. Und ein Z. Ein Spiegel. Und die Mondsichel mit dem V-förmigen Ding. Und dann das keltische Kreuz hinten drauf, aber es ist nur halb fertig. Das ist interessant, denn das beweist, daß die piktischen Symbole als erstes da waren, und das Kreuz kam erst hinterher, wurde also nachträglich gemacht ...« Er unterbrach sich. »Beth, da kommt jemand!«

Als sie beide das Motorgeräusch hörten, sahen sie sich schuldbewußt an. Es war zu spät, um sich zu verstecken oder nach draußen zu gehen. Außerdem – wer immer es war, er würde ihren Wagen vor der Haustür parken sehen.

Als die Tür aufging, standen sie nebenaneinander am Tisch. Herein trat ein kleiner Mann mittleren Alters mit blonden Haaren, der einen dicken Pullover und eine Jacke trug. Lächelnd streckte er ihnen die Hand entgegen. »Ich bin Ken Maclaren, der Pfarrer von Pittenross. Meine Frau hat mir erzählt, daß Sie eine Verwandte von Adam Craig sind.«

Beth trat vor. »Ich bin seine Enkeltochter Beth, und das ist mein Kollege Giles Campbell. Wir suchen nach ihm.«

Maclaren zuckte mit den Schultern. »Manchmal verschwindet er einfach. Ich komme jeden Tag hier rauf, um nach ihm zu schauen. Um ehrlich zu sein, meine Frau und ich machen uns etwas Sorgen um ihn.« Er warf einen betretenen Blick auf den Tisch. »Wie ich sehe, haben Sie seine Bücher entdeckt.«

»In der Tat.« Giles musterte das Gesicht des Mannes. »Sein Vater war einer Ihrer Vorgänger, nicht wahr?«

Maclaren nickte. »Ein großartiger Mann, Thomas Craig. Sehr angesehen in der Gemeinde. Und ich mag Adam gern. Seitdem er wieder hier in Schottland ist, haben wir uns angefreundet, aber ich muß sagen, ich mache mir Sorgen.« Er betrachtete Beth eindringlich. »Er hat mir gar nicht gesagt, daß er Verwandte hat. Ich dachte, er wäre ganz allein auf der Welt.«

Beth machte eine ausweichende Geste. »Ich habe ihn erst vor kurzem kennengelernt. Davor hatte ich ihn nur als Baby gesehen. Soweit ich weiß, war er nach dem Tod meiner Großmutter sehr unglücklich und ist fortgegangen. Niemand wußte, wo er war.«

»Er lebt wirklich fast wie ein Einsiedler«, stimmte Maclaren zu. »Jeden Tag geht er im Morgengrauen raus, manchmal noch früher, und wandert durch die Berge. Wenn er hier ist, liest er in seinen Büchern.« Er seufzte. »Über manche der Sachen, die er hier oben macht, bin ich gar nicht glücklich. Das sollte ich Fremden vielleicht nicht sagen, aber Sie sind ja seine

Enkelin. Die Situation ist etwas beängstigend. Ein paar der Experimente, die er anstellt, sind sehr gefährlich.« Er sah zwischen den beiden hin und her. »Mir ist nicht ganz klar, was er damit eigentlich verfolgt. Gelegentlich spricht er mit mir über die Dinge, die ihn interessieren – wenn er meint, daß ich ihm geistlichen Rat geben kann –, aber ich glaube, einige der Sachen, die er macht, sind nicht nur eine Gefährdung seiner unsterblichen Seele, sondern auch eine unmittelbare Gefahr für sein Leben.«

Beth starrte den Pfarrer entgeistert an. »Was macht er denn?«

»Schwarze Magie, oder?« warf Giles mit einem Blick auf die Bücher ein.

»Ja, ich glaube, er versucht, Geister zu beschwören. Außerdem glaube ich, daß er sich mit Hexerei beschäftigt. Es tut mir leid, Ihnen das sagen zu müssen, aber ich habe Angst um ihn. Und das Schlimmste ist, ich weiß nicht, wo er ist. Normalerweise ist es hier nicht so…« – er sah sich um und suchte nach einem Wort – »nicht so unordentlich. Sicher, mit dem Putzen nimmt er es nicht so genau, aber normalerweise läßt er kein Essen verkommen. Ich glaube, er ist seit Tagen nicht mehr hier gewesen.«

Beth und Giles tauschten einen Blick aus. Beruhigend drückte Giles ihr die Schulter. »Vielleicht ist er weggefahren? Immerhin steht sein Wagen nicht da. Wenn er zum Wandern in die Berge gegangen und abgestürzt wäre oder so, dann wäre es doch noch da, oder?«

»Aber er hatte die Tür nicht zugesperrt«, widersprach ihm Beth leise. »Er hätte sie doch nie offengelassen, wenn er für ein paar Tage weggefahren wäre.«

»O doch, das wäre gut möglich«, meinte Maclaren. »Ich fürchte, das sähe ihm sogar sehr ähnlich. Er sagt, früher hätten die Leute ihr Haus auch nicht zugesperrt, und ich kann ihm nicht verständlich machen, daß es mittlerweile auch hier in den Highlands Kriminalität gibt, wenn auch nicht soviel wie sonst überall.« Er zögerte. »Ich glaube, er läßt die Tür absichtlich offen. Ich glaube, er hofft, daß jemand kommt.«

»Sie meinen, jemand Bestimmtes?« fragte Giles. Er hatte Adams Notizbücher aufgeschlagen und blätterte sie nacheinander durch.

Der Geistliche nickte. »Als wir beim letzten Mal darüber sprachen, sagte er das sogar direkt. Er meinte, die offene Tür sei ein Zeichen für ›sie‹, weil er möchte, daß sie zu ihm nach Hause kommt. Ich vermute, daß er damit nicht Sie gemeint hat?« fragte er mit einem Blick auf Beth und verzog den Mund zu einem schiefen Lächeln.

Sie schüttelte den Kopf. Ihr gefiel dieser Mann mit den blaßblauen Augen hinter den dicken Brillengläsern. Er war mitfühlend, er kümmerte sich um andere, und sie spürte die beruhigende Kraft, die von ihm ausging. »Das bezweifle ich. Um ehrlich zu sein, er wollte mir nicht einmal seine Adresse geben. Ich habe den starken Verdacht, daß er überhaupt keinen Besuch haben möchte. Als er bei mir auftauchte, wollte er eigentlich zu meiner Großmutter – meiner anderen Großmutter, die Mutter meiner Mutter –, nicht zu mir. Aber sie lebt jetzt im Ausland, also ist er wieder gefahren.« Und er wollte noch jemanden sehen – Meryn. Den Zauberer Merlin.

»Wir wohnen im Hotel Loch Dubh«, warf Giles ein. »Beth und ich arbeiten zusammen an einem Buch« – er funkelte sie an, als wollte er ihren Einspruch im Keim ersticken – »und sie dachte, Dr. Craig könnte mir bei meinen Recherchen über die Geschichte Schottlands helfen. Wir meinten, das wäre ein guter Vorwand, um ihn zu besuchen.« Er machte eine Pause. »Offenbar interessiert er sich ganz besonders für die Symbolsteine, die Beth für mich zeichnen soll.«

Mit einem Kopfnicken deutete Maclaren auf den Stein, den Adam fotografiert hatte. »Der ist hier ganz in der Nähe. Sie brauchen nur den Berg hochzugehen, jenseits des Grats hinter dem Haus. Sie haben recht, das ist für ihn fast zur Obsession geworden. Ich weiß nicht, vielleicht hat es etwas mit seinem Vater zu tun. In den Unterlagen der Gemeinde habe ich ziemlich viele Aufzeichnungen des alten Mannes gefunden. Zu seiner Zeit galt der Stein als heidnisch; es hieß, er würde die Region spirituell negativ beeinflussen. Thomas Craig war ein sehr fundamentalistischer Vertreter der schottischen Kirche und sehr kompromißlos. Er wollte, daß der Stein abgerissen wird.«

»Aber das ist doch lächerlich! Es ist ein altes Monument.«

»Jede Generation hat unterschiedliche Einstellungen. Jetzt gibt es einen Wegweiser zu dem Stein, und oben steht eine Tafel mit Erklärungen.« Er dachte kurz nach. »Ob es wohl Ihre Großmutter ist, auf die er wartet?«

»Er wird doch nicht senil, oder?« fragte Giles.

»Nein.«

»Nein!«

Der Pfarrer und Beth antworteten gleichzeitig.

»Nein«, fuhr Maclaren fort. »Ich glaube, er hat eine Mission. Ich wünschte nur, er hätte sich einen anderen Weg gesucht, um sie zu erfüllen, denn so, wie er vorgeht, spielt er mit dem Feuer der Hölle. Er ist zwar alles andere als senil, aber ich glaube wirklich, daß sein Geist in Gefahr ist.«

Auf halbem Weg zum Hotel zurück hielten sie am Straßenrand und beobachteten den Sonnenuntergang vor dem stürmischen Himmel. Beim Tanken hatte Giles eine Dose Kekse gekauft, die er jetzt hervorholte; er nahm den Deckel ab und bot Beth davon an, während er im Handschuhfach nach seinem Notizblock wühlte. »Wenn ich mich recht erinnere, ist ganz in der Nähe ein wunderschöner Wasserfall. Ich weiß nicht, ob wir noch Zeit haben, dorthin zu gehen, bevor es richtig dunkel wird.« Er warf einen Blick auf Beth. »Du machst dir wirklich Sorgen um ihn, stimmt's?«

Sie nickte. »Irgendwie paßt das alles nicht zusammen.«

»Du solltest noch mal versuchen, Liza anzurufen. Ihr Mann muß doch wissen, wie er sie in Notfällen erreichen kann.«

»Dieser Maclaren hat mir angst gemacht«, meinte Beth. »Er war ja fast ein bißchen hysterisch.« Unvermittelt öffnete sie die Tür. »Ich würde jetzt gerne ein bißchen spazierengehen. Komm, laß uns versuchen, deinen Wasserfall

513

zu finden. Schließlich muß ich ja etwas Abwechslung in meine Bilder bringen. Eins bei Mondschein wäre nicht schlecht.«

In der Dämmerung war der Pfad nur schwer auszumachen, aber mit Hilfe einer kleinen Taschenlampe konnten sie ihm doch folgen. Er führte zwischen flechtenüberwucherten Bäumen empor und über Felsen fast vertikal den Berg hinauf.

Beth war auf dem Geröll ausgerutscht und blieb stehen, um sich den Fuß zu reiben; Giles wartete auf sie. »Alles in Ordnung?« Er deutete vage in die Landschaft hinter sich. »Ich kann den Wasserfall schon hören. Du auch?«

Schweigend lauschten sie dem Geräusch des herabstürzenden Wassers und dem Wispern des Windes in den Lärchen. Im Westen glühte am Himmel noch die untergehende Sonne, doch der Berg vor ihnen lag schon in Dunkelheit. Beth fröstelte. Sie sehnte sich danach, daß Giles sie in den Arm nahm. »Ist es noch weit? Es wird sehr schnell dunkel.«

»Der Karte nach nicht. Es ist eine richtige Sehenswürdigkeit, ein paar wunderbare Wasserfälle. Und schau, da ist der Mond.«

Silbernes Licht flutete durch die Bäume, und dort, wo das Wasser über den Berg hinabrauschte, sahen sie ein Glitzern. Nachdem sie dem steilen Pfad noch ein kurzes Stück gefolgt waren, erreichten sie eine Art natürliches Plateau, von wo sie in den tiefen Tümpel unter den Wasserfällen sehen konnten.

Beth durchfuhr ein Schauder. »Es sieht sehr düster aus da unten.«

»Schau nach oben«, flüsterte Giles. »Da ist es schön.« Es schien, als würde sich reines Silber über den dunklen Fels ergießen, hier und dort von der filigranen Silhouetten der Bäume durchwoben, die sich an die Steilwände klammerten. Der Lärm war ohrenbetäubend. Giles schaute zu Beth, und schließlich legte er ihr einen Arm um die Schulter. Er murmelte etwas, doch sie konnte ihn nicht verstehen, und hob den Kopf, um besser zu hören. Doch er mißdeutete die Geste. Seine Lippen waren warm und fest auf ihrem Mund, seine Arme tröstlich. Beth wußte, daß sie sich wehren, daß sie sich von ihm frei machen sollte. Doch sie war verloren. Sie klammerten sich aneinander, gefangen in ihrer Umarmung, während der Mond höher über den Berg stieg und sein Licht in die Tiefen des Teichs unter ihnen schien und das Wasser in flüssiges Feuer verwandelte.

Erst lange Zeit später erinnerte sich Beth an ihren Entschluß und schob ihn bebend von sich. »Das hätten wir nicht tun sollen.«

»Nein.« Er grinste. »Aber ich bin froh, daß wir's gemacht haben.«

»Und was ist mit Idina?«

Er seufzte. »Beth, die Ehe ist vorbei. Wir haben alles versucht, weiß Gott, aber uns verbindet einfach nichts mehr. Und jetzt ist ihr das endlich auch klargeworden. Sie liebt die Stadt, ich liebe das Land. So einfach ist das. Nein, da ist mehr. Ich langweile sie. Und ich liebe sie schon lange nicht mehr, schon bevor wir beide uns kennengelernt haben, Beth. Ich habe versucht, dir das zu sagen. Aber wahrscheinlich kann ich's dir nicht vorwerfen, daß du mir nicht glauben wolltest.« Er zögerte. »Die Selbstmorddrohungen …« Er hielt wieder inne und zuckte mit den Schultern. »Mir ist klargeworden, daß sie nichts bedeuten. Es ist immer alles sehr dramatisch und sehr wirkungsvoll, um mich gefügig zu machen. Aber sie ist diejenige, die fremdgegangen ist. Ich bin treu gewesen.« Er machte wieder eine Pause. »Dir. Bitte, glaub mir, wir tun ihr nicht weh.«

»Giles, ich würde dir ja gerne glauben …« Sie brach ab. »Was war das?« All ihre Sinne waren angespannt.

»Was?« Er äugte in die Bäume und Felsen.

»Ich bin sicher, daß ich etwas gesehen habe – da, im Schatten.« Angst befiel sie. »Laß uns gehen, Giles. Gehen wir zum Auto zurück.«

Überrascht sah er sie an. »Aber es ist doch so schön hier, Beth. Und hier ist niemand. Und selbst wenn, dann ist es doch egal. Von uns will niemand was.« Sie war ein paar Schritte von ihm fortgegangen, und er stellte sich wieder neben sie.

»Ich möchte dich noch mal küssen. Und ich muß ein paar Fotos machen.« Er hatte die Kamera über die Schulter geschlungen.

Angestrengt spähte sie in den Schatten. »Nein, da ist etwas, das uns beobachtet.«

»Etwas?« Er legte beschützend den Arm um sie. »Wo?«

»Ich weiß nicht. Ich spüre es. Bitte, laß uns gehen.«

Sie nahm seine Hand und zog ihn zum Pfad.

»Nein, Beth, warte. Du hast dich von dem Gerede über deinen Großvater und das Schwarze-Magie-Zeug anstecken lassen. Nur ein paar Fotos.« Er befreite sich aus ihrem Griff und nahm die Kamera in die Hand. Dann trat er auf das Felsplateau, fokussierte und richtete das Objektiv auf das schimmernde Wasser. »Da. Großartig. Und noch mal. Das ist wunderschön. Willst du wirklich keine Skizzen machen oder ein paar Notizen?«

Sie schüttelte den Kopf. »Laß uns bei Tageslicht noch mal herkommen. Bitte, Giles, ich möchte jetzt gehen.« Ihre Nackenhärchen stellten sich auf; der wunderschöne Wald im Silberlicht, das Wasser – alles war mit einem Mal regelrecht bedrohlich geworden. Das ist Panik, dachte sie. Panik in der wahren Bedeutung des Wortes: Angst vor Pan, dem Gott der schönen, freien Natur. Sie biß sich auf die Unterlippe. Oder hatte Giles doch recht? Waren es Adams Bücher, die ihr angst machten, und nicht die überwältigende, wilde Schönheit eines Bachlaufs im Mondlicht?

Sie bemerkte nicht die schmalen Augen, die sie aus dem Schutz eines überhängenden Felsens beobachteten, sie hörte auch nicht das Kratzen von Krallen, das vom Tosen des Wasserfalls übertönt wurde.

Noch immer wartete Broichan dort auf sie, aber sie war schlau geworden. Sie kehrte nicht in das Bett zurück, wo er über ihrer schlafenden Gestalt wachte. Sie hielt sich in der Nähe auf, so daß nicht einmal er sie bemerkte. Ganz allmählich kam sie wieder zu Kräften. Sie stand neben dem Stein, fuhr mit dem Finger über die Symbole, sah das Moos und die jahrhun-

516

dertealten Flechten, die sich in den Zeichungen ihres Bruders festgesetzt hatten. Sie lächelte. Jetzt konnte niemand außer ihr den Code entziffern. Niemand konnte die Geheimnisse begreifen, die er barg. Der Spiegel auf dem Stein war praktisch verschwunden. Wenn sie in die Reflexionen der Zeit blicken wollte, verwendete sie den winzigen Perlmuttspiegel in der Puderdose, die sie noch immer in ihrer alten gewebten Tasche aufbewahrte.

Sie wanderte durch die Berge. Manchmal kehrte sie nach St. Albans zurück und trieb durch das Haus, in dem vor langer Zeit Adam gelebt hatte. Dort wohnten jetzt Fremde, die sie nicht mochte, aber sie tat ihnen nichts. Sie waren unbedeutend. Sie waren ihrer Aufmerksamkeit nicht wert, ebensowenig wie die Familie, die jetzt in Lizas altem Farmhaus in den Waliser Bergen lebte.

Adam dachte wieder an sie. Sie konnte ihn spüren, sie konnte die Energie fühlen, mit der er nach ihr suchte, aber sie konnte ihn nicht sehen.

Sie hatte es sofort gespürt, als das Kind von Adams Kind nach Schottland gekommen war. Die Verbindung war da. Das Mädchen war ganz in der Nähe. Brids Kraft wuchs noch mehr.

Auch Broichan spürte es. Er verließ die Hütte, in der Brid schlief, und suchte seine eigene auf. Dort konnte er in den Rauch und ins Wasser schauen und das Mädchen Beth beobachten mit ihren lockigen dunklen Haaren; er wußte, früher oder später würde sie ihn zu Adam führen, dem Mann, der die geheiligten Gesetze gebrochen hatte, und zu Brid. Er wetzte seine Messer und blickte aus seiner Hütte zum Mond. Er wußte, daß andere Menschen in anderen Zeiten denselben Mond betrachteten, und bei diesem Gedanken lief ihm ein Schauder über den Rücken.

In den Schatten spürte er jetzt wieder den anderen, den Mann aus Adams Zeit, der ihn so lange schon verfolgte. Der Waliser wurde ständig stärker und geschickter. Broichan verzog das Gesicht. Er würde achtgeben müssen. Der Waliser hatte eine ganz besondere Kraft, und seine eigene Energie war nicht mehr so groß wie früher. Aber er konnte sie erneuern.

Wenn erst die Pfade durch die anderen Welten, die Brid geöffnet hatte und die diesem Mann den Durchgang ermöglichten, wieder geschlossen waren und Brids wilde, gefährliche Suche durch die Jahrhunderte beendet war, würde er, Broichan, die Kraft seines Volkes wieder für sich einfordern. Und dann würde er mit einem Blutopfer dafür sorgen, daß seine Welt heil blieb.

Kapitel 20

Im Cottage war niemand. Meryn stand auf dem vom Wind umspielten Berghang in Wales und sah sich verwundert um. Er wurde gebraucht; er hatte die Stimmen gehört, die ihn riefen. Broichan strich zornig durch die Schatten, und seine Drohungen waren in die entferntesten Winkel des Planeten vorgedrungen. Beth war in Gefahr, dessen war Meryn sich sicher, aber wo war sie? Eine Sekunde schaute er über das Tal hinweg auf das Muster von Sonne und Wolken, das auf der Landschaft lag, hörte den fernen Schrei eines Bussards, der irgendwo direkt vor der Sonne kreiste. In der Ferne, jenseits der Feuchtwiesen und der Wye, sah er die Berge steil vor dem Nachmittagshimmel aufragen. Dort war es neblig; von Norden zog Regen herunter. Und noch etwas kam von dort – eine Stimme aus dem Dunkeln. Die Landschaft rief ihn.

Nachdem er wieder in den Wagen gestiegen war, blieb er kurz sitzen. Auf dem Beifahrersitz lag ein Stapel alter Bücher, die er aus dem Lagerraum, wo er seine Bibliothek aufbewahrte, geholt hatte. Sie enthielten alle Informationen, die er brauchte. Eines, ein viktorianischer Reiseführer, lag aufgeschlagen vor ihm. Er warf einen Blick hinein und runzelte die Stirn. Dann wußte er, was er zu tun hatte. So schnell, wie der Feldweg es erlaubte, fuhr er bergab um die Kurve, bog in die nächste Straße ein und fuhr zwischen hohen Hecken entlang, die stellenweise wie zu einem Tunnel über ihm zusammengewachsen waren. Seine langen, kräftigen Finger lagen sicher auf dem Lenkrad, als der Wagen über Kies und Schieferbruchstücke holperte, auf den Fluß und die Brücke in Glasbury zu.

Die Kirche stand offen. Meryn betrat das dämmerige, kalte Schiff. In der Hand hielt er den alten Reiseführer, den Finger zwischen die Seiten gelegt, wo das Kreuz des heiligen St. Meilig beschrieben war. Früher hatte es auf dem Dorfanger von

Bryn-yr-Hydd gestanden, einem Ort, wo in der Mittsommernacht angeblich die Feen tanzten. Er warf einen Blick auf den Holzschnitt mit der Abbildung des Kreuzes. Es hatte natürlich keine piktischen Symbole, und als Entstehungsdatum wurde 650 nach Christus angegeben, hundert Jahre nach dem heiligen Columba, aber der heilige Meilig war in Clydeside geboren als Sohn des Caw des Piktenlands. Also war der Waliser Abt, dessen Kreuz einmal auf dem Anger hoch über Llowes gestanden hatte, ein Pikte gewesen. Hatte er etwas vom Wissen der Pikten geerbt? Wußte er, in seiner abgelegenen Waliser Abtei, noch von den geheimen Orten in der Landschaft, wo der Schleier der Zeit dünn war und der Mensch seinem Gott näher kommen konnte?

Das Kreuz ragte am westlichen Ende des Schiffs auf. Es war sehr groß, grau und sehr kompakt, aber irgendwie fehlte ihm die majestätische Kraft, die es zweifellos gehabt hatte, als es noch unter freiem Himmel stand. Jetzt war es, wie so viele alte Steine, aufgrund seiner Schönheit und seines historischen Interesses zu einer Sehenswürdigkeit geworden, die bewahrt und vor dem Wetter und Vandalen und sogar vor der Zeit selbst geschützt werden mußte. Aber dadurch war es auch seiner Kraft beraubt und in ein bloßes Ausstellungsobjekt verwandelt worden, das von Schaulustigen begafft und sofort wieder vergessen wurde.

Meryn ging hinüber und dachte dabei an Broichans Stein, der dort oben in Schottland hoch auf dem Berg stand. Jener Stein war noch ein wilder, lebendiger Teil der Landschaft und mit der Energie der Erde verbunden. Außer der Kraft, die er durch die Gravuren bekommen hatte, besaß er schon von sich aus große Energie. Meryn legte die Hände auf das Kreuz vor sich, um zu spüren, ob es noch etwas von seiner Kraft bewahrt hatte. Die Oberfläche war kalt und nur grob bearbeitet, gezähmt durch die stille Atmosphäre der Kirche, doch tief unter seiner Handfläche spürte er ein leichtes Pochen. Er nickte zufrieden. Plötzlich wurde die Stille in der Kirche bedrückend; kein Geräusch vom Dorf jenseits der Mauern war zu hören, auch nicht von der Landstraße auf der anderen Seite der Hecke, wo der Verkehr zwischen Hereford und Brecon am

Ufer der breiten Wye entlangsauste. Aufmerksam fuhr er mit den Fingerspitzen über den Stein. Doch, jetzt spürte er es wieder. Er hatte den Stein aus dem Schlaf geweckt. Meryn lächelte und verbannte alles aus seinem Kopf bis auf dieses Gefühl. Einige Sekunden lang schien es immer stärker zu werden, dann hörte er hinter sich ein metallisches Klappern, mit dem der Türriegel geöffnet wurde. Ärgerlich trat er einen Schritt zurück. Als die Tür aufging, fluteten wieder Lärm, Licht und Bewegung in die Kirche. Die seltsame, überirdische Stille war fort.

Mit verschränkten Armen wartete er geduldig, während die Besucher sich umsahen, sich in ihren Reiseführer vertieften, die Decke und Fenster bestaunten und sich laut unterhielten. Schließlich stellten sie sich neben ihn in die Nähe des Kreuzes, betrachteten den alten, grüngestrichenen Handpflug, der aus irgendeinem Grund zwischen den Kirchenbänken stand. Die Atmosphäre war zerstört. Wenn er mit dem Stein oder seinem Schöpfer in Kontakt hatte treten wollen, dann war es jetzt zu spät. Mit einem kleinen, höflichen Lächeln machte er kehrt und verließ die Kirche.

Draußen blieb er kurz stehen und atmete tief die kalte Luft ein.

Er wartete zehn Minuten in der Hoffnung, die Touristen würden die Kirche wieder verlassen, aber sie kamen nicht heraus, und dann fuhr noch ein Wagen vor, aus dem drei alte Damen ausstiegen. Leise fluchend ging er zu seinem Auto zurück. Während er in der Kirche gestanden hatte, war Nebel aufgekommen, und nun war es feucht und diesig und sehr kalt. Aber er mußte unbedingt einen Kraftort aufsuchen. Mit einem Blick auf die Landkarte fiel ihm wieder ein, wo der Fußweg begann, dann fuhr er los.

Als er neben einer verfallenen Scheune parkte, sah er den Wegweiser, der über einen Zaunsteig neben dem Gebäude einen Pfad nach oben wies. Er betrachtete das Feld, das sich im Nebel bergan zog, hier und dort ein Baum als verschwommene Silhouette in der Ferne. Keine Menschenseele war zu sehen.

Es war noch kälter und feuchter geworden. Regen tropfte ihm in den Kragen, und es fröstelte ihn, als er über den Zaunsteig kletterte. Plötzlich fragte er sich, ob sein Plan überhaupt klug war. Schließlich war er nicht mehr ganz jung, und was er vorhatte, barg große Gefahren. Er blieb stehen, sah sich um, lauschte, spürte in der Stille die Entfernungen. Er hatte recht. Hier ganz in der Nähe war ein Pfad, der in die Vergangenheit führte.

Entschlossen schritt er weiter aus, die Hände tief in die Taschen vergraben, die Augen auf den schlammigen Pfad geheftet. Hinter ihm wogten die Nebelschwaden, trieben auseinander und schlossen sich wieder. Von der Straße her war kein Geräusch zu hören; nur der Wind und die Stille drangen in sein Bewußtsein vor. Jetzt war er sehr nahe; er spürte den Sog der Erde. Erneut blieb er stehen, doch diesmal, um das Pulsieren unter seinen Füßen zu spüren. Das Kreuz hatte hier in der Nähe gestanden, auf der Anhöhe des kleinen Bergs, mit dem Fuß im Netz von Adern, die die Lebenskraft der Jahrtausende speicherten. Von hier aus konnte er Broichan und Brid finden, Beth und Liza und Adam Craig, und wenn nötig, konnte er sich von hier aus mitten nach Schottland hineinversetzen.

Beth und Giles saßen beim Abendessen im Speisesaal ihres Hotels, als Dave in der Tür erschien. »Beth? Tut mir leid, euch zu stören.« Auf dem Tisch, zwischen den Messern und Gabeln und den Tellern mit köstlichem rosa Lachs, waren Notizen und Skizzen ausgebreitet. »Ein Anruf für Sie. Ein gewisser Ken Maclaren.«

Beth stand auf. »Das ist der Pfarrer. O mein Gott, was ist denn passiert?«

Dave deutete auf sein Büro. »Telefonieren Sie von dort, dann brauchen Sie nicht eigens nach oben zu gehen.«

Giles war ihr gefolgt und stand in der Tür, als sie nach dem Hörer griff.

»Miss Craig? Ich dachte, ich sollte Sie wissen lassen, daß Ihr Großvater heimgekommen ist. Ich habe ihn heute nachmittag

522

gesehen.« Ken zögerte. »Er wirkt sehr erregt. Bedrückt und zornig. Ich weiß, daß es viel verlangt ist, aber ich glaube, es wäre sehr gut, wenn Sie kommen könnten.«

»Jetzt? Heute abend?« Sie spürte, wie ihr das Adrenalin durch den Körper schoß, und sah kreidebleich zu Giles. Er beobachtete sie mit besorgter Miene. »Ich weiß nicht, ob ich irgend etwas für ihn tun kann. Ich kenne ihn ja kaum, und ich glaube auch nicht, daß ich ihm in irgendeiner Weise helfen kann.«

»Bitte, Beth. Ich denke, er braucht jetzt dringend jemanden, der mit ihm redet, und auf mich will er nicht hören.«

Beth hatte einen Stift in die Hand genommen und kritzelte wilde Kreise und Muster auf Daves saubere Löschpapierunterlage. »Sind Sie sicher?«

»Absolut sicher. Kommen Sie einfach, und reden Sie mit ihm. Damit er das Gefühl hat, daß jemand für ihn da ist. Warnen Sie ihn, daß das, was er da macht, gefährlich ist. Bitte.« Die Stimme am anderen Ende der Leitung vermittelte die ruhige Gewißheit eines Menschen, der gewöhnt war, daß man ihm nicht widerspricht.

»Was konnte ich sonst sagen?« Sie legte den Hörer auf und sah bekümmert zu Giles.

»Du hättest dich weigern können.« Er warf ihr einen unzufriedenen Blick zu. »Wenn du fährst, komme ich mit.«

»Es ist zwar lächerlich, aber ich habe Angst.«

»Du brauchst aber nicht zu fahren, Beth.« Giles legte ihr die Hände auf die Schultern. »Wirklich nicht. Du brauchst Maclaren bloß anzurufen und ihm zu sagen, daß du nicht kommen kannst. Oder ich tu's für dich. Das ist emotionale Erpressung, und das ist nicht fair.«

»Aber er hat recht. Großvater ist ganz allein. Vielleicht hat er auch Angst. Wenn er nicht irgendwie Hilfe bräuchte, wäre er nie nach Wales gekommen.«

Giles seufzte. »Dann ruf noch mal bei Liza an. Vielleicht ist sie mittlerweile heimgekommen. Sie sollte mit ihm reden, nicht du.«

Beth zögerte. Es war eine verlockende Aussicht und auch eine tröstliche. Aber dann schüttelte sie den Kopf. »Nein, sie ist meilenweit weg. Was kann sie schon ausrichten? Wenn irgend jemand zu ihm hinfährt, dann ich. Wir wissen ja gar nicht, was los ist. Vielleicht ist er nur verwirrt. Oder krank.«

Oder er beschwört irgendeinen Teufel dort oben in seinem einsamen Haus in den Bergen.

Zwanzig Minuten später brachen sie auf. Dave hatte ihnen eine Thermoskanne mit Kaffee und ein Paket Sandwiches mit Roastbeef, reichlich Butter und körnigem Senf gemacht. »Als Abendimbiß. Ich darf doch meine Gäste nicht verhungern lassen. Das wäre schlecht für meinen Ruf.« Er musterte sie beide, bevor er schließlich Beth die Schlüssel für den Porsche reichte. »Wieviel Whisky haben Sie vor dem Abendessen getrunken?«

Sie lächelte beruhigend. »Nicht genug, um nicht mehr fahren zu können, Dave. Wirklich.«

Er grinste. »Hoffentlich. Ich würde ungern die letzte Erinnerung an meinen einstigen Reichtum verlieren.«

»Das passiert bestimmt nicht.«

Beth fuhr schnell, aber achtsam über die dunkle, kurvenreiche Landstraße; es entging ihr nicht, daß Giles auf dem Beifahrersitz neben ihr ungewöhnlich schweigsam war. In jeder Kurve tauchten die Scheinwerfer Teile der Landschaft in helles Licht, beleuchteten Heidekraut und Farne, Felsen und Wasser mit ihrem erbarmungslosen Strahl. So legten sie Kilometer um Kilometer zurück, ohne einem einzigen Auto zu begegnen. Schließlich bog sie auf die A9 ab. »Gleich sind wir da.« Sie warf ihm einen raschen Blick zu.

»Fahr nicht so schnell. Kein Grund zur Eile.«

»Je früher wir da sind, desto früher können wir wieder zurückfahren.« Ihre Knöchel waren weiß, so fest umklammerte sie das Lenkrad. Jetzt bog sie von der Landstraße nach Osten ab. Erste Regentropfen fielen auf die Windschutzscheibe, und sie bemerkte, daß der Mond hinter schwarzen, rasch vorbeiziehenden Wolken verschwunden war. »Wie spät ist es?«

»Kurz nach neun. Wird Maclaren da sein?«

Beth nickte, ohne die Serpentine vor sich aus den Augen zu lassen. Lärchen und Kiefern klammerten sich an die steile Böschung rechts und links der Straße, und die Scheinwerfer

schienen direkt in den Himmel zu leuchten, so steil stieg die
Straße an.

Als sie schließlich vor Adams Cottage vorfuhren, war vom
Auto des Pfarrers keine Spur zu sehen. Beth parkte den Por-
sche neben Adams blauem Peugeot und stellte den Motor ab.
Im Haus schien nirgendwo Licht zu brennen.

Giles sah durch die nasse Windschutzscheibe nach draußen. »Bist du sicher, daß du ihn richtig verstanden hast? Vielleicht hätten wir zum Pfarrhaus fahren sollen.«

Sie schüttelte den Kopf. Ihr Magen krampfte sich in angst-
voller Vorahnung zusammen, als sie langsam ausstieg und
einen Augenblick stehenblieb, um die süße, kalte Luft einzuatmen. »Nein, er sagte hier. Shieling House.«

Gefolgt von Giles, ging sie zögernd auf die Haustür zu. Er
legte ihr den Arm um die Schultern und gab ihr einen Kuß auf
den Scheitel. »Keine Angst. Maclaren wird sicher gleich kommen. Wahrscheinlich dachte er nicht, daß wir so schnell hier
sein würden.« Er drückte ihr fest die Hand und führte sie zum
hinteren Eingang.

Aus dem Küchenfenster strömte Licht in die Dunkelheit,
und dann sahen sie auch Adam, der am Küchentisch stand
und auf etwas vor sich hinunterschaute. »Soll ich klopfen?«
fragte Beth.

Giles nickte.

Bei dem Geräusch sah Adam verwirrt auf, dann ging er
langsam zur Tür und öffnete sie. »Ah ja, junge Frau. Ken hat
mir gesagt, daß ihr kommen würdet.« Er lächelte nicht.
»Dann kommt mal rein, du und dein junger Mann.« Er sah zu
Giles. »Ihr seid dumm, ihr beiden.«

»Wir wollten nur schauen, ob alles in Ordnung ist«, antwortete Beth leise, als Adam die Tür hinter ihnen schloß, und
blickte sich nervös in der Küche um. Der Raum sah mehr oder
minder so aus, wie sie ihn am Tag zuvor vorgefunden hatten;
allerdings stand jetzt ein Kessel auf dem Herd, und Adam
hatte einen Becher und ein Glas Pulvercafé zwischen seine
Bücher gestellt.

»Bei mir ist alles in Ordnung.« Er blieb stehen und sah sie
unverwandt an.

»Wir sind gestern gekommen, weil ich mir Sorgen machte. Die Tür stand offen, und es sah aus, als wärst du schon seit ein paar Tagen fort.« Der Teller mit dem schimmeligen Brot war von der Spüle verschwunden, fiel ihr plötzlich auf. Vermutlich hatte Ken Maclaren es weggeworfen, bevor er nach Hause ging.

»Und da mußtest du dich natürlich einmischen.« Seine Stimme war ohne jede Gehässigkeit. »Beth, mein Kind, ich hatte gute Gründe, warum ich nicht wollte, daß du herkommst. Ich bin nicht so alt und gebrechlich, daß ich mich nicht allein versorgen könnte. Ich bin noch im Vollbesitz meiner geistigen Kräfte. Ich habe nur versucht, dich zu schützen.« Er seufzte schwer. »Aber wo du nun schon einmal hier bist, sollte ich dir wohl am besten die ganze Geschichte erzählen.« Er griff nach dem Glas Pulvercafé und nahm zwei weitere Becher von den Haken an der Anrichte. »Ich habe Ken heimgeschickt; er sagte mir, daß er euch angerufen hat. Er ist ein recht netter junger Mann, aber etwas naiv, was die Dinge betrifft, mit denen ich mich hier beschäftige. Er versteht sie nicht. Deswegen ist es besser, wenn er nichts damit zu tun hat.«

»Und was machen Sie, Doktor?« fragte Giles.

Adam hob die Augenbrauen, und seine braunen Augen blitzten vor Belustigung auf, während er heißes Wasser in die Becher goß. »Dr. Jekyll oder Dr. Frankenstein? Ich sehe, was in Ihrem Kopf vorgeht, junger Mann – wie war doch gleich Ihr Name? Nein, ich beschwöre keine Ungeheuer herauf.« Er brach ab; Kaffee tropfte vom Löffel auf den Tisch, doch er starrte weiter in die Luft. »Oder vielleicht doch, wer weiß?«

Er ging ihnen ins Wohnzimmer voraus, wo er sich aufs Sofa fallen ließ. Mit einem Blick auf Giles, der die beiden Becher mit Kaffee nahm, folgte Beth ihm.

Ein oder zwei Minuten saßen sie alle schweigend da; das einzige Licht kam von einer kleinen Lampe, die in der Ecke auf einem Tisch stand. Der Wind war stärker geworden, und Regentropfen hämmerten gegen die Scheiben.

Schließlich schien Adam sich von seinen Gedanken loszureißen und sah zu Beth. »Ich nehme an, Liza hat dir wenig von mir erzählt«, begann er langsam. »Warum sollte sie auch? Ich war dir nie ein richtiger Großvater.«

»Ein bißchen hat sie mir schon erzählt.«

Er nickte bedächtig. »Hat sie dir je etwas von Brid gesagt?«

»Ich glaube nicht«, antwortete sie langsam.

Adam seufzte, und wieder folgte eine lange Pause. Endlich begann er zu reden. Im Zimmer war es völlig still bis auf den Wind, der um die Ecken des alten Schieferdachs wehte, und seine leise, fast monotone Stimme. »Als meine Jane starb, habe ich Brid verflucht. Ich schickte sie zurück in die Hölle, aus der sie kam. Sie hat deinen Vater umgebracht, meinen Calum …« Mit erstickter Stimme brach er ab und sah beiseite, die Hand vor die Augen gelegt. Erst nachdem er tief durchgeatmet hatte, konnte er weiterreden. »Sie hat Phil Stevenson getötet. Sie hat deine Mutter getötet.«

Lange Zeit herrschte Schweigen. Beth beobachtete ihn, sprachlos vor Entsetzen, die Augen fest auf sein Gesicht geheftet. Sie fror am ganzen Körper.

Als Adam seine Geschichte schließlich beendet hatte, stand er auf, trat ans Fenster und starrte in die Nacht hinaus. »Ich habe ihr den Rücken gekehrt. Ich hörte nicht auf ihr Flehen. Ich habe sie verflucht, immer und immer wieder.« Er schwieg wieder und sah durch seine Reflexion hindurch nach draußen. »Ich bin nach Amerika gefahren und herumgereist. Ich habe viel getrunken.«

Beth warf einen raschen Blick zu der halbvollen Whiskyflasche, die auf der Ecke des Schreibtischs stand.

»Dann bin ich nach Süden gefahren, nach Brasilien. Nach Peru, nach Bolivien. Ich dachte, ich könnte sie vergessen, aber sie hat mich begleitet, in meinem Kopf. Wo immer ich war, ich hörte sie rufen: *A-dam.*« Er ahmte Brids Stimme nach. »Sie flehte mich an. Wenn ich sie nicht wieder in mein Leben ließe, würde Broichan sie umbringen.« Wieder hielt er inne.

Giles und Beth beobachteten ihn schweigend.

»Eines Tages haben sie mich auf einer Straße in La Paz aufgelesen. Bis heute weiß ich nicht, was ich da gesucht habe. Sie hatten mich zusammengeschlagen und ausgeraubt, aber ich war noch am Leben. Ein schottischer Priester hat mich aufge-

527

nommen.« Er lachte freudlos. »Ein katholischer Priester. Mein Vater hat sich in seiner presbyterianischen Engstirnigkeit bestimmt im Grab umgedreht, aber der Mann war ein wahrer Christ. Er lehrte mich, was Christsein eigentlich bedeutet: Mitgefühl, Vergebung, Liebe. Als es mir wieder besserging, arbeitete ich bei ihm in seiner Mission. In mancher Hinsicht wußte ich immer noch nicht, wer ich war. Ich kannte meinen Namen. Ich hatte einen Paß. Offenbar hatte ich ihn in einem Beutel am Körper getragen, und die Räuber hatten ihn nicht gefunden. Aber mehr wußte ich nicht. Die Botschaft versuchte, meine Familie und meine Adresse ausfindig zu machen, aber ich hatte das Haus ja verkauft, und eine Familie hatte ich auch nicht mehr.« Er bemerkte nicht den verletzten Ausdruck in Beths Gesicht und starrte unablässig wie auf einen fernen Punkt in der Vergangenheit. »Dann kam Brid wieder. Ich hörte ihre Stimme, immer stärker. Broichan war so nah. Sie hatte schreckliche Angst vor ihm. Ich wußte, daß ich nach England zurückmußte. Vater John borgte mir das Geld für den Flug nach England.« Er hielt kurz inne. »Als ich hier ankam, kehrte langsam auch mein Gedächtnis wieder. Ich fand ein paar Freunde. Ich fand Robert Harding, meinen früheren Partner. Ich fand meinen Notar und meine Bank. Ich stellte fest, daß ich doch ziemlich viel Geld besaß. Ich schickte Vater John das Geld für das Ticket und noch viel mehr für seine Mission. Ich ließ mich ein bißchen treiben, wußte im Grunde nicht, wohin ich gehen sollte. Brid ging mir einfach nicht aus dem Kopf. Ich hörte sie immer noch rufen, mich anbetteln. Also bin ich nach Schottland gefahren.« Wieder machte er eine lange Pause, bevor er schließlich fortfuhr: »Ich hatte soviel vergessen. Alles.« Er zuckte mit den Schultern. »Aber langsam kehrte alles zurück. Die Todesfälle. Die Morde. Aber was immer sie getan hatte, so wütend ich auch auf sie war, allmählich wurde mir klar, daß sie das alles nur aus Liebe zu mir getan hatte. Sie kam aus einer Welt, in der die Menschen anders dachten. Ihr war nicht klar, wie schlecht und böse sie gewesen war.« Er überlegte kurz, dann schüttelte er den Kopf. »Ich muß ihr verzeihen. Das ist christlich. Ich muß sie befreien, ich muß sie vor Broichan retten. Aber im

Augenblick kann ich sie nicht finden.« Er ging zu dem Stuhl neben dem Holzofen und ließ sich darauffallen.

»Als mir Brid zum ersten Mal in meiner Jugend begegnete, war sie aufregender als jeder Mensch, den ich je kennengelernt hatte. Sie war exotisch. Wunderschön. Ich dachte, sie wäre eine vom fahrenden Volk, von den Zigeunern. Aber das war sie natürlich nicht.«

Er schloß die Augen und ließ den Kopf gegen die Rückenlehne sinken. Beth betrachtete ihn. Er hatte ein attraktives, markantes Gesicht; die wettergegerbte, gebräunte Haut stand in auffälligem Kontrast zu seiner wilden, weißen Haarmähne. Er war großgewachsen und drahtig; die Hände, die die Armlehnen umfaßten, waren kräftig wie die eines Handwerkers und nicht die eines Arztes. »Ich will sie immer noch, Beth!« Sein Schrei war gequält. »Trotz allem, was sie getan hat, bin ich immer noch besessen von ihr! Ich möchte sie zu mir zurückrufen, aber plötzlich ist alles still.«

»Was ist sie?« Beths Stimme war ein bloßes Flüstern.

Er zuckte die Achseln. »Broichan war der Oberdruide und Pflegevater von König Brude. Er lehnte sich gegen den heiligen Columba auf, der von Iona gekommen war, um die Pikten zu bekehren. Allem Anschein nach muß er ein sehr mächtiger Zauberer gewesen sein.«

Beth und Giles tauschten einen verständnislosen Blick aus. »Wollen Sie damit sagen, daß dieser ... dieser Broichan eine Art Gespenst ist? Und daß er Brid verfolgt, so wie Brid Sie verfolgt?« fragte Giles schließlich.

»Und wer ist Brid nun?« stieß Beth atemlos hervor.

»Brid ist die Tochter von Broichans Schwester.« Adam hatte die Augen nicht wieder geöffnet.

»Dann behaupten Sie also, daß Brid auch ein Gespenst ist.« Giles sprach zögernd, sorgsam seine Worte wählend.

»Nein!« Adam fuhr auf, seine Augen blitzten vor Zorn. »Nein, sie ist kein Gespenst! Wie könnte sie ein Gespenst sein!«

Wieder warfen Beth und Giles sich einen fragenden Blick zu. »Wer ist sie dann?« Giles ließ nicht locker.

»Sie ist eine piktische Prinzessin. Sie wurde zur Bardin und Druidin ausgebildet. Sie ging auf eine Art College, um alles zu lernen. Die Ausbildung dauert neunzehn Jahre, aber sie hat sie abgebrochen.« Einen Moment gab er sich seinen Gedanken hin. »Sie hat den heiligen Eid gebrochen. Sie ist weggelaufen, um zu mir zu kommen, und Broichan hat sie verflucht.« Während er dies erzählte, blickte er mit starren Augen in die Ferne, so, als würde er die Fakten von einer Liste in seinem Kopf ablesen. »Ich habe in den Büchern nachgelesen und alles herausgefunden. Ihre Kleidung war sehr exotisch, und sie sprach eine seltsame Sprache – als Kind konnte ich mir nur vorstellen, daß sie von den Roma abstammte, und in dem Glauben lebte ich weiter. Ein wildes, exotisches Zigeunermädchen. Aber sie war weit mehr als das. Sie hatte Kraft und viel Wissen. Eine gefährliche Kraft und ein gefährliches Wissen.«

Giles sah zu Beth und tippte sich mit dem Finger kurz an die Stirn. Beth schnitt eine Grimasse. Auch sie fragte sich, ob ihr Großvater noch ganz bei Sinnen war. Sie räusperte sich. »Willst du sagen, daß es diese Menschen, daß es dieses College noch gibt?«

»Alles existiert noch, Beth. In Dimensionen, die parallel zu unserer verlaufen. Erinnerst du dich nicht mehr an Eliots *Vier Quartette*? Die wunderbare Stelle, wo er sagt, daß Gegenwart und Vergangenheit in der Zukunft enthalten sind? Du solltest sie nachlesen.«

Sie biß sich auf die Unterlippe. »Und Brid kann zwischen diesen Dimensionen hin und her wandern?«

Er nickte, aber sein Blick blieb in die Ferne geheftet. »Ich glaube, sie war dazu bestimmt, eine Bardin zu werden. Sie hat ein phänomenales Gedächtnis. Aber sie kann auch in die Zukunft sehen, und sie hat *Shape-shifting* gelernt. Furness hat das entdeckt; er konnte es nicht glauben.«

»Furness?« Giles nahm endlich einen Schluck von seinem Kaffee.

»Furness war der Psychiater, der mit ihr arbeitete, als sie im Krankenhaus war.« Plötzlich richtete Adam seinen Blick auf ihn. »Sie halten mich für verrückt, stimmt's? Ich kann's Ihnen nicht verdenken. Warum sollten Sie mir auch glauben? Es ist wirklich unfaßbar. Sie kann sich in eine Katze verwan-

deln.« Er stand auf und ging im Raum umher. »Es steht alles
da, in den Büchern.« Er deutete mit der Hand auf den Tisch.
»Man studiert das Tier, meditiert mit ihm, dann verläßt man
in Trance seinen Körper und wird eins mit ihm. Man kann
sich aussuchen, was man werden will – ein Adler, ein Pferd,
ein Lachs, eine Schlange... was ist denn, Mädchen?« Mit
einem Mal bemerkte er das kreidebleiche Gesicht seiner
Enkeltochter.

»Ich wurde von einer Katze angegriffen. Zu Hause in
Pen-y-Ffordd. Unsere Nachbarin erzählte mir, daß Oma Jane
auch von einer Katze angefallen worden ist...« Ihre Stimme
erstarb.

Adam schwieg eine Weile, dann schüttelte er den Kopf.
»Warum kann ich sie nicht finden?« Seine Stimme klang
gequält.

»Ihr glaubt doch nicht im Ernst, daß es sie war?« fragte
Giles fassungslos.

Beth war unbehaglich zumute. Ein Teil von ihr hatte Angst;
ein anderer Teil war ebenso skeptisch wie Giles. »Du hörst
dich an, als hättest du dich intensiv mit diesem *Shape-shifting*
beschäftigt.« Sie zwang sich, ruhig zu sprechen, obwohl sie
kurz vor einem hysterischen Anfall war. »Hast du es probiert,
Großvater?«

Er schüttelte den Kopf. »Ich kann mich noch nicht genügend konzentrieren. Es fehlt mir an der Technik. Aber ich muß
es lernen. Ich muß sie finden. Ich muß mich davon überzeugen, daß das alles nicht ihre Schuld war. Daß sie von diesem
Besessenen getrieben wurde, von Broichan. Daß sie keine Gefahr mehr darstellt, weder für Liza noch für dich. Ich muß das
wissen, weil ich sie brauche.«

»Und was ist, wenn Broichan auf dich wartet?« Beth wußte
nicht, wohin sie schauen sollte; es fiel ihr schwer zu glauben,
daß sie dieses Gespräch tatsächlich führte.

Er sah zu ihr, und auf seinem Gesicht lag große Trauer. »Du
hältst das alles für einen Witz, stimmt's? Aber frag deine
Großmutter. Sie wird's dir sagen. Klammere dich doch nicht
so an deine borniere Rationalität, verwende deine Phantasie,
wenn du schon nicht deinen Kopf anstrengen willst. Es über-

rascht mich, daß dir die Idee von Visionen so fremd ist, wo Liza dich doch erzogen hat.«

Verletzt von seiner Empörung, blickte Beth beiseite. »So engstirnig bin ich gar nicht«, verteidigte sie sich. »Es ist nur, daß ich mir vorher nie überlegt habe, daß all so was wirklich existieren könnte.«

»Du hast von Einstein gehört?«

»Ja, natürlich. Ich ...«

»Du hast von der Quantenphysik gehört?«

»Ich verstehe nicht ...«

»Nein, du verstehst sie auch nicht. Aber das heißt ja nicht, daß es sie nicht gibt. Eines der Mankos der modernen Welt ist, daß man den Reduktionismus als letztgültigen Beweis für die Existenz von Dingen betrachtet. In meinem Beruf ganz besonders, und auch mit Recht. Ich wurde in einer empirischen Wissenschaft ausgebildet.« Er setzte sich wieder auf seinen Sessel. »Aber wir haben den Fehler begangen, alles zu ignorieren, was wir nicht mit unseren eigenen Kriterien erklären können, und tun alle Phänomene als nicht-existent ab, die sich nicht mit sogenannten wissenschaftlichen Experimenten beweisen lassen. Das ist sehr arrogant.« Er schlug mit der Faust auf den Tisch. »Erfreulicherweise ändert sich das jetzt ein wenig.« Wieder deutete er auf die Stapel von Büchern und Zeitschriften. »Wenn du da einen Blick hineinwerfen würdest, würdest du eine kuriose Mischung aus Wissenschaft und Humbug finden, New Age, Hoffnung, Visionen und purem Unsinn, aber auch wirklich aufregende experimentelle Naturwissenschaft in Verbindung mit Philosophie und der Beobachtung von Dingen, die sich nicht rational erklären lassen.« Nachdem er eine Weile geschwiegen hatte, fuhr er langsam fort, als würde er wie auf ein begriffsstutziges Kind einreden. »Ich habe eine Frau gesehen, die zur Zeit von Columba lebte, also im sechsten Jahrhundert nach Christus, die so real und körperhaft war wie du oder Sie«, er deutete mit dem Kopf auf Giles, der sich bemühte, seine amüsierte Skepsis zu verbergen. »Ich habe mit ihr geredet, ich habe sie angefaßt, und ja, ich habe mit ihr geschlafen. Ich bin nicht verrückt. Und ich erliege keiner Wahnvorstellung, auch wenn Sie, junger

Mann, das denken. Und ich stecke nicht, wie unser Freund Ken Maclaren glaubt, mit dem Teufel unter einer Decke.« Abrupt erhob er sich wieder. »Ich war heute in Edinburgh, in der Universitätsbibliothek, und ich bin sehr müde. Ich würde gerne zu Bett gehen. Wenn ihr mich also entschuldigen würdet, ich möchte, daß ihr jetzt geht. Ich sehe keinen Grund, daß ihr je wiederkommen solltet. Ich lege keinen Wert darauf, verhöhnt zu werden.«

Kaum saßen sie im Auto, ließ Giles mit einem lauten Pfeifen durch die Zähne die Hand auf das Armaturenbrett fallen. »So ein Verrückter!«

Beth lächelte ein wenig; halb stimmte sie ihm zu, doch ein Teil von ihr wußte nicht, was er denken sollte. »Ich wünschte, ich könnte mir da so sicher sein.«

»Du wirst ihm doch nicht etwa glauben!«

Sie zuckte die Achseln. »Giles, bitte, nicht jetzt.« Sie schloß die Augen, dann öffnete sie die Fahrertür. »Ich bin erledigt. Kannst du fahren?«

»Natürlich.« Er beugte sich zu ihr und berührte ihre Wange. Einen Moment sahen sie sich in der Dunkelheit an, bis Giles, überwältigt von Liebe und dem Wunsch, Beth zu beschützen, sie sacht auf die Lippen küßte. »Es tut mir leid. Eigentlich ist das alles gar nicht komisch. Der alte Mann ist sich selbst die größte Gefahr. Komm, ich fahre uns ins Hotel zurück.« Er stieg aus und ging um den Wagen zur Fahrertür.

Beth blieb kurz sitzen; ihre Sorge um Adam war von Giles Kuß kurz in den Hintergrund gedrängt worden. Sie schloß die Augen und schlang die Arme um sich. Dann griff sei widerwillig nach dem Türgriff und stieg in den kalten Wind hinaus. Die Lichter im Cottage waren bereits erloschen. Es war sehr still.

Sie fröstelte. »Armer Großvater.«

Das Fauchen aus der Rhododendronhecke hinter ihr war so leise, daß sie sich fragte, ob es nur in ihrer Phantasie existierte. Sie blieb stehen, die Hand auf der Autotür, während sich ihr warnend die Nackenhärchen aufstellten.

»Giles!«

Er stand schon bei der Fahrertür, dicht neben ihr. »Was ist?« Sie konnte seine Wärme spüren, seine Mannhaftigkeit.

»Hör mal.« Sie hielt die Luft an. »O mein Gott! Hör nur!«

»Beth, du darfst dich nicht davon anstecken lassen.« Er legte ihr den Arm um die Schulter und zog sie an sich. »Das ist nur der Wind. Komm, steig ein. Schauen wir zu, daß wir ins Hotel kommen, bevor es wieder zu regnen anfängt.«

Dieses Mal war das Fauchen lauter, und auch er hörte es. Sie erstarrten.

»O Gott, Giles, das ist sie!«

Er schluckte schwer; seine Augen versuchten, die Dunkelheit zu durchbohren. »Schnell, steig ein«, flüsterte er und schob sie wieder auf den Fahrersitz. »Und mach die Tür zu.«

»Was ist mit dir?«

»Ich gehe auf die andere Seite. Es ist alles in Ordnung. Es ist nur irgendein Tier, wahrscheinlich ein Dachs oder ein Igel oder so.« Leise schloß er die Fahrertür, die mit einem Klicken einrastete, und drehte sich mit dem Gesicht zur Hecke. Er konnte nichts sehen. Der Wind wehte jetzt heftiger, und das einzige Geräusch, das er wahrnehmen konnte, war das Rauschen in den Bäumen, im Heidekraut und in den dichten Rhododendronbüschen.

Mit dem Rücken zum Auto schob er sich langsam zur Beifahrertür vor.

Beth beugte sich über den Sitz und schob die Tür ein Stück auf. »Giles, steig ein!«

Er kam sich lächerlich angreifbar vor, so eng an den Porsche gedrückt. Jetzt hatte er den Kofferraum erreicht. Da war etwas, irgend etwas. Er spürte, wie es ihn beobachtete. Was immer das fauchende Geräusch gemacht hatte, es war viel, viel größer als ein Igel. Schweißperlen standen ihm auf der Stirn, als er die Rückfahrscheinwerfer an seinen Oberschenkeln spürte.

Er hatte die Tür fast schon erreicht, als das Tier ihn ansprang. Er sah Augen und Zähne und roch seinen stechenden Atem, als er mit dem Kopf voraus in den Wagen sprang und halb auf Beths Schoß landete.

534

»Mach die Tür zu! Verdammt, mach die Tür zu!« Wimmernd zog er die Beine ins Wageninnere nach. Das Tier hatte ihn erwischt; sein Arm brannte wie Feuer.

Beth zerrte am Türgriff. »Dein Fuß! Die Tür geht nicht zu! Nimm deinen Fuß weg!«

Sie sah die blitzenden Augen, spürte den Haß des Tieres wie einen körperlichen Schlag durch die Windschutzscheibe hindurch, nur wenige Zentimeter von ihrem Gesicht entfernt, dann war es fort.

»O Giles!« Sie schlotterte vor Angst. »Ist alles in Ordnung?«

Mühsam setzte Giles sich auf und umklammerte sich den Ellbogen. Seine Finger glänzten vor Blut.

»Schnell! Fahr schnell los, Beth!« Er zitterte am ganzen Körper. »Das war eine Katze. Ich hab sie gesehen! Nichts wie weg von hier.«

Sie startete, legte den Gang ein und nahm den Fuß von der Kupplung. Der Motor starb ab. »Verdammt!«

»Bleib ruhig.« Er atmete tief durch. »Hier im Auto kann sie uns nicht angreifen. Fahr langsam. Aber laß uns zuschauen, daß wir wegkommen...«

»Was ist mit Großvater?«

»Was soll mit ihm sein? Er soll selbst schauen, wo er bleibt. Hat er nicht gesagt, daß er mit ihr geschlafen hat?« Er stöhnte vor Schmerzen auf, als der Wagen wieder vorwärts schoß. »Nichts wie weg von hier, Liebes. Bitte.«

In der Stille seines kargen Schlafzimmers sah Adam durch das Fenster in die Dunkelheit hinaus. Sobald seine unwillkommenen Gäste gegangen waren, hatte er die Lichter gelöscht und war die Treppe hinaufgestiegen, und wenige Minuten später hatte er völlig vergessen, daß sie je dagewesen waren. Er öffnete das Fenster, beugte sich hinaus, die Ellbogen auf das kalte, steinerne Fenstersims gestützt, und atmete die Nachtluft ein, die süß nach Heidekraut und Bergthymian duftete und feucht nach torfiger Erde. Sein Fenster ging nach hinten hinaus, wo der kleine Garten lag mit den frisch umgegrabenen Rosenbeeten, hinter denen der Berghang anstieg. Jenseits

des Grats, den er als schwarze Silhouette vor dem wolkenzer-
rissenen Sternenhimmel sehen konnte, lag der Berg, wo Gartnaits Stein stand mit seinen rätselhaften Symbolen.

Seufzend drehte er sich ins Zimmer um, zog einen Stuhl zu
sich und setzte sich hin, um in die Nacht hinauszusehen. Er
war zu müde für Rituale. In dieser Nacht würde er nur träumen, sich in seiner Phantasie dem Wind überlassen, bis mit
etwas Glück der Schlaf ihn umfing und ihm alle Erinnerungen
an Tod und Angst nahm und ihn nur mit der Schönheit zurückließ, den silbergrauen Augen, dem lachenden roten Mund,
dem dunkel glänzenden, seidigen Haar.

Kapitel 21

Am Vormittag hatte Idina Campbell einen Einkaufsbummel bei Peter Jones gemacht. Die vier Einkaufstüten mit den unverkennbaren grün-weißen Streifen lagen auf dem eleganten Regency-Sofa im Salon. Sie hatte sie dort fallen lassen, sobald sie hereingekommen war; sie verlor das Interesse an ihren Einkäufen, kaum hatte sie sie getätigt. Gelangweilt schlenderte sie in Giles' Arbeitszimmer und sah sich um. Der Fußboden war wie immer mit Büchern und Landkarten übersät, auf dem Schreibtisch lagen lose Blätter durcheinander, dazwischen halbleere Teetassen, überquellende Aschenbecher und Klebezettel mit Notizen – am Telefon, an der Wand, am Aktenordner, am Computer. Manchmal fragte sie sich, wie er überhaupt noch den Bildschirm erkennen konnte. Es hätte sie überrascht, zu wissen, daß jeder Zentimeter der chaotischen Unordnung in Giles' Zimmer für ihn selbst ein penibles Ordnungssystem darstellte. Er konnte innerhalb von wenigen Sekunden – nun ja, vielleicht mehreren Sekunden – jeden Zettel, jeden Brief finden, und er wußte genau, wo jedes Buch seiner umfangreichen Reisebibliothek war. Solange Idina nichts anfaßte.

Sie schauderte. Das Zimmer ihres Mannes war völlig anders als alle anderen Räume im Haus, stand in Widerspruch zu allem, was ihr gefiel und wonach sie sich sehnte. Gelegentlich fragte sie sich, wie sie es noch einen Tag länger mit ihm aushalten konnte. Sie empfand es jedesmal als Erleichterung, wenn er wegfuhr. Kurz dachte sie an Damien Fitzgerald, ihren neuesten Schützling; er war das genaue Gegenteil von Giles. Ein Gesellschaftsfotograf, der überall willkommen war, wo man gesehen werden wollte, und der seine Kreativität und sein Talent einzugrenzen und zu organisieren verstand. Erst am Tag zuvor hatte sie sein Atelier und seine Dunkelkammer gesehen. Und eben in jener Dunkelkammer hatte Damien sich mit untrüglichem Gespür für den richtigen Moment zu ihr gedreht, ihr sanft, aber bestimmend die sorgsam manikürten Hände auf die Schultern ihres Schantungkleides gelegt und sie an sich gezogen, um sie zu küssen. Der Kuß war ihr durch Mark und Bein geschossen – so etwas hatte der gute alte Giles mit seinen pflichtbewußten Fummeleien seit Jahren nicht mehr geschafft.

Nachdenklich schaute sie sich um. Ganz oben auf seinem Schreibtisch lagen ein paar Skizzen eines keltischen Kreuzes und einer Burg. Sie seufzte. Giles und seine neueste Leidenschaft – das Buch. Das Buch, das er mit Beth Craig machen sollte. Sie setzte sich auf einen Stuhl neben seinem Schreibtisch, wofür sie einen Stapel Zeitschriften und Papiere auf den Boden werfen mußte. Natürlich würde sie hier nichts finden, was ihn verraten hätte. All seine Träume und Phantasien über Beth waren da, wo Idina sie nie finden würde – in seinem Kopf. Das kleine Miststück hatte schon beim ersten Kennenlernen ein Auge auf Giles geworfen. Fast schüttelte es sie, als sie sich Beth mit ihren wilden, dunklen Locken vorstellte, ihrer nachlässigen Bohème-Garderobe, der Farbe unter den Fingernägeln, und ihre nicht minder schreckliche Großmutter, die Gräfin. Na, die konnte sie ganz schnell loswerden; das war ihr schon einmal gelungen. Wenn sie es wollte. Idina lächelte still in sich hinein und gab sich wieder der reizvollen Gedankenspielerei hin, ob sie eine Affäre mit Damien beginnen sollte. Damien oder Giles.

Wenn sie jetzt, heute noch, nach Schottland flog, konnte sie Giles und sein Flittchen ein bißchen durcheinanderbringen. Ihnen den Spaß ein wenig verderben. Dann könnte sie trotzdem noch rechtzeitig zu Damiens Party wieder in London sein. Das würde ihr Spaß machen. Entschlossen stand Idina auf. Darum ging es doch schließlich – sich etwas Spaß im Leben zu gönnen.

Notaufnahme. Vierzehn Stiche. Schmerztabletten. Die Polizei.

Der Morgen graute schon, als Beth mit dem Porsche auf den Parkplatz vor dem Hotel fuhr. Müde stieg sie aus. Bevor sie zur Beifahrertür ging, um Giles aus dem Wagen zu helfen, blieb sie kurz stehen und atmete die kalte, klare Luft ein. Er war sehr blaß; seine zerrissene, mit Blut getränkte Jacke hing ihm lose über den Schultern, sein linker Arm war dick bandagiert und steckte in einer Schlinge.

Patti kam ihnen entgegen. »O mein Gott, was ist denn passiert?« Sie war schon in Jeans und Pullover; die Haare hatte sie zu einem festen Knoten zusammengebunden. Die unternehmungslustigen Gäste, die hier Wanderurlaub machten, wollten immer sehr früh ihr Frühstück serviert bekommen. »Ihr habt doch nicht etwa Daves Auto zu Schrott gefahren?«

Giles brachte ein Grinsen zustande. »Nein, was Kostbares ist nicht kaputtgegangen. Bloß ich.«

»Aber Giles!« Sie berührte ihn an seinem gesunden Arm und drückte ihn. »Du weißt doch genau, daß ich das nicht so gemeint habe. Was ist passiert? Bist du gestürzt?«

»Eine Wildkatze hat ihn angefallen. Beim Haus meines Großvaters«, erklärte Beth. »Wir haben den Großteil der Nacht im Krankenhaus verbracht. Und bei der Polizei.« Wo sie versucht hatten – aus Gründen, die ihr nicht ganz klar waren –, die Beamten davon abzuhalten, mit ihrem Gewehr im Anschlag Jagd auf das Tier zu machen.

Beth wollte gerade durch die Hoteltür gehen, als Patti sie am Arm packte. »Hört mal, ihr beiden.« Sie senkte die Stimme. »Idina ist gestern abend gekommen, nachdem ihr weg wart. Ich dachte, ihr solltet das wissen. Sie hat darauf bestanden, daß ich sie in dein Zimmer einquartiere, Giles, und natürlich wollte sie wissen, wo du bist.« Sie schaute zwischen den beiden hin und her und sah das Entsetzen auf ihren Mienen. »Dave und ich haben ihr gesagt, daß Beth zu ihrem Großvater fahren mußte, weil er krank geworden ist, und daß du sie gefahren hast. Ich weiß nicht, ob das richtig war, aber wir konnten ja nicht wissen, daß ihr die ganze Nacht wegbleiben würdet! Sie hat bis nach Mitternacht auf dich gewartet, dann ist sie ins Bett. Sie war ziemlich wütend.« Das war, selbst nach Pattis Maßstäben, eine gehörige Untertreibung.

»Scheiße!« Giles schloß die Augen; er wankte leicht. »Das hat mir gerade noch gefehlt.«

539

Beth ließ Giles' Arm los. »Du solltest zu ihr hochgehen und ihr alles erklären«, sagte sie tonlos.

»Beth …«

»Nein, Giles, wir brauchen gar nicht darüber zu reden. Geh einfach zu ihr rauf.«

Sie folgte Patti in die Küche und setzte sich erschöpft an den Tisch. »Unglaublich! Und das nach allem, was wir letzte Nacht durchgemacht haben. Warum ist sie bloß gekommen?« Sie war den Tränen nahe. Sie hatte sich geschworen, daß sie sich nicht wieder in ihn verlieben würde. Sie hatte sich geschworen, daß sie stark bleiben würde. Und beinahe wäre es ihr auch gelungen.

Patti zuckte diplomatisch mit den Schultern. »Sie schauen aus, als könnten Sie eine gute Tasse Kaffee und ein ordentliches Frühstück vertragen. Na, wie wär's?«

Beth zögerte; im ersten Moment glaubte sie, daß sie nichts würde essen können. Aber dann merkte sie, daß sie am Verhungern war, und daß der wunderbare Duft von den zwei Tellern, die gerade an ihr vorbei in den Speisesaal getragen wurden, ihr den Speichel im Mund zusammenlaufen ließ.

»Kann ich es hier bekommen, bei Ihnen in der Küche?«

»Wenn es Sie nicht stört, daß ich wie ein wildgewordener Handfeger durch die Gegend laufe. Sie wird ihn nicht so leicht aufgeben«, fuhr sie mit einem Blick auf Beth fort.

Einen Augenblick war Beth verwirrt. Woher wußte Patti Bescheid über Brid? Dann wurde ihr klar, daß sie von Idina redete, und sie lehnte sich bedrückt auf dem Stuhl zurück.

»Es tut mir leid, Liebes.« Patti stellte einen Becher mit Kaffee vor sie hin. »Aber ich kenne Idina seit vielen Jahren. Ich mag sie eigentlich ganz gern, aber es läßt sich nicht leugnen, sie ist außerordentlich besitzergreifend. Dave und ich haben uns oft gefragt, wie sehr sie Giles eigentlich liebt. Nicht allzu sehr, würde ich mal sagen. Aber er ist Teil ihres Besitzes. Sie wird bis aufs Blut kämpfen, um ihn zu behalten.«

»Ist das der Grund, warum sie hergekommen ist? Meinetwegen?«

»Jede Wette. Sonst kriegen keine zehn Pferde sie aus ihrem Chelsea weg. Vor allem nicht nach Schottland. Sie ist noch nie hier gewesen.« Patti schlug ein Ei in eine Schüssel. »Aber jetzt erzählen Sie mal von dieser Katze. Das muß ja grauenhaft gewesen sein. Und wie war es bei Ihrem Großvater?«

»Seltsam.« Sie empfand den starken Drang, Patti die ganzen Ereignisse der vergangenen Nacht zu erzählen, aber irgend etwas hielt sie davon zurück. Sie wollte Adam nicht noch mehr der Lächerlichkeit preisgeben, und sie brauchte Zeit, um in Ruhe nachzudenken. Der Angriff der Katze hatte sie beide zutiefst erschüttert. Die Attacke war ungeheuer gewesen, völlig unvermittelt und sehr zielgerichtet; es mußte mehr als nur ein Zufall gewesen sein.

Nach dem Frühstück nahm sie ein Bad; ihre Gedanken kreisten noch immer um Giles und Idina einerseits und um ihren Großvater andererseits. Sie hatte sich gerade die Haare gewaschen und in ein Handtuch gewickelt, als das Telefon klingelte.

»Beth, ich bin in Heathrow. Michele hat mir erzählt, du hättest versucht, mich zu erreichen. Was ist los?« Lizas Stimme klang scharf. »Irgend etwas ist doch passiert, oder? Was machst du in Schottland? Soll ich nach Edinburgh fliegen?«

Wie konnte Beth nur die Intuition ihrer Großmutter vergessen haben?

»Liebling? Hörst du mich? Ist alles in Ordnung?« Lizas Stimme war so deutlich, als stünde sie im selben Raum wie Beth.

Beth warf das Handtuch aufs Bett und setzte sich hin, den Hörer ans Ohr gepreßt. »Gottseidank! Liza, du wirst nicht glauben, was alles passiert ist.«

Während ihrer Erzählung unterbrach Liza sie kein einziges Mal. Erst als Beth innehielt, um Luft zu schöpfen, sprach sie wieder.

»Jetzt vergessen wir mal alle Zweifel und Bedenken, Beth.« Liza war es inmitten des geschäftigen Treibens im Terminal von Heathrow eiskalt geworden. »Wenn Adam nach einem Weg sucht, um Brid von den Toten zu erwecken oder um sie heraufzubeschwören oder so, dann nehme ich das sehr ernst. Diese Katze war kein Zufall. Geh nicht mehr in die Nähe dei-

541

nes Großvaters, verstehst du mich? Wenn sie wieder da ist, wird sie niemanden in seine Nähe lassen. Sie wird nicht davor zurückschrecken, noch einmal jemanden umzubringen. Und du, als letztes überlebendes Mitglied seiner Familie, bist vermutlich ihr erstes Opfer. Hör, ich nehme den nächsten Flug nach Edinburgh. Ich meine es ernst, Beth. Geh nicht wieder zu ihm, bis ich da bin.«

Nachdem Beth aufgelegt hatte, blieb sie mehrere Minuten still sitzen und versuchte zu verarbeiten, was Liza ihr gesagt hatte. Dann legte sie sich aufs Bett. So müde sie auch war, die Gedanken wirbelten ihr durch den Kopf. Adam und Brid. Giles und Idina. Die Katze mit den scharfen Krallen und den spitzen Zähnen. Als sie die Augen schloß, spürte sie unversehens warme Tränen über ihre Wangen laufen und verbarg den Kopf unglücklich im Kissen.

Als sie aus ihrem unruhigen Schlaf erwachte, schlich Giles gerade in ihr Zimmer, den Finger auf die Lippen gelegt. Er hatte geduscht und seine blutverschmierte Kleidung gewechselt, aber er sah immer noch sehr blaß und überanstrengt aus. »Idina macht gerade einen Spaziergang. Um sich ein bißchen abzukühlen.« Er setzte sich zu ihr aufs Bett. »O mein Gott, Beth, was sollen wir bloß tun?«

Sie sah zu ihm, wie er den Arm schmerzhaft in der Schlinge hin und her bewegte. »Was will sie denn?«

Er schnitt eine Grimasse. »Sie denkt, daß ich eine Affäre mit dir habe.«

Beth schwieg. Sie wußte nicht, was sie darauf erwidern sollte.

Ich liebe dich so sehr, daß mir das Herz weh tut.

Ich wünschte, ich hätte eine Affäre mit dir.

Was würde das ändern? Die einzige Nacht, die sie in Schottland mit ihm zusammen gewesen war, hatten sie in der Notfallstation des Krankenhauses zugebracht.

Nicht gerade sehr romantisch.

Idina war seine Frau. Er mußte sie noch lieben, sonst hätte er sich schon von ihr scheiden lassen.

Sie richtete sich halb auf. »Was hast du ihr gesagt?« Ihre Stimme war heiser.

Er machte eine vage Geste. »Sie wollte wissen, woher ich die Verletzung habe. Aber wir haben uns gar nicht richtig unterhalten. Sie war zu wütend.«

Mit einem Seufzen strich Brid sich die Haare aus dem Gesicht. »Liza hat vorhin angerufen. Von Heathrow aus. Sie ist von Florenz hergeflogen. Ich habe ihr erzählt, was passiert ist. Sie kommt direkt hierher.«

Geh nicht mehr in die Nähe deines Großvaters ... Sie wird nicht davor zurückschrecken, noch einmal jemanden umzubringen.

Lizas Worte gingen ihr nicht aus dem Kopf. »Sie sagte, das mit Brid stimme alles.«

Einen Moment herrschte entsetztes Schweigen, dann sagte Giles matt: »Ich vermute, du machst keinen Scherz?«

»Nein.« Sie schloß die Augen. »Nein, Giles, ich scherze nicht. Ich wünschte, es wäre ein Scherz.« Plötzlich zitterten ihr die Hände. »Liza sagte, Brid würde nicht zögern, mich umzubringen.«

»Das ist nicht ihr Ernst.« Giles schauderte. »Mein Liebling, ich lasse nicht zu, daß dir etwas passiert.«

»Wie willst du das verhindern, wo Idina hier ist?« Sie setzte sich auf und schlang die Arme um die Knie. »Du solltest jetzt gehen, damit ich mich anziehen kann«, fügte sie etwas hilflos hinzu. »Liza wird bald hier sein. Dann können wir beide überlegen, was wir mit Adam tun.«

»Beth.« Er klang sehr bestimmt. »Ich bin für dich da.« Er beugte sich vor, um sie zu küssen. Sie schloß die Augen. Eigentlich sollte sie sich wegdrehen. Eigentlich sollte sie aus dem Bett springen und davonlaufen. Eigentlich dürfte sie das gar nicht zulassen.

Der Kuß dauerte sehr lange. Endlich löste er sich von ihr. »Ich liebe dich.«

Sie schüttelte den Kopf. »Du kannst nicht zwei Menschen gleichzeitig lieben, Giles. Nicht, wenn sie glücklich werden sollen. Du mußt dich zwischen uns beiden entscheiden.« Sie schlüpfte aus dem Bett und griff nach ihren Kleidern. »Ich sehe dich unten.«

Nach kurzem Zögern stand er auf. »Idina und ich verstehen uns nicht mehr ...«

»Sag das nicht mir. Sag's ihr. Geh nach unten, Giles.« Sie klang sehr ruhig, doch innerlich schrie sie ihn an: »Sag's ihr! Sag ihr, daß du mich liebst! Schmeiß sie raus, wenn sie dich unglücklich macht!« Sie zwang sich zu einem Lächeln. »Bitte, geh.«

Erst nachdem er die Tür hinter sich geschlossen hatte, erlaubte sie sich zu weinen.

Meryn runzelte in seiner Meditation die Stirn. Die Fäden, die er zwischen den Fingern zusammenzufassen versuchte, hatten sich verheddert. Kummer, Angst und Blut ließen die Bilder verschwimmen, und sein Griff wurde unsicherer. Er wurde gebraucht. Die Zeit war gekommen, um seine Suche nach den Pfaden der Zeit zu beenden. Der, den er suchte, wartete in den Schatten, wartete, daß ein Durchgang sich auftat, so daß er über die Jahrhunderte hinweg reisen konnte. Er mußte daran gehindert werden. Doch vorher galt es, noch einige Dinge in diesem Leben zu regeln: nicht auf einer dunklen, nebelverhüllten Wiese auf einem Berg in Wales, sondern auf dem einsamen Berg in Schottland, wo die Geschichte begonnen hatte und wo die Energien sich sammelten zur Schlacht, die nur im Tod enden konnte.

Als Beth schließlich die Bibliothek betrat, wo die Gäste vor dem Essen ihren Aperitif nehmen konnten, wartete Giles bereits auf sie. Er wirkte erschöpft, als er aufstand und ihr bedeutete, zum Sofa neben dem Feuer zu kommen. Es waren noch keine anderen Gäste da, und sie hatten den ganzen Raum für sich.

Er berührte sie an der Hand. »Beth, ich liebe dich. Ich werde Idina um die Scheidung bitten. Jetzt sofort. Noch solange sie hier ist.« Er wanderte auf dem abgetretenen Perserteppich auf und ab. »Sie spielt mit uns. Wenn sie einen Showdown haben will, dann soll sie ihn kriegen.«

»Giles ...«

»Ich brauche dich. Ich liebe dich, seitdem wir uns das erste Mal gesehen haben.«

544

»Ich glaube nicht, daß du das ernst meinst, Giles.« Beths Stimme war sehr leise. »Wir haben das alles schon einmal durchgesprochen, weißt du noch? Damals in Wales. Du kannst ohne Idina nicht leben. Wir wissen beide, in einer vollkommenen Welt könntest du uns beide haben, und wir wären beide glücklich, aber wir wissen alle, daß die Welt nicht vollkommen ist. Wir würden nur alle unglücklich sein.«

»Ich liebe Idina nicht. Ich brauche dich zum Leben.«

»Nein, brauchst du nicht.« Sie biß sich auf die Lippen. »Und ich glaube nicht, daß wir gemeinsam arbeiten können. Es tut mir leid.«

»Beth! Was ist denn?« Gereizt blickte er auf, als Dave den Kopf zur Tür hereinsteckte und Beth zum Telefon rief.

Es war wieder Ken Maclaren. »Es tut mir leid, Sie zu stören«, sagte er, sobald Beth den Hörer aufgenommen hatte, »aber Dr. Craig ist in die Berge gegangen, und jetzt ist das Wetter sehr schlecht geworden. Ich weiß nicht, ob ich die Polizei anrufen soll – was meinen Sie?«

Sie sah zum Fenster hinaus. Die fahle Sonne, die am Morgen noch geschienen hatte, war verschwunden, und jetzt regnete es in Strömen. Die Berge waren nicht mehr zu sehen, und über dem Rasen unterhalb des Hauses trieben diesige Schwaden.

»Warum glauben Sie, daß er in Schwierigkeiten ist?«

»Die Tür stand weit offen. Der Kessel stand noch kochend auf dem Herd. Die Post lag halb geöffnet auf dem Tisch, und er hat weder Mantel noch Stock mitgenommen.«

Beth atmete tief durch. »Ich warte gerade auf meine Großmutter.«

Geh nicht mehr in die Nähe deines Großvaters …

»Sie ist auf dem Weg hierher. Tun Sie, was Sie für richtig halten. Sobald sie hier ist, fahren wir zu Ihnen.«

Als Beth in die Bibliothek zurückkehrte, war Idina gekommen. Sie stand neben Giles, die Hand besitzergreifend auf seinen gesunden Arm gelegt. Sie trug ein grell pinkfarbenes Wollkleid und dazu eine schwarze Strumpfhose. Gertenschlank stand sie da, die Frisur makellos, das Make-up perfekt.

545

Sie begrüßte Beth mit einem gepreßten Lächeln und zwei Küssen in die Luft, gut zehn Zentimeter von Beths Wange entfernt. »Hmm. Wie geht's Ihnen, Schätzchen? Ich höre, Sie und Giles wollen noch ein Buch zusammen machen?«

Einen Augenblick wurde sich Beth schmerzlich ihres Äußeren bewußt – ihrer nicht gerade grazilen Kurven unter einem dicken cremefarbenen Pullover, dazu eine ganz gewöhnliche Jeans, ein Seidenschal um die Haare. Sofort verbannte sie das Bild aus ihrem Kopf; es war zu deprimierend. Sie lächelte tapfer. »Das weiß ich nicht so genau, Idina. Das hängt von einigem ab.« Sie warf einen Blick zu Giles, der sich auf sein Glas konzentrierte, das er mit weißen Knöcheln umklammerte. »Wie sieht's aus in London?«

»Schöner als hier.« Idina schaute zum Fenster und schauderte.

»Dann verstehe ich nicht ganz, warum Sie hergekommen sind«, konnte Beth sich nicht verkneifen zu sagen.

»Wir bleiben auch nicht mehr lange hier, Schätzchen, da können Sie sicher sein.« Idina lächelte eisig. »Sobald Giles fertig ist, fahren wir nach Edinburgh und besuchen ein paar Freunde.«

»Ich habe dir doch gesagt, ich bleibe hier, Idina.« Giles' Stimme war hart. »Beth und ich arbeiten an dem Buch.« Er sah zu Beth. »Was wollte Maclaren denn? Ist alles in Ordnung?«

»Großvater ist wieder verschwunden. Ich sagte, wir würden rüberfahren, sobald Liza hier ist.« Beth ging zur Bar und bestellte sich einen Whisky. Mit dem Glas in der Hand wandte sie sich wieder zu Idina und versuchte, sich ihren Kummer und ihren Widerwillen nicht anmerken zu lassen, während sie die elegante Gestalt betrachtete. »Er lebt in der Nähe von Dunkeld.«

»Ah ja.« Idina hob eine Augenbraue. »Mir will nicht ganz einleuchten, warum Giles Sie begleiten muß.«

»Das muß er auch nicht.« Beth lächelte gezwungen und fügte nach einer kurzen Pause hinzu: »Aber vielleicht möchte er es ja gerne.«

Als Liza am späten Nachmittag endlich eintraf, sah sie ziemlich erschöpft aus. Beth, die die ganze Zeit aus dem Fenster der Bibliothek geschaut hatte, lief die Treppe hinunter und drückte sie fest an sich.

»Es war so schrecklich, ich kann dir gar nicht sagen wie schrecklich! O mein Gott, bin ich froh, daß du da bist!« Sie schob Liza ein Stück von sich, um sie richtig anzusehen, und bekam sofort Gewissensbisse. »Du siehst müde aus. Es tut mir leid. Ich hätte dir wohl nicht ...«

»Unsinn!« antwortete Liza knapp. »Ich brauche bloß eine Tasse Tee. Und ich muß wissen, was hier los ist.« Sie war so schlank und jugendlich wie immer; durch ihre rotbraunen Haare mit dem modischen Schnitt zogen sich nur wenige weiße Strähnen.

Nach nur einer Stunde hatte sie Dave und Patti für sich gewonnen, ihr Zimmer bezogen, sich umgekleidet, eine Tasse Tee getrunken und war bereit, mit Beth zu Adams Haus zu fahren.

Als Beth ins Büro ging, um sich Daves Autoschlüssel zu holen, war weder von Giles noch von Idina eine Spur zu sehen. »Sagen Sie ihm, wo ich hingefahren bin?«

»Aber natürlich.« Er zwinkerte. »Wenn es Ihnen ein Trost ist – freundlich geht's zwischen den beiden nicht gerade zu. Man hört sie bis in den Flur schreien. Ich glaube, unter anderem hat Idina eine Aversion gegen den schottischen Regen. Wahrscheinlich hat sie Angst, daß ihr Kleidchen eingeht.« Er lachte prustend.

»Dave!« Beth tat, als wäre sie schockiert. »Ich rufe Sie an, sobald ich weiß, was wir unternehmen werden. Aber machen Sie sich keine Sorgen, wenn Sie heute abend nichts von uns hören. Adam hat kein Telefon, und ich vermute, daß wir bei ihm bleiben werden. Wir müssen einfach sehen, was los ist.«

»Sehe ich es recht, daß Giles und du euch wieder nähergekommen seid?« Liza lehnte sich in den tiefen Ledersitz des Porsche zurück und schloß die Augen, während Beth vom Parkplatz auf die Straße bog. Es war schon dunkel geworden.

»Das ist wohl kaum möglich, wo Idina hier ist.«

»Hättest du's denn gerne?«

»Es ist sinnlos, mir das zu überlegen. Er ist noch viel zu sehr Ehemann, falls dir das entgangen sein sollte. Sie ist die in dem pinkfarbenen Kleid.«

»Eine dumme Frau!« Liza seufzte. »Mein armer Schatz. Das Leben und die Liebe sind nie einfach, stimmt's?«

Beth sah zu ihrem Profil hinüber, das vom Licht des Armaturenbretts beleuchtet wurde. »Mit Michele läuft alles gut?«

»Ja, mein Schatz, mit Michele läuft alles wunderbar.« Liza hatte die Augen noch immer geschlossen.

Nach einer langsamen Fahrt durch den strömenden Regen hielten sie endlich vor dem Bungalow der Maclarens und liefen den Pfad zur Haustür, wo Ken sie schon erwartete.

»Kommen Sie rein, wärmen Sie sich ein bißchen auf, dann fahren wir den Berg hinauf«, sagte er, nachdem er und Liza sich bekannt gemacht hatten.

»Haben Sie mit der Polizei gesprochen?« fragte Beth ängstlich.

Er nickte. »Sie waren oben beim Shieling House. Sie sagten, sie hätten keine Spur von dem Tier gesehen, das Ihren Freund angegriffen hat, und auch keine Abdrücke, aber es hat heftig geregnet, und vielleicht hat auch ein Auto sie verwischt – meins oder Ihres oder das des Postboten oder von sonst jemandem. Von Dr. Craig war immer noch nichts zu sehen.« Er schüttelte den Kopf. »Ich mache mir Sorgen. Ich weiß, er glaubt, daß er die Berge kennt, aber es ist lange her, daß er dort oben gelebt hat, und er ist kein junger Mann mehr. Und das Wetter ist schauderhaft.«

Sie stiegen in den alten Landrover des Pfarrers. Beth, die auf dem Beifahrersitz Platz nahm, schaute angestrengt durch die Windschutzscheibe nach draußen, wo im Scheinwerferlicht schlammige Rinnsale den Feldweg hinunterstürzten. Sie dankte Gott, daß sie nicht den Porsche in der Dunkelheit hier hinaufzufahren brauchte.

Als sie schließlich ankamen, sah Beth sich nervös um. Sie wünschte sich sehnlich, daß Giles bei ihr wäre. Ken Maclaren holte eine große Taschenlampe hervor; der helle Lichtkegel beleuchtete die tropfenden Büsche und das vom Regen flachgedrückte Gras. Beth hielt die Luft an, konnte aber nichts als den Wind und den Regen hören.

Sie liefen zum Seiteneingang des Hauses; Ken öffnete ihnen mit einem Zweitschlüssel. Dann warf er die Tür hinter ihnen zu und tastete nach dem Lichtschalter.

»Es macht die Sache nicht gerade besser, sich vorzustellen, daß die verdammte Katze sich hier irgendwo rumtreiben könnte«, sagte er nüchtern.

Beth und Liza tauschten einen Blick aus.

»Sieht nicht so aus, als wäre er wieder hier gewesen«, meinte Beth langsam. »Seit gestern abend hat sich nichts verändert.«

Sie gingen weiter ins Wohnzimmer. Beth trat schaudernd zum Fenster und zog die Vorhänge zu. »Ich überlege mir ständig, ob da draußen nicht jemand oder etwas ist, das uns beobachtet«, meinte sie leise.

Liza verzog das Gesicht. »Davon können wir mal ausgehen. Geh doch mal nach oben, Liebling. Schau nach, ob der alte Rumtreiber nicht im Bett liegt und schläft.«

Tief Luft holend, ging Beth zur Treppe. Obwohl das Licht brannte, überkam sie wieder die Angst auf, und jeder Nerv war zum Zerreißen gespannt, als sie die Stufen hinaufstieg und sich rasch umsah – den Treppenabsatz, die offene Tür zu Adams Schlafzimmer.

Es war sehr still hier oben. Auf einmal konnte sie die Stimmen von Liza und Ken, die unten am Tisch standen und Adams Bücher studierten, nicht mehr hören.

Eiskalte Panik überfiel sie; zaghaft machte sie zuerst einen und dann einen zweiten Schritt auf die Schatten vor sich zu.

Du hast meinen A-dam unglücklich gemacht ...

Die Stimme war plötzlich da, in ihrem Kopf. Sie umklammerte das Geländer, ihr Mund war wie ausgedörrt.

Ich kann Menschen, die meinen A-dam unglücklich machen, nicht leiden ...

»O mein Gott!« Ihr Flüstern hallte in der Stille des Treppenabsatzes laut wider. Sie machte kehrt und floh nach unten.

»Beth, was ist denn?« Liza betrachtete sie über den Rand ihrer Brille hinweg und sah ihr kreidebleiches Gesicht.

»Nichts. Ich habe nur etwas gefühlt …«

»Was hast du gefühlt? Hast du etwas gesehen? Er ist nicht da, oder?«

Beth seufzte. »Tut mir leid, ich habe nicht nachgeschaut.« Sie setzte sich an den Tisch und stützte den Kopf in die Hände.

Ken sah zwischen den beiden Frauen hin und her. »Ich gehe«, erbot er sich und lief die Stufen hinauf; sie hörten seine Schritte über den Absatz hallen, gefolgt vom Geräusch, als er den Lichtschalter anmachte.

»Ich habe eine Stimme gehört. In meinem Kopf. War das Brid?« Beth sah verzweifelt zu Liza.

Von oben hörten sie, wie Ken das Bad und dann das zweite Schlafzimmer untersuchte, bevor er wieder zum Treppenabsatz zurückkehrte. »Er ist nicht da. Keine Spur von ihm.« Er lächelte Beth zu. »Es wundert mich gar nicht, daß Sie einen Schreck bekommen haben. Die Katze hätte ja ins Haus kommen können, als die Tür offenstand, aber um ehrlich zu sein, bezweifle ich das. Wildkatzen sind sehr scheu. Soweit ich weiß, ist es ungewöhnlich, um nicht zu sagen unbekannt, daß sie sich in der Nähe von Häusern aufhalten. Die Polizei war sehr überrascht. Sie meinten, Sie müßten die Katze irgendwie in die Enge getrieben haben, so daß sie sich bedroht fühlte. Ich bin mir ziemlich sicher, daß wir sie nie mehr wiedersehen.«

Liza warf Beth einen strengen Blick zu. Es war klar, was sie damit sagen wollte: Nicht vor dem Pfarrer. Wenn schon Giles anfänglich Probleme damit hatte, Adams Geschichte zu glauben, wieviel schwerer würde es dann erst einem Geistlichen fallen?

»Was sollen wir tun? Er kann doch unmöglich in diesem Wetter über Nacht draußen bleiben.« Beth gab sich Mühe, nicht die Ruhe zu verlieren.

Ken schüttelte den Kopf. »Ich finde, wir sollten noch mal die Polizei anrufen und mit ihnen darüber reden. Ich weiß nicht, aber sollten wir nicht vorschlagen, daß sie einen Suchtrupp schicken? Was mir Sorgen macht, ist, daß sein Wagen noch dasteht. Aber, wer weiß, vielleicht ist ja auch jemand gekommen und hat ihn abgeholt.«

»Aber er hätte nie die Haustür offengelassen«, wandte Liza ein. »Er mag ja alt sein, aber sein Gedächtnis funktioniert doch noch einwandfrei, oder, Beth?«

»Mir kam er völlig normal vor.« Beth seufzte. »Wo sollte ein Suchtrupp denn suchen? Wenn er in die Berge gegangen ist, könnte er überall sein.«

»Das ist er nicht. Nicht ohne Mantel. Adam ist ein vernünftiger Mensch«, fügte Liza hinzu.

Beth hob die Augenbrauen. »Warum hat er kein Telefon? Er hätte es sich doch bestimmt leisten können.«

»Die Frage habe ich ihm auch gestellt.« Ken seufzte. »Das ist reiner Starrsinn. Er ist richtig heftig geworden und meinte, es gäbe niemanden, mit dem er am Telefon reden wollte, und er sei durchaus in der Lage, sich selbst zu versorgen. Ich fragte ihn, was denn wäre, wenn er stürzen würde oder so was, und er meinte, das sei dann seine eigene dumme Schuld, und er müßte die Konsequenzen tragen.«

Liza lächelte. »Adam wie er leibt und lebt.«

»Aber unter diesen Umständen bringt es uns nicht gerade weiter.«

»Stimmt.« Liza zögerte. »Mr. Maclaren, darf ich Sie etwas fragen? Deutete irgend etwas darauf hin, daß Adam schwer trank?« Auch ihr war die Whiskyflasche auf dem Tischchen nicht entgangen. Doch wie Beth bemerkt hatte, schien sie noch genauso voll wie beim letzten Mal.

Ken schüttelte den Kopf. »Er erzählte mir, er sei früher Alkoholiker gewesen, aber jetzt hätte er es unter Kontrolle. Auf jeden Fall habe ich ihn nie trinken gesehen.«

»Liza!« Beth hatte die Bücher auf dem Tisch betrachtet und festgestellt, daß sie seit ihrem letzten Besuch benutzt worden waren. Einige Bücher waren sogar aufgeschlagen, in anderen steckten Lesezeichen, und eines, das ganz obenauf lag, war mit roten Anmerkungen versehen. »Schau!« Das Buch hieß *Selbstverteidigung mit PSI*.

Liza nahm es in die Hand, schob sich die Brille von der Stirn auf die Nase und las mehrere Minuten darin.

Ken machte eine mißbilligende Miene. »Die meisten dieser Bücher sind meiner Ansicht nach Unsinn.«

551

»Zum Großteil handeln sie von Geschichte«, gab Liza zurück. »Und Philosophie. Da steht sehr viel Kluges drin.« Sie
las weiter.

»Da steht Böses drin. Schwarze Magie. Hexenkunst.«

»Unsinn.« Liza schob die Brille wieder auf die Stirn.
»Hören Sie, junger Mann, warum machen Sie uns nicht allen
eine Tasse Kaffee, während ich ein paar der Bücher durch-
schaue? Die können uns vielleicht einen Hinweis geben, wo
er ist.« Ihrem barschen Ton entnahm Beth, daß Liza ärgerlich
wurde.

Sie sah Ken nach, wie er aus dem Zimmer ging. »Was ist?
Was hast du gefunden?«

»Schau.« Liza reichte ihr das Buch. »Du hast es ja gesehen.
Lies mal.«

Beth setzte sich hin, blätterte ein wenig im Buch und las die
Stellen, die rot unterstrichen waren:

*Es ist eine bekannte Tatsache, daß ein Okkultist, der außerhalb sei-
nes Körpers auf der Astralebene auf Unerfreuliches stößt oder dessen
feinstofflicher Körper gesehen und geschlagen oder angeschossen
wird, die Zeichen davon auf seinem physischen Körper trägt.*

Weiter unten auf derselben Seite war ebenfalls rot markiert:

*Das künstliche Elemental wird aufgebaut, indem in der Vorstel-
lung ein klares Bild von dem Geschöpf geformt wird, das entstehen
soll, welches man mit etwas vom entsprechenden Aspekt seines eigenen Wesens beseelt und dann die dazugehörige Naturkraft hinein-
beschwört. Diese Methode kann zu Gutem wie auch Bösem ange-
wandt werden ...*

Wollte Liza damit sagen, daß Brid auf diese Weise eine
Katze entstehen ließ? Oder verwandelte sie sich tatsächlich in
eine Katze? Oder schlüpfte sie irgendwie in den Körper einer
richtigen Katze? Beth sah zu Liza. »Du glaubst an das ganze
Zeug, stimmt's?«

»Ja, Beth, ich glaube an das ganze Zeug. Schau dir das an.
Und das. Und das.« Lauter Bücher über keltische Magie, die
rot markiert waren. Die gekennzeichneten Abschnitte drehten
sich alle um *Shape-shifting* und außerkörperliche Erfahrun-
gen. »Er hat das ausprobiert. Oder zumindest wollte er es. Das
hängt alles mit dem Stein zusammen.« Sie legte die Skizze vor

552

Beth auf den Tisch. »Siehst du? Er hat die Bedeutung der Symbole herausgefunden.«

»Giles kennt sich damit aus.«

»Das bezweifle ich.« Liza verzog das Gesicht. »Das glaubt er vielleicht, aber ich vermute, daß Adam ein völlig anderes System erarbeitet hat. Schau nur, was er in dieses Buch geschrieben hat.«

»Die Gravur des Spiegels. Das hat er eingekreist.

Brids Zeichen, steht da. *Das Zeichen der Druidin oder Zauberin, die die ›Realität‹ transzendieren kann. Diese Steine dienen als Wegweiser und zeigen den Weg durch parallele Welten, nicht zu Orten in unserer Welt.*

> *Ein Mensch, der Glas betrachtet,*
> *Mag das Auge darauf ruhen;*
> *Doch kann er's auch durchdringen*
> *Und dann den Himmel schaun.«*

Sie zögerte und bemühte sich, die winzige Handschrift zu entziffern: *In die Vergangenheit oder die Zukunft. Ort, wo der Schleier dünn ist.* Sie sah zu Liza. »Der Schleier?«

»Zwischen den Ebenen.« Liza lächelte. »Wieder was Esoterisches. Er denkt wahrscheinlich, daß Brid auf diese Art zwischen unserer und ihrer Zeit hin und her pendelt.«

Beth schüttelte den Kopf. »Tut mir leid, ich kann das Zeug einfach nicht ernst nehmen. Ich will hier ja keine Obstruktion betreiben, aber mir kommt das alles wie eine Phantasiewelt vor.«

»Hinter der Phantasie verbirgt sich oft eine Wahrheit, Beth.« Liza lächelte. »Lies nur mal Jung. Aber das ist jetzt nicht so wichtig. Gehen wir für den Moment einfach mal davon aus, daß Adam das glaubt. Ist er zu dem Wegweiser gegangen?«

»Zum Stein? Ken Maclaren sagt, daß er nicht weit von hier ist. Offenbar hinter dem Haus, den Berg hoch. Er sagte, Großvater sei von dem Stein besessen.« Sie hielt inne. »Meinst du wirklich, er ist dahin gegangen? In der Dunkelheit?«

»Als er aufbrach, war es noch nicht dunkel.«

Sie starrten sich an.

»Beth, mein Liebling, ich weiß nicht, ob du daran gedacht hast, aber heute ist Halloween. Das ist eine der Nächte, in denen der Schleier – wenn ich den Ausdruck verwenden darf – dünn ist. Der Überlieferung nach ist es für Geister in solchen Nächten leichter, zwischen ihrer und unserer Welt zu wandeln. Wenn er nun die heutige Nacht gewählt hat, um Brid zu suchen?«

»Aber warum sollte er sie suchen, wenn sie ihn ständig verfolgt? Wenn sie als Katze hier war? Wenn ich sie gerade eben hören konnte?«

Liza biß sich auf die Lippen. Dann schüttelte sie achselzuckend den Kopf, setzte sich hin und stützte das Kinn in die Hände. »Ich weiß nicht, was ich denken soll. Ich werde nur einfach das Bild nicht los, daß er da oben am Berg liegt, im strömenden Regen, vielleicht krank, vielleicht zu müde, um nach Hause zu finden, vielleicht verletzt oder verloren.«

»Du findest, wir sollten nach ihm suchen, stimmt's?«

»Ja.«

Beide sahen auf, als Ken mit einem Tablett und drei Bechern Kaffee hereinkam. Er stellte es zwischen die Bücher auf den Tisch und seufzte; den letzten Wortwechsel hatte er gehört. »Ich finde auch, daß wir ihn suchen sollten. Trinken Sie Ihren Kaffee, ich rufe in der Zwischenzeit Moira an. Wir fahren zum Pfarrhaus und holen Taschenlampen, meine Campingausrüstung und die Survival-Ausrüstung.«

Beth sah zweifelnd zu Liza. Die Vorstellung, in die Dunkelheit hinauszugehen, machte ihr entsetzliche Angst. »Meinst du nicht, daß du hierbleiben …«

»Nein!« fuhr Liza auf. Sie war empört. »Ich bin wahrscheinlich fitter als du und dieser junge Mann und seine Frau zusammen. Ich gehe in der Toskana jeden Tag kilometerweit spazieren und habe mein ganzes Leben in den Bergen verbracht. Wenn du meinst, daß ich mich von ein bißchen Wind und Regen abhalten lasse, dann hast du dich gründlich getäuscht.«

Aber mich halten sie ab, dachte Beth ängstlich. Genauso wie die Vorstellung, daß irgendwo da draußen eine bösartige, aggressive Zauberin lauert, die vierzehnhundert Jahre alt ist, oder eine Wildkatze, die mir an die Kehle will. Und die Tatsache, daß Halloween ist. Aber sie sagte nichts.

»Wir haben beide feste Schuhe und regendichte Mäntel«, fuhr Liza fort. »Beth, ich weiß, was du denkst, aber ich vermute, daß sie nicht dasein wird.« Sie warf Ken wieder einen funkelnden Blick zu, so daß er gar nicht zu fragen wagte, wen sie damit meinen könnte. »Wenn Adam in ihre Zeit gegangen ist, wird sie mit ihm dort sein. Und wenn er krank oder verletzt ist, wird sie wollen, daß wir ihn finden. Glaub mir, was immer sie tut oder nicht tut, sie liebt ihn.«

Zum Glück sah Beth nicht, wie sie beim Sprechen die Finger unter dem Tisch verkreuzte.

»Wenn du ihr hinterherfährst, reiche ich die Scheidung ein!« schrie Idina ihm nach, als er in den Wagen stieg und einen Augenblick seine Frau anstarrte, die geschützt vor dem Regen im Hoteleingang stand. Den Bruchteil einer Sekunde ließ ein Blitz die Fassade des Hotels taghell aufleuchten, dann war alles wieder dunkel, bis auf das kleine helle Rechteck, das aus dem Foyer des Hotels schien und ihre schlanke Figur umrahmte. Er schüttelte den Kopf. »Ich habe dir gerade drei Stunden lang erzählt, daß ich genau das will.« Er seufzte. »Tut mir leid, ich muß jetzt fahren.« Nach kurzem Zögern fügte er hinzu: »Hast du nicht gesagt, daß Damien auf dich wartet, um mit dir auf eine Party zu gehen?« Der Blick, den er ihr zuwarf, war voller Verachtung. »Das ist doch bestimmt sehr viel wichtiger, als zu warten und herauszufinden, ob ein alter Mann im Unwetter umgekommen ist, oder?« Ohne sie noch eines weiteren Blickes zu würdigen, fuhr er mit dem Wagen – den er sich von einer der Kellnerinnen geborgt hatte – rückwärts vom Parkplatz; der Schmerz, der in seinem Ellbogen aufflammte, ließ ihn zusammenzucken. Als er einen Blick in den Rückspiegel warf, sah er sie im Regen stehen, wie sie ihm nachstarrte.

Im selben Moment, in dem er Shieling House erreichte, stiegen Liza und Beth in den Wagen des Pfarrers. »Giles?« Beth starrte ihn an, das Gesicht voller Hoffnung. »Wo ist Idina? Was ist passiert?«

»Idina fährt nach London zurück«, antwortete Giles kurz. »Für immer. Ich bleibe hier. Oder wo immer du mich haben willst, mein Schatz.« Er streckte die Arme nach ihr aus und drückte sie kurz an sich.

Beth lächelte ungläubig, dann stellte sie sich auf die Zehenspitzen und gab ihm einen Kuß auf die Wange. »Ach, Giles ...«

»Kommt, ihr zwei.« Ken schob sich die nassen Strähnen aus den Augen und grinste. »Wenn's was zu feiern gibt, würde ich vorschlagen, daß wir das auf später verschieben.«

Als sie am Pfarrhaus ankamen, erwartete Moira sie bereits mit Thermoskannen voll heißer Suppe, zwei Rucksäcken und allen Taschenlampen, die sie hatte finden können. Auch sie trug feste Wanderschuhe, eine wattierte Jacke und einen Schal. Ken sah sie besorgt an. »Willst du wirklich mitkommen?«

»Aber natürlich.« Sie stellte sich auf die Zehenspitzen, um ihm rasch einen Kuß zu geben. »Ich hab den alten Dr. Craig sehr ins Herz geschlossen. Mach dir keine Sorgen. Außerdem habe ich bei der Polizei angerufen und ihnen alles erzählt. Wenn wir in Schwierigkeiten geraten, kommen sie hoch oder schicken die Bergwacht.«

Sie stellten den Wagen in einer Parkbucht ab, wo der Anstieg begann. Etwas verloren im Gestrüpp stand ein Wegweiser, der den Berg hinaufdeutete; darauf hieß es, es seien zweieinhalb Kilometer zum Symbolstein. Irgendwo rechter Hand des Schilds hörte Beth das Rauschen eines Bergbachs, der über felsige Stufen ins Tal stürzte. Rechts und links von ihnen ragten Bäume empor, die sich in der dünnen Erdkrume festklammerten; von den Ästen hingen regennasse Flechten hinab. Immer wieder rutschte sie auf dem nassen Gestein aus, das Brausen des Windes übertönte alle Geräusche bis auf das Rauschen des Wassers. Der Pfad folgte mehr oder minder dem Bachbett, führte zwischen den Bäumen durch die Schlucht nach oben, umrundete felsige Vorsprünge und

556

wurde rasch immer steiler, bis die Tritte stellenweise fast zu Stufen zwischen den dicken Wurzeln wurden. Der Lärm des Bachs war ohrenbetäubend, denn er war vom strömenden Regen angeschwollen und stürzte über viele Wasserfälle den Berg hinab. Als Ken, der vorneweg ging, seine Taschenlampe einen Moment ausknipste, konnten sie das Weiß des schäumenden Wassers in der Dunkelheit leuchten sehen; der Boden unter ihren Füßen bebte. Ein Blitz flackerte zwischen den Bäumen auf, und Beth erschauderte. Sie sah hoch, zu Kens Rücken unter der glänzenden regendichten Jacke und dem schweren Rucksack, und zu der Stelle, wo er mit der Lampe den Pfad beleuchtete, bis der Lichtstrahl sich zwischen den knorrigen Baumstämmen verlor. Bevor sie vom Wagen aufgebrochen waren, hatte er die Taschenlampen, Ersatzbatterien und Wollschals verteilt und sich nach Kräften – aber vergeblich – bemüht, Liza zum Warten im Wagen zu überreden.

Sämtliche Nerven zum Zerreißen gespannt, schritt Beth mühsam weiter aus. Ab und zu warf sie einen Blick über die Schulter, um zu sehen, ob Liza und Moira noch da waren. Liza hatte nicht gescherzt mit ihrer Bemerkung, daß sie mit ihren fast siebzig Jahren fitter war als alle anderen.

Giles war auf dem Geröll ausgerutscht und eilte Beth nach, um ihre Hand zu nehmen. Sie lächelte; mit ihm an der Seite fühlte sie sich sicherer. Auch Moira, die mit dem kleinen Rucksack voller Thermoskannen und belegten Broten hinter ihr herging, rutschte auf dem steilen Pfad aus. Alle warteten, bis die Gruppe sich wieder zusammengefunden hatte; die Lampen leuchteten hell auf dem nassen Fels. »In Ordnung?« Giles merkte, daß seine Worte vom donnernden Wasser fast übertönt wurden. Moira sah mit einem Lächeln auf und nickte. »Alles in Ordnung.«

Plötzlich fegte eine noch heftigere Sturmbö durch die Bäume, so daß Beth auf dem losen Untergrund beinahe den Halt verloren hätte. Allmählich ließen sie den Wald hinter sich, und es wurde spürbar kälter. Ken blieb stehen, drehte sich um und wartete auf die anderen. »Sind alle da? Ich fürchte, es ist noch ein Stückchen weiter, und es wird auch noch sehr viel steiler. Sollen wir kurz Rast machen?« Er schaltete die Taschenlampe aus, um die Batterien zu schonen. Eine Minute standen sie zusammengedrängt da.

»Was tun wir, wenn er wirklich da oben ist?« fragte Liza fast schreiend, um sich über den Wind hinweg Gehör zu verschaffen.

»Wenn wir ihn nicht allein nach Hause bringen können, rufen wir die Polizei.«

Sie nickte und fiel beinahe gegen Ken, als eine Windbö sie ergriff.

»Wir sollten weitergehen«, brüllte er. »Es gefällt mir gar nicht, das Unwetter wird ja immer schlimmer. Und wir dürfen uns nicht verkühlen. Kommt.«

Dicht neben- und hintereinander gehend, machten sie sich wieder an den Aufstieg. Ihre Lampen, die den kaum wahrnehmbaren Pfad zwischen Felsen und Heidekraut erleuchteten, waren so hell, daß Beth nichts sehen konnte, als sie den Blick in die Dunkelheit und den heftigen Schneeregen richtete und stolperte.

Liza nahm sie am Arm. »In Ordnung?«

Beth schüttelte den Kopf. Ihre Angst wurde immer größer. Da draußen war etwas, das sie beobachtete; das fühlte sie mittlerweile ganz deutlich. Sie merkte, wie Liza sie eingehend betrachtete und dann aufmunternd lächelte. Am liebsten hätte sie laut geschrien, aber sie konnte kein Wort hervorbringen. Ken war schon ein ganzes Stück vor ihnen. Sie wollte ihn nur so schnell wie möglich einholen.

»Nicht mehr weit«, sagte Liza; Beth mußte die Worte von ihren Lippen ablesen. »Geh einfach immer weiter.«

Beth hüllte sich fester in ihren Mantel und zwang sich, Giles direkt an ihrer Seite, einen Fuß vor den anderen zu setzen. Was immer da draußen sein mochte, es kam nicht näher. Es ging im selben Tempo wie sie.

Als nächste blieb Liza stehen, beugte sich vor und atmete tief durch. »Tut mir leid, Seitenstechen. Unser Tempo ist sogar für mich etwas zu schnell!«,

Ken wartete und schaute forschend in die Nacht jenseits der Lichtkegel ihrer Lampen.

Endlich spürte auch Liza die Präsenz. Sie richtete sich auf und sah sich um. »Da ist jemand.«

»Was?« Ken schaute sich wieder um. »Wo?«

Liza knipste die Taschenlampe aus und bedeutete den anderen, ihrem Beispiel zu folgen. »Ich spüre, daß jemand uns beobachtet.«

»Adam?«

Sie schüttelte den Kopf.

»Ich rufe mal …«

»Nein!« Sie packte Ken am Arm. »Nein, lassen Sie das. Wir wissen nicht, wer oder was es ist.« Langsam drehte sie sich im Kreis und spähte angestrengt in die Dunkelheit. »Wer immer es ist, er will nicht, daß wir wissen, daß er oder sie da ist.«

»Woher wissen Sie das?« Ken flüsterte ihr fast direkt ins Ohr.

Sie machte eine vage Geste. »Weibliche Intuition. Instinkt. Es ist nicht Adam.«

»Ist es Brid?« Beth drängte sich enger an die anderen; ein eisiger Schauer lief ihr den Rücken hinab. Giles hatte ihr den gesunden Arm um die Schultern gelegt.

»Ich glaube nicht. Fragt mich nicht, warum. Wie weit ist es noch zum Stein?«

»Man sieht ihn besser, wenn die Taschenlampen aus sind«, sagte Ken und deutete nach oben. »Zwischen den Wolken dort, vor den Sternen, seht ihr, das ist der Gipfel vom Ben Dearg in der Ferne. Ich glaube, zum Kreuz ist es jetzt gar nicht mehr weit. Wir können von Glück reden, daß es mittlerweile einen richtigen Pfad gibt. Bis vor kurzem ist niemand hier hochgegangen.«

»Außer Adam«, warf Beth leise ein.

Liza hatte das Gesicht leicht verzogen. »Sie haben es ein Kreuz genannt!« sagte sie mißbilligend und zog an Kens Mantel. »Wir gehen nicht zu einem Kreuz, wir suchen einen piktischen Symbolstein!«

Er nickte. »Genau. Vorne drauf ist ein keltisches Kreuz, und hinten sind die piktischen Symbole.« Er lächelte unbeirrt. »Es dauert nicht mehr lang, dann können Sie's selbst sehen.« Als ein Blitz über den Himmel zuckte, drehte er sich rasch um. »Ich hoffe, daß den nicht die heidnischen Pikten geschickt haben. Als der heilige Columba nach Inverness kam, um König Brude zum Christentum zu bekehren, hat sein Druide einen Sturm heraufbeschworen, um ihn zu vertreiben. Oder zumindest hat er's versucht. Ich habe das Gefühl, daß es nicht geklappt hat; die Macht Christi war einfach sehr viel größer.«

»Broichan«, sagte Beth langsam. Sie wischte sich den Regen aus den Augen.

»Genau, das war Broichan.« Ken sah sie überrascht an. »Sie haben also in den Büchern Ihres Großvaters nachgelesen.« Nachdem er allen aufmunternd zugenickt hatte, drehte er sich um und ging weiter. Liza und Beth tauschten einen Blick aus, dann knipsten auch sie die Taschenlampen an und folgten ihm.

Je höher sie gelangten, desto heftiger wütete der Sturm. Blitze zuckten um die Gipfel in der Ferne und kamen allmählich näher; jetzt hörten sie auch den Donner, der um die Berge grollte. Beth unterdrückte ihre Angst und zwang sich, beständig weiter auszuschreiten. Was immer sie beobachtete, es war noch da, das spürte sie genau, und als sie merkte, daß Liza einen kurzen Blick über die Schulter zurückwarf, wußte sie, daß ihre Großmutter dasselbe fühlte.

Liza griff nach ihrer Hand. »Jetzt ist es nicht mehr weit, mein Schatz. Er wird dasein, das fühle ich.«

Ken war wieder stehengeblieben und leuchtete mit der Lampe vor sich. »Der Pfad ist verschwunden. Ich kann ihn nicht sehen. Dieser verdammte Schneeregen deckt alles zu.« Soweit der Schein seiner Taschenlampe reichte, erstreckte sich in alle Richtungen Gras; jenseits davon lag nichts als Dunkelheit.

Beth schauderte, und dieses Mal merkte Ken es. »Wir finden den Weg, keine Bange.«

»Und was, wenn wir ihn nicht finden?« Panisch leuchtete sie mit ihrer Lampe in die Ferne. »Was, wenn auch Großvater den Weg nicht gefunden hat? Es wird ständig kälter. Vielleicht hat er sich verlaufen. Vielleicht haben wir uns auch verlaufen.«

560

»Wir haben uns nicht verlaufen, Beth.« Lizas Stimme war fest. »Mach dir keine Sorgen. Wir sind ganz in der Nähe, das weiß ich genau.«

Ken machte einige Schritte nach vorne, blieb stehen und richtete den Strahl seiner Lampe wieder vor sich in den Regen. Dann stieß er einen Schrei des Triumphs aus. »Ich kann es sehen! Da!«

Der große, aufrechte Stein, vom Regen schwarz gefärbt, ragte wie ein gigantischer spitzer Zahn vor ihnen auf, erleuchtet von einem flackernden Blitz. Selbst von ihrem Standort aus sahen sie sofort, daß am Fuß des Steins jemand oder etwas kauerte.

Allein in der Dunkelheit, starrte Brid um sich. Sie wußte nicht, wo sie war. Sie fühlte den Wind, hörte den Regen auf den Blättern der Bäume, hörte den Donner, aber sie war verloren. Ein Blitz flammte auf, und sie fühlte einen Energiestoß durch ihren Körper pulsieren, doch sofort war es wieder vorbei, und sie blieb erneut in der langen, dunklen Nacht zurück. Adam war irgendwo dort draußen. Sie hatte ihn nach ihr rufen hören. Sie versuchte verzweifelt, zu ihm zu kommen, aber es gelang ihr nicht.

Sie spürte, daß Broichan in der Nähe war. Er verfolgte sie, und seine Kräfte waren viel größer als ihre, waren noch nicht erlahmt. Wenn er sie einfing, würde er sie töten, und Adam auch.

Aber da war noch jemand – der fremde Waliser, der Broichan durch die Ebenen der Zeit folgte. Er kam immer näher.

Langsam drehte sie sich im Kreis, spürte, wie der Wind ihre Haare verwehte, fühlte die Dunkelheit. Wenn das Unwetter noch näher kam, würde ihre Kraft wachsen. Ihr Körper, der Körper, der als Broichans Gefangener in dem Bett lag, wurde mit jedem Tag schwächer.

Doch wenn er den Körper ohne die Seele tötete, hätte der Akt keinerlei Bedeutung. Deswegen ließ er den Körper von den besten Heilern versorgen, die ihn wuschen und ernährten und ihm Brühe und Wein einflößten, bis Brids Geist von der

Suche zwischen den Zeiten zurückkam. Wenn sie zu dem Bett zurückkehrte, würde sie durch Broichans Hand sterben.

Alles war verschwommen in ihrem Kopf; sie konnte nicht klar denken. Ihr einziger Gedanke war, daß sie unbedingt Adam finden und sich mit ihm vereinen mußte. Und jetzt war er wieder fort. Er war nicht in seinem Haus, auch nicht in seinem Auto; sie konnte ihn nirgends finden, und irgendwo dort draußen, ganz in der Nähe, suchten auch andere Menschen nach ihm. Menschen, die ihn ihr fortnehmen würden, ausgerechnet jetzt, wo er gelernt hatte, daß er durch den Stein zu ihr zurückkehren konnte.

Sie wartete, bis wieder ein Blitz über den Himmel zuckte, atmete seine Energie ein, fühlte, wie ihre Kräfte zurückkehrten. Adam war in der Nähe. Wenn sie ihn erreichte, würde sie ihn mit sich in die Schatten nehmen, und dort könnten sie immer zusammenbleiben, ohne Körper, die sie einengten und behinderten.

Sie lächelte. Es gab natürlich noch eine andere Energiequelle. Eine, die sie ganz mit neuem Leben füllen würde, und zwar sofort. Lebendes Blut fließen zu lassen, verlangte keine besonderen Gaben. Man brauchte nicht einmal initiiert zu sein, brauchte kein besonderes Wissen. Sie wußte aus eigener Erfahrung mit dem Akt des Tötens, daß die Energie, die im Tod freigesetzt wurde, sofort auf sie überging. Und in der Nähe des Steins spürte sie jetzt die Menschen, die ihr Adam wegnehmen wollten. Als sie plötzlich das Messer in der Hand hielt, wurde ihr auch bewußt, wer diese Menschen waren – die beiden, die sich seit langer, langer Zeit zwischen sie und Adam stellten. Es waren diese Liza-Frau und das Kind von Adams Kind, Beth.

Es war nur richtig, daß sie sterben sollten, um ihr und Adam zu Leben zu verhelfen.

»Lebt er noch?« Die fünf Gestalten, die neben ihm kauerten, richteten die Taschenlampen auf Adam, sahen sein bleiches Gesicht, seine durchnäßten Kleider, die geschlossenen Augen, fühlten seine eiskalte Haut. Ken hielt den Finger hinter das

Ohr des alten Mannes und suchte nach dem Puls. Er sah auf und schüttelte sich den Regen aus den Haaren. »Ich kann den Puls spüren. Er lebt, aber nur gerade eben noch.«

Schon wollte er sich die Jacke vom Leib reißen, doch Liza hielt ihn mit einer Hand am Arm zurück. »Es hat keinen Zweck, wenn Sie auch erfrieren, Ken. Sie brauchen die Jacke noch.«

Nach kurzem Zögern nickte er, dann stellte er den Rucksack auf dem Boden ab und öffnete ihn. »Helft mir, ihn einzuwickeln. Hier, Beth.« Er wühlte hektisch mit regennassen Händen in seiner Jackentasche. »Hier ist mein Handy; rufen Sie die Polizei an. Wir brauchen Hilfe, um ihn von hier abzutransportieren.«

Sie nahm ihm den Apparat ab, während Moira und Giles sich im Licht der beiden Taschenlampen, die Liza hielt, um Adam kümmerten. Ken schob chemische Handwärmer, die er aus seinem Rucksack genommen hatte, unter Adams Hemd und Jacke, und steckte sie ihm in die Achselhöhlen und die Leiste. Dann hüllten sie ihn in die foliendünne Rettungsdecke; dabei glitten ihre klammen Finger im kalten Regen immer wieder ab, bis sie die Decke schließlich mit dem Klebeband zu einem Sack gebunden hatten. Dann griff Ken nach dem orangefarbenen Biwack-Sack.

Während die anderen sich bemühten, Adam zu wärmen, versuchte Beth mit dem Rücken zum Wind, auf den kleinen Tasten die Rufnummer der Polizei zu wählen.

»Ich bekomme keinen Freiton.« Panisch versuchte sie es erneut und trat dabei ein Stück zur Seite. »Ken, ich komme nicht durch!« Langsam drehte sie sich um und ging noch ein Stück weiter fort; sie vermutete, daß der Stein irgendwie die Verbindung störte.

Die anderen, die völlig von Adam in Anspruch genommen waren, hörten sie nicht. Der Wind drohte ihnen den Sack aus den Händen zu reißen, und Adam lag bleischwer am Boden, der Kopf kraftlos in den Nacken gefallen, die Augen nach wie vor geschlossen.

Hinter den Bäumen hervor verfolgte Brid alles, was vor sich ging. Das Messer lag ruhig in ihrer Hand. Adam war krank. In der Dunkelheit streckte sie die Arme nach ihm aus.

563

A-dam, was fehlt dir? A-dam, komm zu mir.

Es kam keine Antwort. Sie hatte nicht genügend Kraft.

Ihre Augen verengten sich. Beth kam immer näher auf die Bäume zu.

»Hallo?« Endlich war es Beth gelungen, die Nummer zu wählen, und jetzt versuchte sie über das Tosen des Windes hinweg zu hören, ob es am anderen Ende klingelte. »Hallo? Hilfe, bitte helfen Sie uns! Wir haben ihn oben am Kreuz gefunden. Er ist bewußtlos. Er ist sehr schwach. Hallo, hört mich jemand?«

Hinter ihr war es Ken und Giles endlich gelungen, Adams Füße in den Biwack-Sack zu schieben. Langsam und mühselig streiften sie ihn ihm über den ganzen Körper. Liza rieb ihm die Hände, um sie zu wärmen, bevor sie sie in den Sack steckte. Vorsichtig setzten sie ihn auf, mit dem Rücken an den Stein gelehnt, so daß er ein wenig vor dem treibenden Schneeregen geschützt war. Alle knieten um ihn.

Endlich blickte Giles auf. »Beth? Bist du durchgekommen?« Er spähte in den Regen. »Beth, wo bist du?« Seine Stimme stieg gellend an.

Ken schaute auf. »Was ist?«

»Wo ist sie? Ich kann sie nicht sehen!«

Ken stand auf und richtete seine Lampe auf die Bäume. Liza und Moira stützten Adam, damit er nicht zusammensackte. »Bleibt da, rührt euch nicht von der Stelle!« befahl Ken und sah sich mit zusammengekniffenen Augen um. Er zitterte. Mit dem Lichtkegel beschrieb er einen weiten Kreis und merkte fluchend, daß die Batterien schwach wurden. Er sollte zum Rucksack gehen und sie ersetzen, aber aus Gründen der Sparsamkeit wollte er das erst tun, wenn es unbedingt notwendig war. »Beth, wo sind Sie?«

Die Kiefern standen zu einer Seite des Bergrückens. Stirnrunzelnd sah er zu Giles. Warum konnten sie Beths Taschenlampe nicht brennen sehen? Waren die Batterien ausgegangen?

»Beth?« brüllte Giles aus Leibeskräften, doch der Wind verwehte das Wort, bevor jemand es hören konnte. Er sah zu Liza. Sie hielt Adam mit beiden Armen umfangen, wiegte ihn hin und her in der verzweifelten Hoffnung, seinem eisigen, nassen Körper etwas Wärme zu geben. Besorgt starrte er um sich und machte dann noch einige Schritte auf die Bäume zu. »Beth!«

Ken folgte ihm. Jetzt, wo er der vollen Gewalt des Windes ausgesetzt war, bemerkte er schlagartig seine Erschöpfung. Er hielt inne. Er hätte es nie zulassen dürfen, daß sie alle hierher auf den Berg kamen. Das hätte er den professionellen Bergrettern überlassen sollen. Doch wann immer er bislang hier oben gewesen war, hatte die Sonne geschienen, der Pfad war deutlich zu sehen gewesen, und er hatte einen phantastischen Ausblick genossen. Ihm war nicht bewußt gewesen, wie steil der Pfad war, wie uneben das Gelände. Vielleicht war Beth gestolpert und hingefallen, oder sie hatte sich zwischen den Bäumen verirrt. Vielleicht war sie in einem Sumpfloch versunken oder über eine der Klippen gestürzt, die der Landschaft ihre markante Gestalt verliehen.

»Beth!« Vom vielen Rufen wurde er schon heiser, und er spürte, wie die Kälte ihm durch Mark und Bein drang.

Und dann sah er sie, den schwachen Schein ihrer Taschenlampe, drüben bei den Bäumen. Sie hatte die Hand am Ohr und versuchte noch immer, sich am Handy verständlich zu machen.

»Beth!« Er richtete seine Lampe auf sie; endlich waren ihre hellgrüne Jacke und ihr weißes, von Locken umwehtes Gesicht zu sehen. Giles lief auf sie zu. Fast hatte er sie erreicht, als aus den Bäumen ein knurrendes Fauchen ertönte.

Beth nahm das Handy vom Ohr und starrte in die Richtung, aus der das Geräusch gekommen war. »Hast du das gehört?«

»Komm her. Langsam.« Er streckte ihr die Hand entgegen und richtete den Lichtstrahl in die Kiefern. »Es kann nicht dieselbe sein. Das ist unmöglich!«

»Es ist dieselbe. Es ist Brid. Sie ist zu Adam gekommen.« Beth atmete schwer, das Telefon in der Hand. »O mein Gott, wo ist sie? Ich kann nichts sehen!«

Giles nahm sie am Ellbogen. »Hier lang. Komm weg von den Bäumen. Aber lauf nicht.«

Die Taschenlampe wurde immer schwächer. Er sah sich um. Ken stand wartend da, den Lichtstrahl auf sie gerichtet. Ein Stück weiter hinter ihm, beim Stein, waren Liza und Moira ganz mit Adam beschäftigt; was um sie her vor sich ging, merkten sie nicht. Außer der schweren Taschenlampe in der Gummihülle hatten sie nichts, um sich zu verteidigen.

»Ken!« rief Beth leise. »Helfen Sie uns!« Während sie und Giles langsam auf ihn zugingen, hörten sie wieder ein Knurren. Ken drehte sich um; auch er hatte das Geräusch gehört. »Ken, passen Sie auf. Das ist keine richtige Katze.« Beth spähte angestrengt in die Bäume. »Wenn Sie ein gutes Gebet kennen, dann sagen Sie es jetzt!« Ihre Stimme zitterte heftig.

»Was meinen Sie damit, keine richtige Katze?« Über den Wind war er kaum zu verstehen.

Langsam, vorsichtig, führte Giles sie von den Bäumen fort.

»Ich meine damit, daß sie eine Frau ist. Eine böse Zauberin. Bitte glauben Sie mir einfach. Verwenden Sie nur alle Macht, die Sie als Pfarrer haben, um sie wegzuschicken.« Beths Stimme war zu einem hysterischen Kreischen angestiegen. »Sie wird uns angreifen. Das hat sie schon mal gemacht. Sie will mich umbringen!«

Giles umfaßte ihren Arm noch fester. »Komm, schnell zu den anderen! Ich lasse nicht zu, daß sie dir etwas antut.«

Das Knurren ertönte wieder, diesmal aus größerer Nähe, aber im schwächer werdenden Lichtstrahl war immer noch nichts zu erkennen. »Schnell!« Giles verfiel in einen Laufschritt, Beth mit sich ziehend, sprang über den unebenen Boden, lief über Heidebüsche und Klumpen von Wollgras, dicht gefolgt von Ken.

Hinter ihnen sprang die Katze aus dem Baum.

Beth schrie auf.

Giles wirbelte herum, stieß Beth hinter sich und stellte sich dem Tier in den Weg. Mit einer raschen Bewegung riß er den Arm aus der Schlinge und schleuderte die Taschenlampe mit aller Kraft, die er aufbieten konnte, der Katze ins Gesicht. Knochen splitterten, dann jaulte ein Schmerzensschrei auf.

Die Katze verschwand.

Heftig zitternd, die Hände glitschig von Regen und Blut, starrte Giles in die Finsternis. Die Taschenlampe war erloschen. Schwer atmend stand er da und horchte konzentriert. Wo war die Katze? Hatte er sie getötet?

Plötzlich flammte zu seiner Linken ein Licht auf. »Giles?« Beths Stimme war schwach. »Fehlt dir etwas?« Sie richtete die Lampe auf ihn und dann auf die Bäume. Neben den Kiefern sahen sie beide für den Bruchteil einer Sekunde die Gestalt einer Frau. Sie hatte die Hände vors Gesicht geschlagen. Als der Lichtkegel auf sie fiel, blickte sie auf, dann bewegte sie die Finger ein wenig, und sie sahen das Blut, das ihr von der Stirn zwischen den langen, dunklen Haaren herabfloß, die verängstigten, schmerzerfüllten Augen, den qualvoll geöffneten Mund. Beths Taschenlampe flackerte noch einmal auf und erlosch.

»Guter Gott!« Ken starrte auf die Stelle, wo sie die Gestalt gesehen hatten. »Gütiger Gott im Himmel, was haben Sie gemacht?«

»Er hat uns das Leben gerettet. Wahrscheinlich.« Beth griff nach Giles' Hand und drückte sie fest. »Kommt, schnell. Warten wir nicht länger. Gehen wir zu den anderen.«

»Aber die Frau …« Ken schaute immer noch über die Schulter zu den Bäumen.

»Vergessen Sie sie!« Beths Stimme war beinahe am Überschnappen. »Gehen wir zu Liza, bitte!«

Während sie auf den Stein zugingen, taumelte Ken unvermittelt nach hinten.

»Was ist los? Fehlt Ihnen etwas?« Giles blieb besorgt stehen.

»Nichts schlimmes, nur Seitenstechen.« Schweißtropfen standen Ken auf der Stirn; in seiner Brust und den linken Arm hinab spürte er einen brennenden Schmerz.

»Ken?« Jetzt stand Beth neben ihm und musterte ihn eindringlich. »Was ist passiert? Schaffen Sie es noch bis zum Stein?« Für eine Sekunde wurde sein bleiches Gesicht von einem Blitz erleuchtet, und sie sah den Ausdruck von Schmerz in seinen Augen.

»Alles in Ordnung. Ich muß mich nur eine Minute ausruhen.« Die Schmerzen in der Brust wurden immer schlimmer. Fast bekam er keine Luft mehr.

»Wir sind beinahe da.« Giles legte ihm den Arm um die Schulter. »Nur noch ein paar Schritte.« Er blickte hinter sich in die Dunkelheit, konnte aber nichts erkennen.

Schritt für Schritt half er Ken weiterzugehen; halb trug, halb schob er ihn, ständig in Angst, der Mann könnte zusammenbrechen, während Beth ihnen folgte und immer wieder einen entsetzten Blick über die Schulter nach hinten warf.

Ken schloß die Augen. »Es tut mir leid. Ich weiß nicht, was mit mir los ist.« Er versuchte zu lächeln. Die Ironie, daß Liza mindestens fünfundzwanzig Jahre älter war als er, entging ihm nicht. Vor Schmerzen biß er die Zähne zusammen.

»Sie waren großartig.« Beth drückte ihn am Arm. »Atmen Sie nur langsam und tief durch. Gleich geht's Ihnen wieder besser.« Ihre Augen wanderten über die schwarzen Schatten zwischen den Bäumen. »Das Schlimmste ist vorbei. Sobald wir am Stein sind, entscheiden wir, was wir als nächstes tun.«

Taumelnd erreichten sie den Stein, wo Giles Ken vorsichtig neben Adam an den Stein setzte.

»Was ist passiert?« fragte Moira erschrocken.

»Nichts.« Ken zwang sich zu einem Lächeln. »Nur ein Seitenstechen, sonst nichts. In einer Minute ist alles vorbei. Giles, im Rucksack sind neue Batterien.«

Mit einem besorgten Blick auf den Pfarrer kniete Giles sich neben Liza und begann mit zitternden Händen, den Rucksack zu durchwühlen. »Eine Wildkatze hat uns angegriffen.« Einen Moment sah er ihr in die Augen, dann schaute er zu Adam. »Wie geht's ihm?«

»Nicht so gut.« Liza starrte Giles entsetzt an. »Seid ihr beide in Ordnung?« Sie richtete ihre Taschenlampe auf ihn und bemerkte das Blut. »O mein Gott, sie hat Sie ja verletzt!«

»Nur ein Kratzer. Das meiste Blut stammt von ihr. Ich hab sie ziemlich erwischt.« Giles hatte die Batterien gefunden und riß hektisch die Verpackung auf. »Halten Sie gut Ausschau.« Er schüttelte sich die Regentropfen aus den Haaren. »Zuerst hat uns eine Katze angegriffen, aber dann habe ich eine Frau gesehen. War das Brid?«

»Natürlich war das Brid.« Beth hatte sich neben ihn gekniet und spähte in die Finsternis, ihre erloschene Taschenlampe wie eine Waffe vor sich haltend. »Sie ist eine Hexe. Eine Zauberin. Liza hat recht gehabt. Und sie ist eine Mörderin.«

Giles steckte die neuen Batterien in seine Lampe und schaltete sie an. Dann leuchtete er Adam an und steckte die Hand in den Schlafsack, um nach dem Puls zu fühlen. »Er ist noch sehr schwach. Beth, das Telefon – bist du durchgekommen?«

Erschrocken sah sie sich um. »Wo ist es? O nein! Ich muß es fallen lassen haben, als die Katze uns angriff. O mein Gott, das tut mir leid! Was sollen wir bloß machen?« Ängstlich sah sie sich um.

Er biß sich auf die Lippen. »Es macht nichts, solange du mit der Polizei gesprochen hast.«

»Das weiß ich nicht. Ich weiß nicht, ob ich durchgekommen bin. Ich habe kein Freizeichen gehört, und es hat ständig geknistert, und der Wind und der Regen waren so laut, daß ich nicht hören konnte, ob irgend jemand was sagt. Ach Giles, es tut mir so leid, ich gehe es holen.«

»Das tust du nicht.« Lizas Stimme erlaubte keinen Widerspruch. »Du kannst unmöglich wieder da runtergehen. Nicht, solange die Katze sich dort rumtreibt; außerdem ist das Handy sowieso kaputt, wenn es im Regen liegt. Es ist sinnlos, danach zu suchen.«

Giles stand auf. »Doch, ich suche es. Das ist die einzige Hoffnung für Adam.« Er sah in die Dunkelheit. »Ich gehe. Ihr bleibt hier.«

»Sie werden es nie finden, Giles. Nicht in dem nassen Heidekraut und dem Schlamm«, widersprach Liza. »Seien Sie nicht dumm.«

»Ich muß es zumindest versuchen.« Er lächelte ernst. »Keine Sorge, ich passe gut auf. Diesmal habe ich eine starke Taschenlampe. Ich werde es finden.«

Die drei Frauen sahen ihm nach, wie er den Weg zurückging, den sie wenige Minuten zuvor genommen hatten. Er hielt die Lampe auf den Boden vor sich gerichtet, dann leuchtete er in die Bäume. Ken lag stöhnend vor Schmerzen in Moiras Armen.

»Ich bin so dumm.« Beth kniete sich neben Liza. »Mein Gott, es ist so schrecklich.« Sie warf einen Blick über die Schulter.

»Wir würden sie nicht sehen, wenn sie sich im Dunkeln an-
schleicht, oder?«

»Nein.« Liza drückte Adams Kopf an ihre Schulter. »Nein,
wir würden sie nicht sehen.«

»Es ist meine Schuld. Wenn ich das Handy nicht hätte fallen
lassen …«

»Beth, du hast es doch nicht absichtlich getan. Es macht dir
doch niemand Vorwürfe.« Zitternd schaltete Liza ihre Taschenlampe aus. »Wir sollten die Batterien schonen und unsere Augen an die Dunkelheit gewöhnen. Dann können wir
sie besser sehen.« Während sie das sagte, dachte sie an Meryn,
an seine Kraft, und umgab die kleine Gruppe im Geist mit
einer undurchdringlichen Mauer aus Licht.

Zusammengekauert sahen sie ab und zu in der Ferne den
Schein von Giles' Taschenlampe, der methodisch den Boden
absuchte und dabei immer näher an die Kiefern gelangte. Gelegentlich richtete er prüfend den Lichtkegel nach oben.

»Wird sie uns noch mal angreifen?« Beth schmiegte sich enger an ihre Großmutter.

Liza schüttelte den Kopf. »Ich weiß es nicht.« Sacht legte sie
die Hand auf Adams Stirn. »Wo ist er, Beth? Wenn er in ihre
Zeit gegangen ist, warum ist sie dann nicht dort bei ihm?
Warum ist sie dann noch hier?«

Beth starrte in das Gesicht des alten Mannes. Seine Augen
waren geschlossen, seine regennasse Haut war bleich. Nichts
deutete darauf hin, daß er einen inneren Kampf ausfocht. Sein
Gesichtsausdruck war abgeklärt. »Du glaubst, daß er sich in
eine andere Zeit versetzt hat?« Sie sprach im Flüsterton, damit
Ken und Moira sie nicht hörten.

Liza nickte. »Das glaube ich, ja, aber vielleicht hat er etwas
verkehrt gemacht. Vielleicht ist er an den falschen Ort oder in
die falsche Zeit gegangen. Ach, Beth, woher sollen wir das
wissen?« Sie blickte hinüber zu den Kiefern, wo Giles' Lampe
verschwunden war. »Vielleicht könnte Brid uns das sagen,
wenn sie nicht so sehr darauf aus wäre, uns umzubringen.«

»Ich kann ihn nicht sehen.« Auch Beth hielt nach dem
flackernden Licht der Taschenlampe vor den Kiefern Ausschau.
Ihre Stimme wurde panisch. »Liza, ich kann ihn nicht sehen!«

570

Liza verspannte sich.

A-dam. Wo ist A-dam?

Sie hörte die Worte irgendwo hinten in ihrem Kopf.

»Ich seh ihn immer noch nicht!« Mittlerweile hatte Beth sich auf den Knien hochgerichtet.

»Warte.« Liza legte ihr beschwichtigend eine Hand auf den Arm. »Hör mal.«

»Was ist das?«

»Ich höre eine Stimme. Ihre Stimme.«

»Brids?« Beth flüsterte den Namen nur. Beide Frauen lauschten angestrengt, versuchten, über den Wind und den Regen hinweg die Stimme zu verstehen.

A-dam!

»Da!« Liza packte Beth wieder am Arm. »Hast du das gehört?«

Die Gestalt war am Rand ihres Blickfelds nur undeutlich wahrzunehmen. Sie schüttelte die Regentropfen aus den Augen und starrte wieder auf die Stelle. Doch, dort, am Rand der Dunkelheit, eine noch dunklere Gestalt, kaum mehr als ein Schatten, die langen Haare und der Umhang triefend im strömenden Regen. Sie schluckte. »Brid?« rief sie. Sie spürte, wie Beth vor Angst erstarrte. »Brid, wir haben Adam auch verloren. Hilf uns, ihn zu suchen.« Sie hielt die Luft an. Trieb der Schatten etwas näher? »Bitte. Er hat sich verirrt. Wir lieben ihn alle. Hilf uns, ihn zu finden.«

Die Gestalt kam eindeutig näher. Die entsetzten Frauen konnten Einzelheiten ihres Umhangs erkennen, die silberne Fibel, mit der er zusammengehalten wurde, die langen Haare unter der Kapuze, das bleiche Gesicht mit den regelmäßigen, blassen Zügen, eine frische, blutunterlaufene Wunde oberhalb der Nase, die Augen ausdruckslos, die Lippen zusammengepreßt. Sie schien weder auf die Frauen noch auf Adam zu schauen, sondern vielmehr auf den Boden zwischen ihnen.

A-dam!

Ihre Lippen bewegten sich nicht.

A-dam, ich liebe dich!

Sie stand rund sieben Meter von ihnen entfernt, die Augen auf Beths Gesicht gerichtet.

»Wir alle lieben ihn, Brid.« Liza bemühte sich, gleichmäßig zu sprechen. Als die Gestalt noch näher trieb, hielt sie die Luft an.

Dann, ohne jede Vorwarnung, stürzte die Gestalt sich auf sie. Beide sahen im selben Moment das lange, scharfe Messer in ihrer Hand. Mit einem Aufschrei riß Beth ihre Großmutter aus dem Weg, dann war ihr Gesicht selbst nur Zentimeter von den wutentbrannten Augen entfernt. Verzweifelt hob sie den Arm, um sich zu schützen, und wollte gerade einen zweiten Angriff abwehren, als neben ihr eine Stimme erklang.

»Im Namen Jesu Christi, verschwinde!« Ken hatte sich aufgesetzt und schlug mit zitternden Händen ein Kreuz.

Brid zögerte. Noch immer das Messer umklammernd, hielt sie mitten in der Bewegung inne.

»Alles okay. Ich bin hier!« Giles hatte die Szene verfolgt, rannte die letzten Meter keuchend auf die zusammengekauerte Gruppe zu und versuchte, Brid zu packen. »Laß sie sofort in Ruhe, du alte Hexe!« Er kämpfte, um ihr das Messer zu entreißen; dabei flog seine Taschenlampe in hohem Bogen in die Luft und fiel dann in das nasse Heidekraut, so daß er im Dunkeln um sich schlug.

A-dam!

Ihr jämmerlicher Schrei gellte durch ihre Köpfe.

A-dam, rette mich. Ich liebe dich!

Er spürte, wie sich das scharfe Metall in seine Handfläche bohrte, und versuchte fluchend, ihr das Messer zu entwenden, aber allmählich erlahmten seine Kräfte.

A-dam!

Beth hatte sich mühsam hochgerappelt, suchte tastend nach der Taschenlampe und richtete den Strahl auf die Kämpfenden.

»Im Namen Jesu Christi, verschwinde!« Ken schluchzte vor Schmerzen.

Giles und Brid umkreisten einander, rutschten auf dem nassen Boden immer wieder aus. Im Lichtkegel der Lampe und im Licht der immer wieder aufzuckenden Blitze sah Beth das Messer funkeln. Liza erhob sich hinter ihr auf die Knie, ohne Adam aus den Armen zu lassen. »Beth, nein!«

»Ich muß ihm helfen!« Beth näherte sich den Kämpfenden, die schwere Taschenlampe hoch in der Luft schwingend, um sie Brid gegen den Kopf zu schleudern, wenn sie ihr nur nahe genug kommen konnte. Sie hörte Giles' panische, keuchende Atemzüge, sah das Messer wenige Zentimeter vor seinem Gesicht. Gerade wollte sie ausholen, da flog mit ohrenbetäubendem Motorenlärm und wirbelndem Wind ein Helikopter über den Bergrücken und schwebte keine fünf Meter über dem Stein, so daß die ganze Szene in blendendes Licht getaucht wurde.

Mit einem Aufschrei ließ Brid das Messer fallen und schaute nach oben, Haare und Umhang im Wind wehend.

Als Giles und Beth wieder hinsahen, war sie verschwunden.

Kapitel 22

Als der Helikopter den Arzt auf dem Boden absetzte, sagten Giles und Beth in stillschweigender Übereinkunft nichts von ihren Verletzungen. Es war offensichtlich, daß nicht alle im Hubschrauber Platz hatten, und ebenso offensichtlich war, daß, von Adam einmal abgesehen, Liza und Ken mitfliegen mußten. Zwar war Lizas Tatkraft und Zuversicht nicht ins Wanken geraten, aber als sie schließlich mit unsicheren Beinen aufstand, hatte ihr kreideweißes Gesicht Beth erschreckt.

Die drei Zurückbleibenden verfolgten, wie der Hubschrauber sich in die Luft hob und nach Süden abdrehte. Giles legte Beth den Arm um die Schultern. »Ich bin mir sicher, daß Brid weg ist«, murmelte er. »Nur Mut.« Er grinste.

»Nur Mut«, wiederholte sie, auch wenn sie den keineswegs empfand.

Keine Minute später brachen sie auf und kehrten dem Stein mit seinen rätselhaften Symbolen den Rücken, jeder Nerv zum Zerreißen gespannt. Ihren gegenseitigen Versicherungen zum Trotz warteten sie insgeheim alle auf ein Fauchen aus den Bäumen, auf ein blitzendes Messer im Dunkeln. Vor ihnen schritt Moira beherzt aus; sie verbot sich, an das bleiche, schmerzverzerrte Gesicht ihres Mannes zu denken, als der Arzt sein Herz abhorchte, oder daran, wie er nach ihrer Hand gegriffen hatte, als er auf der Trage in den Hubschrauber gehoben wurde.

»Alles in Ordnung?« Giles war Moira nachgeeilt und blieb mit ihr stehen, um auf Beth zu warten. Sein Arm lag wieder in der Schlinge. Er spürte einen stechenden Schmerz unter den Rippen, und seine linke Schulter war offenbar taub geworden.

Beth wischte sich den Regen aus dem Gesicht. »Können wir kurz Pause machen? Ist das auch wirklich der richtige Weg?« Hinter ihnen schien sich nichts zu regen. Wenn sie nur endlich

574

die Baumgrenze erreichten, dann wären sie wenigstens etwas geschützt. Alles war besser als diese öde Weite, die nur aus Heidekraut, Geröll und Schwärze bestand.

Schließlich kamen sie zwischen die Bäume, wo der Pfad schwindelerregend in die enge, mit Lärchen und Kiefern bewachsene Schlucht abfiel. Dort fanden sie einen mit Moos gepolsterten umgestürzten Baumstamm, auf den sie sich setzten, den Rücken an einen großen Felsen gelehnt.

Moira lächelte unsicher. »Ich bin Dutzende von Malen hier gewesen. Keine Angst. Es ist ganz einfach, sogar in der Dunkelheit. Soll ich vorangehen?« Haarsträhnen ragten ihr unter dem Kopftuch hervor und umrahmten ihr Gesicht mit regennassen Locken.

Giles leuchtete die Umgebung mit der Halogenleuchte ab, die der Arzt ihnen aus dem Hubschrauber gegeben hatte, und nickte. »Sobald wir den Bach erreicht haben, können wir dem Bett folgen, nicht? Dann wird es leichter werden.« Er lächelte entschlossen. »Kopf hoch.«

Langsam gingen sie weiter, mußten aber immer wieder stehenbleiben, um Atem zu schöpfen. Einmal schaute Beth zu Giles und berührte ihn am Arm. »Geht's?«

»Natürlich.« Er sah zum Himmel. Vor den Wolken flackerte noch gelegentlich ein Blitz auf, doch das Unwetter war schon weiter nach Norden gezogen. »Alles bestens.« Innerlich sprach er ein kurzes Stoßgebet: *Gib uns die Kraft, heil nach unten zu kommen. Allein schaffen wir es nicht. Und bitte, laß die Hexe nicht wiederkommen.* Jetzt glaubte er, zwischen den Büschen einen Pfad ausmachen zu können – eine Spur dunklerer Erde und Felsen, wo an sonnigen Sommertagen ein Strom von Touristen dem ausgeschilderten Weg zum Stein am Gipfel folgte.

Er wußte nicht, aus welchem Grund er sich auf einmal umdrehte. Ein Instinkt, von dessen Existenz er gar nichts gewußt hatte, ließ ihn herumwirbeln und gleichzeitig die Taschenlampe wie eine Keule umklammern. Den Bruchteil einer Sekunde später sah er Brid direkt hinter sich. Ohne sich zu überlegen, daß er sie hätte hören müssen – daß er sie zweifellos gehört hätte, wenn sie denn ein Geräusch gemacht hätte –, stieß er ihr das Messer aus der Hand.

Sie blieb stehen und taumelte ein wenig. Dann schüttelte sie leicht den Kopf, als sei sie verwirrt, und begann vor seinen Augen zu verblassen. Innerhalb einer Sekunde war sie verschwunden.

»Giles!« schrie Beth. »Was ist los?«

»Im Namen Jesu Christi!« Immer wieder auf den schlammigen Felsen ausrutschend, hatte Moira sich zu ihnen gestellt. »Wenn sie wiederkommt, sagt: ›Im Namen Jesu Christi!‹« Sie leuchtete mit ihrer Lampe umher. »Wo ist die Halogenlampe? Wo ist sie?« Ihre Stimme stieg hysterisch an.

»Ich habe sie fallen gelassen.« Giles' Atem ging keuchend. »Sie muß ausgegangen sein.« Seine Hände zitterten. »O mein Gott, hoffentlich ist sie nicht kaputt!«

Brid war so nah gewesen, daß er die tiefe Platzwunde auf ihrer Stirn gesehen hatte und auch die seltsamen, blicklosen Augen, die nicht auf ihn gerichtet gewesen waren, sondern auf Beth. Er nahm den Rucksack ab und begann mit klammen Fingern fieberhaft nach einer Taschenlampe zu suchen. Unten am Boden ertastete er ein Schweizer Messer, das er sofort in seine Hosentasche steckte, dann suchte er weiter nach einer Taschenlampe. Seine Finger umschlossen etwas Schweres, Quadratisches, das er hervorholte und begutachtete. Eine Leuchtrakete. Warum in aller Welt hatte Ken nicht an diese Raketen gedacht, als sie glaubten, nicht Kontakt mit der Polizei aufnehmen zu können?

»Giles!« Moiras erstickter Schrei riß ihn in die Gegenwart zurück. Sein Herz klopfte vor Angst zum Zerspringen.

Brid stand da, nur gut einen Meter von ihm entfernt.

Beths Aufschrei wurde von Moiras Stimme unterbrochen. Ihr Vertrauen war so stark wie ihr Glaube. Ganz ruhig sagte sie: »Im Namen Jesu Christi, verschwinde. Laß uns in Ruhe. Geh weg.« Sie trat einen Schritt vor und streckte die Hand nach Brid aus.

»Moira, passen Sie auf!« Doch Moira ließ sich von Giles' Warnung nicht beirren, sondern trat noch einen Schritt vor.

Ihr gellender Schrei verstummte abrupt, als Blut aus ihrer Kehle schoß.

Ein Energiestoß durchzuckte Brid, und mit dem blutigen Messer in der Hand wandte sie sich Beth zu.

Wie gelähmt vor Schock stand Giles zwischen Moiras leblosem Körper und Beth. In der Hand hielt er die Leuchtrakete. Irgendwie hatte er den Arm wieder aus der Schlinge befreit, riß mit kraftlosen Fingern die Pistole ab und schraubte zitternd die Patrone hinein; dabei schaute er Brid unverwandt ins Gesicht. Sie war einen Schritt auf ihn zugetreten, und er sah den wild triumphierenden Blick in ihren Augen. Er zog die Patrone aus der Halterung und begann, die Feder hinunterzudrücken. »Giles, hilf mir!« Beth hatte einen flachen Stein aufgehoben und hielt ihn sich schützend vor die Brust; sie spürte keine Angst mehr.

Brid lächelte, ohne den Blick von Beth zu nehmen. Sie hob die Hand, und beide sahen die metallene Schneide des Messers aufblitzen, rot gefärbt von Moiras Blut.

Die Feder war zu steif. Verzweifelt drückte Giles sie mit dem Daumen zurück, doch seine Hände waren schweißnaß, und er hatte keine Kraft mehr. Aber die Rakete war ihre einzige Chance. Unter Aufbietung aller Kraft gelang es ihm endlich, die Feder zurückzuschieben. Er richtete das Leuchtgeschoß direkt auf Brid und ließ los.

Die brennende Magnesiumkugel traf Brid mitten in die Brust. Einen Moment sahen sie ihre Kleider in Flammen stehen, ihr Gesicht versteinert vor Angst und Schmerz, dann war sie verschwunden.

Sobald die Rakete erloschen war, herrschte tiefste Finsternis.

»Sie wollte mich umbringen.« Beth schloß die Augen; sie glaubte, sich jeden Moment übergeben zu müssen. »Du hast mir das Leben gerettet. O mein Gott, Moira!«

Von Grauen erfüllt, blickte sie sich um. Sie konnte nichts sehen. Panisch tastete sie am Boden nach der Taschenlampe. Als sie sie endlich gefunden hatte, lief sie zu der Stelle, wo Moira am Boden lag. »Moira, leben Sie noch?« Im Lichtkegel sah Beth die zusammengesackte Gestalt, sah das Blut, das durch die Kleider sickerte, sich auf dem regennassen Felsen sammelte und ins Gras rann. Es bestand kein Zweifel: Sie war tot. »Giles!« Beths Schrei war ein bloßes Flüstern. Tränen überwältigten sie.

»Verdammt, was sollen wir jetzt machen?« Giles starrte auf die Tote hinab. »O Beth!« Er kniete neben Moira nieder und nahm ihre kalte Hand, um nach dem Puls zu tasten. Er spürte keinen.

»Die arme Moira.« Er sah in den Regen und holte tief Luft. »Ich schau mal nach, was mit Brid passiert ist.« Er zwang sich aufzustehen und erst einen, dann einen zweiten Schritt zu machen. Seine Beine zitterten so heftig, daß er sich kaum bewegen konnte.

Mit Moiras Taschenlampe in der Hand ging er langsam den Weg bergauf, bis er die Stelle erreichte, wo die Leuchtrakete Zweige versengt und Gras verbrannt hatte. Er leuchtete über den Rand der Felsen in das Wasser, auf die flechtenbewachsenen Zweige, auf die Steine. Von Brid war keine Spur zu sehen.

»Sie ist nicht da. Nichts zu sehen. Sie ist weg. Dahin, wo sie herkam, wo immer das sein mag.« Er ging zu Beth. »Alles in Ordnung, mein Liebling?«

Sie stand mit dem Rücken an einen Felsen gepreßt, Tränen strömten ihr über die bleichen Wangen. Langsam öffnete sie die Augen und holte tief Luft. »Bist du sicher, daß sie weg ist?« Sie zitterte unkontrollierbar.

Giles nickte. »Absolut nichts von ihr zu sehen. Keine Kleider, nichts. Wenn die Rakete sie verbrannt hätte, hätte sie geschrien, oder sie wäre ohnmächtig geworden. Glaub mir, sie ist weg.« Er legte ihr die Hände auf die Schultern und drückte sie ermutigend. »Zumindest für den Augenblick.«

Beinahe hätte Adam den gleichen Fehler wieder gemacht.

Jedesmal, wenn er seinen Körper verlassen hatte, waren sein Schock und seine Überraschung, daß die Technik wirklich funktionierte, und seine Begeisterung und sein Triumphgefühl so groß gewesen, daß er sofort wieder in seinen Körper zurückgekehrt war und mit wildklopfendem Herzen dagelegen und sich gefragt hatte, ob er einen Schlaganfall bekommen würde.

Anfangs hatte er Brid als Geist gesehen, als Gespenst, das man von den Toten heraufbeschwören könnte, und er hatte

578

kostbare Monate darauf verschwendet, alte Texte über Nekromantie zu studieren.

Dann hatte er begriffen: Sie war eine Priesterin. Eine Frau, die in eine der mächtigsten magischen Traditionen der westlichen Welt initiiert worden war. Sie war nicht tot. Und sie war auch nicht untot in der Art von Vampiren. Sie war eine Reisende zwischen den Zeiten und überaus lebendig!

Er hatte sehr lange gebraucht, um die Technik zu perfektionieren. In den Büchern standen unterschiedliche Anleitungen, aber keine davon enthielt ausreichend Informationen. Er vermutete, daß viele von Menschen geschrieben waren, die die Kunst nie selbst ausgeübt hatten. Aber er hatte nicht aufgegeben. Wenn Brid es konnte, dann konnte er es auch.

Um Begriffe und Praktiken der heutigen Zeit zu benützen, war Selbsthypnose der Schlüssel zu einer bewußt herbeigeführten außerkörperlichen Erfahrung; kreative Visualisierung und ein bißchen Magie. Aber er hatte auch Reproduktionen von Grimoires studiert, und dazu John Dee, Crowley und Castaneda. Und schließlich war es ihm gelungen. Er hatte an der Decke seines Schlafzimmers geschwebt und zum ersten Mal auf seinen Körper hinabgeschaut, der scheinbar schlafend auf dem Bett lag. Allmählich hatte er gelernt, sich zu bewegen – oder vielmehr, zu schweben –, und dann alle Zimmer im Haus erkundet. Schließlich hatte er den Mut gefunden, nach draußen zu treiben und durch den Garten zu gehen. Doch eine Sache erschreckte ihn noch: In der gesamten Literatur, ob in Romanen oder Sachbüchern, war von einer Silberschnur die Rede – das Band, das zwischen Körper und Seele bestand, eine Art Rettungsleine, mit der der Reisende den Weg in seinen Körper zurückfand. Offenbar besaß er sie nicht, oder wenn, dann konnte er sie nicht sehen.

Natürlich mußte er noch mehr lernen. Er würde große Entfernungen zurücklegen müssen, und er mußte in der Zeit reisen. Und immer noch verstand er nicht, wie es Brid gelang, auf ihren Reisen einen soliden, wirklichen Körper mitzubringen.

Seiner Vermutung nach spielte dabei der Stein mit dem Spiegelsymbol eine Rolle. Das war das Tor, der Ort, wo die parallelen Ebenen irgendwie aufeinandertrafen. Vielleicht waren all diese Steine solche Tore. Der Tradition zufolge gab es überall im Land zahllose heilige Orte. Wasserläufe, Furten, Wegkreuzungen, markante uralte Bäume, seltsam geformte Felsen, Berge. Es gab zahllose solcher Stellen, und es gab auch viel Literatur über sie. Er erinnerte sich, wie er und Liza in seiner Studentenzeit einmal auf ihren Wunsch hin in die Eildon Hills gefahren waren zu der Stelle, von der Thomas von Ercildoune ins Land der Elfen gegangen und sieben Jahre dort verschollen geblieben war. Trotz aller Suche war es ihnen nicht gelungen, die genaue Stelle zu finden.

Als er es das erste Mal oben beim Stein versuchte, verließ er seinen Körper, doch dann setzte wieder die Panik ein. Beim zweiten Mal trieb er ruhig dahin, als nähme er an einer feierlichen Unterrichtsstunde teil, schwebte um das Kiefernwäldchen und ein kleines Stück den Bach entlang, nah dem Wasserlauf folgend, aber nicht zu nah. Um in seinen Körper zurückzukehren, brauchte er den Wunsch bloß in seinem Kopf zu formulieren, und schon war er da. Es schien einfach. Zu einfach.

An Halloween war der Schleier besonders dünn. Es tat ihm zwar leid, daß das Wetter so schlecht war, aber es ging nicht anders. Er konnte es sich nicht leisten, noch ein Jahr zu warten. Sorgsam hatte er seine Vorbereitungen getroffen, sich die Worte eingeprägt und war zum Stein aufgebrochen. So erfüllt war er von der bevorstehenden Reise, daß er völlig vergaß, die Haustür hinter sich zu schließen. Auch die Katze hatte er nicht gesehen, die sich in der Auffahrt zu seinem Haus herumtrieb, besessen, blind, fixiert auf Rache und Haß, ebenso in seiner Zeit gefangen wie das Opfer, auf das sie wartete, und doch konnte sie den Mann, nach dem sie sich so sehr sehnte und nach dem sie schon so lange suchte, nicht wahrnehmen.

Alle Gliedmaßen schmerzten ihn, als er den Stein erreichte, und er fror, doch in seiner Aufregung ignorierte er alles. Ein Teil von ihm – der studierte Arzt des zwanzigsten Jahrhunderts – merkte wohl, daß er vermutlich an Unterkühlung sterben würde und zweifellos nicht ganz bei Sinnen war. Doch der andere Teil von ihm war wild entschlossen, seinen Plan durchzuführen. So setzte er sich auf den Boden, mit dem Rücken an den Stein gelehnt, und konzentrierte sich auf Brids Zeit. Auf Gartnait und Gemma und auf Broichan, aber vor allem auf Brid, wie er sie als Junge kennengelernt hatte, die sorglose, wilde Brid. Es müßte einfach sein. Schließlich war er schon einmal dort gewesen.

»Er ist im Koma.« Liza schaute auf, als Beth und Giles die Intensivstation betraten und den reglos im Bett liegenden Körper betrachteten. Das beständige elektronische Piepsen der Überwachungsgeräte neben ihm war das einzige Geräusch im Zimmer. In den frühen Morgenstunden war Adam ins Krankenhaus von Edinburgh eingeliefert worden.

»Wird er wieder gesund werden?« fragte Beth leise und legte ihre Hand auf die schmalen, weißen Finger des alten Mannes.

Liza zuckte die Achseln. »Schwer zu sagen. Soweit sie feststellen können – jetzt, nachdem seine Körpertemperatur sich stabilisiert hat –, fehlt ihm nichts. Er ist einfach nicht da.«

»Und du kannst ihnen nicht sagen, wo er ist?« Beth warf Giles einen kläglichen Blick zu.

»Das ist schlecht möglich!« antwortete Liza. »Aber ich habe sie gebeten, sich wenn möglich mit Ivor Furness in Kontakt zu setzen. Er hat damals, vor vielen Jahren, mit Brid gearbeitet, als sie irgendwo in London in der Nervenklinik war. Ich weiß noch, daß Adam sagte, er sei der einzige Mensch, der eine gewisse Ahnung davon habe, was da passierte. Er hat tatsächlich zugesehen, wie Brid in ein Koma fiel und ihren Körper verließ und dann wiederkam. Sie hat eine der Krankenschwestern umgebracht.«

Beth schauderte. »Mit dem Morden ist sie offenbar schnell bei der Hand.«

Nachdem sie und Giles schließlich am Fuß des Berges angelangt waren, hatten sie stundenlang mit der Polizei gesprochen und dem Suchtrupp den Weg zu Moiras Leiche beschrieben, die Giles noch mit seiner Jacke zugedeckt hatte. In stillschweigendem Einverständnis hatten sie die Polizei im

Glauben gelassen, Moira sei von jemandem angegriffen worden, der zwischen den Bäumen auf der Lauer lag. Die einzige Frage, die der Polizei offenbar noch Schwierigkeiten bereitete, war, warum eine Frau den Mord verübt hatte. Sie gingen davon aus, daß die Mörderin im Schutz der explodierenden Leuchtrakete die Flucht ergriffen hatte. Ken wußte noch nichts vom Tod seiner Frau; die Polizei wollte damit warten, bis er sich ein wenig von dem mutmaßlichen Herzanfall erholt hatte.

Liza stand auf und streckte sich. »Ich gehe nicht davon aus, daß sie tot ist.«

Beth schüttelte den Kopf. »Ich weiß es nicht. Sie ist einfach verschwunden. Völlig verschwunden, ohne jede Spur.«

Liza schaute wieder auf Adam. »Vielleicht hat sie ihn inzwischen gefunden.« Sie strich ihm sanft über die Stirn.

Hinter ihnen wurde die Tür zur Station leise geöffnet und wieder geschlossen. Niemand drehte sich um. Alle Augen waren auf Adams Gesicht geheftet.

Die Gestalt hinter ihnen, die auf das Bett zuschwebte, war verschwommen, fast durchsichtig. Ihre Kleider waren zerrissen und versengt, das Messer steckte in der Scheide an ihrem Gürtel. Auch ihr Blick war auf Adam gerichtet, der reglos zwischen den weißen Laken lag.

A-dam.

Liza runzelte die Stirn. Es war nur ein Flüstern irgendwo hinten in ihrem Kopf. In dem stickigen Raum mit dem beständigen Summen der Kühlanlage und der Geräte spürte sie einen leisen Luftzug und sah auf. »Beth!« Die Angst in ihrer Stimme ließ Beth herumfahren. »Sie ist hier.«

»Das ist unmöglich.« Beth wich vom Bett zurück und starrte wild um sich.

Giles legte ihr den gesunden Arm um die Schultern und zog sie an sich. »Wir hätten nicht herkommen sollen. Wir haben sie mitgebracht.«

»Bestimmt nicht.« Beth schüttelte den Kopf. »O Gott, es ist alles so schrecklich. Großvater!« Hilflos schaute sie ihn an. »Bitte komm zurück.«

»Er kann dich nicht hören, Beth.« Giles schaute auf eine Stelle einen guten Meter vom Bett entfernt, ganz in Lizas

Nähe. Er spürte, wie seine Nackenhaare sich sträubten. »Sie ist da, schau.«

Die beiden Frauen blickten in die Richtung, in die er deutete. Dann sahen sie sie – ein bloßer Schatten nur. Liza trat einen Schritt zurück. Sie beschwor das schützende Licht herauf, das sie alle umhüllte, aber es funktionierte nicht.

A-dam, komm zurück zu Brid. Ich liebe dich, A-dam …

»Dann hat er sie nicht gefunden.« Beth klang sehr traurig.

Bei den Worten sah Brid auf. Sie drehte sich halb um, und vor ihren Augen nahm der Schatten eine deutlichere Gestalt an. Sie sah direkt zu Beth, und ihre Hand wanderte zum Gürtel und zog den Dolch aus der ledernen Scheide.

»Nein!« Beth umklammerte hilfesuchend Giles' Arm.

»Nicht schon wieder.« Er schob sie hinter sich. »Warum kann die Hexe dich nicht in Frieden lassen?«

»Geh raus, Beth«, flüsterte Liza.

»Und was ist mit dir?«

»Mach dir um mich keine Sorgen. Geht einfach. Führ sie raus, Giles. Ich komme nach. Adam wird sie nichts antun. Und ruft nicht die Schwester. Sie hat was gegen Krankenschwestern.«

Verlaß A-dam, Kind von A-dams Kind.

Die Stimme schien durch ihren Kopf zu hallen, als Brid, das Messer gezückt, mit einem Satz das kleine Zimmer durchquerte.

Ein Ständer mit einer Infusionsflasche fiel gegen das Waschbecken und landete am Boden. Einer der Stühle stieß gegen den Nachttisch, und plötzlich schrillte die Alarmglocke. Die Tür flog auf, und eine Schwester erschien, dicht gefolgt von einem Arzt. Als sie erschrocken in das Zimmer schauten, war ein wildes Fauchen zu hören.

»Eine Katze!« rief der Arzt überrascht, als das in die Enge getriebene Tier mit einem gellenden Jaulen an ihm vorbei zur Tür hinausschoß.

»Laßt sie, kümmert euch um den Patienten!« rief der Arzt, als im Flur ein weiterer Alarm schrillte. Hastige Schritte hallten plötzlich durch die ganze Station.

Völlig unberührt von der Hektik lag Adam in seinem Bett und schlief weiter. Dort, wo er war, war es kalt, und es regnete, aber er hatte gerade das wärmende Feuer unten am Ufer des Bachs vor Gemmas Hütte gesehen.

Die Teestube war winzig und gedrängt voll, aber überaus gemütlich mit dem Geruch von frischgebackenem Brot und Kuchen. Liza, Beth und Giles saßen an einem kleinen runden Tisch und beobachteten die anderen Gäste – vorwiegend Damen, die sich, beladen mit Tüten von ihrem ausschweifenden Einkaufsbummel, eine Tasse Tee gönnten. Nur ein oder zwei erschöpfte Männer saßen da, die sich jetzt behaglich in der Wärme entspannten. Gelegentlich ging die Tür auf, und dann konnte man einen Blick in die abendliche Dunkelheit werfen, wo sich die Straßenlaternen im nassen Asphalt spiegelten und die Autos mit leise zischenden Reifen vorbeifuhren.

Wohlig nahm Liza einen Schluck aus ihrer Tasse. »Ich konnte es nicht glauben, als sie uns beschuldigten, wir hätten eine Katze auf die Station geschmuggelt!«

»Aber wie hätte sie, nach den Gesetzen der Logik, sonst dorthin kommen sollen?« Giles strich gerade dick Sahne und Marmelade auf ein süßes Brötchen. Er hatte das Gefühl, als könnte er gar nicht mehr aufhören zu zittern. Ein Blick auf die beiden Frauen sagte ihm, daß es ihnen ähnlich erging.

Liza rieb sich das Gesicht. Sie hatte gerade wieder zu Hause angerufen; sie wünschte sich sehnlich, daß Michele bei ihr in Edinburgh wäre. Aber sie hatte ihn nicht erreicht, und die *donna delle pulizie* hatte gesagt, sie wisse nicht, wann er aus Rom zurückkäme.

»Ich wünschte, ich könnte irgendwie Meryn kontaktieren«, fuhr sie fort und schüttelte resigniert den Kopf. »Er würde wissen, was wir tun müssen. Ich möchte, daß ihr beiden zu Adams Haus fahrt.« Sie schenkte sich eine weitere Tasse Tee ein und merkte zu ihrem Ärger, daß ihr immer noch die Hände zitterten. »Aus zwei Gründen. Ich möchte, daß ihr dort seid für den Fall ...« Sie zögerte. »Für den Fall, daß Adam dort oben ist – oben beim Stein. Ganz allein.« Sie warf ihnen einen vielsagenden Blick zu. »Versteht ihr, was ich meine? Falls es ihm gelungen ist, seinen Körper zu verlassen und zu reisen und er jetzt irgendwie dort gefangen ist.« Sie machte eine hilflose Geste. »Es ist schrecklich, mir vorstellen zu müssen, daß er ganz allein ist. Ich weiß nicht, welcher von den beiden er ist – der Mann im Krankenhausbett oder der Mann, der irgendwo dort draußen zwischen den Sternen reist. Und der zweite Grund ist – falls Brid sich hier im Krankenhaus in Adams Nähe aufhält, seid ihr dort sicherer. Aus ihrer Reichweite.«

Draußen, auf der Straße, stellte Brid sich näher ans Fenster. Sie konnte die drei durch die beschlagene Scheibe sehen. Sie erinnerte sich an Edinburgh, an diese Straße, vielleicht sogar an dasselbe Café, damals, als Adam jung gewesen war, ein Student, und sie sich mit einer alten Frau namens Maggie angefreundet hatte.

Die Menschen, die durch die Straßen hasteten, um den Bus zu erreichen und nach Hause zu kommen, nahmen die schattenhafte, dunkle Gestalt am Rand des Lichtscheins, der durch das Fenster drang, kaum wahr. Ohne zu wissen warum, wichen sie ihr aus und gingen um sie herum, ohne sie in ihrem Kreis dunkler Stille zu stören, und eilten dann weiter, Teil des lärmenden Treibens auf den abendlichen Straßen.

Brid lächelte. Diese Frau, Beth, hatte dort in dem Café Zuflucht gesucht, aber bald würde sie herauskommen müssen. Sie würde allein weggehen und diesen großen Mann verlassen müssen, der ihr überallhin zu folgen schien. Und dann würde sie sie umbringen. Dann würde sie das Blut fließen lassen, und das Blut vom Kind von Adams Kind würde kräftigend und nahrhaft und voller Energie sein, genau richtig, um Adams Leben zu retten.

Der Wind tobte um Shieling House und rüttelte an den Fenstern. Immer wieder wehte ein Schwall kalter Zugluft über den Boden, und Beth, die zusammengekauert vor dem Ofen saß, zitterte heftig. Im Haus war es feucht und kalt, und in der Luft hing eine seltsame Atmosphäre von Angst und Wut.

»Sie ist hier gewesen.« Nachdem sie es endlich geschafft hatten, ein Feuer im Holzofen zu entfachen, sah Beth sich im Wohnzimmer um. »Ich spüre sie. Es ist wie ein Gift.«

Giles folgte ihrem Blick. Für ihn hatte das Zimmer lediglich das Gefühl eines unbewohnten Hauses, in dem seit Tagen nicht mehr geheizt worden war.

»Das glaube ich nicht.« Er grinste. »Machen wir uns keine Sorgen wegen Brid. Wenn sie irgendwo ist, dann bei Adam in Edinburgh.«

Brid verzog zweifelnd das Gesicht. Wenn sie sich nur so sicher sein könnte wie Giles. Sie wechselte das Thema. »Giles, wann fährst du nach London zurück, um die Sache mit Idina zu klären?« Sie vermied es, ihn anzusehen. »Du kannst nicht einfach so tun, als gäbe es sie nicht mehr.«

»Warum nicht? Sie hat oft genug so getan, als gäbe es mich nicht.« Er blätterte gerade in einem der Bücher auf Adams Tisch. Im Lichtkegel der Schreibtischlampe waren die Zeichnungen der Symbole deutlich zu erkennen. Als über ihm ein rutschendes Geräusch zu hören war, gefolgt von einem Krachen, blickte er auf. »Keine Angst, das war nur ein Dachziegel«, sagte er beruhigend. Er hatte die Panik auf Beths Gesicht gesehen.

Als sein Handy klingelte, starrten sie es beide einen Moment wie erstarrt an, dann griff Giles danach. Beth beobachtete ihn besorgt.

»Du hast ja mitbekommen, worum es geht.« Sobald Giles das Gespräch beendet hatte, ging er zu ihr und legte ihr eine Hand auf die Schulter. »Das war Ken. Er ist zu Hause und möchte über Moira reden.«

Beth biß sich auf die Lippen. »Der Arme. Giles, ich weiß nicht, ob ich das schon verkrafte. Ich würde nur weinen und alles noch schlimmer machen.«

Giles nickte. »Vielleicht sollte ich allein zu ihm fahren. Würde dir das was ausmachen? Kann ich dich ein oder zwei Stunden allein hier oben lassen?«

Am liebsten hätte sie gesagt, nein, das geht nicht; am liebsten hätte sie ihn angeschrien, er dürfe sie nicht allein lassen. Aber sie zwang sich zu einem Lächeln. »Natürlich kannst du mich allein lassen. Der arme Ken. Es muß schrecklich für ihn sein. Fahr nur. Aber bitte komm zurück, bevor es dunkel wird.«

Giles wandte sich zur Tür und nahm seinen Mantel. »Schließ die Tür hinter mir zu. Ich bleib nicht lange, das verspreche ich dir. Und ich lasse dir das Handy da.«

Nachdem er gegangen war, starrte sie auf die Tür. Der Wind tobte noch heftiger, heulte um das Dach, fegte tosend über die Berge. Fröstelnd warf sie einige Scheite in den Ofen nach und betrachtete dann das Buch, in dem Giles geblättert hatte. Auf der aufgeschlagenen Seite waren einige sehr schöne, stilisierte keltische Tiere und Symbole abgebildet. Zwei fielen ihr besonders ins Auge, ein Kamm und ein Spiegel. Den Spiegel hatte Adam eingekreist und mit Bleistift daneben geschrieben: *Weist auf Frauengrab oder Clan-Totem hin.* Daneben stand: *Spiegel zum Wahrsagen; Hellsehen; Nekromantie; Magie; bedeutet eine Welt und ihr Spiegelbild.* Dahinter hatte er fünf große Fragezeichen gesetzt.

»Ich wünschte, ich würde mich mit dem Zeug auskennen. Ich wünschte, ich könnte Großvater helfen.« Sie blätterte weiter. Lauschte – auf was, das wußte sie nicht genau. Auf den Wind? Auf Stimmen? Auf den Klang gespenstischer Rufe in der Dunkelheit? Auf Brid?

Mit einem Mal hatte sie einen Entschluß gefaßt. Sie ging zur Hintertür und sah nach draußen. Der Wind war eisig, blies ihr schneidend ins Gesicht, und sie roch, daß Schnee in der Luft lag. Aber es war niemand da.

Sie fuhr zusammen. Drinnen im Haus läutete Giles' Handy. Sie drehte sich um und lief ins Wohnzimmer; hinter ihr knallte die Tür ins Schloß. Als sie nach dem Handy griff, hörte es auf zu klingeln. Sie zuckte die Achseln. Auf einmal wollte sie gar nicht mehr mit jemandem reden.

Brid spürte den Schmerz, als säße er in ihrer eigenen Brust. Sie verspannte sich und wehrte sich gegen den Schmerz; einen Moment wußte sie nicht, wo sie war. Sie konnte sich nicht konzentrieren, war völlig verwirrt. Ein Teil von ihr war auf dem Berg bei dem Haus gewesen und hatte das Kind von Adams Kind beobachtet, das dort draußen im Garten stand, die Haare vom Wind verweht; der andere Teil war bei Adam im Krankenhaus, unbemerkt von den Ärzten und Krankenschwestern, die sich um das Bett drängten.

Um drei Uhr nachmittags war die Linie auf dem Monitor flach geworden, und sofort war ein schriller Alarm ertönt. Hektisch hatten die Ärzte mit den Wiederbelebungsmaßnahmen begonnen. Brid weinte, still in die Ecke gekauert; Beth war für den Augenblick vergessen. Wo war Adam? Warum hatte er seinen Körper verlassen? Er hätte es doch bestimmt nicht riskiert, an einem Ort nach ihr zu suchen, wo Broichan an ihrem Bett wartete?

»Er ist tot.« Es war eine sehr nüchterne Stimme, die das sagte.

»Ein Versuch noch.« Der Arzt griff nach den Elektroden. »Alle zurücktreten.«

Als Adams Körper sich auf dem Bett aufbäumte und das EKG wieder einen, wenn auch sehr schwachen, Herzton verzeichnete, lehnte er sich am Berggipfel gegen den Baum, an dem er sich festgehalten hatte, als er taumelte und seine Hand zur Brust fuhr, überrascht von dem stechenden Schmerz, der ihn auf einmal durchschoß.

Er schloß die Augen und versuchte, ruhig durchzuatmen. Es kam nicht in Frage, daß er jetzt in seinen Körper zurückkehrte. Hier war alles viel zu aufregend. Er hatte gesehen, wie Gemma aus ihrer Hütte trat und sich ans Feuer stellte. Sie war älter als in seiner Erinnerung, ihre Haare waren weiß, ihr Gesicht voller Falten, und sie redete hastig und ängstlich auf Gartnait ein. Adam schwebte näher. Er rief nach ihnen, aber offenbar hörten sie ihn nicht. Gartnait sah viel eleganter aus, als Adam ihn je gekannt hatte. Das staubige Hemd und die Beinlinge waren durch einen bestickten Umhang ersetzt, der mit einer Silberfibel zusammengehalten wurde. Seine Waden waren kreuzförmig mit Lederriemen umwickelt, und an seiner Taille hing ein blitzendes Schwert. Sie unterhielten sich zwar in ihrer Sprache, doch Adam stellte fest, daß er sie mühelos verstehen konnte.

»Er will sie den Göttern opfern. Wenn ich sie nicht rette, wird sie sterben, und wir wahrscheinlich auch. Verstehst du denn nicht, Mutter? Wir müssen etwas tun!«

Brid! Sie sprachen von Brid.

»Er wacht Tag und Nacht bei ihr. Sobald sie in ihren Körper zurückkehrt, bringt er sie hierher, zu meinem Stein, und dann wird sie sterben. Ich habe den Stein mit ihrem Symbol versehen, und damit habe ich eigenhändig ihren Tod verlangt.«

Gemma schüttelte den Kopf. »Sie wird nicht zurückkommen. So dumm ist sie nicht.«

»Sie ist schwach geworden. Sie kann nicht mehr klar denken, Mutter. Es tut mir leid, aber sie weiß nicht soviel, wie sie wissen müßte. Sie war dumm. Verliebt und dumm.« Er schlug sich mit der Faust in die offene Hand. »Wenn ich sie nur erreichen könnte dort draußen im Land der Träume, bevor sie versucht zurückzukommen.«

»Nein, Gartnait.«

»Was soll ich sonst tun? Wollen wir hier sitzen und tatenlos zusehen, wie Broichan sie in den Tod führt?«

»Selbst wenn du in die andere Welt gehst, findest du sie vielleicht doch nicht. Vielleicht verirrst du dich ebenfalls.«

Er drehte sich zur Seite und blickte ins Feuer. »Ich werde die Omen befragen. Wenn ich die Vögel beobachte, weiß ich, ob ich mit ihnen in den Sonnenuntergang Brid nachfliegen soll oder ob ich ihr den Rücken zukehre und in die Morgendämmerung fliege.«

»Gartnait!« Adam trat einige Schritte vor und stand nun auf der Böschung direkt über ihm.

Gartnait drehte sich nicht zu ihm um.

»Gartnait, ich bin hier, in eurer Zeit. Ich bin gekommen, um Brid zu suchen!«

Da drehte sich Gemma ihm zu, die Miene wachsam wie ein Hund, der die Fährte eines Hasen wittert. »Da ist jemand!«

»Gemma! Kannst du mich sehen?« Adam trat noch näher.

»Wer ist das?« Jetzt wandte sich auch Gartnait um und sah direkt zu Adam – und durch ihn hindurch. Er runzelte die Stirn. »Ist das Broichan?«

Gemma schüttelte den Kopf. »Ich glaube nicht. Gib acht, mein Sohn. Wir sind nicht allein.«

»Gemma! Gartnait! Bitte, ich bin's!« Adam ging zu ihnen und stellte sich ans Feuer. Es loderte warnend auf, und er sah, wie Gemma die Flammen mit aufgerissenen Augen beobachtete, als lausche sie auf ihre Worte.

»Gib acht.« Sie legte Gartnait eine Hand auf den Arm. »Broichan ist in der Nähe, und er hat überall Spione. Geh, schnell.«

Er schaute sie an, als versuche er, die Botschaft in ihren Augen zu lesen. Dann nickte er. »Ich gehe, Mutter. Bitte deine Götter, mich zu begleiten.« Er sprang auf die Böschung, wo wenige Sekunden zuvor Adam gestanden hatte, und lief in Richtung des Steins davon.

»Gemma, du kannst mich doch sehen, oder?« Adam stellte sich direkt neben sie. »Bitte!« flehte er verzweifelt.

Sie wollte gerade zur Hütte zurückgehen, hielt aber inne und sah sich wieder um. Dabei bewegte sie den Kopf hin und her, wie um den Widerhall seiner Stimme abzuschütteln. Schließlich sagte sie: »A-dam, bist du das? Ich kann dich nicht sehen, Junge, und ich kann dir auch nicht helfen. Geh zu deinem eigenen Volk zurück, A-dam. Brid ist verloren. Sie ist nicht mehr bei uns. Sie ist dir in deine Zeit gefolgt und steht jetzt unter Broichans *geas*, unter seinem Fluch. Sie ist für uns verloren, A-dam. Für uns alle.«

Eine Sekunde blieb sie noch stehen, als warte sie auf seine Antwort, dann trat sie in die Hütte.

Adam schaute ihr nach und blickte dann an sich hinab. »Junge« hatte sie ihn genannt. In seinen Augen sah er genauso aus wie zuvor, als er sich in seinem eigenen Jahrhundert an den Stein gesetzt hatte – ein alter Mann in einer abgetragenen Regenjacke, darunter zwei dicke Shetlandpullover und ein Hemd; ein alter Mann mit faltiger Haut, kräftigen Händen und einer weißen Haarmähne.

Er machte kehrt, kletterte aus dem Graben und eilte Gartnait nach. Er mußte den Stein vor ihm erreichen. Er mußte es schaffen, daß Gartnait ihn hörte. Er mußte mit ihm zurückkreisen, und dann würden sie gemeinsam nach Brid suchen.

Der Stein war in Nebel gehüllt. Keuchend rutschte Adam einen Felsspalt hinab und mühte sich auf der anderen Seite wieder hinauf. Vor ihm hereilend, konnte er eine Gestalt ausmachen. »Gartnait!« rief er. »Warte!« Die Gestalt blieb nicht stehen, sondern schritt rasch weiter aus, wich einer sumpfigen Stelle in der Wiese aus und sprang dann über einige Felsen. »Gartnait!« Adam spürte einen beklommenen Druck in der Brust; sein Atem ging röchelnd. Er mußte eine Sekunde stehenbleiben, um wieder zu Atem zu kommen. Als er sich aus seiner gekrümmten Haltung aufrichtete, war die Gestalt in der Ferne kaum mehr auszumachen. Adam lief weiter und blieb erst wieder stehen, als er den letzten Felsvorsprung vor dem Kiefernwäldchen erreichte. Jetzt konnte er auch Gartnait wieder sehen: Ein Sonnenstrahl, der zwischen die tiefhängenden Wolken brach, ließ sein Schwert aufblitzen. Bald würde der Abend hereinbrechen.

Adam erstarrte. Ganz in seiner Nähe, in dem unebenen Heideland zu seiner Rechten, regte sich etwas. Da war noch jemand, der Gartnait zum Stein folgte. Ein eiskalter Schauer überlief ihn. Er ging in die Knie, um sich etwas unsichtbarer zu machen, und spähte um sich her. Vielleicht war es ein Hirsch oder auch ein Fuchs. Aber es war ein Mann; jetzt konnte er ihn deutlich erkennen. Es war unverkennbar, daß er Gartnait folgte, geduckt, heimlich, immer wieder Schutz suchend; und doch kam er ihm immer näher. »Gartnait!« Adams Warnschrei war ein bloßes Flüstern. Was sollte er tun? So lautlos, wie es ihm möglich war, bewegte er sich weiter auf den Stein zu.

Als Gartnait das kleine Plateau erreichte, legte er die Hände auf den Stein und fuhr die Symbole liebevoll nach. Zweifellos erinnerte er sich an jedes einzelne Zeichen, das er in monatelanger mühevoller Arbeit mit seinem kostbaren Werkzeug herausgemeißelt hatte. Er bückte sich, und Adam sah, daß er die Hand auf den Spiegel legte – auf Brids Zeichen, das Zeichen der Priesterin, die die Kraft beschwören konnte, um in andere Ebenen des Daseins zu reisen. Dann richtete Gartnait sich wieder auf und hob die Hände über den Kopf. Plötzlich wurde Adam bewußt, daß er einen Schwarm Vögel beobachtete, die über den Berg nach Westen flogen, in den Sonnenuntergang hinein, und ihr Flugbild studierte. Das war das Omen. Die Vögel sagten ihm, daß er seiner Schwester ins Licht folgen sollte.

Einen Moment blieb er reglos stehen, so daß Adam ihn genau beobachten konnte. Gartnait schien in Gedanken versunken, die Augen geschlossen, das Gesicht ausdruckslos. Dann legte er die offenen Handflächen auf den Stein und war verschwunden. Adam blieb der Mund offenstehen. Dort, wo Gartnait gestanden hatte, war ein anderer Mann – ein großgewachsener Mann mit wilden Haaren und einer langen, schwarzen Robe, die ihm im Wind um die Beine wehte. Broichan. Innerhalb einer Sekunde war auch er außer Sichtweite verschwunden, hinter Gartnait her.

»O mein Gott!« Die Hände vor den Mund geschlagen, setzte Adam sich hin und sah sich prüfend um, ob Broichan auch keine Begleiter mitgebracht hatte. Doch soweit er sehen konnte, war außer ihm niemand mehr hier oben am Berg. Er warf einen Blick über die Schulter. Wenn er doch nur mit Gemma reden und ihr berichten könnte, was passiert war. Aber es war sinnlos; sie konnte ihn nicht hören. Es gab nur eine Möglichkeit: Er mußte versuchen zurückzukommen. Er mußte wieder in seinen Körper zurückkehren, der noch beim Stein lag, jedoch in einer anderen Zeit, und schauen, ob er Gartnait dort finden konnte. Vorsichtig stand er auf und ging über das Gras und Geröll zu dem Stein, der wie ein Finger in den Himmel emporragte.

Als er seine Hände sacht auf die Oberfläche legte, wie er es bei Gartnait gesehen hatte, konnte er nicht wissen, daß sein Körper, das Instrument seines träumenden, suchenden Geistes, nicht mehr da war.

Kapitel 23

Wie lange ist er schon in diesem Zustand?« Ivor Furness stand am Fußende von Adams Bett.

Der Psychiater war gut gealtert. Auch wenn sein Haar sich etwas gelichtet hatte, sah er immer noch attraktiv aus, schlank und muskulös. Er trat an die Seite des Betts und beugte sich über Adam, um die Augenreflexe zu untersuchen und den Puls zu fühlen. »Er sieht genauso aus wie Brid damals, als sie im Koma lag.« Aus seiner Aktentasche holte er einen abgegriffenen Ordner mit privaten Aufzeichnungen hervor, die er bei seiner Pensionierung aus dem Krankenhaus mitgenommen hatte. »Ich habe um die EEGs gebeten. Brids Messungen wiesen eine faszinierende Anomalität auf, die damals als genau das – als Anomalität – diagnostiziert wurden, obwohl ich persönlich eher glaubte, sie seien« – achselzuckend warf er Liza ein charmantes Lächeln zu –, »vielmehr auf ihre ungewöhnliche Herkunft zurückzuführen, über die ich, wie Sie sicher verstehen, meine Kollegen nicht informieren wollte. Die hätten mich sofort einsperren lassen! Meine Theorie war, daß die Hirnströme möglicherweise bestimmte Gehirnaktivitäten aufzeigten, die man zuvor nicht bemerkt hatte, oder die zumindest nicht gemessen worden waren.«

»Dr. Furness, was ich nicht verstehe, ist – wenn Brids Körper im Bett lag, nachweislich direkt vor Ihnen, wie konnte sie dann auch woanders sein? Adam hat sich ja nicht nur eingebildet, daß sie bei ihm im Bett lag. Die Menschen, die sie sahen und die sie angriff, haben sie sich auch nicht eingebildet.«

»Ja, wie macht sie das?« Ivor Furness studierte Adams Krankenkartei. »Und wo ist der gute Dr. Craig jetzt? Das würde ich auch gerne wissen.« Während er nachdenklich auf der Innenseite seiner Wange herumkaute, schaute er wieder auf Adam. »Und ich frage mich, ob es etwas ausmacht, daß Sie ihn vom Stein weggeholt haben.«

Entsetzt starrte Liza ihn an. »Was meinen Sie damit?«

Furness zuckte mit den Schultern. »Ich habe oft über die Unendlichkeit von Zeit und Raum gerätselt. Wenn man nach Belieben durch Zeit und Raum wandern kann, spielt es dann eine Rolle, wo man seinen Körper zurückgelassen hat? Das heißt, wenn man in ihn zurückkehren möchte. Und wenn der Körper stirbt, wohin geht dann der Geist, die Seele, oder wie immer wir die Lebenskraft nennen, die ihn verlassen hat? Wandert er weiter in eine noch andere Dimension, oder ist er dazu verdammt, wie ein Gespenst zwischen den Welten zu wandern und nach einem Gastkörper zu suchen, der ihn aufnimmt?«

»Das klingt schrecklich.« Liza schauderte, dann beugte sie sich vor und nahm Adams Hand. »Der Arme«, sagte sie mit einem Seufzen. »Sie hat ihm das Leben zur Hölle gemacht. Und als er sie schließlich wollte, war sie nicht mehr da.«

»Vielleicht hat er sie jetzt gefunden.« Gedankenverloren betrachtete Furness Adams Gesicht. »Ich wünschte, es gäbe irgendeinen Weg, das herauszufinden.«

Er verstummte, als eine Krankenschwester ins Zimmer trat, einen prüfenden Blick auf Adam und die Geräte warf und wieder verschwand.

Liza seufzte. »Jetzt haben Sie mir angst gemacht. Ich dachte, irgendwie würde er schon wissen, was wir getan haben. Aber was ist, wenn er zum Stein zurückkommt und seinen Körper sucht, dieser aber nicht mehr da ist? Was, wenn er nicht weiß, wo sein Körper ist? Aber wir konnten ihn unmöglich dort lassen, er wäre erfroren.« Sie stand auf, ging zum Fenster und starrte nach draußen. »Was ich mich frage – sind einige der Menschen, die in den Worten der modernen Medizin im Koma liegen, nicht vielleicht irgendwo gefangen, weil sie nicht in ihren Körper zurückkehren können? Weil man sie ins Krankenhaus gebracht hat und ihr Geist sie nicht finden kann?« Sie drehte sich zu ihm um. »Ich werde wohl noch mal zum Stein gehen müssen.«

»Und was wollen Sie da tun? Eine Nachricht hinterlassen?«

»Ich weiß nicht!« Sie war erregt. »Aber irgend etwas muß ich doch tun. Was ist, wenn wir ihn wieder zum Stein bringen müssen? Wird das Krankenhaus uns erlauben, daß wir ihn im

November auf einen Berg bringen, weil die Möglichkeit besteht, daß dann seine Seele wieder in seinen Körper schlüpfen kann?«

Bekümmert schüttelte Ivor Furness den Kopf. »Sie wissen selbst, daß das unmöglich ist.«

»Was dann? Ist er dazu verdammt, ewig herumzuirren?«

»Sie haben eine sehr enge Verbindung zu ihm, nicht wahr?« Furness trat neben Liza und berührte sie sanft an der Schulter. »Vielleicht findet er Sie ja. Ich fürchte, etwas anderes können wir nicht tun. Sie können nur warten. Außer …« Er brach ab und betrachtete Adam.

»Außer?«

»Außer wir schaffen es irgendwie, ihn doch auf den Berg zu bringen.«

Der Nebel war sehr dicht. Vorsichtig folgte Broichan Brids Bruder den steilen Pfad zwischen den Bäumen hinab. Die Luft war klamm, das Atmen fiel ihm schwer, und der Weg war seltsam formlos unter den weichen Sohlen seiner Sandalen.

Das Schwert in der Hand, schritt Gartnait furchtlos aus. Gelegentlich verlor er im Schlamm den Tritt. Während er die Bäume vor sich mit den Augen absuchte, bemerkte er die schattenhafte Gestalt nicht, die ihm folgte. »Brid!« Der Nebel dämpfte seine Stimme, so daß sie fremdartig klang. Zum ersten Mal spürte er, wie die Haut zwischen seinen Schulterblättern vor Angst prickelte. Er blieb stehen, sah sich um und horchte. Da war jemand, ganz in der Nähe. Das Rauschen des Bachs schien von sehr weit weg zu kommen, obwohl er die weiße Gischt sehen konnte, dort, wo das Wasser über die schwarzen Felsen toste. Seine Hand schloß sich fester um das Schwert, und er hielt es angriffslustig gezückt, als er sich langsam im Kreis drehte. Die Gestalt in den Schatten sah er nicht.

Broichan beherrschte die Kunst des Sich-Unsichtbarmachens schon sehr lange. Doch Gartnait spürte, daß er da war. Nun gut. Früher oder später würde er sich ohnehin mit sei-

595

nem Onkel auseinandersetzen müssen, doch jetzt hatte er nur ein Ziel: Brid zu finden, sie nach Hause zu bringen und sie dann irgendwie von Broichans *geas* und aus ihrer Gefangenschaft zu befreien.

Am Fuß des Berges blieb er stehen. Er wußte nicht, wohin er sich wenden sollte. *Brid*, rief er in seinem Kopf. *Wo bist du, kleine Schwester?*

Es kam keine Antwort. Nur das Raunen des Windes in den Bäumen war zu hören.

Dann berührte sein Geist den ihren, doch nur für einen Moment. Er spürte ihre Wut, ihre Angst und ihren Schmerz. Sie hatte ihren Adam verloren; sie wußte nicht, wo er war, und gab jemand anderem die Schuld dafür. Sie jagte wieder mit ihrem Messer. Es war eine Jagd nach Blut, damit sie ihren Geliebten finden und den Kummer vertreiben konnte, der ihn umgab. Im selben Augenblick wußte Gartnait auch, wem Brid nachstellte – dem Kind von Adams Kind, Adams einzigen Blutsverwandten, der einzigen Person, die ihn in seiner Zeit halten und sich zwischen ihn und Brid stellen konnte.

Der Nebel zog sich dichter um ihn. Sie war fort.

Brid ...

Sein Ruf verhallte in der wirbelnden Endlosigkeit des Raums.

Das erste, was Beth von ihrem Besucher bemerkte, war das Scheinwerferlicht, das über die Decke des Wohnzimmers wanderte: Ein Auto fuhr die Straße zum Haus hoch und bog in die Auffahrt. Mit einem Ruck war sie wach und sah überrascht, daß sie im Sessel am Ofen saß. Das Herz klopfte ihr im Halse. Einen Augenblick wußte sie nicht, was sie geweckt hatte. Dann hörte sie eine Autotür zuknallen. Giles war wieder da. Gottseidank! Sie ging zum Fenster und sah hinaus. Weißer Nebel lag über dem Garten. Sie konnte nichts sehen. Dann hörte sie langsame Schritte auf das Haus zukommen. Das war nicht Giles. Sie hielt die Luft an und starrte auf die große, hagere Gestalt, die den Pfad heraufging.

Auf Zehenspitzen schlich sie zur Tür und wartete. Es folgte eine lange Pause, dann ertönten ein lautes Klopfen und eine feste Stimme. »Beth? Beth, Kind, bist du da?«

Sie fuhr zusammen; zuerst erkannte sie die Stimme nicht.

»Beth, hier ist Meryn!«

»Meryn?« Ungläubig wiederholte sie den Namen. »Meryn! Warten Sie, ich komme!«

Mit zitternden Händen schob sie die beiden Türriegel zurück und riß die Tür auf. »Meryn? Woher haben Sie das gewußt? Ach, ich bin so froh, Sie zu sehen!« Sie fiel ihm um den Hals. »Ich habe solche Angst gehabt! Wo sind Sie gewesen? Woher wissen Sie, daß ich hier bin?«

Nach kurzem Zögern schob sie die Türriegel wieder vor, was Meryn nicht weiter kommentierte. Er ging zum Ofen und bückte sich automatisch, um ein paar Scheite nachzulegen, so, als wäre er hier zu Hause. Dann wandte er sich ihr zu. Er sah genauso aus wie immer, nur vielleicht etwas gebräunter und auch etwas älter. Seine Augen waren noch genauso tief und allwissend wie schon in ihrer Kindheit, als sein Blick sie fasziniert hatte. »Ich bin gekommen, weil ich spürte, daß du mich brauchst. Aber Beth, vergiß nicht, ich bin nur ein Mensch.« Er lächelte leise. »Ich bin nicht Merlin!«

Leicht verlegen biß sie sich auf die Lippen. »Sie müssen Merlin sein. Nur Merlin kann uns helfen.«

Sie setzte sich auf den Rand des Sofas und begann, ihm zu erzählen, was passiert war. Gelegentlich fragte sie sich, ob er das alles nicht vielleicht schon wußte, aber sie mußte es ihm trotzdem erzählen. »Ich habe solche Angst. Sie ist hier, in den Bergen, und sie läßt sich durch nichts abhalten. Ich weiß nicht, vielleicht schafft sie es sogar, in dieses Zimmer zu kommen.«

Als sie schließlich geendet hatte und ihn erwartungsvoll ansah, blieb er eine volle Minute schweigend sitzen. Dann schüttelte er den Kopf. »Ich spüre nichts als ihre Angst. Ich vermute, sie hat genausoviel Angst vor dir wie du vor ihr.« Er brauchte ihr nicht die Wahrheit zu sagen; noch nicht. Er lehnte sich ins Kissen zurück. »Beth, ich muß dir, wie schon deiner Großmutter, ein paar grundlegende Dinge über Leben und Tod beibringen.« Seine Augen blitzten kurz auf. »Und dazu ein paar Techniken, wie man damit umgeht. Du darfst keine Angst haben. Brid ist – oder war – ein ganz normaler Mensch. Offenbar ist sie kein besonders netter Mensch, aber wir wissen nicht, was ihr im Leben widerfahren ist, daß sie so geworden ist. Schließlich wissen wir ja auch nicht, was einen Menschen, wie wir ihn in unserem sogenannten Alltag kennenlernen, psychisch instabil macht oder zu einem Verbrecher. Brid hat Techniken gelernt, die es ihr ermöglichen, auf erschreckende – in unseren Augen erschreckende – Art zu reisen. Wenn man deinem Großvater glauben kann, stammt sie aus einer Kultur, in der die Menschen nicht nur an solche Sachen glaubten, sondern sie auch ausübten. Es ist offenbar eine überaus hochstehende Kultur, die wir in unserer zivilisierten Weisheit als barbarisch bezeichnen – auch wenn sie nicht barbarischer ist als viele heutige Menschen. Und einige der Dinge, zu denen sie imstande waren, nennen wir abergläubischen Humbug, nur weil wir sie nicht tun können. Aber du und ich, wir wissen es besser.« Er beugte sich zu den geöffneten Türen des Ofens und stocherte mit dem Schürhaken in den glühenden Scheiten, so daß sie aufloderten. »Brid ist offenbar jahrelang auf eine Schule gegangen, um das alles zu lernen. Vielleicht hat sie die Ausbildung nicht abgeschlossen, aber sie weiß und kann sehr, sehr viel, das mußt du mir glauben. Ich bin kein Druide« – er lächelte wieder –, »was immer deine Großmutter behaupten mag. Aber vielleicht bin ich ein Nachkomme von Druiden oder zumindest von einer Schule von Heilern und Mystikern, die viele Jahrhunderte zurückgeht. Ich habe in aller Welt studiert, ich habe Bücher geschrieben und vielen Lehrern zugehört und sie beobachtet – aber vor allem habe ich ihnen zugehört.« Er war aufgestanden und setzte sich jetzt auf den Stuhl Beth gegenüber. »Du wirkst überrascht?«

»Das wußten wir nicht. Liza wußte nicht, daß Sie Bücher schreiben.«

»Warum sollte sie auch?« Er schwieg eine Weile. »Dein Freund Giles verbringt die Nacht bei Ken Maclaren. Frag mich nicht, woher ich das weiß oder woher er weiß, daß du in Sicherheit bist. Das ist Teil des Geheimnisses.« Wieder lächelte er. »Aber wir müssen ein bißchen Zeit miteinander verbringen, damit ich dich unterrichten kann. Du mußt versuchen, in einer Nacht zu lernen, wozu man normalerweise Monate oder gar Jahre braucht. Du mußt den kleinen nagenden Zweifel, den ich ganz hinten in deinem Kopf noch spüre, beiseite schieben. Am besten vergißt du deinen Kopf eine Weile überhaupt und lernst, dich auf deine Intuition zu verlassen. Du mußt lernen, dich vor Brid zu schützen – und vor ihren Begleitern, wenn sie welche hat. Du mußt mit ihr kommunizieren können. Du mußt dich gegen die Katze in ihr wehren können. Du wirst deine Familie vor Gefahren schützen müssen, und vielleicht lernst du auch, deinen Großvater nach Hause zu führen. Keine kleine Aufgabe für« – er warf einen Blick auf seine Armbanduhr – »sieben Stunden.«

Beth verzog das Gesicht. »Warum haben wir so wenig Zeit?«

»Weil ich morgen verreise. Ich weiß, Liza würde gerne glauben, daß ich da oben auf dem Penny Beacon in einer Rauchwolke verschwinde und mich Monate oder Jahre zwischen den Welten verstecke. Ich fürchte, die Wahrheit ist viel banaler. Ich habe einen Flug in einem Jumbo-Jet von London nach New York gebucht.« Er lachte leise. »Außerdem glaube ich, daß du recht hast. Ich glaube, Brid hat eine Verbindung zu dir aufgebaut, und du bist in großer Gefahr. Sie könnte schon sehr bald wieder versuchen, dich anzugreifen. Also.« Er beugte sich vor und rieb sich die Hände. »Da du vermutlich nicht das geschulte Gedächtnis einer Bardin hast, die tage- und wochenlang rezitieren kann, ohne sich ein einziges Mal zu wiederholen, schlage ich vor, daß du dir einen Notizblock und einen Stift holst und den traditionellen Nothelfer aller, die die Nacht durch lernen – eine große Tasse schwarzen Kaffee. Und dann fangen wir an.«

Er sagte ihr nicht, daß auch ihm ein Kampf bevorstand, ehe er nach New York flog. Ein Kampf mit Broichan.

Ganz allmählich zog die Morgendämmerung herauf, ein lichtes Grau vor den Fenstern, getrübt vom Nebel, der bei Tagesanbruch noch dichter wurde, ohne daß die beiden es beim Arbeiten bemerkt hätten.

Er ließ ihr keine Zeit, Angst zu haben, keine Zeit, an ihren Fähigkeiten zu zweifeln. Wann immer sie glaubte, vor Übermüdung zusammenzubrechen, fesselte er wieder ihre Aufmerksamkeit. Als er ihr alles gesagt hatte, stand er auf und lächelte. »Du bist bereit, Beth.«

Sie erhob sich ebenfalls. Ihr schwamm der Kopf, und sie war völlig erschöpft, aber gleichzeitig empfand sie auch eine unvermutete Freude. »Sind Sie sicher?«

»Also, was habe ich dir gesagt? Selbstvertrauen! Beth, Kind, ich darf meinen Flug nicht verpassen. Du wirst das alles wunderbar schaffen. Du hast eine Begabung für diese Dinge, sonst hätte ich dir das alles nie so schnell beibringen können. Das hast du wohl Liza zu verdanken. Du hast ihre Intuition geerbt. Die Skepsis, die du von deinem Großvater mitbekommen hast, hat dich bislang gehindert, aber jetzt hast du, ebenso wie er, gelernt, daß es weitaus mehr Dinge im Himmel und auf Erden gibt, als du dir hättest träumen lassen, und daß diese Dinge sehr real sind. Und daß du die Kontrolle über sie behalten kannst. Sei tapfer, Beth. Im Geiste bin ich bei dir; vergiß das nicht, wenn du mich brauchst.« Er bückte sich und gab ihr einen Kuß auf die Wange. »Ach, Beth«, fügte er als Nachsatz hinzu, »laß Giles nicht an deinen Kräften zehren.« Mit einem Blinzeln rieb er sich über den Nasenflügel. »Konzentrier dich auf das, was getan werden muß.«

Nachdem sein Wagen außer Sichtweite verschwunden war, blieb sie noch lange in der Tür stehen und sah ihm nach. Dann ging sie zitternd ins Haus und schloß die Tür. Der Block voller Notizen, Diagramme und Ratschläge lag auf dem Sofa, wo sie den Großteil der Nacht gesessen hatte. Plötzlich kam ihr der Raum sehr leer und einsam vor.

Sie hatte keine Zeit gehabt, alles aufzunehmen, was passiert war, und das Selbstvertrauen zu entwickeln, daß sie alles, was er ihr in den wenigen intensiven Stunden beizubringen versuchte, wirklich verstanden hatte. Sie legte Holz im Ofen nach und stieg dann langsam nach oben. Nach einem heißen Bad und einem Frühstück würden ihr die Knochen nicht mehr so weh tun, und dann würde sie ein paar Stunden schlafen, um wieder zu Kräften zu kommen und für die

Schlacht gewappnet zu sein – und zu dieser Schlacht würde es kommen, davon war Meryn überzeugt, und sie auch. Sie spürte es in der Luft wie ein herannahendes Unwetter, eine Spannung, eine leichte Veränderung im Energiefeld um ihren Körper – jetzt kannte sie die Worte, mit denen man das beschrieb –, ein Zusammenfließen von Gefühl auf den Ebenen, wo Adam und Brid einander umkreisten, sich aber nicht begegneten.

Du kannst darauf warten, daß Brid dich findet, oder du kannst zu ihr gehen.

Meryns Anweisungen hatten so ruhig geklungen, fast nüchtern.

Ich glaube, ihre Seele ist zweigeteilt. Ein Teil von ihr sucht verzweifelt nach Adam, ein anderer will jeden vernichten, von dem sie glaubt, daß er sich ihr in den Weg stellt. Das bist du. Es ist deine Aufgabe, Beth, ihn zurückzuholen und dich mit ihr auseinanderzusetzen.

Das schaffe ich nicht! Als sie in der Badewanne lag, stieg Panik in ihr auf. Als Meryn ihr alles erklärt hatte, hatte es ganz einfach geklungen, fast banal. Steig in der Dunkelheit auf einen Berg, finde ein Zeittor, geh hindurch, hol deinen Großvater, töte seine psychotische Gespenstergeliebte, dann komm zurück und lebe fröhlich und zufrieden weiter. Kein Problem!

»Beth!« Die Stimme in ihrem Ohr war sanft. »Beth, mein Liebling.« Die Lippen auf ihrem Mund waren sehr warm. Beth räkelte sich und öffnete die Augen. Nur wenig Tageslicht drang ins Zimmer; draußen war es neblig und trüb.

»Giles!« In ihren schweren Träumen war sie weit weg gewesen, war den Grat beim Stein hinaufgestiegen. In großer Ferne sah sie ihren Großvater warten. Er hatte sie gesehen und ihr verzweifelt die Arme entgegengestreckt.

»Ich bin wieder da. Mein Gott, es ist eiskalt draußen, und es hat angefangen zu schneien. Ken hat darauf bestanden, daß ich die Nacht bei ihm bleibe. Ich wollte dich anrufen, aber das Handy war nicht eingeschaltet. Es tut mir so leid, ich konnte nicht weg. Aber ich bin losgefahren, sobald ich konnte. Noch länger wollte ich dich nicht allein hier lassen.«

Beth setzte sich auf und knipste die Nachttischlampe an. Dann schaute sie auf die Uhr. Es war beinahe Mittag. »Wie geht es ihm?« fragte sie schlaftrunken. Giles saß auf der Bettkante. In seinem Haar hingen Eiskristalle.

»Schlecht, natürlich. Er ist sehr einsam. Moiras Tod hat ihn in seinem Glauben erschüttert.«

»Der Arme.«

Sie schwang die Beine über die Bettkante und griff nach dem Morgenmantel. »Giles, du hast mir gefehlt.« Sie warf sich ihm in die Arme. »Mein Gott, du hast mir so gefehlt.« Meryn erwähnte sie nicht; plötzlich fragte sie sich, ob Meryn wirklich dagewesen war.

»Und du hast mir gefehlt.« Er hielt sie fest umschlungen. »Was ist denn, Beth? Was ist los? Hast du von Liza gehört?«

Sie schüttelte den Kopf. »Nichts. Ich komme mir nur ein bißchen verletzlich vor.«

Sie konnte sich an nichts erinnern. Die Worte waren weg. Alles, was Meryn ihr gesagt hatte, war wie weggeblasen.

Zitternd stand sie auf und suchte nach ihren Hausschuhen. »O Gott, ich will nach Hause. Nach Wales.«

»Warum tun wir das nicht? Wir brauchen nicht hierzubleiben, Beth.« Giles nahm ihre Hand. »Das ist dir doch klar, oder? Wir könnten heute fahren. Na gut, morgen. Warum machen wir das nicht? Warum fahren wir nicht einfach? Dein Großvater ist in guten Händen. Es ist niemandem geholfen, wenn wir hier warten.«

Konzentrier dich auf das, was getan werden muß ...

»Mein Schatz, ich liebe dich. Jetzt glaubst du mir doch, oder?« Er sah sie mit ernstem Gesicht an. »Ich lasse mich scheiden. Wirklich. Und ich gehe nicht wieder nach London.«

»Ist das wirklich dein Ernst?«

»Es ist mein Ernst. Idina wird sich nicht gegen die Scheidung wehren. Ich kenne sie doch. Die hat die Nase voll von mir, und jetzt hat sie gottseidank jemand anderen, der sie ablenkt. Damien ist reich und berühmt – genau das, was sie will. Ich möchte den Rest meines Lebens mit dir verbringen, mein Schatz.«

Laß ihn nicht an deinen Kräften zehren ...

Beth sah ihn unverwandt an, dann küßte sie ihn auf den Mund. »Wir fahren bald nach Hause. Aber zuerst muß ich noch etwas erledigen. Nachher. Wenn wir was gegessen haben.«

Sie aßen, und danach bestand er darauf, daß sie nach oben gingen und sich hinlegten. Beth wußte, daß sie das eigentlich nicht tun sollte. Sie sollte sich auf den Weg machen, aber eine halbe Stunde würde doch nichts ausmachen, oder?

Es liegt an dir, Beth ... Meryns Worte zum Abschied kamen ihr wieder in den Sinn. *Laß ihn nicht an deinen Kräften zehren ... Konzentrier dich auf das, was getan werden muß ...*

Er liebte sie inbrünstig, küßte sie zuerst sanft und streichelte sie mit zärtlichen Händen, die immer fordernder wurden. Hinterher, nachdem er eingeschlafen war, lag sie lange ruhig in seinen Armen, fühlte sich sicher und wollte nicht aufstehen, wollte ihn nie wieder verlassen, bis auch sie schließlich einschlief.

Als sie aufwachte, war es dunkel im Raum. Entsetzt löste sie sich aus seiner Umarmung und schlüpfte aus dem Bett. Sie sprang in die Kleider, zog zwei zusätzliche Pullover über, beugte sich über ihn, um ihm einen letzten Kuß auf die Stirn zu drücken, dann ging sie nach unten.

Dort erst schaltete sie ein Licht an und sah auf die Uhr. Es war bereits nach sechs. Der ganze Nachmittag war vorbei. Fieberhaft schlüpfte sie in ihre Jacke, schnürte die Schuhe zu und nahm die Autoschlüssel vom Tisch. Sehnsüchtig blickte sie einen Moment auf die rotglühenden Scheite im Ofen. In diesem Augenblick stellten sie für sie den Inbegriff von Sicherheit dar.

Du mußt deine Familie vor Gefahr schützen ... du mußt versuchen, deinen Großvater nach Hause zu leiten.

Sie hatte keine Wahl. Sie mußte gehen.

Nachdem sie eine kurze Notiz an Giles geschrieben hatte, trat sie durch die Haustür in den eisigen Wind. Kurz blieb sie stehen, dann drehte sie sich um und zog die Tür leise hinter sich ins Schloß.

Giles' Wagen stand ganz in der Nähe des Hauses. Mit einem Blick zum Schlafzimmerfenster schloß sie die Tür auf und warf den Notizblock, die Landkarte und ihre Tasche auf den Beifahrersitz. Dann hüllte sie sich fester in ihre Jacke und wollte sich gerade hinters Steuer setzen, als sie ein leises Fauchen hörte.

Entsetzt sah sie sich um, dann sprang sie ins Auto und schlug die Tür zu. Im Haus schlief Giles ruhig weiter.

Während sie aufmerksam durch die Windschutzscheibe spähte, steckte sie den Schlüssel ins Zündschloß. Sie konnte keine Bewegung ausmachen. Der Pfad zeichnete sich jenseits des schemenhaften Baums als eine dunklere Spur im Weiß ab, dahinter erstreckte sich nichts als eine undurchdringliche Nebelwand. Bildete sie es sich nur ein, oder war das Auto von Giles' Heimfahrt von Pittenross noch etwas warm?

Wo ist A-dam?

Die Stimme in ihrem Kopf war sehr deutlich. Automatisch ließ sie die Hand vom Zündschlüssel sinken.

Wo ist A-dam?

Ängstlich starrte sie um sich her. Es war doch unmöglich, daß Brid hier, mit ihr im Auto, saß? Es war ihre überhitzte Phantasie. Sie holte tief Luft, zwang sich, ruhig durchzuatmen und wieder die Hand auf den Zündschlüssel zu legen. Dann drehte sie ihn um.

Der Motor stotterte, sprang aber nicht an.

Sie trat mehrmals fest aufs Gas und spürte, wie ihre Handflächen schweißnaß wurden. Mit einem raschen Blick zum Fenster betete sie, daß Giles nicht aufwachen möge. Sie konnte ihn nicht mitnehmen. Diese Sache mußte sie allein durchstehen. Jetzt machte der Motor nicht mal eine Umdrehung. »Bitte, spring an!« Sie hämmerte aufs Lenkrad ein. »Bitte spring an, du blödes Auto!« Sie startete ein drittes Mal.

Warum hast du A-dam weh getan? A-dam haßt dich.

Die Stimme hatte einen leichten Widerhall, als käme sie aus weiter Ferne, und doch konnte Beth sie klar und deutlich verstehen – es war, als würde sie ein Radio hören, dessen Batterien allmählich schwach wurden.

A-dam haßt dich!

Innerlich baute sie ihre Abwehr gegen Brid auf. Selbst der kleinste Gedanke an sie würde ihr ermöglichen, in Beths Kopf

604

zu gelangen, und das durfte sie nicht zulassen. Sie mußte konzentriert bleiben, einen intakten, starken Schutzkreis errichten. Wenn sie sich richtig konzentrierte, würde sie die Aufgabe, die vor ihr lag, erfüllen können. Ihr und Adams Leben hingen davon ab. »Laß mich in Ruhe!« Hier war weder die richtige Zeit noch der richtige Ort. Sie mußte zum Stein kommen. Sie mußte Adam finden. Wieder drehte sie den Schlüssel im Zündschloß und drückte das Gaspedal durch. Der Motor gab keinen Laut von sich.

Wo ist A-dam? A-dam haßt dich!

»Laß mich in Ruhe! Verschwinde! Ich weiß nicht, wo er ist!« Sie merkte, wie ihre Panik wuchs. Die Luft im Wageninneren wurde stickig, doch sie wagte nicht, das Fenster hinunterzukurbeln. »Geh weg!« Hatte sie Brid vielleicht selbst heraufbeschworen? Warum wollte der Wagen nicht anspringen? »Bitte, bitte, bitte, lieber Gott, mach, daß er anspringt!« Wieder drehte sie den Schlüssel im Zündschloß und roch den Gestank von Benzin; bald würde der Motor absaufen.

Hinter ihr landete etwas krachend am Boden. Entsetzt riß sie den Kopf herum. Ein weiterer Ziegel war vom Dach gerutscht und auf den Steinen vorm Haus zerschellt. Ungläubig sah sie sich um. Kein Lüftchen regte sich mehr, der nebelige Abend war absolut windstill.

Hilf mir!

Hatte sie die Worte laut ausgesprochen oder sie nur gedacht? Sie ließ den Kopf auf die Hände am Lenkrad sinken und atmete tief durch. Dann versuchte sie noch einmal zu starten. Der Motor sprang an. Mit geschlossenen Augen sprach sie ein kurzes Dankesgebet, dann fuhr sie rückwärts die Auffahrt hinaus und auf die Bergstraße.

Hinter ihr blieb die Katze einen Augenblick auf der Straße stehen, den Schwanz gereizt hin und her bewegend. Dann machte sie kehrt und war im Nebel verschwunden.

Beth fuhr in die Parkbucht am Beginn des markierten Wegs, der auf den Berg führte, und blieb kurz sitzen, um die vom Scheinwerferlicht erleuchteten Bäume zu betrachten. Sie hatte mehr Angst als je zuvor in ihrem Leben. Beklommen schaltete sie die Lichter aus. Einen Moment wartete sie, damit ihre Augen sich an die Dunkelheit gewöhnten, dann nahm sie allen Mut zusammen, öffnete vorsichtig die Tür und schwang die Füße auf den Boden. Es war sehr kalt. Die Wolkendecke hatte sich gelichtet und trieb in Schwaden über den Hang hinweg. Die Sterne schienen so nah, daß sie das Gefühl hatte, sie könnte mit den Händen nach ihnen greifen. Die breite Milchstraße zog sich wie ein schimmernder Gazeschleier über den Himmel, und in der Ferne, zwischen zwei Bergkuppen, konnte sie den Orion sehen, der gerade am Horizont erschien. Leise schloß sie die Tür und versperrte sie, dann ging sie zum Pfad. Beim Ausatmen bildeten sich weiße Wölkchen vor ihrem Mund, als sie durch die Dunkelheit ausschritt.

Wo ist A-dam?

Entsetzt blieb sie stehen. Der Wald lag in völliger Stille da. Denk nach, befahl sie sich. Sie mußte an die Dinge denken, die Meryn ihr erklärt hatte. Sie mußte sich mit dem schützenden Schleier umgeben.

Und sich zwingen, langsam weiterzugehen.

»Und was, wenn er stirbt, Ivor?«

Liza saß an Adams Seite hinten im Ambulanzwagen, in dem die Sanitäter den Patienten nach Pittenross fuhren.

»Das ist meine Verantwortung, nicht Ihre. Ich habe die Formulare unterzeichnet.« Er lächelte ermutigend. »Wenn er im Krankenhaus bleibt, stirbt er auf jeden Fall. Das ist seine einzige Chance. Wenn es Sommer wäre, würde ich vorschlagen, daß wir ihn zum Stein hinaufbringen, wo alles angefangen hat, aber bei diesem Wetter ... Und in seinem Haus ist er zumindest in der Nähe. Wo immer er sich aufhält, vielleicht kommt er auf die Idee, bei sich Zuhause nachzusehen. Und wir hinterlassen ihm ein Zeichen.«

»Wie?«

Er lächelte wieder. »Das ist Ihre Aufgabe. Er hat mir gesagt, daß Sie medial veranlagt sind. Jetzt können Sie's beweisen!«

606

Es hatte großer Überredungskünste bedurft, um die Einwilligung der Krankenhausärzte zu bekommen, Adam für zwei oder drei Tage nach Hause zu lassen. Nur aufgrund von Ivor Furness' Ruf und Lizas nicht ganz wahren Behauptung, sie sei seine nächste Verwandte und könne jede notwendige Verzichtserklärung unterschreiben, ließ der Chefarzt sich schließlich davon überzeugen, daß es durch den Versuch nichts zu verlieren gäbe. Wenn er auch nur geahnt hätte, daß die beiden in Erwägung zogen, den Patienten einen Berg hinaufzutragen und ihn am Fuß eines piktischen Symbolsteins liegenzulassen, hätte er sie auf der Stelle in ein Nervenkrankenhaus eingewiesen. Doch das Wetter war so schlecht, daß Liza nicht einmal sicher war, ob sie ihn wirklich nach Shieling House bringen sollten.

»Wird sie zu ihm kommen?«

Liza zuckte mit den Schultern. »Aber es ist doch nicht er, oder?«

Ivor legte prüfend die Hand auf Adams Stirn, dann fühlte er seinen Puls. »Dasselbe wie immer. Schwach, aber gleichmäßig.« Er richtete sich auf. »Es wäre sehr interessant, Brid wiederzusehen. Ich dachte immer, daß sie mir vertraut, aber sicher bin ich mir nicht. Also, wie wollen Sie unseren beiden Reisenden eine Botschaft zukommen lassen?«

Liza machte eine hilflose Geste. »Ich wünschte, ich würde mich besser mit diesen Dingen auskennen. Ich denke, der beste Weg ist die Telepathie. Vielleicht sollte ich zum Stein gehen?«

»Sie haben keine Angst?« Er warf ihr einen prüfenden Blick zu.

Sie hob die Augenbrauen. »Doch, schreckliche Angst sogar. Ich möchte nichts lieber, als mit dem nächsten Flugzeug nach Italien fliegen, zu meinem wunderbaren bodenständigen Mann, und mich mit einer Flasche Chianti in der Herbstsonne hinter ihm verstecken. Aber das geht wohl nicht.« Sie beugte sich vor und gab Adam einen Kuß auf die Stirn. Seine Haut war sehr kalt.

607

Die Augen vor der eisigen Kälte zusammengekniffen, stapfte Beth weiter. Sie zwang sich, einen Fuß vor den anderen zu setzen, und konzentrierte sich innerlich ganz auf Adam. Sie mußte ihn finden, das war das einzige, was zählte. An etwas anderes durfte sie jetzt nicht denken. Der Pfad wurde steiler, und sie geriet außer Atem, aber sie würde sich von der Schwächlichkeit ihres eigenen Körpers nicht ablenken lassen. Kälte und Angst würden sie ihrer Kraft berauben und sie verletzlich machen. Sie mußte stark sein.

Sie richtete die Taschenlampe auf den Pfad vor sich. Ihre Kehle war vor Angst wie zugeschnürt, und Übelkeit stieg in Wogen in ihr auf. Der Kreis um sie mußte stark bleiben. Nervös blickte sie um sich. War die Katze ihr gefolgt? Aber von der Katze war keine Spur zu sehen, nichts war zu hören als das Rauschen des Sturzbachs über die Felsen zu ihrer Rechten und das Geräusch des Schneeregens auf den Zweigen. Derart allein hatte sie sich noch nie gefühlt.

Irgendwie zwang sie sich, immer weiter auszuschreiten. Nur einmal blieb sie stehen, um Atem zu schöpfen, und hörte das Blut in ihren Ohren pochen. Gelegentlich erhaschte sie einen Blick auf die weiße Gischt des Baches, wie er über Gesteinsbrocken rauschte und über kleine Wasserfälle hinabstürzte. Achte nicht darauf, sagte sie sich. Laß deine Aufmerksamkeit nicht abschweifen. Denk an Meryn. Sie mußte ihn bei sich behalten, als Talisman in ihrem Schutzkreis. Allmählich wurde das Gelände ebener, und sie spürte, wie der Wind an Stärke zunahm. Er hatte die Wolken wieder verweht, und am klaren, kalten Nachthimmel blitzten die Sterne.

Je mehr sie sich dem Stein näherte, desto mehr spürte sie unter ihren Füßen die Kraft dieses Ortes. Erschüttert blieb sie stehen, und sofort merkte sie, daß sie ins Wanken geriet. Sie durfte keine Gefühle zulassen, weder Angst noch Zorn. Sie mußte ruhig und entschlossen bleiben. Sie trat vom Pfad in das hochgewachsene Gras und straffte die Schultern. Fürchte nichts als die Furcht selbst. Wer hatte das gesagt? Ein Amerikaner. Vielleicht Roosevelt? Es war gleichgültig, sie brauchte die Worte nur wie ein Mantra im Kopf zu behalten. Keine Furcht, keine Angst. Nur Ruhe und Kraft.

Jetzt konnte sie den Stein erkennen, wie er dem Wind ausgesetzt am Gipfel stand. Vorsichtig trat sie näher. Sie spürte die Wellen, in denen er seine Kraft abgab; er wirkte als Leiter der Erdenergie, die aus der Tiefe des Gesteins unter ihm kam, die Energie, durch die der Stoff der Zeit dünn genug wurde, so daß Menschen hin und her wandern konnten. Jenseits dieser Stelle waren Zeit und Raum flexibel, anomal und unendlich.

Mit trockenem Mund hob sie die Hände und legte sie auf den Stein, damit sie die Kraft fühlen konnte, die durch ihn pulsierte, und sie diese Kraft in ihren Körper leiten konnte. Sie spürte, wie die Energie durch ihre Füße hinaufströmte, durch die Handflächen bis zum Scheitel. Der Wind hatte sich fast gelegt, aber neue Wolken waren herübergetrieben, aus dem weiten Tal unter ihr, und verschleierten den Blick auf die im Sternenlicht daliegenden fernen Berge, legten sich um die Büsche und Sträucher und zogen unaufhaltsam näher. In einer Sekunde würde der Nebel sie erreicht haben. Sie machte einen tiefen Atemzug. Da war eine Formel, die Meryn ihr gesagt hatte, ein paar einfache Worte auf Walisisch, die sie über die Grenze bringen würden. Plötzlich war sie sich nicht sicher, ob sie sich richtig an sie erinnerte, aber dann ließ sie sich keine Zeit nachzudenken, sondern begann zu rezitieren, anfangs leise, dann immer lauter, so daß sie ihre Stimme in den Wind hinausklingen hörte. Langsam sank sie auf die Knie, in den gefrierenden Schlamm, und der Nebel hüllte sie ein, und sie fühlte, wie die Zeit selbst sie fortnahm.

Mit einem Ruck erwachte Giles und setzte sich auf. »Beth?« Er war allein im Bett, aus dem Haus war kein Geräusch zu hören. »Beth, wo bist du?« Es war sehr dunkel; er führte die Armbanduhr dicht vor die Augen – er hatte stundenlang geschlafen. »Beth?«

Besorgt suchte er das ganze Haus ab, dann ging er zur Eingangstür und schaute nach draußen. Der Nebel hatte sich ein wenig gelichtet, so daß er den Feldweg und sogar den ersten Baum bei der Kurve sehen konnte. Sein Auto war weg. Verwundert ging er ins Haus zurück und zog sorgsam die Tür hinter sich zu. Erst dann bemerkte er den Zettel, der auf dem Küchentisch lag. Er nahm ihn auf und las: *Bin zum Stein gegangen, um nach Adam zu suchen. Mach dir keine Sorgen, ich weiß, was ich tue. Ich liebe dich immer und ewig. B.*

Giles stöhnte auf. »Beth, du bist dumm, so dumm! O mein Gott, warum bin ich bloß eingeschlafen?« Er lief ins Wohnzimmer zurück.

Der Nebel lichtete sich immer mehr. Jetzt konnte er durchs Fenster die Hecke sehen, den Garten, der dort im Dunkeln lag, den verkrüppelten Apfelbaum und den Weißdorn. Es war sehr still. Er schauderte.

Er mußte ihr folgen, irgendwie. Ein Auto. Irgendein Auto. Adams Auto. Es stand in dem abgeschlossenen Schuppen hinter dem Haus. Die Schlüssel. Wo waren die Schlüssel? Er begann hektisch zu suchen, zuerst auf Adams Schreibtisch, dann auf dem Tisch in der Küche, schließlich oben in Adams Schlafzimmer. Keine Spur von einem Schlüssel. »Verdammt!« Seine Panik wuchs. Er saß hilflos hier fest, während der Regen draußen immer mehr zu Schnee wurde. Er konnte nichts tun.

Er zog Mantel und Stiefel an, ging zum Hintereingang hinaus und trat ins Freie. Halb überlegte er sich, die Tür zum Schuppen aufzubrechen und den Wagen kurzzuschließen, doch die Tür war gar nicht versperrt. Er öffnete sie, zwängte sich durch den engen Zwischenraum zwischen der Werkbank und dem kleinen blauen Auto und faßte an den Griff. Die Tür ging auf, und im Zündschloß steckte der Schlüssel.

Beim dritten Versuch sprang der Motor an, dann fuhr er rückwärts hinaus; der Motor stotterte und spuckte, dicke Abgaswolken quollen aus dem Auspuff. Er schaltete die Scheinwerfer an und warf einen Blick auf die Benzinuhr – sie stand auf halbvoll. Er sprach ein kurzes Dankesgebet, daß er sich zumindest darum keine Sorgen zu machen brauchte, fuhr zum schmalen Tor hinaus und die Bergstraße hinab. Er hatte sich nicht die Zeit genommen, die Haustür abzuschließen.

Sein eigener Wagen stand in der Parkbucht, wo Beth ihn abgestellt hatte, ganz nah an der Hecke. Er parkte Adams Auto direkt dahinter, sprang hinaus und zog, schon im Gehen, den Mantel an. Jetzt kam wieder Nebel auf, und fast sofort hatte er die Orientierung verloren. Doch der Pfad vor ihm war, wenn auch schwach, zu erkennen. Er verfluchte seine Dummheit – warum hatte er nur vergessen, eine Taschenlampe mitzubringen?

Er hatte Seitenstechen und geriet beim steilen Anstieg völlig außer Atem; trotzdem trieb er sich zu immer größerer Eile an. Sein verletzter Arm, der in der Schlinge hin und her schwang, tat ihm weh, und der Schneeregen stach ihm ins Gesicht. Stehenbleiben, zurückgehen, aufpassen. Er hatte den Pfad verloren. Erschreckt sah er sich um, dann fand er ihn wieder, direkt vor sich, dem Bachlauf folgend, kaum mehr als ein Wildwechsel in der Schwärze.

»Da ist niemand.« Liza war rund ums Haus gegangen und kehrte jetzt zur Ambulanz zurück. »Die Hintertür ist offen, im Haus ist es relativ warm, aber keine Spur von Giles und Beth. Das Problem ist, vielleicht haben sie gar nicht mit uns gerechnet. Ich bin nie durchgekommen, aber ich habe Giles mindestens sechs Nachrichten auf seinem Handy hinterlassen.«

»Können wir ihn reintragen?« Ivor saß an Adams Seite hinten im Sanitätswagen, vorne warteten der Fahrer und die Krankenschwester, die sie für die Fahrt angeheuert hatten.

Liza nickte. »Ich habe die Vordertür aufgemacht. Wir können ihn direkt in sein Schlafzimmer bringen. Die beiden werden bestimmt bald wiederkommen.«

Erst nachdem sie Adam ins Bett gelegt und ihn versorgt hatten und die Ambulanz wieder abgefahren war, bemerkte Liza Beths Zettel, den Giles auf den Küchentisch zurückgelegt hatte. Kreidebleich sah sie zu Ivor. »Beth ist zum Stein gegangen.«

Ivor las die Notiz und seufzte. »Giles ist ihr wahrscheinlich gefolgt.«

Liza nickte. »Wenn sie nur gewartet hätten, bis wir hier sind.«

»Ich glaube, ich weiß, warum sie nicht gewartet haben.« Auf dem Küchentisch, zwischen den Briefen und Papierstapeln, hatte Ivor Giles' Handy entdeckt. Als er es anstellen wollte, merkte er, daß es nicht aufgeladen war. »Sie haben Ihre Nachrichten nie bekommen.«

»Guter Gott!« Liza ließ sich auf einen Küchenschemel fallen. »Was haben wir bloß gemacht, Adam hierherzubringen?«

»Wir haben ihn an den Ort gebracht, an dem er sein muß.« Er sah sie mit ernstem Gesicht an. »Ich bin sicher, daß wir das Richtige getan haben. Jetzt können wir nur noch abwarten und schauen, was Beth tut.«

»Abwarten, ob sie überlebt«, erwiderte Liza scharf. »Sie hat es da draußen mit Brid zu tun, vergessen Sie das nicht.«

»Das vergesse ich nicht.« Ivor streichelte ihr beruhigend die Hand. »Ich glaube, wir sollten jetzt zu Adam hinaufgehen. Vielleicht können wir ja etwas tun, damit er uns hört.«

Meryn stand im Schatten und beobachtete die Silhouette, die sich im Licht der untergehenden Sonne vor den Bergen abzeichnete. Das war Broichan, die Arme in den weiten Ärmeln seiner dunklen Robe verborgen. Er spannte sich an, alle Sinne waren wach, denn plötzlich merkte er, daß er nicht mehr allein war, daß derjenige, der ihn durch die Zeiten verfolgt hatte, ganz in der Nähe war. Langsam drehte er sich um, mit dem Rücken zum blutroten Himmel, und schaute in den Wald. Hinter ihm, in der Hütte, lag Brids schlafende Gestalt, in eine Decke aus kostbaren Fellen gehüllt.

Lautlos schwebte Meryn näher. Er spürte die kalte Reinheit der Luft um ihn, die drückende Stille der Zeit. Jetzt war er beinahe da.

Er zog seinen schützenden Umhang um sich und fühlte seine Kräfte wachsen.

Beth konnte nicht glauben, wie einfach es war. Der Berg lag im Sonnenschein vor ihr, alles war grün, das Heidekraut blühte, die fernen Berge standen als graue Kulisse vor dem blauen Himmel. Sie blickte sich um und sah den Stein, ganz nah bei ihr. Dann runzelte sie die Stirn. Sie hatte erwartet, die Symbole zu sehen – den Z-artig gebrochenen Speer, die Schlange, den Spiegel –, doch statt dessen sah sie im Granit nur das große radförmige Kreuz und darunter das weiche Gras.

Sie hörte sich selbst laut schluchzen. Es hatte nicht funktioniert. Sie suchte nicht nach einem Kreuz. Sie war am falschen Ort.

Doch als sie näher an den Stein trat, sah sie sie – die alten Symbole waren auf der Rückseite, klar, frisch gemeißelt, stark.

So, das Kind von A-dams Kind ist hier.

Die Stimme erklang direkt hinter ihr. Beth wirbelte herum. Brid stand neben dem Stein, ein glänzendes, frisch gewetztes Eisenmesser in der Hand; das silberne Messer, das sie vor vielen Jahren von Catriona gestohlen hatte, war irgendwo im langen Gras auf einem Berg des zwanzigsten Jahrhunderts verloren. Sie trug ein langes, grünes Kleid mit einem Ledergürtel, an dem die leere Scheide hing.

Das Kind von A-dams Kind.

Es war wie ein Mantra in ihrem Kopf, und doch hatten Brids Lippen sich nicht bewegt.

Beth atmete tief durch und zwang sich zur Ruhe. »Adam? Wo ist Adam? Sag mir, wo er ist. Ich bin hergekommen, um ihn zu finden.«

Panik benebelte ihr Denken – oder war es Schlaf? Vielleicht träumte sie ja nur, lag noch neben Giles im Bett dort im Haus, wo der Nebel um die Fenster wogte.

Erinnere dich an das, was Meryn dir gesagt hat. Stell dir deine Aufzeichnungen vor, die vielen Seiten, behalte sie im Kopf. Umgib dich mit Licht. Wiederhole dein eigenes Schutzmantra, ruf deine eigenen Götter und Engel an. Sie straffte die Schultern, versuchte, ihre Angst zu verbergen, und trat vor, wie Meryn es ihr aufgetragen hatte.

»Brid, du mußt mir sagen, wo Adam ist. Er gehört nicht hierher ...«

Aber plötzlich wandte Brid den Blick von ihr ab zu den Bäumen, und ihre Augen weiteten sich vor Entsetzen. Jetzt hörte Beth es auch, den grollenden Donner, das Zischen und Krachen des Blitzschlags.

613

Ihre Konzentration ließ nach, und sie drehte sich um. Vor ihr stand eine hochgewachsene Gestalt, ein Mann mit markantem Gesicht und weißer Haarmähne. Über seiner scharlachroten, von Goldfäden durchwirkten Robe lag ein schwerer schwarzer Umhang. Das Schwert in seiner Hand war gezückt. Eine Sekunde lang starrte Beth ihn an, Brid völlig vergessend, dann machte sie auf den Fersen kehrt und rannte los. Sie geriet auf dem Gras ins Rutschen, rang nach Luft. Terror durchflutete sie.

Beth, wanke nicht. Hab keine Angst. Ich bin hier. Sie hörte Meryns Stimme in ihrem Kopf.

Wo war er? Hektisch schaute sie sich um. »Meryn!«

Beth, die Grenze zwischen den Ebenen ist offen. Bring Adam hinüber, solange die Zeit stillsteht.

Die Sonne war verschwunden, und sie war wieder von Nebel eingehüllt, von dickem Nebel, in dem sie nichts sehen konnte. Der Schneeregen stob ihr peitschend ins Gesicht.

Meryn, hilf mir! Wo ist Adam? Ich kann ihn nicht sehen! Sie schien ihre eigene Stimme im Kopf zu hören. Sie war gefangen in einem Alptraum, unfähig, sich loszureißen, sie lief, bewegte sich aber nicht von der Stelle, atmete, schnappte nach Luft, und doch erstickte sie.

Blindlings drehte sie sich um. Jetzt waren noch andere Gestalten dort im Nebel bei ihr. *Meryn? Großvater?* Sie konnte nichts richtig wahrnehmen. Ihre Panik war zu groß. Sie sah einen weiteren Blitz, wieder grollte Donner. Der Schneeregen fiel immer heftiger. Dann fühlte sie eine Hand auf ihrer.

Komm. Schnell. Zurück zum Stein. Zurück in deine eigene Zeit.

»Meryn?«

Da war wieder Brid, stand direkt vor ihrem Onkel. Ihre Haare flogen im Wind, die kleine Klinge in ihrer Hand machtlos gegen Broichans Kraft.

Du Verräterin! Du Tochter der Hexe! Seine Stimme hallte im wirbelnden Sturm wider. *Du und Adam, ihr werdet heute nacht gemeinsam sterben.*

»Großvater! Meryn!«

Beth merkte, daß sie sich verzweifelt immer wieder im Kreis drehte. Es war ein Traum, ein Alptraum. Es mußte ein

Alptraum sein. Jeden Moment würde sich alles in ein Karten-
haus verwandeln und um sie herum einstürzen.

»Meryn, hilf mir!« Sie schrie in die Dunkelheit hinaus. »Ich
brauche dich … *Jetzt!*«

Ein Schneetreiben hatte eingesetzt. Giles beugte sich näher
zum Boden herab und wünschte sich zum tausendsten Mal,
er hätte eine Taschenlampe mitgebracht. Er war außer Atem,
rang nach Luft und hielt die Augen vor der Kälte zusammengekniffen. Der Pfad war wieder verschwunden, und er bückte
sich noch tiefer, um ihn zu finden.

»Beth!« Er richtete sich auf und rief in den Nebel. »Beth, wo
bist du?« Es kam keine Antwort. Der Verzweiflung nahe, ging
er weiter. Heiße Tränen ließen die Schneeflocken auf seinen
Wangen schmelzen. »Beth!«

Jetzt war er oben, das Gelände wurde ebener. Er blieb stehen und versuchte, sich umzusehen. War das eine Gestalt dort
nah bei ihm? »Beth?« Seine Aufregung verlieh seiner Stimme
neue Kraft. »Beth, ich komme!«

Stolpernd lief er weiter und hielt dann abrupt inne. Die Gestalt war im Nebel nur vage zu erkennen, doch es war nicht
Beth. Es war ein Mann – ein Mann, der offenbar ein Schwert
zückte.

»Gott im Himmel!« Er hatte nichts als seine bloßen Hände,
um sich zu verteidigen, und Broichan kam immer näher, die
Haare wild im wirbelnden Schneefall fliegend.

Keine Sekunde später hatte er Giles erreicht, und der mußte
zur Seite springen, um dem tödlichen Angriff zu entgehen.
In panischem, instinktivem Selbstschutz sprang er unter der
Klinge nach vorne, packte den Mann am Handgelenk und
kämpfte zäh, überrascht, daß sein Gegner weit weniger stark
war, als seine Wildheit vermuten ließ. »Laß es los, du Hund!«
stieß Giles zwischen zusammengepreßten Zähnen hervor. Er
schüttelte den Arm des Mannes wie einen Terrier.

Broichan!

Der Schrei kam aus weiter Ferne, doch es genügte, um den
Mann innehalten zu lassen. Giles entwand ihm die Waffe, und

615

sie flog im hohen Bogen durch die Luft. Dann holte er zum Faustschlag gegen Broichan aus und traf sein Kinn mit einem krachenden Hieb, so daß Broichan rückwärts taumelte. Giles drehte sich um und suchte nach dem Schwert. Er hatte schreckliches Seitenstechen, und Blut lief ihm in die Augen.

»Beth!« Er rief ihren Namen in den Schneeregen hinaus. »Beth, wo bist du? Adam?«

Jemand näherte sich ihm. Mit einem Mal erkannte er die schmale Gestalt, die fliegenden Haare, das wilde Aussehen, den langen Rock, die leuchtenden Augen, das Messer …

»Gütiger Gott! Beth, paß auf!« Er konnte sich nicht schnell genug bewegen, er war in einem Alptraum gefangen. Er konnte nicht richtig sehen.

Ein Aufschrei hinter ihm ließ ihn überrascht herumfahren, und gerade sah er noch, wie ein großes Schwert aufblitzte. Er duckte sich, rutschte aus, fiel auf ein Knie und sah entsetzt zu dem Mann hoch, der über ihm aufragte. Welche Absicht der Mann verfolgte, stand überdeutlich in seinen Augen geschrieben.

Und plötzlich war Meryn da. Giles sah, wie er sich mit erhobenen Händen vor Broichan stellte. Er sah, wie Broichan zögerte, zurückwich und das Schwert sinken ließ. Er sah Gartnait, der die Arme nach seiner Schwester ausstreckte, und dann war auch Adam da.

»Großvater! Adam!« Beths Schrei ließ sie alle innehalten. »Adam!«

Er stand ein kleines Stück von ihnen entfernt und sah sie an, ein viel jüngerer Adam, das Gesicht strahlend vor Aufregung und Liebe.

Brid wirbelte herum.

A-dam!

Sie hatte ihn gesehen. Endlich hatte sie ihn gesehen. Freudig lief sie durch den Schnee auf ihn zu.

Beth schloß die Augen. Meryn? Was hatte Meryn ihr aufgetragen zu sagen?

Unvermittelt sah sie ihn vor sich, sein gütiges Gesicht, seine Kraft, seine Sicherheit. *Du kannst gewinnen, Beth. Du kannst es schaffen! Du kannst Adam retten, und Brid und dich selbst. Du brauchst mich nicht mehr*. Endlich fiel ihr das Wort ein. Das Wort der Kraft, daß nur *in extremis* ausgesprochen werden durfte.

Sie schloß die Augen, hob die Arme und rief es über den Berg hinaus. Ihre Stimme hallte wider und gewann an Kraft, als der Wind sich legte und der Schneefall nachließ.

»Wach auf!« Giles' Stimme, schwach vor Erleichterung, drang wie aus weiter Ferne zu ihr. »Beth, wach auf!«

Sie öffnete die Augen und sah sich um.

Broichan und Brid und Gartnait waren verschwunden.

Die Tür zur Vergangenheit hatte sich geschlossen.

Zitternd vor Kälte und Angst, warf sie sich in Giles' Arme. »Sie sind weg! Oh, mein Schatz, ich dachte, du würdest sterben!« Sie vergrub den Kopf an seiner Brust.

Er schloß sie in die Arme. »Sag mir, daß ich nur geträumt habe, Beth!«

Sie lachte traurig. »Ich glaube nicht, daß du geträumt hast, Giles. Schau dich nur an.«

Er schüttelte die Schneeflocken aus den Augen und sah an sich hinab. Seine Kleider waren blutdurchtränkt. Als er den Ärmel hochschob, sah er eine tiefe Schnittwunde direkt unter dem Ellbogen.

»Das war Broichans Schwert«, sagte Beth leise.

»Der Erzdruide!« Giles stöhnte auf. »Wer wird mir das glauben?«

»Niemand.« Beth hatte ihren Schal abgenommen und wickelte ihn fest um Giles' Unterarm.

»Beth, wo ist dein Großvater?«

Erschreckt sah Beth sich um. Rings im Nebel um sie her war niemand zu sehen. Sie rieb sich die Augen und drehte sich langsam im Kreis. »Aber er war doch hier! Und jetzt kann ich ihn nicht sehen. Ach, Giles, glaubst du …«

»Er ist mit ihnen zurückgegangen.«

»Nein! Giles, nein! Meryn sagte, es würde funktionieren. Er sagte, wir würden alle in unsere Zeit zurückkehren!« Tränen strömten ihr über die Wangen.

Giles drückte sie an sich und biß sich auf die Lippen, um nicht vor Schmerzen aufzustöhnen. »Es tut mir so leid, Liebes. Ich weiß nicht, was ich sagen soll.«

»Es hat nicht funktioniert.« Verzweifelt sah sie sich ein letztes Mal um und stolperte dann zum Pfad. »Es war alles umsonst! Der arme Großvater. Er ist mit ihnen gefangen, mit dem bösen Mann, mit Broichan. Sie werden ihn umbringen.«

Liza hatte lange bei der rückwärtigen Tür gestanden und in die Dunkelheit hinausgeblickt; doch vor ihrem geistigen Auge hatte sie nicht den kalten Garten unter der leichten Schneedecke gesehen, sondern den Stein mit seinen uralten Symbolen. Sie hatte keine Angst. Sie spürte, daß es vorüber war.

Sie seufzte. »Möge Gott dich segnen, wo immer du bist«, murmelte sie und trat ins Haus.

Ivor saß an Adams Tisch, die Brille auf die Nase geschoben, und war in Adams Unterlagen vertieft.

»Wie geht es ihm?« fragte Liza müde; ihr war sehr kalt.

»Ich habe jede halbe Stunde bei ihm nachgesehen. Keine Veränderung.« Er stand auf. »Schauen Sie doch mal nach ihm, während ich Ihnen was Heißes zu trinken mache.«

Erschöpft stieg Liza die Treppe hinauf und zog beim Gehen den nassen Mantel aus. Oben angekommen, hängte sie ihn über das Geländer und ging in Adams Schlafzimmer.

»Beth ist zum Stein hinaufgegangen, um nach dir zu suchen, du alter Herumstreuner«, sagte sie leise, als sie ans Bett trat. Liebevoll sah sie ihn an. »Ich wünschte, ich wüßte, wo du bist.«

»Ich bin hier.« Sein Flüstern war so leise, daß sie es kaum hörte. Schwach streckte er die Hand nach ihr aus. »Ich habe Beth gesehen. Sie kommt nach Hause. Und ich habe Brid gesehen. Sie ist in Sicherheit. Sie ist mit ihrem Bruder in ihre eigene Zeit gegangen. Er hat sie vor Broichan gerettet und wird sich um sie kümmern. Meryn war auch da.«

Liza setzte sich auf die Bettkante, beugte sich vor und küßte ihn auf die Stirn. »Bist du sicher, daß sie nicht wiederkommen wird?«

»Zumindest vorerst nicht.« Er schüttelte den Kopf. »Vorerst nicht.«

Dann lächelte er.

Als er sie in die Arme geschlossen, das glänzende, dunkle Haar berührt und im Schneetreiben ihre kalten Lippen geküßt hatte, hatte Brid ihm ein letztes Versprechen gegeben, bevor sie sich abwandte und außer Sicht verschwand:

Eines Tages, A-dam, werde ich dich wiederfinden. Eines Tages werde ich dich im Spiegel meiner Gedanken sehen, und dann kehre ich zurück. Und dann wird sich niemand mehr zwischen uns stellen. Niemals.

Kapitel 24

Die Sonne ging unter. Es wurde kalt. Ächzend setzte Adam sich auf und streckte sich. Der Schatten des großen keltischen Kreuzes fiel wie ein breites Band auf ihn. Er rieb sich die Augen und schaute sich um. Ihm knurrte der Magen, und ohne auf die Uhr zu sehen, wußte er, daß es Zeit war, nach Hause zu gehen.

Beklommen stand er auf. Er hatte ein merkwürdiges Gefühl der Desorientierung. Allmählich fiel ihm sein Traum wieder ein.

War es ein Traum gewesen?

Hatte er sein ganzes Leben geträumt?

Er sah über den Berg ins Tal hinab und versuchte, sich zu fassen. Langsam kehrten die Erinnerungen zurück. Seine Eltern hatten sich wieder einmal gestritten. Er war weggelaufen, auf den Berg, zu seinem Stein. Und er war eingeschlafen. So mußte es gewesen sein.

Er war ein Junge in Shorts und Turnschuhen, dem der Feldstecher um den Hals hing und der voller Lebensträume war.

Oder war er doch ein alter Mann, ein Narr, der zum Stein zurückgegangen war, um nach Brid zu suchen, der schönen Nemesis seines Traums; ein alter Mann, dessen Leben beinahe vorüber war?

Zögernd, mit einem ahnungsvollen Schauder, sah er an sich hinab.

Was war er nun, der alte Mann oder der Junge, der sein ganzes Leben noch vor sich hatte? Konnte er seinen Augen trauen, oder hatte die Zeit ihm wieder einen Streich gespielt?

Wie sollte er das jemals wissen?

Anmerkung der Autorin

Von allen Gestalten, die diesen Roman bevölkern, beruht nur Broichan auf Tatsachen. Er wird in Adamnans »Life of Columba« erwähnt als der Druide König Brudes, der sich dem Heiligen widersetzte, als dieser das Land der Pikten zum Christentum bekehren wollte. In Adamnans Bericht werden seine heidnischen Kräfte natürlich besiegt, und er verläßt das Feld als Besiegter. Der Geschichtsschreibung zufolge verbreitete sich das Christentum allerdings weitaus weniger gewalttätig und dramatisch, als Adamnan es beschreibt. Sollte ich Broichans Namen fälschlich verwendet haben und er in Wirklichkeit ein freundlicher, gütiger Mensch gewesen sein, so hoffe ich, daß er mir vergeben wird. Ich würde ungern seinen Zorn auf mich ziehen.

Es gab auch einen wirklichen Meryn. Als ich ein Kind war, lebte er als Heiler und Mystiker im Londoner Stadtteil Kensington und nicht in seinen heimatlichen Bergen in Wales. Trotzdem erweckte er in mir eine Liebe zur Natur, zu Kristallen und zu den Geheimnissen aller Dinge, und dafür werde ich ihn stets in liebevoller und dankbarer Erinnerung behalten.

Beim Schreiben eines Buchs helfen einem zahllose Menschen mit Geschichten und Ratschlägen, doch einige möchte ich wegen ihrer großen Unterstützung namentlich erwähnen. Dr. John Waller nahm sich alle Zeit, mir seine Tage als Medizinstudent an der Universität von Edinburgh während des Kriegs zu beschreiben. Ich danke ihm für seine große Hilfe. Air Vice Marshal Sandy Johnstone schickte mir Informationen und erzählte mir Geschichten aus Edinburgh und seinen Tagen in der schottischen RAF in den ersten Kriegsmonaten, wie auch mein Vater, der unter Sandy im 602. Geschwader diente. Ich danke ihnen für ihre Erinnerungen. Mein Sohn Adrian lieferte mir Informationen über Rettungsmethoden der Bergwacht, und Jo und Ian McDonald gewährten mir auf meiner Rundfahrt zu piktischen Steinen Rat und Gastfreundschaft. Besonderer Dank gilt Diana Currant, meiner Begleiterin auf dieser Reise, für ihre Gesellschaft und ihre gutgelaunte moralische Unterstützung, als wir auf feuchte, kalte Berge stiegen, durch die Fenster geschlossener Museen spähten und zitternd herumstanden, während ich im strömenden Regen und eisigen Wind Aufnahmen und Skizzen machte. Und zum Schluß wie immer Dank an Carole Blake sowie Rachel Hore und Lucy Ferguson für ihre Unterstützung, ihre Inspiration und ihre Geduld!

Barbara Erskine

Die bewegenden und anrührenden Geschichten der Erfolgsautorin Barbara Erskine spiegeln die zahlreichen Facetten der Liebe.

»Barbara Erskine ist ein außergewöhnliches Erzähltalent.«
THE TIMES

Die Herrin von Hay
01/7854

Die Tochter des Phoenix
01/9720

Mitternacht ist eine einsame Stunde
01/10357

Der Fluch von Belheddon Hall
01/10589

Tanz im Mondlicht
01/10984

Das Gesicht im Fenster
01/10985

01/10985

HEYNE-TASCHENBÜCHER

Mary Higgins Clark

»Mary Higgins Clark gehört zum kleinen Kreis der großen Namen in der Spannungsliteratur.« *The New York Times*

»Gruselig, schockierend, glänzend geschrieben.« *The Herold Statesman*

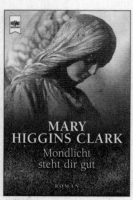

01/10580

Eine Auswahl:

Das Haus am Potomac
01/7602

Die Gnadenfrist
01/7734

Schlangen im Paradies
01/7969

Wo waren Sie, Dr. Highley?
01/8391

Schlaf wohl, mein süßes Kind
01/8434

Daß du ewig denkst an mich
01/9096

Das fremde Gesicht
01/9679

Das Haus auf den Klippen
01/9946

Mondlicht steht dir gut
01/10580

Sieh dich nicht um
01/10743

Nimm dich in acht
01/13011

HEYNE-TASCHENBÜCHER